關漢卿元刊本雜劇集評彙校詳注

李占鵬 著

巴蜀書社

圖書在版編目（CIP）數據

關漢卿元刊本雜劇集評彙校詳注/李占鵬著.—成都：巴蜀書社，2019.10

ISBN 978-7-5531-1218-3

Ⅰ.①關… Ⅱ.①李… Ⅲ.①雜劇－劇本－作品集－中國－元代 Ⅳ.①I237.1

中國版本圖書館 CIP 數據核字（2019）第 210636 號

關漢卿元刊本雜劇集評彙校詳注

GUANHANQING YUANKANBEN ZAJU JIPING HUIJIAO XIANGZHU

李占鵬 著

責任編輯 王 雷
封面設計 支鑫淼
出 版 巴蜀書社
成都市槐樹街 2 號 郵編 610031
總編室電話：（028）86259397
網 址 www.bsbook.com
發 行 巴蜀書社
發行科電話：（028）86259422 86259423
經 銷 新華書店
印 刷 四川五洲彩印有限責任公司
電話：（028）85011398
版 次 2020 年 2 月第 1 版
印 次 2020 年 2 月第 1 次印刷
成品尺寸 210mm × 148mm
印 張 11.625
字 數 400 千
書 號 ISBN 978-7-5531-1218-3
定 價 65.00 圓

目録

《單刀會》：一曲專爲關羽譜寫的英雄贊歌
（代序）

一

《單刀會》全名爲《關大王獨赴單刀會》，是關漢卿歷史劇的代表作，七百多年來一直演出于舞臺之上，它對元末明初出現的以三國故事爲題材的平話、小説（如《全相三國志平話》《三國志演義》）描寫關羽單刀赴會的情節構思，起了很關鍵的作用。

《單刀會》是一部在民間廣爲流傳的三國故事劇，現存主要版本有《元刊雜劇三十種》本和《脉望館鈔校本古今雜劇》本兩種。因前者賓白簡略，本序引用的另起一段，未注出處的曲詞出自前者，與正文曲詞同，全部論述依據後者。該劇描寫東吴大夫魯肅爲索取荆州，設計三條，宴請關羽，欲在宴會上相機行事。魯肅先與喬公商議，喬公歷數關羽神勇威猛的顯赫功績，以爲荆州斷不可取；後與關羽故友、道士司馬徽商議，并邀請司馬徽赴宴作陪。司馬徽盛稱關羽酒後性情暴烈，又言西蜀英雄衆多，以爲此舉必無善終，力辭不往。魯肅不聽規勸，一意孤行，派部將黄文持書至荆州，約關羽赴會。關羽慨然應諾。關平斷言宴會有詐，關羽仰仗英雄豪氣，視之蔑如，臨危不懼，毅然前往。宴會上，魯肅婉言索討荆州，斥責關羽傲物輕信；關羽反唇相譏，大義凛然，稱荆州乃漢家故土，理應歸西蜀。東吴伏兵一擁而上，關羽舉劍擊案，震碎菱花鏡。關平引兵接應，遂凱旋。

《單刀會》是一部末本戲，頭折正末扮喬公，第二折正末扮司馬徽，第三、四折正末扮關羽。本事見晉陳壽撰《三國志・吴書・魯肅傳》：

先是，益州牧劉璋綱維頹弛，周瑜、甘寧并勸權取蜀，權以咨備，備内欲自規，乃僞報曰："備與璋托爲宗室，冀憑英靈，以匡漢朝。今璋得罪左右，備獨竦懼，非所敢聞，願加寬貸。若不獲請，備當放髮歸於山林。"後備西圖璋，留關羽守，權曰："猾虜乃敢挾詐！"及羽與肅隣界，數生狐疑，疆埸紛錯，肅常以歡好撫之。備既定益州，權求長沙、零、桂，備不承旨，權遣吕蒙率衆進取。備聞，自還公安，遣羽争三郡。肅住益陽，與羽相拒。肅邀羽相見，各駐兵馬百步上，但請將軍單刀俱會。肅因責數羽曰："國家區區本以土地借卿家者，卿家軍敗遠來，無以爲資故也。今已得益州，既無奉還之意，但求三郡，又不從命。"語未究竟，坐有一人曰："夫土地者，惟德所在耳，何常之有！"肅厲聲呵之，辭色甚切。羽操刀起謂曰："此自國家事，是人何知！"目使之去。備遂割湘水爲界，於是罷軍。

這一史實在《三國志・吴書・吴主傳》中也有簡要記載：

權以備已得益州，令諸葛瑾從求荆州諸郡。備不許，曰：

“吾方圖凉州，凉州定，乃盡以荆州與吴耳。”權曰：“此假而不反，而欲以虚辭引歲。”遂置南三郡長吏，關羽盡逐之。

與史實相比，劇作主要情節大體符合史籍記載，即“權以備已得益州，令諸葛瑾從求荆州諸郡”，劉備不許，遂有“單刀赴會”之舉。但在局部細節上，劇作與史實仍有顯著區别：其一，史實是孫權派諸葛瑾前往索討荆州諸郡，劇作則是由魯肅索討荆州。其二，史實是劉備拒還荆州，借口是待謀取凉州後，始“盡以荆州與吴”；劇作則是關羽拒還荆州，理由是荆州爲漢家故土，劉備爲漢室後裔，荆州歸西蜀，名正言順。其三，史實并無魯肅宴請關羽之事；劇作則在宴會上大做文章，虚構出魯肅設計、關羽勇敢赴宴諸情節，并把會見地點從陸地上改爲大江上。其四，史實爲“肅欲與羽會語，諸將疑恐有變，議不可往”[①]；劇作則爲魯肅請關羽赴會，關平勸阻關羽。其五，史實爲面對魯肅的“責數”，關羽默不作聲；劇作中關羽則振振有詞，據理力争。其六，史實中孫權所求者爲“長沙、零、桂”三郡，劇作中則統稱爲荆州；史實以索還荆州諸郡爲中心，劇作則以赴會場揚威爲中心；史實涉及人物較少，而劇作涉及人物較多。其七，史實爲曹操將攻漢中，劉備恐失益州，遂嚮東吴求和，以湘水爲界；劇作則無此節。這些區别，清人錢謙益在《重編義勇武安王集·正穀考第七》“單刀赴會”條下也曾論及：

元人關漢卿《單刀會》雜劇，盛稱魯肅陳兵設伏，邀侯臨江亭宴會，擒侯以奪荆州。侯單刀往赴，掀髯談笑。肅慑伏莫敢出氣，盡撤陸口伏兵，送侯還營。其詞曲發揚蹈厲，

① 《三國志》卷五十四《吴書》九《周瑜魯肅吕蒙傳》裴松之注，中華書局 1982 年版。

觀者咸拊手擊節。綜其實不然。是時子敬與侯相拒益陽。侯來争三郡，軍容甚盛。子敬邀侯會語，諸將皆懼有變，力阻勿往。子敬曰：“正欲開譬是非，彼亦何敢重干國命?”乃合諸將軍單刀俱會。往復辯論，遂割湘水爲界，罷軍。是則單刀約會者子敬也，非侯也。子敬力勸孫權以荆州借劉。中分之後，立謀在東西一家，戮力破魏。今之爲傳奇者，但爲侯描畫英雄生面，而于子敬之老謀苦心，則抹殺無餘矣。余故伸而明之，抑亦侯之所默許也。

此條論述有一處不符合史實，即割湘水爲界是因“會聞魏公操將攻漢中，劉備懼失益州，使使求和于權”[1]之故，而非“往復辯論”所致。從這些區别可以看出，關漢卿在創作《單刀會》時，對史實進行了精心剪裁和巧妙取捨。經過他的剪裁和取捨，以索還荆州爲中心的劇作情節顯得極爲緊凑曲折，具有很强的内在邏輯，更加突出了關羽神勇威猛的英雄形象，在增强舞臺演出效果、表現主題傾嚮、滿足觀衆欣賞願望方面也有不同尋常的重要意義。正因爲如此，《單刀會》對後世纔産生了相當深遠的影響，是一部膾炙人口的經典之作。

二

《單刀會》涉及的人物雖有關羽、魯肅、喬公、司馬徽、黄文、關平、關興、周倉、梢公、道童、衆曳剌等，但作者着力刻

① 《資治通鑑》卷六十七《漢紀》五十九“獻帝建安二十年”條，中華書局1956年版。

畫的却衹有關羽一人，對作爲關羽對立面的魯肅也着墨較多。其餘人物則是根據劇情需要臨時靈活增設的，有的甚至一筆帶過。

《單刀會》是關漢卿爲關羽譜寫的一曲“聲情激越”[①] 的英雄贊歌。在作者筆下，關羽形象的内涵主要有三個層面：從氣質上看，他是一位近乎“神道”的人物。他的儀態、言談、氣性、武藝都卓異高妙而不同凡俗，具有超塵拔俗的神仙一般的無窮魅力。在第一折中，喬公對關羽極爲敬慕，規勸魯肅不要妄想索回荆州，并對關羽大加贊美：

> ［金盞兒］上陣處三綹美鬚飄，將九尺虎軀摇，五百個爪關西簇捧定個活神道。敵軍見了，唬得七魄散，五魂消。你每多披取幾副甲，剩穿取幾層袍。您的呵敢蕩番那千里馬，迎住那三停刀？

在這裏，關羽的形象活似一位神仙，他美髯飄拂，身軀偉岸，憑借“三停刀”和“千里馬”，足以使敵人聞風喪膽，魂飛魄散。

在第二折中，司馬徽嚮魯肅描繪了關羽的神勇：

> ［滚繡球］他鍾前有半點兒言，筵前帶二分酒，那漢酒性操不中調鬥，你是必挂口兒則休提着那荆州。圓睜開殺人眼，輕舒開捉將手，那神道横將卧蠶眉皺，登時敢五蘊山列火難收。若是他玉山低趄你則頻斟酒，若是他寶劍離匣你則準備着頭！枉送了八十座軍州！

“五蘊”，是佛教術語，即色、受、想、行、識；五蘊山，指人的情感世界。“八十座軍州”，指地方行政區劃。宋代在路之下，分府、州、軍、監，此處借用宋代的區域來稱吴國管轄的地區。這

① 楊恩壽：《詞餘叢話》卷二，《中國古典戲曲論著集成》第九册，中國戲劇出版社 1959 年版。

支曲子對關羽形象的描繪更趨細膩深入，雖然也有“丹風眸”“卧蠶眉”“捉將手”等外部特徵的摹寫，却掩飾不住英雄的内在氣韵，仿佛世間的萬物都是專門爲他而設的。他從容不迫，指揮若定。［金盞兒］用的是寫意的筆法，［滚繡球］用的是工筆描繪；前者是遠眺關羽，後者是近觀關羽。

從武力和勛績上看，關羽是一位勇武威猛的英雄，具有顯赫的功勛和輝煌的業績。喬公與司馬徽對此都深有感觸。劇作在第一折裏通過喬公之口這樣描繪關羽：

> ［鵲踏枝］它誅文醜騁粗操，刺顔良顯英豪，向百萬軍中，將首級輕梟。那赤壁時相看的是好。今日不比往常，他每怕不口和咱好説話。他每都喜姿姿的笑裏藏刀。

劇作在第二折中又通過司馬徽之口來形容關羽：

> ［煞尾］席條兒□怕勢着我手，樹葉兒隄防打破我頭。他千里獨行覓二友，匹馬單刀鎮九州。人似巴山越嶺彪，馬跨番江混海蚪。他輕舉龍泉殺車胄，怒拔昆吾壞文醜，麾蓋下顔良劍梟了首，蔡陽英雄立取了頭。這個避是非的先生决應了口，吾兄阿！那殺人的關公更怕他下不的手！

“昆吾”又作“琨珸”，玉石名，煉之成鐵以製劍，此處與“龍泉”對舉，指寶劍。這兩支曲子都已涉及具體的歷史事件，通過追述歷史事件，歷數關羽的蓋世功勛和英勇業績，給具有神性的關羽形象提供了堅實的歷史依據。

在這兩折中，喬公與司馬徽還分别對關羽的酒後性情做了描繪。喬公道：

> ［金盞兒］……那漢酒中火性顯英豪，圪塔的腰間揩住寶帶，項上按着剛刀。雖然你岸邊頭藏了戰船，却索與他水面上搭

起浮橋。

司馬徽道：

［滚繡球］你着我就席上央他幾甌，那漢劣性子輸了半籌？問甚麽安排來後，□目前鮮血交流。你爲漢上九座州，我爲筵前一醉酒，咱兩個落不得個完全尸首，我共你伴客同病相憂……

劇中描繪關羽的酒後性情并非閑筆，這一方面體現了關羽的英雄本色，另一方面也增强了關羽形象的真實性，使關羽形象更爲生動感人，避免了空洞單一的弊病。

從情感上看，關羽又是一位重情誼、講義氣、有智謀的將帥。他不忘手足之情，善于分析形勢，心思細密，有智謀和計策。這是他單刀赴會取得成功的重要因素之一。第三折纔上場的關羽，先追溯了漢高祖創業的艱難歷程和群雄争霸、諸侯割據的混亂局面，接着回憶了從“桃園結義”開始建立起來的手足之情，表現了關羽具有懷戀漢家故土的忠厚情懷以及注重情誼、堅守盟誓的高尚情操。面對憂心忡忡的關平，關羽提出了自己的見解：

［上小樓］你道他兵多將廣，人强馬壯。大丈夫雙手俱全，一人拚命，萬夫難當。你道鬲漢江，起戰場，急難侵傍，交他每鞠躬鞠躬送的我來船上。

［幺］你道先下手强，後下手殃。一隻手揝住寶帶，臂展猿猱，劍扯秋霜。他待暗暗藏，我索緊緊防，都是狐朋狗黨，小可如我千里獨行，五關斬將。

他既有大無畏的英雄氣概，又有謹慎細密的防備心理，這既打消了關平的重重疑慮，又使讀者和觀衆屏聲斂氣的緊張情緒趨于緩和。

在第四折中，關羽臨危不懼，從容自若，始終站在正義的立場上，保持凛然不可侵犯的威嚴姿態，使魯肅的淩厲攻勢自行瓦解，表現了關羽卓越的外交才能和表裏如一的大丈夫氣概。他耿直爽快，不拐彎抹角，乾净利落地結束談判，凱旋，這給他威武不屈、光明磊落的形象增添了一筆明快亮麗的色彩。

總之，在關漢卿筆下，作爲一個近乎“神道”的人物，關羽超塵拔俗，極有神力；作爲一個英雄，他功勛蓋世，建立了不朽的顯赫業績；作爲一名將帥，他身先士卒，勇往直前，注重國家利益和手足情誼。關羽的形象包含着關漢卿的人格理想，寄托了關漢卿的精神追求。正因爲如此，關羽的形象纔被塑造得風神高邁，氣度不凡。

在《單刀會》中，除了關羽之外，作者着墨較多的人物還有魯肅。魯肅在劇情中的作用舉足輕重，是促使關羽單刀赴會的發起人，在索還荆州的事件中扮演着與關羽對立的反面角色，四折中出場三折，所占戲份頗重。與關羽相比，魯肅的人物形象顯得極其渺小，雖然善于玩弄陰謀詭計，却很健忘。在戰事迭起、兵燹不斷的變亂時局中，他孤陋寡聞，對博望燒屯、隔江鬥智、收取西川等重大事件一無所知，對關羽的功勛業績和膽略智慧也所知不詳，遂逐一嚮喬公和司馬徽請教。由于孤陋寡聞，又導致了他的夜郎自大和不自量力。但他也有值得稱道的地方，如誠心聯劉抗曹，把荆州借給劉備；對東吴的收復大業忠心耿耿，定計智索荆州，等等。尤其他在宴會上所發表的長篇演説，低情曲意，措辭懇切，義理嚴密，表現了他作爲東吴大夫在外交上應有的姿態和敦誠忠厚的稟性。由于魯肅是按反面人物來塑造的，因此，他的形象在亮度上比較灰暗，色彩感弱，不引人矚目。作者没有用專門的筆墨去描繪他，他的人物形象和個性特徵都是在劇情的行文邏輯中暗示出來的，這對襯托關羽的形象有極好的作用。

三

《單刀會》是一部極具特色的歌頌英雄人物的雜劇，衹有四折，無楔子，劇末以題目“喬國老諫吴帝，司馬徽休官職”和正名“魯子敬索荆州，關大王單刀會”來總括全劇内容。在現存元人雜劇中，它是結構簡潔、手法洗練的作品之一。它衹寫一件事，却没有局限于這件事本身，而是圍繞這件事創造出各種戲劇情境和氛圍，運用巧妙的藝術手法，描繪處于這件事中的英雄人物。《單刀會》最顯著的手法是利用鋪墊來烘托關羽的英雄形象。作者是一位戲劇天才，在創作《單刀會》時，并没有直接讓關羽先出場，而是運用前兩折的全部篇幅作爲鋪墊，借旁觀者之口，大肆渲染關羽的神勇威猛，爲後兩折正面塑造關羽的崇高形象起到了極好的鋪墊作用。

在第一折中，魯肅爲索取荆州，定下三條計策，欲邀關羽過江赴會，并請喬公來商議。喬公身爲東吴國戚，本應支持魯肅，但待魯肅説出索取荆州之事時，他却一口否决，認爲荆州斷然不可取。他反對魯肅的計劃，盛贊關羽有萬夫不當之勇。魯肅定下三條計策，即：在邀請關羽赴會時，以禮索取荆州；盡收江上戰船，不放關羽渡江，逼令關羽答應交出荆州；囚禁關羽，出兵奪取荆州。喬公對此不以爲然，并以曹操在灞陵橋上設下三條計策擒捉關羽却遭失敗的事件爲例，説明魯肅定下的三條計策不堪一擊。作者用切實雄辯的類比推理，突出魯肅的孤立無援，從而更爲有力地反襯關羽威武高大而不可戰勝的光輝形象。然而喬公對關羽的贊美并未動摇魯肅索取荆州的信心，魯肅認爲喬公的話

“未可深信”。

在第二折中，魯肅又找司馬徽商議。司馬徽自稱是關羽故友，比喬公更加熟知關羽。他警告魯肅説，諸葛亮神機妙算，五虎將勇猛非凡，尤其是關羽更加威武不屈，舉世無雙。司馬徽深知關羽的稟性和氣節。魯肅邀他赴宴，他非常樂意，但一聽説主客是關羽，立即以“風疾舉發”爲借口，連連推辭。這種很富于戲劇性的言行變化反映出關羽的確是勇猛威武的，不論何時何地，一旦被提及，都能令人肅然起敬。魯肅反復邀請司馬徽赴宴，司馬徽則提出了對魯肅來説根本不可能實施的苛刻條件：“你子索躬着身將他來問候，跪着膝悠悠勸酒，他待吃候吃、側候側，那裏交他受候受。他道東你隨着東去，他道西呵你順着西流，他醉時節你便走。”（見《元刊雜劇三十種》本）這兩折的氣氛雖然很嚴肅，但也未失輕鬆、幽默的喜劇情調。喬公和司馬徽，一個德高望重，一個足智多謀，都對關羽充滿欽敬之情，都斷然否定了魯肅索取荆州的計劃。作爲東吴元老和著名隱士，他們都不約而同地站在關羽一邊，贊美、歌頌關羽，這對更充分地表現關羽的形象具有極好的烘托作用。

喬公與司馬徽雖然對關羽大加渲染、由衷褒揚，取得了很好的戲劇效果，但他們都是局外人，他們的渲染仍不能令人十分信服。所以在第三折中，關羽上場，作者仍有意不讓他與魯肅正面交鋒，繼續采用鋪墊的手法加强烘托效果，從關平的角度描寫和刻畫關羽，使關羽的形象更爲逼真可信。作爲將門虎子，關平不可謂没有見識，他一眼便看穿宴會待客是一大陰謀，也估計到東吴兵多將廣和關羽返回時不易接應的實情，并提醒關羽謹防埋伏，免中奸計。面對關平的疑慮，關羽以能洞察風雲的器識和善于把握時局的韜略，高瞻遠矚地給予詮釋，表現了他作爲一位將帥所具有的超群的智謀和雍容的氣度。很顯然，關羽的膽識遠遠超過了關平。作者之所以這樣寫，仍是爲了烘托關羽的形象。可以看出，關漢卿爲關羽的出場所做的鋪墊是非常充分的，以兩折多的篇幅來渲染人物形象的寫法在現存元雜劇中也是極爲罕見的，這足以説明關羽的形象在關漢卿心目中所占有的崇高地位。

關漢卿對關羽形象的烘托也是多方位的。贊美關羽的人物，既有東吴國戚喬公，也有著名江湖道士司馬徽，還有親子關平，他們的身份、職位、閱歷各不相同，但都對關羽無比欽敬。對關羽形象的刻畫，既有儀態氣度方面的，也有稟性節操、膽識韜略方面的，經此精心鋪墊和充分烘托，關羽的形象已呼之欲出而活靈活現了。

一般説來，歌頌英雄人物的雜劇必須飽含情感。抒情是這類雜劇表現人物性格、揭示人物内心世界不可缺少的主要手段。《單刀會》另一顯著的手法是通過創造意境進行抒情。劇作經過前三折的漫長鋪墊和充分烘托，至第四折，在雙方即將展開驚心動魄的激烈衝突的前夕，作者抓住有利時機，以詩人俯仰古今、借物言志的宏大氣魄，創造意境，進行抒情：

> ［雙調・新水令］大江東去浪千叠，引着這數十人駕着這小舟一葉。又不比九重龍鳳闕，可正是千丈虎狼穴。大丈夫心别，我覷這單刀會似村會社。（云）好一派江景也呵。（唱）
>
> ［駐馬聽］水湧山叠，年少周郎何處也？不覺的灰飛烟滅，可憐黄蓋轉傷嗟。破曹的檣櫓一時絶，鏖兵江水猶然熱，好交我情慘切！（帶云）這也不是江水，（唱）二十年流不盡的英雄血。（見《脉望館鈔校本古今雜劇》）

這兩支曲子創造了悲壯激越的詩的意境，具有濃鬱的抒情氛圍。前一支曲子起筆就描繪出一幅江闊浪急的雄壯畫卷：大江東去浪千疊，江水浩莽，江面雄奇，這驚險莫測的壯大場面，與引着這數十人、駕着小舟一葉的孤單情景形成强烈對比，在不經意間暗示出形勢的嚴峻和前途的凶險。但在“大丈夫”關羽眼裏，這“不比九重龍鳳闕，可這是千丈虎狼穴”的單刀赴會，却恰似觀看村中上演的社戲，表現了關羽的豪邁氣概和豁達胸襟。與大江的壯闊景象相比，關羽的豪邁氣概和豁達胸襟在氣勢上更勝一籌。大江的浩莽和雄奇既引發了關羽的滿懷豪情，又襯托了關羽的崇高形象。後一支曲子由江水的奔流不回引起對時光流逝的喟嘆，又由對時光流逝的喟嘆引起對崢嶸歲月的緬懷和風流人物的追念。赤壁之戰雖消歇多時，風流人物也已灰飛烟滅，但江水依舊奔流，一句“這也不是江水”，是“二十年流不盡的英雄血”，包含着多麼深沉的感慨！蜀漢基業是在不斷地征戰流血中創建起來的，關羽深知創業維艱，守成不易，這使他對守疆保土的神聖事業産生了義不容辭的責任感和時不我待的緊迫感。在抒情風格上，前一支曲子高昂雄壯，洋溢着一股大無畏的英雄氣概；而後一支曲子却低沉激越，散逸着一股深沉的哀傷情調。作者以江水爲描寫中心，創造出闊大雄奇的意境，使大自然的雄渾、歷史事件的悲壯、關羽單刀赴會的神勇緊密地融爲一體，更爲有力地襯托出關羽博大開闊的胸襟和崇高威武的形象。這與第三折關羽所唱的“長江，經今幾戰場，恰便似後浪催前浪”“三國英雄漢雲長，端的豪氣有三千丈”，在情感脉絡上是一致的。這兩支曲子雖化用了蘇軾《念奴嬌·赤壁懷古》的立意和詞語，但“比着讀蘇軾有名的‘大江東去’的《念奴嬌》還雄壯得多。軾詞衹是虚寫，衹是吊古，衹是浩嘆。而本劇却是偉大的英雄，在對景叙説着自己的雄心，却又不免爲浩莽無涯的江天及往事所感動，于壯烈中帶着凄切”“至今還使我們始而栗然，終而奮然”[①]。可見，關漢卿在這兩支曲子中是傾注了極大的熱情的，這使它們擁有了久盛不衰的藝術感染力。

四

從《單刀會》對史實的剪裁和取捨、人物形象的塑造、藝術手法的運用等方面所表現出來的重點，可以看出作者創作這部雜劇的真正意圖。

《單刀會》贊美、歌頌了關羽。爲完成這一創作主旨，作者把有利于表現關羽形象的各種材料都進行了精心加工和充分利用，甚至不惜改變史實。如：把拒還荆州者由劉備改爲關羽，使關羽處于荆州這一歷史事件的中心位置，爲更充分地展示關羽的形象鋪平了道路；把關羽與魯肅在陸地上聚會改爲關羽由水路赴宴，既增强了戲劇衝突，又有利于表現關羽勇往直前的堅强個性。作者對人物形象的塑造也頗有側重，魯肅、喬公、司馬徽、關平、道童等的出場、言談都是圍繞着有利于關羽形象的表現而進行的，能否最佳表現關羽的形象是作者創作《單刀會》選材的一個重要原則。劇作的情節布局也不符合元雜劇結構的一般體例，表現出頗爲嚴重的失衡現象，這種現象是由于要重點突出關羽的形象而造成的。關羽在關漢卿心目中享有很崇高的威望，關漢卿過分地美化了關羽，并把他作爲具有神性的英雄人物的象徵，這與關羽在民間文化中享有的崇高威望也很有關係。在歷史上，關羽先後

① 鄭振鐸：《插圖本中國文學史》第四十六章“雜劇的鼎盛”（五），作家出版社1957年版。

被封爲壯繆侯、忠惠公、武安王、壯繆武安王、顯靈威勇英濟王等。大約在南宋高宗建炎時，各地已有關王廟[①]。關羽在民間文化中是神勇威武的象徵，民衆對他都極爲崇敬，《單刀會》中的關羽形象極有可能就是作者依據民衆對關羽的理解塑造而成的。同時，關羽與作者同姓，很可能是作者的遠祖，而歷史上的關羽又英武過人，義重如山，有非凡的自我克制力，很符合中國傳統文化所崇尚的人格類型。因而，在關漢卿筆下，關羽不僅是一位神勇威猛的英雄，一位韜略過人的將帥，還是一位近乎“神道”的人物。關羽以這種形象出現在元代雜劇舞臺上，對蒙古族統治下的元代的黑暗社會現實無疑具有一種巧妙的反抗作用。

劇作還表現出宣揚、崇尚武力的傾嚮。關羽形象的主要特徵是神勇威猛，他身上蘊藏着一股難以征服的神奇力量。贊頌關羽主要是贊頌他的武力，這一主題貫穿于全劇始終。在第一折，喬公贊頌關羽有萬夫不當之勇，表現出對隻身出入百萬軍中的關羽所具有的高超武藝的由衷贊嘆。在第二折中，司馬徽在描繪西蜀四位將帥時，也極力渲染了一種懾人心魄的勇武才能。他贊美黄漢升威猛似虎，趙子龍膽大如斗，馬孟起是個殺人的領袖，莽張飛在虎牢關力戰十八路諸侯，在當陽橋喝退百萬雄兵。四位將帥個個能征慣戰，武藝超群。在第三折中，關羽對漢初劉、項争雄的追憶也體現了一種尚武的精神。而在第四折所描寫的宴會上，關羽以寶劍作響震懾魯肅，表現出鮮明的尚武傾嚮。他的劍論很能反映他尚武的觀點：“這劍按天地之靈，金火之精，陰陽之氣，日月之形。藏之則鬼神遁迹，出之則魑魅潛踪；喜則戀鞘沉沉而不動，怒則躍匣錚錚而有聲。今朝席上，倘有争鋒，恐君不信，

① ［清］趙翼：《陔餘叢考》卷三十五“關壯繆”，上海古籍出版社 2011 年版。

拔劍施呈。吾當攝劍，魯肅休驚。這劍果有神威不可當，廟堂之器豈尋常。今朝索取荆州事，一劍先交魯肅亡。”（見《脉望館鈔校本古今雜劇》）這顯然是在宣揚武力。關羽對魯肅的迂腐之論并未理睬。尚武并不是備戰，而是生活于亂世的人在處理現實中的矛盾衝突時所持有的一種觀念。關漢卿身處卑位，沉抑下僚，渴望有一種超我的力量來懲惡揚善。他在劇中對這種力量的渲染、張揚與他在散曲［南吕·一枝花］《不伏老》中所表現的抗争主題極爲一致。他的宣揚、崇尚武力是有深刻的社會現實原因的。

關漢卿在劇作中還强調、尊重正統。作者始終在褒關貶魯、揚蜀抑吴。關羽所在的西蜀代表正統，正統的基業是不容他人覬覦的。正統思想是關羽戰勝魯肅凱旋的理論武器。在第四折中，魯肅指責關羽“傲物輕信”，并引經據典地詰難關羽；關羽不爲所動，理直氣壯地擺出一套不容反駁的道理來質問魯肅：

> ［沉醉東風］想着俺漢高皇圖王霸業，漢光武秉正除邪，漢王允將董卓誅，漢皇叔把温侯滅，俺哥哥合承受漢家基業。則你這東吴國的孫權，和俺劉家却是甚枝葉？請你個不克己先生自説！（見《脉望館鈔校本古今雜劇》）

起句中一個“俺”字，不容置喙地把自己擺在漢室後裔的地位，把漢高皇當作自己的開國祖宗；又由于劉備在建功立業方面并不遜色于歷代漢室皇帝，最具有“合承受漢家基業”的資格，而孫權則是末葉旁枝，與劉姓漢室没有絲毫關係。這是一種極其正統的思想。正是有這種堅實的正統思想做支撑，關羽纔臨危不懼，胸有成竹。他對能堅持這種正統思想非常自豪，在劇末［離亭宴帶歇指煞］的曲子中稱之爲“俺漢家節”。可見，關羽不僅神勇威猛，而且具有高尚的“漢家”氣節。作者强調和尊重的正統思想就是指匡扶漢室，恢復“漢家”基業；劇作中出現的“漢家邦”

“漢家基業”“漢家節”，其中的“漢”雖專指劉邦所建立的漢室，但也巧妙地隱含着作者對蒙古族統治中國的不滿，蘊藏着一種不易察覺的漢民族情感。從這個角度看，《單刀會》也具有很强烈的現實意義①。

此序之外，還需要説明的是，本書是我承擔的全國高等院校古籍整理研究工作委員會直接資助規劃項目《元刊雜劇三十種集評彙校詳注》（0918）之階段性成果。2018 年 11 月 6 日，我有幸申請到國家社會科學基金重大項目《〈曲海總目提要〉新編》（項目批准號：18ZDA256），本書也是《〈曲海總目提要〉新編》的一個前期成果。本書出版時，海南師範大學文學院給予了大力支持，中國語言文學一級博士學位點學科經費提供了全額資助，而巴蜀書社編輯王雷女士也付出了艱巨勞動和大量心血，我的博士生楊鑰等同學也對全書曲譜、文獻做了核校工作，在此一并表示誠摯謝忱。

---

① 此文曾以《論關漢卿的歷史劇〈單刀會〉》爲題在《甘肅聯合大學學報》2005 年第 4 期發表過，移入本書時做了全面修訂。關于關漢卿，除了本書，我還出版過《關漢卿評傳》（南京大學出版社 2000 年版，係《中國思想家評傳》第 109 部）、《關漢卿》（南京大學出版社 2012 年版，係《中國思想家評傳》簡明讀本）兩部著作，發表過《論〈單鞭奪槊〉》（《藝術百家》1997 年第 3 期）、《關漢卿的名・字・號》（《西北師大學報》1998 年第 6 期）、《關漢卿家世考述》（《西北成人教育學報》1999 年第 1 期）、《關漢卿已佚雜劇簡論》（《中國文化報》1999 年 12 月 25 日）、《關漢卿人生觀新探》（《西北師大學報》2000 年第 3 期）、《論關漢卿的歷史劇〈單刀會〉》（《甘肅聯合大學學報》2005 年第 4 期）、《竇娥形象生平七階段解讀》（《北華大學學報》2015 年第 4 期）、《竇娥形象悲劇起因新解》（《吉林師範大學學報》2016 年第 4 期）、《〈西蜀夢〉：一部悱惻哀怨、淒厲沉痛的抒情悲劇》（《海南師範大學學報》2019 年第 5 期，作者伏彦冰、李占鵬）、《〈哭存孝〉：爲英雄蒙冤遭難而鳴不平的述憤之作》（《吉林師範大學學報》2019 年第 5 期，作者楊鑰、指導教師李占鵬）等論文。即將出版的著作有《關漢卿歷史劇研究》《關漢卿全集彙評詳校通釋》《竇娥冤資料彙編》《關漢卿接受通史》，即將發表的論文有《〈裴度還帶〉：摹寫炎凉世態與頌揚高潔士子的本色篇章》等。

凡 例

1. 本書主體爲關漢卿元刊本四種雜劇之集評、彙校、詳注。

2. 關漢卿元刊本四種雜劇的編排，依據的是王國維《元刊雜劇三十種序録》，而非這四種雜劇劇本題材時代先後。

3. 關漢卿元刊本四種雜劇的版本，依據的是《古本戲曲叢刊》第四集之《元刊雜劇三十種》，輔以明刊《脉望館鈔校本古今雜劇》《古名家雜劇》《古雜劇》《元曲選》《新鐫古今名劇柳枝集》《新鐫古今名劇酹江集》等。

4. 關漢卿元刊本四種雜劇之校本較多，主要是覆元槧本（《覆元槧古今雜劇三十種》）、盧冀野本（《元人雜劇全集》）、吴曉鈴本（《關漢卿戲曲集》）、隋樹森本（《元曲選外編》）、鄭騫本（《校訂元刊雜劇三十種》）、北京大學本（《關漢卿戲劇集》）、徐沁君本（《新校元刊雜劇三十種》）、寧希元本（《元刊雜劇三十種新校》）、吴國欽本（《關漢卿全集》）、王學奇本（《關漢卿全集校注》）、馬欣來本（《關漢卿集》）、徐征本（《全元曲》）、王季思本（《全元戲曲》）、藍立蓂本（《彙校詳注關漢卿集》）等。

5. 本書每種雜劇最前面的部分是題解，包括劇本名稱簡繁、曲籍著録、傳存版本、今人校本、劇情梗概、本事溯源、傳播接受、歷史地位以及各折人物角色裝扮等。

6. 本書集評置于題解之後，以“●”標示。時間僅限于明清至近現代，當代發表的代表性論文以目録脚注形式出注。

7. 本書之彙校、詳注不是放在每個劇本末尾，而是放在每個劇本的各個段落之後，如每折、每段獨立賓白，每支曲牌以至劇本末的題目正名。每處彙校、詳注，分别以“●”標示，第一個“●”後爲彙校，第二個“●”後爲詳注。各詞條之間空一格，段末劇情梗概、主旨用“⊙”提示。

8. 本書之彙校參引鄭騫、吴曉鈴、徐沁君、寧希元、馬欣來、王季思、藍立蓂校本較多，而采用吴曉鈴、徐沁君、寧希元、藍立蓂本尤多，未一一出注，特此説明。

9. 本書對曲文分正襯，這是迄今所有元雜劇整理較少做過的工作。這個工作很難。儘管每支曲牌都不止一次地核查過曲譜，但難免仍有未盡肯綮之處。

10. 本書所用曲譜主要是徐沁君編纂、審訂的《元曲鑒賞辭典·附録“元北曲譜簡編”》（蔣星煜主編，上海古籍出版社2002年版），也參考了齊森華、陳多、葉長海主編《中國曲學大辭典·曲律》，還查核了朱權《太和正音譜》、李玉《北詞廣正譜》、王奕清《康熙曲譜》、周祥鈺和鄒金生《九宫大成南北詞宫譜》、吴梅《南北詞簡譜》等。

11. 本書曲譜標示符號如下：平聲用“平”，仄聲用“仄”，可平可仄用“㊥”，去聲用“去”，可用可不用去聲用“㊦”，可用平聲或上聲用“平/上”，可用上聲或平聲用“上/平”，韵脚用“[韵]”，可韵可不韵用“㊞”。

12. 本書列出了每個曲子的曲譜（全書相同曲牌凡第一次出

現，皆附曲譜；此後出現者注出參見第一次，不附曲譜）、句式、襯字、韵脚字，每折所押韵的韵部以及唱腔風格的特徵。

13. 本書注釋較爲詳細，既有關于通行文獻的，也有關于專門文獻的，難字難詞與元曲常用語、俗語、方言都做了注釋，部分字詞還標注了漢語拼音。每支曲文都撰寫了曲文大意和主旨。

14. 本書采用規範的繁體字，但保留了少量俗字（包括手寫體字）和異體字。俗字是元刊本雜劇的特點，而異體字則衹用于人名、地名、書名等。

15. 本書前後有代序、代跋，僅以《單刀會》《西蜀夢》爲題，順序與目録異，依據是兩部作品題材之時代先後。雖不是關漢卿元刊本四種雜劇概述，但它們是關漢卿的代表作。序跋所引曲文在轉述時均作大字處理，不區分正襯。

大都新編關張雙赴西蜀夢

《大都新編關張雙赴西蜀夢》，繁名《關張雙赴西蜀夢》，簡名《雙赴夢》。《説集》本《録鬼簿》、孟稱舜本《録鬼簿》、《太和正音譜》、《元曲選目》、《藤花亭曲目》作“雙赴夢”；曹楝亭本《録鬼簿》、劉世珩本《録鬼簿》、《永樂大典目録》、《今樂考證》、《曲録》作“關張雙赴西蜀夢”；天一閣本《録鬼簿》作“荆州牧閬州牧二英魂　關雲長張翼德雙赴夢”；《黄丕烈藏曲目》作“大都新編關張雙赴西蜀夢全”。版本有《元刊古今雜劇三十種》本、明鈔《永樂大典》卷二萬零七百四十四《雜劇八》本。元刊本今存，明鈔本已佚。校本迄今則有覆元槧本（1914）、盧冀野本（1935）、吴曉鈴本（1958）、隋樹森本（1959）、鄭騫本（1962）、北京大學本（1976）、徐沁君本（1980）、田中謙二本（1987）、寧希元本（1988）、吴國欽本（1988）、王學奇本（1988）、馬欣來本（1996）、徐征本（1998）、王季思本（1999）、藍立蓂本（2006）。

劇演三國蜀漢皇帝劉備十分思念義弟關羽和張飛，時關羽正鎮守荆州，張飛尚坐帳閬州。劉備遣使臣宣二人急返成都相見。使臣不辭勞苦，日夜兼程。及至，方知關羽被糜竺、糜芳出賣，誤中東吴奸計，兵敗身亡；張飛也被部屬張達謀害。使臣甚爲悲憤，發誓替二將軍報仇（第一折）。丞相諸葛亮夜觀天象，發現不祥之兆；接着果然獲悉關羽、張飛遇難噩耗，雖深爲蜀漢前途憂慮，却無法嚮劉備奏明，既焦灼不安，又哀傷痛惜（第二折）。關羽和張飛陰魂征途邂逅，互訴不幸，商議同赴成都，托夢給劉備和諸葛亮，懇請出兵東吴，捉拿賊臣，報仇雪恨（第三折）。關羽、張飛陰魂來到宫廷，值重陽佳節，想想昔日爲劉備祝壽的熱鬧，而今天竟落得如此凄慘下場，不禁涕泪交流。他們嚮劉備訴説了昔日的桃園結義和今天的半途分手，訴説了荆州的陷落和閬州的叛亂，臨别更是千叮嚀萬囑咐，祈求劉備和諸葛亮率兵追殺仇敵，仇敵的鮮血勝過祭奠自己的清酒（第四折）。

關羽、張飛魂赴西蜀托夢之事，元前文獻幾無載録，唯唐李商隱《無題》"萬里風波一葉舟"詩"益得冤魂終報主"句堪稱《雙赴夢》的最早依據。元至治本《全相三國志平話》云張飛爲部將王强、張山、韓斌殺害，三人提張飛首級投奔東吴，與本劇情節不類。明成化本《全相説唱花關索出身傳·全相説唱花關索貶雲南傳》記載了這一故事，當係由《雙赴夢》改編而來。今流傳甚廣之《三國志演義》亦無此情節。近代北方鼓詞有相類作品。此劇人物爲蜀國使臣（第一折正末），諸葛亮（第二折正末），張飛魂（第三、四折正末），關羽魂、劉備（按元雜劇體例，當分别爲外末、駕。因爲此劇衹有曲文，無科白，故尚不能確定）。

㊄無名氏《新編全相説唱足本花關索貶雲南傳（别集）》：

吴王搶了軍和馬，奪了荆州一座城。死了關公歸空去，領了强魂百萬軍。便上西川成都府，托夢劉王漢主君。來到背陰山下過，十三個强魂報主人："盡被劉封殺了命，不到西川取救兵。"關公當時高叫苦，怎知劉封坑陷人！游魂走上西川去，托夢劉王漢主君。却到西川成都府，撞見張飛親弟兄。（白）張飛道："哥哥，你那裏去來？"關公道："我在荆州被吴王欺負，困我在玉泉山下，自（此字原無）勿（刎）身亡，我特來托夢與哥哥。"張飛道："我在浪（閬）州，被小軍張達造反，不合我打他一番，他等我酒醉，刺死了我也。托夢與哥哥，我二人死得好苦痛！"（唱）關公見説垂珠泪，屈死兄弟一雙人。二人尋到黄昏後，托夢哥哥報事因。不唱二人門下尋，只唱劉王先主人。每日思憶親兄弟，懶坐龍床殿内庭。當晚夜間歸寢殿，獨自宫中想弟兄。自從不見關張面，寡人朝内少精神。正是劉王心下想，關張兩個到宫門。二人立在燈影下，看了哥哥眼泪分（紛）。"吴王困我荆州界，裏無糧草又無軍。救兵文書十三道，盡被劉封害了人。我在玉泉身亡了，托夢哥哥到内庭。”張飛道是閬州死，“小軍刺我命歸雲。望兄可把冤來報，休忘桃源（園）結義心”。孤兄劉備親得夢，眠中喊叫夢魂京（驚）。一夜哭到天明了，便宣諸葛説元（原）因。從頭説與諸葛亮，軍師來奏聖明君：“從來夢是心頭想，此夢今番心是真。”正是軍師纔道罷，閣門宣使奏明君：“見有關平張益到，身披重孝在朝門。”劉王先主教宣詔，二人朝裏見明君。從頭説你元（原）因事，哭殺劉王一個人。軍師眼中流朱（珠）泪，世上英雄斷了踪。”

明沈璟［仙吕·八聲甘州］《集雜劇名》：

除是雙雙赴夢續前盟，又被雨打芭蕉夢不成。（附雜劇名：雙赴夢。）

王國維《大都新編關張雙赴西蜀夢》序録：

元關漢卿撰……此劇刊板出于元季，而上冠以“大都新編”四字，蓋翻刊舊本也。《録鬼簿》《太和正音譜》并著録。

吴梅《霜崖曲話》卷二：

今就臧選所取者，止《魯齋郎》《蝴蝶夢》《竇娥冤》《玉鏡臺》《救風塵》《望江亭》《金綫池》《謝天香》八種，他如《拜月亭》《單刀會》《西蜀夢》最膾炙人口者，亦未入選，足見抉擇之難也……《西蜀夢》第三折有警句。如［粉蝶兒］云：“運去時過，誰承望有這場喪身灾禍。憶當年鐵馬金戈，自桃園，初結義，把尊兄輔佐。共敵軍擂鼓鳴鑼，誰不怕俺弟兄三個。”［鬥鵪鶉］云：“哥哥道你是陰魂，兄弟是什麼？用捨行藏，盡言始末。則爲帳下張達，那廝廝嗔喝。兄弟更性似火。我本意待侑他，誰想他興心壞我。”此二支如尋常口語，然却難做。此等處惟元人能之，明人又須多加藻飾矣。

鄭振鐸《插圖本中國文學史》第四十六章《雜劇的鼎盛》：

《關張雙赴西蜀夢》，寫張飛的陰魂，來赴舊日的宫廷，而與他的大哥打話時，欲前又却、欲去又留的自己驚覺着自己乃是與前不同的陰靈的情景，真要令人叫絶。張飛一進了宫門，便大爲凄傷。“［倘秀才］往常真户尉見咱，當胸叉手，今日見紙判官，趨前退後，元來這做鬼的比陽人不自由！立在丹墀内，不由我泪交流，不見一班兒故友！”進了宫，處處回憶起來，都是可傷感的。及見了劉備，備欣然歡容迎接，而他却衹是躲避着，欲前不前，“官裏向龍床上高聲問候，臣向燈影内恓惶頓首”。這般的情境，連讀者也要爲之凄然。當時的劇場上，恐怕是更要挑起了幽泣的①。

●原本總題作“大都新編關張雙赴西蜀夢全”，無撰人姓名，無題目正名。衆校本總題、序次各異。覆元槧本、田中謙二本作“大都新編關張雙赴西蜀夢”，鄭騫本作“前人（即關漢卿）　關張雙赴西蜀夢”，徐沁君本作“大都新編關張雙赴西蜀夢　關漢卿撰”，寧希元本作“關張雙赴西蜀夢雜劇　關漢卿”，吴曉鈴本、北京大學本、吴國欽本、馬欣來本、徐征本、王季思本、藍立蓂本作“關張雙赴西蜀夢”，盧冀野本、隋樹森本、王學奇本作“西蜀夢”。今依王國維《元刊雜劇三十種序録》總題，題名作“大都新編關張雙赴西蜀夢”，將按語首句“元關漢卿撰”作“關漢卿撰”移于總題後；序次亦循王國維《元刊雜劇三十種序録》例作爲首篇。

① 除這些已引評論，還可參考王季思《怎樣校訂、評價〈單刀會〉和〈雙赴夢〉》，《戲劇藝術》1990年第4期；楊再紅《回憶時間與感傷流逝之美的形成——論〈西蜀夢〉的悲劇美》，《湘南學院學報》2007年第6期；臧潔《從〈關張雙赴西蜀夢〉談元初文人心態》，《藝海》2008年第6期；張文恒《感傷・悲憤・復仇——〈西蜀夢〉釋讀，《名作欣賞》2013年第26期；楊再紅《大都以關漢卿〈西蜀夢〉的藝術魅力烘亮其地名瑰采》，《中國地名》2015年第7期等論文。

第一折

●元刊本、覆元槧本分折却未標“第一折”字樣，首次標出者爲盧冀野本，後各本俱從，今依各本校增。下同。●折：元刊本未標“折”字，標“折”字始于明刊元雜劇，明刊元雜劇之“折”無疑來源于元刊雜劇。折原爲動詞，是用手把物體彎曲兩端使之斷成兩截的意思，引申爲分開、起頭。作爲元雜劇段落的“折”是名詞，意義源于“分開”“起頭”，使之獨立成章。用折作結構的單位是元雜劇的獨特標志，元前尚未發現有此用法。孫楷第《元曲考略》對此有專門詮釋。另，孫楷第《述也是園舊藏古今雜劇》下篇也有詮釋。

［仙吕·點絳唇］織履編席，能勾做大蜀皇帝，非容易。官裏旦暮朝夕，悶似三江水。●仙吕：元刊本、覆元槧本、盧冀野本、吴曉鈴本、北京大學本、田中謙二本、馬欣來本、藍立蓂本俱脱，據曲譜及别本補。　編席：編，原作“媥”，各本已改。席，盧冀野本、吴曉鈴本、隋樹森本改作“蓆”。按，“蓆”與“席”初爲兩字，“蓆”原義爲“草薦”，“席”原義爲“草多”，不同義，後世以“蓆”爲“席”，非。　勾：盧冀野本、隋樹森本、寧希元本、吴國欽本、王季思本改作“够”，雖“勾”通“够”，但當作“勾”，如此方顯元刊本色，且“能勾”爲元刊本通行寫法。旦暮朝夕：“旦”原壞作“口”，盧冀野本、吴曉鈴本、隋樹森本、北京大學本、王學奇本、馬欣來本改作“日”，不從。按，李直夫《虎頭牌》第三折：“誰着你旦暮朝夕嘗吃的來醺醺醉。”無名氏《梁山泊大劫牢》第三折：“這其間望佳音旦夕朝暮。”或作“旦暮朝夕”，或作“旦夕朝暮”，語意全同，同用“旦”字。依鄭騫本、徐沁君本、寧希元本、吴國欽本、徐征本、王季思本、藍立蓂本改。●仙吕：宫調簡名，全名［仙吕宫］，是十二律中的南吕與七音中的宫組成的調式的俗稱。燕南芝庵《唱論》云：“仙吕宫唱清新綿邈。”一般出現在楔子和第一折。它所統轄的曲牌共四十二支，見周德清《中原音

韵·樂府共三百三十五章》，而《九宫大成南北詞宫譜》載屬［仙吕宫］的曲牌，北曲爲八十一支，南曲（包括集曲）爲二百九十四支。元雜劇和散曲的小令、套數雖都不可能全用，一般衹選常用的十支左右，但給曲作家提供了豐富的選擇餘地；笛色爲小工調、凡字調和尺字調，三者皆適用。北曲［仙吕宫］常用聯套格式爲：點絳唇—混江龍—油葫蘆—天下樂—那吒令—鵲踏枝—寄生草—尾（賺煞）。點絳唇：曲牌名，爲［仙吕宫］第一支，句式爲四四三四五，共五句，曲譜爲：（平仄）仄平平[韵]，（平仄）平（平仄）仄[韵]，平平仄[韵]。（平仄）仄平平[韵]，（平仄）仄平平仄[韵]。依曲譜，此曲“蜀”字原爲入聲，派作平聲。此曲襯字爲：能勾做、官裏；韵脚字爲：席、帝、易、夕、水，每句都押韵，平仄通押，合譜。此套押齊微韵。亦爲詞牌名，首見馮延巳《陽春集》，又名［十八香］［沙頭雨］［南浦月］［尋瑶草］［萬年春］［點櫻桃］。諸宫調及南曲［黄鐘］“引子”格式皆同詞牌，唯北曲格式與詞不同：一是北曲首句起韵，詞則否；二是詞第二句爲七字，曲分爲四三兩句，并于四字句叶韵；三是詞第三句聲律爲仄平平仄，北曲第四句則爲（平仄）仄平平，叶平聲韵；四是北曲僅用詞之前篇，南曲有時兼用［幺篇换頭］。套數偶有用詞牌者，亦有用詞之前篇者，而雜劇則無。　織履編席：履，單底鞋。編織鞋、席。平民百姓用纖維堅韌植物的根、莖、葉、皮如大麻或稻草做鞋穿，用蘆葦或稻草製席鋪，將多餘者拿到集市去販賣以養家餬口。此處指未顯赫時的劉備以編織并販賣鞋、席爲業。《三國志·蜀書·先主傳》：“先主少孤，與母販履織席爲業。”　大蜀：漢末劉備在益州立朝稱帝，國號漢，史稱蜀漢（221—263）。大，敬辭。　官裏：猶“官家”，指皇帝。趙彦衛《云麓漫鈔》卷三：“今人曰官家，禁中又相語曰官裏。”《宣和遺事》亨集：“我有姑夫曹輔，見做諫議大夫，若知，必諫官裏，不敢私行。”僅此劇即有六處用之，足見爲元劇常用語。　旦暮朝夕：旦暮與朝夕同義重複，所以如此，意在强調官差的單調、枯燥、漫長。　三江：説法有多種，此處當指流經四川境内的岷江、涪江和沱江。⊙此曲叙劉備從一個編織鞋、席的凡人竟當上蜀漢皇帝，真是非同尋常。而使臣所在的朝廷終日都籠罩着死氣沉沉的壓抑氣氛，隱約透露出一種不祥之兆。

［混江龍］喚了聲關張仁弟，無言低首泪雙垂。一會家眼前活見，一會家口内掂提。急煎煎御手頻槌飛鳳椅，撲簌簌痛泪常淹衮龍衣。每日家獨上龍樓上，望荆州感嘆，閬州傷悲。●仁：吴國欽本、王季思本改作“二”。　無言低首泪雙垂：吴國欽本奪“泪”。　見：徐沁君本、寧希元本、王季思本改作“現”，非。“見”有“現”音義，古書多以“現”作“見”。《三國志·吴書·吴主權傳》：“黄龍元年……夏四月，夏口武昌并言黄龍鳳凰見。”　槌：盧冀野本、吴曉鈴本、隋樹森本、北京大學本、寧希元本、吴國欽本、馬欣來本、王季思本改作“搥”，徐沁君本、王學奇本、徐征本改作“捶”。按，搥、捶皆動詞，乍看似切文理，但不如作名詞之“槌”更富表意效果，“槌”有“像用槌那樣搥”的意思，而“搥”“捶”則無；另，從字形看，槌作“搥”尚勉强可行，而作“捶”則臆改過甚。《樂府詩集》卷七十三古辭《焦仲卿妻》：“阿母得聞之，槌床便大怒。”●混江龍：曲牌名，一般爲［仙吕宫］第二支，句式爲四七四四七七七四四，共九句，曲譜爲：(平仄)平(平仄)(去)，(平仄)平(平仄)仄仄平平[韵]。(平仄)平(平仄)仄，(平仄)仄平平[韵]。(平仄)仄(平仄)平平仄仄，(平仄)平(平仄)仄仄平平[韵]。(平仄)平(平仄)仄平平去[韵]，(平仄)平(平仄)仄，(平仄)仄平平[韵]。此曲最早出自諸宫調，屬［羽調］，北曲并入［仙吕］。諸宫調第二句後多三字句一句，北曲省去。第一句及第七句，諸宫調皆不用韵，元散套偶有見者，第七句三字句前多用襯字，或作兩個三字句。七字單句前又增七字作對句，則全曲成爲十句，七字單句或雙句，是用得較多的兩種體式。依曲譜，此曲襯字爲：喚了聲、一會家、一會家、急煎煎、撲簌簌、家、望；韵脚字爲：弟、垂、提、椅、衣、悲。第三、七、八句可韵可不韵，第七句尾字“上”，去聲。平仄通押，合譜。　關張仁弟：關，關羽，字云長，山西解州人，三國蜀名將，生前封漢壽亭侯，身後謚壯繆侯，《三國志》有傳；張，張飛，字孟德，河北涿郡人，三國蜀名將，謚桓侯，《三國志》有傳。仁弟，似以二弟爲當，此乃使者轉述劉備聲口，非劉備直接稱呼，即使如此，亦不稱仁弟，仁弟之稱過于客氣，多用于關係尚不甚親密者，若劉關張不爲同生衹爲同死者似不必以仁弟稱。作“二”亦合律。　一會家：一會兒家，口語語氣後綴辭，表示短暫。　活見：活靈活現。　掂提：一作“唸

提（題）”“惦提（題）”。掂，斟酌；提，念叨。元刊本張國賓《汗衫記》第四折［雁兒落］：“一日家嗻提到千萬言，片時間作念勾三十遍。”《九宫正始》第二册［正宫·朱奴插芙蓉］“嗻題罷”注：“按，此‘嗻題’二字，即如《西厢記》之‘口内閑題’之義耳，有元傳奇《芙蓉仙》曰‘把寃家自題自嗻’，可證。”　急煎煎：焦急的樣子。煎煎，形容詞詞綴。　御手：皇帝的手。　飛鳳椅：雕刻着飛翔的鳳鳥的椅子，此處指龍椅。　撲簌簌：流泪的樣子。簌簌，形容詞詞綴。　衮龍衣：即衮衣，古代帝王及上公綉有龍形的禮服。《周禮·春官·司服》：“享先王則衮冕。”鄭玄注引鄭司農曰：“衮，捲龍衣也。”孫詒讓正義：“按捲龍者，謂畫龍于衣，其形捲曲。”　荆州：古九州之一，周漢以後皆置荆州，轄境爲今湘、鄂大部分地區及川、黔部分地區，但疆域治所屢有變遷。關羽所督，爲今之湖北襄陽。　閬州：即閬中，屬四川省，秦置，漢屬巴郡。漢末以來爲巴西郡治，爲三巴之一，閬水迂曲，經其三面，故城在今四川閬中市西。⊙此曲詳叙劉備因過分思念却不能立刻見到關羽、張飛而坐立不安的感人情景。

［油葫蘆］每日家作念煞關雲長張翼德，委得俺宣限急，西川途路受驅馳。每日知它過幾重深山谷，不曾行十里平田地。恨征騅四隻蹄，不這般插翅般疾。勇虎軀縱徹黄金轡，果然道心急馬行遲。●張翼德：“翼”原作“翌”，從各本改。下同。　受驅馳：“受”下原有一重文符號“々”，盧冀野本改爲“受了驅馳”，隋樹森本改爲“受受驅馳”，非是。“受驅馳”爲元曲習用語。從鄭騫本、北京大學本、徐沁君本、王學奇本、馬欣來本、徐征本、王季思本、藍立蓂本删。　它：各本俱改作“他”，竊以爲作“它”更符合元刊本風格，不改爲佳。元刊本“他”作“它”，此非孤證。關漢卿《調風月》第二折［四煞］：“它若不在俺宅司内，便大家南北，各自東西。”《説文解字》它部“它”段玉裁注：“其字或假佗爲之，又俗作他，經典多作它，猶言彼也。”徐灝箋：“古無他字，假它爲之，後增人旁作佗而隸變爲他。”　谷：寧希元本以“谷”字失韵改作“脊”，然“深山脊”文理欠通。　征騅：騅，原作“騅”，從各本改。元刊本尚仲賢《氣英布》第三折［道和］：“遥觀着征騅驟，都交他望風走。”　勇虎

躯：馬欣來本依原文作“勇”，徐征本作“踴”，從吴曉鈴本、鄭騫本、北京大學本、徐沁君本、寧希元本、吴國欽本、王學奇本、王季思本、藍立蓂本改。按，竊謂不改，以出校記説明爲宜。躯，盧冀野本、隋樹森本改作“驅”，非。●油葫蘆：曲牌名，一般爲［仙吕宫］第三支，句式爲七六七七七三三七五，共九句。曲譜爲：(平仄)仄平平(平仄)仄平/上[韵]，(平仄)(平仄)(平仄)、平去平/上，(平仄)平(平仄)仄仄平平[韵]。(平仄)平(平仄)仄平平(去)，(平仄)平(平仄)仄平平(去)[韵]。(平仄)仄平，(平仄)仄平[韵]。(平仄)平(平仄)仄平平仄[韵]，(平仄)仄仄平平[韵]。依曲譜，此曲襯字爲：每日家、關、張、每日、它、曾、恨、四隻、不這般、般、踴、果然道。“心急馬行遲”之“急”入聲作上聲，合律。韵脚字爲：德、急、馳、地、蹄、疾、轡、遲。平仄通押，第二、四、六句可押可不押。此曲譜第二句下變格頗多。　作念煞：特别思念。煞，動詞詞綴，表示程度强烈。　委得：派遣妥當。　宣限：皇帝命令的期限。宣，皇帝的詔書。　西川途路受驅馳：西川，四川。途路，同義連用。驅馳，奔波，辛苦。　征駹：出征的戰馬。　勇：通“踴”，挺起，跳躍。　縱徹：完全放開。　黄金轡：鑲着黄金的馬轡頭，言極貴重。　心急馬行遲：宋元俗語，指因過于急切而嫌馬走得慢。⊙此曲叙劉備派遣使臣去探望關羽和張飛。使臣帶着聖旨，馳騁于坎坷的路途上，不知過了多少道山梁，没有走過平坦的路。他完全放開馬繮繩，但還嫌馬走得慢，也是劉備恨不得立刻見到關羽、張飛急切心情的逼真體現。

［天下樂］緊跐定葵花鐙⿱折皮鞭催，走似飛墜的雙鏑，此腿脡無氣力。換馬處側一會兒身。行行裏，吃一口兒食，無明夜不住地。●跐：原作“跐”。覆元槧本殘作“趾”。從北京大學本、徐沁君本、寧希元本、吴國欽本、王學奇本、馬欣來本、徐征本、王季思本、藍立蓂本正。盧冀野本、鄭騫本改作“踏”，義雖是而字則非。吴曉鈴本作一空圍，校勘記謂“疑是‘蹲’字”。隋樹森本從覆元槧本。　⿱折皮：原析作“折皮”二字。馬欣來本從原文。從徐沁君本、王學奇本、徐征本、藍立蓂本正。吴國欽本作“趄”。吴曉鈴本獨對“折”字做校勘，校勘記謂“折，疑當作‘趄’字”。蓋與“皮鞭”連成一詞。王學奇本已指其誤。寧希元本“折”改作“靻”。徐沁君本按，“折皮”應爲“⿱折皮”字。元周德清《中原音韵》第十

四部“車遮”韻，有“踅”字而無“趄”字。趙琦美脉望館鈔校本關漢卿《單刀會》第四折：“則是條龍向鞘中蟄，虎在坐間踅。”馬致遠《青衫泪》第四折：“老虔婆意中只待頻踅刮。”喬吉《兩世姻緣》第三折：“你這般摇旗吶喊，簸土揚沙，踅踅磨磨，叫叫喳喳。”無名氏《藍采和》第一折：“踅的你那眼睛不見。”均用“踅”字。可見元劇用“踅”字甚普遍。“踅”即“趄”。鏑：原作“滴”。從盧冀野本、北京大學本、徐沁君本、吴國欽本、王學奇本、藍立蓂本改。吴曉鈴本校勘記謂“疑當作‘鏑’字”。寧希元本、王季思本“此”改作“溜”，與“滴（鏑）”連成一詞。盧冀野本、吴曉鈴本、北京大學本、吴國欽本、馬欣來本在“鐙”“鏑（滴）”下斷句。隋樹森本、鄭騫本、寧希元本在“皮”“催”“飛”下斷句。徐征本、王季思本在“折”“催”“飛”下斷句。今斷句從徐沁君本、王學奇本、藍立蓂本。　側一會兒身：側，原作“惻”。從各本改。　行行裹：裹，原作“至”，馬欣來本從原文。從徐沁君本、寧希元本、吴國欽本、王學奇本、徐征本、王季思本改作“裹”。“行行裹”爲元曲習用語。●天下樂：曲牌名，爲［仙吕宮］第四支，句式爲七二三七三三五，共七句。曲譜爲：(平仄)仄平平(平仄)仄平[韻]，平平[韻]，(平仄)(去)平[韻]。(平仄)平仄平平(去)平[韻]。(平仄)仄平，(平仄)仄平[韻]，(平仄)平平(去)平/上[韻]。此曲按曲譜不合律處甚多，如“定”當作平，“鐙”當作平，“鞭”當作仄之類；而第四句當韵，却未韵；倒是第五句可韵可不韵；第七句哪個字爲襯字尚需斟酌，但從句意看，當爲“無”字。按曲意，此曲襯字爲：葵花、走似飛墜的、此腿脡、兒、一、兒、無；韵脚字爲：催、鏑、力、裹、食、地。平仄通押。　跐（cǐ）：踏，蹬。《莊子·秋水》“且彼方跐黄泉而登大皇。”《釋文》：“跐，音此。郭時紫反，又側買反。《廣雅》云：蹋也，蹈也，履也。司馬云：測也。”《牟平縣志》卷十：“足踏曰跐。”　葵花鐙：表面鑄着葵花圖案的馬鐙。　踅（xué）：此爲旋轉、揮動之意。元刊本馬致遠《任風子》第一折［金盞兒］：“這個滴溜班踅的似風車轉，拳來躲過似放過一蠶椽。”　鏑（dí）：箭頭。《史記·匈奴列傳》：“冒頓乃作爲鳴鏑。”裴駰集解：“《漢書音義》曰：鏑，箭也。”　腿脡（tǐng）：指綳得很緊的腿。脡，長條形的乾肉。　側：稍稍斜身歇息，指軍務緊急而不容站正。　行行裹：指一直都處在行走的狀態中。　無明夜不住地：明夜，日夜。晝夜兼程，不住宿。⊙此曲描寫使臣爲完成任務，快馬加鞭，奔馳如飛，踩着馬鐙的雙腿由于繃得時間過長再没有一絲氣力，在换馬的地方稍息，在行進途中吃點食物，不分白天黑夜地趕路。

［**醉扶歸**］若到荆州内，半米兒不宜遲，發送的關雲長向北歸，然後向閬州路上轉馳驛。把關、張分付在君王手裏，交他龍虎風雲會。●醉扶歸：原作“醉中天”。馬欣來本依原文。從鄭騫本、徐沁君本、寧希元本、吴國欽本、徐征本、王季思本、藍立蓂本改。按，曲譜“醉中天”屬［中吕宫］，“醉扶歸”乃［仙吕宫］。另，前者七句，後者六句，兩者聲韵亦異，故此曲牌當爲“醉扶歸”。　閬州路上：上，原作“十”。吴曉鈴本依原文，别本俱改。　交：盧冀野本、隋樹森本改作“教”，不從。●醉扶歸：曲牌名，小令兼用，亦入［越調］［雙調］，南曲不同。一般爲［仙吕宫］第五支，句式爲五五七五六五，共六句。曲譜爲：(平仄)仄平平仄[韵]，(平仄)仄仄平平/上[韵]。(平仄)仄平平仄仄平[韵]，(平仄)仄平平(去)[韵]。(平仄)仄平平(去)平/上，(平仄)仄平平去[韵]。此曲襯字爲：兒、的關、然後、路上轉、把關張、在、交他；韵脚字爲：内、遲、歸、驛、裏、會。第六句可韵可不韵。　半米兒：半點兒。半米，米之一半，極言體積小，此處以微小的體積代指短暫的時間。朱凱《黄鶴樓》第四折［梁州］：“若有些個争競，半米兒疏失，來來來，我和你做一個頭敵。”　發送：發，出發，起程；送，送行，送别。　轉馳驛：在驛站之間轉换、奔馳。驛，驛馬，古代驛站供傳遞公文或官員來往使用的馬。　分付：分别交付。指回覆君命。　交他龍虎風雲會：交他，交，讓；他，他們。《調風月》第一折［油葫蘆］：“説得交太半人評論。”元刊本鄭廷玉《楚昭王》第三折［上小樓］：“交後人説，楚平王家有義夫節婦。”龍，指劉備。虎，指關羽和張飛。風雲會，風際雲會。⊙此曲寫使臣沿途計劃到荆州、閬州後的行動。他先去通報荆州的關羽，後去通報閬州的張飛，再回覆君命，使他們君臣像風雲際遇一樣很快聚會，由寫實轉嚮寫虚。

［**金盞兒**］關將軍但相持，無一個敢欺敵。素衣匹馬單刀會，覷敵軍如兒戲不若土和泥。殺曹仁七萬軍，刺顔良萬丈

威。今日被歹人將你算，暢則爲你大膽上落便宜。●七：徐沁君本、吴國欽本、王學奇本、徐征本、王季思本作“十”。按，高文秀《襄陽會》第三折白：“曹丞相命曹仁爲帥，曹章爲前部先鋒，領十萬雄兵，前來討伐。”又第四折白：“殺的他十萬軍只剩的百十騎人馬。”據此亦可作“十”。刺顔良萬丈威：刺，原作“剌”，從各本改。“萬”下原作一重文符號“々”，無“丈”字。馬欣來本作“萬萬”。從徐沁君本、寧希元本、吴國欽本、王學奇本、徐征本、王季思本、藍立蓂本改。徐沁君本校記云：“王古魯輯《明代徽調戲曲散出輯佚》所輯《木梳記・宋公明智激李逵》：‘不怕他萬丈威。’本劇此處當亦作‘萬丈威’，與上句‘十萬軍’相對成文。”是。　歹人：“歹”原作“不”。從盧冀野本、隋樹森本、徐沁君本、寧希元本、馬欣來本、徐征本、藍立蓂本改。鄭騫本作“小”。吴國欽本改作“一個”。王學奇本、王季思本改作“壞”。吴曉鈴本校記謂“疑‘不’字下脱一字”，北京大學本校記亦謂“‘不人’二字疑有訛脱”。“不人”，義理不通，當爲“歹人”，乃“不”“歹”形近致誤。　暢則：盧冀野本改爲“暢只”。不從。●金盞兒：曲牌名，又名［醉金盞］，一般爲［仙吕宫］第六支，句式爲三三七七五五五五，共八句。曲譜爲：仄平平[韵]，仄平平/上[韵]。(平仄)平(平仄)仄平平(去)[韵]，(平仄)平(平仄)仄[韵](去)平平[韵]。(平仄)平平仄仄，(平仄)仄仄平平[韵]。(平仄)平平仄仄，(平仄)仄仄平平[韵]。依曲譜，此曲襯字爲：關將軍、無一個、覷、如、不若、仁、良、今日被、暢則爲你、上。第五句“軍”若作仄，則全曲皆合譜。第四句校本從韵脚字後另作一句，若作一句，“戲”字當爲句中韵。韵脚字爲：持、敵、會、戲、泥、威、宜。　但相持：衹要相對抗，厮殺。　欺敵：欺侮，匹配，抵擋。　素衣匹馬：素衣，未着戎裝。匹馬，衹騎一匹馬。　單刀會：三國時東吴嚮西蜀索要昔日借出的荆州，屢討未果。魯肅遂設計請當時鎮守荆州的關羽去東吴赴宴，準備乘機除掉關羽，奪回荆州。關羽不畏險惡，帶着周倉和數十個兵卒如期赴宴。在宴會上，還未等魯肅發言，關羽就從蜀漢的立場大義凛然地教訓了魯肅一頓，未等魯肅回過神來，即帶着周倉和兵卒返回。關于此題材，元雜劇有《單刀會》，有元刊本和《脉望館鈔校本古今雜劇》本。參見本書第三種《古杭新刊的本關大王單刀會》。　覷：看，瞧。　殺曹仁七萬軍：指關羽率衆攻曹仁于樊，于禁奉命救助，遭漢水淹没事。此事在建安二十四年(219)。　刺顔良萬丈威：顔良，袁紹麾下大將軍。關羽受曹操命與張遼做先鋒，在白馬刺顔良于萬軍之中，袁紹諸將莫能當者。遂解白馬圍，曹操即封關羽爲漢壽亭侯。此事在建安五年（200）。《三國志》卷三十六載之。　歹人：壞人，奸詐之人，此指劉封等人。　算：暗算。　暢：正衹爲。元劇常用語。這裏是純然、完全、實在的意思。　落便宜（pián yi）：失去益處。便宜，益處。⊙此曲叙述關羽的勇敢神威、功勛業績和因此而被歹人陷害的遺憾。對功績的叙述并未按歷史事實發生的時間進行，而是錯綜性的總體概括，這也是元雜劇鋪陳歷史事件的一個特點。

［醉扶歸］義赦了嚴顔罪，鞭打的督郵虧，當陽橋喝回個曹孟德。倒大個張車騎，今日被人死羊兒般剁了首級，全不見石亭驛。●鞭打的督郵虧：“虧”字殘損難認。覆元槧本空缺。盧冀野本、吴曉鈴本、隋樹森本、北京大學本、馬欣來本從空缺，作“□”。鄭騫本、王季思本改作“廢”。鄭騫本校記云：“補碎字亦可。”徐沁君本、吴國欽本、王學奇本、徐征本改作“死”。徐沁君本校記按云：“《全相三國志平話》卷上‘張飛鞭打督郵邊胸，打了一百大棒，身死。’”寧希元本、藍立蓂本作“虧”。依曲譜，“虧”爲平聲，當爲首選；“死”爲上聲，次之；“廢”或“碎”皆去聲，不從。　當陽橋喝回個曹孟德：喝，原殘作“曷”，從各本改補。曹孟德原作“曹子夗盛”，係字迹殘破、部位錯開所致。北京大學本、馬欣來本從原本，但校記云“子夗盛”有誤。從盧冀野本、隋樹森本、鄭騫本、徐沁君本、寧希元本、吴國欽本、王學奇本、徐征本、王季思本、藍立蓂本改。吴曉鈴本校記云：“‘子夗盛’三字疑有錯簡，疑‘夗’字當作‘殤’字，‘盛’字衍文。盧本校改爲‘曹孟德’三字，不從。”徐沁君本按云：“本劇第三折‘當陽橋將曹操喝’，又《單刀會》第二折寫張飛‘當陽坡有如雷吼，曾擋住曹丞相一百萬帶甲貔貅，叫一聲混天塵土紛紛的橋先斷，喝一聲拍崖驚濤厭厭的水逆流’，都寫此事。盧改可從。”藍立蓂本按云：“張飛于當陽長坂拒曹操一事，徐本校記引證已詳，亦見于《三國志·蜀書·張飛傳》。又據曲譜，此爲‘醉扶歸’曲第三句，上四下三句法，且用韵。盧改于史相符，于

譜亦合，吴校則于譜不合，于史亦不知所云矣。”雖合韵，但于律仍不合，見下注。●醉扶歸：見第五支曲注。督，入聲作上聲。剁，應作平聲。唯第三句于律不合，九字僅“個”爲仄聲，甚罕見，姑如此，待斟酌。依曲譜，此曲襯字爲：了、的、回個、個、人死羊兒般、了、全；韵脚字爲：罪、虧、德、騎、級、驛。　義赦了嚴顏罪：指張飛在巴郡擒獲劉璋部將嚴顏後，呵曰：“何不降?”顏曰：“我州但有斷頭將軍，無有降將軍也。”張飛大怒，令人推出斬首，但嚴顏神色不變，曰：“斫頭便斫頭，何爲怒耶!”張飛壯之而釋，并引爲賓客。事見《三國志·蜀書·關張馬黄趙傳》。　鞭打的督郵虧：歷史記載鞭打督郵的是劉備。《三國志·蜀書·先主傳》云：“督郵以公事到縣，先主求謁，不通，直入縛督郵，杖二百，解綬繫其頸，着馬枊，棄官亡命。”元雜劇與元明小説嫁接爲張飛鞭打督郵。督郵，官名，漢代各郡的重要屬吏，代表太守督察縣鄉，宣達教令，兼司獄捕亡等事。每郡有分兩部、四部和五部者，每部各有一督郵，唐後廢。　當陽橋：史無此名，乃當陽縣之橋簡稱，元明小説描寫張飛隻身一人在當陽橋上横矛怒目，大喝三聲，嚇退了曹兵。　倒大：一作“倒大來”，絶大，多麽大。此意爲了不起。　張車騎：張飛于昭烈帝章武元年（221）遷車騎將軍。　石亭驛：小驛站名。本句所指之事即第二折［梁州］所説“石亭驛手挎袁襄”。《全相三國志平話》卷上寫張飛在石亭驛曾抓住袁術之子袁襄雙手捽死。⊙此曲叙述張飛的英勇善戰，也對張飛的悲劇下場給予深切同情，使張飛的勇猛無畏與被小人殺害的遭遇形成鮮明對比，從而在讀者和觀衆心理上激起對張飛的無限崇敬與對殺害張飛的小人的有力鞭笞。

［**金盞兒**］俺馬上不曾離，誰敢鬆動滿身衣？恰離朝兩個月零十日，勞而無役枉驅馳。一個鞭挑魂魄去，一個人和的哭聲回。宣的個孝堂裹關美髯，紙幡兒漢張飛。●俺：鄭騫本“據文義”改作“鞍”，寧希元本、徐征本、王季思本從。　鬆：原作“惚”。徐沁君本改作“鬆”，按云：“‘惚’爲‘惚’之形誤。‘惚’即‘鬆’。”并引關漢卿《調風月》第二折“把襖子疏剌剌惚開上拆”爲證。藍立蓂本作“惚”。王季思《〈詐妮子調風月〉寫定本説明》改作“松”。吴國欽本、王學

奇本、馬欣來本、徐征本、王季思本從。隋樹森本、寧希元本“愡”改“鬆”，“鬆”爲“松”的繁體。“愡”亦寫作“憁”。脉望館鈔校本關漢卿《單鞭奪槊》第三折“人和馬暫憁”，趙琦美硃筆改作“松”。徐沁君本“身衣”誤倒，依曲譜正。 恰：盧冀野本誤作“記”。 鞭挑魂魄去：盧冀野本“挑”下增一“的”字。“魂”原作“塊”。從各本改。 紙幡兒：“幡”原作“播”，從鄭騫本、徐沁君本、寧希元本、吴國欽本、王學奇本、馬欣來本、徐征本、王季思本、藍立蓂本改。“兒”字原本模糊不清。覆元槧本“兒”字空缺，盧冀野本、吴曉鈴本、隋樹森本、北京大學本作“□”，今從徐沁君本、寧希元本、王學奇本、馬欣來本、藍立蓂本補。鄭騫本、徐征本、吴國欽本、王季思本改作“上”。徐沁君本按云：“《樂府群珠》卷四無名氏［普天樂］《美色》：‘行裏坐裏茶裏飯裏相隨定，恰便似紙幡兒引了人魂靈。’《盛世新聲》亥集［醉太平］：‘爲是麼下番的恁早。’‘送殯處將着個紙幡兒挑。’《永樂大典》戲文《小孫屠》［錦纏道］：‘挑着個紙幡兒招展，痛苦傷情。’‘紙幡兒’即所謂‘引魂幡’或‘迎魂幡’。宫天挺《范張鷄黍》第三折白：‘只見一首幡上面有字，寫着道：張元伯引魂之幡。’朱凱《昊天塔》第二折：‘準備着迎魂一首幡。’本句‘紙幡兒’與上句‘孝堂裏’正相應成文。” 張飛：“張”原作“蚿”。除吴曉鈴本，各本均改。吴曉鈴本校記亦謂：“盧本校改爲‘張’字，可通。”●金盞兒：見上曲注。依曲譜，此曲襯字爲：俺馬上、誰敢鬆動、個、零、一個、一個人、宣的個、裏、兒；韵脚字爲：離、衣、日、馳、回、飛。 勞而無役：勞而無獲，指費了力氣，却于事無助。《廣雅·釋詁二》：“役，助也。” 和（hè）：聲相應。 宣：傳達皇帝的詔命。上文［油葫蘆］曲：“委得俺宣限急。”《後漢書·种劭傳》：“遣劭宣詔止之。” 孝堂：靈堂。蘇舜欽《蘇學士文集》卷十五《廣陵郡太君墓志銘》：“一日，指旁室曰：‘此可作孝堂，吊者至，爾哭于某處。’”⊙此曲叙關、張兩鬼魂赴蜀途中的緊張狀態以及對離蜀兩個月零十天的簡單回憶，從而抒發了一種傷感凄婉的悲劇情懷。

［**尾**］殺的那東吴家死尸骸堰住江心水，下溜頭淋流着血汁。我交的茸茸蓑衣渾染的赤，變做了通紅獅子毛衣。殺的它敢

血淋漓，交吴越托推，一霎兒番爲做太湖石。青鴉鴉岸堤，黄壤壤田地，馬蹄兒踏做搗椒泥。●尾：鄭騫本、徐沁君本、寧希元本、王季思本改作“賺煞”。　東：字形壞如“求”，從各本改正。　淋流：“淋”原作“林”。從盧冀野本、隋樹森本、鄭騫本、北京大學本、徐沁君本、寧希元本、王學奇本、馬欣來本、徐征本、王季思本、藍立蓂本改。吴曉鈴本校記亦謂：“盧本校改爲‘林流’，疑當作‘淋漓’。”吴國欽本從。　茸茸蓑衣：第一個“茸”字下截原殘損。今補。此字下作一重文符號“々”，從徐沁君本、吴國欽本、王學奇本、馬欣來本、徐征本、王季思本、藍立蓂本改。盧冀野本改作“淋流”，隋樹森本、吴曉鈴本、北京大學本均改作“茜茜”；鄭騫本闕疑，作“××”；寧希元本改作“件件”，均不從。徐沁君本按云：“《太平樂府》卷八無名氏［南吕·一枝花］《夏景》套：‘緑茸茸蓑展青氈。’”　蓑：鄭騫本作“×”。寧希元本改作“縗”。　渾：原作“洋”。覆元槧本作“泮”。盧冀野本、隋樹森本、吴曉鈴本改作“滿”。從鄭騫本、北京大學本、徐沁君本、寧希元本、吴國欽本、王學奇本、馬欣來本、徐征本、王季思本、藍立蓂本正。　通紅：“紅”字左旁模糊。覆元槧本作“江”，吴曉鈴本、隋樹森本、北京大學本、吴國欽本從，非。　殺的它敢血淋漓：“敢”原作“憨”，馬欣來本從原文。從鄭騫本、徐沁君本、寧希元本、吴國欽本、徐征本、王季思本、藍立蓂本改。“漓”原作“離”，從盧冀野本、隋樹森本、鄭騫本、徐沁君本、寧希元本、吴國欽本、馬欣來本、徐征本、王季思本、藍立蓂本改。吴曉鈴本校記云：“‘憨血淋離’疑當作‘脊血淋漓’。”徐沁君本按云：“‘憨’‘敢’通用，在唐變文中就有先例。王重民等編校《敦煌變文集》‘叙例’中説：‘敦煌寫本中有很多的同聲通用字，如……感、憨與敢之類。’本曲‘憨’亦應作‘敢’。鄭光祖《老君堂》第三折：‘俺元帥刀起人頭落，呀，敢血淋漓錦征袍。’可爲旁證。‘敢’字用法，參看張相《詩詞曲語辭匯釋》(以下簡稱《語辭匯釋》) 卷一‘敢（二）’條。”此説甚當。托推：托，原作“秅”。鄭騫本闕疑，作“×”；寧希元本改作“扒”。從盧冀野本、隋樹森本、北京大學本、徐沁君本、吴國欽本、王學奇本、馬欣來本、徐征本、王季思本、藍立蓂本改。　番爲做太湖石：番，徐沁君本、寧希元本、吴國欽本、王季思本改作“翻”。石，盧冀野本、吴曉鈴本、隋樹森本、北京大學本、王學奇本、馬欣來本作“鬼”，不從。鄭騫本校記云：“原本‘石’字尚可辨識，‘太湖石’是現成名詞，此處借喻人死後僵硬如石。全集（按，即盧冀野本）作‘太湖鬼’，語意生造，且與原本字形不類。” 堤：覆元槧本誤作“兒”，盧冀野本、吴曉鈴本、鄭騫本、北京大學本、徐沁君本、寧希元本、吴國欽本、王學奇本、馬欣來本、徐征本、王季思本沿誤，隋樹森本作“提”。據藍立蓂本改。●尾：又名［賺煞］［賺煞尾］［賺尾］，曲牌名，爲［仙吕宫］結尾曲，句式爲三三七七七三四七四四七，共十一句。曲譜爲：仄平平，平平(去)[韵]，(平仄)(平仄)(平仄)平平(去)上/平[韵]。(平仄)仄平平(平仄)(去)上/平[韵]，仄(平仄)(平仄)(平仄)仄平平/上[韵]。仄平平[韵]，(平仄)仄平平[韵]，(平仄)仄平平(平仄)仄平/上[韵]。(平仄)平仄平[韵]，(平仄)平平去[韵]，(平仄)平(平仄)仄仄平平[韵]。依曲譜，此曲襯字爲：殺的那東吴家死尸骸、住、心、下溜頭、流着、茸茸、渾、的、變、了、吴越、一霎兒番爲、青、黄、兒。個别字失律，如“水”當作平聲；還有按曲譜，此曲缺第八句。韵脚字爲：水、汁、赤、衣、漓、推、石、堤、地、泥。 東吴家：東吴國。家，國。《尚書·洪範》：“俊民用章，家用平康。”孔《傳》：“賢臣顯用，國家平康。” 堰：堵住，擋住。《全唐詩》卷二五盧照鄰《行路難》：“誰家能住西山日？誰家能堰東流水？” 下溜頭：水的下游。 交：同“教”。 吴越：這裏指吴國，即前文東吴。 托推：即推托，阻擋。徐征本注認爲此詞費解，實爲協韵而倒置。 番爲做：變成。番，通“翻”。 搗椒泥：搗碎成椒泥。古代宫廷和廟宇常用搗碎的椒粉塗飾内壁，取其芳香和温暖。⊙此曲叙關羽、張飛鬼魂報仇的決心，要把東吴殺得尸横遍野，血流成河，如果東吴稍有阻擋，立刻把它像石頭一樣沉入太湖底，把它的岸堤、田地變成馬踏的椒泥。即使自己的蓑衣變成通紅的獅子毛，也在所不惜。這種氣概把復仇的情緒渲染得淋漓盡致、無以復加，爲元雜劇慣用手法。

第二折

［南吕·一枝花］早晨間占《易經》，夜後觀乾象。據賊星增焰彩，將星短光芒。朝野內度量，正俺南邊上，白虹貫日光。低首參詳，怎有這場景象？●南吕：原本無，覆元槧本、盧冀野本、吴曉鈴本、北京大學本、田中謙二本、馬欣來本、藍立蓂本從，據隋樹森本、鄭騫本、徐沁君本、寧希元本、吴國欽本、王學奇本、徐征本、王季思本補。其他本從原文。　經：覆元槧本作"理"。盧冀野本、吴曉鈴本、隋樹森本、鄭騫本、北京大學本、吴國欽本、徐征本、王季思本均沿襲未改。從寧希元本、馬欣來本、藍立蓂本改。徐沁君本按云："'理'字誤。馬致遠《陳摶高卧》第一折：'古聖留傳《周易經》，有幾人能窮究的精。'李文蔚《圯橋進履》第二折：'你將那《周易》從頭論，我將這貴與賤仔細排。'鄭光祖《老君堂》楔子白：'幼小曾將《周易》占。'又第一折：'你把那先天《周易》細循環，將我那五行四柱從頭算。'"從上引諸例可以看出，所占者當指《易經》這部書。按曲譜，此句末字應作平聲，故當作"經"。　量：原作"星"，從鄭騫本、寧希元本、徐征本、王季思本、藍立蓂本改。　白虹貫日光：寧希元本"虹""日"誤倒。●南吕：全名［南吕宫］，宫調名，爲十二律之林鐘與七音之宫組合而成的調式的俗稱。燕南芝庵《唱論》云："南吕宫唱感嘆傷悲。"一般出現在第二折。《中原音韵》載［南吕宫］所屬曲牌爲二十一支，而《九宫大成南北詞宫譜》所載屬［南吕宫］的曲牌北曲有三十三支，南曲（包括集曲）有一百七十八支。北曲［南吕宫］聯套的常用格式有兩體，一體是：一枝花—梁州第七—隔尾—九轉貨郎兒—隔尾；另一體是：一枝花—梁州第七—牧羊關—四塊玉—罵玉郎—玄鶴鳴—烏夜啼—煞尾。　一枝花：曲牌名，爲［南吕宫］首支，與詞牌"滿路花"（辛棄疾詞名"一枝花"）及南曲小異。北曲初期有用南曲體者。除五句外，俱作對

句，諸宫調異。句式爲五五五五四五五七七，共九句。曲譜爲：(平仄)平(平仄)(去)平，(平仄)仄平平(去)[韵]。(平仄)平平(去)(平仄)，(平仄)仄仄平平[韵]。(平仄)仄平平[韵]，(平仄)仄平平(去)[韵]，平平(平仄)(去)平[韵]。仄(平仄)平(平仄)仄平平，(平仄)(平仄)(平仄)(平仄)平去上/平[韵]。依曲譜，此曲襯字爲：間、據、内、怎有；韵脚字爲：象、芒、量、上、光、詳、象。此套押江陽韵。第八、九句有减字現象，兩句都减前三字。　易經：古代占卜之書，有《連山》《歸藏》《周易》三種，合稱三《易》。今僅存《周易》，即《易經》。　乾象：天象。乾，八卦之一，是陽性或剛健的象徵。《易經·説卦》："乾，健也。""乾爲天，爲圜，爲君，爲父。"　據：真個，確實。　賊星：指殺害關、張的小人的星象。　將星：指遇害的關、張兩將軍的星象。　焰彩：光芒。《全唐詩》卷三三六韓愈《元和聖德詩》："紫焰嘘呵，高靈下墮。"卷五三四許渾《鶴林寺中秋夜玩月》："輪彩漸移金殿外，鏡花猶挂玉樓前。"　朝野：朝廷，偏義複詞，有"朝"義，無"野"義。脉望館鈔校本高文秀《遇上皇》第四折［折桂令］："朝野裏誰人似俺，衝懵懂愚濁痴憨。"　度量：測量。顔之推《顔氏家訓》卷五"歸心"十六："夫遥大之物，寧可度量？"　白虹貫日：古人附會爲預示君王遇害的天象。《戰國策·魏》："聶政之刺倈也，白虹貫日。"這裏指關羽、張飛遇害後天象的反映。　参詳：考慮。《敦煌變文集》卷四《破魔變文》："心頭托手細参詳，世事從來不久長。"⊙此曲叙諸葛亮用《周易》占卜和觀察天象，發現凶兆，後來果然得知關羽、張飛慘死，在朝廷内思量、考慮，想不通怎會發生這種事情，爲此十分傷痛。

［梁州］單注着東吴國一員驍將，砍折俺西蜀家兩條金梁。這一場苦痛誰承望！再靠誰挾人捉將？再靠誰展土開疆？做宰相幾曾做卿相？做君王那個做君王？布衣間昆仲心腸，□□□□□□□。再不看官渡口劍刺顔良，古城下刀誅蔡陽，石亭驛手捽袁襄！殿上，帝王，行思坐想正南下望，知禍起自天降。宜到我朝下若問當，着甚話聲揚？●梁州：徐沁君本、寧希元本、王季思本作"梁州第七"。按曲譜亦當爲"梁州第七"。但爲保持元刊本風格，不從。　砍：原作"匿名攻"，據各本改。　宰：寧希

元本改作“卿”。　布衣間昆仲心腸：寧希元本下補七空圍，校記按云：“依譜，此處當脱一上三下四的七字句，與上句‘布衣間昆仲心腸’作對。”從。　劍：原作“剄”。除吴曉鈴本、北京大學本、馬欣來本外，各本已改。徐沁君本引關漢卿《單刀會》第二折“麾蓋下顔良劍梟了首”爲證。　捽：原作“挎”。各本均作“挎”，從徐沁君本、馬欣來本、藍立蓂本改。徐沁君本校記按云：“本劇第三折：‘惱犯我，拿住他，天靈捽破。’‘捽袁襄’同此‘捽’字。無名氏《黄鶴樓》第一折：‘你休賣弄安喜縣鞭督郵，石亭驛捽袁祥。’袁祥即袁襄。《全相三國志平話》卷上，寫張飛在石亭驛捽死袁襄（袁術子）事。‘捽’即‘捽’的簡寫。”　宜到我朝下若問當：覆元槧本“下”誤作“不”，盧冀野本、吴曉鈴本、隋樹森本、鄭騫本、北京大學本沿誤。“下”本不誤，覆元槧本因受外加的横畫而誤刻。問，原作“何”，乃“問”之形誤，從徐沁君本、寧希元本、王學奇本改。鄭騫本“問”作“何”，并在其下讀斷，“當”字屬下句，不從。王實甫《西厢記》第四本第二折：“若問着此一節呵如何訴休?”南戲《幽閨記》第十七齣：“有人厮盤問，教咱把甚言抵對也?”語意均與此相似。　着甚話聲揚：話，原作“括”，以形似致誤。從徐沁君本、寧希元本、吴國欽本、王學奇本、馬欣來本、徐征本、王季思本、藍立蓂本改。●梁州：曲牌名，全名［梁州第七］。爲［南吕宫］第二支曲。首二句對，第三句單句，四字句四字作兩對，七字二句對，七字三句鼎足對，二字兩句可并成四字句，減一韻。第十一及十七句，劇套皆叶韻，散套可不叶。句式爲七七七四四四四七七七七七二二七五七四。共十八句。曲譜爲：(平仄)(平仄)仄(平仄)平(去)上/平[韻]，仄(平仄)平(平仄)仄平平。(平仄)平(平仄)仄平平(去)[韻]。(平仄)平(平仄)仄，(平仄)仄平平[韻]。(平仄)平(平仄)仄，(平仄)仄平平[韻]。仄平(平仄)(平仄)仄平平[韻]，仄平(平仄)(平仄)仄平平[韻]。仄平(平仄)(平仄)仄平平，(平仄)(平仄)仄(平仄)平(去)上/平(韻)，仄平平(平仄)仄平平[韻]。(平仄)平[韻]。仄平/上[韻]。(平仄)平(平仄)仄平平(去)，平仄仄平去[韻]。(平仄)仄平平(平仄)仄平(韻)，(平仄)仄平平[韻]。依曲譜，此曲襯字爲：單注着、砍折俺、這、再靠誰、再靠誰、做宰相、做、做君王、做、再不看、正、自、我、着；韻脚字爲：將、梁、望、疆、王、腸、□、襄、上、王、降、揚。　單注着：原指賭博下孤注以冒險求勝，即孤注一擲，這裏指衹因東吴吕蒙一人而損失了西蜀兩員大將。注，賭博時擲色子的點數。 東吳國一員驍將：指吕蒙。 兩條金梁：指關羽和張飛。 苦痛：即痛苦，但程度比痛苦重，爲元曲常用語，像關漢卿《鄧夫人苦痛哭存孝》，是出現于劇名的例證。 承望：料想。王實甫《西厢記》第二本第三折［得勝令］："誰承望這即即世世老婆婆，着鶯鶯做妹妹拜哥哥。" 布衣：平民。 昆仲：稱他人弟兄的敬詞。 官渡口劍刺顏良：官渡口，今河南中牟縣東北，因臨古官渡水得名。東漢建安五年（200），曹操破袁紹軍于此。顏良，袁紹大將，爲關羽所殺。關漢卿《單刀會》第一折［鵲踏枝］："他誅文醜逞粗操，刺顏良顯英豪。" 古城下刀誅蔡陽：古城，這裏指荆州。因爲古九州之一，故名。蔡陽，三國時魏將，《三國志・魏書》記載蔡陽乃劉備所殺。此處移嫁于關羽，爲頌揚關羽之武功。關漢卿《單刀會》第二折［尾聲］："麾蓋下顏良劍標了首，蔡陽英雄立取頭。" 石亭驛手捽袁襄：石亭驛，名叫石亭的驛站。袁襄，袁術子。此乃張飛之功勞。 下：猶裏。 問當：問。當，後綴。 聲揚：應對，敷衍。董解元《西厢記》卷六［雙調・豆葉黄］："這事體休聲揚，着人看不好。" ⊙此曲叙諸葛亮對痛失關、張兩股肱的無比惋惜，認爲是一場不曾料想的巨大灾難，回憶了劉、關、張三人不是親兄弟勝似親兄弟的友誼和關、張的顯赫功勛，描寫了劉備的坐立不安、悲傷以及諸葛亮不知如何應對和安慰劉備的焦灼無措。

［隔尾］這南陽耕叟村諸亮，輔佐着洪福齊天蜀帝王。一自爲臣不曾把君誑。這場，勾當，不由我索向君王行醖釀個謊。●耕：原作"排"。從徐沁君本、馬欣來本、王學奇本、徐征本、藍立蓂本改。寧希元本改作"逃"。鄭騫本校記云："疑是俳字。"徐沁君本按云："無名氏《博望燒屯》第三折：'他則是單溺這耕夫。''耕夫'即指諸葛亮。'耕叟'與'耕夫'義同。"甚是。 輔佐着洪福齊天蜀帝王：佐，徐沁君本改作"助"。齊，原簡作"斉"，下半截斷筆，覆元槧本誤作"吝"。蜀，原作"㺵"，從寧希元本改。諸本改作"漢"。"王"原作"五"，從各本改。 向：原本無，從盧冀野本、隋樹森本、鄭騫本、寧希元本、徐征本、王季思本、藍立蓂本改。馬欣來本無之。鄭騫本校記云"無此字則句法不合。"●隔尾：曲牌名，實爲［南吕・尾］正格，因其後尚聯他曲，故稱［隔尾］。亦入［黄

鐘］［中吕］，但衹能作［尾聲］用。句式爲七七七二二七，共六句。曲譜爲：(平仄)平(平仄)仄平平(去)[韵]，(平仄)仄平平(平仄)仄平[韵]。(平仄)仄平平仄平(去)[韵]。仄平[韵]，仄平[韵]，(平仄)仄平平去平上[韵]。依曲譜，此曲襯字爲：這、着、齊天、不曾、不由我、醖釀；韵脚字爲：亮、王、誆、場、當、謊。　南陽：郡名，秦置，包括河南省舊南陽府、湖北省舊襄陽府之地。治宛，即今河南省南陽市。《三國志·蜀書·諸葛亮傳》“亮躬耕隴畝”注引《漢晋春秋》：“亮家于南陽之鄧縣，在襄陽城西二十里，號曰隆中。”宋王應麟引《殷蕓小説》，説諸葛亮躬耕南陽，是襄陽墟名，非南陽郡。見《困學紀聞》十。　耕叟：耕地的老頭，指出身卑微。　村：原意爲村莊，引申爲粗俗。此意大約起于元代，爲元曲常用語。元王實甫《西厢記》第一本第四折：“老的小的，村的俏的，没顛没倒，勝似鬧元宵。”　諸亮：諸葛亮省稱，但通常衹省稱爲諸葛或亮，此處是爲照顧押韵。　輔佐：在旁邊給予幫助。　洪福齊天：巨大的福氣跟天一樣齊。比喻劉備做帝王是命中注定的。　一自：自從。《杜工部集》卷十五《復愁》：“一自風塵起，猶嗟行路難。”　誆（kuāng）：欺騙，迷惑。　索：尋求。　勾當：陰謀、伎倆，指關、張被害的事。　醖釀：思慮、編造。⊙此曲寫諸葛亮自謙以鄙陋的出身幫助劉備建功立業，忠心耿耿，從未欺騙過劉備。但這場灾難的降臨，使他不得不撒個謊瞞過劉備，以使劉備不要過分哀傷。

［牧羊關］張達那賊禽獸，有甚早難近傍？不走了、麋竺麋芳！咱西蜀家威風，俺敢將東吴家滅相。我直交金鼓震傾人膽，土雨濺的日無光。馬蹄兒踏碎金陵府，鞭梢兒蘸乾揚子江。●賊：原作“瓜”。從隋樹森本、鄭騫本、北京大學本、徐沁君本、寧希元本、吴國欽本、馬欣來本、王學奇本、徐征本、王季思本、藍立蓂本改，盧冀野本、吴曉鈴本均改作“斯”。北京大學本校記云：“‘賊’原作‘瓜’，形近而誤（本劇‘則’字元刊本并作‘刖’或‘刖’，下文‘賊’字或作‘賊’，可證），今改。或校改爲‘斯’，疑非是。”徐沁君本按云：“曲譜，此句係三字句。”　走了麋竺麋芳：走，盧冀野本誤作“是”。麋竺麋芳，原作“梅竹梅方”，各本已改。下同。　滅相：相，原作“祖”。從各本改。徐沁君

本按云："'滅相'一詞亦有見于他劇者。元本尚仲賢《氣英布》第一折：'這漢滅相自家煞小可。'（《元曲選》本無此句）元本無名氏《博望燒屯》第三折：'可不人不得滅相，死尸骸卧在雲陽。'（脉望館鈔校本無此曲）無名氏《石榴園》第二折：'頗奈那無端的曹丞相，將人來厮滅相，不由我怒生嗔氣夯破我胸膛。'"甚是。　金鼓震：鼓，原作"破"。從徐沁君本、吴國欽本、王學奇本、徐征本、王季思本、藍立蓂本改。馬欣來本從原本作"破"。盧冀野本改作"被"，寧希元本改作"鈹"。徐沁君本按云："鼓，亦寫作'皷'，因與'破'字形近致誤。王實甫《西厢記》第二本第一折：'耳邊厢金鼓連天振，征雲冉冉，土雨紛紛。'與本曲兩句語意正相同。"震，杜甫《秋興八首》："直北關山金鼓震。"寧希元本、王季思本于"震"字下補一"的"字，不從。徐沁君本按云："振、震通用。震，一作振。"此按語似多餘，因諸種版本并無作"振"者。　傾人膽：傾，原作"腥"。從徐沁君本、吴國欽本、王學奇本、徐征本、藍立蓂本改。馬欣來本從原本作"腥"。寧希元本改作"喪"。吴曉鈴本校記云："金破震疑有脱文，似當作'金□震破'。"北京大學本校記云："'金破震腥'四字疑有訛舛。"徐沁君本按云："'傾'之爲'腥'，蓋以音近致誤。《水滸傳》第六十二回：'行刑問事人傾膽，使索施枷鬼斷魂。''人傾膽'與'傾人膽'，語意正同。關氏《玉鏡臺》第二折：'到這裏惜甚廉耻，敢傾人命。''傾人命'與'傾人膽'，用法正同。"頗具見地。

土雨濺的日無光：濺，原作"湔"，從徐沁君本、吴國欽本、馬欣來本、徐征本、王季思本改。徐沁君本按云："'湔'與'濺'音同致誤。尚仲賢《氣英布》第四折：'紛紛紛濺土雨。'可據。"藍立蓂本從原本作"湔"，且作按語云："湔，同濺。《集韵》去聲綫韵：'濺淺，水激也，或省，通作湔，子賤切。'《戰國策·齊策三》：'臣請以臣之血湔其衽。'"　鞭梢兒蘸乾揚子江：梢，原作"俏"，從各本改。蘸，原作"醮"，從吴曉鈴本、鄭騫本、北京大學本、徐沁君本、寧希元本、吴國欽本、王學奇本、馬欣來本、徐征本、王季思本、藍立蓂本改。盧冀野本、隋樹森本改作"醮"，誤。乾，原作"屹"（右半邊下截殘損），覆元槧本"屹"字殘存"屼"形。從各本改。徐征本作簡化字"干"。●牧羊關：曲牌名，諸宮調入［高平］調，首二句可減爲三字句，或增爲七字句，末四句如五言詩兩聯，不宜用散句。句式爲五五七四四五五五五，共九句。曲譜爲：(平仄)仄平平仄，(平仄)平仄仄平（上）[韵]，仄(平仄)平、(平仄)仄平平[韵]。(平仄)仄平平，平平去平（上）[韵]。(平仄)平平仄仄，(平仄)仄仄平平[韵]。(平仄)仄(平仄)平仄，(平仄)平平去平[韵]。依曲譜，此曲襯字爲：那、早、咱、家、俺敢將、家、我直交、傾、的、無、蹄兒、碎、梢兒、乾；韵脚字爲：傍、芳、相、光、江，除第三句，其餘都是雙句押韵。　張達：殺害張飛的部將。賊：形容詞，狠毒、殘暴。　禽獸：比喻像禽獸一樣的壞人，駡人語，淵源甚早。《孟子·滕文公（下）》："無父無君，是禽獸也。"　近傍：碰，接近，臨近。脉望館息機子本武漢臣《生金閣》第二折［鬼三臺］："你待要插狀呈詞，姐姐也，誰敢道將他近傍。"　不走了糜竺糜芳：不，不要，别。《孟子·滕文公（上）》："病愈，我且往見，夷子不來。"糜竺（？—約 220），字子仲，漢末東海朐人。初爲徐州牧陶謙别駕從事，謙死，奉命迎劉備。漢獻帝建安元年（196），劉備敗于吕布，妻子被虜，遂進妹于備爲夫人，并獻金銀貨幣以爲軍資，備賴以復振。後曹操表爲嬴郡太守。棄官從備。備將至荆州，竺爲之先。從入益州，拜爲安漢將軍。弟糜芳叛，竺面縛請罪，慚愧發病卒。糜芳，生卒不詳，竺之弟。初曹操表爲彭城相，與兄竺同棄官，歸劉備，從入益州，拜南郡太守，統屬關羽。與羽有隙，叛迎孫權，遂致荆州失守。歷史上糜竺、糜芳品格有别，這裏把他們作爲背叛西蜀的同類，説二人棄蜀投吴，是文學作品的演繹。　家：前一個指自稱語尾助詞，後一個指他稱語尾助詞，爲元曲常用語。　滅相：佛家語。《法華經·化成喻品》："如來説法，一相一味，所謂解脱相、離相、滅相。"此指消滅、使死亡之意。咱：包括别人的自稱。　俺：僅指個人的自稱。爲元曲常用語。　金鼓：鑼鼓。　土雨：指濺起的塵土像下雨一樣。　金陵府：五代梁置金陵府，大致爲今南京市及江寧縣。此指東吴首都建業所在地。　蘸（zhàn）：將東西浸入水中。　揚子江：以揚子津、揚子縣得名，即長江。因東吴首都建業在長江邊，故名。⊙此曲寫在諸葛亮看來，懲處張達、糜竺、糜芳這般奸險小人都是輕而易舉的，以西蜀的威風完全可以消滅東吴，而且有一種鑼鼓震破人膽、軍陣濺起的塵土如同下雨遮住日光的氣勢，發誓要讓戰馬踏碎東吴首都金陵府，馬鞭揮舞似乎都能蘸乾長江之水，可見以諸葛亮爲代表的西蜀君臣爲關羽、張飛報仇的决心和氣概。

［**賀新郎**］官裏行行坐坐則是關張，常則是挑在舌尖，不離了心上。每日家作念的如心癢，没日不心勞意攘，常則是心緒悲傷。白晝間頻作念，到晚後越思量，方信道夢是心頭想。但合眼早逢着翼德，纔做夢可早見雲長。●行行坐坐：第一個“行”字下原作一重文符號“々”，但字迹稍模糊，再下作“行坐”二字。覆元槧本前二字空缺。從徐沁君本、寧希元本、吴國欽本、王學奇本、徐征本、王季思本、藍立蓂本改。盧冀野本、鄭騫本改作“無行坐”，吴曉鈴本、隋樹森本均作“□行坐”，北京大學本改作“行行坐”，馬欣來本作“行行，坐”。徐沁君本校記云：“均作三字，實非是。按，關氏《調風月》第三折：‘時下且口口聲聲，戰戰兢兢，裊裊停停，坐坐行行。’《太平樂府》卷三張可久［柳營曲］《閨怨》：‘行行步步只念想。’‘行行坐坐’爲‘行坐’之延伸重叠以加强語氣者。曲譜，此四字二平二仄。”甚是。　心癢：癢，原作“痒”。從各本改。　心勞意攘：攘，原作“儴”。從盧冀野本、隋樹森本、鄭騫本、北京大學本、徐沁君本、寧希元本、吴國欽本、王學奇本、馬欣來本、徐征本、王季思本、藍立蓂本改。吴曉鈴本改作“穰”。非。●賀新郎：曲牌名，宋詞、諸宫調、南曲均有此名，但格式不同。句式爲七八七七七五五七五五，共十句。曲譜爲：(平仄)平(平仄)仄仄平平[韵]，(平仄)仄平平，(平仄)平平去[韵]。(平仄)平(平仄)仄平平去[韵]，仄(平仄)(平仄)(平仄)平去上/平[韵]，仄(平仄)(平仄)(平仄)仄平平[韵]。(平仄)平平仄仄，(平仄)仄仄平平[韵]，(平仄)平(平仄)仄平平去[韵]。(平仄)平平仄仄，(平仄)仄仄平平[韵]。依曲譜，此曲襯字爲：官裏、則、常則是、了、家、的、間、到、道、但、早、着、纔、可早；韵脚字爲：張、上、癢、攘、傷、量、想、長。　官裏：朝廷裏，諸本多釋爲皇帝，文義欠通。此曲主唱角色是諸葛亮，故當指諸葛亮的丞相府。而“官裏”原本就有衙門的意思，如宋孔平仲《孔氏談苑》二引《楊樸》詩：“今日捉將官裏去，這回斷送老頭皮。”　行行坐坐：兩個動詞叠用，表示因極度思念而行走不定、坐立不安的樣子。　常則是：也作“常衹是”“常子是”，常常是的意思。臧懋循本石君寶《曲江池》第一折［金盞兒］：“常則是肉吊窗放下遮他面，動不動便抓錢。”　挑：挂。馬致遠《岳陽樓》：“將酒望

兒挑起來。”挑在舌尖，猶言挂在嘴上。　家：與“價”同，估量辭，猶云這般或那般，這個樣兒或那個樣兒。爲元曲常用口語。　作念：思念。　心癢：心緒撩亂。　心勞意攘：心煩意亂。羅貫中《風雲會》第三折［倘秀才］：“憂的是百姓苦向御榻心勞意攘，憂的是天下小教寡人眼思夢想。”　心緒：情緒。這裏一連用了心上、心癢、心勞、心緒、心頭五個帶心字的詞，以表現關、張被害給諸葛亮心靈的巨大衝擊。　早：立刻。藍立蓂本釋爲“就”，程度嫌輕，時間嫌緩。臧懋循本無名氏《殺狗勸夫》第二折［六煞］：“我便噇了你這一鍾酒當下沾些醉，我便吃了你那半碗麵早登時掙的肥。”　可早：比早還要快。無名氏《爭報恩》楔子［仙吕・賞花時］：“好鬥打相爭俺這廝，但吃虧了些兒他可早推詐死。”　纔：猶“一”。⊙此曲寫諸葛亮因關羽、張飛之死坐立不安、心煩意亂、不知所措的樣子。作者采用重複的寫法，反復用表示時間和情緒的詞語寫諸葛亮時時處處的心情和舉止，委實反映了一種切膚之痛和刻骨銘心，諸葛亮鞠躬盡瘁、死而後已的忠臣形象便自然地浮現在眼前，使讀者和觀衆在有如身臨其境的同時也爲此氛圍所深深打動。

［牧羊關］板築的商傅説，釣魚兒姜吕望，這兩個夢善感動歷代君王。這夢先應先知，臣則是誤打誤撞。蝴蝶迷莊子，宋玉赴高唐。世事雲千變，浮生夢一場。●感：原作“慼”。吴曉鈴本依原本，從其他本改。　誤：原作“悮”。吴曉鈴本、藍立蓂本依原本，從其他本改。●牧羊關：曲牌名，見前同曲注。依曲譜，此曲襯字爲：的、兒、這、善、歷代、這夢、臣則是；韻脚字爲：望、王、撞、唐、場。　板築的商傅説（yuè）：指傅説板築時受商王武丁賞識事。相傳説築于傅岩之野，武丁訪得，舉以爲相，出現殷中興局面。因得説于傅岩，故命爲傅姓，號傅説。《史記・殷本紀》：“武丁夜夢得聖人，名曰説，以夢得所見視群臣百吏，皆非也。于是迺使百工營求之野，得説于傅險中。”　釣魚兒姜吕望：指姜吕望在渭濱釣魚得周文王賞識事。《史記・齊太公世家》：“太公望吕尚者，東海上人……吕尚蓋嘗窮困，年老矣，以漁釣奸周西伯。西伯將出獵，卜之，曰：‘所獲非龍非彲，非虎非羆，所獲霸王之輔。’于是周西伯獵，果遇太公于渭之陽。與語，大説，曰：‘自吾先君太公曰當有聖人適周，周以

輿。子真是邪？吾太公望子久矣。'故號之曰'太公望'，載與俱歸，立爲師。"傅説得于武丁，姜尚得于文王，武丁、文王都預先做過遇見他們的夢。　應：驗證。藍立蓂本釋爲"受"，似非。　誤打誤撞：亂碰，胡亂猜想。蝴蝶迷莊子：典出《莊子·齊物論》："昔者莊周夢爲胡蝶，栩栩然胡蝶也。自喻適志與，不知周也；俄然覺，則蘧蘧然周也。不知周之夢爲胡蝶與？胡蝶之夢爲周與？周與胡蝶則必有分矣，此之謂物化。"後人用以比喻浮生如夢。馬致遠套數［雙調·夜行船］："百歲光陰一夢蝶，重回首往事堪嗟。"宋玉赴高唐：《文選》卷十九宋玉《高唐賦序》記楚王游高唐，夢中會見巫山神女，兩情相悦。"去而辭曰：妾在巫山之陽，高丘之阻，旦爲朝雲，暮爲行雨，朝朝暮暮，陽臺之下。"⊙此曲寫諸葛亮借古代兩位賢相傅説和姜尚得遇君王賞識的故事，感喟自己時艱命蹇；又借莊子迷蝴蝶和宋玉赴高唐的故事感嘆世事變幻無常，人生如夢。這支曲子所表現的諸葛亮與前諸曲截然不同，由于把傅説和姜尚的得遇與自己對比，顯得很不幸；也反映了作爲臣子的諸葛亮與作爲皇帝的劉備之間并不像後世傳説的那樣親密無間，諸葛亮在劉備跟前也有所顧慮，所以纔生出世事無常，人生如夢的感嘆。

［**收尾**］不能勾侵天松柏長三丈，則落的蓋世功名紙半張。關將軍，美形狀，張將軍，猛勢况，再何時，得相訪？英雄歸，九泉壤，則落的河邊堤土坡上釘下個纜樁，坐着條擔杖，則落的村酒漁樵話兒講。●訪：寧希元本改作"仿"。非。　則落的河邊堤土坡上釘下個纜樁："落"字變形，作"玜"。盧冀野本作"掘"。鄭騫本從，并作校記云："全集（即盧冀野本）改作掘，又似于下釘字義複，姑從之。若以玖字之音推測，疑是就字。"非是。北京大學本校記云："'玜'字疑訛。"從隋樹森本、徐沁君本、寧希元本、吴國欽本、馬欣來本、王學奇本、徐征本、王季思本、藍立蓂本改。的，王季思本改作"得"。纜，原作"鏡"。馬欣來本從。從徐沁君本、吴國欽本、王學奇本、徐征本、王季思本、藍立蓂本改。寧希元本改作"井"，非。鄭騫本校記云："鏡字待校。"徐沁君本按云："纜之作'鏡'，形近致誤。《太平樂府》卷九曾瑞［哨遍］《思鄉》套：'羈縻人舟纜樁橛釘。'《警世通言》卷一《俞伯牙摔琴謝知

音》：‘分付水手，將船灣泊，水底抛錨，岸邊釘橛。’釘橛即釘樁。元刊本范康《竹葉舟》第三折：‘把船纜在枯樁便辭舟。’（《元曲選》本作：‘我這裏將半橛枯樁船纜住。’）《陽春白雪》後集卷二鮮于樞［八聲甘州］套：‘小舟斜纜壞橋樁。’關氏《望江亭》第一折：‘收了纜，撅了樁，踹跳板，挂起這秋風布帆。’都可見‘纜樁’是指纜船的樁。”甚是。　坐着條擔杖：“條”字迹稍殘損，作“夅”。從鄭騫本、徐沁君本、寧希元本、吴國欽本、馬欣來本、王學奇本、徐征本、王季思本、藍立蓂本改。盧冀野本改作“齊”，吴曉鈴本、隋樹森本、北京大學本改作“舉”，均非是。徐沁君本按云：“《劉知遠諸宫調》第十二：‘一個唤彦威，一個史洪肇，着兩條檐打得來篤磨。’‘檐’爲‘擔’（‘担’字繁寫）字形誤。宫天挺《七里灘》第一折：‘協着條舊擔杖。’擔杖即扁擔，是以‘條’稱的。上句‘纜樁’云云指漁，這句‘擔杖’云云指樵。”甚是。●收尾：曲牌名，亦入［黄鐘］［中吕］。有三種格式，第一種用［隔尾］本格，應直題［尾聲］或［尾］，不宜再題［隔尾］。第二種增句格一，［隔尾］首二句，下增三字句若干，須雙數，宜對偶，平仄不拘，隔句叶韵，宜平仄調諧。末四句仍用［隔尾］。第三種增句格二，增三字句同前。再增四字句若干，須雙數，宜對偶，隔句叶仄韵，首末同上。此曲爲第二種類型。句式爲七七三三三三三三三三七二二七，共十四句。曲譜爲：(平仄)平(平仄)仄平平(去)[韵]，(平仄)仄平平(平仄)仄平[韵]。仄平平，(平仄)(平仄)仄[韵]……(平仄)仄平平仄平(去)[韵]。仄平[韵]，仄平[韵]，(平仄)仄平平去平上[韵]。依曲譜，此曲襯字爲：不能勾、則落的、則落的、邊、上、下個、着、則落的；韵脚字爲：丈、張、狀、况、訪、壤、樁、杖、講。　“不能”二句：這兩句是説雖不能做出像高三丈的松柏聳入雲天令人仰慕的功績，然而，即使做出，那一世功名也不過是半張紙罷了。侵天，參天。　形狀：形象。《史記·刺客列傳》：“居頃之，豫讓又漆身爲厲，吞炭爲啞，使形狀不可知，行乞于市。”　勢况：樣子。《劉知遠諸宫調》第一：“知遠勢况，渾如夯浪出波龍。”　訪：尋。　九泉壤：也作九泉，地下極深處，指人死後埋葬的地方。　纜樁：繫船纜的木樁。　擔杖：扁擔。　村酒：鄉村酒店。　漁樵：打魚和砍柴的人。　話兒：故事。董解元《西厢記》卷一［仙吕調·風吹荷葉］：“話兒不提朴刀趕棒，長槍大馬。”⊙

此曲寫諸葛亮因爲關羽、張飛遇害而産生了對功名富貴的虛幻感，也表現了他對與關羽、張飛不能再相見的沉痛。在他看來，所謂英雄一旦魂歸九泉，就如同河堤土坡釘了個纜樁，被坐着扁擔的漁樵當故事講罷了。此曲感情基調跟前曲一樣，也很悲觀空虛，與後世小說戲曲所描寫的諸葛亮形象并不一致。

第三折

［中吕·粉蝶兒］運去時過，誰承望有這場喪身灾禍。憶當年鐵馬金戈，自桃園，初結義，把尊兄輔佐。共敵軍擂鼓鳴鑼，誰不怕俺弟兄三個！●中吕：原本缺，覆元槧本、盧冀野本、吴曉鈴本、北京大學本、田中謙二本、馬欣來本、藍立蓂本從，依隋樹森本、鄭騫本、徐沁君本、寧希元本、吴國欽本、王學奇本、徐征本、王季思本補。　運去時過："去"字末劃不清，有似"夫"字。覆元槧本作"失"，非。盧冀野本、吴曉鈴本、鄭騫本、北京大學本、王學奇本沿之。依徐沁君本、寧希元本、馬欣來本、藍立蓂本改。　初：徐沁君本作"三"。●中吕：全名爲［中吕宫］，宫調名，爲十二律之夾鐘與五音之宫組合成的調式之俗稱。一般出現在第三折。燕南芝庵《唱論》云："中吕宫唱高下閃賺。"《中原音韵》載［中吕宫］所屬曲牌爲三十二支，《九宫大成南北詞宫譜》載［中吕宫］所屬曲牌爲五十六支。北曲［中吕宫］聯套的常用格式爲：粉蝶兒—醉春風—迎仙客—石榴花—上小樓—幺篇—小梁州—幺篇—朝天子—尾聲。此曲押歌戈韵。　粉蝶兒：曲牌名，爲［中吕宫］首支，與詞牌、南曲小異。句式爲四七七三三四四七，共八句。曲譜爲：(平仄)(去)平平[韵]，(平仄)(平仄)平仄平平去[韵]，(平仄)(平仄)平(平仄)仄平平[韵]。仄(平仄)平，平(平仄)仄，(平仄)平平去[韵]。(平仄)仄平平[韵]，(平仄)(平仄)平仄平平去[韵]。依曲譜，此曲襯字爲：有這場、把、共敵軍、俺；韵脚字爲：過、禍、戈、佐、鑼、個。　運去時過：指昔日那種興盛走運的時代已經過去。羅隱《籌筆驛》詩："運去英雄不自由。"　承望：料想。　桃園初結義：指劉備、關羽、張飛最初在桃園結拜爲異姓兄弟。　尊兄：指劉備。　共：一起，　同。擂鼓鳴鑼：擂鼓，表示前進；鳴鑼，表示後退。指與敵軍打仗。⊙此曲寫張飛鬼魂對自己遭遇灾禍的傷痛以及對往日兄弟三人美好時光的回憶和懷念。

［醉春風］安喜縣把督郵鞭，當陽橋將曹操喝，共呂温侯配戰九十合，那其間也是我，我！壯志消磨，暮年裏折銼，今日向匹夫行伏落。●戰：王季思本誤作“戟”。　年：原作“卑”，盧冀野本作“軍”，誤。從吴曉鈴本、隋樹森本、鄭騫本、北京大學本、徐沁君本、寧希元本、吴國欽本、馬欣來本、王學奇本、徐征本、王季思本、藍立蓂本改。　銼：鄭騫本、寧希元本、吴國欽本、王季思本作“挫”。藍立蓂本校記云：“銼，挫。《淮南子・詮言》：‘行未固于無非而急求名者，必銼也。’”匹夫：“匹”原作“四”。從各本改。●醉春風：曲牌名，爲［中吕宫］第二支，與詞牌同，唯詞牌一字句三叠，曲牌衹二叠，三叠者不多。一字句上，常多用襯字。亦入［正宫］［雙調］。句式爲五五七一一四四四，共八句。曲譜爲：㊥仄仄平平，㊥平平去上/平韵。㊥平㊥仄仄平平，上韵，上韵。㊥仄平平，仄平㊥仄，仄平平去韵。依曲譜，此曲襯字爲：縣把、橋將、共、配、那其間也是、裏、今日向、行；韵脚字爲：喝、我、我、落。　“安喜縣”三句：指張飛怒鞭督郵、喝退曹操、鏖戰吕布事。吕温侯，即吕布。因與王允合謀殺董卓，封温侯。配，匹敵。　消磨：消失，磨滅。　折銼：受挫折。也作“剉折”。《後漢書・馮异傳》：“偏城獲全，虜兵剉折。”　匹夫：庶人，平民。　行（háng）：輩。　伏落：低頭，屈服。⊙此曲寫張飛鬼魂對自己生前主要戰功的回顧及其由此而産生的自豪感，并對如今壯志消磨殆盡、晚年受盡挫折以及落得嚮平頭百姓低頭伏輸的境地感到十分悲傷。

［紅綉鞋］九尺軀陰雲裏惹大，三縷髯把玉帶垂過，正是俺荆州裏的二哥哥。咱是陰鬼，怎敢隨它？唬的我向陰雲中無處躲。●九尺軀陰雲裏惹大：盧冀野本“軀”改作“驅”；“裏”，覆元槧本誤作“黑”，盧冀野本、吴曉鈴本、鄭騫本、北京大學本沿誤。盧冀野本、吴曉鈴本、北京大學本在“黑”（裏）字下點斷。吴曉鈴本、北京大學本、寧希元本、吴國欽本、王季思本“惹”改作“偌”。徐沁君本校記云：“惹、偌字同，參看《語辭匯釋》卷一‘惹’字條。”“蓋‘惹大’者原指‘九尺軀’言，而非言‘三縷髯’也。”盧冀野本“大”改作“得”，“惹得（大）”二字斷屬

下句。吴曉鈴本、北京大學本“偌（惹）大”、馬欣來本“偌大的”亦屬下句。藍立蓂本校記云：“按譜，此本曲首句，用韵，‘大’字韵，盧本、吴本、北本誤。”隋樹森本、鄭騫本、寧希元本、徐征本、藍立蓂本不誤，從之。隨它：隨，覆元槧本作“陷”，盧冀野本、吴曉鈴本、隋樹森本、北京大學本、徐沁君本、王學奇本、馬欣來本、徐征本沿誤。鄭騫本校記云：“覆刻及石印誤作‘陷’字，格律不合，文理不通。（此字應用平聲）”吴國欽本改作“見”，亦非。據寧希元本、藍立蓂本改。它，吴曉鈴本、徐沁君本、寧希元本改作“他”，不從。●紅綉鞋：曲牌名，小令兼用，又名［朱履曲］，亦入［正宫］，首二句對，第四、五句多作五字對句，與南曲異。句式爲六六七三三五，共六句。曲譜爲：(平仄)仄平平平去[韵]，(平仄)平(平仄)仄平平/上[韵]，(平仄)平平仄仄平平[韵]。平(平仄)仄，仄平平[韵]，(平仄)平平去上/平[韵]。依曲譜，此句襯字爲：裹惹、把、垂、正是、的、是、怎、唬的我向、中；韵脚字爲：大、過、哥、它、躲。　九尺軀：指身材高大魁梧。　惹大：即偌大，那麼高大。　縷：綹。　髯：頰毛，也指古代多鬚者。《三國志・蜀書・關羽傳》：“羽美鬚髯，故亮謂之髯。”　玉帶：鑲嵌玉石的腰帶。　唬：嚇。⊙此曲寫張飛魂在回成都的途中看見了陰雲裹的關羽魂，誤以爲關羽還活着，自覺是陰鬼，所以衹好嚮陰雲裹躲避。這實際上是張飛内心因爲遭遇灾禍而感到自卑的緣故。

［**迎仙客**］居在人間世，則合把路上經過。向陰雲中步行因甚麼？往常爪關西，把它圍繞合。今日小校無多，一部從十餘個。●間：原作“問”，從各本改。　爪關西：爪，原作“瓜”，馬欣來本從。從鄭騫本、徐沁君本、吴國欽本、王學奇本、徐征本、王季思本、藍立蓂本改。盧冀野本、隋樹森本改作“時”，寧希元本改作“懆”，皆非。吴曉鈴本校記云：“疑是‘從’字。”所疑亦非是。徐沁君本按云：“‘爪關西’一詞，亦見元刊本《單刀會》第一折：‘五百個爪關西簇捧定個活神道。’（明脉望館鈔校本此句作：‘恰似六丁神簇捧定一個活神道。’其‘爪關西’一詞已被换去。）尚有見于他處者：無名氏《張仲村樂堂》第二折，正末扮演曳拉，是個關西人，劇中其他人物都叫他做‘爪子’，并且駡他做‘爪驢！爪弟子孩兒！爪畜生！’正末唱詞也説：‘不似那昨來個爪驢、爪賊、爪馬叫吖吖的眼

睛荒。’清唐英《十字坡》雜劇，孫二娘白：‘啐！你這瞎眼的爪牛羊，燥了老娘多少脾！’此指劇中副扮之貨郎。貨郎，陝西人也。可知‘爪’是詈詞。‘爪關西’，是詈詞轉爲謔詞。宋人就諱‘爪’。宋莊季裕《雞肋編》卷上：‘南方舉子至都，諱蹄子，謂其爲爪與獠同音也。’獠，唐代就是詈詞。《唐書・褚遂良傳》：‘何不撲殺此獠！’此武后罵褚遂良語。唐代已有吴人諱‘爪’的記載。《太平廣記》卷二五五‘賀知章’條：賀知章告老歸吴中，請求明皇賜給他兒子一個名字，歸爲鄉里之榮。明皇説：‘爲道之要，莫若于信。孚者，信也。……宜名之曰孚。’後來好久，賀知章想起這是皇帝給他開的玩笑，他對人說：‘上何謔我耶？我實吴人。孚乃爪下爲子，豈非呼我兒爲爪子耶？’（出《開天傳信記》）”極有見地。　圍繞合：“圍”本作“闈”。從盧冀野本、隋樹森本、鄭騫本、徐沁君本、寧希元本、吴國欽本、王學奇本、馬欣來本、徐征本、王季思本、藍立蓂本改。吴曉鈴本校記云：“疑是‘闌’字。”所疑非是。徐沁君本按云：“‘闈’乃‘闌’之誤。元刊本‘圍’‘闌’二字，常以音同互用。如金仁傑《追韓信》第四折：‘左右槍刀斷闌定。’‘闌’應作‘圍’。鄭光祖《周公攝政》第三折：‘娘娘道不放微臣出宫圍。’王伯成《貶夜郎》第三折：‘香靄暗宫圍。’兩‘圍’字均當作‘闌’。本曲先誤‘圍’爲‘闌’，再誤爲‘闈’。”甚是。●迎仙客：曲牌名，小令兼用，諸宫調同，南曲略同，亦入［正宫］。句式爲三三七三三四五，共七句。曲譜爲：(平仄)仄平，仄平平[韵]，(平仄)平仄平平仄平/上[韵]。仄平平，(平仄)去平/上[韵]。(平仄)仄平平[韵]，(平仄)仄平平去[韵]。依曲譜，此曲襯字爲：居在、則合把、上、向、中、往常、把它、今日、一；韵脚字爲：過、麼、合、多、個。　則合：則應該。　爪關西：元雜劇常以此語罵陝西人，見此曲校語。　部從：隨從。脉望館古名家本馬致遠《漢宫秋》第二折末白：“如今就差一番官，率領部從，寫書與漢天子，求索王昭君與俺和親。”　小校：兵卒。⊙此曲寫張飛看見關羽在陰雲中行走，心裏甚爲疑惑，認爲關羽活在人間，則應該走在路上。要是往常，那些小厮們早把他簇擁上了，如今衹有十多個隨從，小校也没幾個。前後懸殊的對比使張飛難以接受。這是張飛鬼魂的内心獨白，爲後面兩個鬼魂見面埋下伏筆。

[**石榴花**] 往常開懷常是笑呵呵，絳雲也似丹臉若頻婆。今日卧𧈪眉瞅定面没羅，却是爲何，雨泪如梭？割捨了向前先攙逐，見咱呵，恐怕收羅。行行裏恐懼明開破，省可裏倒把虎軀挪。●開懷：懷，原作“傢”。盧冀野本改作“顔”，不從。依吴曉鈴本、隋樹森本、鄭騫本、北京大學本、徐沁君本、寧希元本、吴國欽本、王學奇本、馬欣來本、徐征本、王季思本、藍立蓂本改。　丹臉：“臉”字原殘損，左半作“甘”，右半作“佥”。覆元槧本衹存左半，右半空缺。盧冀野本、隋樹森本、北京大學本均改作“頰”。吴曉鈴本校記謂：“疑是‘眼’字。”不從。徐沁君本按云：“吴本校記所疑，蓋據覆本爲説。今據元本殘存字形，應是‘脸’字。‘脸’之繁寫爲‘臉’。”甚是。從鄭騫本、徐沁君本、寧希元本、吴國欽本、王學奇本、馬欣來本、徐征本、王季思本、藍立蓂本改。　頻婆：頻，盧冀野本、王季思本改作“蘋”，非。　卧𧈪愁眉定：𧈪，原作“巫”，從各本改。愁，原作“瞅”，北京大學本、徐沁君本、寧希元本、吴國欽本、王學奇本、王季思本改作“瞅”，非。從盧冀野本、隋樹森本、鄭騫本、藍立蓂本改。　爲何：“爲”原作“鳴”。盧冀野本、隋樹森本、鄭騫本、北京大學本改作“因”，寧希元本改作“無”。依徐沁君本、吴國欽本、王學奇本、王季思本、藍立蓂本改。吴曉鈴本校記云：“‘鳴’字不文，疑有誤。”徐沁君本按云：“‘为’之繁寫爲‘爲’，與‘鸣’之繁寫‘鳴’字形近致誤。”甚是。　雨泪如梭：盧冀野本、吴曉鈴本、隋樹森本、北京大學本、王學奇本“雨”改作“兩”。“梭”原作“悛”，盧冀野本改作“梳”。從吴曉鈴本、隋樹森本、鄭騫本、北京大學本、徐沁君本、寧希元本、吴國欽本、王學奇本、馬欣來本、徐征本、王季思本、藍立蓂本改。徐沁君本按云：“‘雨’改爲‘兩’，非是。‘雨泪如梭’一語，亦見于楊顯之《酷寒亭》第三折、無名氏《薛苞認母》第三折。又有‘雨泪如珠’一語，見于關氏《蝴蝶夢》第二折、鄭廷玉《後庭花》第二折、高文秀《遇上皇》第二折。　攙逐：攙，寧希元本改作“參”。逐，鄭騫本、寧希元本、吴國欽本、徐征本、王季思本改作“過”。從馬欣來本、藍立蓂本改。　明開：開，原作“聞”，藍立蓂本從。依徐沁君本、寧希元本、馬欣來本、徐征本改作“開”。徐沁君本按

云："'聞'爲'開（開）'之形誤。'明開'爲元劇中習用語。《裴度還帶》第四折白：'老夫分付官媒左右，且休説是韓相公家，看裴度肯不肯，那其間明開也未遲哩。'張國賓《薛仁貴》第一折：'我待要叩金階款款的明開去。'無名氏《謝金吾》第一折：'這書上已明開，休的胡猜。'無名氏《定時捉將》第四折：'聽小校明開。'"　到把虎軀挪：到，徐沁君本、寧希元本、吴國欽本改作"倒"，不從。挪，吴曉鈴本、藍立蓂本作"那"。依其他各本改。●石榴花：曲牌名，亦入［正宫］，諸宫調、南曲牌略同。句式爲七五七四四七七七五，共九句。曲譜爲：(平仄)平(平仄)仄仄平平[韵]，(平仄)仄仄平平[韵]。(平仄)平(平仄)仄仄平平[韵]，(平仄)(平仄)仄(平仄)[韵]，(平仄)(平仄)平平[韵]。(平仄)平仄仄平平去[韵]，(平仄)(平仄)(平仄)、(平仄)仄平平[韵]。(平仄)平(平仄)仄平平去[韵]，(平仄)仄仄平平[韵]。依曲譜，此曲襯字爲：常是、絳雲也似、今日、定、了、裹、省可裹；韵脚字爲：呵、婆、羅、何、梭、羅、破、挪。　頻婆：頻婆果，即柰，類似于林檎的一種水果，明李時珍《本草綱目》果部卷三十："柰，梵言謂之頻婆。"　面没羅：亦作面摩羅、面磨羅、面魔羅、面波羅，臉上無精打采的樣子。關漢卿《詐妮子調風月》第二折［朱履曲］："又不瘋又不呆痴，面没羅、呆答孩、死堆灰。"　攙逐：搶步跟隨。攙，搶先。《三國志·蜀書·魏延傳》："延大怒，攙儀未發，率所領徑先南歸。"逐，隨。《樂府詩集》卷四十一鮑照《東武行吟》："始隨張校尉，召募到河源。後逐李輕車，追虜出塞垣。"　收羅：收容、收留，有親近之意。藍立蓂釋爲"停步"，似欠切當。　省可裹：亦作省可，免得、休要。⊙此曲寫張飛鬼魂見了關羽鬼魂後，感覺關羽已没有往日的神采，精神大不如前，而且老是躲避，仿佛很恐懼的樣子。這是因爲關羽也不知張飛的下場，以爲他還活着，作爲鬼魂便有了躲避的行止。

［**鬥鵪鶉**］哥哥道你是陰魂，兄弟是甚麼？用捨行藏，盡言始末。則爲帳下張達那廝廝嗔喝，兄弟更性似火。我本意待侑它，誰想它興心壞我！●盡言始末：末，原作"未"，從各本改。　張達那廝廝嗔喝：第二個"廝"字原爲一重文符號"々"，盧冀野本、隋樹森本改作"那廝那廝嗔喝"。鄭騫本校記云："上廝字是名詞，下廝字是副詞。全集（即盧冀野本）作'那廝那廝嗔喝'，非。"　更性似火："性"原

作“往”。從各本改。吴國欽本“更”“性”二字誤倒。　待侑他：“侑”字原本略有殘缺，作“侞”。盧冀野本、鄭騫本改作“饒”，北京大學本改作“侜”，馬欣來本作“宥”，均不從。徐沁君本按云：“疑是‘侑’字。‘侑’同‘宥’。”依徐沁君本、寧希元本、吴國欽本、王學奇本、徐征本、王季思本、藍立蓂本改。　興心：盧冀野本“心”字奪。●鬥鵪鶉：亦入［正宫］，與［越調］大致相同。句式爲四四四四七六四四，共八句。曲譜爲：(平仄)仄平平，平平去上[韵]。(平仄)仄平平，(平仄)平去上/平[韵]。(平仄)仄平平仄仄平/上[韵]，(平仄)平(平仄)、仄(平仄)平/上[韵]。(平仄)仄平平，平平去上/平[韵]。依曲譜，此曲襯字爲：哥哥道、兄、則爲、那廝、本意、誰想、興；韵脚字爲：麽、末、喝、火、我。　兄弟：張飛。　用捨行藏：《論語·述而》：“子謂顔淵曰：‘用之則行，捨之則藏，唯我與爾有是夫！’”比喻被任用則入仕，不被任用則退隱。此處謂經歷、行迹。　廝：輕蔑的稱呼，猶言奴才。宋《京本通俗小説·錯斬崔寧》：“原來我的丈夫也吃這廝殺了。”　嗔喝：怒斥。　侑（yòu）：同“宥”。寬容、饒恕。⊙此曲寫張飛鬼魂與關羽鬼魂相見，傾訴衷腸，張飛鬼魂説自己是因爲怒斥張達而被殺害的。他活着時也想原諒張達，孰料張達蓄謀已久要害他，這很出乎張飛意料。

［上小樓］則爲咱當年勇過，將人折銼。石亭驛上，袁襄怎生結末？□□□□，惱犯我，拿住他，天靈摔破。虧圖了我怎生饒過！●將人折銼：“人”原作“攵”，從各本改。銼，鄭騫本、寧希元本、吴國欽本、王學奇本、王季思本改作“挫”。不從。　結末：“末”原作“未”，盧冀野本改作“果”，從吴曉鈴本、隋樹森本、鄭騫本、北京大學本、徐沁君本、寧希元本、吴國欽本、王學奇本、王季思本改。鄭騫本校記云：“結末爲曲中常用語，與結果結束同意。”　虧圖：原作“亐固”。覆元槧本作“亐固”，吴曉鈴本從覆元槧本，盧冀野本改作“若遇”。從隋樹森本、鄭騫本、北京大學本、徐沁君本、寧希元本、吴國欽本、王學奇本、馬欣來本、徐征本、王季思本、藍立蓂本改。●上小樓：曲牌名，小令兼用，亦入［正宫］，有［幺篇換頭］，小令不用，套數宜用。句式爲四四四四四三三四七，共九句。曲譜爲：(平仄)平(去)平/上[韵]，(平仄)平平去[韵]。(平仄)仄平平，(平仄)仄平

平㊎，㊥仄平平㊄。仄㊥平㊎，㊥仄平/上㊎。㊥平平去㊄，仄平㊥、仄平平去㊄。依曲譜，此曲第四句後脱一個四字句，襯字爲：則爲咱、怎生、我；韵脚字爲：過、銼、末、□、破、過，第四、六、七句可韵可不韵。 折銼：折辱。《劉知遠諸宫調》第二［般涉調·麻婆子］："記得村酒務，將人恁折銼。" 石亭驛、袁襄：詳見第一折第二支［醉扶歸］注。 結末：結果，結束。元馬致遠《壽陽曲》："豫章城故人來也，結末了洞庭秋月。" 惱犯：觸犯。 天靈：即天靈蓋，腦袋。《古今雜劇》元康進之《李逵負荆》第四折："想着你兄弟十年故友，舊日恩情，今都罷了，則蚤砍取我半壁天靈蓋。" 虧圖：幸虧，謀算。元王實甫《西厢記》第五本第四折："那厮本意囂虚，將足下虧圖，有口難言，氣夯破胸脯。" 饒：即繞，躲過。⊙此曲寫張飛鬼魂對自己當年摔破袁襄天靈蓋功業的回味，説自己除了勇敢，還很工于心計，這樣纔把袁襄打敗，自己存活下來。

［幺］哥哥你自暗約，這事非小可。投至的曹操、孫權，鼎足三分，社稷山河。筋厮鎖，俺三個，同行同坐，怎先亡了咱弟兄兩個？●幺：徐沁君本、寧希元本、王學奇本、馬欣來本、徐征本、王季思本改作"幺篇"。 暗約：暗，盧冀野本改作"暗"，非。暗約，元曲常用語。如改作暗約，義理欠通。●幺：曲牌名，也作［幺篇换頭］，首二句各换爲三字韵，餘同前曲［上小樓］。句式爲三三四四四三三四七，共九句。曲譜爲：㊥仄平，㊥仄㊥㊄。㊥仄平平，㊥仄平平㊎，㊥仄平平㊄。仄㊥平㊎，㊥仄平/上㊎。㊥平平去㊄，仄平㊥、仄平平去㊄。依曲譜，此曲襯字爲：哥哥你、這事、投至的、了咱；韵脚字爲：可、河、坐、個，可韵可不韵者爲分、鎖、個。 暗（yīn）約：亦作窨約、黯約、恁約，思量，揣度，忖度。尚仲賢《三奪槊》第二折［梁州］："近新來病體兒直然較，我自暗約，也枉了醫療。" 小可：猶小小，引申爲細小、低微、尋常、輕易。可，語氣助詞。 投至的：同投至得。投至，及至，等到。元關漢卿《拜月亭》第二折："韵悠悠比及地角品絶，碧熒熒投至那燈兒滅。" 社稷：古代帝王、諸侯所祭的土神和穀神，後用爲國家的代稱。社，土神。稷，穀神。 筋厮鎖：筋肉相連，比喻關係密切。這裏指劉備、關羽、張飛結義三兄弟情同骨肉。

斷，互相。《水滸傳》第三十八回："又在這裏和人廝打。"⊙此曲寫張飛鬼魂對關羽鬼魂説，他們兩個遇害的事非同小可，如果能等到跟曹操、孫權三分國家而鼎立，與劉備三個人如同親骨肉同行同坐，不能分開，那該多好啊！可是如今他們兩個先劉備而死，這多麼令人沮喪啊！

［**哨遍**］提起來把荆州摔破，争柰小兄弟也向壕中卧！雲霧裏自□抨薄：劉封那廝于禮如何？把那廝碎□剮割！糜芳、糜竺，帳下張達□，顯見的東吴趓。先驚覺與軍師諸葛，後入宫庭托夢與哥哥：軍臨漢上馬嘶風，尸堰滿江心血流波。休想逃亡，没處潜藏，怎生的趓？●争柰：柰，各本改作"奈"，從原文。　壕中卧："壕"原作"嚎"，從各本改。徐沁君本校記云："壕中卧，謂人死埋葬土壕中。尚仲賢《氣英布》第一折：'你正是不知自己在壕中卧。'無名氏《藍采和》第三折：'赤緊的我也在壕中坐。'"　抨薄：原作"怦溥"。覆元槧本"怦"下增一重文符號"々"，盧冀野本改作"拼搏"，吴曉鈴本改作"抨搏"，鄭騫本改作"評博"，寧希元本、王季思本作"評跋"，均不從。從隋樹森本、北京大學本、徐沁君本、吴國欽本、馬欣來本、徐征本、藍立蓂本改。徐沁君本校記按云："'怦'爲'評'之形誤，'溥'爲'薄'字省去草頭。參看《語辭匯釋》卷五'評泊（評跋、評祓、評薄）'條。"　顯見的東吴趓："趓"字字迹殘損變形。覆元槧本空缺，盧冀野本、吴曉鈴本、隋樹森本、北京大學本、馬欣來本從空缺，鄭騫本依韵及文義補"躲"字，徐沁君本、寧希元本、吴國欽本、王學奇本、王季思本同。依藍立蓂本改。　軍師諸葛：軍，原作"罕"，從各本改。　尸堰滿江心："尸"字模糊。覆元槧本空缺。隋樹森本、吴曉鈴本從空。盧冀野本、北京大學本已補，其他各本從。　怎生的趓：趓，除吴曉鈴本外，各本改作"躲"。●哨遍：曲牌名，散套首牌，劇套聯入套中。有［幺篇换頭］，與宋詞、諸宮調略同。本爲［般涉調］，亦入［中吕宫］。此曲即是入［中吕宫］。句式爲六七七七七四五六四四七七四四四，共十五句。曲譜爲：(平仄)仄(平仄)平(平仄)(去)[韵]，(平仄)平(平仄)仄平平(去)[韵]。(平仄)仄(平仄)平仄平平，仄(平仄)平、(平仄)仄平平[韵]。(平仄)(平仄)(平仄)、(平仄)平(平仄)仄，(平仄)仄平平。(平仄)仄(平仄)平(去)[韵]。(平仄)仄(平仄)平(平仄)仄，(平仄)平(平仄)仄，(平仄)仄平平[韵]。(平仄)平

(平仄)仄仄平平，(平仄)仄(平仄)平仄平平[韵]。(平仄)仄平平，(平仄)仄平平，(平仄)平去上/平[韵]。依曲譜，此曲襯字爲：把、捽、小、也向、于、先、與軍師、後入宫庭、與、滿；韵脚字爲：破、卧、何、趓、哥、波、趓。此曲甚奇異，如按曲譜，第三、五、七句正文字數脱，這在曲中很少見。且第四句第一字“劉”爲平聲，應爲仄聲。　争柰：怎料。　壕中卧：比喻死亡。　抨薄：亦作評泊，仔細忖度的意思。評，評論；薄，追議。馬謙齋《柳營曲・懷古》：“曾窨約，細評薄，將業兵功非小可。”　剮：原指剔人肉使與骨離析，宋代以後指分解人體的酷刑。　驚覺：驚醒。《劉知遠諸宫調》第二：“雨濕煞火，知遠驚覺，方知洪義所爲。”　軍師：泛指出謀劃策的人，這裏指諸葛亮。　宫庭：即朝廷。　漢上：即漢中，今陝西省南部及湖北省西北部。　堰：擋水的堤壩，此處用作動詞，擋住的意思。⊙此曲寫張飛鬼魂和關羽鬼魂在雲中計議，既要把劉封千刀萬剮，也要把逃亡的糜芳、糜竺、張達聲討；既要嚮丞相諸葛亮説明，也要嚮哥哥劉備托夢，請求出兵東吴，捉拿賊臣，爲自己報仇。復仇的軍隊要讓這些仇人休想逃亡，無處躲藏。

[耍孩兒] 西蜀家炁勢威風大，助鬼兵全無坎坷。糜芳、糜竺共張達，待奔波怎地奔波？直取了漢上纔還國，不殺了賊臣不講和。若是都拿了，好生的將護，省可裏拖磨。

●炁：各本均改作“氣”。炁，古“氣”字。●耍孩兒：曲牌名，又名[魔合羅]，散套可作首牌，劇套聯入套中。[幺篇]同始調，用否均可。一般用爲[般涉調]，亦入[正宫][中吕][雙調]。諸宫調同。南曲不同。句式爲七六七六七七三四四，共九句。曲譜爲：(平仄)平(平仄)仄平平仄[韵]，(平仄)仄平平去上/平[韵]。(平仄)平(平仄)仄仄平平，(平仄)平(平仄)仄平平[韵]。(平仄)平(平仄)仄平平仄，(平仄)仄(平仄)平(平仄)仄平[韵]。平平去[韵]，(平仄)平(平仄)仄，(平仄)仄平平[韵]。依曲譜，此曲襯字爲：家、全、地、了、了、若是、的、裏；韵脚字爲：坷、波、和、了、磨。　家：即價。表示估量某種光景之辭，猶云這般或那般，這個樣兒或那個樣兒。　助鬼兵：指幫助作爲鬼的關羽、張飛的士兵。　坎坷：波折，困難。　奔波：逃跑。　還國：返回蜀國。　賊臣：指糜芳、糜竺和張達。　好生：好好地。生，形容詞詞尾，表示程度。　將護：保護。《後漢書・王昌傳》：“昔遭趙氏之禍，因以王莽篡殺，賴知命者將護鄭躬，解形河濱，削迹趙魏。”　省可：休得要。　拖磨：拖延。⊙此曲寫張飛鬼魂對西蜀派兵幫助他和關羽鬼魂殺死賊臣、報仇雪恨充滿信心，而且有一股不收復失地、活捉仇敵誓不回國的勇氣。

［三煞］君王索懷痛憂，報了仇也快活，除了劉封檻車裏囚着三個。并無喜况敲金鐙，有甚心情和凱歌。若是將賊臣破，君王將咱祭奠，也不用道場鑼鈸。●三煞：原作“三”，馬欣來本、藍立蓂本從，依鄭騫本、徐沁君本、寧希元本、徐征本、王季思本改。　索：盧冀野本、寧希元本改作“素”，非。　若是將賊臣破：“破”字略有殘損。覆元槧本作“報”，盧冀野本、吴曉鈴本、隋樹森本、鄭騫本、北京大學本、王季思本沿誤。非。徐沁君本校記按云：“‘報’爲‘破’之形誤。王實甫《西厢記》第二本第四折：‘若不是一封書將半萬賊兵破。’句法與此同。《曲譜》：本句三字，叶韵。”　鑼鈸：鑼原作“鋺”，“鈸”字右半殘損，覆元槧本作“銛”。盧冀野本作“鐙銛”，吴曉鈴本、隋樹森本、北京大學本、徐沁君本、王學奇本、馬欣來本作“鑌銛”，皆非。今從鄭騫本、寧希元本、吴國欽本、徐征本、王季思本、藍立蓂本改。●三煞：曲牌名，亦入［正宫］［中吕］［雙調］，第四句起同［耍孩兒］，聯套時位于［耍孩兒］之後、［尾聲］之前，可用若干支，冠以數字，多用逆數。句式爲三三七七七三四四，共八句。曲譜爲：平(平仄)仄，仄(平仄)平[韵]，(平仄)平(平仄)仄平平仄[韵]。(平仄)平(平仄)仄平平(去)，(平仄)仄平平仄仄平[韵]。平平去[韵]，(平仄)平(平仄)仄，(平仄)仄平平[韵]。依曲譜，此曲襯字爲：索懷痛、報了仇、除了、裏、着、若是將、將咱、也不用；韵脚字爲：活、個、歌、破、鈸。　索：猶啊。無名氏《劉弘嫁婢》第一折［天下樂］：“你倚仗着我這幾貫錢，索則麼以（抑）勒的些窮人家每，着他無是處！”《雍熙樂府》卷十六無名氏套數［商調・二郎神］《秋恨》：“多因他意重我情薄，既不索可怎生雁貼魚沉音信杳。”　檻車：專門囚禁犯人的車子。　喜况：使人欣喜的戰况。　金鐙：金色的馬鐙，一般用生鐵製成，爲顯示地位尊貴而塗上金色。　破：捉獲。　道場：佛道作法事的場所。　鈸（bó）：樂器。銅製，圓形，中部隆起爲半球形，兩片爲一副，相擊發聲。⊙此曲寫張飛鬼魂對劉備心懷痛憂的體諒，因爲没有令人欣喜的戰况。在他看來，衹要破了賊

臣，劉備祭奠也不用設道場敲鑼鈸請法師了。這是張飛鬼魂退一步的打算，也可以看出張飛的思前想後和通情達理。這種描寫在後來的小説中尚不多見。

［二煞］燒殘半堆柴，支起九鼎鑊，把那斯四肢梢一節節鋼刀銼。虧圖了腸肚鷄鴨喍，數算了肥膏猛虎拖。咱可靈位上端然坐，也不用僧人持咒，道士宣科。●二煞：原本作“二”，馬欣來本、藍立蓂本從。依鄭騫本、徐沁君本、寧希元本、徐征本、王季思本改。　燒殘半堆柴：“殘”原作“裁”，盧冀野本改作“賤”。鄭騫本改作“×”，校記云：“全集（即盧本）第二字作‘賤’，不合格律，此字應用平聲，疑是殘字。”從吴曉鈴本、隋樹森本、北京大學本、徐沁君本、寧希元本、吴國欽本、王學奇本、徐征本、王季思本、藍立蓂本改。“堆”原作“椎”，覆元槧本僅殘存左邊“木”旁，隋樹森本從。盧冀野本改作“樹”，徐沁君本改作“橛”，吴曉鈴本空缺，鄭騫本改作“×”，從北京大學本、寧希元本、吴國欽本、王學奇本、徐征本、王季思本、藍立蓂本改。北京大學本校記云：“元刊本作‘椎’，當是‘槌’字，蓋‘堆’字形近而誤爲‘椎’，‘椎’又寫作‘槌’。”甚是。“柴”原作“菲”，覆元槧本空缺，盧冀野本、吴曉鈴本從之，今依隋樹森本、北京大學本、徐沁君本、寧希元本、吴國欽本、王學奇本、馬欣來本、徐征本、王季思本、藍立蓂本改。　九鼎鑊：鼎，原作“頂”，馬欣來本、徐征本從。今從徐沁君本、寧希元本、吴國欽本、王學奇本、藍立蓂本改。徐沁君本校記按云：“‘頂’與‘鼎’同音致誤。鼎鑊爲古代酷刑之一，元代歷史劇常用之。馬致遠《漢宫秋》第二折：‘你有甚事疾忙奏，俺無那鼎鑊邊滚熱油。’楊梓《豫讓吞炭》第四折：‘者末教鼎鑊烹，鈇鉞誅。’無名氏《賺蒯通》第三折：‘我死呵一任入鼎鑊。’九鼎與鼎鑊本來是兩個不相干的詞，可是却被捏合在一起。紀君祥《趙氏孤兒》第二折：‘怕甚三尺霜鋒，折末九鼎鑊中。’又第三折：‘休道打，折末便支起九鼎油鑊。’鄭光祖《周公攝政》第二折：‘臣索跳九鼎油鑊。’吴承恩《西遊記》第三十四回：‘他當時曾下九鼎油鍋，就煠了七八日。’還有單用‘九鼎’的：宫天挺《范張鷄黍》第四折：‘我敢兩觀下誅了少卯，九鼎内烹殺弘羊。’至于‘鼎’‘頂’互用，現在衹舉關于蓮花帳的例子。關氏《裴度還帶》第一折：‘坐金

鼎蓮花碧油幢。'孔文卿《東窗事犯》第一折：'再不坐九鼎蓮花帳。''鼎'應作'頂'。宫天挺《范張鷄黍》第四折：'這的每須不是儹俸錢儹到那七重圍（幃）金頂蓮花帳。'無名氏《博望燒屯》第三折：'今日坐領三軍金頂蓮花帳。'則不誤。"辨之甚詳。　鋼刀：鋼，原作"剛"。從各本改。　銼：寧希元本、吴國欽本改作"挫"。　虧圖：原作"亏閩"，盧冀野本改作"虧刳"，隋樹森本改作"虧閩"，鄭騫本、寧希元本、王季思本改作"刳開"，王學奇本亦疑爲"刳開"，均無據。徐沁君本校記按云："元本從'口'與從'門'之字，往往相誤（參看本折校記）。蓋以'門'字簡寫爲'门'，與'口'形近似之故。"　鵶鴨啅："鴨"原作"鵶"，盧冀野本、隋樹森本、吴曉鈴本、北京大學本、徐沁君本"鵶"已改"鴨"。鄭騫本校記云："'鵶啄人腸'，語見《七里灘》雜劇，古樂府中亦有同樣寫法，不必改鴨。""啅"原作"朶"。盧冀野本、隋樹森本改作"朵"。吴曉鈴本、北京大學本、徐沁君本、王學奇本改作"剁"，鄭騫本、吴國欽本、王季思本作"啄"，寧希元本作"奪"。鄭騫本、吴曉鈴本、北京大學本、徐沁君本、寧希元本、吴國欽本、王學奇本并謂作"朵"。藍立蓂本校記按云："元刊本、覆元槧本原作'朶'，左邊'ㄗ'乃'口'旁俗寫。吴本等誤辨。啅，啄。今北方方言猶有此語。"甚是。　猛虎拖："猛"字左半原殘壞，盧冀野本作"溢"，吴曉鈴本作"孟"，從隋樹森本、鄭騫本、北京大學本、徐沁君本、寧希元本、吴國欽本、王學奇本、王季思本改。"虎"原作"虛"，馬欣來本從。徐沁君本、王學奇本改作"覷"，從鄭騫本、隋樹森本、寧希元本、吴國欽本、徐征本、王季思本、藍立蓂本改。拖，徐沁君本、王季思本改作"他"，非。　咱可靈位上端然坐：可，下半截殘損。覆元槧本空缺。盧冀野本改作"們"，鄭騫本改作"人"，寧希元本作"呵"，吴曉鈴本校記云："疑當作'在'字。"亦不從。"靈"字上半殘損，僅存滅字，覆元槧本作"靈"，從各本正之。　僧人持咒：人，吴國欽本誤作"斯"。　宜科："科"原作"料"，從各本改。●二煞：曲牌名，注見上支曲牌［三煞］。依曲譜，此曲襯字爲：燒殘、支起、把、四、一節節、了、了、咱可靈位上、也不用；韵脚字爲：鑊、銼、拖、坐、科。　九鼎鑊：大鍋，一種刑具。元刊本紀君祥《趙氏孤兒》第二折［感皇恩］："怕甚三尺霜鋒，折末九鼎鑊中，快刀誅，毒藥吃，滚油烹。"　四肢梢：四肢末梢，即手脚，肢梢非并列同義連用，而是偏正詞。　銼：鍘、剁。《世説新語·賢媛》："銼諸薦以爲馬草。"　虧圖：謀算，謀害。藍立蓂本注釋爲"殺"，亦可。無名氏《馮玉蘭》第三折［逍遥樂］："告他將父親殺死，兄弟虧圖，娘親來占了。"王實甫《西厢記》第五本第四折："那厮本意囂虚，將足下虧圖，有口難言，氣夯破胸脯。"　腸肚：内臟，这裏指仇敵的内臟。數算：謀算，預謀。藍立蓂本注釋爲"殺"，亦可。《元典章》刑部四"謀殺"："李政説合何饅頭妾何阿安與劉天璋通奸。在後，劉天璋對李政道：'咱兩個數算何饅頭，咱要這兩個婦女做媳婦。'"　肥膏：很厚的脂肪，这裏指仇敵肥碩的軀體。　持咒：念經。持，猶念誦。段成式《金剛經鳩異》："江陵開元寺般若院僧法正，日持《金剛經》三七遍。長慶初得病卒，至冥司，見若王者，問：'師生平作何功德?'答曰：'常念《金剛經》。'"咒，佛教經文之一。趙彦衛《雲麓漫鈔》卷三："自《楞嚴經房氏筆受》，有咒一卷，後每經必有咒。"　宣科：念誦經文。宣，念。科，條律。⊙此曲繼續渲染張飛鬼魂復仇的决心，説用柴火燒支起的九鼎鑊，把仇人的手脚砍斷，打算讓鷄鴨啄他們的腸肚，讓猛虎拖走他們肥碩的身軀，自己則端然附在靈位上，也不用請僧人道士來念經超度。反映了張飛鬼魂不顧一切的復仇精神，衹要能够復仇，即使不請僧人道士也能超度。

［尾聲］也不須香共燈，□□酒共果，但得那腔子裏的熱血往空潑，超度了哥哥發奠我！●尾聲：原作"收尾"，馬欣來本從。徐沁君本改作"煞尾"。今依曲譜改。　不須："須"原作"烟"。盧冀野本、鄭騫本、吴國欽本、王季思本改作"用"，吴曉鈴本、隋樹森本、北京大學本改作"烟"，吴曉鈴本、北京大學本校記并謂："'不'字下疑脱一'用'字。蓋承上兩'也不用'來，但字形不似。"但又保留"烟"字。徐沁君本校記云："香燈酒果四物之上，着一'烟'字，則爲贅詞。"寧希元本作"煩"。馬欣來本從空缺。從徐沁君本、王學奇本、徐征本、藍立蓂本改。　但：原字殘缺太甚，覆元槧本空缺，馬欣來本從，盧冀野本作二空圍。吴曉鈴本校記謂："元刊本原缺一字。"徐沁君本"據上下語意補"作"但"字，寧希元本、吴國欽本、王學奇本、徐征本、王季思本同。藍立蓂本謂："然從殘存點

劃看，恐非是‘但’字。”竊以爲補作“但”字符合本句表達語氣，從。●尾聲：曲牌名，亦入［正宫］［南吕］［般涉］［越調］，句式爲五五七七，共四句，爲［中吕宫］最後一曲。首二句末字宜均用平聲，或一平一上，不可均用上聲。曲譜爲：(平仄)平(平仄)仄平/上，(平仄)平(平仄)仄平/上[韵]，(平仄)平(平仄)仄(平仄)平(去)[韵]，(平仄)仄平平去平上[韵]。依曲譜，此曲第二句缺首二字，襯字爲：也、但得那、裏的、了；韵脚字爲：果、潑、我。　香共燈、酒共果：指祭祀用品。　潑：撒，濺。此句是説如能捉住仇敵，要把他們腔子裏的熱血嚮外洒。　超度：佛、道教謂通過儀式使死者靈魂得以脱離地獄諸苦難。關漢卿《魯齋郎》第四折：“你做甚麼？超度誰？”　發奠：祭奠。⊙此曲寫在張飛鬼魂看來，衹要捉到仇敵，把他們的鮮血洒嚮外邊，也不用燒香、點燈，也不用擺酒和果做供品，就等于超度了自己一樣。與前諸曲感情呼應，這正是本折的主調。

第四折

［正宮·端正好］任劬勞，空生受，死魂兒有國難投。橫亡在三個賊臣手，無一個親人救。●端正好：原本無“正宮”二字，馬欣來本、藍立蓂本從之。依隋樹森本、鄭騫本、徐沁君本、寧希元本、吴國欽本、王學奇本、徐征本上補“正宫”。　任劬勞：鄭騫本據文義“任”改作“枉”。寧希元本同。據其他本改。　死魂兒：“死魂”二字原殘損，頗難辨認。覆元槧本空缺。吴曉鈴本校記云：“元刊本原缺，疑是‘那答’二字。”鄭騫本據文義補“一靈”二字。不從。盧冀野本、吴曉鈴本、隋樹森本從空。今從北京大學本、徐沁君本、寧希元本、吴國欽本、王學奇本、馬欣來本、徐征本、王季思本、藍立蓂本改。　橫亡：“橫”字筆畫簡化。覆元槧本作“梗”，盧冀野本、吴曉鈴本、北京大學本、寧希元本校記、吴國欽本校記、王學奇本校注誤辨作“梗”，隋樹森本作“頓”。非是。今改。徐沁君本校記按云：“紀君祥《趙氏孤兒》第三折：‘我囑付個程嬰，想着那橫亡的趙朔。’又第四折：‘想俺橫亡爺，囚死的生身母。’武漢臣《生金閣》第三折：‘我着那橫亡人便得生天。’朱凱《昊天塔》第一折：‘兀的不橫亡了俺這姜太公。’亦有作‘橫死’者，例不備舉。”●正宫：全名［黄鐘宫］，宫調名，爲十二律之黄鐘與五音之宫組合而成的調式之俗稱。燕南芝庵《唱論》云：“正宫唱雄壯惆悵。”據《九宫大成譜》所載，北曲（題作“高宫”）有四十三支，南曲（包括集曲）有一百二十支。元明以來，較常用的聯套方式是：端正好—滚綉球—叨叨令—脱布衫—小梁州—幺篇—快活三—朝天子—煞尾。戲曲演出，［正宫］調套曲一般譜屬小工調或尺字調。此套押尤侯韵。　端正好：曲牌名，套數首牌，與［仙吕］同，宋詞略異，有［幺篇换頭］，極少用。句式爲三三七七五，共五句。曲譜爲：仄平平，平平(去)[韵]，(平仄)(平仄)(平仄)(平仄)仄平平[韵]。(平仄)平(平仄)仄平平(去)[韵]，(平仄)仄平平去[韵]。依曲譜，此曲襯字爲：在、一；韵脚字

爲：受、投、手、救。　任劬勞：任，受。《左傳·僖公十五年》："重怒難任，背天不祥。"杜注："任，當也。"劬勞，辛苦。《詩經·小雅·蓼莪》："哀哀父母，生我劬勞。"　空生受：空，徒然。生受，辛苦。元費唐臣《貶黄州》第三折："前日如此快樂，今日這般生受，想造物好無定也。"　死魂兒：指張飛、關羽鬼魂。　横亡：非正常突然死亡，見此曲彙校徐沁君本按語。　三個賊臣：指糜竺、糜芳和張達。⊙此曲寫張飛鬼魂對自己征戰南北爲蜀漢立下汗馬功勞的一生感到很虚幻，認爲受盡千辛萬苦也是枉然，非正常突然死亡，不僅没有一個親人援救，即使靈魂也無處棲身。這裏既有對劉備的責備，也有對親屬的不滿。這大約也是關漢卿的處境之反映。

[**滚綉球**] 俺哥哥丹鳳之目，兄弟虎豹頭，中它人機彀、死的來不如個蝦蟹泥鰍！□□□、□□□□。我也曾鞭督郵，俺哥哥誅文醜，□□□、暗梟了車胄，虎牢關、酣戰温侯。咱人三寸氣在千般用，一日無常萬事休，壯志難酬！●滚綉球：原作"衮秀求"，從各本改。　丹鳳之目：目，原作"具"。徐沁君本校記云："'具'疑是'目'之形誤。'丹鳳目'指關羽，下句'虎豹頭'張飛自指。"王學奇本疑同。鄭騫本、王季思本改作"眼"，寧希元本、吴國欽本作"軀"。　機彀：彀，原作"殼"，從各本改。　鰍：原作"鍬"，從各本改。　鞭督郵："鞭督"原作"报及"。北京大學本、吴國欽本作"鞭及督郵"，非。吴曉鈴本校記云："又疑或作'鞭及督郵'。"徐沁君本校記按云："'及'爲'督'之殘字，當改作'督'，不應'及''督'并存。"甚是。從盧冀野本、吴曉鈴本、隋樹森本、鄭騫本、徐沁君本、寧希元本、王學奇本、馬欣來本、徐征本、王季思本、藍立蓂本改。　暗梟了車胄："梟"字筆畫殘損，尚可辨認。盧冀野本、隋樹森本改作"殺"，吴曉鈴本、北京大學本、徐沁君本、吴國欽本、王學奇本作"滅"。寧希元本校記云："此處當須平聲。"從鄭騫本、寧希元本、馬欣來本、徐征本、王季思本、藍立蓂本正。盧冀野本并誤"胄"爲"胃"。●滚綉球：曲牌名，乃［正宫］次牌，亦入［中吕］，句式爲三三七七三三七七七七四，共十一句。按曲譜，此曲缺第四句，第七句缺前三字。一至四爲一節，五至八同上。九、十兩句須對。此曲必與下曲［倘秀才］連

用，并迴環重複。曲譜爲：(平仄)仄平，(平仄)仄平/上[韵]，(平仄)(平仄)(平仄)、(平仄)平平去[韵]，(平仄)(平仄)(平仄)、(平仄)仄平平[韵]。(平仄)仄平，(平仄)仄平/上[韵]，(平仄)(平仄)(平仄)、(平仄)平平去[韵]，(平仄)(平仄)(平仄)、(平仄)仄平平[韵]。(平仄)平(平仄)仄平平仄，(平仄)仄平平仄仄平[韵]，(平仄)仄平平[韵]。依曲譜，此曲襯字爲：俺哥哥、之、兄弟、它人、死的來不如個、我也曾、俺哥哥、了、咱人；韵脚字爲：頭、鰍、醜、冑、侯、休、酬。　丹鳳之目：《禽經》"鸞"晋張華注："首翼赤曰丹鳳。"即丹鳳眼，眼角上翹的一種眼形，因似丹鳳之眼，故稱。《三國志演義》第一回稱關羽是"丹鳳眼，卧蠶眉，相貌堂堂"。　虎豹頭：指像老虎和豹子一樣的頭顱。這兩句是説從關羽、張飛的相貌看就是兩個不同尋常的人物。　機彀：機，弩。彀，箭所射及的範圍。這裏指陷害人的圈套。　蝦蟹泥鰍：比喻死得十分低賤，連蝦蟹泥鰍的死都不如。　暗梟：背地裏消滅，指出其不意地襲擊。梟，殺人懸其頭于木上。車冑：曹操部下，官徐州刺史，後爲劉備所殺。《三國志·蜀書·關羽傳》："先主之襲殺徐州刺史車冑，使羽守下邳城，行太守事，而身還小沛。"小説戲曲中嫁接爲關羽所殺。　虎牢關：三國時地名，所在不詳。　酣戰：激戰。温侯：指吕布。　咱人：咱們。孔文卿《東窗事犯》第二折［鬥鵪鶉］："咱人事要尋思，免勞後悔。"　三寸氣在：指還活着的時候。三寸氣，猶言一口氣，借指生命。唐吕岩《七言》詩："解接往年三寸氣，還將運動一周天。"一日：猶言一旦。《韓非子·五蠹》："今之縣令，一日身死，子孫纍世絜駕，故人重之。"　無常：佛教謂世間一切事物不能久住，都處于生滅成壞之中，故稱無常。這裏指死亡。"三寸氣在千般用，一日無常萬事休"爲元曲常用語。⊙此曲寫張飛鬼魂對自己和關羽的死仍抱不平，因爲像他們這樣相貌不凡又有奇功的將軍按理死也應死得其所、死得體面，甚至應備享哀榮。但不僅没有，反而死得凄慘，死得低賤，没有一點價值。在他看來，活着尚好，死了一切都休止了。這裏多少也有對世態炎凉與蜀漢未能妥當安置英靈的不滿和牢騷。

［倘秀才］往常真户尉見咱當胸叉手，今日見紙判官趨前退後，元來這做鬼的比陽人不自由！立在丹墀内，不由我泪交流，不見一班兒故友。●趨前退後："前"字筆畫殘損，但能辨認，從各

本改。鄭騫本校勘記云："'趨前'原本似是'趨承'，義亦可通。"　元來：元，吴國欽本、王季思本改作"原"。●倘秀才：曲牌名。亦入［中吕］，句式爲七七七三三二，共六句。首二句對。曲譜爲：(平仄)(平仄)(平仄)、平平(去)平/上[韵]，(平仄)(平仄)(平仄)、平平(去)平/上[韵]，(平仄)仄平平仄仄平[韵]。平仄仄，仄平平[韵]，(去)上/平[韵]。依曲譜，此曲襯字爲：往常、見咱、今日見、元來這做、的、立在、不由我、不見一班兒；韵脚字爲：手、後、由、流、友。　真户尉：指把守宫廷大門的警衛。因相對于古時門上張貼的門神、户尉而言，故稱"真"。　叉手：拱手。厲静薌《事物異名録》卷十三："《增韵》：俗呼拱手曰叉手。柳宗元詩：入郡腰常折，逢人手盡叉。"　紙判官：指供在香案上的用紙做成的斷案的官，即閻王屬下掌管生死簿的官。　趨前退後：畏首畏尾的樣子。曾瑞卿《留鞋記》楔子［仙吕·賞花時］："我見他趨前退後，待言語却又早緊低頭。"　元來：即原來。　陽人：陽間人，即活着的人。　丹墀（chí）：紅色的臺階。漢張衡《西京賦》："青瑣丹墀。"五臣注："丹墀，階也，以丹漆塗之。"⊙此曲寫張飛死後的感受，感覺真是兩重天，生前氣宇軒昂，死後畏首畏尾，感嘆鬼還不如人自由，而更使他傷感的是站在紅色的臺階上看不見原來那些老朋友。

［**滾綉球**］那其間正暮秋，九月九，□□□、正是帝王的天壽，烈丹墀、宰相王侯。攘的我奉玉甌，進御酒，□□□、一齊山壽，官裏回言道、臣宰千秋。往常擺滿宫彩女在階基下，今日駕一片愁雲在殿角頭，痛泪交流！●正暮秋："正"原作"王"。從各本改。　烈丹墀宰相王侯：烈，覆元槧本、藍立蓂本從，餘各本均改作"列"。丹，覆元槧本作"舟"，吴國欽本校記、王季思本校記謂"丹"原作"舟"。藍立蓂本校記云："作'舟'者乃覆元槧本，非元刊本，吴本、王本誤校。"是。侯，原殘損，覆元槧本空闕，吴曉鈴本從。今從盧冀野本、隋樹森本、鄭騫本、北京大學本、徐沁君本、寧希元本、吴國欽本、王學奇本、馬欣來本、徐征本、王季思本、藍立蓂本改。　攘的我：攘，原作"衺"，而字形略長，中部有殘損，似兩字。覆元槧本作"衺"，盧冀野本改作"□朱衣"，吴曉鈴本校記謂盧本所改"未知何據"。鄭騫本作

“×衣”，吴曉鈴本、隋樹森本改作“□衣”，北京大學本、馬欣來本改作“方依”，寧希元本作“讓”。今從徐沁君本、吴國欽本、王學奇本、徐征本、王季思本、藍立蓂本改。徐沁君本認爲作兩個字來處理，實非是，而是“襄”字。其按云：“‘襄’爲‘攘’之簡省。元刊本馬致遠《陳摶高卧》第二折：‘鬧攘攘的黄閣上爲官的貴人。’‘攘’字正簡寫作‘襄’。‘攘’有鬧攘、勞攘、亂攘諸義。關氏《單刀會》第三折：‘小可如我百萬軍中刺顔良時那一場攘。’”甚是。　山壽：盧冀野本、鄭騫本、王季思本“山”改作“上”。非。　擺滿宫彩女：“擺”字右半“罷”字簡化，作“罢”。覆元槧本作“擇”，盧冀野本、吴曉鈴本、隋樹森本、鄭騫本、北京大學本、吴國欽本從。今依徐沁君本、寧希元本、王學奇本、馬欣來本、徐征本、王季思本、藍立蓂本改。徐沁君本校記按云：“擺，排列義，往往與排、列對舉或并用。以關劇爲例，《裴度還帶》第一折：‘擺三千珠履，列十二金釵。’又第二折：‘列紫衫銀帶，擺綉帽宫花。’《五侯宴》第五折：‘衆軍卒一字擺，衆官員兩邊排。’《單刀會》第三折：‘玳瑁筵擺列着英雄將。’其單用‘擺’字者，《單刀會》第三折：‘他止不過擺金釵六行。’”甚詳。“彩”字原殘損難認。覆元槧本空缺。隋樹森本、吴曉鈴本、北京大學本從之。王學奇本、徐征本作“彩”。今從盧冀野本、鄭騫本、徐沁君本、寧希元本、吴國欽本、王季思本、藍立蓂本補。徐沁君本校記按云：“費唐臣《貶黄州》第四折：‘則爲這彩女嬪妃，送了俺騷客詩人。’無名氏《抱妝盒》第一折白：‘今日聖人在御園中打金彈丸，着宫娥彩女輩看其所落之處，尋覓金彈。’”　階基：“階”原殘作“堦”。覆元槧本作“背”，吴曉鈴本校記、徐沁君本校記、吴國欽本校記、王季思本校記謂原作“背”，誤。　泪：王學奇本誤作“愁”。●滚綉球：曲牌名，注釋見前曲［滚綉球］。依曲譜，此曲第三、八句皆缺首三字，襯字爲：那其間、正是、的、攘的我、官裏、往常擺、在、今日駕、在；韵脚字爲：九、壽、侯、酒、壽、秋、頭、流。　天壽：高壽。　攘：見此曲彙校徐沁君本按語。徐征本釋爲通“饗”，以酒食款待人，似欠通。竊以爲有勞攘之意。　玉甌：玉製的器皿。　御酒：皇帝賜的酒。　山壽：高壽。《詩經·小雅·天保》：“如南山之壽，不騫不崩。”　官裏：皇帝，此處指劉備。　臣宰：大臣、宰相。泛指卿臣。　彩女：即宫女。　愁雲：烏雲。⊙此曲寫張飛鬼魂駕着雲回到蜀漢，回想起往常此時正是宫裹給劉備祝壽的日子，祥瑞熙和，一派熱鬧景象。而今他看到宫殿就想起那種景象，遂獨自在殿角頭傷心落泪。

［叨叨令］碧粼粼緑水波紋皺，疏剌剌玉殿香風透。早朝鞋跳不響玻璃甃，白象笏打不響黄金獸。元來咱死了也麽哥，元來咱死了也麽哥，耳聽銀箭和更漏。●波紋皺："紋"字原殘損，右半"文"字可認，覆元槧本空闕，盧冀野本、吴曉鈴本從空闕。"皺"字不清，有似"急"字，覆元槧本改作"忽"，盧冀野本、吴曉鈴本從，吴本"忽（皺）"字并斷屬下句。覆元槧本"紋"字空缺。從隋樹森本、鄭騫本、北京大學本、徐沁君本、寧希元本、吴國欽本、王學奇本、馬欣來本、徐征本、王季思本、藍立蓂本改。　疏剌剌："疏"原作"竦"。盧冀野本此字奪。從隋樹森本、鄭騫本、吴曉鈴本、北京大學本、徐沁君本、寧希元本、吴國欽本、王學奇本、馬欣來本、徐征本、王季思本、藍立蓂本改。　香：徐沁君本改作"金"。　早朝靴：早，馬欣來本、藍立蓂本從原本。鄭騫本、徐沁君本、寧希元本、吴國欽本、徐征本、王季思本改作"皂"，王學奇本作"阜"。徐沁君本校記按云："'早'爲'皂'之形誤。'皂朝靴'一詞，古戲曲小説中多用之。宫天挺《七里灘》第二折：'皂朝靴緊行拘我二足。'高明《琵琶記》第二十九齣：'我穿着紫羅襴倒拘束我不自在，我穿的皂朝靴怎敢胡去踹。'《水滸傳》第九回寫柴進：'腰繫一條玲瓏嵌寶玉環縧，足穿一雙金綫抹緑皂朝靴。'第五十四回寫公孫勝：'穿一雙雲頭點翠皂朝靴（一百二十回《水滸全傳》排印本作'早朝靴'），騎一匹分騣昂首黄花馬。'皂是黑色，在上引例中，分别與白、紫、黄等色組成顔色對。'皂'誤爲'早'，亦有見于他書者。元好問《追用坐主閑閑公韵上致政馮内翰二首》詩：'皂櫪老歸千里驥。'傳本有誤'皂'爲'早'，'早'復改寫'蚤'，遂成'蚤櫪'一詞，令人索解不得。（見施國祁《元遺山詩箋注・例言》）"藍立蓂本校記按云："《廣雅・釋器》：'早，黑也。'王念孫疏證：'陸璣《毛詩疏》云：早門散爲汁，可以染早。'《説文》作草，俗作皁。"亦有道理。　跳不響玻璃甃："跳"字變形，右半殘存"此"字痕迹。覆元槧本空缺，隋樹森本、吴曉鈴本從空

缺。盧冀野本、鄭騫本、王季思本作“踏”。今從北京大學本、徐沁君本、寧希元本、吴國欽本、王學奇本、馬欣來本、徐征本、藍立蓂本改。徐沁君本校記按云：“白樸《流紅葉》劇殘曲：‘緊跐定玻璃甃。’（見趙景深輯《元人雜劇鈎沉》）詞語與本曲全同。”甃，原殘損，據覆元槧本及各本補。　咱死了也麽哥：第二句王學奇本奪，盧冀野本、吴曉鈴本、隋樹森本、北京大學本、徐沁君本、寧希元本、吴國欽本、馬欣來本、徐征本奪“元來”二字。從藍立蓂本補。　銀箭：“箭”原作“前”。從各本改。●叨叨令：曲牌名，小令兼用，句式爲七七七七六六七，共七句。前四句多作對句，五、六兩句叠，“也麽哥”是定格，通體都叶去聲。有叠字體，叠字須用平聲。曲譜爲：(平仄)平(平仄)仄平平去[韵]，(平仄)平(平仄)仄平平去[韵]。(平仄)平(平仄)仄平平去[韵]，(平仄)平(平仄)仄平平去[韵]。仄仄(平仄)也麽哥，仄仄(平仄)也麽哥，(平仄)平(平仄)仄平平去[韵]。依曲譜，此曲襯字爲：碧、疏、不響、不響、元來、元來；韵脚字爲：皺、透、甃、獸、漏。粼粼：水波蕩漾的樣子。　剌剌：狀風聲的象聲詞，有凄凉的意思。　玉殿：宫殿。　早朝鞋：注見此曲徐沁君、藍立蓂校記。　跐(cǐ)：踐踏。陸德明《經典釋文》：“跐，《廣雅》云：‘蹋也，蹈也，履也。’”　玻璃甃：玻璃，也作頗黎、玻黎，古代所説的玻璃是指天然水晶石一類，有各種顔色，非後世人工所造的玻璃。甃(zhòu)，原指用磚砌成的井壁。這裏指用磚砌的宫殿的地。藍立蓂本釋爲琉璃瓦似欠合理。　白象笏：象牙做成的上朝用的笏板。　黄金獸：指宫殿裏裝飾成金色的瑞獸的雕塑。　銀箭：銀色的漏杆，插在漏壺中的刻有分度的杆。《杜工部集》卷十《奉和賈至舍人早朝大明宫》：“五夜漏聲催曉箭，九重春色醉仙桃。”　更漏：顯示更聲的滴漏。⊙此曲寫張飛鬼魂回到蜀漢宫殿後的感受，碧粼粼的水波、疏剌剌的秋風都依舊，但却踩不響玻璃磚地，打不響黄金獸，原因是自己已死了，衹能隱約聽見更漏的聲音。張飛鬼魂之所以這樣，骨子裏仍是落寞和惆悵。

［**倘秀才**］官裏向龍床上高聲問候，臣向燈影内恓惶頓首，躲避着君王倒退着走。只管裏問緣由，歡容兒，抖擻。

●恓惶：恓，原作“堖”，隋樹森本改作“悽”。從盧冀野本、吴曉鈴本、鄭騫本、北京大學本、徐沁君本、寧希元本、吴國欽本、王學奇本、馬欣來本、徐征本、王季思本、藍立蓂本改。 躲避："躲"原作"挆"。從各本改。 退：寧希元本改作"褪"。 走：盧冀野本、吴曉鈴本誤作"後"。 由：原作"田"，從各本改。●倘秀才：曲牌名，注見此折［倘秀才］曲注釋。依曲譜，此曲襯字爲：官裹、上、臣、内、着、着、只管裹；韵脚字爲：候、首、走、由、擻。 官裹：猶言皇帝。 向：第一個"向"，從；第二個"向"，往。 龍床：皇帝所用的床，這裹指劉備用的床。 恓惶：可憐狀。 頓首：磕頭。 歡容：笑臉。 抖擻：神情振作的樣子。⊙此曲寫張飛鬼魂謁見劉備，劉備對他的問候使他感動不已，但到底不能跟生前相比，在劉備面前，他十分膽怯。而劉備却一如既往，一副笑臉、神情振作地詢問事情的來龍去脉，似乎前曲所發泄的抱怨都是誤解。

［呆古朵］終是三十年交契懷着愁，咱心相愛志意相投。繞着二兄長根前，不離了小兄弟左右。一個是急颭々雲間鳳，一個是威凜々山中獸。昏慘慘風内燈，虚飄飄水上漚。●懷着愁："懷"原作"撰"，從各本改。"愁"字變形難認，似是"秋"字，盧冀野本改作"心"，隋樹森本、北京大學本、馬欣來本作一空圍，鄭騫本作"×"，寧希元本作"舊"。吴國欽本、王季思本作"熟"，吴本校記并謂"熟"字原缺，誤。今從徐沁君本、王學奇本、徐征本、藍立蓂本改。 咱心相愛：咱心，盧冀野本、吴曉鈴本合寫成一個字，作"想"，"愛"作"處"。從其他本改。 根：王季思本改作"跟"。不從。 急颭々：原作"吉乩"。盧冀野本、鄭騫本作"吉瑞"。隋樹森本作"吉佑"。寧希元本作"頡頏"，藍立蓂本從。北京大學本校記謂"'乩'字疑訛"。馬欣來本作"吉颭"。從徐沁君本、吴國欽本、王學奇本、徐征本、王季思本改。徐沁君本校記按云："'吉'爲'急'的同音借用，'占'爲'颭'的簡寫，'占'下'人'爲重文符號。'急颭々'爲元曲中習見語，關劇即屢用之。《單刀會》第四折：'急颭々雲帆扯。'《望江亭》第三折：'您娘向急颭々船兒上去也。'《陳母教子》第三折：'急颭々的三檐傘低。'他例不具引。" 威凜々：原作"威凛"，馬欣來本、藍立蓂本從。今從徐沁君本、吴國欽本、王學奇本、徐征本、王季思本補。"凛"下原脱重文符號"々"。今補。徐沁君本校記按云："元刊本叠字的重文符號，多

有脱漏的現象，分見各劇校記中。”甚是。●呆古朵：一作［呆骨朵］，曲牌名，又名［靈壽杖］，亦入［中吕］。句式爲七四四四五五五五，共八句。曲譜爲：(平仄)平(平仄)仄平平去[韵]，(平仄)仄平平[韵]。(平仄)仄平平，平平去平[韵]。(平仄)仄平平仄，(平仄)仄平平仄[韵]。(平仄)平平(去)(平仄)，(平仄)平平去平/上[韵]。依曲譜，此曲襯字爲：終是、着、咱心相愛、繞着二、不離了小、是急颭々、是威凛々、内、上；韵脚字爲：愁、投、右、獸、漚。　交契：交誼、默契。　志意：志趣，意氣。《荀子·修身》：“志意修則驕富貴，道義重則輕王公。”　根：即跟。急颭（zhǎn）々：着急的樣子。颭々，摇曳貌。　威凛々：威風的樣子。凛々，寒冷貌。　漚：氣泡。⊙此曲寫張飛鬼魂回憶他和關羽的交誼，三十多年來，他們志趣、意氣相投，尤其是在關羽跟前，張飛不離左右。關羽就像雲中鳳鳥，張飛就像山中猛獸。但現在却似風中燈那樣昏暗，水中氣泡那樣虚飄。此曲繼續渲染生前和死後兩種遭遇的不同，使死後的凄慘表現得更爲淋漓盡致。

［倘秀才］官裏身軀在龍樓鳳樓，魂魄赴荆州閬州，争知兩座磚城换做土丘！天曹不受，地府難收，無一個去就！●倘秀才：曲牌名，注見此折同曲牌。依曲譜，此曲襯字爲：官裏、争知、换、曹、府、無一個；韵脚字爲：樓、州、丘、收、就。　官裏：皇帝，指劉備。　天曹：道家所稱天上的官署。《南齊書·顧歡傳》：“今道家稱長生不死，名補天曹，大乖老莊立言本理。”　地府：地獄。　去就：能落脚的地方。⊙此曲以劉備的口吻寫他雖身在宫廷，但魂魄已飛到荆州閬州，怎料到那兩座城池都變成了土丘，而張飛、關羽鬼魂却既不能去天宫，也不能去地府，没有一個能落脚的地方。

［滚綉球］官裏恨不休，怨不休，更怕俺不知你那勤厚，爲甚俺死魂兒全不相俅！叙故舊，厮問候，想那説來的前咒，桃園中宰白馬烏牛。結交兄長存終始，俺伏侍君王不到頭，心緒悠悠！●俅：吴曉鈴本改作“憷”，鄭騫本改作“瞅”，吴國欽本、徐征本、王季思本、藍立蓂本作“睬”。　叙故舊：舊，原作簡化字

“旧”，覆元槧本“舊”作“由”，盧冀野本、吴曉鈴本、鄭騫本、北京大學本、吴國欽本、馬欣來本、王季思本沿誤。徐沁君本校記按云：“前已‘問緣由’矣，此不必又‘叙故由’也。此言‘叙故舊’，故下文叙桃園結義事。”從徐征本、藍立蓂本改。　伏：吴國欽本、王季思本改作“服”，不從。　心緒悠悠：“緒”原作“暗”，從徐沁君本、寧希元本、吴國欽本、王學奇本、徐征本、王季思本、藍立蓂本改。●滚綉球：曲牌名，注見此折同曲牌。依曲譜，此曲襯字爲：官裏、俺、那、俺、兒全、中、俺；韵脚字爲：休、厚、俅、候、咒、牛、頭、悠。　官裏：皇帝，此指劉備。　勤厚：殷勤厚重。元刊本尚仲賢《氣英布》第三折［小梁州］：“陡恁的納諫如流，輕賢傲士慢諸侯，無勤厚，惱犯我如潑水怎生收。”　俅：即瞅，理睬。《董解元西厢記》卷五［大石調·玉蟬翼］：“您不俅人，俺怎敢嗔他。”　故舊：原來的，以往的。　厮：互相。　説來的前咒：來，猶過。咒，誓。指劉、關、張桃園三結義發的誓詞。小説《三國志演義》第一回寫的是：“上報國家，下安黎庶，不求同年同月同日生，只願同年同月同日死。”　桃園中宰白馬烏牛：指劉備、關羽、張飛桃園結義事。　伏侍：即“服侍”，很馴服地伺候。　君王：指劉備。　心緒悠悠：心情惆悵的樣子。⊙此曲寫張飛鬼魂見了劉備後的感受，因爲劉備衹是怨恨，且多回顧以前他們的情義，而没有對如何復仇表態，這讓張飛感到很納悶，懷疑是否因爲自己侍候劉備不甚周到纔導致這種結果。

［三煞］來日交諸葛將二愚男將引丁寧奏，兩行泪纔那不斷頭。官裏緊緊的相留，怕不待慢慢的等候，怎禁那滴滴銅壺，點點更籌。久停久住，頻去頻來，添悶添愁！來時節玉蟾出東海，去時節殘月下西樓。●將二愚男將引丁寧奏：盧冀野本“二”字奪。據其他本補。吴國欽本、王季思本“丁寧”改作“叮嚀”。不從。　纔那不斷頭：那，原作“刑”，從各本改。鄭騫本校記云：“那爲挪之省文。”非。藍立蓂本校記按云：“那，用于句中，表語氣之停頓。鄭德輝《三戰吕布》第三折楊奉白：‘我也不敢久停久住，元帥府裏回話那走一遭去。’”甚是。　怕不待：怕，原作“快”，馬欣來本從。從寧希元本、吴國欽本、徐征本、王季思本、藍立蓂本改。徐沁君本校記云：“‘快’疑當作‘怕’。‘怕不

待’，元曲中習用之。關劇《調風月》第一折：‘怕不待言詞硬，性格村。’《拜月亭》第二折：‘怕不待傾心吐膽盡筋截力把個牙推請。’參看《語辭匯釋》卷五‘怕’條。”甚是。　玉蟾：“蟾”原作“焙”。從各本改。●煞：曲牌名，用在［尾聲］之前，可連用若干支，計數用逆序，與［般涉］［南吕］［越調］各異。此曲爲［三煞］，句式爲七七四四四四四四四四五，共十一句。第十句與曲譜不合，衍一字，但與第十一句對仗，故從原文。曲譜爲：(平仄)平(平仄)仄平平(去)[韻]，(平仄)仄平平(平仄)仄平[韻]。(平仄)仄平平，(平仄)平(平仄)(去)，(平仄)仄平平，(平仄)仄平平[韻]。(平仄)平(平仄)仄，(平仄)仄平平，(平仄)仄平平[韻]。(平仄)平(平仄)仄，(平仄)仄仄平平[韻]。依曲譜，此曲襯字爲：來日交、將二、將引、那、官裏、的、怕不待、的、怎禁那、來時節、去時節；韻脚字爲：奏、頭、籌、愁、樓。　交：教。　將：把。　二愚男：指關羽之子關興和張飛之子張苞。　將引：帶領。羅貫中《風雲會》第一折石守信白：“既如此，今日將引賢士赴闕，見帝封官去咱。”　丁寧：原爲名詞囑咐，此爲形容詞“仔細”。戲文《張協狀元》第四十二齣：“聽得丁寧祝付，小心伏事恩家。”　官裏：皇帝，此處指劉備。怕不待：如果不要。怕，如果，假如，豈。　銅壺：計時用的漏壺。《全唐詩》卷二六六顧況《樂府》：“玉體隨鵤至，銅壺逐漏行。”　更籌：計時報更的竹簽。這裏指時間。元刊本范康《竹葉舟》第三折［采茶歌］：“不索你問更籌，子看水雲收，明滴溜半輪殘月在柳梢頭。”　玉蟾：月亮。《全唐詩》卷一八五李白《初月》：“玉蟾離海上，白露濕花時。”⊙此曲寫張飛鬼魂安排後事，請求諸葛亮對自己的兒子和關羽的兒子多加關照，説這話的時候眼泪禁不住地往下流。劉備依依不捨，一再挽留，但時間不允許，因爲張飛是鬼魂，衹能在夜間多待一會兒，而來往多了，也會平添不少憂愁。就這樣趕着相會，也花費了不少時間，來的時候月亮在東邊，去的時候月亮已在西邊了。

［二煞］相逐着古道狂風走，趕定長江雪浪流。痛哭悲凉，少添僝僽。拜辭了龍顔，苦度春秋。今番若不説，後遍難來，千則千休！丁寧説透，分明的報冤仇！●二煞：原作“二”，馬欣來本、藍立蓂本從。從鄭騫本、徐沁君本、寧希元本、王學奇本、徐征本、王季思本改。　長江：原作“湘江”。馬欣來本從。從徐沁君

本、吴國欽本、王學奇本、徐征本、王季思本、藍立蓂本改。徐沁君本校記按云："吴、蜀交兵，與湘江無涉。本折［尾］：'駐馬向長江雪浪流。'據改。" 悲凉："凉"原作"京"。從隋樹森本、鄭騫本、北京大學本、徐沁君本、寧希元本、吴國欽本、王學奇本、馬欣來本、徐征本、王季思本、藍立蓂本改。吴曉鈴本校記謂"疑當作'凉'字"。 少添僝僽：僝，原作"潺"，除吴曉鈴本，各本已改。 後遍：覆元槧本"遍"作"過"，除隋樹森本，各本沿誤作"過"。徐沁君本校記、王學奇本校記又謂"疑當作'遍'"。徐沁君本校記按云："'後遍'對上'今番'而言。關氏《謝天香》第一折：'今遍回身囑付爾。''今遍'指這次，則下次亦得言'後遍'矣。王實甫《西厢記》第五本第一折：'曾經消瘦，每遍猶閑，這番最陡。''這番'言這次，'每遍'指前幾次，'番''遍'對舉，與本曲同。" 來：寧希元本改作"求"，有道理。 千則千休：覆元槧本第一個"千"字誤作"十"，盧冀野本、吴曉鈴本、隋樹森本沿誤。則，馬欣來本作"過"。●二煞：曲牌名，注見此曲［三煞］曲牌詳注。依曲譜，此曲襯字爲：着、了、若、的；韵脚字爲：走、流、僽、秋、休、仇。與上曲相比，此曲曲律更爲典型。 少：猶言頗。無名氏《凍蘇秦》第一折王長者白："聽其談吐，少開茅塞。" 僝僽（chán zhòu）：憔悴，煩惱。 龍顔：皇帝的面孔。指劉備。 千則千休：猶言全完了。楊梓《霍光鬼諫》第三折［二煞］："也是我前世前緣，自遣自受，染病耽疾，千則千休。" 丁寧：這裏作動詞，囑咐的意思。 説透：説開，説徹底。藍立蓂本訓爲"了"，欠妥。《劉知遠諸宫調》第十一［黄鐘宫・願成雙］："李三娘聽説透，孩兒果然實有。"無名氏《陳州糶米》第二折［小梁州］："他每都穿連透，我則怕關節兒枉生受。"⊙此曲寫張飛鬼魂拜辭蜀漢朝廷，如同狂風驟捲、江流猛掀一樣疾速回到原駐地，表明此次求見也是盡了最大力量，最終也達到了請劉備報仇的目的。然而，他仍然有些悲傷痛苦，畢竟已不是生前了，以後再也不能來了，而且是獨自苦度光陰。這就是他一直悲傷的原因。

［尾］飽諳世事慵開口，會盡人間只點頭。火速的驅軍統戈矛，駐馬向長江雪浪流，活拿住糜芳共糜竺，閬州

裏張達檻車内囚。杵尖上挑定四顆頭，腔子内血向成都鬧市裏流，强如與俺一千小盞黄封頭祭奠酒！●尾：鄭騫本“據律改題作“煞尾”，寧希元本、王季思本改同。徐沁君本作“隨煞尾”。　世事：事，盧冀野本誤作“裹”。　軍統：“統”原作“㤟”。盧冀野本、吴曉鈴本、隋樹森本、北京大學本、徐沁君本、寧希元本、王學奇本、馬欣來本、徐征本改作“校”。吴國欽本、王季思本改作“炫”。皆非。從鄭騫本、藍立蓂本改。　挑：除鄭騫本、王季思本外，各本改作“排”。　一千小盞黄封頭祭奠酒：“酒”字原空缺。從鄭騫本、徐沁君本、寧希元本、吴國欽本、馬欣來本、徐征本、王季思本、藍立蓂本補。隋樹森本校改爲“黄封祭奠頭□”，頗費解。聶石樵《論關漢卿的雜劇》一文（載《文學遺産增刊》第五輯），引本曲至“黄封頭”止，删去“祭奠”二字。“頭”字雖叶韻，然此韵例不用平聲，故亦不可從。吴曉鈴本、北京大學本校記均疑下有脱文，而皆未增補，作空圍。王學奇本“奠”字改作“酒”。徐沁君本校記按云：“句末所脱者實爲‘酒’字。‘黄封酒’見蘇軾《杜介送魚》詩：‘新年已賜黄封酒。’‘黄封’云者，指‘御賜’之物。古戲曲小説中屢見‘黄封御酒’一詞，例不具引。黄元吉《流星馬》第四折白：‘見了聖人大喜，賞金千兩，一百瓶黄封頭御酒。’借知本曲‘黄封頭’下所脱者當爲‘酒’字明甚。又宫天挺《范張鷄黍》第三折：‘落得墳頭上一杯澆奠酒。’借知本曲‘一千小盞’‘祭奠’下所脱者，亦當爲‘酒’字。兹據校補。”●尾：曲牌名，又名［隨煞尾］［隨尾］，有多種體式，此體最常用。句式爲七七七七七七七七七，共九句。也可將第二句連用若干次。［煞］首二句，七字句若干（同第二句），［尾聲］末句。曲譜爲：(平仄)平(平仄)仄平平(去)[韻]，(平仄)仄平平(平仄)仄平[韻]。(平仄)仄平平(平仄)仄平[韻]，(平仄)仄平平(平仄)仄平[韻]，(平仄)仄平平(平仄)仄平[韻]，(平仄)仄平平(平仄)仄平[韻]，(平仄)仄平平(平仄)仄平[韻]，(平仄)仄平平(平仄)仄平[韻]，(平仄)仄平平去平上[韻]。依曲譜，此曲襯字爲：的、向、住、裏、内、上、子内、向、裏、與俺一、小、黄封頭；韵脚字爲：口、頭、矛、流、竺、囚、頭、流、酒。　“飽諳”二句：元曲常用語，見史九敬先《莊周夢》第三折、無名氏《玩江亭》第三折；亦單用，僅説前句，見楊梓《霍光鬼諫》第三折、王日華《桃花女》第一折。用在這裏，一方面表示張飛已看破世事紅塵，一方面與後面句子所表達的復仇又不一致。 統戈矛：指率領軍隊。 檻車：囚車。 杵（chǔ）：木棒。 挑：挂。 黄封頭祭奠酒：用黄色絲織品封着口的祭奠用的酒。⊙此曲前兩句甚爲消極，與後七句那種誓不罷休的復仇氣概形成鮮明對照，雖不相協調，却非常真實地反映了張飛内心深處的矛盾和衝突。事實是，他明知死後不能跟生前相比，所以滋生了消極悲觀的思想，而又不願善罷甘休，所以强烈的復仇情緒仍一如既往。他衹希望復仇，而不希望享受隆重的祭奠。

大都新編《關張雙赴西蜀夢》全●赴：徐沁君本作“趕”。鄭騫本作“關張雙赴西蜀夢終”，盧冀野本、寧希元本作“關張雙赴西蜀夢雜劇終”，吴曉鈴本、隋樹森本、北京大學本、吴國欽本、王學奇本、馬欣來本、徐征本、王季思本、藍立蓂本皆删之，不從。●大都：元朝首都。忽必烈以開平爲上都，遼之燕京爲中都，至元四年（1267）于中都東北興建新都，九年（1272）改稱大都，即今北京城。 新編：在舊本的基礎上重新編寫。這説明此劇已有舊本，或因舊本不能滿意，于是再編一個新本，至于舊本如何，已不可考；而新編本因無參照，也無從看出舊本面目，然而總是透露出元雜劇編劇反復的一些信息。 關張雙赴西蜀夢：爲繁名，簡名作“西蜀夢”。從劇名看，此劇關張雙赴西蜀應是以夢的形式完成的，但劇情却寫的是他們的鬼魂。鬼魂游歷和夢境游歷是兩碼事。從情理推斷，也不可能是夢境，因爲張飛、關羽的確死了，鬼魂是不能做夢的，他們的游歷衹是作者以代言的身份所做的想象，是他們生前經歷的延長，事實上鬼魂是不存在的。 全：元雜劇術語，是全本的意思。後世有所謂本戲與折子戲，這裏的“全”就是本戲的意思，也有此劇没有删削、很完整的意思在内。

新刊關目閨怨佳人拜月亭

《新刊關目閨怨佳人拜月亭》，繁名《閨怨佳人拜月亭》，簡名《拜月亭》。《説集》本《録鬼簿》、孟稱舜本《録鬼簿》，《太和正音譜》《元曲選目》作“《拜月亭》”；天一閣本《録鬼簿》作“正名《閨怨佳人拜月亭》，簡名《拜月亭》”；曹楝亭本《録鬼簿》，《今樂考證》《曲録》作“正名《閨怨佳人拜月庭》”，後者注云：“《也是園書目》作《王瑞蘭私禱拜月亭》，《太和正音譜》亦作《拜月亭》”；《也是園書目》作“正名《王瑞蘭私禱拜月亭》”；劉世珩本《録鬼簿》作“《閨怨佳人拜月亭》”，注云“‘亭’一作‘庭’”；明高儒《百川書志》卷六《貞淑秀拜月訴衷腸》，云“元關漢卿撰，《太和正音譜》名爲《拜月亭》”。“續考，明廣陽蔡昶編”，版本唯存《元刊古今雜劇三十種》本。校本迄今則有覆元槧本（1914）、盧冀野本（1935）、吴曉鈴本（1958）、隋樹森本（1959）、鄭騫本（1962）、北京大學本（1976）、徐沁君本（1980）、田中謙二本（1987）、寧希元本（1988）、吴國欽本（1988）、王學奇本（1988）、馬欣來本（1996）、徐征本（1998）、王季思本（1999）、藍立蓂本（2006）。

本劇賓白缺省嚴重，詳細情節已極難復原。現據僅存賓白和唱詞扼要叙述劇情如是：蒙古軍隊進攻金國都城，金朝兵部尚書王鎮奉命赴前綫視察敵情，女兒瑞蘭和母親爲他設宴餞行（楔子）。兵荒馬亂中，瑞蘭和母親失散，偶遇與妹妹瑞蓮失散的書生蔣世隆，結伴同行，患難共濟，結爲夫妻。避難在外的陀滿興福因曾受過蔣世隆的救助，同蔣世隆結爲兄弟（第一折）。尚書王鎮赴前綫途中收養了跟蔣世隆失散的蔣瑞蓮，并認爲義女。又因路過旅店，見到瑞蘭，知她與蔣世隆私情，嫌棄窮書生，即逼女兒歸家。瑞蘭回家時巧遇蔣瑞蓮（第二折）。瑞蘭到家後和義妹瑞蓮一起生活。一天夜晚，瑞蘭因思念丈夫，在庭中燒香拜月，祈求夫妻團聚，被瑞蓮偷聽，方知她倆是姑嫂關係，互訴衷腸（第三折）。蔣世隆、陀滿興福分別中文武狀元，王鎮招兩個狀元爲婿，但重武輕文，把瑞蘭嫁給陀滿興福，把義女瑞蓮嫁給蔣世隆。婚筵舉行，他們相見，當瑞蘭認出文狀元就是她原來的丈夫時，王鎮即不再堅持，于是以蔣世隆夫婦團圓、蔣瑞蓮嫁陀滿興福作結（第四折）。此劇以金元之交的戰亂爲背景，表現了金兵部尚書之女瑞蘭與書生蔣世隆悲歡離合的故事。劇中主要人物爲王瑞蘭、王鎮、夫人、蔣世隆、蔣瑞蓮、陀滿興福。爲旦本戲，主唱角色爲正旦王瑞蘭。

●元孫季昌［正宫・端正好］《集雜劇名咏情》：

推燒香到拜月亭。

明沈璟［仙吕・八聲甘州］《集雜劇名》：

假説燒香到拜月亭。附雜劇名：《拜月亭》。

明高儒《百川書志》卷六：

《貞淑秀拜月訴衷腸》一卷，元關漢卿撰。《太和正音譜》名爲《拜月亭》。 續考，明廣陽蔡祉編。

明王世貞《曲藻》附録一：

今世所演習者……《拜月亭》《單刀會》出關漢卿。

明何良俊《四友齋叢説》卷三十七：

《拜月亭》是元人施君美所撰，《太和正音譜・樂府群英姓氏》亦載此人。余謂其高出于《琵琶記》遠甚。蓋其才藻雖不及高，然終是當行。其《新拜月》二折，乃隱括關漢卿雜劇語，他如《走雨》《錯認》《上路》、“館驛中相逢”數折，彼此問答，皆不須賓白，而敘説情事，宛轉詳盡，全不費詞，可謂妙絶。

明王驥德《曲律》卷三《雜論》第三十九上：

世傳《拜月亭》爲施君美作，然《録鬼簿》及《太和正音譜》皆載在漢卿所編六十一本中，不曰君美。君美名惠，杭州人，吴山前坐賈也。南戲自來無三字作目者，蓋漢卿所謂《拜月亭》係是北劇，或君美演作南戲，遂仍其名不更易耳。

王國維《元刊雜劇三十種序録・新刊關目閨怨佳人拜月亭》：

元時關漢卿撰。此劇紀事與南曲《拜月亭記》同，皆譜金宣宗南遷時事，乃南曲所從出也。明人如何元朗、臧晋叔輩，激賞南《拜月亭》，以爲在《琵琶》之上。然南曲佳處，多出此劇。蓋何臧諸氏，均未見此本也。《録鬼簿》《正音譜》《也是園書目》并著録，《錢目》作"王瑞蘭私禱拜月亭"，或係别本。

王國維《宋元戲曲史》十五《元南戲之文章》：

元人南戲，推《拜月》《琵琶》，明代如何元朗、臧晋叔、沈德符輩，皆謂《拜月》出《琵琶》之上。然《拜月》佳處，大都蹈襲關漢卿《閨怨佳人拜月亭》雜劇，但變其體制耳。明人罕睹關劇，又尚南曲，故盛稱之。今舉其例，資讀者之比較焉。……細緻較南北二戲，則漢卿雜劇固酣暢淋漓，而南戲中二人對唱，亦宛轉詳盡。情與詞諧，非元人不辦。然則《拜月》縱不出于施君美，亦必元代高手也。

吴梅《讀曲記・拜月亭記》：

元施惠撰。……《幽閨》本關漢卿《拜月亭》而作，記中《拜月》一折，全襲原文，故爲全書最勝處，餘則頗多支離叢脞。余嘗謂《拜月》多僻調，令人無從訂板。魏良輔僅定《琵琶》板式，不及《幽閨》，于是作譜者咸取《琵琶》，而《拜月》諸牌，如［恤刑兒］［醉娘兒］［五様錦］等，腔板格式，各無一定矣。又如《旅婚》《請醫》諸折，科白鄙俚，聞之噴飯，而嗜痂者反以爲美，于是劇場惡諢，日多一日，此明嘉隆間梅禹金、梁少白輩作劇，所以用駢句入科白，亟革此陋習也。明人盛稱《結盟》《驛會》兩折，殊不見佳。《結盟》折惟［雁兒落］一支頗勝，然襲用鄧玉賓小令，其詞見《北詞廣正譜》。“秋風蜀道難”下，鄧氏原文，尚有“休干，誤殺了英雄漢。看看，星星兩鬢斑”四句，今《幽閨》作“險些兒誤殺了個英雄漢，凄凄冷冷，埋冤世間”，至不合［得勝令］格式，此恐沿習之誤，不知毛刻所據何本也。《驛會》［銷金帳］六支，情文差勝，顧湯若士《紫釵・女俠輕財》折，即依據此折。持較此曲，若分霄壤，不止出藍而已也。今摘録二折，《走雨》《拜月》略見一斑。

吴梅《霜崖曲話》卷二：

《拜月亭》劇，即《幽閨記》祖本，久已失傳。今得影元本雜劇，方得一讀，方知君美《拜月》一折，皆隱括此詞也。如［倘秀才］云：“休着個濫名兒將咱來引惹。待不呵，你個小鬼頭春心兒動也。我與你寬打周遭向父親行説。我又不風欠，不痴呆，要則甚迭？”［滚綉球］云：“女婿行但沾惹，六親每早是説。又道是丈夫行親熱，爺娘行特地心别。而今要衣呵滿箱篋，要食呵盡哺啜。到晚來更綉衾鋪設，我這心兒裏牽挂處無些。直睡到冷清清寶鼎沉烟滅，明皎皎紗窗月影斜，有甚唇舌。”［倘秀才］云：“則願削減了俺尊君狠切，則願俺那抛閃下的男兒較些。那一個爺娘不間叠，不似俺，忒磚嗻，劣缺。”又云：“我怨感我合哽咽，不剌你啼哭你爲甚迭。你莫不願是俺男兒的舊妻妾，當時只争個，字兒别，我錯呵應者。”［呆骨朵］云：“咱從今後越索着疼熱，休再似在先時節。你又是我妹妹姑姑，我又是你嫂嫂姐姐。俺父母多宗派，您昆仲無枝葉。休從俺爺娘家根脚排，只做俺兒夫家親眷者。”此數支喁喁私語，的是聰慧女郎口吻，似較《拜新月》南詞，不啻虎賁郎中矣。

鄭振鐸《插圖本中國文學史》第四十六章《雜劇的鼎盛》：

漢卿所作，以流行的戀愛劇爲多，如《謝天香》《金綫池》《望江亭》《玉鏡臺》之類，有天馬行空、儀態萬方之概。此外，像《救風塵》之結構完整，《竇娥冤》之充滿悲劇氣氛，《單刀會》之慷慨激昂，《拜月亭》之風光綺膩，則皆爲時人所不及。其筆力之無施不可，比之馬、白、王（實甫），實有餘裕……

在漢卿所創造的女主角中，什麽樣的人物都有：肯自己犧牲的慈母（《蝴蝶夢》）；出智計以救友的俠妓（《救風塵》）；從容不迫，敢作敢爲，脱丈夫于危險的智妻（《望江亭》）；貞烈不屈，含冤莫申的少女（《竇娥冤》）；美麗活潑，嬌憨任性的婢女（《調風月》）；因助人而反害人，徒唤着無可奈何的小姐（《緋衣夢》）；還有歷盡了悲歡哀樂的（《拜月亭》），任人布置而不自知的（《謝天香》）等等。總之，無一樣的人物，他是不曾寫到的，且寫得無不雋妙。寫女主角而好的，除了《西厢》《還魂》等之外，就要算是漢卿的諸劇了……

《閨怨佳人拜月亭》，叙王瑞蘭與蔣世隆在亂離中相會而結爲夫妻。在他病中，復爲她父母所迫，不得已而相離别。

後來，瑞蘭雖然生活很安適，却一心忘不了世隆。閑行散悶，却愈增悶。“不似這朝昏晝夜，春夏秋冬，這供愁的景物好依時月，浮着個錢來大緑嵬嵬荷葉，葉葉似花子般團欒，陂塘似鏡面般瑩潔。呵，幾時交我腹内無煩惱，心上無縈惹！似這般青銅對面裝，翠鈿侵鬢貼。”（《呆骨朵》）及至她的義妹瑞蓮打趣她時，她却强自分説道：“休着個濫名兒將咱來應惹。應待不你個小鬼頭春心兒動也！”她又强自分説，無女婿的快活，有女婿的受苦。“女婿行但占惹，六親每早是説；又道是，丈夫行親熱，耶娘行特地心别。而今要衣呵，滿箱篋，要食呵，盡哺啜，到晚來便綉衾鋪設。我這心兒裏牽挂處無些。直睡到冷清清寶鼎沉烟滅，明皎皎紗窗月影斜，胡甚唇舌！”（《滚綉球》）她雖嘴硬，待得她妹子歇息去時，她却又在中庭焚香拜月，祈求着，教她“兩口兒早得團圓”。不料瑞蓮却躲在花底，將她的話兒都聽見了，上來撞破了她。她不得已，衹好“一星星的都索從頭兒説”。這樣的深刻曲折的鋪叙，乃是漢卿的長技。有人説，施君美的《拜月亭傳奇》，其佳處乃全脱胎于漢卿此劇。此話當然未免過當，但君美之受有此劇深切的影響，却是無可懷疑的。如《拜月亭傳奇》最雋美的《拜月》一折，便是大半沿襲着漢卿的所述的。

青木正兒《元人雜劇概説》：

《拜月亭》一劇，骨子上雖是左右相稱式的結構，手法上却巧妙地使之交錯，以破其單調。

此劇用種種奇遇的事，使之波瀾起伏，前後的照應，手段也很好，應該算是元劇傑作之一吧。如像《拜月》一折的曲文，字字本色，且亦優美，如果拿它和《西厢記》的《拜月》一折相比，那麽雖没有《西厢》那樣典雅，而其惻惻動人的深刻，則非《西廂》所能企及。這也還是本色和文采的分别吧[①]。

●原本總題爲“新刊關目閨怨佳人拜月亭”，盧冀野本、吴曉鈴本、隋樹森本、鄭騫本、北京大學本、徐沁君本、寧希元本、吴國欽本、王學奇本、馬欣來本、徐征本、王季思本、藍立蓂本作“閨怨佳人拜月亭”，隋樹森本、寧希元本總題下增“雜劇”二字。今依王國維《元刊雜劇三十種序録》總題，題名作“新刊關目閨怨佳人拜月亭”，將按語首句“元關漢卿撰”作“關漢卿撰”移于總題後；序次亦循王國維《元刊雜劇三十種序録》例作第二篇。佳人：佳，原作“佳”，從各本改。●新刊關目：新刊，與舊刊相對，是説此劇是在舊刊基礎上的一次新的刻印，至于有何不同，因舊刊散佚，無從考知，但從中透露出元劇刻印不止一次的信息。關目，戲曲術語，指劇本的情節、結構。這裏也可以理解爲劇本。 閨怨：閨閣幽怨，一般指待字閨中的女子的春情。閨怨雜劇爲元雜劇之一類。夏庭芝《青樓集》稱天然秀“閨怨雜劇，爲當代第一手”。 佳人：美人。這裏指王瑞蘭。 拜月：一種嚮月亮祈禱而期望賜福的儀式。

---

① 除這些已引評論，還可參考尚達翔《關漢卿的〈拜月亭〉》，《光明日報》1957年11月17日；趙景深《談關漢卿〈拜月亭〉第三折》，《語言文學》1959年第2期；關四平《〈拜月亭〉與〈西厢記〉思想性之比較——兼論關漢卿王實甫的愛情婚姻觀》，《綏化師專學報》1986年第2期；吴秀卿《〈拜月亭〉在雜劇、南戲中的演變》，《河北學刊》1995年第4期；喻曉玲《關漢卿〈拜月亭〉與施惠〈拜月亭〉比較研究》，《閩南師範大學學報》2016年第1期等論文。

楔　子

●楔子：原本未標出，從各本校增。●楔子：元雜劇在四折之外另加較短的獨立段落，類似于現代戲劇的序幕或過場戲。《説文解字》云："楔，櫼也。"《説文解字注》云："木工于枘鑿相入處有不固，則斫木札楔入之，謂之楔。"這是它的本義，至于何時用來指稱戲劇單元，我想如果説此劇是最早用它的劇目的話也是可以講通的。它們之間有相似性，但這種挪用當有某種契機的激發。雜劇楔子一般很短，有曲有白，所用曲牌則有慣例，以［仙吕·賞花時］和［仙吕·端正好］爲最常用。一般不用套曲，僅用一、二支單曲；也偶有例外，如《西厢記》二本楔子則用一組套曲，實際相當于一折了。楔子演唱不受旦本或末本限制，如《竇娥冤》爲旦本，楔子則由冲末竇天章唱。用在四折之前，則爲劇情開端，相當于序幕，起導入的作用，如同宋雜劇的艷段；用在折與折之間，則以銜接劇情，相當于過場戲，起承上啓下的作用。有的劇本劇末正套之外尚有數曲，如《東窗事犯》的［後庭花］［柳葉兒］，《桃源景》的［後庭花過柳葉兒］，元刊本《單刀會》的［沽美酒］［太平令］，有人認爲是劇末之楔，也有人認爲是贈曲或散段。我比較贊同後者。元雜劇一般有一個楔子，有的則無，如《救風塵》《麗春堂》《舉案齊眉》；也有用兩個楔子的，如《馬陵道》《抱妝盒》。至明清雜劇，楔子運用已很不規範，有些楔子在一折之中却不標明，如《古名家雜劇》本《揚州夢》。雜劇衰微了，楔子的運用也就不正規了。

（孤、夫人上，云了）（打唤了）（正旦扮引梅香上了，見孤科）（孤云了）（情理打别科）（正旦把盞科）父親年紀高大，鞍馬上小心咱！（孤云了）（正旦做掩泪科，唱）●正旦扮：原作"旦扮"，覆元槧本、盧冀野本、吴曉鈴本、隋樹森本、鄭騫本、北京大學本、馬欣來本、藍立蓂本從之，據徐沁君本、吴國欽本、王學奇本、徐征本、王季思本改。寧希元本"扮"字奪。正旦把盞科：原作"把盞科"，鄭騫本下補"云"字，徐沁君本、王學奇本、王季思本上補“正旦”，下補“云”字，從。 正旦做掩泪科：原本作“掩泪科”，徐沁君本、王學奇本、王季思本上補“正旦”二字，下補“(唱)”，從。寧希元本“做”改作“作”。●孤：元雜劇官員的專稱。最早記載出自吴自牧《夢粱録》卷二〇《妓樂》：“雜劇中末泥爲長，每一場四人或五人……或添一人，名曰裝孤。”《青樓集志》：“院本始作，凡五人，一曰副净，古謂参軍；一曰副末，古謂之蒼鶻……一曰引戲，一曰末泥，一曰孤，又謂之五花爨弄。”朱權《太和正音譜》：“孤，當場裝官者。”焦循《劇説》卷一：“孤者，官也。”王國維《古劇角色考》：“孤之名或官之訛轉，或以其自稱孤名之也。”竊以爲後者可能性較大，前者可能性較小，原因是“官”比“孤”更通俗易曉，無必要訛轉。陶宗儀《輟耕録》作“孤裝”，名異實同。周密《武林舊事·官本雜劇段數》有所謂孤者七種，陶宗儀《輟耕録·院本名目》有所謂孤者三種，可見宋金時期就有專門扮演官員的戲劇演出。元雜劇孤的扮演角色有多種，如《貨郎旦》冲末扮孤，《勘頭巾》净扮孤，《殺狗勸夫》外扮孤。此劇指金朝兵部尚書王鎮。 夫人：此以人物名作角色名，指王鎮的夫人張氏。 上：元雜劇術語，指上場。 云了：元雜劇常用術語，指一段賓白説完。按《元曲選》所選劇本推斷，這裏應該是王鎮自報家門并嚮夫人交代將赴邊城視察軍情事宜。不作“云”而作“云了”，是有意識地把冗長且不甚重要的賓白在刊刻時省略了。這就造成後世所謂元雜劇劇本不寫賓白的説法，其實不是不寫，而是不寫不甚重要的賓白，更需要説明的是元雜劇演出時賓白是完整的。 打唤：打，做。指嚮劇場裏面呼唤女兒王瑞蘭出來。這裏既有“做唤科”的意思，也有呼唤的話。《宦門子弟錯立身》第二齣：“你如今和我去勾欄打唤王金榜，來書院中與它説話。” 正旦：元雜劇女主角，這裏指王瑞蘭。 科：元雜劇常用術語，是提示角色要做的動作的詞。 情理打别科：提示角色合情合理地做出送别的表演。 把盞：端着酒杯勸酒，後世也有由某人主持勸酒的意思。 咱：句末助詞，啊。《玉鏡臺》第二折：“將琴過來，教小姐操一曲咱。” 掩泪：拭泪，擦眼泪。⊙這段劇情提示和賓白主要説明此劇開場，上場人物有王鎮、王鎮夫人、王瑞蘭及婢女梅香，他們舉行了家宴，爲即將赴任的王鎮送别。由于刊刻篇幅的限制，多保留了舞臺提示語，衹留了一句賓白。

[仙吕·賞花時] 捲地狂風吹塞沙，映日疏林啼暮鴉。滿滿的捧流霞，相留得半霎，咫尺隔天涯。●仙吕：原本無，馬欣來本從，據隋樹森本、鄭騫本、徐沁君本、寧希元本、吴國欽本、王學奇本、徐征本、王季思本、藍立蓂本補。●仙吕：宫調名，見《大都新編關張雙赴西蜀夢》第一折注。此套押家麻韵。　賞花時：曲牌名，一般用于楔子，主曲亦用。散套首牌，亦入［商調］，［幺篇］同始調，用否均可。句式爲七七五四五，共五句。曲譜爲：(平仄)仄平平(平仄)(去)平/上[韵]，(平仄)仄平平(平仄)(去)平/上[韵]。(平仄)仄仄平平[韵]，平平(平仄)仄(韵)，(平仄)仄仄平平[韵]。依曲譜，此曲襯字爲：的、得；韵脚字爲：沙、鴉、霞、霎、涯。　流霞：仙酒名，此指美酒。張能臣《酒名記》："高陽店流霞、清風、玉髓。"《唐宋諸賢絶妙詞選》卷六毛滂《西江月·春夕》："玉人細細酌流霞，醉裏將春留下。"　半霎：一會兒。《宋元戲文輯佚·王魁負桂英》："自共伊，半霎時，怎離身畔?"　咫尺：距離很短。　天涯：天邊。⊙此曲寫在北地氣候條件甚爲惡劣，落日餘暉，疏林伴隨着烏鴉的叫聲。在一片蕭瑟的景象中，捧着斟滿酒的杯子，雖然能留一會兒，但很快就從這咫尺的距離變成相隔天涯了。

[幺篇] 行色一鞭催瘦馬，（孤云了）（正旦唱）你直待白骨中原如卧麻。雖是這戰伐，負着個天摧地塌，是必想着俺子母每早來家。（下）（孤、夫人云了）●幺篇：原作"幺"，從徐沁君本、寧希元本、王學奇本、王季思本、徐征本補。　正旦唱：原無，據徐沁君本、王學奇本、徐征本、王季思本補。　卧麻：盧冀野本"卧"改作"亂"。徐沁君本校記按云："'亂麻'雖有出處，《史記·天官書》：'死人如亂麻。'李白《扶風豪士歌》：'白骨相撑如亂麻。'元好問《癸巳五月三日北渡》：'白骨縱横似亂麻。'但'卧麻'一詞似仍可保留，不得以彼易此。"鄭騫本校記云："卧麻謂白骨縱横散卧地上如麻，用字確切，不應改。"　孤、夫人云了：此五字盧冀野本、隋樹森本劃歸第一折，不從；從吴曉鈴本、北京大學本、馬欣來本、徐征本、王季思本、藍立蓂本劃在楔子内。徐沁君本校記按云："孤已于楔子中出發離家，第一折開頭似不應再有孤出場。"是。●幺篇：曲牌名，即上曲［賞花時］的重複，曲譜同上曲［賞花時］。句式同上曲［賞花

時]，共五句。依曲譜，此曲襯字爲：你直待、負着個、是必想着俺、每；韵脚字爲：馬、麻、伐、塌、家。　行色：出行的神態。《莊子・盗跖》："柳下季曰：'今日闕者數日不見，車馬有行色，得微往見跖也？'"　戰伐：戰争、攻伐。《三國志・魏書・辛毗傳》："連年戰伐，而介胄生蟣虱。"　天摧地塌：天折地陷。　子母：母子，指王瑞蘭和她母親。《宣和遺事・亨集》："却説子母知道官家，跪在地上，唬得魂飛天外，魄散九霄。"⊙此曲寫王瑞蘭與母親送别王鎮，王瑞蘭對戰争後果的認識，認爲必然是白骨堆積如麻，天塌地陷，但王鎮還是想着她們母子安全無虞地回家。

第一折

●原本分折未標“第一折”字樣，從各本校增，後同，不另出校。

（末、小旦云了）（打救外了）（共夫人相逐荒走上了）（夫人云了）怎想有這場禍事！（做住了）●末、小旦云了：徐沁君本、王學奇本“末”上補一“正”字，不從。　打救外了：徐沁君本、王學奇本上補“正末”二字，“外”下補一“末”字。　共夫人相逐荒走上了：徐沁君本、吴國欽本、王學奇本、王季思本上補“正旦”二字，寧希元本補“旦”字，盧冀野本“人”誤作“了”。荒，藍立蓂本從。吴曉鈴本、鄭騫本、北京大學本、徐沁君本、寧希元本、吴國欽本、王學奇本、馬欣來本、徐征本、王季思本改作“慌”。　怎想有這場禍事：鄭騫本上補“云”字，徐沁君本、王學奇本、王季思本補“正旦云”。“怎”原係壞字，殘存下半部，馬欣來本作三個空圍。北京大學本校記云：“據上半部殘存筆畫并聯繫上下文義推斷，當爲‘怎’字。”覆元槧本作“心”，盧冀野本、吴曉鈴本沿誤。從隋樹森本、鄭騫本、北京大學本、徐沁君本、寧希元本、吴國欽本、王學奇本、徐征本、王季思本、藍立蓂本補。“禍”字亦殘缺，衹隱約可辨，盧冀野本誤作“福”。吴曉鈴本校記云：“‘禍’，元刊本此字係壞字，僅存‘礻’旁，今讀爲‘禍’字。按，僅有‘礻’旁者乃覆元槧本，元刊本禍字筆畫模糊，隱約可辨。”從各本改。　做住了：馬欣來本、藍立蓂本從，徐沁君本、王學奇本、徐征本、王季思本下補“（唱）”。●末：元雜劇男性角色名，是“末泥”“末尼”的省稱。朱權《太和正音譜》：“當場男子，謂之‘末’。末，指事也，俗謂之‘末泥’。”與南戲“生”同。徐渭《南詞叙録》：“生曰末泥，亦曰正末。”胡應麟《少室山房筆叢》：“元雜劇之末，乃今戲中之生。”所謂今戲即指傳奇。末的最早來源是《歸明傳・舒雅傳》：“韓熙載不拘禮法，嘗與舒雅易服燕戲，猱雜侍婢，入末念酸，以爲笑樂。”周密《武林舊事》卷四《乾淳教坊樂部・雜劇色》在蓋門貴、蓋門慶和楊名高名下皆注“末”。耐得翁《都城紀勝・瓦舍衆伎》：

“雜劇中，末泥爲長，每四人或五人一場……末泥色主張，引戲色分付。”末指總稱時，又分爲正末、副末、冲末、小末、外末和次末等，如此劇衹提末時，則一般指正末。末角也可由女子扮演，《青樓集》記載了不少由女子扮演的“旦末雙全”的女演員，如朱錦秀、燕山秀等。末角主唱的劇本稱爲末本戲。明清傳奇中也有末，係劇中次要的男性角色，這裏指的是蔣世隆。　小旦：旦角的一種，是年齡較小的次要女性角色，這裏指的是蔣世隆的妹妹蔣瑞蓮。　打救：做救助。　外：元雜劇外角的簡稱，旦、末、净中相對次要的角色即稱外旦、外末、外净，單獨稱外者，多爲外末、外旦。王國維《古劇角色考》云：“謂于正色之外，又加某色以充之也。”一劇中可有多個外角，焦循《劇説》卷一云：“《碧桃花》外扮薩真人，外又扮馬、趙、温、關天將，是同場有五外。”這裏指的是陀滿興福，他是忠臣的兒子，全家爲奸臣所害，逃荒于蔣家，同蔣世隆結爲兄弟。　共夫人相逐荒走上了：這裏應該是王瑞蘭和她母親逃難，在舞臺上走過場的情景。相逐，相隨。《才調集》卷四崔珏《和友人鴛鴦之什》：“蘭深芷密無人見，相逐相呼何處歸?”荒，即慌，慌張。做住了：即做住，角色做完某動作。王伯成《貶夜郎》第三折“外末、旦做住了”，意思是這一系列做、念的動作到此告一段落，該唱了。除了“怎想有這場禍事”，其他都是舞臺提示語。⊙這段提示和念白主要交代了蔣世隆、蔣瑞蓮兄妹出場，蔣世隆救助陀滿興福；王瑞蘭和母親出場，她母親對戰爭爆發的驚愕和感慨，認爲是場禍事。王瑞蘭母親的態度代表了作者的傾嚮，可以看出作者的反戰立場。

［**仙吕·點絳唇**］錦綉華夷，忽從西北，天兵起。覷那關口城池，馬到處□□地。●仙吕：原缺，馬欣來本、藍立蓂本從，據隋樹森本、鄭騫本、徐沁君本、寧希元本、吴國欽本、王學奇本、徐征本、王季思本補。　點絳唇：“點絳”二字原缺。從各本補。　錦綉華夷：錦，盧冀野本誤作“綿”。　馬到處□□地：元本“地”字殘存下半部，上二字空缺；覆元槧本三字均空缺。鄭騫本“處”字下“地”字上據文義補“成平”二字，寧希元本、吴國欽本、王學奇本、王季思本從補。徐沁君本校記按云：“據上文語意，似爲‘成平地’三字。”盧冀野本“處”字下作九空圍。非。

●仙吕：宫調名，注見《大都新編關張雙赴西蜀夢》第一折首曲注。此套押齊微韵。　點絳唇：曲牌名，注見《大都新編關張雙赴西蜀夢》第一折首曲注。依曲譜，此曲襯字爲：覷那、處；韵脚字爲：夷、北、起、池、地。　錦綉華夷：錦綉河山。華夷，華夏和少數民族地區，這裏指天下、海内。《劉知遠諸宫調》第一［仙吕調·六幺令］："有朝福至，須交名播滿華夷。"　天兵：指元兵。金貞祐元年（1213），蒙古從金朝西北部大舉攻金。　覷：看。　關口城池：關口，關防、城鎮；城池，護城河。⊙此曲寫蒙古和金朝發生戰争，很快金朝的關口城池都被戰馬踏爲平地，既寫了蒙古軍隊的神速和勢不可當，也寫了金朝的脆弱和無力回天。

［混江龍］許來大中都城内，各家煩惱各家知。且説君臣分散，想俺父子别離。遥想着尊父東行何日還？又隨着車駕、車駕南遷甚時回？（夫人云了）（做嗟嘆科）這青湛湛碧悠悠天也知人意，早是秋風颯颯，可更暮雨凄凄。●君臣分散："君"下三字原壞闕，元本僅殘存"散"字下半部，上二字空缺；覆元槧本三字均空缺，藍立蓂本從。鄭騫本據文義補"臣失散"三字，王季思本補同。徐沁君本、寧希元本、吴國欽本據《幽閨記》補"臣分散"，王學奇本、徐征本補同。馬欣來本作"君□□散"。徐沁君本校記按云："南戲《幽閨記》（中山大學中文系明清傳奇校勘小組整理本）第十三齣［破陣子］曲：'况是君臣分散，那堪子母臨危。'即據元劇曲文變化運用者。兹據校補。"　又隨着車駕、車駕南遷甚時回：寧希元本"車駕"二字不叠，"時"字原簡寫。覆元槧本作"的"字，以形似致誤。盧冀野本、吴曉鈴本、隋樹森本、鄭騫本、北京大學本沿誤。吴國欽本、王季思本"據《幽閨記》改作'日'"。徐沁君本校記按云："《幽閨記》第十三齣：'嚴父東行何日返，天子南遷甚日回？'全從本曲變化運用而成，'甚日回'即'甚時回'。"　夫人云了、做嗟嘆科：隋樹森本作"夫人云了做嗟嘆科"；北京大學本、吴國欽本作"夫人云了，做嗟嘆科"，馬欣來本從，皆非。"做嗟嘆科"是提示正旦要做的動作，不能跟前一句同一個主語。徐沁君本、王學奇本"做嗟嘆科"上補"正旦"，下補"唱"，徐征本從。藍立蓂本作"（夫人云了）（做嗟嘆科）"。是。●混江龍：曲牌名，注見《大

都新編關張雙赴西蜀夢》第一折同曲牌注。依曲譜，此曲襯字爲：許來大、且説、想俺、遥想着、又隨着車駕、這、湛湛、悠悠、早是、可更；韵脚字爲：知、離、回、意、凄。　許來大：這樣大，這麽大。許，這樣。來，助詞，表示補充的語氣。《合汗衫》第二折："許來大個東嶽神明，他管你什麽肚皮裹娃娃。"　中都：金貞元元年（1153）從上京（今黑龍江阿城）遷都燕京，改稱燕京爲中都，汴京爲南京。元代建立後改稱大都，即今北京。　且説：再説，表示更進一步的議論，藍立蓂本據《詩詞曲語辭匯釋》解爲"試看"，似不妥。它就是話本小説中段落開頭的套語。　車駕：皇帝的車乘，借指皇帝。《漢書・高帝紀》："是日車駕西都長安。"顔師古注："凡言車駕者，謂天子乘車而行，不敢指斥也。"　南遷：指金貞祐二年（1214），蒙古繼續南進，金遷都南京（開封）事。《金史・宣宗本紀上》："秋七月，車駕至南京。"　嗟嘆：表示嘆息的語氣詞。　青湛湛、碧悠悠：青藍的樣子，兩短語同義重複，加强表現的效果。　颯颯：指秋風凌厲的樣子。　凄凄：指暮雨陰冷的樣子。⊙此曲寫王瑞蘭在偌大的京城裏，看着因爲戰亂而一片狼藉，想着君臣分散、父子分離，盼望自己的父親從前綫回來，隨着南遷部隊返家，心情焦急而憂慮。這種心境仿佛老天也知道一樣，它刮着凌厲的秋風，下着陰冷的暮雨，更增添了逃難者的憂傷和悲凉。

［油葫蘆］分明是風雨催人辭故國！行一步一嘆息，兩行愁泪臉邊垂。一點雨間一行悽惶泪，一陣風對一聲長吁氣。（做滑擦科）嚥！百忙裏一步一撒！海！索與他一步一提！這一對綉鞋兒分不得幫和底，稠緊緊粘軟軟帶着淤泥。●做滑擦科：徐沁君本、王學奇本下補"唱"，"擦"原作"捺"。從徐沁君本改。盧冀野本改作"步"。吴曉鈴本校記謂"疑當作'倒'字"，吴國欽本、王季思本從改。寧希元本改作"鞋"。徐沁君本校記按云："王伯成［哨遍］《項羽自刎》套：'足滑擦豈暫停'，可爲旁證。"　海：藍立蓂本從原本。盧冀野本、隋樹森本、北京大學本、徐沁君本、寧希元本、吴國欽本、王學奇本、馬欣來本、徐征本、王季思本改作"嗨"。　粘軟軟："軟軟"原作"粳粳"。馬欣來本、徐征本從原本。從徐沁君本、寧希元本、吴國欽本、王學奇本、王季思本、藍立

蕢本改。徐沁君本校記按云："軟，亦寫作'輭'，又與上'粘'字左旁類化，因成'粳'字。"●油葫蘆：曲牌名，注見《大都新編關張雙赴西蜀夢》第一折同曲注。依曲譜，此曲襯字爲：分明是、恓惶、長吁、百忙裏、一、索與他、一、這一對綉、兒、緊緊、軟軟、着；韵脚字爲：國、垂、氣、底、泥。　辭故國：告别原來的國家。　間：夾着。　恓惶：可憐。　滑擦：叉疊擦字，作滑擦擦。擦，滑。同義重複。范鎮《東齋紀事》卷一："優人入戲，各執紙筆，若吟咏狀。其一人忽仆于界石上，衆扶掖起之。既起，曰：數日來作一首賞花釣魚詩，準備應製，却被這石頭擦倒。"藍立蕢本校記云："徐州方言猶説路滑難行爲'滑滑擦擦'。"　噫：嘆詞。表示驚嘆。猶"噫""呀"。　百忙裏：慌忙中。《金綫池》第四折［沉醉東風］："本待要大着膽，挺着身，行靠前，百忙裏倉惶倒偃。"　撒：鬆開，引申爲脱落。脉望館古名家本鄭德輝《倩女離魂》第四折［古水仙子］："疏剌剌刷鞲雕鞍撒了鎖鞓。"　索與他：索，衹好。《董解元西厢記》卷七［大石調・玉翼蟬］："似恁地埋怨，教人怎下得，索剛拖帶與他前去。"　稠緊緊：稠密的樣子。　粘軟軟：粘軟的樣子。　淤泥：粘住的泥。⊙此曲寫王瑞蘭在風雨中逃難的艱難情景，這裏作者用了反復描寫的手法，很細緻地寫王瑞蘭步行的艱難和無奈，甚至對她穿的綉鞋也做了吟咏。

［天下樂］阿者！你這般没亂荒張到得那裏？（夫人云了）（做意了）兀的般云低，天欲黑，至輕的道店十數里。上面風雨，下面泥水。阿者！慢慢的枉步顯的你没氣力。（夫人云了）（對夫人云了）●荒：徐征本、藍立蕢本從原本。鄭騫本、北京大學本、徐沁君本、寧希元本、吴國欽本、王學奇本、馬欣來本、王季思本改作"慌"。　做意了：徐沁君本、王學奇本、徐征本、王季思本上補"正旦"二字，下補"（唱）"。　至輕的道店：盧冀野本、寧希元本、吴國欽本、王季思本改作"至近的到店"，非是。　慢慢的枉步顯的你没氣力：寧希元本"慢慢的"改小字，作爲帶白，"顯"辨作"寧"，改作"擰"，連上讀，校云："步擰"即"擰步"之倒云。　對夫人云了：徐沁君本、王學奇本、徐征本、王季思本上補"正旦"二字，下補"（唱）"。●天下樂：曲牌名，注見《大都新編關張雙

赴西蜀夢》第一折同曲注。依曲譜，此曲襯字爲：阿者、你這般、得、兀的般、的、面、面、慢慢的、顯的你；韵脚字爲：裹、低、黑、里、水、力。　阿者：女真語，母親。關漢卿《哭存孝》第一折［元和令］："則是着阿者今日向父親行題，想着他從前出力氣。"　没亂：手足無措的樣子。　荒張：即慌張。　做意了：元雜劇常用語，指角色做出某種表情。　兀的般：元曲常用語，這般。　至輕：最快。輕，猶快，疾。臧本秦簡夫《東堂老》第一折［六幺序·幺篇］："那虔婆一對剛爪牙，遮莫你手輕脚疾，敢可也立做了骨化形銷。"　道店：旅店。元刊本鄭廷玉《看錢奴》第三折［集賢賓］："盼了些州城縣鎮，經了些道店村坊。"　枉步：枉，藍立蓂本校記云："枉，疑應是'迬'字，《集韵》上聲養韵迬、枉聲近，迬字下注云'遠行也'，俱往切。"竊以爲此"枉"字有凌亂、涣散的意思，是因爲驚嚇、疲憊而使脚步不聽使唤。⊙此曲寫王瑞蘭和母親傍晚行進在風雨泥濘的道路上，離店家還有數十里，她倆都没有多少氣力了。

［醉扶歸］阿者！我都**拆毁**盡些**新鐶鏸**，**關扭**碎些**舊釵篦**。把**兩付藤纏**兒輕輕得**按**的**扁秕**，和我那**壓釧通三對**。都**綳**在我那睡**裹肚**薄**綿套裹**，我**緊緊**的**着身繫**。（夫人云了）（哨馬上，叫住了）（夫人云了）（做慘科）（夫人云了，閃下）（小旦上了）（便自上了，做尋夫人科）阿者！阿者！（做叫兩三科，没亂科）（末云了）（猛見末，打慘害羞科）（末云了）（做住了）不見俺母親，我這裹尋里！（末云了）（做意）（末云）呵！我每常幾曾和個男兒一處説話來！今日到這裹無柰處也，怎生呵是那？

●拆毁：拆，原作"折"，馬欣來本、徐征本從。據其他本改。又作"毁拆"。《經進東坡文集事略》卷三十六《乞賜度牒修廨宇狀》："上件屋宇，皆錢氏所創，規摹高大，無由裁撙。使爲小屋，若頓行毁拆，改造低小，則目前蕭然，便成衰陋。"　扁秕：原作"揙玭"。馬欣來本、徐征本從。徐沁君本校記云："疑即'扁秕'二字。"藍立蓂本從。是。吴國欽本、王季思本"玭"改作"秕"。王學奇本校記云："疑即'扁平'的聲假字。"藍立蓂本認爲"秕字韵，平字不叶"，是。　"夫人云了"至"做慘科"句：盧冀野本置"便自上了，做尋夫人科"句下，不從。徐沁君本、王學奇本"做慘科"上補"正旦"二字。　小旦上了：徐沁君本、王學奇本下補“閃下”二字。徐沁君本校記云：“上‘夫人閃下’，演王瑞蘭與母親的失散；這裏‘小旦閃下’，演蔣瑞蓮與兄世隆的失散。”　“便自上了，做尋夫人科”句：鄭騫本下補“云”，徐沁君本、王學奇本、徐征本、王季思本上補“正旦”二字，下補“云”。　末云了：徐沁君本、王學奇本作“正末云了”。　猛見末：徐沁君本、王學奇本作“正旦猛見正末”，王季思本作“正旦猛見末”。　打慘：王學奇本“打”字奪。　“末云了，做住了”句：徐沁君本、王學奇本作“正末云了，正旦做住了”，鄭騫本作“末云了，做住了云”，王季思本作“末云了，正旦做住了，云”。　尋里：里，鄭騫本、北京大學本、徐沁君本、寧希元本、吴國欽本、王學奇本、馬欣來本、徐征本、王季思本改作“哩”。　“末云了，做意，末云，呵”句：藍立蓂本從原文。鄭騫本作“末云了，做意，末云了，云，呵”。馬欣來本作“末云了，做意，末云了”。徐沁君本、王學奇本均作“正末云了，正旦做意，末云了，正旦云，呵”。徐征本作“末云了，正旦做意，末云了，正旦云，呵”。隋樹森本作“做意末云”，不從。盧冀野本、吴曉鈴本作“末云呵”，北京大學本作“末云：呵”。誤。徐沁君本校記云：“這樣一標點，正旦王瑞蘭的説白‘呵！我每常幾曾和個男兒一處説話來……’，就變成了正末蔣世隆的語言，顯然是不符合劇中人物的語氣的。”吴國欽本“末云”改作“旦云”，亦非。　和個男兒：寧希元本作“和一個男兒”。　無柰處也：柰，藍立蓂本從原文。鄭騫本、北京大學本、徐沁君本、寧希元本、吴國欽本、王學奇本、馬欣來本、徐征本、王季思本改作“奈”。也，盧冀野本、隋樹森本、鄭騫本、王季思本“也”字斷屬下句，非。　怎生呵是那：徐沁君本、王學奇本下補“(唱)”。●醉扶歸：曲牌名，注見《大都新編關張雙赴西蜀夢》第一折同曲牌注。依曲譜，此曲襯字爲：我都、盡些、碎些、把、兒輕輕得、的、和我那、都、在我那睡、薄、我、的；韵脚字爲：鑢、篦、秕、對、裏、繫。　鐶鑢：金環佩玉。鑢，疑應是“瓃”字，《集韵》去聲霽韵“瓃”“鑢”聲近，“鑢”字下注云“玉名”，睽桂切。　關扭碎：關扭，彎扭。關，通彎。《孟子·告子下》：“越人關弓而射之。”碎，小。《全唐詩》卷六五二方干《石門瀑布》：“直是銀河分派落，兼聞碎滴濺天台。”　釵篦：束攏頭髮的用品。　藤纏兒：疑是銀製用以束攏頭髮的首飾。　秕：原指穀類籽兒不飽滿，這裏指撫平，使凹下去。　壓釧：鐲子。　通：總，共。葉夢得《石林燕語》卷五："自是連放五榜，通取八百一人，一時名臣，悉自此出矣。"　綳：縫。　裹肚：腰巾或睡覺時圍繫在腰腹間的兜兒。《京本通俗小説·碾玉觀音》："適來君王在轎裏看見令愛身上繫着一條綉裹肚。"　哨馬：探馬。此爲元兵探馬。　做慘科：做出害怕的樣子。慘，怕。　閃下：指王瑞蘭母親迅速下場，表演突然與王瑞蘭失散的情景。　没亂：慌亂不安。　打慘害羞科：做出既怕又羞的樣子。　每常：往常。　怎生：怎麽辦。王實甫《西廂記》第二本第一折夫人白："小姐，却是怎生？"　是那：是，好。那，表示感嘆語氣。⊙此曲寫王瑞蘭爲了逃難順利，把所有首飾都摘下來藏在棉衣裹子中，使它們隨身緊緊地繫在身上。這主要是爲了防止動蕩而發生的搶劫。從這裏看，王瑞蘭畢竟是尚書的女兒，穿戴着不少珍貴的首飾，也反映了戰爭爆發倉促未及收拾即出逃的狼狽情景。

［**後庭花**］每常我聽得綽的説個女婿，我早豁地離了坐位。悄地低了咽頸，緼地紅了面皮。如今索强支持，如何迴避，借不的那羞共耻。（末云了）（做陪笑科）●豁地離了坐位：坐，寧希元本改作"座"。　咽頸：頸，原作"脛"。除吴曉鈴本外，各本已改。　末云了：徐沁君本、王學奇本作"正末云了"。　做陪笑科：徐沁君本、王學奇本、徐征本作"正旦做陪笑科，唱"，王季思本作"做陪笑科，正旦唱"。●後庭花：曲牌名，小令兼用，亦入［商調］，句式爲五五五五三四五，共七句。小令第一句必叶韵，套數可不叶；第六句反是。小令不能增句，套數可增句。增句在末句後，先將末句五字改作六字折腰句，增句即照作，句數多少不拘，須每句叶平韵。小令均用平韵，與詞牌異。曲譜爲：(平仄)平(平仄)仄平/上(韵)，(平仄)平(平仄)(去)平/上[韵]。(平仄)仄平平(去)，(平仄)平(平仄)(去)平/上[韵]。仄平平[韵]，(平仄)平(平仄)(去)，(平仄)平(平仄)(去)平/上[韵]。依曲譜，此曲襯字爲：每常、得綽的、個、豁地、了、了、了、如今索、那、共；韵脚字爲：位、皮、持、避、耻。　綽的：忽然地。　豁地：忽然地。《京本通俗小説·錯斬崔寧》："門兒拽不上關，那賊略推一推，豁地開了。"　坐位：即座位。　咽頸：咽喉脖頸。　緼（wēn）地：忽然羞慚起來。緼，紅色。《爾雅·廣詁》："緼，朱也。"陸德明

《釋文》："緼，赤黄之色。" 索：衹好，需要。 借：顧，憑。《中興以來絶妙詞選》卷四危逢吉《沁園春·壽許貳車》："借甚聲名，門閥相種，文章世科。算當年瑞世，正當夏五仙家毓德，全是春和。"⊙此曲寫王瑞蘭説自己如果在往常，别人跟她説女婿的事，她是非常羞怯的，而如今遇着蔣世隆，則已顧不了那許多，衹得勉强去應酬。

［金盞兒］您昆仲各東西，俺子母兩分離，怕哥哥不嫌相辱呵權爲個妹。（末云了）（尋思了）哥哥道做：軍中男女若相隨，有兒夫的不擄掠，無家長的落便宜。（做意了）這般者波！怕不問時權做弟兄，問着後道做夫妻。（末云了）（隨着末行科）（外云了）（打慘科，隨末見外科）（外末共正末廝認住了）（做住了，云）怎生這秀才却共這漢是弟兄來？（做住了）●您：盧冀野本、寧希元本改作"你"。 末云了：馬欣來本、藍立蓂本從原本。徐沁君本、王學奇本改作"正末云了"。 尋思了：馬欣來本、藍立蓂本從原本。徐沁君本、王學奇本、王季思本改作"正旦尋思了"，徐征本作"正旦尋思了，唱"。 "哥哥道做：軍中男女若相隨"句：馬欣來本、藍立蓂本從原本。鄭騫本斷作"哥哥道，做軍中男女若相隨"，校記云："'做軍中'，做字待校。"王季思本作"哥哥道'做軍中男女若相隨'"，非。"道做"是一個詞，意思是"説是"，不能分開。史九敬先《莊周夢》第一折［天下樂］："我欲待説是西，他却來道做東。" 做意了：馬欣來本、藍立蓂本從原本。鄭騫本、徐沁君本、徐征本、王季思本作"做意了云"。 這般者波：原作大字，馬欣來本從。從吴曉鈴本、鄭騫本、北京大學本、徐沁君本、寧希元本、吴國欽本、徐征本、王季思本、藍立蓂本改小字，作夾白。徐沁君本、徐征本下補"（唱）"字。盧冀野本、隋樹森本仍作大字，"波"字下未點斷。者波，語氣詞，元曲常用語，猶"吧"。高文秀《黑旋風》第一折正末白："既要我改，我改做山兒者波。" 權做弟兄：寧希元本作"權做兄弟"。 不從。末云了：馬欣來本、藍立蓂本從原本。徐沁君本、王學奇本改作"正末云了"。 隨着末行科：馬欣來本、藍立蓂本從原本。徐沁君本、王學奇本作"正旦隨着正末行科"，徐征本、王季思本作"正旦隨着末行科"。 外云了：馬欣來本、藍立蓂本從原本。徐沁君本、王學奇本作"外

末云了”。　打慘科：馬欣來本、藍立蓂本從原本。徐沁君本、王學奇本、徐征本作“正旦打慘科”。　隨末見外科：馬欣來本、藍立蓂本從原本。徐沁君本、王學奇本作“隨正末見外末科”。王季思本作“正旦隨末見外科”。　外末共正末厮認住了：馬欣來本、徐征本從原本。藍立蓂本校記云：“‘正末’之‘正’字疑衍，似應刪。”　“做住了，云”句：馬欣來本、藍立蓂本從原本。徐沁君本、王學奇本、徐征本作“正旦做住了，云”。王季思本作“做住了，正旦云”。　做住了：馬欣來本、藍立蓂本從原本。徐沁君本、王學奇本作“做住了，唱”。王季思本作“做住了，正旦唱”。徐征本作“正旦做住了，唱”。●金盞兒：曲牌名，注見《大都新編關張雙赴西蜀夢》第一折同曲牌注。依曲譜，此曲襯字爲：您昆仲、俺子母、怕哥哥、呵、個、哥哥道做、有、的、無、的、怕、時權、後道；韵脚字爲：西、離、妹、隨、宜、妻。　您昆仲：昆仲，老大和老二。這裏指蔣世隆和蔣瑞蓮兄妹。　俺子母：子母，兒子和母親。這裏指王瑞蘭和她母親。　怕：倘若，如果。後面的“怕不問時”的“怕”也是這個意思。　辱：屈辱。這是王瑞蘭謙稱。　兒夫：丈夫。　家長：丈夫。《三國志平話》卷上：“賤妾本姓任，小字貂蟬，家長是吕布。”　落便宜：得了便宜，這裏是反説，指吃虧。《董解元西厢記》卷二[正宫·文序子]：“將軍敗，有機變。不合追趕，趕上落便宜，輸他方便。”　權做弟兄：暫時裝作兄妹。弟兄，妹兄，這裏指王瑞蘭和蔣世隆。《史記·管蔡世家》：“蔡侯怒，嫁其弟。”司馬貞索隱：“弟，女弟。”　後：猶時。《五代史平話·漢史》卷上：“臨陣時勇如子路，决勝後謀似張良。”　厮認：相認。　住了：元雜劇常用舞臺提示語，表示角色完成某一動作。王伯成《貶夜郎》第一折：“（駕上云了）……（外末宣住了）（正末扮上）。”元刊本闕名氏《博望燒屯》第一折：“（外抱徠兒過來見住了。）”⊙此曲寫王瑞蘭和蔣世隆的對話：王瑞蘭對蔣世隆説，您兄妹失散，我母女失散，如果您不嫌棄的話，您就把我當作您的妹妹吧；蔣世隆則説，戰亂中如果男女相隨，有丈夫的就不會遭受擄掠，没有丈夫的就會吃虧，既然這樣，人不問時，咱倆就做兄妹，人若問時，咱倆就扮作夫妻。這也反映了王瑞蘭與蔣世隆在亂世爲生存而表現出來的機警和聰敏。此曲最後的舞臺提示語中的外末是陀滿興福，表明蔣世隆與結義兄弟陀滿興福相遇，并和王瑞蘭一起見了陀滿興福。

［醉扶歸］你道您祖上侵文墨，昆仲曉書集，從上流傳直到你，輩輩兒都及第。您端的是姑舅也那叔伯也那兩姨？偏怎生養下這個賊兄弟！（外末云了）（末云了）哥哥，你有此心，莫不錯尋思了末？●您祖上：您，盧冀野本改作“你”。　侵文墨：侵，盧冀野本改作“精”。北京大學本校記云：“‘侵’疑當作‘浸’。”鄭騫本、徐沁君本、寧希元本、吴國欽本、王學奇本、馬欣來本、徐征本、藍立蓂本改作“親”。吴曉鈴本校記云：“疑當作‘親’字。”徐沁君本按云：“《西厢記諸宫調》卷六：‘姐姐稍親文墨，張生博通今古。’鄭廷玉《看錢奴》（臧本）第二折白：‘幼年間攻習詩書，頗親文墨。’”唯藍立蓂本從原文，認爲“侵”即“近”，且以《清平山堂話本・五戒禪師私紅蓮記》“一個初侵女色……一個乍遇男兒”爲例。竊以爲藍立蓂本所訓欠妥，因爲“近”和“親”意思差别較大，從文脉來看，還是以訓爲“浸”或“親”較爲恰當。　昆仲：“仲”字原缺。從盧冀野本、隋樹森本、北京大學本、徐沁君本、寧希元本、吴國欽本、王學奇本、馬欣來本、徐征本、王季思本、藍立蓂本補。吴曉鈴本校記亦謂“疑是‘仲’字”。　從上流傳直到你：盧冀野本“你”字下未點斷。　輩輩：盧冀野本奪一“輩”字。　您端的：您，盧冀野本改作“你”。　姑舅：舅，原作“舊”，從各本改。此句盧冀野本在“姑舅也”下點斷，非。　也那：兩處連用，表示選擇語氣，不能分開。元刊本武漢臣《老生兒》第四折［落梅風］：“順着這夫婦情，忘了養育恩，你這老爺娘恨也那不恨？”　末云了：馬欣來本、徐征本、藍立蓂本從原本。徐沁君本、王學奇本作“正末云了”。　哥哥：徐沁君本、王學奇本、王季思本上補“（正旦云）”。　莫不錯尋思了末：馬欣來本、藍立蓂本從原本。徐沁君本、王學奇本、徐征本、王季思本下補“（唱）”，盧冀野本“末”字加括弧，作爲角色名稱用語。鄭騫本已指出這一錯誤。隋樹森本、徐征本“末”改作“麽”。●醉扶歸：曲牌名，注見《大都新編關張雙赴西蜀夢》第一折同曲牌注。依曲譜，此曲襯字爲：你道您、兒、您端的是、也那、也那、偏怎生、這個；韵脚字爲：墨、集、你、第、姨、弟。　侵文墨：指沉浸在舞文弄墨之中。　曉書集：通曉各種書籍。　及第：科舉應試中選。　端的：究竟。　姑舅也那叔伯也那兩姨：是問蔣世隆，陀

滿興福到底出自姑舅、叔伯、兩姨哪一支？因爲在王瑞蘭看來，陀滿興福確實與蔣世隆無血緣關係。　賊兄弟：指陀滿興福，他上山落草，故言。⊙此曲寫王瑞蘭對蔣世隆的瞭解以及對他的兄弟陀滿興福突然到來的困惑，還有對蔣世隆意欲和她相好的疑慮。

［**金盞兒**］你心裏把褐**衲襖**脊梁上**披**，强似**着**紫**朝衣**，論**盆家飲酒**壓着**詩詞會**。嫌這**攀蟾折桂做官遲**，爲那**筆尖**上**發禄晚**，**見**這刀**刃**上**變錢疾**。你也待**風高學放火，月黑做强賊！**（正末云了）（外末做住了）本不甚吃酒了。（正末云了）你休吃酒也，恐酒後疏狂。（末云了）●你心裏：寧希元本作“你心思”，非。　論盆家飲酒壓着詩詞會：盧冀野本作“論盆家飲酒壓着詩詞”，“會”字斷下句，非。　外末做住了：馬欣來本、藍立蓂本從原本。徐沁君本、王學奇本下補“（正旦云）”。王季思本“做住了”下補“云”，將下句“本不甚吃酒了”作爲外末説白。徐征本作“（外末做住了，云）”。　本不甚吃酒了：馬欣來本、藍立蓂本從原本。盧冀野本、吴曉鈴本、隋樹森本、鄭騫本、寧希元本此句加括弧，作爲科介。隋樹森本、寧希元本并改“本”作“末”。均非。　你休吃酒也：馬欣來本、藍立蓂本從原本。鄭騫本作“（云）你休吃酒也”。徐沁君本、王學奇本、徐征本、王季思本作“（正旦云）你休吃酒也”。　末云了：馬欣來本、藍立蓂本從原本。徐沁君本、王學奇本作“正末云了。（正旦唱）”。徐征本、王季思本作“（末云了，正旦唱）”。●金盞兒：曲牌名，注見《大都新編關張雙赴西蜀夢》第一折同曲牌注。依曲譜，此曲襯字爲：你心裏把褐、脊梁上、强似、紫、論、壓着、嫌這、爲那、上、這刀、上、你也待；韵脚字爲：披、衣、會、桂（句中韵）、遲、疾、賊。　褐衲襖：粗布襖子。脉望館古名家本王實甫《麗春堂》第一折［鵲踏枝］：“衲襖子綉攙絨，兔鶻碾玉玲瓏。”　紫朝衣：紫色的上朝穿的衣服。　盆家：指酒家，飲酒是以盆來論的。　壓着：勝過。《董解元西厢記》卷三［中吕調·鶻打兔］：“自古有的英雄，這將軍，皆不許。壓着一萬個孟賁，五千個吕布。”攀蟾折桂：比喻科舉及第。《北宫詞紀》卷六荆幹臣套數［黄鐘·醉花陰］《春怨》：“攀蟾折桂爲卿相，成就了風流情况。”　發禄：開啓禄位，指做官。隋樹森校本《陽春白雪》前集卷三

貫酸齋小令［中吕·醉高歌帶過紅綉鞋］："秦甘羅疾發禄，姜吕望晚登壇。""風高學放火，月黑做强賊"句：宋元戲曲、小説常用這樣的話寫强盗行凶的時機。 外末做住了：指在筵席上陀滿興福要蔣世隆、王瑞蘭二人留在山寨，王瑞蘭不肯，願早日去南京（今河南開封）。 不甚：不很，不怎麽。《中興以來絶妙詞選》卷六姜夔《法曲獻仙音·張彦功官舍》："象筆鸞箋，甚而今，不道秀句？" 疏狂：粗放癲狂，不拘小節。⊙此曲寫王瑞蘭對蔣世隆和陀滿興福的結交十分不快，在她看來，仿佛蔣世隆也很羨慕陀滿興福的生活，因而她説的話多少都有些譏諷的意味。其實并不是她想的那樣。從這裏看，王瑞蘭是很有個性的，她不喜歡落草的陀滿興福。這些言論跟崔鶯鶯很相像。

［賺煞尾］然是弟兄心，殷勤意，本酒量窄推辭少吃。樂意開懷雖您地，也省可裹不記東西。（做扶着末科）（做尋思科）阿！我自思憶，想我那從你的行爲，被這地亂天番交我做不的伶俐。假妝些斷收斷拾，佯做個一家一計，且着這脱身術謾過這打家賊！（下）●賺煞尾：原作"煞尾"，從徐沁君本、藍立蓂本改。 然：盧冀野本、王季思本作"雖然"。吴曉鈴本校記云："盧本于'然'字上增一'雖'字。但疑當作'煞'字。"不從。徐沁君本校記按云："《語辭匯釋》卷一'然'字條：'然，猶雖也。'"是。 樂意：盧冀野本"樂"誤作"藥"。 您地：藍立蓂本從原本。鄭騫本、徐沁君本、寧希元本、吴國欽本、王學奇本、馬欣來本、徐征本、王季思本改作"恁"。 也省可裹：盧冀野本"也"字斷屬上句。非。 做扶着末科：徐沁君本作"做扶着正末科"。 做尋思科：徐沁君本、王學奇本作"做尋思科，唱"。 阿：原作大字，盧冀野本、隋樹森本、馬欣來本從原本，前二者并與下曲文相連，後者則又作"啊"。從吴曉鈴本、鄭騫本、北京大學本、徐沁君本、寧希元本、吴國欽本、王學奇本、徐征本、王季思本、藍立蓂本改小字。徐沁君本、徐征本、王季思本并改作"呵"。 從你："你"字不甚清晰，覆元槧本作"你"，從。北京大學本、王學奇本、馬欣來本作"小"字，非是。 地亂天番：番，藍立蓂本從原本。盧冀野本、隋樹森本、北京大學本、徐沁君本、寧希元本、吴國欽本、王學奇本、馬欣來本、徐征本、王季思本改作"翻"。 交我：盧冀野本、隋樹森

本、徐征本改作“教我”。 伶俐：原作“聅俐”。馬欣來本從。從鄭騫本、徐沁君本、吴國欽本、王學奇本、徐征本、王季思本改。吴曉鈴本校記、北京大學本校記亦謂疑當作“伶俐”，寧希元本改作“精俐”。 假妝：盧冀野本“假”誤作“做”。寧希元本、吴國欽本、王季思本“妝”改作“裝”。 斷拾：原作“拾拾”。馬欣來本從原本。從盧冀野本、隋樹森本、鄭騫本、徐沁君本、寧希元本、吴國欽本、王學奇本、徐征本、王季思本、藍立蓂本改。北京大學本校記云：“‘拾拾’疑是‘斷拾’之聲誤。”吴曉鈴本校記云：“疑下‘拾’字脱一‘收’字。”徐沁君本校勘記按云：“《幽閨記》第二十齣同演這一情節，王瑞蘭下場詩‘斷收斷拾去心煩’可證。”藍立蓂本校記云：“施惠《幽閨記》第二十齣：‘（生）相促相催行步緊，（旦）斷收斷拾去心煩。’謂‘收拾’爲‘斷收斷拾，與謂‘牽惹’爲‘斷牽斷惹’（白仁甫《墻頭馬上》三折）、‘拖拽’爲‘斷拖斷拽’（王仲文《救孝子》四折）、‘推搶’爲‘斷推斷搶’（鄭廷玉《冤家債主》三折）、‘將領’爲‘斷將斷領’（闕名氏《神奴兒》二折）等同列。”所論至爲詳盡，從。 謾：藍立蓂本從原本。盧冀野本、吴國欽本、徐征本、王季思本改作“瞞”。吴曉鈴本校記亦云：“疑當作‘瞞’字。”徐沁君本校記按云：“‘謾’‘瞞’音同通用。”●賺煞尾：曲牌名，注見《大都新編關張雙赴西蜀夢》第一折同曲牌注。依曲譜，此曲襯字爲：然是、本、也、我、想我那、的、被這地亂天番、假妝些、佯做個、且着這、過這；韵脚字爲：意、吃、地、西、憶、爲、俐、拾、計、賊。 然：雖然。 殷勤：熱情地。 窄：小。 您地：即恁地，這麼，那麼。元曲常用語。 省可裏：免得，省得。可裏，語氣助詞。 思憶：思想。脉望館古名家本鄭德輝《倩女離魂》第三折［哨遍］：“將往事從頭思憶，百年情只落得一口長吁氣。” 從你：即願意與蔣世隆結合。 被：因。《劉知遠諸宫調》第二［仙吕調·勝葫蘆］：“只被夫妻恩重，跳離陌案，脚一似綫兒牽。” 交：教。 做不：幹不成。 的：得。 伶俐：乾净。這裏有完美、徹底的意思。 妝：做。 斷收斷拾：見此曲彙校。 佯：假。 一家一計：即裝得像一對夫妻組成的家庭一樣讓别人看不出破綻來。 着：讓。 謾過：瞞過。元刊本尚仲賢《氣英布》第一折［收尾］：“你這裏怕不千般兒啜摩，却將我一時間謾過。” 打家賊：打家劫舍的强盗。元刊本岳伯川《鐵拐李》

第一折［天下樂］："我這裏先交、先交他省會了，把他似打家賊并排押定脚。"⊙此曲寫王瑞蘭勸蔣世隆在陀滿興福那裏少吃酒，但是這麼高興地開懷飲酒，却能讓人記住東西。自己想想跟着蔣世隆的行爲，也因爲戰亂不很完美。現在衹好收拾收拾，權裝作一家人，瞞過戰亂中那些打家劫舍的賊寇。

第二折

（夫人、小旦云了）（孤云了）（店家云了）（便扶末上了）（末卧地做住了）阿！從生來誰曾受他這般煩惱！（做嘆科）●便扶末上了：馬欣來本、藍立蓂本從原本。徐沁君本、吴國欽本、王學奇本、王季思本作“正旦便扶末上了”，吴國欽本、王季思本“據第三折”作“正旦便扮扶末上了”，徐征本也作“正旦便扮扶末上了”。徐沁君本作“正旦便扶正末上了”。 末卧地做住了：馬欣來本、藍立蓂本從原本。徐沁君本、王學奇本作“正末卧地做住了”。盧冀野本“地”誤作“他”。 阿：徐征本、藍立蓂本從原本。鄭騫本、王季思本作“云：阿”。徐沁君本、王學奇本作“正旦云：阿”。徐沁君本、寧希元本、王學奇本、馬欣來本、王季思本改作“呵”。 做嘆科：馬欣來本、藍立蓂本從原本。徐沁君本、徐征本作“做嘆科，唱”，王學奇本作“（做嘆科）（唱）”，王季思本作“（做嘆科）（正旦唱）”。●店家：客店裹的伙計。鄭廷玉《金鳳釵》第三折［鬥蝦蟆］：“店家不下單客，我做保人知在。” 卧地：猶卧着。地，助詞。 阿：啊。 他這般：這樣。他這，即這。也可以理解爲像他（蔣世隆生病）這樣的。闕名氏《神奴兒》第四折［折桂令］：“囑付那開封府户尉門神，當住他那外道邪魔，放過他這屈死冤魂。”⊙此段提示語和賓白説明王瑞蘭和母親、蔣瑞蓮、王鎮、蔣世隆在客店相遇的情景：蔣世隆患病，王瑞蘭照料他，并嘆息自己從來没有受過這般煩惱。是啊，一個尚書府的千金，總是丫鬟照顧她，她哪裹照料過别人？這也反映出王瑞蘭不是一個逆來順受的人，她有自己的身份和原則。

［南吕·一枝花］干戈動地來，横禍事從天降。爺娘三不歸，家國一時亡。龍鬥來魚傷，情願受消疏況。怎生般不應當，脱着衣裳，感得這些天行好纏仗。●南吕：原本無，馬欣來本、藍立蓂本從原本。從隋樹森本、鄭騫本、徐沁君本、寧希元本、吴

國欽本、王學奇本、徐征本、王季思本補。 怎生般不應當：盧冀野本“應”字下點斷，“當”字屬下句。誤。●南吕：宫調名，注見《大都新編關張雙赴西蜀夢》第二折首曲注。此套押江陽韵。 一枝花：曲牌名，注見《大都新編關張雙赴西蜀夢》第二折首曲注。依曲譜，此曲第八句無前三字，襯字爲：事、來、情、般、這些；韵脚字爲：降、亡、傷、况、當、裳、仗。 干戈動地來：指戰争突然爆發。干戈，作戰用的武器。動地，使大地震動。 横禍事：指突然發生的灾禍。横，突然地，出乎意料地。 爺娘三不歸：指父親、母親和王瑞蘭自己三個人各自離散，没有聚攏在一起。三不歸，本指功不成不歸，名不立不歸，利不就不歸。這裏指三個人都没有着落和歸宿。 家國一時亡：這裏是言過其實的説法，實際上衹是因爲戰争，家庭和王朝受到前所未有的嚴重破壞。當時家應未破，金朝還未滅亡，这裏是强調戰争的殘酷快要導致家破國亡了。 龍鬥來魚傷：比喻金、元統治者發動戰争，使黎民百姓受到傷害。龍，皇帝。魚，黎民百姓。 情願受消疏况：情願，是“不情願”的意思。消疏况，十分冷清的境况。指家人盡散，衹剩孤單一人。 怎生般：多，多麽。脉望館古名家本白仁甫《秋夜梧桐雨》第三折［落梅風］：“怎生般愛他看待他，怎下的教横挼在馬嵬坡下！” 感得：遇上。《張協狀元》戲文第九齣：“感得聖道去也。” 這些：這。王實甫《西厢記》第三本第四折［收尾］：“遍人間煩惱填胸臆，量這些大小車兒如何載得起？” 天行：亦作時行，時疫，流行病。《太平廣記》卷一百一十一引《廣異記》：“及患天行，恒置刀床頭，以自衛護。” 好：很。《紅樓夢》第四十二回：“説的好可憐見兒的。” 纏仗：亦作“纏障”，俗稱“糾纏”。《水滸傳》第十八回：“哥哥，你休要多説，只顧安排走路，不要纏障。”⊙此曲寫王瑞蘭對戰争爆發以來親人離散、金朝將要滅亡的感觸，她極不情願接受這種冷清的境况，這多麽不應當呀。她把衣裳給蔣世隆，因爲他偏偏又染上了難纏的流行病，一時還不能痊愈。

［**梁州**］恰似悒悒的錐挑太陽，忽忽的火燎胸膛。身沉體重難回項，口乾舌澀，聲重言狂。可又别無使數，難倩街坊，則我獨自一個婆娘，與他無明夜過藥煎湯。阿！早是俺

兩口兒背井離鄉，𠿿！則怏他一路上湯風打浪，海！誰想他百忙裏卧枕着床。内傷？外傷？怕不大傾心吐膽盡筋截力把個牙推請，則怕小處盡是打當。只願的依本分傷家没變證，慢慢的傳受陰陽。（末云了）（店家云了）（做尋思科）試請那大夫來，交覷咱。（大夫上，云了）（做意了）郎中，仔細的評這脉咱！（末共大夫云了）（做稱許科）●梁州：馬欣來本、藍立蓂本從原本。徐沁君本、寧希元本、王學奇本、徐征本、王季思本作“梁州第七”。　悒悒：原作“邑邑”。馬欣來本、徐征本從原本。從徐沁君本、吴國欽本、王季思本、藍立蓂本改。徐沁君本按云：“張壽卿《紅梨花》第三折：‘則這一瓶唬了我魂，悒悒的把身軀兒褪。’”　膛：原作“堂”，從各本改。　難倩街坊：倩，原作“猜”，從鄭騫本、徐沁君本、王學奇本、馬欣來本、徐征本、藍立蓂本改。盧冀野本、隋樹森本、寧希元本、吴國欽本、王季思本改作“請”，吴曉鈴本校記、北京大學本校記謂“疑當作‘請’”。徐沁君本校記云：“朱居易《元劇俗語方言例釋》‘使數’條，引本曲已改。盧、文、隋本均改作‘請’字，吴、北本校勘記也説‘疑當作請’。實均非是。按：‘倩’與‘請’義自有别。本曲下文‘把個牙推請’，又白‘試請那大夫來’，兩‘請’字自不能用‘倩’。至‘倩’字用法，如王實甫《西厢記》第四本第三折‘恨不倩疏林挂住斜暉’，王仲文《救孝子》第三折‘怕不要倩外人那裏取工夫’，又皆不用‘請’。蓋‘請’表示敬意，而‘倩’則否。”所辯甚詳，但不從。　阿：徐征本、藍立蓂本從原本。徐沁君本、王學奇本、馬欣來本、王季思本改作“呵”。　怏他：盧冀野本“怏”改作“怪”，鄭騫本、寧希元本、王季思本改作“央”。　湯風打浪：湯，吴國欽本、徐征本“湯”改作“蕩”。非。《敦煌變文集》卷一《漢將王陵變》：“不但今夜斫營去，前頭風火亦須湯。”　海：除吴曉鈴本、鄭騫本、藍立蓂本外，各本改作“嗨”。　怕不大：大，鄭騫本、隋樹森本、寧希元本、吴國欽本、徐征本、王季思本改作“待”。徐沁君本校記云：“文本注：‘大’，‘待’字的假借。參看《語辭匯釋》卷一‘待（二）’條。下‘怕你待’‘怕他待’元本‘待’均作‘大’，不另作校記。”　盡筋截力：截，盧冀野本、隋樹森本、寧希元本、吴國欽本、王季思本改作“竭”，徐沁君本校記亦謂“疑當作'竭'"。盧冀野本并改"筋"作"精"。 依本分：分，吴國欽本改作"份"。非。 傷家：寧希元本校記云："疑當作'傷寒'，因劇中蔣世隆所患正爲此病……傷寒患者或亦可稱之爲傷家。" 没變證：除吴曉鈴本、鄭騫本外，各本"證"改作"症"。 傳受陰陽：傳，寧希元本改作"轉"。受，徐沁君本改作"授"。 末云了：徐沁君本、王學奇本作"正末云了"。 做尋思科：徐沁君本、王學奇本、徐征本、王季思本作"正旦做尋思科，云"，鄭騫本作"做尋思科，云"。 試請那：王學奇本作"試請那個"。 大夫：原作"夫人"，從各本改。 交：盧冀野本、隋樹森本改作"教"。 做意了：徐沁君本、王學奇本作"正旦做意了，云"，鄭騫本作"做意了，云"，王季思本作"做意了，正旦云"。 末共大夫云了：徐沁君本、王學奇本作"正末共大夫云了"。大夫，原作"夫人"，從北京大學本、徐沁君本、寧希元本、吴國欽本、王學奇本、馬欣來本、徐征本、王季思本、藍立蓂本改。 做稱許科：徐沁君本、王學奇本、徐征本、王季思本作"正旦做稱許科，唱"。●梁州：即［梁州第七］，曲牌名，見《大都新編關張雙赴西蜀夢》第二折同曲牌注。依曲譜，此曲襯字爲：恰似、可又、則、與他、早是、兒、則怏、上、百忙裏、傾心吐膽盡筋竭力、個、則、盡是、只願的、没、慢慢的；韵脚字爲：陽、膛、項、狂、坊、娘、湯、鄉、浪、床、傷、傷、當、陽。 悒悒：鬱悶不樂的樣子。 太陽：指太陽穴。 忽忽：形容心火迅起的樣子。 回項：回頭。 言狂：亂。《荀子・王霸》："愚者之知，固以少矣，有以守多，能無狂乎！" 使數：奴僕、僕人。 無明夜：不分白天黑夜。 過藥煎湯：燒火遞藥。過，遞送。 怏：猶"强"，勉强。《廣雅・釋詁》："怏，强也。" 湯風打浪：冒着風寒雨濕。湯，猶"頂、冒"。《敦煌變文集》卷一《漢將王陵變》："不但今夜斫營去，前頭風火亦須湯。" 百忙裏：一時間，一下子。脉望館鈔校本《單刀會》第四折［離亭宴帶歇指煞］："百忙裏趁不了老兄心，急且裏倒不了俺漢家節。" "怕不大"二句：怕不大，怕不待。盡筋竭力，即盡力，拼力。牙推，醫生，也指走村串户醫道低下的郎中。小處，小地方。打當，冒充。全句是説恐怕小地方難以請到醫生。《元典章》刑部十九"禁毒藥"："今後凡有村野説謊聚衆，打當行醫，不通經書，不著科目之人，盡行禁斷，庶免妄行針藥，誤人性命。"當，應是"鐺"的假借字，即草藥郎中走街串巷時手中所擊的一種金屬片。　本分：本來。古名家本張壽卿《紅梨花》第二折正旦詩："本分天然白香雪，誰知今日却濃妝。"　傷家：病人。　證：症。《列子·周穆王》："過陳，遇老聃，因告其子之證。"　傳：轉。《墨子·節葬下》："然則姑嘗轉而爲政乎，國家萬民而觀之。"　受：授。　陰陽：中醫以陰陽表示病理的好壞。　試請那：試，姑且。《全唐詩》卷一六七李白《永王東巡歌》之十一："試借君王玉馬鞭，指揮戎虜坐瓊筵。"　交覷咱：讓他看病。交，讓，教。　郎中：大夫、醫生。這種稱呼自宋代始。從舞臺提示語和賓白看，這裏大夫和郎中并稱，但郎中顯然更口語化。　評：診。《太平廣記》卷二百一十九引《續異録》："從事御史崔某……評革評其脉。革診其臂曰：'二十春無疾之人也。'"⊙此曲寫王瑞蘭照顧生病的蔣世隆，蔣世隆病情十分嚴重，他患的是熱病。旁邊又無旁人，街坊鄰居也很難找，衹有王瑞蘭一個在跟前熬藥。他們倆人背井離鄉，但一路上還是蔣世隆照顧她。她也弄不明白蔣世隆患的是何病，也想盡心竭力請醫生，但這小地方醫生難請，就衹好祈求病情不發生變化，慢慢轉好。根據後面的舞臺提示語和賓白可知，大夫來了，她還叮囑大夫；大夫看完病後，她對診斷結果很滿意。

［**牧羊關**］這大夫好，調理的是，診候的强，這的十中九敢藥病相當。阿的是五夜其高，六日向上。解利呵過了時晌，下過呵正是時光。不用那百解通聖散，教吃這三化承氣湯。（大夫裹藥了）（做送出來了）但較些呵，郎中行別有酬勞。（孤上，云了）是不沙？（做叫老孤的科）阿馬！認得瑞蘭末？（孤云了）●"這大夫好，調理的是，診候的强"句："診"原作"胗"。從各本改。徐沁君本按云："石君寶《紫雲亭》第一折：'他急慌的請醫人診了脉却笑容生。''診'亦原作'胗'。"此句盧冀野本、吴曉鈴本、隋樹森本、北京大學本、徐沁君本、吴國欽本、王學奇本、馬欣來本、徐征本斷作"這大夫好調理，的是診候的强"，非。從鄭騫本、寧希元本、王季思本、藍立蕫本斷句，并從寧希元本"這大夫好"改小字，作爲帶白。寧希元本校云："［牧羊關］曲首二句必爲三字對句。"百解通聖散：聖，原作"神"，從寧希元本、藍立蕫本改。寧希元本校記云："百解通聖散，金代名醫劉完素方，即防風通聖散。……由于用藥較多，内消

外解，表裏并治，幫稱‘百解通聖散’。”　三化承氣湯：化，原作“一”。馬欣來本、徐征本從原本。從寧希元本、藍立蓂本改。寧希元本校記云：“三化承氣湯，金代名醫劉完素，在張仲景‘小承氣湯’（由大黄、枳實、厚朴三味組成）的基礎上，外加羌活一味，以治傷寒中因中風閉實、二便不通諸證，俗稱‘三化湯’，即‘三化承氣湯’。”甚是。　做送出來了：鄭騫本下補“云”。徐沁君本、王學奇本、徐征本、王季思本上補“正旦”二字，下補“云”。　是不沙：鄭騫本上補“云”，徐沁君本、王學奇本補“（正旦云）”。徐沁君本“沙”改“唦”。　做叫老孤的科：鄭騫本、徐沁君本、王學奇本下補“云”，王季思本上補“正旦”二字，下補“云”。　末：馬欣來本、藍立蓂本從原本，隋樹森本、徐征本、王季思本改作“麽”。王學奇本誤作“來”。　孤云了：馬欣來本、藍立蓂本從原本，徐沁君本、王學奇本、徐征本、王季思本下補“正旦唱”。●牧羊關：曲牌名，注見《大都新編關張雙赴西蜀夢》第二折同曲牌注。依曲譜，此曲第一、二句前脱二字，襯字爲：的、的、這的、敢、阿的是、呵、了、呵、是、那百解、教、三化；韵脚字爲：强、當、上、光、湯。　調理：調治護理。　診候的强：指醫術很高明。候，察。　十中九：十成中有九成把握。　敢：包管、一定、敢情。　藥病相當：指所下藥適量，正對病症。　阿：表示估計時間的詞頭語氣詞。　“五夜其高，六日向上”句：超過了五個夜晚六個白天。“其高”“向上”都是超出、多出了的意思。　解利：通利，通暢。　下過：使疾病下泄。這裏指通過發汗、便溺使疾病痊愈。　時晌：時間。　百解通聖散、三化承氣湯：中藥湯頭名。　較：病情減輕。　是不沙：是不是。沙，即唦，語氣助詞，猶“啊”。這是王瑞蘭認出父親而又一時拿不準的自白。《董解元西厢記》卷六[仙吕調・相思會]：“我到那裏見夫人沙，有甚臉？”　做叫老孤的科：做出叫老孤王鎮的動作。　阿馬：女真語對父親的稱呼。《女真譯語・人物門》及阿波文庫本《女真譯語・人物門》均譯“父”爲“阿麻”。即此阿馬。⊙此曲寫王瑞蘭説請來的大夫病看得很好，開的藥適量，正好對症。而蔣世隆得病已超過五六天了，吃了大夫的藥，也不用吃那百解通聖散，病情就慢慢地好轉了。他們也付給了大夫報酬。王瑞蘭父親和他們見了面。

[**賀新郎**] 自從都下對尊堂，走馬離朝，阿馬間别無

恙？（孤認了）則恁的由自常思想，可更隨車駕南遷汴梁，教俺去住無門徊徨！家緣都撇漾，人口盡逃亡，閃的俺一雙子母每無歸向！自從身體上一朝出帝輦，俺這夢魂無夜不遼陽！（孤云了）（做打悲科）車駕起行了，傾城的百姓都走。俺隨那衆老小每出的中都城子來，當日天色又昏暗，刮着大風，下着大雨，早是趕不上大隊，又被哨馬趕上，轟散俺子母兩人，不知阿者那裏去了！（末云了）（做着忙的科）（孤云了）（做害羞科）是您女婿，不快哩。（孤云了）（做説關子了）（孤云了）（做羞科）●孤認了：徐沁君本、王學奇本、徐征本下補“（正旦唱）”。　由自常思想：由，鄭騫本、寧希元本、吴國欽本、王季思本改作“猶”。教俺去住無門徊徨：原作“教俺去住無門，徊徨”。馬欣來本從。從徐征本、藍立蓂本改。徐沁君本、王學奇本删去“無門”二字。徐沁君本校記按云：“曲譜，［賀新郎］曲這一句應爲七字句，上三下四句法。《裴度還帶》第二折，此句作六字，蓋上三字减去一字也。‘去住無門’，原爲當時成語。如《劉知遠諸宫調》第一：‘交人去住無門，這煩惱何時受徹。’又第二：‘于明月之下，去住無門，時時嘆息。’《西厢記諸宫調》卷四：‘張生去住無門，紅娘精神失色。’《水滸傳》第十九回林冲説：‘不想今日去住無門，非在地位低微。’類似的句子，如王實甫《西厢記》第二本第一折：‘好交我去住無因，進退無門。’以後作‘進退無門’就更多了。又‘去住’與‘徊徨’兩詞，亦往往發生聯繫。如《劉知遠諸宫調》第二：‘太原府文面做射糧，欲待去却徊徨。’又第十一：‘又辭别小李三娘，去住來往，反復徊徨。’在這之前，周邦彦《蝶戀花·早行》詞：‘去意徊徨，别語愁難聽。’因有上述種種關係，意者本劇本句原文，當是‘教俺去住徊徨’，而鈔寫者寫至‘去住’二字時，誤寫當時成語‘去住無門’，衍‘無門’二字；及至發覺有誤，而又憚于改寫，祇續添‘徊徨’二字了之，遂成此語意斷續而又不合曲律的句子。”甚詳。　做打悲科：馬欣來本、藍立蓂本從原本。鄭騫本下補“云”。徐沁君本、王學奇本、徐征本、王季思本上補“正旦”，下補“云”。　刮着大風：刮，覆元槧本誤作“到”，盧冀野本、吴曉鈴本沿誤。吴曉鈴本校記云：“到，疑當作‘刮’字。”　末云了：徐沁君本、王學奇本上補一“正”字。　做着忙的科：徐沁君本、王學奇本、徐征本上補“正旦”二字。 做害羞科：鄭騫本下補“云”。徐沁君本、王學奇本、王季思本上補“正旦”二字，下補“云”。 不快哩：哩，原作“理”，鄭騫本、北京大學本、徐沁君本、寧希元本、吴國欽本、王學奇本、馬欣來本、徐征本、王季思本改作“哩”。吴曉鈴本校記亦謂“疑當作‘哩’字”。從。 做説關子了：徐沁君本、王學奇本、徐征本上補“正旦”二字。 做羞科：徐沁君本、王學奇本、徐征本、王季思本上補“正旦”二字，下補“（唱）”。●賀新郎：曲牌名，注見《大都新編關張雙赴西蜀夢》第二折同曲牌注。依曲譜，此曲第二句爲兩個四字句，襯字爲：阿馬、則、可更、教、的俺一雙、自從、上一朝、俺這、無夜；韵脚字爲：堂、恙、想、梁、徨、漾、亡、向、陽。 都下：即京都。 尊堂：即高堂，這裏指父親。闕名氏《獨角牛》第二折［越調・梅花引］：“將我個年老的尊堂恁厮拍，年紀小的妻兒迤逗來，好着我忿怒夯胸懷。” 走馬離朝：騎馬離開朝廷。 間别無恙：即别來無恙。間，離。無恙，没病。指狀况良好。 恁的：這麽，這樣。 由自：猶自。自，後綴詞。 思想：思念。《文選》卷四十二應璩《與侍郎曹長思書》：“足下去後，甚相思想。” 可更：再加上。 汴梁：即今河南開封。 徊徨：徘徊，彷徨，無所適從。 家緣：也作家計，指家産。無名氏《劉知遠諸宫調》一［正宫・應天長纏令］：“蓋爲新來壞了家緣，離故里南中趁熟。” 撇漾：抛棄、遺落。漾，溢出。 人口：人。“口”字無義，綴于“人”後，表示强調的語氣。《陽春白雪》後集卷三劉時中套數［正宫・端正好］《上高監司》：“有錢的納寵妾買人口偏興旺，無錢的受饑餒填溝壑遭灾障。” 閃的：哄的，引誘的。 每：們，元曲常用詞。 歸向：着落。鄭德輝《三戰吕布》第四折［小梁州］：“吕温侯方天畫戟怎提防？殺的他無歸向。” 上一朝：前些日子。 帝輦：本指皇帝坐的車子。這裏指京城。《張協狀元》戲文第七齣：“何日得臨帝輦，步雲衢稱人心願？” 夢魂：即夢中的境况。 遼陽：今瀋陽西南，晋時曾被高麗占領，隋唐時在此曾與高麗幾經大戰，復歸中國。詩詞中常用“遼陽”代指遥遠的戰場或征人駐守之地。《唐宋諸賢絶妙詞選》卷一毛文錫《何滿子》：“夢斷遼陽音信，那堪獨守香閨。”這裏指王鎮所赴的邊關。 打悲：傷悲。打，詞頭，表示加重語氣。元刊本馬致遠《任風子》第三折［二煞］：“一任你打悲呵，休想我還俗意。” 中都城子：即北京城。子，詞尾，表示親切。 當日：當時。《劉知遠諸宫調》第一［商調・回戈樂］：“共工當日征于不周，蚩尤播塵寰，湯伐桀，周武動兵，取了紂江山。” 哨馬：探馬。這裏指敵方的馬探子。 阿者：女真語對母親的稱呼。關漢卿《調風月》第二折［江兒水］：“老阿者使將來伏侍你，展污了咱身起。” 着忙：着于忙，開始忙碌。 不快：患病。 説關子：説情節。關子，即關目，指劇中人物追述前頭已演述過的情節，這裏應是瑞蘭嚮父親述説分離後的遭遇及與蔣世隆在一起的原委。元刊本高文秀《遇上皇》第二折：“（等駕認做兄弟科）（做過來吃酒科，做啼哭）（駕問了）（做説關子了）。”⊙此曲寫王瑞蘭問父親自從分别以來一切都好吧，父親認了他們倆。她又説自已從離别後不由得常常想念父親，而戰亂使她不得不隨着逃難的人群嚮着汴梁走，却無處落脚。而她和母親又失散了。因爲讓父親看見了她和蔣世隆相處，所以表現得膽怯而羞澀。這是王瑞蘭在嚮父親訴説分别以後她和母親的遭遇。

［牧羊關］您孩兒無挨靠，□□没倚仗，深得他本人將傍。（孤云了）（做意了）當日目下有身亡，眼前是殺場，刀劍明晃晃，士馬鬧荒荒。那其間這錦綉紅妝女，那裏不見個銀鞍白面郎？（孤云了）是個秀才。（孤交外扯住了）（做慌打慘打悲的科）阿馬！你可怎生便與這般狠心！（做没亂意了）●您孩兒：您，盧冀野本改作“你”。 做意了：徐沁君本、王學奇本、徐征本、王季思本上補“正旦”二字，下補“唱”。 不見個：隋樹森本、寧希元本、吴國欽本、王季思本“不見”改作“覓”。個，盧冀野本改作“了”。 是個秀才：鄭騫本上補“（云）”，徐沁君本、王季奇本、徐征本、王季思本上補“（正旦云）”。 交：盧冀野本、隋樹森本、徐征本、王季思本改作“教”。 做荒打慘打悲的科：鄭騫本下補“云”，徐沁君本、王學奇本、王季思本上補“正旦”，下補“云”。荒，除盧冀野本、隋樹森本、徐征本外，各本改作“慌”。 做没亂意了：徐沁君本、王學奇本下補“唱”，徐征本、王季思本下補“（正旦唱）”。●牧羊關：曲牌名，注見《大都新編關張雙赴西蜀夢》第二折同曲牌注。依曲譜，此曲第二句缺頭兩個字，襯字爲：您、當日、有、是、那其間這、那

裏不見個；韵脚字爲：仗、傍、亡、場、晃、荒、郎。 挨靠：依靠。《古本董解元西厢記》卷六［大石調・驀山溪］："小生客寄，没個人挨靠。" 深得：多得，很得。鄭德輝《三戰吕布》楔子［仙吕・賞花時］："你那厮丁建陽身亡可也不駕車，去你那董卓跟前深唱喏。" 將傍：照應。無名氏《小孫屠》第一折［青哥兒］："誰想道捨死回生便離床，兀的是天將傍。" 目下：立刻。孟元老《東京夢華録》卷一"大内"："其品味若數十分，客要一二十味下酒，隨索目下便有之。" 有身亡：有死亡的可能。 殺場：即戰場。明晃晃：明亮晃眼的樣子。 士馬：兵馬。《太平廣記》卷三百一十引《河東記》："時營中士馬極衆，每二三百人，則同一井。" 鬧荒荒：吵鬧紛亂的樣子。荒荒，驚擾的樣子。荒，通"慌"。《宣和遺事》前集："天下荒荒離亂。" 錦綉紅妝女：指王瑞蘭絢麗的穿着。 銀鞍白面郎：騎鞴着銀鞍馬的面龐白皙的公子。 秀才：元明以來用以稱書生，讀書人。元喬吉散曲［新水令］："我是個爲客秀才家，你是個未嫁女嬌娃。" 孤交外扯住了：這一片段寫王鎮命令扮外末的僕從扯住王瑞蘭離開病中的蔣世隆。 便與：則與。與，助詞，處于句中，無義。 做没亂意：指王瑞蘭做出迷離惝恍、心神無主、手足無措的表情。没亂，曲詞常用語，局促不安、心神不定貌。詞尾多綴以煞、殺、死等，表示過分。⊙此曲寫王瑞蘭嚮親傾訴和蔣世隆相遇的經過以及理由，表明她已獲得蔣世隆幫助，而又值亂世，她們相遇可謂順理成章。但王鎮并未聽她的訴説，而是堅决要求她和蔣世隆分開。正因爲這樣，王瑞蘭纔説出父親狠心的話，後來便六神無主而心慌意亂了。

［鬥蝦蟆］爹爹！俺便似遭嚴臘，久盼望，久盼望你個東皇。望得些春光艷陽，東風和暢。好也囉！剗地凍剥剥的雪上加霜！（末云了）（没亂科）無些情腸！緊揪住不把我衣裳放。見個人殘生喪，一命亡，世人也慚惶。你不肯哀憐憫恤，我怎不感嘆悲傷！（孤云了）父親息怒，寬容瑞蘭一步，分付他本人三兩句言語呵，喒便行波！（孤云了）父親不知，本人于您孩兒有恩處。（孤云了）●爹爹：原作大字，從吴曉鈴本、鄭騫本、北京大學本、徐沁君本、寧希元本、吴國欽本、王學奇本、徐征本、王季思本、藍立蓂本改小字。 久盼望、久盼望你

個東皇：原本“盼”作“盻”，第二個“久盼望”作“々々々”。從各本改。好也囉：盧冀野本、隋樹森本、馬欣來本改作大字，不從。此句乃帶白，原本作小字。 剗地凍剥剥的雪上加霜：剗，王季思本誤作“劃”。“剥剥”二字原空缺。鄭騫本、徐沁君本、寧希元本、吴國欽本、王學奇本、王季思本補作“剥剥”。北京大學本校記云：“第二個空缺字從殘存字迹看，疑爲‘冷’字。”非。實乃重文符號“々”。徐沁君本校記按云：“高文秀《誶范叔》第二折：‘泪雹子腮邊落，血冬凌滿脊梁，凍剥剥雪上加霜。’武漢臣《玉壺春》第二折：‘走將來凍剥剥雪上加霜。’均與本曲語意全同。至‘凍剥剥’一詞之用于他處者，更于元曲中習見之，不具引。” 末云了：徐沁君本、王學奇本上補“正”字。 没亂科：徐沁君本、王學奇本、徐征本、王季思本上補“正旦”，下補“唱”。 緊揪住不把我衣裳放：盧冀野本“裳”字下點斷，“放”字奪。誤。 見個人：盧冀野本作“眼見個人”。 慚惶：慚，原作“慘”，從各本改。 父親息怒：鄭騫本上補“（云）”，徐沁君本、王學奇本、徐征本、王季思本補作“（正旦云）”。 分付：付，鄭騫本改作“咐”，王季思本改作“吩咐”。 喒：北京大學本、吴國欽本、王學奇本、徐征本、王季思本改作“咱”。 父親不知：鄭騫本上補“（云）”。徐沁君本、王學奇本、徐征本、王季思本補作“（正旦云）”。 本人于您孩兒：吴國欽本、王季思本“據上句”上補“他”字。您，寧希元本改作“你”。 孤云了：徐沁君本、王學奇本、徐征本、王季思本下補“（正旦唱）”。●鬥蝦蟆：曲牌名，此牌北曲譜鮮録，見《中國曲學大辭典·曲律·曲牌·北曲曲牌》。句式爲三三四四四四二七三三二四四，共十三句。曲譜爲：(平仄)平仄，(平仄)仄(平仄)，(平仄)仄平平[韵]。平平去平[韵]，平平平去[韵]。(平仄)仄平平[韵]，平平[韵]，(平仄)平(平仄)仄平平去[韵]。平(平仄)仄(韵)，(平仄)仄平[韵]，平平[韵]。(平仄)平仄仄，(平仄)仄平平[韵]。依曲譜，此曲襯字爲：俺便似、久、你個、望得些、剗地凍剥剥的、無些、住、我、見個人、世人也、你不肯、我怎不；韵脚字爲：皇、陽、暢、霜、腸、放、喪、亡、惶、傷。 嚴臘：嚴冬臘月。 東皇：春神。《杜工部集》卷三《幽人》：“風帆倚翠蓋，暮把東皇衣。”注：“東皇，乃東方青帝也。” 也囉：也作“也落”。語氣助詞，猶“啊”，表示斥責。脉望館息機子本武漢臣《生金閣》第二折龐衙内白："好也囉！我養個家生哨哩，你駡的我好也！"　剗（chàn）地：猶一剗地，純然是，完全是。　凍剥剥：冷冰冰。　情腸：感情。《董解元西厢記》卷六［般涉調·沁園春］［尾］："我還待關斷你子個，却又子母情腸意不過。"　慚惶：悲傷、凄惶。脉望館鈔校本高文秀《遇上皇》第一折［賺煞］："八番家羅街拽巷，七世親娘休過當，尚自六親見也慚惶。"　憫恤：憐憫體諒。　喒：咱們。⊙此曲寫王瑞蘭在聽了父親王鎮讓她和蔣世隆分手的話後，備受打擊，好像是遭受了嚴冬臘月，盼望着春天來臨一樣。在她看來，父親太過分了，即使陌生人，見了生命垂危的病人也會生出憐憫，更何况是對她有恩的人啊。但她不能違抗父命，終于還是跟着父親回家了。

［哭皇天］教了數個賊漢把我相侵傍，阿馬想波，這恩臨怎地忘？閃的他活支沙三不歸，强交俺生吃扎兩分張。覷着兀的般着床卧枕，叫唤聲疼，撇在他個没人的店房！常言道：相逐百步，尚有徘徊。你怎生便交我眼睁睁的不問當？（做分付末了）男兒呵！如今俺父親將我去也，你好生的覷當你身起！（末云了）（做艱難科）男兒！兀的是俺親爺的惡黨，休把您這妻兒怨悵。●教了數個：教，原作"較"，馬欣來本從原本，從盧冀野本、吴國欽本、徐征本、藍立蓂本改。北京大學本校記云："'較'，疑當作'教'。"王學奇本校注云："較，疑是'教'字之誤。"　傍：盧冀野本改作"謗"，誤。　阿馬想波：盧冀野本、隋樹森本、王學奇本、馬欣來本改作大字。鄭騫本、王學奇本上補"（帶云）"。徐征本上補"（帶云）"，下補"（唱）"。　恩臨：臨，盧冀野本改作"德"，誤。　强交俺：交，馬欣來本、藍立蓂本從原本，盧冀野本、隋樹森本、鄭騫本、徐征本、王季思本改作"教"。　生吃扎：吃，寧希元本改作"抢"。　"常言道：相逐百步，尚有徘徊"句：原作大字，與上下曲文連寫，馬欣來本此句斷開，但作大字，從盧冀野本、隋樹森本、徐沁君本、寧希元本、王學奇本、藍立蓂本改小字，徐沁君本、王學奇本上補"（帶云）"，下補"（唱）"。王季思本"常言道"改小字。　交我眼睁睁：交，馬欣來本、藍立蓂本從原本，盧冀野本、隋樹森本、寧希元本、徐征本、王季思本改作"教"。睁睁，原作"争争"，從各本改。　做分付末了：徐征本、馬欣來本、

藍立蓂本從原本。徐沁君本、王學奇本上補“正”字，下補“云”字。王季思本“分付”改作“吩咐”。　身起：盧冀野本、隋樹森本“起”改作“體”。　末云了：徐征本、馬欣來本、藍立蓂本從原本。徐沁君本、王學奇本上補“正”字。　做艱難科：馬欣來本、藍立蓂本從原本。徐沁君本、王學奇本上補“正旦”二字，下補“（唱）”。徐征本上補“正旦”，在“男兒”下補“（唱）”。　惡黨：黨，原作“儻”，馬欣來本從原文。從徐沁君本、吳國欽本、徐征本、王季思本、藍立蓂本改。徐沁君本校記按云：“元曲中‘惡黨’往往與‘凶徒’連用，如關劇《魯齋郎》第二折：‘全失了人倫天地心，倚仗着惡黨凶徒勢。’第三折：‘倚仗着惡黨凶徒，害良民肆生淫欲。’無名氏《延安府》第一折：‘這廝每惡黨凶徒勢，敗壞風俗。’其單用‘惡黨’者，如鄭光祖《智勇定齊》第一折：‘我與皇家定邊疆，除惡黨。’南戲《幽閨記》第七齣：‘官司遍榜，捕捉陀滿興福惡黨，正身拿住受官賞。’”　休把您：您，盧冀野本改作“你”。　怨帳：帳，原作“暢”，徐征本從原文。吳曉鈴本、隋樹森本、北京大學本、馬欣來本作“怨□暢”，中間空缺。吳曉鈴本、北京大學本校記并疑“□”當作“一”字，“暢”當作“場”。寧希元本校記亦謂“原本誤作‘怨一場’”。鄭騫本校記云盧冀野本所改“全不合律，文法亦似通非通”。徐沁君本校記按云：“‘怨暢’一詞，屢見于古小説、戲曲中。如《古今小説·閑雲庵阮三償冤債》：‘我心裏也道罷了，只愁大哥與老官人回來怨暢，怎的了。’（清平山堂話本《雨窗集·戒指兒記》，‘怨暢’作‘頋暢’）《警世通言·白娘子永鎮雷峰塔》：‘如今怕你怨暢我，特地來分説明白了，我去也甘心。’劉兑《嬌紅記》第五折（第二本第一折）：‘休怨暢一時間拆散，權寧耐幾日分離。’無名氏《薛苞認母》第一折白：‘打着你，你可怨暢麽？’《水滸傳》中，‘怨暢’與‘怨悵’雜出。今排印本明容與堂刻《水滸傳》，一律改爲‘怨悵’。”藍立蓂本校記云：“原本白文低一格，曲文頂格。本曲這兩句曲文前有一段正旦夾白與科介，書刻者可能將這兩句曲文誤作白文，以致‘暢（悵）’字轉行時上空一格。”甚是。從寧希元本、藍立蓂本改。

●哭皇天：曲牌名，又名［玄鶴鳴］，第五句前或後，皆可增四字句三、四句，以不叶韵爲宜。句式爲五五五五七七四四，共八句。曲譜爲：(平仄)仄平平仄[韵]，(平仄)平(平仄)仄平/上[韵]。平平(平仄)仄(平仄)，(平仄)仄仄平平[韵]。(平仄)(平仄)(平仄)、平平去上/平

[韵]，(平仄)仄平平(平仄)仄平[韵]。(平仄)平(平仄)仄，平平去上/平[韵]。依曲譜，此曲第五句後增四个四字句，襯字爲：了數個、把我相、地、的、活支沙、强、生吃扎、覷着、撇在他個、的、你、便、眼睁睁的、兀的是俺、的、休把您這；韵脚字爲：傍、忘、張、房、當、黨、悵。　教了：讓了。　賊漢：男性賊人，亦用作詈詞。關漢卿《哭存孝》第三折："稱了那兩個賊漢的心願，屈殺了一個英傑。"　閃的：引誘的，騙的。　三不歸：注見本折第一支曲注。此語兩次出現在本折内。　侵傍：侵犯、冒犯。《劉知遠諸宫調》第一［般涉調・墻頭花］："想料郎君也性剛，料不識此個凶徒，你如今却待侵傍。"　恩臨：恩情、恩德。無名氏《替殺妻》第二折正末白："兄弟想着哥哥出海也似恩臨未曾報答，哥哥受兄弟四拜。"　活支沙：活生生地。支沙，語助詞。也作活支煞。脉望館古名家本白仁甫《秋夜梧桐雨》第三折［沽美酒］："把死限俄延了多半霎，活支煞勒殺。"　生吃扎：同生各扎，也是活活地的意思。　分張：分離。《太平廣記》卷三百八十一引《冥祥記》："汝往時某處食我，頭脚四肢，節節分張，人各飲啖，何諱之?"　兀的：這。元曲常用詞。　撇：丢下。　他個：這個。　"相逐百步，尚有徘徊"句：當時有俗諺"相逐百步，尚有徘徊意"。　眼睁睁：眼睛睁得很大地看着（事情發生却無可奈何）。問當：問。當，後綴詞，表示對"問"的肯定。　將我：帶領我。　好生：好好地。　覷當：看，照顧。當，虚詞，表示對"覷"的肯定。　身起：即身體。　惡黨：詳參本曲校記。藍立蓂本釋爲"凶狠"，徐征本釋爲"討厭的偏私"，皆欠妥。竊以爲當釋作"凶徒""壞蛋"，因爲它不是形容詞，而是偏正詞組。　您：你。　妻兒：妻。兒，綴詞。《劉知遠諸宫調》第十一［高平調・賀新郎］："洪信和洪義好繁燥，引兩具妻兒，盡總來到。"　怨悵：怨恨。《水滸傳》第十六回："那十一個厢禁軍口裏喃喃吶吶地怨悵，兩個虞候在老都管面前絮絮聒聒地搬口。"藍立蓂本説："湖州方言猶説抱怨爲'怨悵'."⊙此曲寫王鎮硬逼着王瑞蘭和蔣世隆分開，王瑞蘭很不情願，説了許多她不願分開的理由，也叮囑蔣世隆照顧好自己的身體，她的離開是她父親造成的，她并不願意這樣。從曲詞看，王鎮是非常蠻横的，他根本不考慮王瑞蘭的感受，而是一意孤行。王瑞蘭和蔣世隆是被他强行拆散的。這突然的分别使王瑞蘭感觸十分深刻。

［**烏夜啼**］天那！一霎兒把這世間愁都撮在我眉尖上，這場愁不許隄防。（末云了）既相別此語伊休忘：怕你那換脉交陽，是必省可裏掀揚。俺這風雹亂下的紫袍郎，不識你個雲雷未至的白衣相。喒這片霎中，如天樣，一時哽噎，兩處凄凉。（末云了）（孤打催科）（做住了）●隄防："隄"原作"低"。徐征本作"堤防"。吴國欽本、王季思本改作"提"。從盧冀野本、隋樹森本、北京大學本、徐沁君本、寧希元本、王學奇本、馬欣來本、藍立蓂本改。下曲"隄防"同。　末云了：徐沁君本上補"正"字，下補"（正旦唱）"。　掀揚：揚，原作"楊"，從各本改。　不識：識，原作"失"，馬欣來本從原本。從徐沁君本、寧希元本、吴國欽本、王學奇本、徐征本、王季思本、藍立蓂本改。　喒：北京大學本、徐沁君本、吴國欽本、王學奇本、徐征本、王季思本改作"咱"。　末云了：徐沁君本、王學奇本上補"正"字。　做住了：徐沁君本、王學奇本、徐征本上補"正旦"，下補"唱"。王季思本下補"（正旦唱）"。●烏夜啼：曲牌名，與詞牌不同。句式爲七七七四四七七三三四四，共十一句。曲譜爲：(平仄)平(平仄)仄平平(去)[韵]，(平仄)平(平仄)、(平仄)仄平平[韵]。(平仄)平(平仄)仄平平去[韵]，(平仄)仄平平[韵]，(平仄)仄平平[韵]。(平仄)平平仄仄平平[韵]，(平仄)平(平仄)仄平平去[韵]。仄(平仄)平，(平仄)平去[韵]，(平仄)平(平仄)仄，(平仄)仄平平[韵]。依曲譜，此曲襯字爲：一霎兒把這、都、在我、既、怕你那、省可裏、俺這、的、不識你個、的、喒這；韵脚字爲：上、防、忘、陽、揚、郎、相、樣、凉。　一霎兒：一會兒，很快地。　撮：聚集。《後漢書·袁紹傳》："擁一郡之卒，撮冀州之衆。"　不許：不能。　既：雖。脉望館古名家本《謝天香》第一折："（末）兄弟去的急，不必安排茶飯。既如此，張千，便卧番羊，就訟廳上管待學士。"　伊：他。這裏是"你"的意思。《世説新語·品藻》："勿學汝兄，汝兄自不如伊。"　換脉交陽：病情變好。　省可裏：省，休要、别的意思。可裏，語助詞，無義，表示對"省"的肯定。　掀揚：即揚的意思。《文選》卷四十五漢武帝《秋風辭》："泛樓船兮濟汾河，横中流兮揚素波。"　風雹亂下：指亂施威勢。　紫袍郎：指王瑞蘭之父王鎮。郎，稱父。顧炎武《日知録》卷二十四："北朝人子呼其父，亦謂之郎。"　雲雷：亦作風雷。比喻人的際遇。《劉知遠諸宫調》第二［黄鐘宫·

出隊子]："若風雷稍遂顯榮華，却來莊中取艷娃。"　白衣相：身爲平民而有卿相之質的人。白衣，尚未取得功名的讀書人。《全宋詞》第一册柳永《鶴衝天》："才子詞人，自是白衣卿相。"　片霎：片刻。　天樣：像天一樣寬廣無邊，指遠大、遼遠。宋辛棄疾《減字木蘭花》："盈盈泪眼，往日青樓天樣遠。"　哽噎：因過分悲傷而説不出話來的樣子。　打催：催促。打，詞頭，表示對"催"的動作的肯定。⊙此曲寫王瑞蘭因爲不得不和蔣世隆分手，所以離愁萬千。她也叮囑蔣世隆在分手後要注意身體，解釋了她父親强逼他們分手的原因，是還未看到蔣世隆將來會嶄露頭角，遂使他倆頓時灑泪分作兩處。

［三煞］男兒！怕你大贖藥時準備春衫當，探食後隄防百物傷。（末云了）（做艱難科）這側近的佳期休承望！直等你身體安康，來尋覓夷門街巷，恁時節再相訪。你這旅店消疏病客况，我那驛路上恓惶！●大贖藥時：大，馬欣來本、藍立蓂本從原本，鄭騫本、徐沁君本、寧希元本、吴國欽本、徐征本、王季思本改作"待"。末云了：徐沁君本、王學奇本上補"正"字。　做艱難科：徐沁君本、王學奇本上補"正旦"，下補"唱"。　相訪：訪，寧希元本改作"仿"。●三煞：曲牌名，即煞，與［正宮］［般涉］［越調］不同，緊接［尾聲］前，可連用二支，按逆序計數。句式爲七七七四六五七四，共八句。曲譜爲：(平仄)平(平仄)仄平平(去)[韵]，(平仄)仄平平(平仄)仄平[韵]，(平仄)平(平仄)仄仄平平[韵]。(平仄)仄平平，(平仄)(平仄)(平仄)平(平仄)仄[韵]。(平仄)仄(平仄)平仄[韵]，(平仄)仄平平(平仄)仄平[韵]，(平仄)仄平平[韵]。依曲譜，此曲襯字爲：怕你大、時、後、這、的、直等你、來、再、你這、我那、上；韵脚字爲：當、傷、望、康、巷、訪、况、惶。　男兒：王瑞蘭對蔣世隆的稱呼。　大：通"待"。　贖藥：買藥。無名氏《劉弘嫁婢》第一折［寄生草］："你道要女兒着錢贖個婢，要厮兒着鈔買一個軀。"　春衫：春天穿的衣衫。也指世家子弟穿的華服。　當：到當鋪抵押。　探食：取食。指吃飯。《新五代史·唐世家》："取江南如探囊中物爾。"　百物：這裏指身體各個器官。　側近：就近、迫近。　佳期：指結婚的日子。　承望：指望。張文成《游仙窟》："但若得口子，餘事不承望。"　夷門：戰國時魏國都城大梁（開封）城門名（見

《史記·魏公子列傳》)。金貞祐二年(1214)遷都于開封(稱南京)(見《金史·宣宗紀》),此處指開封。恁時節:那時節。訪:尋。《杜工部集》卷十三《玉臺觀》:"浩劫因王造,平臺訪古游。"消疏:消索,冷清。病客況:指在外患病的情況。驛路:通郵的路。恓惶:可憐,狼狽狀。⊙此曲繼續寫王瑞蘭對蔣世隆的叮囑,希望他不要當掉春衫,吃飯時要小心,反之,即使這迫近的婚期也別想望。祇要蔣世隆身體健康,將來有一天到開封來找她,再叙彼此分别後的辛苦和憂傷。由此看,王瑞蘭對蔣世隆委實牽挂不已,對分别後的蔣世隆的生活也作了周詳的安排。

[二煞]則明朝你索綺窗曉日聞鷄唱,我索立馬西風數雁行。(末云了)男兒,我交你放心末波!只願的南京有俺親娘,我寧可獨自孤孀,怕他大抑勒我别尋個家長,那話兒便休想!(末云了)你見的差了也!那玉砌珠簾與畫堂,我可也覷得尋常。●綺窗:綺,吴國欽本改作"倚"。末云了:徐沁君本、王學奇本上補"正"。"男兒,我交你放心末波"句:原本除"末波"二字爲小字外,其餘皆爲大字,從各本改爲小字。鄭騫本上補"云"。徐沁君本、王學奇本上補"正旦",下補"(唱)"。徐征本、王季思本上補"(正旦云)"。交:隋樹森本、鄭騫本、徐征本、王季思本改作"教"。末波:隋樹森本改作"麼波",鄭騫本、王季思本改作"者波"。孤孀:孤,盧冀野本誤作"狐"。怕他大抑勒我别尋個家長:大,鄭騫本、徐沁君本、寧希元本、王季思本改作"待"。"别"原作"則"。馬欣來本從原文。從鄭騫本、徐沁君本、寧希元本、吴國欽本、王學奇本、徐征本、王季思本、藍立蓂本改。北京大學本校記亦"疑爲'别'字之誤"。徐沁君本校記按云:"《語辭匯釋》卷五'怕(二)'條引本曲,已在'則'字下括號内注明'别'字,并對全句作了解釋:'言如其他要逼我别嫁丈夫也。'"末云了:徐沁君本、王學奇本上補"正"字。你見的差了也:原作大字,今從各本改小字。鄭騫本上補"(云)",徐沁君本、王學奇本上補"(正旦云)",下補"(唱)"。徐征本、王季思本上補"(正旦云)"。●二煞:即煞,曲牌名。注見上曲注。依曲譜,此曲襯字爲:則明朝你索、我索、的、俺、我寧可、怕他大、别、個、便、那、我可也;韵脚字爲:唱、

行、娘、孀、長、想、堂、常。 索：則。 綺窗：欄杆交錯的窗户。 立馬：騎馬。 末波：語氣助詞。 南京：即開封。 孤孀：寡婦。 抑勒：逼迫。《元典章》刑部三"不義"："（錢萬二）將妻狄四娘沿身刁刺青綉，不從，用拳將本婦行打抑勒，于背上、兩腿刁刺龍鬼。" 尋個家長：指另找一門親事。 話兒：事。即指他們的婚事。《董解元西厢記》卷三［黄鐘調·侍香金童］［尾］："把山海似深恩掉在腦後，轉關兒便是舌頭，許了話兒都不應口。" 便：猶再。《四春園》第三折［鬼三臺］："贓仗要分明，不索你便折證。" 玉砌珠簾與畫堂：指珠簾和畫堂都是用玉鑲成的。 覷：看。⊙此曲寫王瑞蘭和蔣世隆分手在即，王瑞蘭擔心回家後父親再給她尋一門親事，即使富貴，她也不願意。因爲她看慣了榮華富貴，并不稀罕。

［**收尾**］休想我爲翠屏紅燭流蘇帳，撇了你這黄卷青燈映雪窗。（孤云了）（末云了）（打别了。嘱咐末科）你心間，莫惛忘，你心間，索記當，我言詞，更无妄，不須伊，再審詳。喒兀的做夫妻三個月時光，你末不曾見您這歹渾家説個謊！（下）●收尾：徐沁君本改作"黄鐘尾"。 蘇：原作"酥"，除吴曉鈴本外，各本已改。 撇：原本字迹模糊，尚可辨認。覆元槧本空缺。盧冀野本、隋樹森本均改作"負"，意雖是而字形不似。鄭騫本、王季思本作"忘"，吴曉鈴本作一空圍，校云："元刊本原缺一字。"藍立蓂本認爲此説誤，指出缺字者乃覆元槧本，非元刊本，吴曉鈴本校誤。是。今從北京大學本改。 末云了：徐沁君本、王學奇本上補"正"字。 打别了：徐沁君本、王學奇本、徐征本上補"正旦"。 嘱咐末科："嘱"原作"吐"。覆元槧本作"哇"，除吴曉鈴本沿作"哇"外，各本已改。徐沁君本、王學奇本作"嘱咐正末科，唱"，盧冀野本誤"科"爲"云"。 惛忘：原作"婚望"。馬欣來本從原本。徐沁君本、寧希元本、吴國欽本、徐征本、王季思本改作"昏忘"，從藍立蓂本改。寧希元本校記按云："本字或當爲'忘魂'。"徐沁君本校記按云："'婚'爲'惛'之形誤，'惛'同'昏'。'望''忘'音同借用。杜甫《送率府程録事還鄉》：'鄙夫行衰謝，抱病昏忘集。常時往還人，記一不識十。'仇兆鰲注："《南史·劉顯傳》沈約曰：'老夫昏忘，聊記數事，不可至十。'敦煌卷子

《啓顔録》有‘昏忘’篇。後來有寫作‘渾忘’的，如王安石《書定林院窗》：‘試問道人何所夢，但言渾忘不言無。’元劇中更有各種寫法。有作‘混忘’的，關氏《陳母教子》第一折：‘我説的言詞有些老混忘。’倒言之，有作‘忘昏’的，關氏《救風塵》第三折：‘你則是忒現新，忒忘昏。’有作‘忘渾’的，無名氏《替殺妻》第二折：‘母親又無甚症候，只有些老忘渾。’有作‘忘魂’的，戴善夫《風光好》第三折：‘好也囉學士，你managing勾了人却便妝忘魂。’張國賓《羅李郎》第四折：‘到今日忘魂，不由我嗔忿忿，不由我怒氲氲。’口語流傳，字無定形。”甚詳。 喒：北京大學本、吴國欽本、王學奇本、徐征本、王季思本改作“咱”。 你末不曾：隋樹森本、鄭騫本、寧希元本、吴國欽本、王季思本“末”改作“莫”。馬欣來本、徐征本、藍立蓂本從原本。徐沁君本校記按云：“‘末’‘莫’同音通用。元本鄭廷玉《看錢奴》第二折：‘哥哥末不見現錢多賣。’又第三折：‘末不燒了斷頭香。’孟漢卿《魔合羅》第二折：‘天呵，末不是今年灾禍招。’臧氏《元曲選》本均作‘莫’字。文本‘你末’讀斷，蓋以‘末’字作‘麽’字用，非是。” 下：吴曉鈴本奪。●收尾：曲牌名，注見《大都新編關張雙赴西蜀夢》第二折同曲牌注。依曲譜，此曲最後兩個七字句之間無兩個二字句，共十二句，襯字爲：休想我爲、撇了你這、喒兀的、個、你末、曾、您這、個；韵脚字爲：帳、窗、忘、當、妄、詳、光、謊。 流蘇帳：飾有下垂穗子的帳子。流蘇，一種絲綫做成的穗子。 撇：丢下。 黄卷：書。陳子兼《窗間記聞》：“古人寫書皆用黄紙，以蘗染之，所以辟蠹，故曰黄卷。” 青燈：油燈，上發青焰，故名。《全唐詩》卷一八七韋應物《寺居獨夜寄崔主簿》：“坐使青燈曉，還傷夏衣薄。” 映雪：用晋孫康好學苦讀事。《初學記》卷二引《宋齊語》：“孫康家貧，常映雪讀書。”關漢卿有《孫康映雪》雜劇，佚。 打别：即分别。打，詞頭，表示對“别”的肯定的語氣。 惛忘：亦作混忘、忘昏、忘渾、忘魂，都是健忘的意思。 索：則，應。 伊：這裏是“你”的意思。 記當：記着。當，詞尾，表示對“記”的肯定。 不須：不需。《漢書·馮奉世傳》：“不須復煩大將。” 審詳：細察。《後漢書·郎顗傳》：“陛下宜審詳明堂布政之務，然後妖異可消，五緯順序矣。” 喒：咱們。 兀的：這，這麽。藍立蓂本釋爲襯字，無義，欠妥。它至少應該是語氣詞。元刊本張國賓

《薛仁貴》第三折［收尾煞］："你那一隻老爺娘兀的正盼望殺你。" 末不：莫不，莫非。 您：你。 歹：壞。這裏是謙稱。 渾家：妻子。錢大昕《恒言録》卷三："稱妻曰渾家。"⊙此曲繼續寫王瑞蘭一面叮囑蔣世隆分手後要記住他們的感情，一面表白自己很重感情，所説的都是真實的，没有虚情假意。從這裏可以看出，王瑞蘭的内心世界是非常豐富細膩的。

第三折

（夫人一折了）（末一折了）（小旦云了）（便扮上了）自從俺父親就那客店上生扭散俺夫妻兩個，我不曾有片時忘的下俺那染病的男兒，知他如今是死那活那？不知俺爺心是怎生主意，提着個秀才便不喜："窮秀才幾時有發迹？"自古及今，那個人生下來便做大官享富貴那！（做嘆息科）●末一折了：徐沁君本上補"正"字。王學奇本改作"孤"，校勘記云："因這折戲中，蔣世隆根本没出場，當是'孤'（瑞蘭父）字。" 便扮上了：鄭騫本下補"云"。徐沁君本、王學奇本、徐征本上補"正旦"二字，下補"云"。 生下來：下，盧冀野本誤作"不"。 做嘆息科：徐沁君本、王學奇本、徐征本、王季思本下補"唱"。●夫人一折了：指王鎮夫人與小旦扮蔣瑞蓮返回汴京新第的情節，做暗場處理。 末一折了：指蔣世隆在陀滿興福幫助下病愈南下應舉的情節，做暗場處理。 小旦：指蔣瑞蓮。 便扮：便裝打扮。 生扭散：生，活生生地，不講情面地。扭散，擰開，拆散。 男兒：指蔣瑞隆。 死那活那：那，語氣助詞，表選擇。《董解元西厢記》卷一［正宮·萬金臺］："比及相逢奈何時下窘！你尋思悶那不悶？"《元典章》臺綱二"體察"："您和省官人每商量來的勾當，行了來那不曾？" 爺：父親。這裏"父親"和"爺"同時并用，"爺"口語化更强烈些。 發迹：指由卑微而得志顯達，或由貧困而富足。 那：句末語氣詞，即啊。⊙此段寫王瑞蘭和母親以及蔣瑞蓮回到汴京，蔣世隆在陀滿興福幫助下前往應試。王瑞蘭在家思念蔣世隆，并對父親拆散他倆婚事表示了强烈不滿。可以看出，王鎮是一個嫌貧愛富的人，而王瑞蘭所説却很符合實際，即哪有人一生下來就做大官享富貴呢？這一段裏，王瑞蘭母親回汴京、蔣世隆病愈應舉的情節都作爲暗場處理。從這一折開始，王瑞蘭已回到汴京家中。

［正宮·端正好］我想那受官廳，讀書舍，誰不曾虎困龍蟄？信着我父親呵！世間人把丹桂都休折，留着手把雕弓拽。

●正宫：原本無，馬欣來本、藍立蓂本從原本。據隋樹森本、鄭騫本、徐沁君本、寧希元本、吴國欽本、王學奇本、徐征本、王季思本補。　信着我父親呵：原作大字，與上下曲文連寫。馬欣來本從原本。從邵曾祺本、吴曉鈴本、鄭騫本、北京大學本、徐沁君本、寧希元本、吴國欽本、王學奇本、王季思本改小字。鄭騫本、吴國欽本、王季思本上補“（帶云）”，徐沁君本、王學奇本、徐征本上補“（帶云）”，下補“（唱）”。今作夾白處理。●正宫：宫調名，注見《大都新編關張雙赴西蜀夢》第四折同宫調注。此套曲押車遮韵。　端正好：曲牌名，注見《大都新編關張雙赴西蜀夢》第四折同曲牌注。依曲譜，此曲襯字爲：我想那、把、都、着、把；韵脚字爲：舍、蟄、折、拽。　受官廳：官衙的大堂。受，供，任。脉望館鈔校本闕名氏《殺狗勸夫》第四折［尾聲］：“交這兩個忍饑居士，就受官廳上拖出個狗皮兒。”　舍：教室。　虎困龍蟄：指未就功名之前那種困窘、蟄伏而志不得申的境況。蟄，動物冬眠，藏伏起來不食不動。　信着：相信。着，助詞。　把丹桂都休折：指不參加科舉考試。丹桂折，比喻科舉及第。丹桂，紅色的桂枝。葉夢得《石林避暑録話》卷四：“世以登科爲折桂。此謂却詵對策東堂，自云桂林第一枝也。自唐以來用之。温庭筠詩云：‘猶喜故人新折桂，自憐羈客尚飄蓬。’”《張協狀元》戲文第二齣：“詩書未必困男兒，飽學應須折桂枝。一舉首登龍虎榜，十年身到鳳凰池。”　雕弓拽：彎弓射箭。指在武功方面有所成就。拽，拉。⊙此曲寫在王瑞蘭看來，在功名仕途上没有誰不受困窘而一帆風順，如果像她父親那樣，世間舉子都不要折桂蟾宫，而衹要潜心去練習武功就足够了。王鎮是一個重武輕文的人，他不喜歡書生蔣世隆。而王瑞蘭對功名仕途的偃蹇坎坷却有很深刻的認識。從這裏看，她并不是一個養在深閨人未識的少女，相反她比她父親更通情達理。

［滚綉球］俺這個背晦耶，聽的把古書説，他便惡忿忿的腦裂，粗豪的今古皆絶。您這些，富産業，更怕我雇戀情惹，俺向那筆尖上自闈闥得些豪奢。搠起柄夫榮婦貴三檐傘，抵多少耶飯娘羹駟馬車！兩件兒渾别。（小旦云了）阿也！是敢大較些去也。（小旦云了）●滚綉球：原省作“衮秀求”，從各本改。　背晦：

“晦”原作“會”。從邵曾祺本、徐沁君本、吴國欽本、馬欣來本、徐征本、王季思本、藍立蓂本改。鄭騫本校記云：“‘背會’，悖憒（或作悖晦）之同音假借字。”寧希元本校記亦謂“本字或當爲‘悖憒’”。王學奇本校記云“‘背’應作‘悖’，‘會’應作‘晦’。” 耶：藍立蓂本從原本，餘各本作“爺”。此曲第二個“耶”字同。 惡忿忿：忿忿，原作“紛紛”，馬欣來本從原本，從吴國欽本、徐征本、王季思本、藍立蓂本改。 粗豪：豪，原作“毫”，從各本改。 您：盧冀野本改作“你”。 雇戀情惹：雇，各本改作“顧”。惹，寧希元本改作“熱”。 鬧鬮：盧冀野本改作“挣挫”。 夫榮婦貴：婦，寧希元本改作“妻”。 阿也：盧冀野本“也”字下未點斷，與下句連讀。鄭騫本、王季思本上補“（云）”，徐沁君本、王學奇本補“（正旦云）”。 敢大：大，除馬欣來本、藍立蓂本，各本改作“待”。徐沁君本校記按云：“《語辭匯釋》卷一‘待（一）’條：‘待’與‘大’同音，故‘大’亦借爲‘待’字。關漢卿《拜月亭》劇：‘阿也！是敢大較些去也。’言疾病將有起色也。”此詞乃元刊雜劇常用語。 小旦云了：徐沁君本、王學奇本、徐征本、王季思本下補“（正旦唱）”。●滚綉球：曲牌名，注見《大都新編關張雙赴西蜀夢》第四折同曲牌注。依曲譜，此曲襯字爲：俺這個、聽的把、便、那、上自鬧鬮、些、捌起柄、抵多少、兒；韵脚字爲：耶、説、裂、絶、些、業、惹、奢、車、別。 背晦：糊塗，做事悖謬，多用以形容老年人。元關漢卿《哭存孝》第二折［牧羊關］：“詞未盡將他來罵，口未落便拳敦，常好背晦也蕭丞相。” 耶：即爺，這裏指父親王鎮。 惡忿忿：發怒、極爲惱火的樣子。 粗豪：粗魯，鲁莽。《杜工部集》卷十一《少年行》：“不通姓字粗豪甚，指點銀瓶索酒嘗。” 更怕：猶難道。 雇戀情惹：雇，顧盼的意思。本劇第四折［慶東原］：“不雇自家嫌，則要傍人羡。”惹，牽挂的意思。王實甫《西厢記》第一本第二折［哨遍］：“待颺下教人怎颺，赤緊的情沾了肺腑，意惹了肝腸。”指眷戀喜愛。 鬧鬮：也作挣揣。盡力争取、獲得、挣得。脉望館鈔校本鄭廷玉《冤家債主》頭折［油葫蘆］：“你搭手在心頭自監解，這家私端的是誰鬧鬮。” 豪奢：巨富。《張協狀元》戲文第四十五齣：“奴本世豪奢，爹娘憐妾多。” 捌起：竪起、立起。 柄：量詞，把。 三檐傘：儀仗用的傘蓋，傘邊三層。《文獻通考・王禮十四》：“皇太子用三檐青羅傘，紫花羅掌扇四。”　耶飯娘羹：指靠父母財産生活。　駟馬車：四匹馬拉的車，顯貴者所乘。《漢書·于定國傳》：“始定國父于公，其閭門壞，父老方共治之。于公謂曰：‘少高大閭門，令容駟馬高蓋車。我治獄多陰德，未嘗有所冤，子孫必有興者。’”　渾别：完全不同。渾，全。　是敢大較些去也：敢大，即敢待，就要、將要、大概要，含有期待的意思。較，病愈。⊙此曲寫王瑞蘭指責父親糊塗，不明事理，衹是按古書上説的來對待他倆的婚事，他的生氣、粗鹵都古今少有。王瑞蘭聲明自己并不貪戀家中的財産，衹要蔣世隆將來考取功名，那是家中的多少財産都抵不上的。這兩件事截然不同。

［**倘秀才**］阿！我付能把這殘春挨徹，海！剗地是俺愁人瘦絶。（小旦云了）依着妹子只波。（小旦云了）（做意了）恰隨妹妹閑行散悶些。到池沼，陌覷絶，越交人嘆嗟。●阿：盧冀野本、隋樹森本、馬欣來本、徐征本作大字，與下曲文連讀。非。徐沁君本、王學奇本、王季思本改作“呵”。從藍立蓂本改作小字。　付能：付，鄭騫本、王季思本改作“甫”。　挨徹：挨，原作“埡”，當是“挨”之壞字。今從各本改正。覆元槧本誤作“珵”。吴曉鈴本校記謂元刊本作“珵”，非。徹，覆元槧本作“撤”，盧冀野本沿誤。吴曉鈴本作“撤”，校記謂元刊本作“撤”，亦誤。海：除吴曉鈴本、鄭騫本、藍立蓂本外，各本改作“嗨”。盧冀野本、隋樹森本作大字，與下句連讀，非。　絶：原作“色”，馬欣來本從原本，從鄭騫本、寧希元本、吴國欽本、徐征本、王季思本、藍立蓂本改。隋樹森本下補兩個空圍，非。　依着妹子只波：鄭騫本上補“（云）”，徐沁君本、王學奇本、徐征本、王季思本補“（正旦云）”。　做意了：徐沁君本、王學奇本、徐征本上補“正旦”二字，下補“（唱）”。　陌：鄭騫本、徐沁君本、寧希元本、吴國欽本、邵曾祺本、徐征本、王季思本改作“驀”。●倘秀才：曲牌名，注見《大都新編關張雙赴西蜀夢》第四折同曲牌注。依曲譜，此曲襯字爲：把這、俺、恰隨、越交人；韵脚字爲：徹、絶、些、絶、嗟。　阿：即啊。　付能：甫能，方纔，好容易。　挨徹：很艱難地渡過。　海：即“嗨”，感嘆詞。　剗地：衹是、反而、倒、却。　瘦絶：極瘦。　只波：亦作“者波”，句末語氣詞。猶“吧”。　做意：戲劇術語，意爲故作某種姿態、

表情或動作以暗示對方。 散悶些：些，猶“啊”。《董解元西厢記》卷八［黄鐘宫・四門子］：“你好毒，你好呆，恰纔那裏相見些！你好羞，你好呆，虧殺人也姐姐！” 池沼：積水，池塘。指路上有水的地方。 陌：通“驀”，猶“突然”。《劉知遠諸宫調》第一［歇指調・枕屏兒］：“陌地臨莊院，榆槐相接。” 越：更。 交人：教人。 嘆嗟：嘆氣。⊙此曲寫王瑞蘭在家裏因爲相思，感覺時光甚爲難挨。蔣瑞蓮請她出門散心，她們在路上遇到積水，不能前行，而幾乎没有值得觀賞的，這更讓她悲傷嘆息。這裏是説她所在的城市也遭到了侵略，故一無所看。

［呆古朵］不似這朝昏晝夜，春夏秋冬，這供愁的景物好依時月！浮着個錢來大緑嵬嵬荷葉。荷葉似花子般團欒，陂塘似鏡面般瑩潔。阿！幾時交我腹内無煩惱，心上無縈惹？似這般青銅對面妝，翠鈿侵鬢貼！（做害羞科）早是没外人，阿的是甚末言語那！這個妹子咱。（小旦云了）你説的這話，我猜着也羅。●呆古朵：徐征本作“呆骨朵”。 “不似這朝昏晝夜，春夏秋冬”句：原作大字，與下曲文連寫，馬欣來本從原文。今從鄭騫本、徐沁君本、寧希元本、王學奇本、王季思本、藍立蓂本改小字。徐征本、徐沁君本、王學奇本亦作小字，移在上曲牌［倘秀才］之末，上補“（云）”，下補“（唱）”。王季思本亦置曲牌名前，上補“（帶云）”，下補“（唱）”。 團欒：欒，各本改作“圞”。 阿：藍立蓂本從原本。盧冀野本、隋樹森本、馬欣來本、徐征本作大字，與下曲文連讀。徐沁君本、王學奇本、王季思本改作“呵”。 交：馬欣來本、藍立蓂本從原本。盧冀野本、鄭騫本、吴國欽本、徐征本、王季思本改作“教”。 翠鈿侵鬢貼：侵，寧希元本改作“近”。 做害羞科：鄭騫本、徐沁君本、王學奇本、徐征本、王季思本下補“（云）”，而王學奇本“云”誤作“唱”。 阿的是甚末言語那：馬欣來本、藍立蓂本從原本。末，王季思本改作“麽”，盧冀野本“那”字斷屬下句。 “你説的這話，我猜着也羅”句：鄭騫本上補“（云）”，徐沁君本、王學奇本、徐征本、王季思本上補“（正旦云）”，下補“（唱）”。●呆古朵：曲牌名，注見《大都新編關張雙赴西蜀夢》第四折同曲牌注。依曲譜，此曲襯字爲：這、的、好、個錢來大緑嵬嵬、似花子般、似

鏡面般、幾時交我、似這般；韵脚字爲：月、葉、潔、惹、貼。　朝昏晝夜：亦即白天黑夜。近義重複，表示强調。　供愁的景物：這裏指容易引起人憂愁的景物。　好依時月：好，正。元稹《元氏長慶集》卷十九《贈童子郎》："衛瓘諸孫衛玠珍，可憐雛鳳好青春。"時月，節令。《宋書·明帝紀》："自今鱗介羽毛，肴核衆品，非時月可采，器味所須，可一皆禁斷，嚴爲科制。"　錢來大：來，猶"般"。像銅錢一樣大。《董解元西厢記》卷七［中吕調·牧羊關］："早是轆軸來粗細腰，穿領布袋來寬布衫。"　緑嵬嵬：碧緑而高聳的樣子。　花子：古時婦女飾面的花鈿。　團欒：一作"團圞"，圓貌。《太平樂府》卷一盧疏齋小令［蟾宫曲］［橙杯］："波瀲灧宜斟玉漿，樣團欒牙雅稱金觴。"　陂（bēi）塘：小池塘。　阿：即"啊"。　交：讓。　縈惹：牽挂。《小孫屠》戲文第二齣："同出西郊，聽乳鶯枝上，一聲啼起。縈情惹恨，恰似報人明媚。"　青銅：鏡子。《全唐詩》卷六五九羅隱《傷華髮》："青銅不自見，只擬老他人。"　對面妝：對着鏡子打扮。　翠鈿：翠玉製的頭飾。《全宋詞》賀鑄《菩薩蠻》之四："簾下小憑肩，與人雙翠鈿。"　傍鬢貼：挨着鬢角貼。　阿的是：猶"這是"。　甚末：即"甚麽"。　咱：嘆詞，猶"啊"。臧懋循本李文蔚《燕青博魚》第一折正末白："哥也，您那裏知道咱！"　也羅：猶"了"。息機子本無名氏《風雪漁樵》第二折正末白："止不過無錢也羅，你理會的'好人家好家法'，你這等'惡人家惡舉止'。"⊙此曲寫王瑞蘭在家中思念蔣世隆，看着周圍的荷葉、陂塘都引起她的煩惱，尤其是對着鏡子打扮時心裏更是很不平静。而她的一舉一動都被蔣瑞蓮看在眼裏。

［倘秀才］ 休着個濫名兒將咱來引惹。嚥！待不你個小鬼頭春心兒動也？（小旦云了）放心，放心。我與你寬打周遭向父親行説。（小旦云了）你不要呵，我要則末那？（小旦云了）（唱）我又不風欠，不痴呆，要則甚迭？（小旦云了）喒無那女婿呵快活，有女婿呵受苦。（小旦云了）你聽我説波。●待不：待，寧希元本改作"莫"。　"放心，放心"句：原作大字，從盧冀野本、吴曉鈴本、鄭騫本、北京大學本、徐沁君本、寧希元本、吴國欽本、王學奇本、馬欣來本、徐征本、王季思本、藍立蓂本改小字，作夾白。鄭騫本上補"（云）"，徐沁君本、王學奇本、徐征本上

補“(正旦云)”，下補“唱”。王季思本上補“(正旦云)”。　我與你寬打周遭向父親行説：盧冀野本、馬欣來本作小字，誤作賓白。今從他本改。　“你不要呵，我要則末那”句：原作大字，從各本改爲小字。鄭騫本上補“(云)”，徐沁君本、王學奇本、王季思本補“(正旦云)”。隋樹森本、徐征本、王季思本“末”改作“麼”。　唱：徐沁君本、王學奇本、王季思本上補“正旦”二字。　“我又不風欠，不痴呆，要則甚迭”句：盧冀野本誤作小字。從各本改大字。　喒無那女婿呵快活：鄭騫本上補“(云)”，徐沁君本、王學奇本、王季思本上補“(正旦云)”。喒，北京大學本、吴國欽本、王學奇本改作“咱”。　你聽我説波：馬欣來本、藍立蓂本從原本。鄭騫本上補“(云)”，徐沁君本、王學奇本、徐征本、王季思本上補“(正旦云)”，下補“(唱)”。●倘秀才：曲牌名。注見《大都新編關張雙赴西蜀夢》第四折同曲牌注。依曲譜，此曲襯字爲：個、兒、咱來、個小鬼頭、兒、寬打周遭、行、我又、要則；韵脚字爲：惹、也、説、呆、迭。　休着：休讓。　濫名兒：壞名兒。濫，惡，壞。《資治通鑑·唐則天后聖曆元年》：“金銀器皆行濫，非真物。”胡三省注：“濫，惡也。開元八年，頒租庸調法于天下，好不過精，惡不過濫。濫者，惡之極者也。”　引惹：招惹。夏庭芝《青樓集》：“劉婆惜，樂人李四之妻也……時賓朋滿座，全帽上簪青梅一枝行酒，全口占《清江引》曲云‘青青子兒枝上結’，令賓朋續之。衆未有對者。劉斂衽進前曰：‘能容妾一辭乎？’全曰：‘青青子兒枝上結，引惹人攀折。其中全子仁，就裏滋味别，衹爲你酸留意兒難棄捨。’全大稱賞。”　待不：要不。臧懋循本楊顯之《瀟湘雨》第四折［鮑老兒］：“我和他有甚恩情相顧戀？待不沙又不怕背了這恩人面。”　小鬼頭：年齡小却很機靈的人，這裏指蔣瑞蓮。　春心：相思之心。　寬打周遭：周遭，也作周折。大繞圈子，再三勸解。臧懋循本高文秀《黑旋風》第二折［醉扶歸］：“兩下裏慌速速怕甚麽路途賒，必然個寬打着大周折。”　行(háng)：跟前。　則末：亦作“則麽”，做什麽。無名氏《替殺妻》第二折［滚綉球］：“我這酒腸寬宋玉纔挪動脚，被你這色膽大巫娥你則末攔住了門？”　那：猶“呢”。狄君厚《介子推》第三折［三煞］：“我如今有兒無兒皆如此，你今日有爺無爺争甚那？”　風欠：瘋傻。風，通“瘋”。景方諸生本王實甫《西厢記》第二本第二折［滿庭芳］：“文魔秀士，風欠酸丁。”王伯良云：“風欠，言其如風狂而且呆痴也。”　則甚迭：做什麽。迭，同“的”。元刊本無名氏《博望燒屯》第一折［天下樂］：“請下這卧龍岡待則甚的？”　喒：我。這裏指蔣瑞蓮。⊙此曲寫王瑞蘭和蔣瑞蓮商量如何跟王鎮申説，使自己和蔣世隆團圓，而蔣瑞蓮却很調皮，在逗王瑞蘭開心，説要女婿痛苦，不要則很快樂。這支曲中，蔣瑞蓮已完全知道王瑞蘭的心思了。

［**滚綉球**］女婿行但沾惹，六親每早是説。又道是丈夫行親熱，爺娘行特地心别。而今要衣呵滿箱篋，要食呵盡餔啜。到晚來更綉衾鋪設，我這心兒裏牽挂處無些。直睡到冷清清寶鼎沉烟滅，明皎皎紗窗月影斜，有甚唇舌？（做入房裏科）（小旦云了）夜深也，妹子，你歇息去波。我也待睡也。（小旦云了）梅香，安排香卓兒去？我大燒炷夜香咱。（梅香云了）●滚綉球：原省寫作“衮秀求”，從各本改。　又道是：又，寧希元本、王季思本改作“説”，寧希元本校記謂“又”是重文符號“々”，重上句末字“説”。非。　餔啜：餔，原作“鋪”。從各本改。　夜深也：馬欣來本、藍立蓂本從原本。鄭騫本上補“（云）”，徐沁君本、王學奇本、徐征本、王季思本補“（正旦云）”。　梅香：馬欣來本、藍立蓂本從原本。鄭騫本上補“（云）”，徐沁君本、王學奇本、徐征本、王季思本補“（正旦云）”。　卓兒：卓，盧冀野本、吴曉鈴本、隋樹森本、北京大學本、徐沁君本、寧希元本、吴國欽本、王學奇本、王季思本改作“桌”，鄭騫本改作“棹”。不從。孔平仲《孔氏談苑》卷二：“兩府跽受開讀次，已見小黄門設矮卓子具筆硯矣。”　大燒炷香：大，邵曾祺本改作“待”，盧冀野本、隋樹森本改作“要”，意雖可通而字甚非。徐沁君本校記按云：“《語辭匯釋》卷一‘待（一）條’：‘待’，擬辭，猶將也，打算也。引本曲，并説明：元時刻本，‘待’字多從簡便，寫作‘大’。”　梅香云了：馬欣來本、藍立蓂本從原本。徐沁君本、王學奇本、徐征本、王季思本上補“（正旦唱）”。●滚綉球：曲牌名，注見《大都新編關張雙赴西蜀夢》第四折同曲牌注。依曲譜，此曲襯字爲：女婿行、六親每、行、而今要衣呵、要食呵、更、我這、裏、直、冷清清、明；韵脚字爲：惹、説、熱、别、啜、設、些、滅、斜、舌。行（háng）：跟前。下同。　沾惹：牽纏，引申爲聯繫。《太平樂府》卷六曾

瑞卿套數［雙調·行香子］《嘆世》："榮貴路緊稠粘，沾惹情忺。"　六親：有多種説法，最常見的是指父子、兄弟、姑姊、甥舅、婚媾、姻亞。這裏泛指一切親戚。　每：即"們"。　爺娘：父母。　特地：突地。　别：兩樣。　篋：小箱子。盡餔啜：盡，儘管。楊文奎《兒女團圓》第二折［黄鐘尾］："我這裏或是典或是賣，盡着他言。"餔啜（bū chuò），亦作"哺啜"。吃喝。餔，傍晚時吃。　到晚來：到晚時。唐臨《報應記》："問在生作善作惡……問曰：'作何善？'對曰：'小來持《金剛經》。'"　綉衾：刺綉的被子。衾（qīn），大被子。　鋪設：鋪放、安排、布置。無名氏《百花亭》第一折［仙吕·點絳唇］："錦綉鋪設，翠紅羅列。"　無些：没有什麽。　寶鼎：香爐。劉唐卿《降桑椹》第一折［天下樂］："寶鼎内香篆焚，暖爐中獸炭燒。"沉：沉香，亦名"沉水香"。《本草綱目》卷三十四"木之一"："沉香……煎香，同是一樹，出天竺諸國。""嶺南諸郡悉有，傍海處尤多。"《劉知遠諸宫調》第三［商調·玉抱肚］："漸熒煌絳蠟，沉煎寶鴨，烟裊金猊。"　皎皎：明亮的樣子。　有甚唇舌：有何話説。　去波：去啊。　待睡：將要睡覺。梅香：丫鬟。元雜劇和明清傳奇多以此指婢女。　香卓兒：供燒香用的香案。卓，即"桌"。⊙此曲寫王瑞蘭跟蔣世隆的婚事親戚們都知道了，對她跟蔣世隆親熱、跟父母生分的事都有議論。王瑞蘭面對這些煩惱，退一步想，如今吃穿不愁，生活安逸，没有什麽可牽挂的，跟親戚們不必再費口舌去解釋。但仍惦念蔣世隆，讓梅香安排桌子燒香表示祈禱。

［伴讀書］你靠**欄檻臨臺榭，**我**準備名香爇。心事悠悠憑誰説？**只**除向金鼎焚龍麝。**與你**殷勤參拜遥天月，此意**也**無别。**●伴讀書：又名［村裏秀才］，亦入［中吕宫］。曲牌名。句式爲五五七七七四，共六句。曲譜爲：(平仄)仄平平(去)[韵]，(平仄)仄平平(去)[韵]。(平仄)仄(平仄)平平平(去)[韵]，(平仄)平(平仄)仄平平(去)[韵]。(平仄)平(平仄)仄平平去[韵]，仄仄平平[韵]。依曲譜，此曲襯字爲：你靠、我、只、與你、也；韵脚字爲：榭、爇、説、麝、月、别。欄檻：欄杆。　臺榭：高臺上構築的木屋。　名香爇：名，借作"明"，潔净。爇，點燃，燒。《董解元西厢記》卷四［中吕調·滿庭霜］："獸爐香爇涎。"　悠悠：憂思的樣子。《後漢書·章帝紀》："中心悠悠，將何以寄？"

憑：向。　只除：唯有。《董解元西厢記》卷二［道宫・解紅］："心下徘徊自籌度，只除會聖一命難逃。"　金鼎：金色的香爐。　龍麝：名貴香料名。是龍涎香和麝香的合稱。《全唐詩》卷六三三司空圖《白菊雜書》之一："却笑誰家扃綉户，正熏龍麝暖鴛衾。"　殷勤：懇切。《太平廣記》卷一百一十二引《異苑》："思報其恩，汝可具絹十疋奉之，并陳意殷勤。"　參拜：一起拜月。參，加入。　遥天：長空。三國魏阮籍《咏懷》："遥天耀四海。"此意：指兩人（王瑞蘭和蔣瑞蓮）對心上人的思念。　無别：一致，没有區别。⊙此曲寫王瑞蘭和蔣瑞蓮彼此的心事雙方都明白，在夜深人静時，她們一邊燒香跪拜，一邊嚮空中的明月祈禱。從這裏看，王瑞蘭作爲尚書女兒的富貴氣象已顯現出來了。

［笑和尚］韵悠悠**比及**把**角品絶**，碧熒熒**投至**那**燈兒滅**，薄設設**衾**共**枕空舒設**，冷清清**不恁迭**，閑遥遥**身枝節**，悶懨懨**怎挨**他**如年夜！**（梅香云了）（做燒香科）●身枝節：身，寧希元本、吴國欽本、王季思本改作"生"。不從。　挨：原作"捱"，從各本改。　做燒香科：馬欣來本、藍立蓂本從原本。徐沁君本、王學奇本、徐征本、王季思本上補"正旦"二字，下補"（唱）"。●笑和尚：曲牌名，又名［笑歌賞］，亦入［中吕］。句式爲五五五三三五，共六句。每句首均可加叠字或襯字，第五句下可增三字句一句或二句、四句。曲譜爲：(平仄)平(平仄)仄平/上[韵]，(平仄)仄平平仄[韵]，(平仄)仄平平去[韵]。(平仄)仄平，仄平平[韵]，(平仄)仄平平去[韵]。依曲譜，此曲襯字爲：韵悠悠、把、碧熒熒、那、薄設設、共、冷清清、閑遥遥、悶懨懨、他；韵脚字爲：絶、滅、設、迭、節、夜。　韵悠悠：指角聲韵味悠長的樣子。　比及：及至。　角：一種樂器。《晋書・樂志下》："胡角者本以應胡笳之聲，後漸用之横吹，即胡樂也。"　品絶：品味到底。　碧熒熒：指燈光青藍的樣子。　投至：及至。　薄設設：單薄的樣子。　空舒設：徒然地展開、擺放。　恁迭：即恁的。迭，同"的"。　閑遥遥：悠閑的樣子。　身枝節：身體。枝，通"肢"。《史記・范睢蔡澤列傳》："吴起定楚國之政，兵震天下，威服諸侯，功已成矣，而卒枝解。"　悶懨懨：鬱悶的樣子。　挨：煎熬。　年夜：除夕之夜。⊙此曲寫王瑞蘭傍晚燒香時因爲思念蔣世隆而百無聊賴的

樣子。作者用了鋪陳的寫法，從悠悠的角聲、熒熒的燈光、單薄的被子到閑散的身體以及難挨的長夜，都在表現王瑞蘭刻骨銘心的思念之情。

［倘秀才］天那！這一炷香，則願削減了俺尊君狠切！這一炷香，則願俺那拋閃下的男兒較些！那一個爺娘不間諜，不似俺，忒㖸嗻！劣缺！（做拜月科。云）願天下心廝愛的夫婦永無分離，教俺兩口兒早得團圓！（小旦云了）（做羞科）●“天那！這一炷香”句：盧冀野本、隋樹森本、王學奇本作大字，誤白爲曲。覆元槧本“炷”誤作“注”。吴曉鈴本校記云：“炷，元刊本作‘注’字。誤。”這一炷香，盧冀野本、隋樹森本、王學奇本作大字，誤。　較些：較，盧冀野本、隋樹森本改作“輕”。非。《語辭匯釋》卷二“較（二）”條：“較，猶瘥也。”徐沁君本校記按云：“本劇用‘較’字多處，固不煩改字也。”　間諜：諜，原作“疊”。吴國欽本改作“迭”，從徐沁君本改。徐沁君本校記按云：“文本注：間疊，阻礙，作梗。‘疊’與‘諜’音同。‘諜’有刺探義，又多言義，與‘間’字聯成複詞，于義爲長。《西厢記諸宫調》卷四：‘莫不是張珙曾聲揚？莫不是别人曾間諜？’凌景埏注：‘這裏作離間解釋。’又見卷七：‘這畜生腸肚惡，全不合神道，着言厮間諜，忒好狡。’卷八：‘幸自夫妻美滿，被旁人厮間諜，兩口兒合是成間别。’《全元散曲》蘭楚芳［黄鐘］［願成雙］《春思》套：‘好姻緣，惡間諜，七條弦斷數十截，九曲腸拴千萬結，六幅裙攙三四折。’都有挑撥、離間義。王伯成《貶夜郎》第四折：‘君王行厮間迭，聽讒臣耳畔説，貶離了丹鳳闕。’‘間迭’亦應作‘間諜’。參看該劇校記。”甚詳。　㖸嗻：盧冀野本“嗻”字下未點斷。　云：盧冀野本奪。　“願天下心廝愛的夫婦永無分離，教俺兩口兒早得團圓”句：盧冀野本作大字，誤。　做羞科：徐沁君本、王學奇本、徐征本、王季思本上補“正旦”二字，下補“唱”。●倘秀才：曲牌名。注見《大都新編關張雙赴西蜀夢》第四折同曲牌注。依曲譜，此曲襯字爲：則、了俺、則、俺那、下的、一；韵脚字爲：切、些、諜、嗻、缺。　尊君：指王瑞蘭的父親。石君寶《紫云亭》第二折［收尾］：“您尊居（父），忒情理！割捨了，怕甚的！”　狠切：凶狠嚴厲。臧本武漢臣《玉壺春》第二折［牧羊關］：“誰想花柳亭鳴珂巷，撞着你個嘴巴巴狠切的娘。”

拋閃：丢下。《京本通俗小説・錯斬崔寧》："得官不得官，早早回來，休拋閃了恩愛夫妻。"　男兒：指蔣世隆。　較些：病好些。　爺娘：父母。　間諜：間離。指從中作梗。　不似：不如，不像。《魯齋郎》第三折［迎仙客］："看成的似玉顆神珠，終不似他娘腸肚。"　唓嗻（chē zhē）：凶狠，厲害。徐渭《南詞叙録》："唓嗻，能而大也。"　劣缺：既惡劣又缺德。　廝愛：相愛。⊙此曲寫王瑞蘭燒了兩炷香，祈禱父親再不要那樣絶情，希望蔣世隆病好得快些。她也承認在兒女婚事上，父母没有不阻隔的，却没有像她父親這樣决絶的。她拜月時提出的"願天下心廝愛的夫婦永無分離，教俺兩口兒早得團圓"，跟《西厢記》裏提出的"願天下有情的都成了眷屬"主旨是一致的。

［叨叨令］元來你深深的花底將身兒遮，揲揲的背後把鞋兒捻，澀澀的輕把我裙兒拽，熅熅的羞得我腮兒熱。小鬼頭！直到撞破我也末哥，直到撞破我也末哥，我一星星的都索從頭兒説。（小旦云了）妹子，你不知，我兵火中多得他本人氣力來，我已此上忘不下他！（小旦云了）（打悲了）您姐夫，姓蔣，名世隆，字彦通，如今二十三歲也！（小旦打悲了）（做猛問科）●元來：元，吴國欽本、王季思本改作"原"。　身兒：盧冀野本誤作"身見"。　揲揲：吴國欽本、王季思本改作"擦擦"。　小鬼頭：王學奇本上補"（云）"，下補"（唱）"。盧冀野本、隋樹森本、徐沁君本、寧希元本作大字，誤白爲曲。從馬欣來本、徐征本、藍立蓂本改。　"直到撞破我也末哥，直到撞破我也末哥"句：盧冀野本、吴曉鈴本、隋樹森本、北京大學本、寧希元本、吴國欽本、王學奇本、馬欣來本第二句不重"直到"二字。　妹子：鄭騫本上補"（云）"，徐沁君本、王學奇本、王季思本補"（正旦云）"。　已此：隋樹森本、鄭騫本、北京大學本、徐沁君本、寧希元本、吴國欽本、王學奇本、王季思本改作"以此"。吴曉鈴本校記亦謂"疑當作'以'字"。　打悲了：鄭騫本下補"（云）"，徐沁君本、王學奇本、徐征本、王季思本上補"正旦"二字，下補"云"。　您：盧冀野本改作"你"。　做猛問科：徐沁君本、王學奇本、徐征本、王季思本上補"正旦"二字，下補"（唱）"。●叨叨令，曲牌名，注見《大都新編關張雙赴

西蜀夢》第四折同曲牌注。依曲譜，此曲襯字爲：元來你、的、將、的、兒、的、兒、的、兒、直到、直到、一星星的；韵脚字爲：遮、捻、拽、熱、哥、哥、説。 元來：原來。 搽搽：象聲詞，即嚓嚓。 捻：當讀作"躡"。放輕脚步。《水滸傳》第四回："門子只得捻手捻脚拽了栓，飛也似閃入房裏躲了。" 澀澀：象聲詞，即瑟瑟。藍立蓂本認爲是輕輕的意思，欠妥，竊以爲是窸窣的意思。 拽：拉、扽。 熅熅（yūn）：臉紅的樣子。《玉篇》火部："熅，煗（nuǎn）也。" 腮兒：臉龐。 小鬼頭：指蔣瑞蓮。對機靈的少男、少女的昵稱。 直到：真是。 破：猶"着"。 也末哥：即"也麼哥"，元曲常用語，類似于"啊"。 一星星：一點點，一件件。 索：需。 兵火：戰争。 氣力：幫助。《五代史平話》晋史卷上："乘快許之，雖足得其氣力，然他日反爲中國之患，不無生受麼？"元代皇帝聖旨，開頭每云"長生天氣力"，即靠上天幫助之意。 已此：以此，因此。《劉知遠諸宫調》第二："兼着傍人勸免，已此洪義方休。" 打悲了：這裏指做出悲傷的樣子。 您：你。 猛問：突然發問，急問。皮日休《皮子文藪》卷一《桃花賦》："狂風猛雨，一陣紅去。"⊙此曲寫王瑞蘭在拜月時被藏在花叢裏的蔣瑞蓮碰着，也聽見了她祈禱的内容，内心的秘密一旦被旁人知道，她就立刻顯得很難爲情，但與其這樣，還不如將秘密公開。所以，面對年少又機靈的蔣瑞蓮，王瑞蘭嚮她敞開了心扉。

［**倘秀才**］來波！我怨感，我合哽咽！不剌！你啼哭，你爲甚迭？（小旦云了）你莫不元是俺男兒的舊妻妾？阿是，阿是！當時只争個，字兒别，我錯呵了應者！（小旦云了）您兩個是親弟兄？（小旦云了）（做歡喜科）●來波：盧冀野本、隋樹森本作大字，誤白爲曲。 不剌：盧冀野本、隋樹森本、北京大學本、吴國欽本作大字，誤白爲曲。 小旦云了：徐沁君本、王學奇本、徐征本、王季思本下補"（正旦唱)"。 元是：元，吴國欽本、王季思本改作"原"。 男兒：兒，盧冀野本誤作"見"。 "阿是，阿是"句：第一個"阿是"下原作二重文符號"々々"，隋樹森本叠作"阿是是是"。盧冀野本、隋樹森本作大字，前者并與下句曲文"當時只争個字兒别"連爲一句，後者與下句曲文的"當時"連爲一

句。皆非。從其他本改。徐征本“只争個，字兒别”中間未斷開。　應：原作“噟”。下有一重文符號“々”，“者”字原無，今從邵曾祺本、徐沁君本、寧希元本、徐征本、王季思本、藍立蓂本改補。盧冀野本“噟（應）”改作“咦”。盧冀野本、吴曉鈴本、鄭騫本“噟（應）”下重文符號删。隋樹森本“噟（應）”下作二空圍。北京大學本、馬欣來本重一“噟”字。吴曉鈴本、隋樹森本、鄭騫本、北京大學本、吴國欽本此句作小字，誤曲爲白。鄭騫本上補“（云）”，校記按云：“‘字兒别’此下少一句，按律應是二字或四字。”寧希元本校記云：“我錯呵了應者，此爲［倘秀才］末句。”徐沁君本校記按云：“曲譜：本曲末句爲二字句。‘應者’爲本句正字。《幽閨記》第三十二齣：‘是，我曉得了。散失忙尋相應者，那時節只争個字兒差迭。’即本劇曲文的變化運用，可知原當作‘應者’。‘者’字叶韵。”　小旦云了：“小旦”二字原缺，“云”字隱約可辨。覆元槧本“小旦云”三字并缺。除吴曉鈴本外，各本已補。吴曉鈴本“小旦云”三字作三空圍。　您兩個是親弟兄：鄭騫本上補“（云）”，徐沁君本、王學奇本、徐征本、王季思本上補“（正旦云）”。盧冀野本、吴曉鈴本作大字，誤白爲曲。盧冀野本并改“您”作“你”。從其他本改。　做歡喜科：徐沁君本、王學奇本、徐征本、王季思本上補“正旦”二字，下補“唱”。●倘秀才：曲牌名，注見《大都新編關張雙赴西蜀夢》第四折同曲牌注。依曲譜，此曲襯字爲：你莫不元是、當時、我錯呵了；韵脚字爲：咽、迭、妾、别、者。　來波：語氣助詞，猶啊。　怨感：怨恨。感，通“憾”。《左傳·昭公十一年》：“王貪而無信，唯蔡于感。”杜預注：“蔡，近楚之大國，故楚常恨其不服順。”　合：當，應。　不剌：語氣助詞，通常用在兩個小句中間，起調整、舒緩語氣的作用，表轉接語氣，無實義。　爲甚迭：爲甚麼。迭，同“的”。元刊本鄭廷玉《楚昭王》第四折［沉醉東風］：“惶恐荒張爲甚的？又怕是南柯夢裏。”　元是：原是。　阿是：還是嗎。阿，詞頭，表示疑問語氣。　只争：衹差。　字兒别：指王瑞蘭、蔣瑞蓮名字衹有一字之别。　呵了：猶了。　應者：即答應。　親弟兄：這裏是親兄妹的意思，指蔣瑞蓮和蔣世隆。⊙此曲寫王瑞蘭説自己憂怨、遺憾、哽咽都是應該的，而令她想不通的是蔣瑞蓮也在啼哭，難道説蔣瑞蓮是蔣世隆原來的妻妾？王瑞蘭心裏很是嘀咕，越嘀咕越覺得自己答應蔣世隆是錯了。

但待她知道蔣瑞蓮與蔣世隆是親兄妹後，她真爲自已有這樣一個小姑子而高興。可以看出，在這之前，王瑞蘭對蔣瑞蓮的身份還是一無所知的。

［呆古朵］似恁的呵，喒從今後越索着疼熱，休想似在先時節。你又是我妹妹、姑姑，我又是你嫂嫂、姐姐。（小旦云了）這般者，俺父母多宗派，您昆仲無枝葉，從今後休從俺爺娘家根脚排，只做俺兒夫家親眷者。（小旦云了）若説着俺那相别呵，話長。他正天行汗病，换脉交陽。●似恁的呵：盧冀野本、隋樹森本、王學奇本作大字，誤。　喒：北京大學本、吴國欽本、王學奇本、王季思本改作“咱”。　休想：想，盧冀野本改作“像”，非。　這般者：原作大字。從吴曉鈴本、鄭騫本、徐沁君本、寧希元本、王學奇本、王季思本改小字。鄭騫本上補“（云）”，徐沁君本、王學奇本上補“（正旦云）”，下補“（唱）”。王季思本上補“（正旦唱）”。　者：孟本改作“罷”。“他正天行汗病，换脉交陽”句：原作大字，在［三煞］曲牌之下，與下曲文連寫。馬欣來本、藍立蓂本從原本。今依其他本改小字，移前，作説白處理。●呆古朵：曲牌名，注見《大都新編關張雙赴西蜀夢》第四折同曲牌注。依曲譜，此曲襯字爲：喒從、休想似、你又是我、我又是你、俺、您、從今後休從俺、家、只做俺、家；韵脚字爲：熱、節、姐、葉、者。　似恁的呵：像這樣啊。　喒：咱們。　越索：更需要。索，需要。　着疼熱：知疼知熱。指十分關心。《太平樂府》卷八喬夢符套數［南吕・一枝花］《雜情》：“但些兒頭疼眼熱我早心驚訝，着疼熱只除咱。”　這般者：這樣吧。者，猶“吧”。武漢臣《老生兒》第三折卜兒白：“投到孩兒每來時，喒老兩口兒先拜了墳者。”　宗派：宗枝。《全漢三國晋南北朝詩》卷八何遜《仰贈從兄興寧置南》：“宗派已孤狹，財産又貧微。”　您：你。　昆仲：兄弟。　從：依照。《列子・黄帝》：“若能入火取錦者，從所得多少賞若。”　根脚：家世，出身。《通雅》卷二十六“事制”：“宋時未參選者具脚色狀，謂之根脚。邇來下司初見上司，猶遞手本，上開出身履歷曰脚色是也。”　兒夫：丈夫。　親眷：家眷。　天行汗病：指流行病。　换脉交陽：指病情痊愈。⊙此曲寫王瑞蘭對蔣瑞蓮的疼愛，説從今往後，對蔣瑞蓮要更加疼惜，不要像先前那樣冷淡，因爲她們是親人了。這樣

的話，今後就請蔣瑞蓮按照王家的家世來排順序，就當她是自己丈夫的親眷一樣來看待。

[三煞] 那其間被俺爺把我橫拖倒拽出招商舍，硬斯强扶上走馬車。誰想俺舞燕啼鶯，翠鸞嬌鳳，撞着那猛虎獰狼，蝮蝎蚖蛇！又不敢號咷悲哭，又不敢囑付丁寧，空則索感嘆咨嗟！據着那凄凉慘切，則那裏一霎兒似痴呆！●硬斯强扶：斯，寧希元本、吴國欽本、徐征本、王季思本改作"撕"。寧希元本校記云："硬撕强扶，與上句'橫拖倒拽'一語相對。" 蝮蝎蚖蛇：蝮，原作"蝠"，從盧冀野本、北京大學本、徐沁君本、寧希元本、吴國欽本、王學奇本、徐征本、藍立蓂本改。蚖，原作"頑"，從徐沁君本、寧希元本、吴國欽本、王學奇本、徐征本、王季思本、藍立蓂本改。徐沁君本校記按云："清桂馥《札樸》卷七'蝠蛇'條：《後漢書·崔琦傳》：'蝠蛇其心。'注以'蝠'爲蝙蝠。馥謂：蝠蛇即蝮蛇，借'蝠'字。又，'頑蛇'當作'蚖蛇'，'頑''蚖'音近致誤。《敦煌變文集·佛説阿彌陀經講經文》：'無蚖、蝮、蝎及諸毒蟲、毒鳥、毒獸等。'蚖、蝮、蝎三物已連用。《破魔變文》亦有'蚖虵（蛇）盤結，遍地盈川'之語。關漢卿《哭存孝》第三折：'他兩個似蚖蛇，如蝮蝎，心腸乖劣。'王季烈編校《孤本元明雜劇》，'蚖蛇'改爲'虺蛇'。'蚖蛇'似不爲人所習知。其實蚖蛇亦即虺蛇，本爲一物，不煩改字。鄭廷玉《金鳳釵》第三折：'你惡如虺蛇，毒如蝮蝎，狠似狼豺。'作'虺'作'蚖'，自可兩存。《幽閨記》第三十二齣：'意似虺蛇，性似蝎螫。'詞本北曲，亦用'虺蛇'字。'蚖蛇'衍爲'頑蛇'。《劉知遠諸宫調》第二：'蝮蝎頑虵（蛇）心上堆。'趙本高文秀《遇上皇》第二折：'抬起頭似出窟頑蛇。'《水滸傳》中則'蚖蛇'與'頑蛇'互見。第十五回：'脚趺處蚖蛇喪膽。'第五十二回：'吞象頑蛇鑽地落。''蚖蛇'一詞以後似少見。"甚詳。 囑付丁寧：囑，原作"哇"，除吴曉鈴本外，各本已改。付，寧希元本、吴國欽本、王學奇本、馬欣來本、王季思本改作"咐"。丁寧，吴國欽本、王季思本改作"叮嚀"。●三煞：曲牌名，注見《大都新編關張雙赴西蜀夢》第四折同曲牌注。依曲譜，此曲襯字爲：那其間被俺爺把我、出、上、誰想俺、撞着那、又不敢、又不敢、空則

索、攄着那、則、一霎兒；韵脚字爲：舍、車、蛇、嗟、切、呆。那其間：指她們被王鎮發現的那一刻。招商舍：旅店。亦作“招商店”。無名氏《獨角牛》第三折［正宫·端正好］：“我來到這泰州，我可便不住您兀那招商店。”走馬車：快馬車。“舞燕啼鶯，翠鸞嬌鳳”句：指王瑞蘭輕盈、嬌氣的樣子。“猛虎獰狼，蝮蝎蚖（wán）蛇”句：指擄掠王瑞蘭的强盗、兵匪。號咷（táo）：大聲哭。囑付丁寧：即囑咐叮嚀，同義重複，起强調語氣的作用。空則索：空，獨自。《董解元西厢記》卷七［道宫·大聖樂］：“悶抵着牙兒，空守定妝臺。”索，衹能。感嘆咨嗟：感慨，同義重複，起强調語氣的作用。攄着：被某種情緒、氣氛所控制。一霎兒：一會兒。痴呆：變傻。⊙此曲寫王瑞蘭被父親硬拉出與蔣世隆居住的旅店後，在回家的路上又遭到强盗、兵匪的擄掠，既驚又怕，噤若寒蟬，衹能像呆子一樣不知所措地怵在那裏。

［二煞］則就那裏先肝腸眉黛千千結，烟水雲山萬萬叠。他便似烈焰飄風，劣心卒性，怎禁那後擁前推，亂棒胡枷！阿！誰無個老父？誰無個尊君？誰無個親耶？從頭兒看來，都不似俺那狠爹爹！●二煞，原作“二”，藍立蓂本從。從鄭騫本、徐沁君本、寧希元本、王學奇本、馬欣來本、徐征本、王季思本改作“二煞”。亂棒胡枷：棒，原作“捧”，從吴曉鈴本、鄭騫本、北京大學本、邵曾祺本、徐沁君本、寧希元本、吴國欽本、王學奇本、馬欣來本、徐征本、王季思本、藍立蓂本改。枷，原作“茄”，馬欣來本從原本。從徐沁君本、寧希元本、吴國欽本、王學奇本、徐征本、王季思本、藍立蓂本改。徐沁君本校記按云：“高文秀《誶范叔》第二折：‘我幾曾吃美酒羊羔，剛則是吃了會胡枷亂棒。’棒、枷都是刑具。胡亂用刑，元劇中頗多反映。‘胡枷亂棒’，致成爲當時口頭習語。又衍爲‘亂棒胡敲’一語。無名氏《合同文字》第四折：‘却教俺亂棒胡敲忍下的。’”寧希元本校記按云：“然‘枷’爲‘家麻’，失協。或當如《中原音韵·正語作詞起例》‘爺有衙’‘也有雅’之例，‘枷’，仍當如原本讀‘茄’。”藍立蓂本校記云：“《廣韵》平聲戈韵‘茄’‘枷’同音，‘枷’字下注云：‘刑具，又音加’；求迦切。《盛世新聲》戌集闕名氏小令［越調·寨兒

令]:‘若論蛇蝎，尚有潛蜇，不似你娘風火性不曾絶，一覓的亂棒胡茄。’‘茄’亦應是‘枷’，讀如‘茄’。” 阿：原作大字，從北京大學本、徐沁君本、寧希元本、吴國欽本、王學奇本、徐征本、王季思本、藍立蓂本改小字。徐沁君本、王學奇本、王季思本改作“呵”，寧希元本改作“啊”。盧冀野本、吴曉鈴本、隋樹森本、鄭騫本仍作大字，并與下曲文連讀。非。 那：原字左旁有斷筆，覆元槧本誤作“耶”，盧冀野本、吴曉鈴本、北京大學本、吴國欽本沿誤。從其他各本改。●二煞：曲牌名，注見《大都新編關張雙赴西蜀夢》第四折同曲牌注。依曲譜，此曲襯字爲：則就那裹先、他便似、怎禁那、個、個、個、兒、俺那狠；韵脚字爲：結、叠、枷、耶、爹。 則就：猶“就”。同義重複表示强調。臧本岳伯川《鐵拐李》第一折［金盞兒］：“或是他粉壁遲，水甕小，拖出來我則就這當街拷。” 眉黛：即靛青色的眉毛。飄風：暴風。馬總《大唐奇事·廉廣》：“筆纔絶，雲蒸霧起，飄風倏至，畫龍忽乘雲而上。” 劣心卒性：暴烈的性子。劣，假作“烈”。卒，即“猝”。《漢書·陳湯傳》：“興卒暴之作。”顔師古曰：“卒讀曰猝。” 亂棒胡枷：也作胡枷亂棒，指用棒、枷等强逼人屈服。 老父、尊君、親耶：皆指父親。所以如此，有反復强調的作用。⊙此曲寫王瑞蘭在遭遇了搶劫後，内心起伏萬千，想想經歷的千山萬水，肝腸、黛眉已是擰結，而想着蔣世隆被强盗後擁前推，亂棒胡枷，心裏也很不安。把自己見過的父輩拿來作比較，没有一個像父親這樣凶狠的。從這裏看，王瑞蘭委實對蔣世隆是一片痴情。

［**尾**］他把世間毒害收拾徹，我將天下憂愁結攬絶！（小旦云了）没盤纏，在店舍，有誰人，厮抬貼？那消疏，那悽切，生分離，厮抛撇！從相别，恁時節，音書無，信息絶！我這些時眼跳腮紅耳輪熱，眠夢交雜不寧貼。您哥哥暑濕風寒從較些，多被那煩惱憂愁上送了也！（下）●尾：鄭騫本“據律改題”作“煞尾”。寧希元本、王季思本同。徐沁君本改作“黄鐘尾”。小旦云了：徐沁君本、王學奇本、徐征本下補“（正旦唱）”。 雜：盧冀野本誤作“離”，寧希元本誤作“加”。 您：盧冀野本改作“你”，寧希元本改作“恁”。 從：除吴曉鈴本、鄭騫本、藍立蓂本，各本改作“縱”，非。 較：

盧冀野本改作“輕”，誤。●尾：即黄鐘尾，曲牌名。注見《大都新編關張雙赴西蜀夢》第四折同曲牌注。依曲譜，此曲爲本套［煞尾］第三種格式，第二句後、倒數第二句前爲六句六字折腰句，襯字爲：他把、我將、我這些時、您哥哥、多被那、上；韵脚字爲：徹、絶、舍、貼、切、撇、節、絶、熱、貼、些、也。　毒害：狠毒。《全唐詩》卷六九三杜荀鶴《將過湖南經馬當山廟因書三絶》之二：“貪殘官吏虔誠謁，毒害商人瀝膽過。衹怕馬當山下水，不知平地有風波。”　收拾：收聚。《中興以來絶妙好詞選》卷九吴毅甫《酹江月·暇日登新樓望揚州于雲烟縹緲之間寄趙南仲端明》：“半空樓閣，把江山、圖畫一時收拾。”　徹：乾净。　結攬：總結，收攬。　絶：猶“盡”。　盤纏：經費、費用。《五代會要》卷二十七“倉”：“人户送納之時，如有使官布袋者，每一布袋，使百姓納錢八文，内五文與擎布袋人，餘三文即與倉司充吃食鋪襯紙筆盤纏。”　廝抬貼：互相照顧體貼。廝，互相。抬貼，亦作“抬迭”。《五侯宴》第二折［賀新郎］：“富豪家安穩把孩兒好抬迭，這孩兒脱逃生，媳婦兒感承多謝。”　那：又。　消疏：凄凉。　抛撇：抛棄，扔下。恁：這。　音書：指書信。　交雜：交錯。　寧貼：妥帖。　您：你。　暑濕風寒：指因熱冷而患病。　從：即使。　較：病情好轉。　多：多半。《全唐詩》卷八三八齊己《酬元員外見寄》：“且有吟情撓，都無俗事煎。時聞得新意，多是此忘緣。”　送：送命。⊙此曲寫王瑞蘭回憶她和蔣世隆在客店的患難之情。那些困窘、孤獨、凄凉、寂寥，感受十分真切。現在回家，她也眼跳耳熱，眠夢交錯，即使蔣世隆病情好轉，也會被煩惱折磨個半死。

第四折

（老孤、夫人、正末、外末上了）（媒人云了）（旦扮上了）（小旦云了）可是由我那不那！●旦扮上了：徐沁君本、吴國欽本、王學奇本、徐征本、王季思本作“正旦扮上了”。　可是由我那不那：鄭騫本上補“（云）”，徐沁君本、王學奇本、徐征本、王季思本上補“（正旦云）”，下補“（唱）”。●老孤：指王鎮。　夫人：王瑞蘭母親。　正末：蔣世隆。　外末：陀滿興福。　旦：即正旦王瑞蘭。　小旦：蔣瑞蓮。　可是由我那不那：這是王瑞蘭的臺詞，是説奉聖旨招婚的事被王瑞蘭、蔣瑞蓮知道了，于是瑞蓮埋怨姐姐不早尋找世隆，致使當前進退兩難。那，即“哪”。

［雙調·新水令］我眼懸懸整盼了一週年，你也枉把您這不自由的姐姐來埋怨。恰纔投至我貼上這縷金鈿，□□□□□，一霎兒向鏡臺傍邊，媒人每催逼了我兩三遍。（小旦云了）妹子阿，你好不知福，猶古自不滿意沙！我可怎生過呵是也？（小旦云了）那的是你有福如我處那！我説與你波。●雙調：原本缺，馬欣來本、藍立蓂本從原本。據隋樹森本、鄭騫本、徐沁君本、寧希元本、吴國欽本、王學奇本、徐征本、王季思本補。　枉把您：枉，原作“柱”，從覆元槧本及各本改。您，盧冀野本、寧希元本改作“你”。　傍邊：傍，徐沁君本、王學奇本、王季思本改作“旁”。　媒人每：盧冀野本作“媒人們”。　妹子阿：鄭騫本上補“（云）”，徐沁君本、王學奇本、徐征本、王季思本補“（正旦云）”。阿，鄭騫本、徐沁君本、寧希元本、王學奇本、徐征本、王季思本改作“呵”。　沙：徐沁君本、王學奇本改作“吵”。　我可怎生過呵是也：盧冀野本“呵”字下點斷。鄭騫本、王季思本斷作“我可怎生過呵？是也！”　那的是你有福如我處那：鄭騫本上補“（云）”，徐沁君本、王學奇本、徐征本、王季思本補“（正旦云）”。盧冀野本、吴曉鈴本、北京大學本、吴國欽本“福”字下點斷。　我

説與你波：徐沁君本、王學奇本、徐征本、王季思本下補“（唱）”。●雙調：宫調名。是十二律之夾鐘與五音之商組合而成的調式的俗稱。周德清《中原音韵》：“大凡聲音各應于律吕，分于六宫十一調……雙調健捷激裊。”［雙調］所屬曲牌，據《九宫大成譜》所載，北曲有一百一十三支，南曲（包括集曲）有八十一支。元明以來，北曲［雙調］聯曲成套方式爲：新水令—折桂令—雁兒落—得勝令—沽美酒—太平令—鴛鴦煞。元雜劇末一折大都用［雙調］套曲，戲曲演出，［雙調］套曲一般譜屬正宫調或乙字調。此套曲押先天韵。新水令：曲牌名。套數首牌，［幺篇］同始調，用者極少。句式爲七七五五四五，共六句。第三、四句本三字，普遍多作五字，須對句。第五句下可增四字句，平仄同第五句，每句叶韵。南曲引子異。曲譜爲：㊉平仄平㊉仄㊟平平韵，仄平平、仄平平去韵。㊉平平平仄仄，㊉平仄仄平平韵。㊉平仄平平韵，㊉平仄㊟平去韵。依曲譜，此曲襯字爲：我、了一、你也、這不自由的、來、恰纔、我、上這縷、一霎兒向、媒人每、我；韵脚字爲：年、怨、鈿、邊、遍。按曲譜，此曲缺第四句。　眼懸懸：形容盼望迫切，即望眼欲穿的樣子。《董解元西厢記》卷三［仙吕調·戀香衾］［尾］：“養如如把心不定，肚皮兒裏骨轆轆地雷鳴，眼懸懸地專盼着人來請。”　枉：徒然地。　您：你。　恰纔：剛纔。投至：等到。　金鈿：金花釵。婦女首飾，也用以裝飾器物。《玉臺新咏》十南朝梁劉孝儀《咏織女》：“金鈿已照曜，白日未蹉跎。”　一霎兒：一會兒。傍：即旁。　每：們。　猶古自：同“猶兀自”，尚且、還。　沙：即“吵”，語助詞。　呵：用于句中，表示語氣停頓。　也：語氣詞，表示反詰。　有福如我：比我有福。如，猶于，表示比較。王引之《經傳釋詞》卷七：“如，猶于也。……《吕氏春秋·愛士》曰：‘人之困窮，甚如飢寒。’言甚于飢寒也。”　那：即哪。　波：即啵。語氣詞。吵、啵，都有撒嬌的語氣。⊙此曲寫王瑞蘭傾訴她跟蔣世隆分離已一年了，每天都在眼巴巴地盼望着，受着蔣瑞蓮的埋怨。現在好了，終于團聚見面了。在鏡臺旁邊打扮着，媒人已催了兩三次了。她希望蔣瑞蓮能知足，覺得蔣瑞蓮也没受什麽苦，却和自己一樣有了伴侣，而自己不知經歷了多少辛苦。這裏是説王鎮還不知道其中的關係，要把蔣瑞蓮許給蔣世隆，把王瑞蘭嫁給陀滿興福。所以王瑞蘭對蔣瑞蓮説出了這些話。

［駐馬聽］你貪着個斷簡殘編，恭儉温良好繾綣。我貪着個輕弓短箭，粗豪勇猛惡因緣！（小旦云了）可知瞰是也。您的管夢回酒醒誦詩篇，俺的敢燈昏人浄誇征戰。少不的向我綉幃邊，説的些磣可可落得的冤魂現。（小旦云了）這意有甚難見處那？●貪：藍立蓂本從原文。寧希元本改爲“攤”。王學奇本校記注云：“貪着即‘攤着’……貪，‘攤’的借字。”馬欣來本作“貪（攤）”。　因緣：因，吴國欽本改作“姻”，其他各本從原文。　可知瞰是也：原作大字，從各本改小字，作爲夾白。鄭騫本上補“（云）”，徐沁君本、王學奇本、徐征本上補“（正旦云）”，下補“（唱）”。王季思本上補“（正旦云）”。除吴曉鈴本、鄭騫本、北京大學本、馬欣來本外，各本改作“煞”。　您的管：您，盧冀野本改作“你”。　燈昏人浄：浄，除吴曉鈴本、馬欣來本、藍立蓂本，各本改作“静”。　少不的：王學奇本改作“少不得”。　磣：盧冀野本改作“慘”，非。這意有甚難見處那：藍立蓂本從原文。鄭騫本上補“（云）”，徐沁君本、王學奇本、徐征本、王季思本上補“（正旦云）”，下補“（唱）”。寧希元本依語義“意”字下補“思”字。非。●駐馬聽：曲牌名，［雙調］第二支，小令兼用，［幺篇］同始調，用者極少。句式爲四七四七七七三七，共八句。首四句須作扇面對，五、六句亦須對。南曲略同。曲譜爲：(平仄)仄平平[韵]，(平仄)仄平平平(去)上/平[韵]；(平仄)平(平仄)(去)[韵]，(平仄)平(平仄)仄仄平平[韵]。(平仄)平(平仄)仄仄平平[韵]，(平仄)平(平仄)仄平平(去)[韵]。平(去)上/平[韵]，(平仄)平(平仄)仄平平(去)[韵]。依曲譜，此曲襯字爲：你貪着個、我貪着個、您的管、俺的敢、少不的向我、説的些、得的；韵脚字爲：編、綣、箭、緣、篇、戰、邊、現。　貪着個：即攤上個。遇着。　斷簡殘編：也作斷編殘簡，指殘缺不全的文字。陸游《劍南詩稿》卷六十七《對酒》：“斷簡殘編不策勛，東皋猶得肆微勤。”這裏指能識文斷字的蔣世隆。恭儉温良：這裏指蔣世隆的品行。　好：十分。　繾綣（qiǎn quǎn）：纏綿。“輕弓短箭、粗豪勇猛”句：這裏指精通武藝的陀滿興福。　惡因緣：很糟糕的婚姻。因，即“姻”。　瞰是：煞是。甚是。瞰，程度副詞。藍立蓂釋爲“是”，説是同義重複，似不妥。　管：猶“保準”，一定。　夢回：從夢

中醒來。 敢：敢于、肯定。 燈昏人净：傍晚掌燈時分人都安静下來。净，静。 誇：炫耀。《謝天香》第四折柳耆卿上場詩："昔日齷齪不足誇，今朝放蕩思無涯。" 綉幃：刺綉的帳子。 磣（chěn）可可：形容凄慘可怕的樣子。無名氏《小孫屠》十四［北曲·端正好］："回來呵，背着個磣可可骨匣相隨定。" 落得的：即落了個。 冤魂現：指死亡。 意：意思。《易·繫辭上》："書不盡言，言不盡意。" 見：明白。陸游《劍南詩稿》卷二十五《示兒》："齒豁頭童方悟此，乃翁見事可憐遲。" 那：即哪，表示疑問語氣。⊙此曲寫王瑞蘭聽了王鎮要把蔣瑞蓮許配給蔣世隆、把自己許配給陀滿興福後對着蔣瑞蓮所發的牢騷。可以看出她對這種亂點鴛鴦簿的做法是很不滿的，而蔣世隆肯定受了委屈，會嚮她訴説不幸遭遇。

［**慶東原**］他則圖今生貴，豈問咱夙世緣。違着孩兒心、只要遂他家願。則怕他夫妻百年，召了這文武兩員，他家裏要將相雙權。不雇自家嫌，則要傍人羡。（外云了）（做住了）（正、外二末做住了）●則圖：則，盧冀野本改作"只"。 召：原字壞，似"召"字。覆元槧本作"召"。除吴曉鈴本、藍立蓂本外，各本作"招"。 將相雙權：吴曉鈴本校記："'權'字疑當作'全'字。"徐沁君本校記按云："所疑非是。'將相雙權'是當時成語。王伯成《貶夜郎》第四折：'他雖無帝主宣，文武雙全，將相雙權，鑾駕齊肩。'楊梓《敬德不伏老》第四折：'若不是文武雙全，怎能勾將相之（雙）權。'朱有燉《義勇辭金》第一折白：'朝中將相握雙權，天下英雄都領袖。'可證。"甚是。 雇：吴曉鈴本、藍立蓂本外，各本改作"顧"。 則要：則，盧冀野本改作"只"。 傍人：傍，徐沁君本、寧希元本、王學奇本、王季思本改作"旁"。 外云了：徐沁君本、王學奇本作"外末云了"。 做住了："做"字上部殘損，覆元槧本空闕，盧冀野本、吴曉鈴本、隋樹森本、鄭騫本、王季思本從。北京大學本、徐沁君本、寧希元本、吴國欽本、王學奇本已補，徐沁君本、王學奇本、徐征本并上補"正旦"二字。 正、外二末做住了：徐沁君本、王學奇本、徐征本、王季思本下補"（正旦唱）"。●慶東原：曲牌名，小令兼用，句式爲三三七四四四五五，共八句。首二句對，四、五、六句作鼎足對，末二句可減爲兩個三字句，

宜對。曲譜爲：平平仄，(平仄)(去)平/上[韻]，(平仄)平(平仄)仄平平去[韻]。平平(去)上/平[韻]，(平仄)平仄平[韻]，(平仄)仄平平[韻]。(平仄)仄仄平平，(平仄)仄平平去[韻]。依曲譜，此曲襯字爲：他則圖、豈問咱、孩兒、只要、則怕他、召了這、他家裏要；韻脚字爲：緣、願、年、員、權、嫌、羡。　他：指王鎮。　則圖：衹圖，衹要。　夙世：前世。高晦叟《珍席放談》卷下："夏文莊（竦）豪俊之流也，然操行多疵，清論寡與。慶曆中，自前執政拜樞密使，言者排之不已，即罷。時石守道進《德頌》，其序云：'（皇帝）用御史諫官十一疏，追竦白麻……退奸進賢，發于至誠，奮于睿斷，見于剛克。'公怏怏銜之深，歲設水陸齋，常旁設一位，立牌書曰：'夙世冤家石介。'"　將相雙權：指掌握文武兩方面的權力。　雇：即"顧"。　則要：衹要。臧本李文蔚《燕青博魚》第二折［仙呂·點絳唇］："避不得艱辛，則要這兩字衣食準。"　傍：即"旁"。　做住了：指演員完成某一動作。⊙此曲寫王瑞蘭對父親王鎮招文武狀元做女婿的不滿，説他衹圖門庭光耀，而不管她們願意不願意。這實際上説出了封建時代所謂父母之命、媒妁之言與年輕人追求婚姻自主的矛盾衝突所在。

［鎮江回］俺兀那姊妹兒的新郎又忒腼腆，俺這新女婿、那嘲掀。瞅的我兩三番斜僻了新妝面，查查胡胡的向玳筵前，知他俺那主婚人是見也那不見？（孤云了）（外末把盞科）●瞅：藍立蓂本從原本。北京大學本、徐沁君本、寧希元本、吴國欽本、王學奇本、馬欣來本、徐征本、王季思本改作"睞"。　斜僻：僻；馬欣來本、藍立蓂本從原本。鄭騫本、吴國欽本、徐征本、王季思本改作"避"，徐沁君本、寧希元本、王學奇本改作"擗"。徐沁君本校記按云："擗，避開義。《西厢記諸宫調》卷二：'擗過鋼槍，刀又早落。'卷五：'甫能相見，擗着個龐兒那下。'據改。此外，如劉兑《嬌紅記》第一折：'爲甚麽見人羞斜蔽了芙蓉面。'無名氏《黄花峪》第二折：'俺哥哥傳將令三四番，可怎生無一個承頭的？來一個燕青將面劈，那一個楊志頭低。''蔽''劈'也都該是'擗'字的異寫。'僻''劈''蔽'都是'擗'字的同音或音近借用。"　查查胡胡：寧希元本改作"咋咋呼呼"。吴國欽本校記注云："查查胡胡，即咋咋胡胡。"藍立蓂本説："北方方言猶説叫嚷爲'咋呼'。"　向：原作"尚"，從鄭騫本、徐沁君

本、寧希元本、吴國欽本、王學奇本、徐征本、王季思本改。吴曉鈴本校記云：“疑當作‘向’字。”盧冀野本、隋樹森本改作“上”字。北京大學本校記云：“疑當作‘上’或‘向’”。外末把盞科：徐沁君本、王學奇本、徐征本、王季思本下補“（正旦唱）”。●鎮江回：曲牌名，句式爲七六七七七，共五句。曲譜爲：(平仄)仄平平(平仄)仄平/上[韵]，平(平仄)仄、仄平平[韵]。(平仄)平(平仄)仄平平去[韵]，(平仄)(平仄)平(平仄)仄平平[韵]，(平仄)(平仄)(平仄)、仄平平去[韵]。依曲譜，此曲襯字爲：俺兀那、兒的、又、俺這、瞅的、斜僻了、的向、知他俺那、也那；韵脚字爲：腆、掀、面、前、見。兀那：那，真。息機子本喬夢符《兩世姻緣》第四折［喬牌兒］：“見他裹着烏紗帽那概，秉着白象笏那尊大，寬綽綽紫羅袍偏稱金魚帶，氣昂昂立在白玉階。”忒（tuī）：太。腼腆：害羞。嘲掀：不安静。嘲，鳥鳴。師曠《禽經》：“林鳥朝嘲。”張華注：“林鳥朝之將翔也，聚而噍啁。”掀，翻騰。白居易《白氏長慶集》卷十七《風雨晚泊》：“青苔撲地連春雨，白浪掀天盡日風。”瞅：即“瞅”。閔遇五《五劇箋疑》：“斜視而瞬曰瞅。”斜僻：側斜着避開。僻，即“避”。常璩《華陽國志》卷八：“成都北鄉，有人嘗見女子僻入草中。往視，物如人，有身形頭目口，無手足。”玳筵：盛列山珍海味的筵席。《唐宋諸賢絶妙詞選》卷一魏承班《菩薩蠻》：“羅衣隱約金泥畫，玳筵一曲當秋夜。”知他：他，無義，虚詞。把盞：舉起酒杯歡飲。⊙此曲寫王瑞蘭在婚筵上看見奉命與蔣瑞蓮結婚的蔣世隆有些腼腆，而與自己結婚的陀滿興福則甚是張狂，在她面前頗爲放肆，咋咋呼呼，動手動脚，這讓她很難爲情。

［步步嬌］見他那鴨子緑衣服上圈金綫，這打扮早難坐瓊林宴。俺這新狀元，早難道花壓得烏紗帽檐偏。把這盞許親酒又不敢慢俄延，則索扭回頭半口兒家剛剛的咽。（孤云了）（正末把盞科）（打認末科）●則索：索，盧冀野本誤作“素”。剛剛：原作“岡岡”，除鄭騫本外，其他本已改。打認末科：馬欣來本、藍立蓂本從原本。徐沁君本上補“正旦”二字，“末”上補一“正”字，“科”下補“（唱）”。王學奇本、徐征本、王季思本上補“正旦”二字，下補“正旦（唱）”。●步步嬌：曲牌名，小令兼用，又名［潘妃曲］，與南曲小異。句式爲七五三七三五，共六句。曲

譜爲：(平仄)仄平平平平去[韵]，(平仄)仄平平去[韵]。平去上/平[韵]，(平仄)仄平平仄平平[韵]。仄平平[韵]，(平仄)仄平平去[韵]。依曲譜，此曲襯字爲：見他那、子、上、這打扮早、俺這、早難道、得、把這盞許親酒又不敢、則索扭回頭、兒家、的；韵脚字爲：綫、宴、元、偏、延、咽。　鴨子緑衣服：鴨緑色衣服。金朝規定進士考試，考中者分上中下三甲，中下甲服緑，賜銀帶。這裏泛指進士的服色。　圈：動詞，鑲的意思。　早：實在。羅貫中《風雲會》第二折［哭皇天］："那裏也後嚴刑法重，則未早人怨語聲高。"　瓊林宴：皇帝賜新科進士的宴會。宋初，太宗太平興國二年（977）賜宴新科進士于汴京城西之瓊林苑。明清賜宴新科進士亦沿此稱。　早難道：哪裏是。　烏紗帽：東晋時宮官着烏紗帽。南朝宋明帝初，建安王休仁置烏紗帽，以烏紗抽扎帽邊，民間謂之司徒狀。隋代帝王貴臣多服黄紋綾袍、烏紗帽、九環帶、烏皮鞋。其後逐漸行于民間，貴賤皆服，自折上巾行後，烏紗帽漸廢。一般指官職。　許親酒：定親酒。　俄延：推遲，拖延。　則索：衹好。　家：價，句末語氣詞。　剛剛：勉强。　打認：即認。脉望館息機子本無名氏《連環記》第二折："（吕布做打認科，背云）這不是貂蟬？他怎生得到這裏來？"⊙此曲寫王瑞蘭在婚宴上看見穿着官服的蔣世隆，覺得他過于正式隆重，頭上戴的花把烏紗帽都壓偏了。雖覺得不痛快，但也衹得勉强把定親酒喝半口。這實際上是王瑞蘭對父親安排的婚事很不情願，所以看見蔣世隆極正式地出現的時候，就感到很不舒服。後來她在敬酒時纔發現面前的這位新郎官正是自己日思夜想的蔣世隆。

［雁兒落］ 你而今病疾兒都較痊？你而今身體兒全康健？當初喒那堝兒各間别，怎承望這答兒裏重相見！●喒：北京大學本、吴國欽本、王學奇本、徐征本、王季思本改作"咱"。　堝：王季思本改作"窩"。　這答兒裏：答，盧冀野本改作"塔"。鄭騫本、寧希元本、王季思本改作"搭"。裏，王學奇本奪。●雁兒落：曲牌名，小令兼用，本曲帶［得勝令］或［清江引］［碧玉簫］合爲帶過曲。句式爲五五五五，共四句。四句宜用兩對，亦入［商調］。曲譜爲：(平仄)平(平仄)仄平/上[韵]，(平仄)仄平平去[韵]。(平仄)平(平仄)仄平/上[韵]，(平仄)仄平平去[韵]。依曲譜，此曲襯字爲：你而今、兒、你而今、

兒、當初喒、兒、怎承望、兒裏；韵脚字爲：痊、健、見。第三句出韵。　而今：如今。　較痊：亦作“痊較”。痊愈。《董解元西厢記》卷五［中吕調·碧牡丹］：“小詩便是得效藥，讀罷頓然痊較。”　喒：咱們。　那埚兒：那塊兒、那裏。此指旅店。脉望館息機子本武漢臣《生金閣》第二折［鬼三臺］：“你道他昨來個那埚兒裏殺壞了范杞梁，今日個這埚兒裏没亂殺這女孟姜。”　間别：離别。《董解元西厢記》卷八［黄鐘宫·啄木兒第二］：“兩口兒合是成間别，天教受此恓惶苦。”　承望：想望，希望。　這答兒裏：這裏。元刊本尚仲賢《氣英布》第二折［烏夜啼］：“敢交你這漢隨何這答兒裏償了俺那天臣命！”⊙此曲寫王瑞蘭關切地詢問蔣世隆現在病都好了没，身體康復了没，當初彼此分别，怎能想到在這裏相見。她既驚奇又欣喜。

［水仙子］今日這**半邊鸞鏡得團圓，**早則那**一紙魚封不更傳。**（末云了）你説這話！（做意了）須是俺狠毒爺**强匹配我成因眷，**不刺，可是誰**央及**你個**蔣狀元，一投得官**也**接**了**絲鞭？**我常把**伊思念，**你**不**將人**挂戀！**虧心的**上有青天！**（末云了）（做分辨科）●末云了：馬欣來本、藍立蓂本從原本。徐沁君本、王學奇本作“正末云了”。　你説這話：鄭騫本上補“（云）”，徐沁君本、王學奇本、徐征本、王季思本上補“（正旦云）”。　做意了：馬欣來本、藍立蓂本從原本。徐征本下補“唱”。　因眷：因，盧冀野本、吴曉鈴本、隋樹森本、北京大學本、徐沁君本、寧希元本、吴國欽本、王學奇本改作“姻”。鄭騫本、王季思本改作“婚”。　不刺：盧冀野本、隋樹森本、馬欣來本、徐征本作大字，誤白爲曲，從藍立蓂本改。蔣狀元：王季思本“元”字下未點斷。　思念：念，盧冀野本誤作“着”。　末：徐沁君本、王學奇本上補一“正”字。　做分辨科：馬欣來本、藍立蓂本從原本。徐沁君本、王學奇本、徐征本、王季思本上補“正旦”二字，下補“（唱）”。　辨：徐沁君本、寧希元本改作“辯”。●水仙子：曲牌名，小令兼用，又名［凌波仙］［凌波曲］［湘妃怨］［馮夷曲］，亦入［中吕］［南吕］。首二句宜對，六、七句可作五字，宜對；亦可作兩個四字句，與末句相配。南曲略同。句式爲七七七五七三三四，共八句。曲譜爲：㊖平㊖仄仄平平韵，㊖仄平平平㊏平韵。㊖平㊖仄平平去韵，平平平㊏平/上

韵，仄平平、㊥仄平平韵。平平去，㊥仄平韵，㊥仄平平韵。依曲譜，此曲襯字爲：今日這、早則那、須是俺狠毒爺、可是誰、你個、也、了、我常把、你、將人、虧心的；韵脚字爲：圓、傳、眷、元、鞭、念、戀、天。 半邊鸞鏡得團圓：用南朝陳樂昌公主破鏡重圓事。陳太子舍人徐德言與妻樂昌公主分離，破一鏡，各執其半，後來夫妻相會。事見孟棨《本事詩·情感第一》。鸞鏡，飾有鸞鳥圖案的鏡子。《才調集》卷五秦韜玉《咏手》："鸞鏡巧梳匀翠黛，畫樓閑望擘珠簾。" 早則那：早則是，早就是。 魚封：即魚書，書信。 更傳：再傳。 須是：是。"須"無義，置于詞頭起强調作用。紀君祥《趙氏孤兒》第一折［賺煞尾］："你你你要殷勤，照覷晨昏，他須是趙氏門中一命根。" 因眷：姻眷。 不剌：語氣詞。處于句中起轉折語氣的作用。元曲常用語。 央及：求到。 一投：及至。 絲鞭：古時招親，女方贈給男方絲鞭，作爲一種締結姻親的儀式。男方接受，以示同意。指答應了婚事。《張協狀元》戲文第二十七齣："料想君家多是不曾取，君且接取絲鞭又妨甚底！" 伊：指蔣世隆。 挂戀：罣念、眷戀。 虧心：使良心感到虧欠。 分辨：即分辯。王安石《臨川先生文集》卷七十三《答司馬諫議書》："故略上報，不得一一自辯。"⊙此曲寫王瑞蘭與蔣世隆相見後，指責他爲何不寫信問候，斥責父親狠毒，而又埋怨蔣世隆答應了父親指定的婚事，説自己牽挂蔣世隆，而蔣世隆却没有惦記她，這種昧良心的事會受老天懲罰的。而蔣世隆也反問她爲何答應另一門婚事，王瑞蘭做了極力的辯護。

［**胡十八**］我便渾身上都是口，待交我怎分辨？枉了我情脉脉，恨綿綿，我晝忘飲饌夜無眠。則兀那瑞蓮，便是證見，怕你不信後，没人處問一遍。（末云了）兀的不是您妹子瑞蓮那！（末共小旦打認了）（告孤科）（末云了）（老夫人云了）（老孤云了）你試問您那兄弟去，我勸和您姊妹去。（正末云了）（小旦云了）妹子，我和您哥哥廝認得了也！你却召取兀那武舉狀元呵，如何？（小旦云了）你便信我子末那！（小旦云了）●後：吴曉鈴本校記云："疑當作'呵'字。"徐沁君本校記按云："《語辭匯釋》卷三'後'字條：'後'，猶'呵'或'啊'也。" 末云了：馬欣來本、藍立蓂本從原本。徐沁君本、王學奇本作"正末云了"。 兀的不是

您那妹子瑞蓮那：馬欣來本、藍立蓂本從原本。鄭騫本上補“（云）”，徐沁君本、王學奇本、徐征本、王季思本上補“（正旦云）”。您，盧冀野本改作“你”。　末共小旦打認了：馬欣來本、藍立蓂本從原本。徐沁君本、王學奇本上補“正旦”二字。　告孤科：馬欣來本、藍立蓂本從原本。徐沁君本、王學奇本、徐征本上補“正旦”二字。　你試問您那兄弟去：馬欣來本、藍立蓂本從原本。鄭騫本上補“（云）”，徐沁君本、王學奇本、徐征本、王季思本上補“（正旦云）”。您，盧冀野本改作“你”。去，原作“丟”。從各本改。

妹子：馬欣來本、藍立蓂本從原本。鄭騫本上補“（云）”，徐沁君本、王學奇本、徐征本、王季思本補“（正旦云）”。　我和您：您，盧冀野本、徐沁君本改作“你”。　召取：召，除盧冀野本、吴曉鈴本、隋樹森本、徐征本、藍立蓂本外，各本改作“招”。　你便信我子末那：馬欣來本、藍立蓂本從原本。鄭騫本上補“（云）”，徐沁君本、王學奇本、徐征本、王季思本補“（正旦云）”。隋樹森本“子末”改作“怎麽”，王季思本改作“則麽”。　小旦云了：馬欣來本、藍立蓂本從原本。徐沁君本、王學奇本、徐征本、王季思本下補“（正旦唱）”。●胡十八：曲牌名，小令兼用。句式爲三三三三七二二三三，共九句。末兩個三字句，多增爲五字句或六字折腰句。曲譜爲：(平仄)(去)平，仄平去[韵]，(平仄)仄(平仄)，仄平平，(平仄)平(平仄)仄仄平平[韵]。仄(平仄)[韵]，仄(平仄)[韵]，(平仄)(去)平，仄平去[韵]。依曲譜，此曲襯字爲：我便渾、上都、待交我、枉了我、我、則兀那、便是、怕你、没人處；韵脚字爲：辨、綿、眠、蓮、見、遍。　交：教，讓。　枉：白費。　飲饌：飲食。　則兀：句首語氣詞。　後：猶“啊”。此用法甚罕見。參見《詩詞曲語辭匯釋》卷三“後”條。徐征本認爲是“候”的同音借字，本爲“時”“時候”義，這裏用于假設句的末尾，詞義虚化，衹起加强假設語氣的作用。《董解元西厢記》卷一：“説謊後，小人圖甚麽？”　兀的：指示代詞，亦作兀底、兀得。猶云“這”。元曲常用語。　共：同。　打認：相認。　孤、老孤：都指王鎮。　兀那：那。　子末那：亦作則麽、作麽。做什麽。⊙此曲寫王瑞蘭面對蔣世隆的誤會而提出的辯解，這辯解有委屈、有抱怨、有抗争。她讓蔣世隆認蔣瑞蓮，這纔真相大白。王鎮也承認了這種因誤會造成的亂配鴛鴦譜的冤案。而王瑞蘭也讓蔣瑞蓮和她哥哥相認，并招贅陀滿興福。至此，以往的誤會纔全部消除，在場的人纔都明白其中的緣故。

［挂玉鈎］二百口家屬語笑喧，如此般深宅院，休信我一時間在口言，便那裏有冤魂現？（小旦云了）我特故里説的别，包彈遍，不嫌些蹬弩開弓，怎説他袒臂揮拳？●挂玉鈎：鈎，原省寫作“勾”，從各本改。　那裏有：吴國欽本作“那裏”，“有”字奪。　小旦云了：馬欣來本、藍立蓂本從原本。徐沁君本、王學奇本、徐征本下補“（正旦唱）”，王季思本補“（唱）”。●挂玉鈎：曲牌名，又名［挂搭沽］［挂搭鈎］［挂金鈎］，句式爲七五七五三三四四，共八句。首四句作兩排。五、六句及七、八句均宜對。曲譜爲：㊉仄平平㊉仄平/上韵，㊉仄平平㊋韵；㊉仄平平㊉仄平韵，㊉仄平平去韵。仄仄平，平平去韵。㊉仄平平，㊉仄平平韵。依曲譜，此曲襯字爲：口、般、我、間、便、裏、我特故里、不嫌些、怎説他；韵脚字爲：喧、院、言、現、遍、拳。　二百口家屬：指王鎮家是一個大家庭，成員很多。　語笑喧：笑語喧嘩。　一時間：偶爾。《董解元西厢記》卷一［中吕調·香風合纏令］：“一時間見了他，十分地慕想他。”　在口：隨口。　特故：亦作特古、待古、大古，特意、特别的意思。　説的别：説的不一樣。　包彈：指責、批評。包，借作“駁”。《董解元西厢記諸宫調》卷一［仙吕調·賞花時］：“德行文章没包彈，綽有賦名詩價。”徐渭《南詞叙録》：“包拯爲中丞，喜彈劾，故世謂物有可議者曰‘包彈’。”　蹬：踩。　弩：有機械裝置的弓。　袒：裸露。⊙此曲寫王瑞蘭全家在知道他們婚事的來龍去脉後都非常高興，庭院裏洋溢着一片歡聲笑語。王瑞蘭請家里人不要相信自己生氣時説過的對陀滿興福不滿的話，雖然對他有指責批評，但絶對没有貶低、誣衊的意思。這裏是説王瑞蘭在未遂心願的情况下説了一些不滿意陀滿興福的話，這時候有些不好意思。

［喬牌兒］兀的須顯出我那不樂願，量這的有甚難見？每日我緑窗前不整閑針綫，不曾將眉黛展。●不曾：“曾”字原壞闕，從覆元槧本及各本補。●喬牌兒：曲牌名，可作散套首牌，［幺篇］同始調，用者甚少。諸宫調同。句式爲五五七五，共四句。曲譜爲：㊉平平㊋上/平

韵，(平仄)仄仄平去韵。(平仄)平(平仄)仄平平去韵，(平仄)平平去上/平韵。依曲譜，此曲襯字爲：兀的須、我那、這的、每日我緑、曾；韵脚字爲：願、見、綫、展。兀的：即“這”。須：猶“正”。量：估量，估計。眉黛：即“眉”。古時女子以黛色畫眉。白居易《白氏長慶集》卷六十六《喜小樓西新柳抽條》：“須教碧玉羞眉黛，莫與紅桃作面塵。”⊙此曲寫王瑞蘭説自己如果被許配給陀滿興福的話，一定要把不情願表達出來，這没有什麽困難的，因爲在此之前每日坐在窗前即使閑着也不願做針綫，實際上就是很不開心、很鬱悶的表現。

［**夜行船**］須是我心上斜横着這美少年，你可别無甚悶縷愁牽。便坐駟馬高車，管着滿門良賤，但出入唾盂掌扇。●駟馬高車：“高”字原無，“車”字下有一重文符號“々”。馬欣來本作“駟馬車車”。從盧冀野本、隋樹森本、鄭騫本、徐沁君本、王學奇本、王季思本、藍立蓂本改。寧希元本、徐征本、吴國欽本改作“駟馬香車”。管着：管，盧冀野本改作“官”。●夜行船：曲牌名，散套可作首牌，［幺篇］同始調，用否均可。與宋詞異。句式爲七七四四七，共五句。曲譜爲：(平仄)仄平平平(去)平/上韵，(平仄)(平仄)(平仄)、(平仄)仄平平韵。(平仄)仄平平，(平仄)平平(去)，(平仄)(平仄)(平仄)、仄平平去韵。依曲譜，此曲襯字爲：須是、上、着這、無甚、便坐、管着；韵脚字爲：年、牽、賤、扇。須是：正是。斜横：横，擱、放。美少年：指蔣世隆。悶縷愁牽：指因牽挂而愁悶。駟馬高車：四匹馬拉的車子。指很有地位和名望的人家。滿門良賤：指家裏親眷和僕人們。但：這裏有“而且”的意思。唾盂：痰盂。掌扇：障扇。儀仗所用。《東京夢華録》卷六“十四日駕幸五嶽觀”：“執所從物，如金交椅、唾盂、水罐、果壘、掌扇、纓紼之類。”程大昌《演繁露》卷十五：“今人呼乘輿所用扇爲掌扇，殊無義，蓋障扇之訛也。”⊙此曲寫王瑞蘭毫不掩飾她喜歡蔣世隆，也請蔣瑞蓮放心，她將來肯定出入坐的是駟馬高車，跟着捧痰盂和打障扇的僕人，在家裏管着幾百口人。這實際上是王瑞蘭對包括父親在内的家人放的話。

［**幺**］但行處兩行朱衣列馬前，算個文章士發禄是何年？你想那陋巷顔淵，簞瓢原憲，你又不是不曾受秀才的貧賤！（外

云了）休，休，教他不要則休！㫾没事則管央及他則末？●幺：馬欣來本、藍立蓂本從原本。徐沁君本、寧希元本、王學奇本、徐征本、王季思本作“幺篇”。　算：北京大學本校記云：“‘算（筭）’疑爲‘等’字之誤。”吴國欽本、徐征本、王季思本改作“等”。不從。　簞瓢原憲：瓢，盧冀野本誤作“瓠”。　外云了：徐沁君本、王學奇本作“外末云了”。　“休，休”句：鄭騫本上補“（云）”，徐沁君本、王學奇本、徐征本、王季思本上補“（正旦云）”。馬欣來本、藍立蓂本兩字中間未點斷。　㫾没事則管央及他則末：徐沁君本、王季思本下補“（唱）”。㫾：藍立蓂本從原本。盧冀野本、吴曉鈴本、隋樹森本、徐沁君本、寧希元本改作“喒”。鄭騫本、北京大學本、吴國欽本、王學奇本、馬欣來本、徐征本、王季思本改作“咱”。鄭騫本、王季思本此字斷屬上句。非。事，原作“是”，從隋樹森本、徐沁君本、寧希元本、吴國欽本、王學奇本、徐征本、王季思本、藍立蓂本改。央，原作“殃”，除盧冀野本、隋樹森本、徐沁君本外，各本已改。●幺：即［幺篇］，曲牌名，乃上一支［夜行船］的同調同體，注同上支注。依曲譜，此曲襯字爲：但行處、算個、是、你想那、你又不是、的；韵脚字爲：前、年、淵、憲、賤。但：衹要。　行處：走過的地方。　朱衣：這裏指官員的儀仗、侍從。　算：《爾雅·釋詁下》：“算，數也。”陸德明《經典釋文》：“算，字又作‘筭’。”藍立蓂本釋爲“看來”，有道理。　文章士：能做文章的士子。　發禄：猶“發迹”。禄，俸禄，薪水。　“陋巷顔淵，簞瓢原憲”句：顔淵、原憲，孔子弟子。顔淵貧居陋巷，簞食瓢飲，不改其樂。原憲在孔子卒後亡在草澤，居貧不以爲苦。《論語·雍也》：“子曰：‘賢哉，回也！一簞食，一瓢飲，在陋巷，人不堪其憂，回也不改其樂。賢哉，回也。’”《莊子·讓王》：“原憲居魯，環堵之室，茨以生草，蓬户不完，桑以爲樞，而甕牖二室，褐以爲塞，上漏下濕，匡坐而弦。”二人《史記》皆有傳。這裏用來比喻蔣世隆受窮困未發迹時的狀態。　秀才：這裏指一般的讀書人。　外云了：陀滿興福見王瑞蘭勸解蔣瑞蓮允婚，于是也前來勸説。但瑞蓮還是不答應，王瑞蘭即裝作發脾氣。　“休，休”句：算了，算了。　他：即“她”，指蔣瑞蓮。　没事：無緣無故。《京本通俗小説·碾玉觀音》：“郡王怎知得你兩個在這裏？我没事却説甚麽？”　則管：衹管。元刊本馬致遠《陳摶高卧》第一折［醉中天］：

“這五代史裏胡廝殺不曾住程，休則管埋名隱姓，却交誰救那苦厭厭天下生靈？” 央及：求告。 則末：則麽，罷了。⊙此曲寫王瑞蘭勸蔣瑞蓮嫁給陀滿興福，説即使蔣世隆這樣的書生，也是受過貧賤苦難的。蔣瑞蓮還是不聽，王瑞蘭則裝作生氣的樣子説，你不願意就算了，我也没有必要央求你答應這樁婚事。

[殿前歡] 忒心偏，覷重裀列鼎不直錢，把黄虀淡飯相留戀，要徹老終年。召新郎更揀選，□□忒姻眷，不得可將人怨。可須因緣數定，則這人命關天。（小旦云了）（使命上，封外末了）●不值錢：直，除吴曉鈴本、鄭騫本、藍立蓂本外，各本改作“值”。 召：鄭騫本、徐沁君本、寧希元本、王季思本改作“招”。 忒姻眷：寧希元本上補二空圍，校勘記云：“依律，‘殿前歡’五、六、七各句，須五字作扇面對，故本句應脱二字。”從之。 可將人怨：可，寧希元本作“何”。 可須：可，王學奇本改作“何”。 “使命上，封外末了”句：馬欣來本、藍立蓂本從原本。徐沁君本、王學奇本、徐征本、王季思本下補“（正旦唱）”。●殿前歡：曲牌名，小令兼用，又名［小婦孩兒］［鳳將雛］［鳳引雛］，句式爲三七七四五五五四四，共九句。第六句可作三字。曲譜爲：仄平平[韵]，(平仄)平(平仄)仄仄平平[韵]。(平仄)平(平仄)仄平平去[韵]，(平仄)仄平平[韵]。平平仄仄平[韵]，(平仄)仄平平(去)[韵]，(平仄)仄平平去[韵]。(平仄)平(平仄)仄，(平仄)仄平平[韵]。依曲譜，此曲襯字爲：覷、把、要、更、可、可須、則這；韵脚字爲：偏、錢、戀、年、選、眷、怨、天。 忒：太，特，過于。 覷：看。 重裀列鼎：重裀而卧，列鼎而食。指富貴人家的生活。劉向《説苑·建本》：“纍茵而坐，列鼎而食。”王實甫《破窑記》第一折寇準白：“有一日步青霄折桂蟾宫，跨青鸞釣鰲北海，卧重裀天下名知，食列鼎家門盡改。” 黄虀（jī）：鹹腌菜。《董解元西廂記》卷三［高平調·木蘭花］：“我見舂了幾升陳米，煮下半甕黄虀。” 淡飯：没放調料的素食。 徹老終年：到老，一輩子。徹，猶到。老，死。《劉知遠諸宫調》第二：“據三娘恩愛，盡老永不分離。” 忒：差錯。《宋書·律曆志》：“元和所用，即與古曆相符也，逮至景初，而終無毫忒。” 姻眷：姻緣。《張協狀元》戲文第十五齣：“試看今歲裹，必有個好姻眷。” 可將：再

將。王實甫《破窑記》第二折長老白："小和尚，每日都吃了齋時，可與我聲鐘。"　可須：何須。　因緣：事物之間的必然聯繫。這裏是説命運。　數定：定數。　小旦云了：指蔣瑞蓮終于答應了婚事。　使命：皇帝所派的負有專門使命的官員。這裏指受皇帝派遣前來給陀滿興福加封的官員。無名氏《醉寫赤壁賦》第四折："（使官上，云）小官天朝使命是也，今奉聖人命，上黄州請蘇子瞻還朝，着他依舊還職。"⊙此曲寫王瑞蘭繼續指責父親太心偏，父親看重的富貴人家的生活并不值錢，她最留戀的是互相幫助時走過的苦日子，這能讓人銘記一生。新郎是要選的，但婚配是有差錯的，雖然説是前生注定，但這畢竟是人命關天的事啊！在王瑞蘭的勸説下，蔣瑞蓮終于答應了與陀滿興福的婚事。皇帝派欽差來加封陀滿興福。

［沽美酒］驟將他職位遷，中京內做行院，把虎頭金牌腰內懸，見那金花誥帝宣，没因由得要團圓。●沽美酒：曲牌名，小令兼用，又名［瓊林宴］，本曲作小令須帶［太平令］或［快活年］，合爲帶過曲，聯套須帶［太平令］。句式爲五五七四六，共五句。曲譜爲：平平(平仄)仄平/上[韵]，(平仄)仄仄平(平仄)[韵]，(平仄)(平仄)(平仄)平平去平/上[韵]。平平(去)上/平[韵]，(平仄)(平仄)(平仄)仄平去[韵]。依曲譜，此曲襯字爲：驟、內、把、見那、誥、得；韵脚字爲：遷、院、懸、宣、圓。　驟：突然。　他：指陀滿興福。　遷：晋升。　中京：洛陽。金興定元年（1217）改河南府爲金昌府，建號中京。　行（xíng）院："行樞密"的簡稱。《元史・百官志二》："國初有征伐之事，則置行樞密院。爲一方事而設，則稱某處行樞密院，或與行省代設，事已則罷。"李直夫《虎頭牌》第三折狗兒白："自家狗兒的便是。伏侍着這行院相公，好生的愛我。""行院相公"，即上文"見統征南行樞密院事先鋒都統領勾當"的完顔阿可。　虎頭金牌：皇帝發給官員行使最高權力的信物，符趺爲伏虎形。孟珙《蒙韃備録》："韃人襲金虜之俗，亦置太師、元帥等，所佩金牌，第一等貴官帶兩虎相嚮，曰虎門牌，其次素金牌。"　金花誥帝宣：金花誥，皇帝封贈的詔書。用五色綾羅製成，上有金色花飾，故俗稱金花誥，或五花官誥、五花誥。宇文懋昭《大金國志》卷三十五："五品以上方用誥，誥用五色綾。"古時高官的妻子可以得到御賜封號爲誥命夫人。　宣：皇帝告諭臣下的詔書。

沈括《夢溪筆談》卷一“故事一”：“唐故事，中書舍人職掌詔誥，皆寫四本，一本爲‘底’，一本爲‘宣’。此‘宣’謂行出耳，未以名書也。晚唐樞密使自禁中受旨，出付中書，即謂之‘宣’。中書承受，録之于籍，謂之‘宣底’。” 因由：原因。⊙此曲寫王瑞蘭對蔣瑞蓮説陀滿興福很快會成爲朝廷顯宦，而皇帝也會給蔣瑞蓮賜金花誥，在這樣的背景下，蔣瑞蓮即使不願意也要和陀滿興福舉行婚禮。

[**阿忽令**] 昝却且盡教佯呆着休勸，請夫人更等三年。你既愛青燈黄卷，却不要隨機而變。把你這眼前，厭倦，物件，分付與他别人請佃。（孤云了）（散場）●阿忽令：“阿忽”二字，有校筆改爲“太平”二字。馬欣來本、藍立蓂本從原本。鄭騫本據律改題作“太平令”。寧希元本、吴國欽本、徐征本、王季思本改同。徐沁君本校記按云：“曲譜，本曲實爲[太平令]。元曲聯套慣例，[沽美酒]後例接[太平令]。又關氏《調風月》第四折[沽美酒]後之[阿古令]，亦即[太平令]。意者，本曲蓋來自北方少數民族，‘阿忽’‘阿古’其音，‘太平’其意歟?” 昝：藍立蓂本從原本。盧冀野本、吴曉鈴本、隋樹森本、徐沁君本、寧希元本改作“喒”，鄭騫本、北京大學本、吴國欽本、王學奇本、馬欣來本、徐征本、王季思本改作“咱”。 散場：原本無“題目正名”，盧冀野本于“散場”後補“題目正名”四字及二十八個空圍。●阿忽令：即[太平令]，曲牌名，小令兼用，亦入[正宫]。可代[尾聲]用。句式爲七七七七二二二七。共八句。第五、六、七句爲三個兩字句，文義獨立或連貫均可，謂之短柱體。短柱體偶有增至四句或減爲兩句者。曲譜爲：(平仄)仄(平仄)、(平仄)平平去[韻]，(平仄)(平仄)(平仄)、(平仄)仄平平[韻]，(平仄)(平仄)(平仄)、(平仄)平平去[韻]，(平仄)(平仄)仄、(平仄)平(平仄)去[韻]。仄平/上，仄平/上[韻]，仄平/上[韻]，(平仄)(平仄)(平仄)、(平仄)平平去[韻]。依曲譜，此曲襯字爲：昝却且、把你這、他；韻脚字爲：勸、年、卷、變、倦、件、佃。 昝：咱們。 却且：猶“還是”。《清平山堂話本·洛陽三怪記》：“只見婆子取一個大鷄籠把小員外罩住……潘松用力推不動，用手盡平日氣力也却推不動。”《北夢瑣言》卷一：“或遇堯舜禹湯作禮部侍郎，陛下不免且落第！” 盡教：儘管。 佯呆：假裝痴呆。 夫人：指蔣瑞蓮。 物件：指隨身携帶的東西。 分付：交給。

錢希白《洞微志》："僧便聰于五台將還京師，寺有老僧寄以書，其上題云：'東京城北尋勃賀分付。'"　他：即後面所説的"别人"。　請佃：接受。　孤云了：王鎮吩咐後堂大擺筵席，爲兩對新人完婚賀喜。　散場：指戲演完。⊙此曲寫王瑞蘭對蔣瑞蓮説既然喜歡書生，就請她再等三年，待陀滿興福去圖個功名，不要三心二意，把這眼前的一切都托付給他人。王鎮吩咐家人準備筵會，爲兩對新人舉行婚禮。

新編關目《閨怨佳人拜月亭》終●與篇首題名異，篇首題名作"新刊關目閨怨佳人拜月亭"。盧冀野本、寧希元本作"閨怨佳人拜月亭雜劇終"，鄭騫本作"閨怨佳人拜月亭終"，吴曉鈴本、隋樹森本、北京大學本、吴國欽本、王學奇本、馬欣來本、徐征本、王季思本、藍立蓂本删。閨怨佳人拜月亭，爲繁名，簡名作"拜月亭"。劇名有拜月亭，但整個劇情并未涉及，這種題目和劇情不符的情況在其他元雜劇中也是存在的。●新編：注見《大都新編關張雙赴西蜀夢》劇末注。　關目：這裏是劇目的意思。　閨怨：指閨閣中女子的相思。　佳人：少女。這裏指王瑞蘭。　終：元雜劇演出術語，是結束的意思。

古杭新刊的本關大王單刀會

《古杭新刊的本關大王單刀會》，繁名《關大王單刀會》，簡名《單刀會》。《説集》本《録鬼簿》、孟稱舜本《録鬼簿》、《太和正音譜》、《元曲選目》作“《單刀會》”；天一閣本《録鬼簿》作“題目《魯子敬索荆州》，正名《關大王單刀會》，簡名《單刀會》”；《遠山堂劇品》作“《單刀會》北四折”；曹楝亭本《録鬼簿》《今樂考證》《曲録》作“正名《關大王單刀會》”；《百川書志》作“《關大王單刀赴會記》”；《也是園書目》作“正名《關大王獨赴單刀會》”；劉世珩本《録鬼簿》《寶文堂書目》作“《關大王單刀會》”。版本今存《元刊古今雜劇三十種》本與《脉望館鈔校本古今雜劇》本。校本迄今則有何煌本（1725）、覆元槧本（1914）、盧冀野本（1935）、王季烈本（1941）、吴曉鈴本（1958）、隋樹森本（1959）、鄭騫本（1962）、北京大學本（1976）、徐沁君本（1980）、田中謙二本（1987）、寧希元本（1988）、吴國欽本（1988）、王學奇本（1988）、馬欣來本（1996）、徐征本（1998）、王季思本（1999）、王季思本附録本（1999）、藍立蓂本（2006）。

該劇元刊本説白缺簡，脉望館鈔校本科白完備。劇情梗概是：三國鼎立之初，東吴魯肅嚮孫權作保將荆州借給蜀主劉備，劉備派關羽鎮守。日前魯肅欲嚮關羽索回荆州，遂設計三條，請關羽過江赴宴，再相機行事。東吴重臣喬國老極力反對，認爲赤壁之戰，劉關張兄弟功不可没，漢上九州全給他們也不爲過。今索取荆州，必然引起戰争，使黎民慘遭塗炭；尤其是關羽勇烈威武，當年曹操設計三條，也没能奏效。魯肅設宴請他，衹能是自招禍端（第一折）。魯肅邀請關羽故友司馬徽作陪宴會，勸酒捧場。司馬徽深知關羽禀性暴烈，酒德急躁，必須閉口休提索取荆州事宜，并歷數蜀漢文尊諸葛亮，武尚五虎將，即使精心設計也對關羽難以下手（第二折）。魯肅給關羽送去請柬，邀關羽赴宴。關羽之子關平認爲，魯肅所設宴會潛伏陰謀，還是不去爲好。關羽則認爲，魯肅既邀約，不能失禮，且必親往。關平擔心魯肅足智多謀，父親入他圈套；而江闊流急，一旦發生危險不便接應。關羽胸有成竹地説，那些狐群狗黨算什麽，他會教魯肅安全地送自己回到船上的。關羽毅然帶着周倉單刀赴會（第三折）。關羽帶着隨從，乘着小舟，看着大江東去，水湧山叠，使他聯想到赤壁之戰犧牲的英雄們，感覺到當年鏖戰過的江水如今還散發着熱氣。宴會開始，魯肅正式提出索取荆州，關羽給予義正詞嚴的批駁。他認爲天下屬漢家，劉備繼承漢朝基業衆望所歸；而吴主姓孫，與劉家無任何瓜葛。他一面怒斥埋伏着的刀斧手，不要引火燒身；一面吩咐魯肅好生送自己上船。關羽帶着喜悦的心情，勝利離開了暗藏殺機的虎狼穴（第四折）。此劇成功地塑造了關羽勇武神威的藝術形象，是關漢卿雜劇的代表作之一。此劇爲末本戲，第一折喬國老扮正末，第二折司馬徽扮正末，第三、四折關羽扮正末，全劇魯肅扮外末，孫權扮駕，周倉扮净，還有關羽之子關平。

此劇題材所據史實在陳壽《三國志》卷三十六《蜀書・關張馬黄趙傳》、卷四十七《吴書・吴主傳》、卷五十四《吴書・周瑜魯肅吕蒙傳》以及司馬光《資治通鑑》卷六十七《漢紀》中都有不同篇幅的記載，乃依正史敷演而來。小説《三國志演義》第六十六回“關雲長單刀赴會　伏皇后爲國捐生”亦以此爲題材。同名劇作南戲有《關大王獨赴單刀會》，見《宦門子弟錯立身》戲文第五齣。崑曲有《刀會・訓子》，京劇有《單刀會》(一名《臨江亭》)，川劇有《單刀赴會》，漢劇、徽劇、粵劇、秦腔、同州梆子、豫劇、河北梆子均有此劇劇目。

●古杭才人《宦門子弟錯立身》第五齣［那吒令］：

這一本傳奇，是《周勃太尉》；這一本傳奇，是《崔護覓水》；這一本傳奇，是《秋胡戲妻》；這一本傳奇是《關大王獨赴單刀會》；這一本是《馬踐楊妃》。

第十二齣［鬼三臺］：

做我《朱砂擔浮漚記》《關大王單刀會》。

明朱有燉《劉盼春守志香囊怨》一折［油葫蘆］：

（旦）我做個《關大王獨赴單刀會》。（末）這雜劇也不甚雄壯。

明胡侍《真珠船》卷之四《元曲》：

元曲如《中原音韵》《陽春白雪》《太平樂府》《天機餘錦》等集，《范張鷄黍》《王粲登樓》《三氣張飛》《趙禮讓肥》《單刀會》《敬德不伏老》《蘇子瞻貶黄州》等傳奇，率音調悠圓，氣魄宏壯，後雖有作，鮮與之京矣……所謂“不得其平而鳴焉”者也。

王世貞《曲藻》：

今世所演習者，《北西廂記》出王實甫，《馬丹陽度任風子》出馬致遠，《范張鷄黍》出宫大用，《拜月亭》《單刀會》出關漢卿……

明胡應麟《莊嶽委談》下：

元詞人關漢卿，撰《單刀會》雜劇，雖幻妄，然《魯肅傳》實有“單刀俱會”之文，猶實于明燭也。

《吴志・魯肅傳》……按，今元人所撰《單刀會》雜劇本此。蓋《肅傳》本實録，而司馬氏《通鑑》據《吴書》修輯，以肅與羽會語，諸將疑有變，肅不從而往。而所記羽語殊俚陋，不類雲長。蓋《吴書》乃自尊其國，非實録也。本肅邀羽相見，故羽操刀起，豈得云“肅欲往，疑羽有變”乎？裴松之辯駁最明，獨此注引《吴書》，而略無是正，亦大憒憒。司馬據之，尤爲疏也。

沈德符《顧曲雜言·雜劇院本》：

雜劇如《王粲登樓》《韓信胯下》《關大王單刀會》《趙太祖風雲會》之屬，不特命詞之高秀，而意象悲壯，自足籠蓋一時。

明王穉登《吴社篇》：

凡神所棲舍，具威儀簫鼓雜劇迎之，曰會。優伶伎樂、粉墨綺縞、角抵魚龍之屬，繽紛陸離，靡不畢陳……雜劇則《虎牢關》《曲江池》《楚霸王》《單刀會》《游赤壁》《劉知遠》《水晶宫》《勸農丞》《采桑娘》《三顧草廬》《八仙慶壽》。

明祁彪佳《遠山堂劇品》“雅品”：

《單刀會》北四折，其意致自與常調迥别，此必是元人所作。“大江東”一折，可以正今日歌者之訛。

明祁彪佳《遠山堂曲品》“雜調·荆州”：

關公之傳，有桐柏先生壯調宏詞，真足配銅琵琶鐵綽板。若《大江東》及《義勇辭金》二劇，則具體而微耳。此記不知何調爲南北，又何必問其工拙也。

清錢謙益《重編義勇武安王集》：

元人關漢卿《單刀會》雜劇，盛稱魯肅陳兵設伏，邀侯臨江亭宴會，擒侯以奪荆州。侯單刀往赴，掀髯談笑。肅懾服莫敢出氣，盡撤陸口伏兵，送侯還營。其詞曲發揚蹈厲，觀者咸拊手擊節。綜其實不然。是時子敬與侯相距益陽。侯來爭三郡，軍容甚盛。子敬邀侯會語，諸將皆懼有變，力阻勿往。子敬曰："正欲開譬是非，彼亦何敢重干國命?"乃合諸將軍單刀俱會。往復辯論，遂割湘水爲界，罷軍。是則單刀約會者子敬也，非侯也。子敬力勸孫權以荆州借劉。中分之後，立謀在東西一家，勠力破魏。今之爲傳奇者，但爲侯描畫英雄生面，而于子敬之老謀苦心，則抹殺無餘矣。余故伸而明之，抑亦侯之所默許也。

清顧湄《武安王集·附録》：

今侯塑像畫像，必有周倉持刀侍立，俗呼"周將軍"。關漢卿《單刀會》雜劇亦然。其來舊矣，而莫詳所出。志傳俱無明文，意史氏之書爲失其實耶？豈以羅貫中之《演義》爲足信據耶？識之以俟博考。

清李調元《劇話》卷下：

關漢卿《單刀會》劇，見《三國志·魯肅傳》，有"但諸將軍單刀俱會"之語。

清梅花溪上老人《題曲目新編》後：

昔金壇、王罕皆太史，選時藝以訓士子，謂之八集。八集者何？啓蒙、式法、行機、精詣、參變、大觀、老境、别情之謂也。試以傳奇、雜劇證之：如《佳期》《學堂》，啓蒙也；《規奴》《盤夫》，式法也；《掃秦》《走雨》，參變也；《十面》《單刀》，大觀也；《開眼》《上路》《花婆》，老境也；《番兒》《慘睹》《長亭》，别情也。

清楊恩壽《詞餘叢話》卷二《原文》：

關帝升列中祀，典禮期隆，自不許梨園子弟登場搬演。京師戲館，早已禁革。湖南自涂郎軒督部陳臬時，始行示禁。所謂《單刀會》者，余固習見之也，第二支演帝登舟後，掀髯憑眺，聲情激越，不減東坡酹江月。當場高唱，幾欲烈鐵笛而碎唾壺。[駐馬聽]："依舊的水湧山叠，好一個年少的周郎，恁在何處也？不覺的灰飛烟滅。可憐黄蓋暗傷嗟。破曹檣櫓恰又早一時絶。只這鏖兵江水猶然熱，好教俺心慘切。這是二十年流不盡英雄血。"

清俞樾《茶香室叢鈔》卷十八《雜劇》：

明沈德符《顧曲雜言》云：雜劇如《王粲登樓》《韓信胯下》《關大王單刀會》《趙太祖風雲會》之屬，不獨命詞高秀，而意象悲壯，自足籠蓋一時。他如《千里送京娘》《元夜鬧東京》之屬，則近粗莽；《華光顯聖》《目連入冥》《大聖收魔》之屬，則太妖誕。按此等語，今傳者無多，惟《關王單刀》，尚盛行于世，未知與明代有異同否也。

清王季烈《曲談》：

《單刀會》，元關漢卿撰。其四折之全目，曰"喬國公諫吴帝，司馬徽休官職；魯子敬索荆州，關大王單刀會"。前二折久佚，近由士禮居藏元雜劇中見其曲文，而無賓白；後二折則今所唱之《訓子》《刀會》是也。惟今本中《沽美酒》《太平令》二曲，乃後人改易，非原文也。關，大都人，仕金官太醫院，入元不仕，以曲自娱。所撰雜劇，見于《太和正音譜》者，有六十三種之多，風行一時。楊維楨《元宫詞》云：（略）關卿即指漢卿也。然《伊尹扶湯》雜劇，據《録鬼簿》及《太和正音譜》，皆作鄭德輝撰，意者關氏亦有此本，而《録鬼簿》諸書失載。則關所撰雜劇，更不止六十三種矣。

清王季烈《孤本元明雜劇提要》二《單刀會》：

原標《關大王獨赴單刀會》，明鈔本，元關漢卿撰。此雜劇有士禮居藏元刊本，日本京都大學影印之，上海又將影印付之石印。惟元刊本衹載正末賓白，不載他人賓白，而此本賓白完全；且元刊本第一折爲喬國老諫吴帝，開首載“駕一行上開住，外末上奏住，駕云外末云住”，然後正末扮喬國老上，此則開首衹有冲末扮魯肅上，并無孫權上場。至曲文，則元刊本第一折多［醉扶歸］［後庭花］各一支；第二折多［倘秀才］［滚綉球］［叨叨令］各一支，而無道童所唱［隔尾］一支；第三折多［柳青娘］［道和］各一支；第四折多［風入松］［沽美酒］［太平令］各一支；是二本迥然不同，各有勝處，未能以元刊本之已行于世，而將此本捨之不印也。此本文字，頗多與今日歌場所通行之曲本同，而與元刊本異。如第三折［醉春風］之“到今日享、享”，元刊本作“却多是枉、枉”，第四折［胡十八］之“想古今立勋業，那裏也舜五人漢三傑”，元刊本作“恰一國興早一朝滅，那”下闕約七八字是也。此劇後二折，即今之“訓子”“刀會”，盛行歌場，前二折則久已失傳。就曲文論之，第四折之［新水令］［駐馬聽］二支，感慨蒼凉，洵爲絶唱，而“是二十年流不盡的英雄血”一句，尤爲神來之筆，宜其盛行于世，已六七百年之久也。是本原有雍正間無名氏校筆，所據者，即係元刊本，兹因元刊本坊間翻印本甚多，而是本則爲世所未見，故將校筆删除，以存廬山真面。

董康等《曲海總目提要》卷四十二《小江東》（一名《補天記》）：

刊本云小齋主人作，不著姓名。其自序云，見舊有《單刀赴會》一劇，首句辭曰“大江東巨浪千叠”，蓋言東水之大，今改爲小者，乃以當日孫權君臣，局量狹隘，志氣藐小也。又言孫氏據江東數十年，皆魯肅善謀，視孫劉爲一家之力。議者不察，以爲各立門户，惟荆州是圖。遂將臨江一會，演出關夫子披堅執鋭，詭備百端，拳臂自雄，效鄙夫之排擊。故作此劇，以翻《單刀會》之案。其又名《補天記》者，言伏后以曹操之惡，訴于女媧氏。女媧使睹操受地獄之苦，以彰果報，女媧煉石補天，故曰《補天記》也。其情節多係揑造。《綱目》：建安十九年十一月，魏公操弒皇后伏氏。目云，帝自都許以來，守位而已。左右侍御，莫非曹氏之人。議郎趙彦嘗爲帝陳言時策，操惡而殺之。操後以事入見殿中，帝不任其懼，因曰：“君若能相輔則厚，不爾，幸垂恩相捨。”操失色，俯仰求出。舊儀，三公引兵朝見，令虎賁執刀挾之。操出，汗流浹背，自是不復朝請。董承女爲貴人，操誅承，求貴人殺之。帝以貴人有姙爲請，不得。伏后懼，與父完書，令密圖之。事泄，操使郗慮持節，策收皇后璽綬，以尚書令華歆爲之副，勒兵入宫收后，后閉户藏壁中，歆壞户發壁，就牽后出。時帝在外殿，后被髮徒跣而泣，過訣曰：“不能復相活耶！”帝曰：“我亦不知命在何時！”顧謂慮曰：“郗公，天下寧有是耶？”遂將后下暴室，以幽死，兄弟及宗族死者百餘人。按劉備、關羽、張飛、魯肅及甘寧、吕蒙事迹，互見《赤壁》《四郡》諸記考略中，不復多引。

劇云，劉先主入蜀，留軍師諸葛亮及前將軍關羽鎮守荆州。先主入涪，命龐統分路取雒城。統軍失利，中弩死。先主退保涪，使關平以書迎亮來援。時曹操專恣，獻帝、伏后不能堪，以密詔授宦監穆順，命后父伏完，結劉備討操。華歆知之，以告操。操至宫門搜得詔，殺順害后而收完族誅之。伏后靈不散，飛至天闕。入一殿宇，甚巍焕，則補闕元君女媧氏所居也。后訴其冤于女媧，求爲報仇，女媧慰留之。而后欲使獻帝知其身後情狀，女媧因遣侍女同后至江東，托周倉身達之關羽，使聞于先主，而并囑其奮勇勤王。先是亮得先主書，以兵往援。而留羽獨鎮荊州。吴人甘寧、吕蒙欲謀害羽，魯肅不從，以書約會于臨江亭。羽單舸往，甘、吕伏兵江上，欲邀截。肅陰令人輟兩人兵，終不得害。周倉督糧回聞之，急渡江，風起舟覆。羽適宴罷回，救而視之，乃倉也。方以其不奉命而擅渡，欲斬之，倉不省人事，俄作女人聲，言我伏后也，以被曹操所害，及在天庭事告羽，囑與備、亮同報仇。羽謹受命，倉醒而免其罪。甘寧、吕蒙怨魯肅之脱羽也，借巡江名，欲相機圖羽。月夜與伏后陰靈相遇，以風簸其舟至江北岸，爲周倉所擒。羽聞之，令釋去，寧、蒙乃俱愧伏。魯肅以吴君臣，皆欲附操而仇蜀，憤甚，嘔血死。伏后茹怨不已。女媧氏使侍女引后入意中天，開天隙，使視果報。初見操逆狀，已乃見其銅雀分香。及入地獄，吞鐵丸受鞭扑狀，后乃大快。穆順魂無所歸，上帝憫其忠，封爲酆都神。女媧復令夢神攝獻帝、先主，及諸葛亮、關羽、張飛、趙云、周倉諸人至，與后見，囑以復仇。乃謂后曰："汝知前世之事乎？獻帝即高祖，后即吕后，操乃韓信也。"後先主王蜀，關羽一敗曹仁，再擒于禁，水淹七軍，斬龐德。孫、曹皆震恐。敕賜大旗一面，上書"威鎮華夏"四字，樹之軍中。

羽乃設祭遥叩東京，奠伏后以報命云。

按小説中有言曹操、劉備、孫權，是韓信、彭越、黥布轉世者，總屬荒唐，劇後暗取其説。

王國維《元刊雜劇三十種序録》“古杭新刊的本關大王單刀會”：

元關漢卿撰，《録鬼簿》《正音譜》《錢目》并著録。錢作“關大王獨赴單刀會”。

吴梅《霜崖曲話》卷二：

《單刀會》今尚存《訓子》《刀會》兩折，詞不佳。

鄭振鐸《插圖本中國文學史》第四十六章《雜劇的鼎盛》：

《關大王單刀會》一劇，其中的第三折、第四折，即俗名爲《訓子》《刀會》者，至今仍還在劇場上演奏着，雖然演者、聽者，都已不知其爲漢卿之作。當關大王持着單刀，乘着江舶，而遠入東吴的危地時，他的壯志雄心，大無畏的精神，至今還使我們始而栗然，終而奮然的。“［新水令］大江東去，浪千叠，趁西風，駕着那小舟一葉。纔離了九重龍鳳闕，早來探千丈虎狼穴。大丈夫心烈，大丈夫心烈！覷着那單刀會，賽村社。［駐馬聽］依舊的水湧山叠，依舊的水湧山叠，好一個年少的周郎，憑在何處，不覺的灰飛烟滅。可憐黄蓋暗傷嗟，破曹檣櫓，恰又早一時絶。只這鏖兵江水猶然熱，好教俺心慘切。這是二十年流不盡英雄血。”這比着讀蘇軾有名的“大江東去”的《念奴嬌》還雄壯得多。軾詞衹是虚寫，衹是吊古，衹是浩嘆，而這劇却是偉大的英雄，在對景叙説着自己的雄心，却又不免爲浩莽無涯的江天及往事所感動，于壯烈中帶着慘切[①]。

●原本總題爲“古杭新刊的本關大王單刀會”，徐沁君本、徐征附録本從，王季思附録本亦從，但作小字注“元刊本”。脉望館鈔校本作“單刀會”，書口標目“關大王獨赴單刀會”，總題下題“元關漢卿”。吴曉鈴本從作“單刀會”。盧冀野本、鄭騫本、寧希元本、馬欣來本、藍立蓂本作“關大王單刀會”，寧希元本并下增“雜劇”二字。王季烈本、隋樹森本、北京大學本、吴國欽本、王學奇本、徐征本、王季思本總題作“關大王獨赴單刀會”，隋樹森本并下增“雜劇”二字。今依王國維《元刊雜劇三十種序録》總題，題名作“古杭新刊的本關大王單刀會”，將按語首句“元關漢卿撰”作“關漢卿撰”移于總題後；序次亦循王國維《元刊雜劇三十種序録》例作第三篇。●古杭：本名錢塘，漢爲會稽郡，隋始稱杭州。南宋爲臨安府，元時爲杭州路。這裏仍指杭州，冠以“古”字，意在强調刊本所在地的歷史悠久感。　新刊的本：新刊，與舊刊相對，是説此劇是在舊刊基礎上的一次新的刻印，至于有何不同，因舊刊散佚，則無從考知，但從中透露出元劇刻印不止一次的信息。　的（dì）本：戲曲術語，有定本的意思，指劇本情節、文字校勘都經過專家審訂。的，原義爲靶心，引申爲目標，標準。　關大王：即關羽，這是民間對關羽的一種敬稱。關羽，字雲長，河東解人。初封漢壽亭侯。劉備爲漢中

① 除了這些已引評論，還可參考李安宅《〈單刀會〉的人生觀》，《天津益世報》1933年12月4日；陳墨香《〈關大王單刀赴會〉札記》，《劇學月刊》1943年第1期；李健吾《關漢卿〈單刀會〉的前二折》，《人民日報》1957年2月5日；劉知漸《讀〈單刀會〉札記》，《戲劇論叢》1958年第2期；寧宗一《論關漢卿的雜劇〈關大王獨赴單刀會〉》，《天津社會科學》1982年第5期；蔣星煜《〈單刀會·雙調新水令〉異文辨析》，《山西師大學報》1989年第1期；王安祈《論〈單刀會〉與祀神活動之關係》，《戲劇藝術》1993年第3期；陳建森《走下神壇的“關大王”——從〈單刀會〉看關漢卿歷史劇的創作意識》，《中山大學研究生學刊》1998年第3期；石尚彬《自出機杼 獨領風騷——評關漢卿〈單刀會〉，《黔南民族師範學院學報》2001年第5期；李占鵬《論關漢卿的歷史劇〈單刀會〉》，《甘肅聯合大學學報》2005年第4期；王艷平《試論關漢卿雜劇〈單刀會〉對士人多重心理的探掘》，《寧波廣播電視大學學報》2010年第5期；齊心苑《論關漢卿歷史劇所藴含的歷史意識——以〈單刀會〉爲例》，《聊城大學學報》2016年第3期；張爲《從〈單刀會〉看關漢卿歷史劇創作的基本特點》，《戲劇之家》2018年第1期等論文。

王，拜羽爲前將軍，假節鉞，督荆州事。後遭吴將吕蒙襲擊，被殺。追謚壯繆侯。《三國志》有傳。宋元時曾加封爲義勇武安王。　單刀會：指三國時蜀將關羽匹馬單刀，過長江赴魯肅宴會，捍衛蜀漢對荆州的主權事。《三國志·吴書·魯肅傳》對此事有簡約記載。此對《三國志演義》第六十六回"關雲長單刀赴會"情節有影響。

第一折

●原本分折未標出，從盧冀野本、鄭騫本、徐沁君本、寧希元本、馬欣來本、徐征附録本、王季思附録本、藍立蓂本校增。下同，不另出校。脉望館鈔校本亦未標折，王季烈本、吴曉鈴本、隋樹森本、北京大學本、吴國欽本、王學奇本、徐征本、王季思本已校增。下同，不另出校。

（駕一行上，開住）（外末上，奏住，云）（駕云）（外末云住）（正末扮喬國老上住）（外末云）（尋思云）今日三分已定，恐引干戈，又交生靈受苦。您衆宰相每也合諫天子咱！（過去見禮數了）（駕云）（云）陛下萬歲！萬歲！據微臣愚見，那荆州不可取！（駕又云）（云）不可取！不可取！●“外末上，奏住，云”句：徐沁君本、寧希元本、馬欣來本、徐征本、王季思附録本作“外末上，奏住”。　正末扮喬國老上住：寧希元本、徐征本作“正末扮喬國老上，開住”。馬欣來本、王季思附録本作“正末扮喬國老上，住”。　尋思云：徐沁君本、馬欣來本、徐征本作“正末尋思云”，王季思附録本作“外末尋思云”。　又交生靈受苦：盧冀野本作“又教生靈受苦”。　“陛下萬歲”上一“云”“不可取”上一“云”：徐沁君本、馬欣來本、徐征本、王季思附録本均作“正末云”。　“不可取！不可取”句：取，原作“去”，據上文改。徐沁君本校記亦疑當作“取”字，并于其下補“（唱）”。徐征本、馬欣來本、王季思附録本同原本，但補“（唱）”。此段脉望館本全異，作“（冲末魯肅上，云）三尺龍泉萬卷書，皇天生我意何如？山東宰相山西將，彼丈夫兮我丈夫。小官姓魯，名肅，字子敬，見在吴王麾下爲中大夫之職。想當日俺主公孫仲謀占了江東，魏王曹操占了中原，蜀王劉備占了西川。有我荆州，乃四衝用武之地，保守無虞，分天下爲鼎足之形。想當日周瑜死于江陵，小官爲保，勸主公以荆州借與劉備，共拒曹操。主公又以妹妻劉備。不料此人外親内疏，挾詐而取益州，遂并漢中，有霸業興隆之志。我今欲取索荆州，料關公在那裹鎮守，必不肯還我。今差守將黄文，先設下三計，啓過主公，説：關公韜略過人，有兼并之心，且居國之上游，不如取索荆州。今據長江形勢，第一計：趁今日孫劉結親，已爲唇齒，就江下排宴設樂，修一書以賀近退曹兵，玄德稱主于漢中，贊其功美，邀請關公江下赴會爲慶，此人必無所疑；若渡江赴宴，就于飲酒席中間，以禮取索荆州。如還，此爲萬全之計；倘若不還，第二計，將江上應有戰船，盡行拘收，不放關公渡江回去。淹留日久，自知中計，默然有悔，誠心獻還；更不與呵，第三計：壁衣内暗藏甲士，酒酣之際，擊金鐘爲號，伏兵盡舉，擒住關公，囚于江下。此人是劉備股肱之臣，若將荆州復還江東，則放關公還益州；如其不然，主將既失，孤兵必亂，乘勢大舉，覷荆州一鼓而下，有何難哉！雖則三計已定，先交黄文請的喬公來商議則個。（正末喬公上，云）老夫喬公是也。想三分鼎足以定：曹操占了中原，孫仲謀占了江東，劉玄德占了西蜀。想玄德未濟時，曾向俺東吴家借荆州爲本，至今未還。魯子敬常有索取之心，沉疑未發。今日令人來請老夫，不知有甚事，須索走一遭去。我想漢家天下，誰想變亂到此也呵！（唱)”。●駕：原指把車套在馬身上。引申爲車乘。又因皇帝出行必乘豪華車子以顯威儀，故用以指帝王。元雜劇用來指扮演皇帝的角色，也是角色名，如末、旦之類。《舊唐書・王希夷傳》：“及玄宗東巡，敕州縣以禮徵召，至駕前，年已九十六。”這裏指吴主孫權。　一行：指隨從。　開住：即開場完成。開，開場。住，止住。孫楷第《述也是園舊藏古今雜劇》下篇云：“開者，脚色初上場時開端之語也……凡開或指念，或指白。其指念者下文爲詩……其指白者，下文爲通姓名述本末之語。”乃元刊雜劇常用語。　外末：角色名，指正末之外的角色，乃正末之配角。此處指魯肅。　奏住：奏報完成。　喬國老：即橋公。《三國志・吴書・周瑜傳》：“時得橋公兩女，皆國色也，策自納大橋，瑜納小橋。”　三分以定：指三國鼎立。　恐：若。《西厢記》第一本第四折潔白：“先生拈香，恐夫人問呵，則説是老僧的親。”　干戈：古代武器。這裏指戰爭。　交：通“教”。元雜劇一般將“教”作“交”。教，使。　生靈：生民，老百姓。　宰相：丞相。　每：們。　合諫：應該進諫。　咱：句末語氣詞，類似于“啊”“呐”。　見禮數：見禮。　陛下：古代對皇帝的敬稱。微臣：小臣。　愚見：見識的謙詞。⊙此段寫吴國魯肅請來喬公，兩人一起嚮吴主孫權商議索取荆州事，喬公力主不取荆州。

［仙吕·點絳唇］咱本是漢國臣僚，欺負他漢君軟弱，興心鬧。當日五處槍刀，并了董卓，誅了袁紹。●仙吕：元刊本缺，藍立蓂本從，脉望館鈔校本已補。據脉望館鈔校本、鄭騫本、徐沁君本、寧希元本、馬欣來本、徐征本、王季思附録本補。　咱：脉望館鈔校本作“俺”。　是：王玉章本改作“蚤”，非。盧冀野本作“是”，不誤。徐沁君本校記按云：“元刊本‘是’字多有作‘𠃨’或‘𠃨’者，因誤讀作‘蚤’。”　欺負他漢君軟弱：脉望館鈔校本無“欺負他”，君作“皇”。　當日五處槍刀：當日，脉望館鈔校本作“惹起那”，槍作“兵”。　并了、誅了：脉望館鈔校本、徐征本俱作“并”“誅”。　袁紹：元刊本作“袁詔”。脉望館鈔校本徑作“紹”。從脉望館鈔校本、覆元槧本、盧冀野本、鄭騫本、徐沁君本、寧希元本、馬欣來本、徐征本、王季思附録本、藍立蓂本改。●仙吕：宫調名，注見《大都新編關張雙赴西蜀夢》第一折同宫調名注。此套押蕭豪韵。　點絳唇：曲牌名，注見《大都新編關張雙赴西蜀夢》第一折同曲牌名注。依曲譜，此曲襯字爲：咱本是、欺負他、當日、了、了。第五、六句當爲一句，但又衍一字，或因爲表達需要而增一句。韵脚字爲：僚、弱、鬧、刀、紹。“弱”字今讀不屬蕭豪韵，但此字在元代屬入聲作去聲的蕭豪韵。　漢國：指漢朝。臣僚：指大臣一類的高官。　漢君：漢朝皇帝。這裏指漢獻帝。　興心：有意，故意。元刊本紀君祥《趙氏孤兒》第一折［天下樂］：“他興心使歹心，道賢臣是反臣，朦朧向君王行胡奏準。”　鬧：指發動戰争。　五處：指在東漢末年鎮壓黄巾起義的過程中崛起的董卓、袁紹、孫權、劉備、曹操五個勢力較强的軍閥。　槍刀：指戰争。　并：吞并。　董卓（？—192）：字仲穎，東漢臨洮人。爲漢末朝廷權貴。被吕布所殺，棄尸于市。《後漢書》《三國志》有傳。　誅：殺戮。　袁紹：字本初。漢末大亂，占據北方一帶，軍勢最盛，後爲曹操所破。《後漢書》有傳。⊙此曲寫喬公述説自己的身世，作爲漢朝臣僚，他們覺得漢朝皇帝昏庸軟弱，纔聯合起來發動戰争，一天就有五個地方動了刀槍，由于勢力很大，就迅速吞并了董卓，誅殺了袁紹。這是説還未三國鼎立之時。

［混江龍］存的孫劉曹操，平分一國作三朝。不付能河清

海晏，雨順風調，兵器改爲農器用，征旗不動酒旗摇。軍罷戰，馬添膘，殺氣散，陣雲消，役將校，作臣僚，脱金甲，着羅袍，帳前旗捲虎潛竿，腰間劍插龍歸鞘。撫治的民安國泰，却又早將老兵喬。（駕云）喒合與它這漢上九州。想當日曹操本來取□□吴，生被那弟兄每當住。（駕末云住）●存的：脉望館鈔校本作“止留下”。吴國欽本、王季思本“止”改作“只”。　不付能：付，王季思附録本改作“甫”。脉望館鈔校本同元刊本，王季思本亦改。　馬添膘：膘，原作“漂”。從何煌本、盧冀野本、徐沁君本、寧希元本、馬欣來本、徐征本、徐征附録本、王季思本、王季思附録本、藍立蓂本改。　消：脉望館鈔校本、徐征本作“高”。吴國欽本、馬欣來本、徐征附録本、王季思本、藍立蓂本據元刊本改。　役將校：校，原作“投”，北京大學本從。脉望館鈔校本、徐征本作“爲將帥”。從覆元槧本、盧冀野本、鄭騫本、徐沁君本、寧希元本、馬欣來本、徐征附録本、王季思附録本、藍立蓂本及吴曉鈴本校記改。　着羅袍：盧冀野本此句下未點斷，誤。　帳前：帳，原作“悵”，從脉望館鈔校本、盧冀野本、鄭騫本、徐沁君本、寧希元本、馬欣來本、徐征本、徐征附録本、王季思本、王季思附録本、藍立蓂本改。脉望館鈔校本上有“則他這”三字。　歸鞘：盧冀野本此句下未點斷，誤。　撫治的民安國泰：脉望館鈔校本作“人强馬壯”，徐征本、王季思本從。　却又早將老兵喬：喬，脉望館鈔校本、盧冀野本、鄭騫本、徐沁君本、寧希元本、馬欣來本、徐征本、徐征附録本、王季思附録本及北京大學本校記改作“驕”，不從，從元刊本、藍立蓂本作“喬”。脉望館鈔校本無“却又早”。徐征本、王季思本從。　“駕云”一段説白：徐沁君本、馬欣來本、徐征附録本、王季思附録本“（駕云）”下補“（正末云）”。徐沁君本校記按云：“‘正末云’三字原無。因此下面的説白就被人認爲是‘駕云’（孫權説）的了。劉知漸《讀〈單刀會〉札記》（載《戲劇論叢》1958年第2輯）説：‘元刊本第一折比明鈔本多一個人物：孫權。孫權嚮魯肅表示：從前曹操兵馬來取東吴時，劉關張弟兄三人曾經擋住曹操兵馬，應該把荆州分給他們。這樣就會使觀衆感到關羽占領荆州是名正言順的，魯肅要想奪取荆州是不應該的。’文章的另一處又强調説：‘戲一開始，孫權、魯肅、喬國老相繼上場。孫權本來應該是急于奪取荆州的（歷史事實也正是如此），但關漢卿筆下的孫權，公然站在蜀漢立場説話，説劉關張曾經擋住過曹操兵馬，有權利占領荆州。’這就‘使觀衆感到正義是屬于關羽的’，魯肅在東吴集團裏‘完全被孤立起來’了。關漢卿筆下的孫權真如劉文所説的這樣嗎？戲一開始，喬國老就針對孫權説‘荆州不可取’，并要求‘衆宰相每合諫天子咱’。孫權是東吴方面的最高决策者，是魯肅謀劃的支持者，是不會‘嚮魯肅表示’反對意見，‘公然站在蜀漢立場説話’的。現在補上‘正末云’，爲喬國老説明‘荆州不可取’的論據，前後就不相矛盾了。”甚是。喒，鄭騫本、馬欣來本、徐征附録本、王季思附録本改作“咱”。它，盧冀野本、鄭騫本、徐沁君本、寧希元本、馬欣來本、徐征附録本、王季思附録本改作“他”。不從。從元刊本、藍立蓂本。取□□吴，□□原爲墨丁，盧冀野本補一“東”字，鄭騫本、徐沁君本、馬欣來本、徐征本附録本、王季思附録本補“咱東”二字，寧希元本補作“俺東”二字。吴曉鈴本校記云：“疑墨丁當作‘喒東’二字。”所疑自是。當住，當，徐沁君本、寧希元本、馬欣來本改作“擋”，徐征附録本、王季思附録本、藍立蓂本從。駕末云住，徐沁君本、馬欣來本、徐征附録本、王季思附録本下補“（正末唱）”三字。此段脉望館鈔校本全異，作“（云）可早來到也。左右報伏去，道喬公來了也。（卒子報云）報的大夫得知：有喬公來到了也。（魯云）道有請。（卒云）老相公有。（末見魯云）大夫今日請老夫來，有何事幹？（魯云）今日請老相公，别無甚事，商量取索荆州之事。（末云）這荆州斷然不可取。想關雲長好生勇猛，你索荆州呵，他弟兄怎肯和你甘罷？（魯云）他弟兄雖多，兵微將寡。（末唱）”。

●混江龍：曲牌名，注見《大都新編關張雙赴西蜀夢》第一折同曲牌注。此曲從第八句算起，共增三字句七句，七字句兩句。依曲譜，此曲襯字爲：存的、不付能、撫治的、却又早；韵脚字爲：操、朝、調、摇、膘、消、校、僚、袍、鞘、喬。　存的：承上文，指在吞并董卓、誅殺了袁紹後，剩下的孫權、劉備、曹操。　平分一國作三朝：指三國鼎立事。　不付能：即“不甫能”。猶方才，好容易。　海晏：海平。晏，平静，安定。　征旗：戰旗。酒旗：酒館外懸挂的標明酒館名稱和招徠客人的旗幟。　罷：停止。　陣雲消：指陣地上因戰鬥形成的硝烟散盡了。　役將校：役使將軍和小校。　作臣僚：指做官。　脱金甲：指脱去作戰用的盔甲。　着羅袍：穿上做官時的官服。　虎潜竿：古代軍旗上畫有龍、虎等形象，旗子捲起，旗上畫的虎即隨旗捲在竿上，故云。　龍歸鞘：龍，指寶劍。司馬光《司馬温公詩話》："惠崇詩有'劍静龍歸匣，旗閑虎繞竿'。"張表臣《珊瑚鈎詩話》卷二："杜詩云：'虎氣必騰上，龍身寧久藏。'《蓄劍》詩也，世傳虎丘常有劍氣，狀如虎延津，劍躍化爲龍也。"鞘，劍套。這裏指戰争平息。　撫治：安撫，治理。《前漢書平話》卷下："權時整治朝綱，等關外十王齊到，選有分洪福，撫治萬民。"兵喬：兵驕。喬即"驕"。《禮記·樂記》："齊音敖辟喬志。"陸德明《經典釋文》："喬，徐音驕。本或作驕。"孔穎達疏："言齊音既敖很辟越，所以使人意志驕逸也。"　喒：咱們。　合與它：應該給劉備。它，即他。　漢上九州：荆州爲古九州之一，這裏指包括荆州在内的整個華夏大地。生：硬是，活活地。　每：們。　云住：指念白完成了。⊙此曲寫三國鼎立後，好不容易結束了東漢末年的戰亂，兵戈停歇，河清海晏，風調雨順，人們都開始安居樂業，衹是將軍變得衰老了，而兵卒也變得驕横了。孫權説按理應該把漢上九州分給劉備，因爲當年曹操侵犯東吴時，劉備弟兄們起到了阻攔的作用。作爲東吴國君，孫權還是很講義氣的。而此曲透露出來的信息是人們多麽渴望和平，反對戰争。

［**油葫蘆**］他兄弟每雖多軍將少，赤緊的把陽夏城先困了。肯分的周瑜和蔣干是布衣交，股肱臣諸葛施韜略，苦肉計黄蓋添糧草。那軍多半向火内燒，三停來水上漂。若不是天交有道伐無道，這其間吴國亦屬曹。●兄弟：寧希元本倒作"弟兄"。軍：寧希元本改作"兵"。脉望館鈔校本作"你道他弟兄雖多兵將少"，下有"（云）大夫，你知道博望燒屯那一事麽？（魯云）小官不知，老相公試説則。（末唱）"。　陽夏城：原作"夏陽城"，從寧希元本、藍立蓂本改。徐沁君本、馬欣來本、徐征本、王季思附録本改作"夏侯惇"。寧希元本校記按云："漢陽、夏口，合稱爲'陽夏'……［油葫蘆］一曲，純叙赤壁之戰一事，與博望燒屯殺敗夏侯惇全然無涉。"甚是。王玉章本注："'夏陽'疑是'陽夏'之誤。"所疑非是。脉望館鈔校本作"赤緊的將夏侯敦先困了"，下有"（云）這

隔江鬥智你知麽?(魯云)隔江鬥智，小官知便知道，不得詳細，老相公試説者。(末唱)”。　肯分的周瑜和蔣干是布衣交：脉望館鈔校本作“則他那周瑜蔣干是布衣交”。蔣，原作“將”，從盧冀野本、鄭騫本、徐沁君本、寧希元本、馬欣來本、徐征本、徐征附録本、王季思本、王季思附録本、藍立蓂本改。　股肱臣諸葛施韜略：脉望館鈔校本上有“那一個”三字。諸葛，原作“諸亮”。馬欣來本從。從徐沁君本、徐征本、徐征附録本、王季思本、王季思附録本改。徐沁君本校記按云：“本折［寄生草］曲‘南陽諸葛’，第三折［十二月］曲‘諸葛在南陽’，均作‘諸葛’；又按：無名氏《博望燒屯》曲白中屢稱‘諸亮’”，甚是。　苦肉計黄蓋添糧草：脉望館鈔校本上有“虧殺那”三字，下有“（云）赤壁鏖兵，那場好厮殺也！(魯云)小官知道。老相公再説一遍則。(末云)燒折弓弩如殘葦，燎盡旗幡似亂柴。半明半暗花腔鼓，横着撲着伏獸牌。帶鞍帶轡燒死馬，有袍有凱死尸骸。哀哉百萬曹軍敗，個個難逃水火灾！(唱)”。　這其間吴國亦屬曹：亦，脉望館鈔校本作“盡”，此句下有“（魯云）曹操英雄智略高，削平僭竊篡劉朝；永安宫裏擒劉備，銅雀宫中鎖二喬。(末)”。●油葫蘆：曲牌名，注見《大都新編關張雙赴西蜀夢》第一折同曲牌注。依曲譜，此曲襯字爲：他、雖、赤緊的把、肯分的、和、是、臣、計、那軍多半向、三停來、若不是、這其間；韵脚字爲：少、了(可不韵)、交、草、燒、漂、道、曹。　他兄弟每：指劉備、關羽、張飛。　多軍：多兵。軍，兵。　赤緊：亦作“吃緊”“尺緊”。當真的、實在的。指形勢非常危險。　陽夏城：指漢陽和夏口。參見寧希元校記按語。困：包圍。　肯分的：猶“恰好”。　周瑜（175－210）：三國廬江舒（廬江縣西）人，字公瑾，吴國將帥。因進軍取蜀，至巴丘病死。精音律。《三國志·吴書》有傳。　蔣干：字子翼。三國曹操帳下幕客。赤壁之戰時因赴東吴盗書，使曹操中計誤殺水軍將領而聞名。　布衣交：平民時訂交。這裏比喻交往深厚。桓寬《鹽鐵論·散不足》：“古者庶民耋老而後衣絲，其餘則麻枲（xǐ）而已，故命曰布衣。”　股肱臣：指帝王左右得力的輔佐大臣。股，大腿。肱，手臂從肩到肘的部分。《尚書·益稷》：“臣作朕股肱耳。”　諸葛：即諸葛亮的簡稱。他是三國時的政治家、軍事家。字孔明，琅邪陽都（今山東沂南）人。　韜略：謀略。　黄蓋：字公覆。三國吴將。赤壁之戰時以苦肉計騙得曹操信任，然後以獻糧草爲名，火攻曹軍，爲大敗曹軍立了大功。此句即指該事。　多半向：多半在。向，在。　三停：即三成，十分之三。有道：這裹指正義的戰争。　無道：這裏指非正義的戰争。　這其間：指赤壁之戰時期。⊙此曲寫劉備處于困境時，由于得到諸葛亮和周瑜赤壁之戰的幫助，使曹軍大敗。這實際上也是天意，如果不是天意，恐怕連吴國也被曹操占領。這裏喬公説的是實情，就是劉備當時不甚强大，赤壁之戰所以勝利，是綜合因素在起作用，而天意也很重要。言下之意是説不要光看劉備目前的實力，不要小覷他。

[天下樂] 銅雀春深鎖二喬！這三朝，恰定交，不争咱一日錯番爲一世錯。你待使霸道，起戰討，欺負關雲長年紀老。（等云了）●銅雀春深鎖二喬：脉望館鈔校本上有“你道是”三字，徐征本、王季思本從。　恰定交：盧冀野本“交”字下未點斷。脉望館鈔校本“交”字作“文”，有校筆改作“交”。各本從。　日錯番爲一世錯：日，元刊本作“月”。脉望館鈔校本改作“日”。鄭騫本、徐沁君本、寧希元本、馬欣來本、徐征本、徐征附録本、王季思本、王季思附録本、藍立蓂本據脉望館鈔校本改。番，藍立蓂本從元刊本。何煌本改作“翻”。徐沁君本、寧希元本、馬欣來本、徐征附録本、王季思附録本改同。徐沁君本校記按云：“此爲當時成語，亦見于楊景賢《西遊記》雜劇第三本第九齣。無名氏《薛苞認母》第二折作：‘一日錯翻騰一世錯。’意同。”番，同“翻”。《張協狀元》戲文第二十九齣：“這些兒福分，早番作憂怨。”番爲，脉望館鈔校本作“便是”。徐征本、王季思本從。王季思本此句下接“……”。脉望館鈔校本下有“（魯云）俺這裏有雄兵百萬，戰將千員，量他到的那裏”。徐征本、王季思本下補“（末唱）”。　你待使霸道：待，盧冀野本下補一空圍。非。脉望館鈔校本作“你則待要行霸道”。徐征本從。王季思本“據下句句例”删“則”字。　戰討：討，原作“計”。從鄭騫本、徐沁君本、寧希元本、馬欣來本、徐征本、徐征附録本、王季思本、王季思附録本、藍立蓂本改。吴曉鈴本校記亦云：“元刊本……‘討’字作‘計’字，誤。”脉望館鈔校本即作“討”。盧冀野本仍作“計”，下補三空圍。非。尚仲賢《三奪槊》第二折［一枝花］：“我往常

雄糾糾的陣面上相持，惡喑喑的沙場上戰討。”脉望館鈔校本“起”字上有“你待要”三字，此句下有“（魯云）我料關雲長年邁，雖勇無能。（末唱）”。徐征本、王季思本從。　欺負：脉望館鈔校本上有“你休”二字。徐征本、王季思本從。　等云了：徐沁君本、徐征附録本、王季思附録本下補“（正末唱）”。徐沁君本校記按云：“‘等’下疑脱‘外末’二字。趙本（脉望館鈔校本）爲‘魯云’，可證。”藍立蓂本校記按云：“元刊雜劇在標注外貼角色‘某云了’的上頭，有時冠上一個‘等’字，這個標識外貼角色科白的‘等’與‘云了’之間的角色名稱，或者不省，或者省去。此處即省去了角色名稱，非脱字。元刊本第一折爲魯肅、孫權和喬國老串演，與脉望館鈔校本之魯肅同喬國老折辯不同，‘等云了’的‘等’字下省去的當不僅僅是‘外末’魯肅。”脉望館鈔校本此三句則作“（云）收西川一事，我説與你聽。（魯云）收西川一事，我不得知，你試説一遍。（末唱）”。徐征本、王季思本從。●天下樂：曲牌名，注見《大都新編關張雙赴西蜀夢》第一折同曲牌注。依曲譜，此曲襯字爲：這、不争咱、爲、你待、欺負關；韵脚字爲：喬、朝、交、錯、道、討、老。按，此韵脚字中的“錯”，在《中原音韵》韵字表裹屬于“蕭豪”韵，在“入聲作上聲”中，故合韵。　銅雀春深鎖二喬：杜牧《赤壁》詩句。銅雀，銅雀臺。建安十五年（210）曹操建于鄴城（今河北臨漳縣邑），以樓頂鑄有大銅雀而得名。這裹是説曹操想在打敗東吴後，把大喬、小喬奪過來安置在銅雀臺裹。　三朝：即魏、蜀、吴三國。《三國志·魏書·武帝紀》：“（建安）十五年……冬，作銅雀臺。”　定交：局勢平定，戰争停歇。臧本鄭德輝《倩女離魂》第一折［後庭花］：“俺氣氳氳喟然聲不定交。”　不争：猶“衹因爲”。　一日錯番爲一世錯：俗語，意謂一時的錯鑄成永久的錯。番，同“翻”，變的意思。　霸道：稱王稱霸之道。　起戰討：發起戰争討伐。等云了：注見上文藍立蓂本校記按語。⊙此曲寫喬公説東漢末年諸侯紛起，曹操差點吞并東吴，現在三國局勢稍平定，借荆州本身就是魯肅一時的錯，可這個錯已很難糾正了。你魯肅要行稱霸之道，發起戰争討回荆州，是不是覺得關羽年老無用了？

［**那吒令**］收西川白帝城，把周瑜送了。漢江邊張翼德，

把尸靈當着。船頭上把魯大夫，險幾乎間唬倒。將西蜀地面争，關將軍聽的又鬧，敢亂下風雹。（外云住）你道關將軍會甚的？●把周瑜送了：脉望館鈔校本“把”字作“將”，“送”上有一“來”字。徐征本、王季思本從。　翼德：原作“習單”。從脉望館鈔校本、鄭騫本、徐沁君本、寧希元本、馬欣來本、徐征附録本、王季思附録本、藍立蓂本改。　把尸靈當着：當，徐征本、王季思本、藍立蓂本從。徐沁君本、寧希元本、馬欣來本、徐征附録本、王季思附録本作“擋”。把，脉望館鈔校本作“將”。尸靈，脉望館鈔校本作“尸骸”。徐征本、王季思本從。脉望館鈔校本“尸骸”下有一“來”字。　船頭上把魯大夫：脉望館鈔校本作“船頭上魯大夫”。徐征本、王季思本從。　險幾乎間唬倒：脉望館鈔校本作“幾乎間唬倒”。徐征本、王季思本從。　將西蜀地面争：脉望館鈔校本上有“你待”二字，“西蜀”作“荆州”。“面”下有一“來”字。徐征本、王季思本從。　關將軍聽的又鬧：脉望館鈔校本“將軍”作“雲長”，無“又”字。徐征本、王季思本從。　敢亂下風雹：脉望館鈔校本作“他可便亂下風雹”。徐征本、王季思本從。　外云住：徐沁君本作“外末云住”。鄭騫本“你道”上補“（云）”。徐沁君本、馬欣來本、徐征附録本、王季思附録本補“正末云”。　甚的：徐沁君本、馬欣來本、徐征附録本、王季思附録本下補“（唱）”。脉望館鈔校本此段説白則作“（魯云）他便有甚本事？（末唱）”。徐征本、王季思本從。●那吒令：曲牌名，句式爲二四二四二四三三七，共九句。前六句須平分三排，第一、三、五句多作四字句，末句上三字可省。曲譜爲：仄平/上(韻)，(平仄)平仄(平仄)[韻]；仄平/上(韻)，(平仄)平仄(平仄)[韻]；仄平/上(韻)，(平仄)平仄(平仄)[韻]。(平仄)仄(平仄)。平平去[韻]，(平仄)(平仄)(平仄)、(平仄)仄平平[韻]。此曲第一、三、五句皆四字，不是曲譜作兩字，末句上三字亦省。依曲譜，此曲襯字爲：西川、把、邊張、把、上把魯、險、間、將西蜀、關將軍、的、敢；韻脚字爲：了、着、倒、鬧、雹。　收：攻取。《左傳·隱公元年》：“大叔又收貳以爲己邑。”　西川：即四川。　白帝城：在今重慶奉節東白帝山上，東漢初公孫述築城。述自號白帝，故以爲名，并移魚復縣治此。三國時爲蜀漢防吴重鎮。劉備爲吴將陸遜所敗，退居此城，後死于城西之永安宫。　送：打發。可理解爲使之移防、撤離。　漢江：一稱漢水，長江最長支流。上源玉帶河出陝西省寧强縣，東南流，在武漢市入長江。尸靈：尸體，遺體。《西遊記》第五十七回："代先看着師父的尸靈。"參見姜亮夫《敦煌變文字義通釋》第二篇"尸靈"。亦可釋爲裝着尸體的靈柩。當：擋住。魯大夫：魯肅。大夫，周在國君之下有卿、大夫、士三等，各等中又分上、中、下三級，後以大夫爲任官職者之稱。險：險些，差點。唬：嚇住，蒙住。西蜀：猶西川，即四川。風雹：狂風和冰雹。爲偏義複詞，重在"雹"，唯如此，方以"下"作謂語。引申爲關羽亂施威勢，造成禍害。這裏指重大的突發事件。元刊本紀君祥《趙氏孤兒》第三折［水仙子］："老的來没顛倒，便死也死得着，一任你亂下風雹。"外云住：指魯肅做完説話的動作。甚的：怎樣。這句話是喬公説的。⊙此曲寫喬公述説劉備、關羽、張飛的勛績，從叙述中又藴含了對張飛、關羽那種不可揣測的懾人心魄的氣勢的敬畏和推服。

［**鵲踏枝**］它誅文醜騁粗操，刺顔良顯英豪，向百萬軍中，將首級輕梟。那赤壁時相看的是好。今日不比往常，他每怕不口和咱好説話。他每都喜姿姿的笑裏藏刀。●它：藍立蓂本同元刊本。脉望館鈔校本、盧冀野本、鄭騫本、徐沁君本、寧希元本、馬欣來本、徐征本、徐征附録本、王季思本、王季思附録本改作"他"。醜：原作"丑"，藍立蓂本同元刊本。從王學奇本、徐征本、徐征附録本、脉望館鈔校本、盧冀野本、鄭騫本、寧希元本、馬欣來本、王季思本、王季思附録本改。騁：脉望館鈔校本、馬欣來本、徐征本、王季思本作"逞"。粗：盧冀野本改爲"麤"。吴曉鈴本作"鹿操"，校記按云："'鹿操'當是'鹿躁'之誤。"鄭騫本、徐沁君本、馬欣來本、徐征本、王季思本、王季思附録本從脉望館鈔校本改作"粗躁"。寧希元本、徐征附録本作"粗懆"。徐沁君本校記按云："'麤'爲'粗'之繁寫，"操"爲"躁"之形誤。"刺顔良顯英豪：盧冀野本"豪"字下未點斷。向：脉望館鈔校本作"他去那"。將首級輕梟：盧冀野本"梟"字下未點斷。脉望館鈔校本、徐征本、王季思本此句"將"字上有一"他"字，下有一"那"字。脉望館鈔校本"梟"字下有"（魯云）想赤壁之戰，我與爲備有恩來。（末唱）"。赤壁時：脉望館鈔校本作"時間"。

“今日不比往常，他每怕不口和咱好説話”句：鄭騫本、王季思附録本上補“（云）”。徐沁君本、馬欣來本上補“（帶云）”，下補“（唱）”。徐征附録本上補“（帶云）”，“他每怕不口和咱好説話”改作大字唱詞，前後均補“（唱）”。誤。藍立蓂本按云：“‘不口’二字疑有誤，待校。脉望館鈔校本無此夾白。”　他每都喜姿姿的笑裹藏刀：姿姿，寧希元本改作“孜孜”。脉望館鈔校本、徐征本、王季思本作“他可便喜孜孜笑裹藏刀”，下有“（魯云）他若與我荆州，萬事罷論；若不與荆州呵，我將他一鼓而下。（末云）不争你舉兵呵，（唱）”。●鵲踏枝：曲牌名，句式爲三三四四七七，共六句。第五句可變爲四個四字句。曲譜爲：仄平平[韵]，仄平平[韵]，(平仄)仄平平，(平仄)仄平平[韵]。(平仄)(平仄)(平仄)、平平(去)平/上[韵]，(平仄)(平仄)(平仄)、(平仄)仄平平[韵]。依曲譜，此曲襯字爲：它誅文醜、刺顔良、向、將、那、的、他每都、的；韵脚字爲：操、豪、梟、好、刀。　它：即他。指關羽。　文醜：袁紹大將。見《後漢書・袁紹傳》。騁：恣肆、放縱。　粗操：粗魯暴躁。脉望館古名家本闕名氏《鎖魔鏡》第五折［喬牌兒］：“則爲那二郎神性粗躁，他將那寶雕弓拽滿懷中抱，玷玎的把青銅射破了。”躁，即操。操，急迫。《公羊傳・莊公三十年》：“蓋以操之爲已蹙矣。”何休注：“操，迫也。”阮元校記云：“操，古本作躁。”　顔良：袁紹大將。　英豪：英雄豪傑。　向：在。　首級：腦袋。　梟（xiāo）：殺頭示衆，是古代的一種刑罰，這裏泛指斬、殺。　赤壁時：指赤壁之戰時。　相看：彼此都能看到。　是好：指人氣旺盛，狀態良好。　每：們。　不口：不準備動口。　喜姿姿：即喜孜孜。很欣喜的樣子。　笑裹藏刀：指外表謙和而内心狠毒。語本《新唐書・李義府傳》。⊙此曲寫喬公一方面歷数關羽的戰績，一方面也認識到關羽這次赴宴不同往日，表面温和，内心却有打算，言下之意是説切不可粗心大意。

［寄生草］幸然天無禍，是咱這人自招，全不肯施仁發政行王道。你小可如多謀足智雄曹操，豈不知南陽諸葛應難料。你則待千軍萬馬惡相持，全不想生靈百萬遭殘暴。●幸然：鄭騫本、徐沁君本、寧希元本、馬欣來本、徐征本、徐征附録本、王季思本、王季思附録本、藍立蓂本作“幸”。脉望館鈔校本作“幸然是”。　咱：脉望館鈔校

本作“喒”。北京大學本、吴國欽本、王學奇本、馬欣來本、徐征本、徐征附録本、王季思本、王季思附録本、藍立蓂本作“咱”。 施仁發政：脉望館鈔校本、徐征本、王季思本作“施恩布德”，其餘本從原本。 你小可如：脉望館鈔校本、徐征本、王季思本作“怎比那”。 你則待千軍萬馬惡相持，全不想生靈百萬遭殘暴：鄭騫本按律據脉望館鈔校本下補此二句。徐沁君本校記亦按云：“曲譜，本曲末應有七言句二句。”徐沁君本、寧希元本、馬欣來本、徐征本、徐征附録本、王季思本、王季思附録本補同。唯徐沁君本、馬欣來本無“則”字。藍立蓂本無此二句。脉望館鈔校本、徐征本、王季思本“豈不知”作“你須知”，“難料”下有“（魯云）他若不與可，我大勢軍馬，好歹奪了荆州。（末唱）你則待千軍萬馬惡相持，全不想生靈百萬遭殘暴。（魯云）小官不曾與此人相會，老相公，你細説，關公威猛如何？（末云）想關雲長但上陣處，憑着他坐下馬、手中刀、鞍上將，有萬夫不當之勇。（唱）”。●寄生草：曲牌名，小令兼用，亦入［商調］。句式爲三三七七七七七，共七句。首末二句對，中間三句須作鼎足對。首二句多變爲五字句或六字折腰句。此曲句式整齊匀稱。曲譜爲：平平仄，仄仄平[韵]。(平仄)平(平仄)仄平平(去)[韵]，(平仄)平(平仄)仄仄平(去)[韵]，(平仄)平(平仄)仄平平(去)[韵]。(平仄)平(平仄)仄仄平平，(平仄)平(平仄)仄平平去[韵]。依曲譜，此曲襯字爲：幸然、是咱這、全不肯、你小可如、豈不知、你則待、全不想；韵脚字爲：招、道、操、料、暴。 幸然：也作倖然。本來的意思。 咱這人：指魯肅。 施仁發政：施行仁政。發，行。《吕氏春秋·重言》：“齊桓公與管仲謀代莒，謀未發而聞于國。”高誘注：“發，行。” 王道：先王所行之正道，也指儒家的仁義治天下。 小可如：難道如。《馮玉蘭》第三折：“我這裏低頭不語眼偷瞧。呀，小可如昨夜停舟那一遭。莫不是狠賊徒把咱尋見了，直要斷盡根苗。” 雄：傑出。《後漢書·荀彧傳》：“彧聞曹操有雄略。” 應：實。《敦煌曲子詞集》卷上《蘇莫遮》：“弓馬學來陣上騁，似虎入丘山，勇猛應難比。” 惡：激烈地，不可調和地。 生靈：指黎民百姓。 殘暴：指被殺戮或傷害。⊙此曲寫喬公指責魯肅不該跟劉備索要荆州，還數落他不了解曹操和諸葛亮，如果引起戰爭，這不僅是魯肅自己招致的禍端，而且黎民百姓也要遭殃受災。

［金盞兒］上陣處三綹美須飄，將九尺虎軀搖，五百個爪關西簇捧定個活神道。敵軍見了，唬得七魄散，五魂消。你每多披取幾副甲，剩穿取幾層袍。您的呵敢蕩番那千里馬，迎住那三停刀？●須：徐征附録本、藍立蓂本從原本。盧冀野本、鄭騫本、寧希元本、王季思附録本改作“鬚”。鄭騫本校記云：“應從鈔本作‘髯’。”脉望館鈔校本“上陣處”上有一“他”字，下有“赤力力”三字，須作“髯”。馬欣來本、徐征本、王季思本從。　將九尺虎軀：“九”字不清晰。覆元槧本作“七”。盧冀野本、鄭騫本、王季思附録本從。非。吴曉鈴本校記亦誤謂元刊本作“七”。脉望館鈔校本“將九尺”作“雄糾糾一丈”。徐征本、王季思本從。馬欣來本、藍立蓂本作“將九尺虎軀”。吴國欽本“軀”誤作“驅”。徐沁君本校記按云：“《西蜀夢》第三折，謂關羽‘九尺軀陰雲裏惹大’可證。趙本作‘一丈虎軀’，亦不言‘七尺’也。”爪關西：爪，寧希元本改作“慄”，徐征附録本從。馬欣來本、藍立蓂本從原本。脉望館鈔校本“五百個爪關西”作“恰便似六丁神”，“定”下有一“一”字。徐征本、王季思本從。　敵軍見了：脉望館鈔校本上有一“那”字，“軍下”有“若是”二字。徐征本、王季思本從。　得：脉望館鈔校本作“的”，下有一“他”字。徐征本、王季思本從。　五魂消：脉望館鈔校本下有“（云）你若和他厮殺呵，(唱)”。徐征本、王季思本從。　多披取：披，原作“波”。從鄭騫本、徐沁君本、寧希元本、馬欣來本、徐征附録本、王季思附録本、藍立蓂本改。吴曉鈴本校記亦云：“‘波’字當是‘披’字之誤。”脉望館鈔校本“你每多披取同副甲”作“你則索多披上幾副甲”。徐征本、王季思本從。徐沁君本校記按云：“‘多披取’與下句‘剩穿取’意同，剩亦多也。參看《語辭匯釋》卷二‘賸（剩）’條，引本曲已改。”　剩穿取幾層袍：盧冀野本“袍”字下未點斷。寧希元本、王季思本“剩”改作“賸”。脉望館鈔校本“剩穿取”作“賸穿上”。　您：寧希元本、徐征附録本、王季思附録本改作“恁”。　番：藍立蓂本從原本。盧冀野本、鄭騫本、徐沁君本、寧希元本、馬欣來本、徐征附録本、王季思附録本改作“翻”。脉望館鈔校本“您的呵敢蕩番那千里馬”作“便有百萬軍，當不住他不剌剌千里追風騎”。徐征本、王季思本從。　迎

住那三停刀：脉望館鈔校本作“你便有千員將，閃不過明明偃月三停刀”。徐征本、王季思本從。●金盞兒：曲牌名，注見《大都新編關張雙赴西蜀夢》第一折同曲牌注。依曲譜，此曲襯字爲：上陣處三綹、將九尺、五百個爪關西、了、唬得七、五、你每、取、取、您的呵敢、那、那；韵脚字爲：飄、摇、道、消、袍、刀。　上陣處：上陣的地方。指一出現。這裏指關羽。　綹：量詞，緯十縷爲綹，又綸倍爲綹。一綹即一束，常用于絲、髮、綫、鬚等綫狀物。　須：鬚的本字。《説文解字》九上須部：“須，面毛也。”這裏指很長的鬍鬚。鼻子下嘴唇上的稱鬚，下巴上的稱鬍子。　九尺：近似一丈，形容身材十分高大。　虎軀：像老虎一樣的身軀，比喻身材魁梧。　摇：擺動。　爪關西：稱關西大漢。《大都新編關張雙赴西蜀夢》第三折［迎仙客］：“往常爪關西把他圍繞合，今日小校無多，一部從十餘個。”徐州方言猶稱山西人爲“山爪子”。　簇：一團團地擁着。　捧定：指圍繞着。　神道：神。孫穆《鷄林類事》：“神曰神道。”　唬：嚇。　七魄：道教謂人有七魄，各有名目，即尸狗、伏矢、雀陰、吞賊、非毒、除穢、臭肺。見《云笈七籤》卷五十四。　五魂：五神，即五臟神。道教謂五臟各有神主之，即心神、肺神、肝神、腎神、脾神。見《黄庭内景經·心神》。　你每：你們，指魯肅等人。　取：猶“着”。　剩：猶“多”。　您的：恁的，如此。元時“您”“恁”相通，“恁”常借作“您”，“您”也偶用作“恁”。無名氏《隔江鬥智》第一折：“（魯肅做打耳暗科，云）主公，可是您的……”　蕩：衝。《晋書·劉曜載記》：“丈八蛇矛左右盤，十蕩十决無當前。”　番：即翻。　三停刀：鋒刃部分約占刀鋒及刀柄全長的三分之一的一種長柄刀。⊙此曲寫喬公對關羽從長相、身材到威儀、武藝各方面的贊揚，認爲他是一個無人能比的活神道。這是喬公發自肺腑的話。

［醉扶歸］你當初口快將它保，做的個膽大把身包。您待暗暗的埋伏緊緊的邀？你若是請得它來到，若見了那勇列威風相貌，那其間自不敢把荆州要。●［醉扶歸］：脉望館鈔校本無此曲。徐征本、王季思本從。　它：藍立蓂本從原本。何煌本、盧冀野本、鄭騫本、徐沁君本、寧希元本、吴國欽本、馬欣來本、徐征附録本、王季思附録本改

作“他”。　您：何煌本、寧希元本、徐征附録本、王季思附録本改作“你”。　邀：盧冀野本改作“遮”，王玉章本改作“逃”，非。　是：王玉章本、北京大學本改作“蚤”。俱非。　勇列：王玉章本改爲“羅刹”，非。列，藍立蓂本從原本。何煌本、盧冀野本、鄭騫本、徐沁君本、寧希元本、馬欣來本、徐征附録本、王季思附録本改作“烈”。吴曉鈴本校記、北京大學本校記、吴國欽本校記改同。　威風：風，何煌本改作“靈”。誤。　相貌：貌，原作“皃”。王玉章本改“皃”爲“兒”，非是。徐沁君本作“皃”，且作按語云：“‘皃’爲‘貌’字的古寫。”各本皆改作“貌”。●醉扶歸：曲牌名。注見《大都新編關張雙赴西蜀夢》第一折同曲牌注。依曲譜，此曲襯字爲：你當初、做的個、您待、的、的、你若是、若見了那、那其間自、敢；韵脚字爲：保、包、邀、到、貌、要。　它：即他，這裏指關羽。下同。　把身包：指以身擔保。包，即保。　您、你：皆指魯肅。元雜劇中，這兩個字往往同時出現在一支曲子中。　那其間：那時候。　自：自然。⊙此曲寫喬公對魯肅的做法很不贊同，覺得他做的與實際情況有很大差距，而且堅信魯肅最終要不回來荆州。這支曲子被脉望館鈔校本删去了。究其原因，我以爲是本曲確實跟上下曲風格不一致，本曲更直白，更口語化。

［金盞兒］你道三條計决難逃？若是一句話不相饒，那其間使不着武官粗魯文官狡。那漢酒中火性顯英豪，圪塔的腰間揞住寶帶，項上按着剛刀。雖然你岸邊頭藏了戰船，却索與他水面上搭起浮橋。●金盞兒：原本此曲前有：“［金盞兒］你道三條計决難逃，若是一句話不相饒，那其間自不敢把荆州要。”與上下曲文重複，顯係衍文，從何煌本、王玉章本、盧冀野本、鄭騫本、徐沁君本、寧希元本、馬欣來本、徐征附録本、王季思附録本、藍立蓂本删。北京大學本校記、吴國欽本校記謂“係衍文”。脉望館鈔校本此曲前有一段長的念白：“（魯云）老相公不知，我有三條妙計，索取荆州。（末云）是那三條妙計？（魯云）第一計，趁今日孫劉結親，以爲唇齒，就于江下排宴設樂，作書一封，以賀近退曹兵，玄德稱主于漢中，贊其功美，邀請關公下赴會爲慶。此人必無所疑。若渡江赴宴，就于飲酒中間，以禮索取荆州。如還，此爲萬全之計；如不還，第二計：將

江上應有戰船，盡行拘收，不放關公回還。淹留日久，自知中計，默然有悔，誠心獻還；更不與呵，第三條計：壁衣内暗藏甲士，酒酣之際，擊金鐘爲號，伏兵盡舉，擒住關公，囚于江下。此人乃是劉備股肱之臣，若將荆州復江東，則放關公歸益州；如其不然，主將既失，孤兵必亂，領兵大舉，乘機而行，覷荆州一鼓而下，有何難哉！這三條决難逃。（末云）休道是三條計，就是千條計，也近不的他。（唱）。” 若是一句話不相饒：若是，脉望館鈔校本無。饒，原作“繞”。從脉望館鈔校本、盧冀野本、鄭騫本、徐沁君本、寧希元本、馬欣來本、徐征附録本、王季思附録本、藍立蓂本改。 那其間使不着武官粗魯文官狡：脉望館鈔校本無“那其間”，“着”作“的”。徐征本從。王季思本“着”作“得”。“粗魯”原作“鹿卤”，從鄭騫本及吴曉鈴本校記改。盧冀野本改作“麤魯”。藍立蓂本作“麤鹵”。徐沁君本、馬欣來本、徐征附録本、王季思附録本作“粗魯”。寧希元本作“粗卤”。脉望館鈔校本作“粗慥”。徐沁君本校記按云：“卤”當作“鹵”，通“魯”。狡，原作“校”。從鄭騫本、徐沁君本、寧希元本、馬欣來本、徐征附録本、王季思附録本改。吴曉鈴本校記亦云：“‘校’字當是‘狡’字之誤。”脉望館鈔校本即作“狡”，下有“（魯云）關公酒性如何？（末）”。徐征本、王季思本“末”下均補“唱”。 圪塔：覆元槧本“圪”字空缺。盧冀野本從。吴曉鈴本校記、徐沁君本校記誤謂元刊本空“圪”字。從各本作“圪”。 揝：王季思附録本作“抓”。脉望館鈔校本無“腰間”二字，“揝”作“揪”。徐征本、王季思本從。剮刀：剮，藍立蓂本從原本。徐沁君本、寧希元本、馬欣來本、徐征附録本、王季思附録本及吴曉鈴本校記改作“鋼”。脉望館鈔校本“項上按着剮刀”作“没揣的舉起鋼刀”，下有“（魯云）我把岸邊戰船拘了。（末唱）”。徐征本、王季思本從。 “雖然”句：脉望館鈔校本作“你道是岸邊厢拘了戰船”，下有“（云）他若要回去呵，（唱）”。徐征本、王季思本從。 “却索”句：脉望館鈔校本作“你則索水面上搭座浮橋”，下有“（魯云）老相公不必轉轉議論，小官自有妙策神機。乘此機會，荆州不可不取也。（末云）大夫，你這三條計，比當日曹公在灞陵橋上三條計如何？到了出不的關雲長之手。（魯云）小官不知，老相公試説一遍我聽咱。（末唱）”。王季思本從。王季烈本、吴曉鈴本、隋樹森本、徐征本“轉轉”改爲“展轉”。王玉章本、隋樹森本、徐征本“咱”改作“者”。●金盞兒：曲牌名，注見《大都新編關張雙赴西蜀夢》第一折同曲牌注。依曲譜，此曲襯字爲：你道三條計、若是一句話、那其間使不着、那漢、圪塔的、住、着、雖然你、頭、了、却索與他、上、起；韵脚字爲：逃、饒、狡、豪、刀、橋。 你：指魯肅。 决：絶對。 饒：讓，恕，放過。 使不着：用不上，無須。 武官：指建立軍功的武將。 文官：指建立政績的文官。 狡：指工于心計。 那漢：指關羽。 火性：火爆的脾氣。 圪塔：亦作“圪搭”，猶言一下子，形容動作很快。王實甫《西厢記》第二本第三折［得勝令］：“急攘攘因何，圪搭地把雙眉鎖納合。” 揝(zuàn)：抓住，攥住。 剛刀：即“鋼刀”。《劉知遠諸宫調》第十二［般涉調］［墻頭花］：“卓下剛刀，摘了弓箭，脱却袍鎧。” 却索：却必須，不得不。脉望館古名家本馬致遠《青衫泪》第二折［二煞］：“不見他青燈黄卷，却索共漁火對愁眠。”⊙此曲寫喬公對魯肅的勸告和關羽的贊揚，他對這兩個人的性情是非常瞭解的。意思是魯肅不要輕意招惹關羽，如果稍不謹慎，關羽生氣了，後果不堪設想，魯肅衹能自取其辱。這些話不是危言聳聽，在後來的行動中也被驗證了。

［後庭花］您子道關公心見小，您須知曹公心量高。一個主意争天下，一個封金謁故交。上的霸陵橋，曹操便不合神道，把軍兵先暗了。●後庭花：脉望館鈔校本無此曲。徐征本、王季思本從。 您：王季思附録本、藍立蓂本從。盧冀野本、徐沁君本、馬欣來本、徐征附録本及吴國欽本校記改作“你”。 子：馬欣來本、徐征附録本、藍立蓂本從原本。盧冀野本改作“衹”，王季思附録本、吴國欽本校記改作“只”。 關公心見小：“公”字下原作一重文符號“々”。王玉章本、吴曉鈴本、北京大學本、馬欣來本均作“關公公”，不從。從盧冀野本、徐沁君本、寧希元本、徐征附録本、王季思附録本、藍立蓂本及吴國欽本校記改。 心量：量，原作“亮”。從鄭騫本、徐沁君本、寧希元本、馬欣來本、徐征附録本、王季思附録本、立蓂本、吴國欽本校記改。徐沁君本校勘記還舉了三例佐證：關漢卿《非衣夢》第二折白：“我平生心量最公直，堪與國家作柱石。”鄭光祖《王粲登樓》第一折白：“你那裏有江湖心量，衡一片虀鹽心腸。”無名氏《黄鶴樓》

第四折:“使心量，有奸細。”　主意：主，覆元槧本誤作“生”。王玉章本、盧冀野本、吴曉鈴本均沿誤。北京大學本、馬欣來本、徐征附録本、王季思附録本不誤。鄭騫本校記云：“主原作生，據文義改。主義猶云立意，元曲中常用語。”藍立蓂本校記按云：“‘原作生’者非元刊本，鄭校辨誤釋是。”霸陵橋：陵，原作“時”。從鄭騫本、徐沁君本、寧希元本、馬欣來本、徐征附録本、王季思附録本、藍立蓂本及吴國欽本校記改。本劇第三折［快活三］“霸陵橋上氣昂昂”即作“陵”。脉望館鈔校本第二支［金盞兒］曲後末白：“大夫，你這三條計，比曹公在霸陵橋上三條計如何，到了出不的關雲長之手。”亦作“陵”。寧希元本、徐征附録本、王季思附録本并改“霸”作“灞”。　把軍兵先暗了：馬欣來本、徐征附録本、王季思附録本、藍立蓂本從原本，王玉章本“暗”改作“諳”，非。鄭騫校記謂“疑當作按”。寧希元本改作“掩”。徐沁君本校記按云：“關漢卿［雙調］［喬牌兒］《世情推物理》套：‘吉藏凶，凶暗吉。’‘暗’與‘藏’爲互文，義同。”●後庭花，曲牌名，注見《新刊關目閨怨佳人拜月亭》第一折同曲牌注。依曲譜，此曲襯字爲：您子道、您須知、一個、一個、上的、曹操便、把；韵脚字爲：小、高、交、橋、道、了。　您：這裏指魯肅。　子道：即祇道，祇説的意思。　關公：關羽的敬稱。　心見：心胸和見識。　曹公：曹操的敬稱。　心量：襟抱，胸襟。《雍熙樂府》卷十八汪元亨小令［中吕・朝天子］《歸隱》：“塵士衣冠，江湖心量，出皇家麟鳳綱。”　主意：立意，决心。　封金謁故交：指關羽辭曹操奔劉備事。《三國志・蜀書・關羽傳》：“建安五年，曹公東征，先主奔袁紹。曹公禽（擒）羽以歸，拜爲偏將軍，禮之甚厚……及羽殺顔良，曹公知其必去，重加賞賜。羽盡封其所賜，拜書告辭，而奔先主于袁軍。”敷演此事的小説、戲曲有《三國志平話・關公獨行》、元無名氏《關雲長千里獨行》雜劇、明雜劇《關雲長義勇辭金》、明小説《三國志演義》第二十六回“袁本初敗兵折將　關雲長挂印封金”。謁，拜訪。故交，舊朋友。　霸陵橋：即霸橋。跨灞水上，亦名灞橋。因附近有漢文帝霸陵，又稱霸陵橋、灞陵橋。　不合神道：違背天理。《董解元西厢記》卷七［南吕宫・一枝花纏］：“這畜生腸肚惡，全不合神道。着言這厮間諜，忒奸狡。”　軍兵：軍隊，士兵。　暗：“揞”的同音替代。《集韵》去聲勘韵“揞”“暗”同音（烏紺切），“揞”字下注云：

“掩也。”揞，藏的意思。⊙此曲寫喬公對魯肅説，魯肅呀，關羽封金辭曹操的事你應該知道吧，曹操的心氣多高呀，他是想爭奪天下的人，而關羽都不曾買他的賬，由此可見關羽是何等的傲岸不群，言下之意是説你魯肅能跟曹操比嗎？

［賺煞尾］送路酒手中擎，送行禮盤中托，没亂殺侄兒共嫂嫂。曹孟德心多能做小，倚着漢雲長善與人交。高聲叫，驚殺許褚、張遼。那神道須勒着追風騎，輕輪動偃月刀。曹操埋伏將校，隱慝軍兵。準備下千般奸狡，施窮智力，費盡機謀。臨了也則落的一場談笑，到陪了一領西川十樣錦征袍！（云了）●賺煞尾：脉望館鈔校本作“尾聲”，王季思本改作“賺煞”。其他本從原本。　送路酒手中擎：送，原作“无”；手，原作“年”；擎，原作“敬”。從鄭騫本、徐沁君本、寧希元本、馬欣來本、徐征附録本、王季思附録本、藍立蓂本改。吴曉鈴本校記云：“‘年’字當是‘手’字之訛，‘敬’字當是‘擎’字之省。”北京大學本校記“年”“敬”二字亦改。脉望館鈔校本此句作“曹丞相將送路酒手中擎”。徐沁君校記按云：“‘無’爲‘送’字的殘字。”　送行禮盤中托：送，脉望館鈔校本作“餞”。盤，原作“月”。從鄭騫本、徐沁君本、寧希元本、馬欣來本、徐征附録本、王季思附録本、藍立蓂本改。脉望館鈔校本即作“盤”。吴曉鈴本校記、北京大學本校記亦云“月”字疑訛。　没亂殺：殺，脉望館鈔校本、馬欣來本、徐征附録本、徐征本、王季思附録本、藍立蓂本同，吴國欽本、王季思本改作“煞”。　共嫂嫂：共，脉望館鈔校本、徐征本、王季思本作“和”。　曹孟德：德，原作“得”，從脉望館鈔校本、盧冀野本、鄭騫本、徐沁君本、寧希元本、馬欣來本、徐征本、徐征附録本、王季思本、王季思附録本、藍立蓂本改。　倚着：倚，原作“奇”。從盧冀野本、鄭騫本、徐沁君本、馬欣來本、徐征附録本、王季思附録本、藍立蓂本及北京大學本校記改。吴曉鈴本校記云：“‘奇’字當是‘倚’字。”寧希元本改作“欺”。脉望館鈔校本無“倚着”二字，且“漢”作“關”，徐征本、王季思本從。　高聲叫：盧冀野本“叫”字下未點斷，馬欣來本、王季思附録本從，非。高，原作“萬”，從鄭騫本、徐沁君本、寧希元本、馬欣來本、徐

征附録本、王季思附録本、藍立蓂本改。鄭騫本校記云："高字形近誤作萬，又省作万。"盧冀野本及吴曉鈴本校記作"萬"。徐沁君本校記按云："'高'字草書，與'万'字形似致誤。曲譜本句爲三字句，并叶韵。"脉望館鈔校本此句作"早來到灞陵橋"，徐征本、王季思本從。　"驚殺許褚、張遼"句：驚，原作"得與"二字。從徐沁君本、馬欣來本、徐征附録本、藍立蓂本改。脉望館鈔校本、鄭騫本、寧希元本、徐征本、王季思本、王季思附録本改作"險唬殺"，盧冀野本作"得急殺"。徐沁君本校記按云："'惊'字繁體作'驚'。'驚'字形體甚長，元刊本因拆爲'敬馬'二字；'敬'字草書與'得'字草書，'馬'字簡寫與'與'字簡寫，均以形似致誤。無名氏《千里獨行》第三折：'又不向盤内取，則向刀刃上挑，險些兒驚殺許褚，慌殺曹公，唬殺張遼。'可證本曲之原爲'驚殺'也。"　須勒着追風騎：鄭騫本校記云："'須追風騎''須'字待校，此句似有脱誤。脉望館鈔校本作'勒着追風騎'，可從。"徐沁君本、馬欣來本、王季思附録本"須"字下據脉望館鈔校本補"勒着"二字。寧希元本"須"改補作"順着"。脉望館鈔校本"那神道須"作"他勒着"，徐征本、王季思本從。　"曹操埋伏將校，隱慝軍兵"句：此句盧冀野本作大字，誤作曲文。鄭騫本、徐沁君本、馬欣來本、徐征附録本、王季思附録本上補"（帶云）"，徐沁君本、馬欣來本、徐征附録本下補"唱"。校，原作"役"，馬欣來本從原本。從何煌本校改。何煌本校云："'役'疑'校'。"鄭騫本疑同。徐沁君本、寧希元本、徐征附録本、王季思附録本、藍立蓂本亦改。隱慝，慝，藍立蓂本從原本。鄭騫本、馬欣來本、徐征附録本、王季思附録本改作"匿"。脉望館鈔校本無此二句。　準備下：脉望館鈔校本作"曹操有"。徐征本、王季思本從。　奸狡：脉望館鈔校本作"計較"，徐征本、王季思本從。　"施窮智力，費盡機謀"句：盧冀野本作大字，誤作曲文。鄭騫本、徐沁君本、馬欣來本、徐征附録本、王季思附録本上補"（帶云）"，徐沁君本、馬欣來本、徐征附録本下補"（唱）"。窮，原作"家"；費，原作"廢"。從何煌本、盧冀野本、鄭騫本、徐沁君本、寧希元本、馬欣來本、徐征附録本、王季思附録本、藍立蓂本及北京大學本校記改。脉望館鈔校本無此二句帶白。　臨了也則落的一場談笑：盧冀野本"則"改作"只"。馬欣來本無"則"字。脉望館鈔校本無"臨了也"，此句下有"（云）關雲長道：‘丞相勿罪，某不下馬了也。’（唱）”。徐征本、王季思本從。　到陪了一領西川十樣錦征袍：王季思附録本、藍立蓂本從原本。何煌本、徐沁君本、寧希元本、馬欣來本、徐征附録本“到”改作“倒”。陪，原作“倚”，今改。鄭騫本校記按云：“倚字待校。”徐沁君本、馬欣來本、徐征附録本、王季思附録本改作“賠”，非。寧希元本及北京大學本校記改作“倍”，亦非。徐沁君本校記按云：“‘倚’爲‘倍’之形誤，而‘倍’又爲‘賠’字的借用。”陳垣《校勘學舉例》卷三第二十六條：“‘賠’字後起，元時賠償之‘賠’，均假作‘陪’，或作‘倍’。無名氏《千里獨行》第三折：‘用盡自己心，惹的旁人笑。哎，你個奸雄曹操，到陪了西川十樣錦征袍。’末句與本曲全同。作‘倍’作‘陪’，均爲‘賠’字的借用。”甚詳，但仍以“陪”字爲當。藍立蓂本校記按云：“賠償的‘賠’本作‘陪’，《元典章》、容與堂本《水滸傳》裏也多見，例不贅。‘賠’字後起。‘倚’爲‘倍’之形誤，‘倍’爲‘陪’的錯字。”甚當。脉望館鈔校本此句作“他把那刀尖兒斜挑錦征袍”，下有“（下）”字，徐征本、王季思本從。　云了：盧冀野本移至第二折開頭。徐沁君本“云了”上補“外末”二字。徐沁君本校記按云：“趙本第一折末，有魯肅對部將黄文説白一段，分付黄文請司馬徽來做宴請關羽席上的伴客。吴本校勘記云：元刊本無此賓白八十七字，僅注云‘云了’。從之，并補‘外末’二字，因本劇以外末一角扮演魯肅故也。”王季思附録本下補“（下）”。徐征附録本作“（下）（外末云了）”。脉望館鈔校本無“云了”二字，另有“（魯云）黄文，你見喬公如此威風，未可深信。俺這江下有一賢士，覆姓司馬，名徽，字德操。此人與關公有一面之交，就請司馬先生爲伴客，就問關公平昔知勇謀略、酒中德性如何。黄文，就跟着我去司馬庵中相訪一遭去。（下）”。●賺煞尾：曲牌名，注見《大都新編關張雙赴西蜀夢》第一折同曲牌注。依曲譜，此曲襯字爲：送路酒、送行禮、共、能、倚着、驚殺、那神道須勒、着、輕輪、準備下、臨了也則落的、到陪了一領；韵脚字爲：托、嫂、小、交、叫、遼、刀、狡、笑、袍。　送路：送行。脉望館鈔校本《單鞭奪槊》第二折末白：“將酒過來，與敬德遞一杯送路。”　擎：高舉。　托：端着。　没亂殺：也作“没亂煞”。急煞，手足無措的樣子。董解元《西厢記諸宫調》卷一［仙吕調·賞花時］：“引調得張生没亂煞，把似當初休見他，越添我悶愁加。”

侄兒共嫂嫂：這裏指劉備夫人和劉禪。　做小：低聲下氣，裝出一副禮賢下士的樣子。高文秀《澠池會》楔子廉頗白："若相如語言之中爲國呵，我則做小，負荆請罪。"　善與人交：善于周旋應付。金仁傑《追韓信》第一折［柳葉兒］："却纔那齊管仲行無道，又見魯義姑逞粗豪，咱呵可甚晏平仲善與人交。"　許褚：三國魏大將。譙（今安徽亳州市内）人。字仲康。號虎痴，曾封萬歲亭侯。卒謚"壯"。　張遼（169—222）：三國魏大將。雁門馬邑（今山西代縣）人，字文遠。本聶壹之後，避怨改姓。曾封晉陽侯。病死江都，謚"剛"。　神道：神仙。　追風騎：千里馬。《中興以來絶妙好詞選》卷七劉伯寵《六州歌頭·上廣西張帥》："看追風騎，攢云槊，雷野轂，激天鉦。"偃月刀：偃月，半弦月。指刀頭形似半月的刀。《三國志演義》第五回稱關羽使八十二斤青龍偃月刀，因亦稱"關刀"。明毛元儀《武備志·軍資乘》："偃月刀以之操習示雄，實不可施于陣也。"　慝：匿。《集韵》入聲職韵："慝，隱惰（情）飾非曰慝。"昵力切。　奸狡：奸詐狡猾。　臨了：最後，終了。則：猶"衹"，僅僅。　談笑：談資和笑話。　到陪：即"倒陪"，倒貼的意思。無名氏《千里獨行》第三折［尾聲］："哎，你個奸雄曹操，到陪了西川十樣錦征袍。"　一領：一件。　西川：四川。　十樣錦：十種錦緞。戚輔之《佩楚軒客談》："（後蜀）孟氏在蜀時製十樣錦，名長安竹、天下樂、雕團、宜男、寶界地、方勝、獅團、象眼、八搭韵、鐵梗衰荷。"這裏指其中一種。征袍：戰袍。　云了：這裏指魯肅回應了喬公的訴説。⊙此曲寫關羽在曹營受到款待後仍不爲所動，而是回到了劉備跟前，表現了一種富貴不能淫的大丈夫氣概。這仍是喬公爲説服魯肅不要設宴請關羽而極力敷演關羽高尚品格的一種策略。

第二折

（正末重扮先生引道童上，坐定，云）貧道是司馬德操的便是了。自襄陽會罷，與劉皇叔相見，本人有高皇之氣。將門生寇封與皇叔爲義子，舉南陽卧龍爲軍師，分了西川。向山間林下，自看了十年龍争虎鬥。貧道絶名利，無寵辱，到亦快活！●正末重扮先生引道童上："先生"二字原作"正"字。從徐沁君本、寧希元本、馬欣來本、徐征附録本、王季思附録本、藍立蓂本改。徐征附録本、王季思附録本"先生"下點斷。不從。徐沁君本校記按云："'正'爲'生'之形誤，'生'上當脱'先'字。元代稱道士爲先生。本折司馬德操自稱'貧道'，固一道士打扮也。元本馬致遠《任風子》第三折'正末挑擔扮先生上'，與此類似，可爲旁證。"鄭騫本疑"正"字脱。脉望館鈔校本此句作"正末扮司馬徽領道童上"。　坐定：脉望館鈔校本無此二字。云：脉望館鈔校本上有一"末"字。　司馬德操：原作"同馬德操"，從盧冀野本、鄭騫本、徐沁君本、寧希元本、馬欣來本、徐征附録本、王季思附録本、藍立蓂本及吴曉鈴本校記改。　寇封：寇，原作"裹"。從盧冀野本、徐沁君本、寧希元本、馬欣來本、徐征附録本、王季思附録本、藍立蓂本及吴曉鈴本校記改。鄭騫本校記按云："'裹封'疑當作劉封或寇封。"　義子：原作"一子"。從寧希元本、徐征附録本、藍立蓂本改。　軍師：原作"半帥"，從盧冀野本、徐沁君本、寧希元本、馬欣來本、徐征附録本、王季思附録本、藍立蓂本及吴曉鈴本校記改。鄭騫本校記云："'一子半師'疑當作義子軍師，但原文義亦可通，且一子與半師對文，似非偶然巧合，故未改。"　龍争虎鬥：鬥，原作"閗"，從盧冀野本、鄭騫本、徐沁君本、寧希元本、馬欣來本、徐征附録本、王季思附録本、藍立蓂本及吴曉鈴本校記改。　無寵辱：無，原作"舜"，從盧冀野本、鄭騫本、徐沁君本、寧希元本、馬欣來本、徐征附録本、王季思附録本、藍立蓂本及吴曉鈴本校記改。寵，原作"罣"，從鄭騫本、寧希元本、徐征附録本、王季思附録本、藍立蓂本改，盧冀野本作

“桊”，吴曉鈴本校記亦謂“疑是‘桊’字”，徐沁君本、馬欣來本作“挂”。到：鄭騫本、徐沁君本、寧希元本、馬欣來本、徐征附録本、王季思附録本改作“倒”。　亦：原作“一”，馬欣來本從原本，從徐沁君本、藍立蓂本改。鄭騫本、寧希元本、徐征附録本、王季思附録本改作“大”。徐沁君本、馬欣來本、徐征附録本、王季思附録本“快活”下補“（唱）”字。脉望館鈔校本此段獨白作：“貧道覆姓司馬，名徽，字德操，道號水鑑先生。想漢家天下，鼎足三分。貧道自劉皇叔相别之後，又是數載。貧道在此江下結一草庵，修行辨道，是好幽哉也呵！（唱）”●正末：此折的主唱角色，指司馬徽。　重（chóng）扮：指另扮。與第一折正末區别而言。　先生：即道士。詳注見此段彙校徐沁君校記按語。　道童：道士身邊的兒童，主要職責是侍奉道士。貧道：謙稱。指司馬徽。　德操：司馬徽之字。司馬徽，東漢末潁川（今許昌）人，字德操，清雅善知人。劉備訪世事于徽，因薦諸葛亮、龐統，時龐德公亦善品藻，稱徽爲“水鏡”。此與劇本之“水鑑”稍異。　襄陽會：指劉表請劉備赴襄陽宴會事。元高文秀《劉玄德獨赴襄陽會》叙其事。　劉皇叔：即劉備。因爲東漢遠支皇族中山靖王劉勝之後，漢獻帝按家譜認劉備爲皇叔。本人：此人。洪邁《夷堅乙志》卷十七“女鬼惑仇鐸”：“仇鐸……請蓬萊大島真仙，爲愛本人年少，遂降箕筆。”　高皇：指漢代開國皇帝劉邦。　門生：徒弟，學生。　寇封：即劉封。元高文秀《劉玄德獨赴襄陽會》楔子，司馬徽指引劉備至龐德公處，龐命寇封拜劉備爲義父，改名劉封，即演此事。《三國志·蜀書·劉封傳》：“劉封者，本羅侯寇氏之子，長沙劉氏之甥也。先主至荆州，以未有繼嗣，養封爲子。”　義子：養子。　舉：推薦。　南陽卧龍：指諸葛亮。　軍師：古代政治、軍事的參謀。　向：在。　林下：林裏。徐鉉《稽神録》卷六“僧德林”：“善守此人，明日送至桐城縣下。”　龍争虎鬥：指東漢末年的諸侯割據，軍閥混戰。　絶：根除。　寵辱：尊寵與耻辱。《世説新語·棲逸》：“此君近不驚寵辱，雖古之沉冥，何以過此！”　快活：指極爲快樂。⊙此段是第二折正末司馬徽的開場白，也稱自報家門，介紹了自己的姓名、身份、曾經對劉備的幫助以及生活現狀。此劇正末并不是一個人物扮演到底，這種幾乎每折都换人物的做法在元雜劇中較爲罕見。這也體現了關漢卿雜劇創作的獨創性。

［**正宫·端正好**］我本是個釣鰲人，却做了扶犁叟。嘆英布彭越韓侯，斂我這一身外兩隻拿雲手，再不出麻袍袖！●正宫·端正好：原本作“端正好”，藍立蓂本從原本。據脉望館鈔校本、鄭騫本、徐沁君本、寧希元本、馬欣來本、徐征附録本、王季思附録本補“正宫”二字。　我本是個釣鰲人：脉望館鈔校本無“我”字。徐征本、王季思本從。鰲，原作“魚”，馬欣來本、王季思附録本從原本。從脉望館鈔校本、寧希元本、徐征本、徐征附録本、王季思本、藍立蓂本改。　却做了扶犁叟：却，脉望館鈔校本作“倒”，徐征本、王季思本改作“到”。犁，原作“利”。從脉望館鈔校本、鄭騫本、徐沁君本、寧希元本、馬欣來本、徐征本、徐征附録本、王季思本、王季思附録本、藍立蓂本改。　斂我這一身外兩隻拿雲手：此句徐沁君本改小字，作帶白。斂，原作“險”，爲大字。徐沁君本、王季思附録本此字從原本并點斷，非。從鄭騫本、寧希元本、徐征附録本、藍立蓂本改。脉望館鈔校本無此字，馬欣來本、徐征本、王季思本從；“這一身外”作“如今緊抄定”，徐征本、王季思本從。●正宫：宫調名，注見《大都新編關張雙赴西蜀夢》第四折同宫調名注。此套用尤侯韵。　端正好：曲牌名，注見《大都新編關張雙赴西蜀夢》第四折同曲牌名注。依曲譜，此曲襯字爲：我本是個、却做了、斂我這、外、再；韵脚字爲：叟、侯、手、袖。　我：這裏指司馬徽。　釣鰲人：指本領高强和抱負不凡的人。《全唐詩》卷一六八李白《贈薛校書》：“未誇觀濤作，空鬱釣鰲心。”鰲，傳説中海中的大龜。一説大鱉。　扶犁叟：把犁耕地的老頭，比喻没有抱負、没有識見的人。　英布（？一前 195）：西漢六安縣（今安徽六安縣）人。坐法黥面，亦稱“黥布”。曾隨項羽征戰，封九江王；楚漢戰争時受蕭何勸歸漢，封淮南王。因見韓信、彭越被誅，懼，復反漢。劉邦討之，敗逃江南，爲長沙王誘殺。　彭越（？一前 196）：西漢山陽昌邑（今山東金鄉縣西）人，字“仲”。楚漢戰争時，助漢攻楚并滅項羽于垓下，封梁王。後陳豨（xī）反，高祖征梁兵，越稱病，梁將勸越反，不從，被告發，廢爲庶人，高祖聽吕后言，誅之，夷三族。　韓侯：即韓信（？一前 196），西漢淮陰（今江蘇淮陰市）人。爲劉邦創建漢朝立下顯赫功勛，封楚王。陳豨反，與韓信暗通聲氣，後被舉報謀發

兵襲吕后、太子，爲吕后、蕭何計誘入長樂宫，被殺。這三個人物都是爲西漢建國立下汗馬功勞的將領，最終却落得被漢高祖劉邦誅殺的慘烈下場。斂：收起來。 拿雲手：指能主宰局面的手段。比喻本領高强。 麻袍袖：麻布做的袍子的袖子。這裏指地位低下的普通人。⊙此曲寫司馬徽對自己現狀的聲明。他原本是一個極有本領和抱負的人，現在之所以做了一個像老農一樣的隱者，是因爲感慨西漢時期的英布、彭越和韓信，他們都爲西漢立下汗馬功勞，最終却被劉邦殺害了，這讓司馬徽很震驚。政治鬥争太殘酷了，他願意收起想有一番作爲的心思，願意做一個默默無聞的鄉下人。

［**滚綉球**］我如今聚村叟，會詩友，嘿的是活魚新酒，問甚瓦盆、砂瓶、磁甌。推臺不换盞，高歌自打手。任從他陰晴昏晝，我直吃的醉時眠衲被蒙頭。睡徹窗外三竿日，爲的傲殺人間萬户侯，到大優游。●滚綉球：原省寫作“衮秀求”，藍立蓂本作“滚綉毬”，從盧冀野本、鄭騫本、徐沁君本、寧希元本、馬欣來本、徐征本、徐征附録本、王季思本、王季思附録本改。下同，不另出校。 如今：今，原寫作“令”，從何煌本、盧冀野本、鄭騫本、徐沁君本、寧希元本、馬欣來本、徐征附録本、王季思附録本、藍立蓂本及吴曉鈴本校記改。脉望館鈔校本“如今”作“則待要”，徐征本、王季思本從。 嘿的是：嘿，盧冀野本改作“吃”，脉望館鈔校本改作“受用”，且無“是”字。徐征本、王季思本從。 “問甚瓦盆、砂瓶、磁甌”句：脉望館鈔校本“甚”作“甚麽”，“盆”作“鉢”。徐征本、王季思本從。何煌本“瓶”改作“缾”，吴曉鈴本校記亦謂當作“缾”字，王季思附録本作“鉢”。脉望館鈔校本無“砂瓶”二字。徐征本、王季思本從。 推臺：寧希元本誤辨，將“推”改作“椎”。 高歌自打手：歌，原作“哥”，從盧冀野本、鄭騫本、徐沁君本、寧希元本、馬欣來本、徐征附録本、王季思附録本、藍立蓂本改。脉望館鈔校本即作“歌”，“打”作“摑”。徐征本、王季思本從。 陰晴昏晝：盧冀野本“晝”字下未點斷，非。“陰”字下原作一重文符號“々”，無“晴”字。從脉望館鈔校本、鄭騫本、徐沁君本、寧希元本、馬欣來本、徐征本、徐征附録本、王季思本、王季思附録本、藍立蓂本改。 我直吃的醉時眠衲被蒙頭：

蒙，原作“讛”，從盧冀野本、鄭騫本、徐沁君本、寧希元本、馬欣來本、徐征附録本、王季思附録本、藍立蓂本改。脉望館鈔校本作“蒙”，無“我直吃的”，“時”作“時節”，無“眠”字。徐征本、王季思本從。　睡徹窗外三竿日：“睡”原作“也”。從鄭騫本、徐沁君本、寧希元本、馬欣來本、徐征附録本、王季思附録本、藍立蓂本改。脉望館鈔校本此句作“我向這矮窗睡徹三竿日”。徐征本、王季思本從。徐沁君本校記按云：“元刊本‘睡’字寫作‘睸’，其右半與‘也’字形似致誤。無名氏《村樂堂》第一折：‘我則常睡徹三竿紅日曉。’吴昌齡《張天師》第一折白：‘小窗睡徹遲遲日。’均同此‘睡徹’。”　爲的傲殺人間萬户侯：盧冀野本“侯”字下未點斷。脉望館鈔校本“爲的”作“端的是”。徐征本、王季思本從。　到大優游：到，藍立蓂本從原本，鄭騫本、徐沁君本、寧希元本、馬欣來本、徐征附録本、王季思附録本改作“倒”。游，原作“由”。寧希元本改作“悠”，從盧冀野本、鄭騫本、徐沁君本、馬欣來本、徐征附録本、王季思附録本、藍立蓂本改。脉望館鈔校本此句作“自在優悠”，下有“（云）道童，門首覷者，看有甚麽人來。（道童云）理會的。（魯肅上，云）可早來到也，接了馬者。（見道童科，魯云）道童，先生有麽？（童云）俺師父有。（魯云）你去説：‘魯子敬特來相訪。’（童云）你是紫荆？你和那松木在一答裏。我報師父去。（見末，云）師父弟子孩兒。（末云）這厮怎麽罵我？（童云）不是罵。師父是師父，弟子是徒弟，就是孩兒一般。師父弟子孩兒。（末云）這厮潑説！有誰在門首？（童云）有魯子敬特來相訪。（末云）道有請。（童云）理會的。（童出見魯，云）有請。（魯見末科）（末云）稽首。（魯云）區區俗冗，久不聽教。（末云）數年不見，今日何往？（魯云）小官無事不來，特請先生江下一會。（末云）貧道在此江下修行，方外之士，有何德能，敢勞大夫置酒張筵？（唱）”。徐征本、王季思本從。●滚綉球：曲牌名，注見《大都新編關張雙赴西蜀夢》第四折同曲牌注。依曲譜，此曲襯字爲：我如今、甚、推臺、高歌、我直吃的、爲的；韵脚字爲：友、酒、甌、手、晝、頭、侯、游。　村叟：鄉村的老頭，也指没有見識的老頭。　噀（xùn）：本義爲“噴”，這裏是“吃”的意思。　新酒：剛出窨的酒。　問：猶“管”。《中興以來絶妙詞選》卷七劉潛夫《摸魚兒·賞海棠》：“傾城色，懊惱佳人薄命，增頭岑寂誰問？”　瓦盆、砂瓶、磁甌：

指盛酒的器皿。這裏指不論酒器質地好壞。磁甌，即磁州出産的瓷甌。謝肇淛《五雜俎》卷十二“物部四”：“今俗語窑器，謂之磁器者，蓋河南磁州窑最多，故相沿名之。” 推臺不换盞：意思是讓酒來不及换杯，一杯接一杯地喝。推臺，勸酒，讓酒。推，讓。《史記・淮陰侯列傳》：“（漢王）解衣衣我，推食食我。”臺，放酒杯的托盤。盞，酒杯。 打手：拍手以擊節。 任從：聽憑，不管。 他：這裏指氣候和時間，即所謂陰晴昏晝。 衲：原指僧衣。這裏指衣裳。 被：被子。 蒙：蓋住。 徹：猶“到”。《全唐詩》卷四六八劉言史《代胡僧留别》：“定知不徹南天竺，死在條支陰磧中。” 三竿日：日出已有三竿高，比喻起床時間已很晚了。《南齊書・天文志上》：“永明五年十一月丁亥，日出高三竿，朱色赤黄，日暈，虹抱珥直背。” 傲殺：指很有傲骨，以致使他人慚愧自殺。這裏指從精神上擊敗對方。 萬户侯：指被封爲擁有一萬户封邑的侯爵。 到大：多麽大，多麽。《北宫詞紀》卷三湯菊莊套數［南吕・一枝花］《贈錢塘鑷者》：“雖小道，莫輕易，也藏着桑柘連村雨一犁，到大便宜。” 優游：自由自在。《詩經・大雅・卷阿》：“優游爾休矣。”⊙此曲寫司馬徽自己介紹做隱士那種無憂無慮、無拘無束的悠閑自在的愜意生活。這裏也隱約反映出作者對仕途官場的一種輕視，對鄉村隱逸生活的一種嚮往。

［**倘秀才**］林泉下酒生爽口，御宴上堂食惹手，留的殘生喝下酒。你道這一粗漢，共那壽亭侯，是故友。●林泉下酒生爽口：林，原作“休”，從盧冀野本、鄭騫本、徐沁君本、寧希元本、馬欣來本、徐征附録本、王季思附録本、藍立蓂本改。吴曉鈴本校記亦謂“疑是‘林’字”。酒生，原作“濁生”。從盧冀野本、徐沁君本、馬欣來本、徐征附録本、王季思附録本改。徐沁君本校云：“‘酒生’指生酒。”吴曉鈴本校記亦疑“濁”乃“酒”字。寧希元本改作“酒腥”。 堂食：吴曉鈴本謂“堂”字“疑是‘嘗’字”，非。徐沁君本校記按云：“堂，指宰相辦公的政事堂。” 惹：何煌本作二空圍，寧希元本改作“熱”。 殘生：殘，原作“前”。從徐沁君本改。徐沁君本校記按云：“殘、前，音近致誤。” 喝下酒：酒，原作“濁”。從盧冀野本、鄭騫本、徐沁君本、寧希元本、馬欣來本、徐征附録本、

王季思附録本改。吴曉鈴本校記亦謂“疑是‘酒’字”。　粗漢：粗，原作“出”。從寧希元本、藍立蓂本改。盧冀野本改作“村”，鄭騫本、王季思附録本改作“山”，徐沁君本、馬欣來本、徐征附録本作“拙”。皆不從。　壽亭侯：亭，原作“單”。從何煌本、盧冀野本、鄭騫本、徐沁君本、寧希元本、馬欣來本、徐征附録本、王季思附録本、藍立蓂本及吴曉鈴本校記改。脉望館鈔校本此曲全異，作“我又不曾垂釣在磻（pán）溪口，大夫也，我可也無福吃你那堂食玉酒，我則待溪山學許由。（云）大夫請我呵，再有何人？（魯云）别無他客，止有先生故友關雲長一人。（末唱）你道是舊相識壽亭侯，和咱是故友。（云）若有關公，貧道風疾舉發，去不的！去不的！（魯云）先生初聞魯肅相邀，慨然許諾，今知有關公，力辭不往，是何故也？想先生與關公有一面之交，則是筵間勸幾杯酒。（末唱）”。●倘秀才：曲牌名。注見《大都新編關張雙赴西蜀夢》第四折同曲牌注。依曲譜，此曲襯字爲：你道、一、共那、是；韵脚字爲：口、手、酒、侯、友。　林泉：樹林和泉水，指隱逸的地方。　酒生：“生酒”的倒文。生酒，尚未充分釀成的酒。《水滸傳》第二十七回：“武松看了道：‘這個正是好生酒，只宜熱吃最好。’”徐沁君本持此解。　爽口：特别適合口味。　御宴：皇帝的筵席。　堂食：唐時政事堂的公膳。後泛指公署膳食。元無名氏《賺蒯通》第一折：“爲官的吃堂食，飲御酒，多少快活。”　惹手：指食物誘人，容易使人動筷子。　殘生：指有生之年。　下酒：以菜佐酒。　粗漢：粗鹵莽撞的壯漢。這裏指周倉。　共：與。　壽亭侯：全稱“漢壽亭侯”，關羽的封號。　故友：舊交。⊙此曲寫在司馬徽看來人生的欲求往往有矛盾的地方，隱逸山林很自在，但御宴上的佳肴也令人垂涎。然而他没有别的奢望，衹是想把後半生過得安逸些。司馬徽認爲魯肅説得對，關羽以及隨從周倉都是自己的故友。

［**滚綉球**］你着我就席上央他幾甌，那漢劣性子輸了半籌？問甚麽安排來後，□目前鮮血交流。你爲漢上九座州，我爲筵前一醉酒，咱兩個落不得個完全尸首，我共你伴客同病相憂。你爲兩朝作保十年恨，我却甚一盞能消萬古愁？説起來魂魄悠悠！●你着我：着，原作“看”。從鄭騫本、徐沁君本、寧希元本、馬欣來

本、徐征附録本、王季思附録本、藍立蓂本改。脉望館鈔校本即作“着”，該本此句上有説白“大夫”二字，無“就”字，“席上”作“筵前”，徐征本、王季思本從。　央他幾甌：盧冀野本“甌”字下未點斷。脉望館鈔校本“央他”作“勸”，徐征本、王季思本從。　輸了半籌：輸，原作“翰”。從何煌本、盧冀野本、鄭騫本、徐沁君本、寧希元本、馬欣來本、徐征附録本、王季思附録本、藍立蓂本及吴曉鈴本校記改。脉望館鈔校本此句作“那漢劣性怎肯道折了半籌”，下有“（魯云）將酒央人，終無惡意。（末唱）”。徐征本、王季思本從。　“問甚麽”句：脉望館鈔校本作“你便休題安排着酒肉”。徐征本、王季思本從。　“目前”句：脉望館鈔校本上有“他怒時節”，下有一“見”字。徐征本、王季思本從。　“我爲”句：脉望館鈔校本上有帶白“大夫，你和貧道”。各本帶白上補“（云）”，下補“（唱）”。　“咱兩個”句：脉望館鈔校本作“喒兩個都落不的完全尸首”，下有“（魯云）先生是客，怕做甚麽？（末唱）”。徐征本、王季思本從。北京大學本、吴國欽本、王學奇本、徐征本、王季思本、藍立蓂本“喒”作“咱”。　“我共你”句：脉望館鈔校本作“我做伴客的少不的和你同病同憂”，下有“（魯云）我有三條計取索荆州。（末唱）”。徐征本、王季思本從。　“你爲兩朝”句：作，原作“你”，從鄭騫本、徐沁君本、寧希元本、馬欣來本、徐征附録本、王季思附録本、藍立蓂本改。限，原作“恨”。寧希元本、王季思附録本、藍立蓂本從原本。盧冀野本、徐沁君本、馬欣來本、徐征附録本作“限”。吴曉鈴本校記按云：“‘恨’字明鈔本朱校作‘限’字，恐非是，疑是‘恨’字。”徐沁君本校記按云：“改‘限’字是。《陽春白雪》前集卷三庾吉甫［雁兒落帶過得勝令］《韓侯一將壇》曲：‘功名紙半張，富貴十年限。’又卷四薛昂夫［朝天曲］《好官》曲：‘十載疏狂限。’馬致遠《黄粱夢》第二折：‘爐中有火休添炭，大都來有幾年限。’所謂‘十年限’者，原爲當時習用語，不必確指‘十年’也。”按，從上下文用字及詞義來看，當作“恨”字。脉望館鈔校本此句作“只爲你千年勛業三條計”。徐征本、王季思本從。　“我却甚”句：脉望館鈔校本却作“可”，盞作“醉”。徐征本、王季思本從。　“説起來”句：“魂”字下原作一重文符號“々”，無“魄”字。從盧冀野本、鄭騫本、徐沁君本、寧希元本、馬欣來本、徐征附録本、王季思附録本改。脉望館鈔校本即作“魄”，該本“説”作“題”，此句下有“（魯云）既然是先生故友，同席飲酒何妨？（末云）大夫既堅意要請雲長，若依的貧道兩三樁兒，你便請他；若依不得，便休請他。（魯云）你説來，小官聽者。（末云）依着貧道説，雲長下馬時節，(唱)”。徐征本、王季思本從。●滚綉球：曲牌名，注見《大都新編關張雙赴西蜀夢》第四折同曲牌注。此曲第四句按曲譜當爲七字句，缺第一字，補以“□”。依曲譜，此曲襯字爲：你着我就席上、他、那漢劣性子、了、你爲漢上、我爲筵前、咱兩個、個、伴客、你爲、我却甚、説起來；韵脚字爲：甌、籌、後、流、州、酒、首、憂、愁、悠。 你：指魯肅。 着：讓。 我：指司馬徽。 就：在。《水滸傳》第二十三回：“武松就廳前將打虎的本事説了一遍。” 央：請求。 他：指關羽。 甌：這裏指酒器。 那漢：指關羽。 劣性子：壞脾氣。 籌：這裏指喝酒行酒令時用的籌碼。此句意思是關羽在酒量上也不會落下風。 安排：準備。《玉鏡臺》第三折［中吕·粉蝶兒］：“安排下丹方一味，他若是皺一對雙眉，我則索牙床前告他一會。” 來後：前後。指宴會程序。 目前：眼下。 漢上九座州：指封給蜀國的包括荆州在内的廣大地區。 尸首：尸體。 兩朝：指蜀國和吴國。 作保：擔保，做證人。 恨：遺憾。 萬古：永久。 魂魄悠悠：指靈魂自由自在。這裏説的意思是如果對這些如索要荆州的事都不在乎的話，也没有什麽大不了的。⊙此曲寫司馬徽對索要荆州仍然没有信心，而且擔心自己跟魯肅一樣會落得一個慘烈的下場。請他做客赴這樣的宴會，他雖然是局外人，但仍顧慮重重。

［**倘秀才**］你子索躬着身將他來問候，跪着膝悠悠勸酒，他待吃候吃、側候側，那裏交他受候受。他道東你隨着東去，他道西呵你順着西流，他醉時節你便走。●“你子索”句：子，馬欣來本、藍立蓂本從原本。盧冀野本改作“衹”，王季思附録本改作“只”。脉望館鈔校本“子索”作“與我”，此句下有“（云）你依的麽？（魯云）關雲長下的馬來，我躬着身問候。不打緊，也依的。（末唱)”。徐征本、王季思本從。吴國欽本、王季思本“也依的”作“也依得”。 跪着膝悠悠勸酒：原作“跪膝着愁愁勸酒”，藍立蓂本從原本。鄭騫本、徐沁君本、寧希元本、馬欣來本、徐

征附録本、王季思附録本改作“跪着膝”，吴曉鈴本校記亦謂“當作‘跪着膝’”。徐沁君本校記按云：“趙本（脉望館鈔校本）正作‘跪着膝’。”徐征本、王季思本從。悠悠，原作“愁愁”，徐征附録本從原本。從何煌本改。鄭騫本作“慇慇”。馬欣來本、徐沁君本、王季思附録本作“殷殷”。脉望館鈔校本此句作“你與我跪着膝連忙的勸酒”，徐征本、王季思本從。着膝，吴國欽本、藍立蓂本作“膝着”，不從。 “他待”句：待，原作“侍”，從何煌本、盧冀野本、鄭騫本、徐沁君本、寧希元本、馬欣來本、徐征附録本、王季思附録本、藍立蓂本及吴曉鈴本校記改。候，徐征附録本、藍立蓂本從原本。鄭騫本、寧希元本、王季思附録本改作“後”。鄭騫本校記按云：“三後字原俱作候，同音假借，據文義改。”寧希元本校記按云：“‘後’猶‘呵’，語氣詞。” 交：盧冀野本改作“教”。不從。脉望館鈔校本此句作“飲則飲，吃則吃，受則受”。徐征本、王季思本從。 “他道東”句：脉望館鈔校本作“道東呵隨着東去”。王季烈本、隋樹森本未審脉望館鈔校本上的何煌元刊過録本，而于脉望館鈔校本“呵”字下誤增入元刊本之“你”字。徐征本、王季思本從。 “他道西呵”句：脉望館鈔校本作“説西去順着西流”，下有“（云）這一樁兒最要緊也！（唱）”。王季烈本、隋樹森本、王學奇本、徐征本、王季思本第一個“西”字下誤增何煌過録元刊本之“呵”字，隋樹森本、王學奇本、徐征本、王季思本并删“去”字，隋樹森本、王學奇本、徐征本、王季思本“呵”字下又增何煌過録元刊本之“你”字。北京大學本、吴國欽本、王季思本“順”改作“遂”，非。 “他醉時節”句：脉望館鈔校本作“他醉了呵你索與我便走”，下有“（魯云）先生，關公酒後德性如何？（末唱）”，徐征本、王季思本從。●倘秀才：曲牌名，注見《大都新編關張雙赴西蜀夢》第四折同曲牌注。依曲譜，此曲襯字爲：你子索、來、他待吃候吃、側候側、他道東你、着、他道西呵你、着、他醉時節你；韵脚字爲：候、酒、受、流、走。 子索：衹需。 躬着身：親自。 將：把。 跪着膝：跪着。悠悠：此二字當爲“殷殷”，纔與上下文義貫通。 吃候吃、側候側、受候受：吃候吃，是説在吃菜時衹有關羽吃了，大家纔能動筷子；側，側身，斜着身子跟旁邊的人講話，衹有關羽側身時，大家纔能側身；受，表示贊同、認可，衹有關羽贊同、認可，大家纔能贊同、認可。這裏指宴會上的一切言行舉止都以關羽爲主。　“他道”兩句：進一步説明宴會上的話語權在關羽，大家都隨着他的話題，他説東就是東，他説西就是西。　他醉時節你便走：指關羽喝醉了時，宴會也就散了。⊙此曲寫司馬徽告訴魯肅在宴會上應該怎樣做，教他應該尊重關羽的選擇，以關羽的言行舉止爲主，不要擅自做主。從這裏看，司馬徽對關羽還是十分瞭解的；從另一方面看，司馬徽對魯肅也是很關心的。

［**滚綉球**］他鍾前有半點兒言，筵前帶二分酒，那漢酒性操不中調門，你是必挂口兒則休提着那荊州。圓睁開殺人眼，輕舒開捉將手，那神道横將卧蠶眉皺，登時敢五蘊山列火難收。若是他玉山低趄你則頻斟酒，若是他寶劍離匣你則準備着頭！枉送了八十座軍州！●“他鍾前”句：鍾，原作“終”。從徐沁君本、馬欣來本、藍立蓂本改。盧冀野本、鄭騫本、徐征附録本、王季思附録本及吴曉鈴本校記改作“尊”，寧希元本改作“樽”，均不從。脉望館鈔校本此句作“他尊前有一句言”。徐征本、王季思本從。　“那漢酒性操”句：操，藍立蓂本從原本。盧冀野本改作“燥”，鄭騫本、徐沁君本、馬欣來本、徐征附録本、王季思附録本改作“躁”，寧希元本改作“懆”。　“你是必挂口兒”句：挂，原作“桂”。從何煌本、盧冀野本、鄭騫本、徐沁君本、寧希元本、馬欣來本、徐征附録本、王季思附録本、藍立蓂本及吴曉鈴本校記改。徐沁君本校記按云：“‘挂口兒休提’爲當時熟語，例多不備舉。蘇軾《送劉貢父出倅海陵》詩：‘君不見阮嗣宗臧否不挂口。’本《晋書・阮籍傳》‘口不臧否人物’，作‘挂口’，疑爲宋時口語也。”脉望館鈔校本此句作“你則綻口兒休題着索取荊州”，下有“（魯云）我便索荊州有何訪？（末云）他聽的你索荊州呵，(唱)”。徐征本、王季思本從。吴國欽本、王季思本“題”改作“提”，徐征本仍作“題”。　“圓睁”句：圓睁，原作“完争”。從盧冀野本、鄭騫本、徐沁君本、寧希元本、馬欣來本、徐征附録本、王季思附録本、藍立蓂本及北京大學本校記、吴曉鈴本校記改。脉望館鈔校本此句作“他圓睁開丹鳳眸”。徐征本、王季思本從。　輕舒開：開，脉望館鈔校本作“出”。王季思本從，徐征本仍作“開”。　那神道横將卧蠶眉皺：横，原作“恒”，馬欣來

本從原本。從徐沁君本、藍立蓂本及吴曉鈴本校記改。寧希元本、徐征附録本、王季思附録本改作“但”。皺，原作“坡”。從鄭騫本、徐沁君本、寧希元本、馬欣來本、徐征附録本、王季思附録本及北京大學本校記、吴曉鈴本校記改。盧冀野本“坡”改作“縐”，非。脉望館鈔校本此句作“他將那卧蠶眉緊皺”。徐征本、王季思本從。　“登時敢”句：列，藍立蓂本從原本。盧冀野本、鄭騫本、徐沁君本、寧希元本、馬欣來本、徐征附録本、王季思附録本及北京大學本校記改作“烈”。脉望館鈔校本此句作“五雲山烈火難收”。徐征本、王季思本從。雲，吴國欽本、王季思本改作“蘊”，徐征本仍作“雲”。吴曉鈴本校記云：“元刊本作‘五蘊山’，是。”藍立蓂本從。　“若是他玉山”句：盧冀野本“酒”字下未點斷，非。脉望館鈔校本此句作“他若是玉山低趄你安排着走”。徐征本、王季思本作“他若是玉山低趄，你安排着走”。　“若是他寶劍”句：盧冀野本“頭”字下未點斷，非。脉望館鈔校本“若是他”作“他若是”，無“你則”。徐征本、王季思本從。吴國欽本、王學奇本、徐征本、王季思本“匣”字下補“你則”二字。　“枉送了”句：寧希元本“八十”下補一“一”字。脉望館鈔校本此句作“枉送了你那八十一座軍州”，下有“（魯云）先生不須多慮，魯肅料關公勇有餘而智不足。到來日我壁間暗藏甲士，擒住關公，便插翅也飛不過大江去。我待要先下手爲强。（末云）大夫，量你怎生近的那關雲長”。徐征本、王季思本從。除吴曉鈴本，各本“關雲長”下補“（唱）”。●滚綉球：曲牌名，注見《大都新編關張雙赴西蜀夢》第四折同曲牌注。依曲譜，此曲襯字爲：他鍾前有、兒、筵前帶、那漢、你是必、兒則、着、圓睁開、輕舒開、那、横、登時敢、若是他、你則、若是他、你則、着、了八十座；韵脚字爲：酒、鬥、州、手、皺、收、酒、頭、州。　鍾前：猶席上。鍾，酒器。王充《論衡·語增》：“文王飲酒千鍾。”　半點兒言：指一言半語。　筵前：指開筵前。　二分酒：已喝了二分的酒。　那漢：即指關羽。　操：急躁。本劇第一折［鵲踏枝］：“它誅文醜騁粗操。”　不中：不堪。《全唐詩》卷二九八王建：“老夫不比少年兒，不中數與春别離。”　調鬥：調笑、惹逗。　是必：務必。　挂口兒：談到，提及。《集注分類東坡先生詩》卷十二《送劉攽倅海陵》：“君不見阮嗣宗，臧否不挂口。”　則：猶衹。　神道：神仙，這裏指關羽。　横：驟然。　卧蠶眉：眉毛像卧着的蠶。這裏指關羽的眉毛。　登時：立刻，馬上。　敢：膽敢，敢于。　五蘊山列火難收：謂人控制不住自己的感情，發起怒來。五蘊，又叫五蔭，佛教語。慧能《壇經》四五："何名五蔭？色蔭、受蔭、想蔭、行蔭、識蔭是。"五蘊山，即指此五者糅合而成的身心。列火，即烈火。　玉山低趄（qiè）：指身體傾斜。《太平樂府》卷二李愛山小令［雙調·壽陽曲］《飲興》："玉液殷勤勸，金杯莫斷絶，拚了玉山低趄。"玉山，指身體。芮挺章《國秀集》卷中鄭審《酒席賦得匏瓢》："挂影憐紅壁，傾心向緑杯。何曾斟酌處，不使玉山頽。"趄，傾斜。　頻：一定時間内多次地。　匣：劍鞘。　枉：徒然。　八十座軍州：一説八十一座軍州。軍州，即軍和州。宋代行政區劃，在路之下，分爲府、州、軍、監。這裏沿用宋代的制度和名稱來稱三國時孫吴所管轄的地區。《博望燒屯》第一折正末云："孫權見居江東八十一郡，按着九數，乃地利之方。"⊙此曲寫司馬徽通過對關羽酒性的描述，説明關羽的脾氣本來就不好惹，如果再喝點酒就更不好對付了，他要是發起火來，恐怕連整個東吴都要失去了。這裏仍然在説招待關羽時要十分小心謹慎。

［**倘秀才**］你道東吴國魯大夫仁兄下手，則消的西蜀郡諸葛亮先生啓口，奏與那海量仁慈的漢皇叔。那先生操琴風雪降，彈劍鬼神愁，則怕您急難措手。●你道：脉望館鈔校本作"比及你"。徐征本、王季思本從。　"則消的"句：則，盧冀野本改作"只"。脉望館鈔校本此句"的"作"得"，"郡"作"國"，"啓"作"舉"。徐征本、王季思本從。　"奏與那"句：海量，脉望館鈔校本作"有德行"，無"的"字。徐征本、王季思本從。　操琴風雪降：風，寧希元本改作"霜"。脉望館鈔校本"操"作"撫"，"風"作"霜"。徐征本、王季思本從。　彈劍鬼神愁：彈，原作"撣"，從脉望館鈔校本、盧冀野本、鄭騫本、徐沁君本、寧希元本、馬欣來本、徐征本、徐征附録本、王季思本、王季思附録本、藍立蓂本改。　則怕您急難措手：怕，原作"帕"，從脉望館鈔校本、盧冀野本、鄭騫本、徐沁君本、寧希元本、馬欣來本、徐征本、徐征附録本、王季思本、王季思附録本、藍立蓂本改。脉望館鈔校本"您"作"你"，此句下有"（魯云）我觀諸葛亮也小可，除他一人，也再無用武之人。（末云）關雲長他弟兄五個，他

若是知道呵，怎肯和你甘罷！（魯云）可是那五個？（末唱）”。徐征本、王季思本從。●倘秀才：曲牌名。注見《大都新編關張雙赴西蜀夢》第四折同曲牌注。依曲譜，此曲襯字爲：你道、國、仁兄、則消的、郡、先生、奏與那、的、那先生操琴、彈劍、則怕您急難；韵脚字爲：手、口、叔、愁、手。　魯大夫：即指魯肅。　仁兄：對魯肅的敬稱。　下手：指做出對付關羽的行動。　則消的：猶“衹須”。高文秀《澠池會》第二折［尾聲］：“不須軍馬多，則消的數騎隨。”　啓口：開口。　海量：指胸襟開闊。　仁慈：仁愛慈悲。　那先生：指諸葛亮。　“操琴風雪降，彈劍鬼神愁”句：指諸葛亮一彈琴就會使風雪降下來，一揮劍就會使鬼神發愁。這裏指諸葛亮神通廣大。　您：魯肅。　措手：放手。這裏指處置。⊙此曲寫司馬徽對魯肅説，即使你魯肅能够做出來，但如果諸葛亮不同意，那也是很難辦的。因爲諸葛亮有“操琴風雪降，彈劍鬼神愁”的本領，這本領魯肅是很難應付的。

［**滚綉球**］黄漢升勇似彪，趙子龍膽如斗，馬孟起是殺人的領袖。那煞漢虎牢關立伏了十八鎮諸侯，騎一匹千里騅，横一條丈八矛，當陽阪有如雷吼，曾當住曹丞相一百萬帶甲貔貅。叫一聲混天塵土紛紛的橋先斷，喝一聲拍岸驚濤厭厭的水逆流。這一火怎肯干休！●黄漢升勇似彪：升，原作“昇”，王季思附録本從。從徐沁君本、寧希元本、馬欣來本、徐征本、徐征附録本、王季思本、藍立蓂本改。《三國志》本傳即作“升”。脉望館鈔校本此句作“有一個黄漢升猛似彪”。　趙子龍膽如斗：脉望館鈔校本作“有一個趙子龍膽大如斗”。徐征本、王季思本從。　“馬孟起”句：脉望館鈔校本作“有一個馬孟起他是個殺人的領袖”。徐征本、王季思本從。　“那煞漢”句：煞，原作“殺”，從徐沁君本改。徐沁君本校云：“‘殺’字疑爲‘煞’字之同音借用。煞，舊謂凶神。”何煌本改作“條”，朱校作“黑”，盧冀野本亦改作“黑”，均非是。鎮，原作“車”，馬欣來本從原本。從寧希元本、徐征附録本改。盧冀野本、鄭騫本、徐沁君本、徐征本、王季思本、王季思附録本改作“路”。侯，原作“候”，從盧冀野本、鄭騫本、徐沁君本、寧希元本、馬欣來本、徐征本、徐征附録本、王季思本、王季思附録本、藍立蓂本改。脉望館鈔校本此句作

“有一個莽張飛虎牢關力戰了十八路諸侯”。北京大學本校記云：“‘力戰’元刊本作‘立伏’，疑作‘立伏’是，指討伐董卓時與吕布作戰，《關張雙赴西蜀夢》第四折‘虎牢關酣戰温侯’一語可證。”　千里騅：脉望館鈔校本作“閉月烏”，王季烈本、隋樹森本“閉”改作“豹”。徐征本、王季思本作“畢”。吴曉鈴本校記按云：“當作‘畢’字。”　横一條丈八矛：矛，原作“牟”，從盧冀野本、鄭騫本、徐沁君本、寧希元本、馬欣來本、徐征附録本、王季思附録本、藍立蓂本改。脉望館鈔校本此句作“使一條丈八矛”。徐征本、王季思本從。　當陽阪：阪，原作“坡”，馬欣來本、徐征附録本、王季思附録本從原本。今從藍立蓂本改。脉望館鈔校本、徐沁君本、徐征本、王季思本改作“坂”。脉望館鈔校本此句上有“他在那”三字。徐征本、王季思本從。　“曾當住”句：當，何煌本改作“黨”。盧冀野本、徐沁君本、寧希元本、馬欣來本、徐征附録本、王季思附録本作“擋”。脉望館鈔校本“曾擋住”作“喝退了”，“帶”作“鐵”。徐征本、王季思本從。　“叫一聲”句：脉望館鈔校本有一“他”字，“叫一聲”作“瞅一瞅”，“混”作“漫”，無“紛紛的”。北京大學本、吴國欽本、王學奇本、徐征本、王季思本“瞅一瞅”改作“瞅一瞅”。　厭厭的：脉望館鈔校本無此三字。徐征本、王季思本從。　這一火怎肯干休：火，馬欣來本作“夥”。盧冀野本、徐沁君本、寧希元本、王季思附録本改作“伙”。脉望館鈔校本“這”作“那”，此句下有“（魯云）先生若肯赴席呵，就與關公一會何妨？（末云）不中中，休説貧道不曾勸你。（唱）”。吴國欽本、徐征本、王季思本“火”改作“伙”。“不中中”第二個“中”字原爲一重文符號“々”，各本均叠作“不中，不中”，是。●滚綉球：曲牌名，注見《大都新編關張雙赴西蜀夢》第四折同曲牌注。依曲譜，此曲襯字爲：黄漢升、趙子龍、是、的、那煞漢、了十八鎮、騎一匹、横一條、曾當住、一百萬、叫一聲、紛紛的、喝一聲、厭厭的、這一火；韵脚字爲：斗、袖、侯、矛、吼、貅、流、休。　黄漢升：黄忠，蜀國大將。　彪：小老虎。　趙子龍：趙雲，蜀國大將。　斗：量具。　馬孟起：馬超，蜀國大將。　那煞漢：這裏指張飛。煞，凶。　虎牢關：虎牢，故邑名，在河南滎陽市汜水鎮西。相傳周穆王獲虎爲柙畜于此，故名。此地形勢險要，爲軍事關隘。　立伏：立刻降伏。　十八鎮諸侯：即十八路諸侯。　騅（zhuī）：毛色青白相雜的駿馬。 横：與身體形成十字，與地面平行。 當陽阪（bǎn）：當陽，今湖北宜昌東北部。阪，斜坡。 曹丞相：即曹操。 帶甲：穿着盔甲。 貔貅（pí xiū）：傳説中的猛獸名，這裏比喻勇猛的軍士。 混天：漫天。 厭厭：滿滿。 逆流：倒流。 這一火：即此曲提到的黄蓋、趙雲、馬超、張飛等。 干休：罷休。也就是不會讓對方白占便宜。⊙此曲寫司馬徽説蜀國的黄忠、趙雲、馬超、張飛都不是尋常人物，他們都不好惹。如果搞不好的話，即使關羽、諸葛亮、劉備不動聲色，他們也會找來算賬的。

［叨叨令］若是你冬冬戰鼓聲相輳，不剌剌戰馬望前驟，他惡喑喑揎起征袍袖，不鄧鄧惱犯難收救。您索與他死去也末哥！索與他死去也末哥！那一柄青龍刀落處都多透！●叨叨令：脉望館鈔校本無此曲。 輳：藍立蓂本從原本。何煌本、徐沁君本、馬欣來本、徐征附録本、王季思附録本及吴國欽本校記改作“凑”。 征袍袖：原本“袍”字左旁略潦草。覆元槧本作“抱”，誤。何煌本、盧冀野本、北京大學本均不誤。吴曉鈴本校記誤謂元刊本作“抱”。 不鄧鄧：“鄧”字原不重。從鄭騫本、徐沁君本、寧希元本、馬欣來本、徐征附録本、王季思附録本、藍立蓂本及吴國欽本校記補。吴曉鈴本亦疑“鄧”下脱一“鄧”字，自是。徐沁君本校記按云：“元本‘鄧’字下蓋脱一重文符號，他處亦有此種現象。” “您索與”二句：徐征附録本、藍立蓂本從原本。何煌本、盧冀野本、鄭騫本、王季思本附録本及吴曉鈴本校記、北京大學本校記第二句上重“您”字。不從。 都多：寧希元本“多”改作“剁”。不從。●叨叨令：曲牌名，注見《大都新編關張雙赴西蜀夢》第四折同曲牌注。依曲譜，此曲襯字爲：若是你、望、他、起、收、您索與、索與、那一柄、處；韵脚字爲：輳、驟、袖、救、透。 你：指魯肅。 冬冬：象聲詞。 輳：聚集在一起。不剌剌：像聲詞，狀急馳時的馬蹄聲。尚仲賢《三奪槊》第二折［梁州第七］：“這些時但做夢早和敵軍對壘，纔合眼早不剌剌地戰馬相交。” 驟：騰躍。 惡喑喑：惡狠狠。元刊本張國賓《薛仁貴》第二折［醋葫蘆幺］：“見幾個惡喑喑的公吏人兩邊排。” 揎：捲起。 不鄧鄧：形容怒氣上升的樣子。元刊本紀君祥《趙氏孤兒》第三折［川撥棹］：“將這小孩兒尋覓着，不

鄧鄧生怒惡。” 惱犯：觸犯。 收救：挽救。《雍熙樂府》卷十九無名氏小令［小桃紅］“西厢百咏”：“家翻宅亂鬧啾啾，唬的我難開口，惱犯尊顔怎收救。” 索：衹，須。 與他：給他。藍立蓂本釋爲襯字，無義，似欠妥。也末哥：語氣詞。三字連用，表示語氣十分重。相當于“啊”。 柄：把。青龍刀：即關羽的青龍偃月刀。青龍，刀刃上鑄着青色的龍。 都多：多都，大都。 透：斷、穿。⊙此曲寫司馬徽告誡魯肅，如果他引起戰争，惹惱了關羽，後果將不堪收拾，魯肅衹有死的分了。因爲關羽的青龍偃月刀所到之處，大都被砍折、割穿，存活的機會是很少的。

［煞尾］席條兒□怕㓝着我手，樹葉兒隄防打破我頭。他千里獨行覓二友，匹馬單刀鎮九州。人似巴山越嶺彪，馬跨番江混海虬。他輕舉龍泉殺車胄，怒拔昆吾壞文醜，麾蓋下顔良劍梟了首，蔡陽英雄立取了頭。這個避是非的先生決應了口，吾兒阿！那殺人的關公更怕他下不的手！（下）●煞尾：原作“尾”。馬欣來本從原本。從鄭騫本、徐沁君本、寧希元本、徐征附録本、王季思附録本、藍立蓂本改。脉望館鈔校本作“尾聲”，徐征本、王季思本從。 席條兒□怕㓝着我手：席，盧冀野本作空圍。條，原作“你”，從徐沁君本、馬欣來本、徐征附録本、王季思附録本、藍立蓂本改。徐沁君本校記按云：“‘條’字繁體與‘你’字形似致誤。”寧希元本改作“篾”。“兒”下一字原不清，覆元槧本空闕，藍立蓂本從。徐沁君本、馬欣來本作“子”，寧希元本作“我”，徐征附録本、王季思附録本作“只”。怕，原作“帕”，從何煌本、盧冀野本、鄭騫本、徐沁君本、寧希元本、馬欣來本、徐征附録本、王季思附録本、藍立蓂本改。㓝，原作“利”。馬欣來本從原本。鄭騫本改作“刺”，從徐沁君本、寧希元本、徐征附録本、王季思附録本、藍立蓂本改。脉望館鈔校本此句作“我怕刀尖兒觸抹着輕㓝了你手”。徐征本、王季思本從。徐沁君本按云：“此句似與原意不符。蓋本句‘席條兒’與下句‘樹葉兒’云云，均極言其事之輕微不足道，而乃有所畏忌，以形容膽畏事者；若‘刀尖兒’則又當别論矣。” 隄防：隄，原作“低”，從盧冀野本、鄭騫本、徐沁君本、寧希元本、馬欣來本、藍立蓂本改。徐征附録本改作“堤”。王季

思附録本改作“提”。脉望館鈔校本從原本，徐征附録本改作“堤”。吴國欽本、王季思本改作“提”。　他：脉望館鈔校本作“關雲長”。徐征本、王季思本從。　巴：徐沁君本、寧希元本、馬欣來本、徐征附録本改作“爬”。徐征本、王季思本、藍立蓂本作“巴”。　番江混海虬：番，藍立蓂本從原本。盧冀野本、鄭騫本、徐沁君本、寧希元本、馬欣來本、徐征附録本、王季思附録本作“翻”。脉望館鈔校本同，各本亦改。虬，脉望館鈔校本作“獸”，徐征本、王季思本從。　他輕舉龍泉：脉望館鈔校本無“他”字。徐征本、王季思本從。　怒拔昆吾壞文醜：脉望館鈔校本“拔”作“扯”。徐征本、王季思本從。寧希元本“昆吾”作“錕鋙”。文醜，原作“文丑”，徐征附録本從。從盧冀野本、鄭騫本、寧希元本、馬欣來本、王季思附録本、藍立蓂本改。脉望館鈔校本同。除王學奇本，各本亦改。　“麾蓋下”句：麾，原作“魔”。從盧冀野本、鄭騫本、徐沁君本、寧希元本、馬欣來本、徐征附録本、王季思附録本、藍立蓂本改。吴曉鈴本校記亦謂“魔”爲“麾”之誤。脉望館鈔校本亦作“麾”，“梟”作“標”，徐征本、王季思本從。　立取了頭：脉望館鈔校本無“了”字。徐征本、王季思本從。　“這個”句：脉望館鈔校本“個”作“一個”，“避”作“躲”。徐征本、王季思本從。　吾兄阿：阿，何煌本、鄭騫本、徐沁君本、寧希元本、馬欣來本、徐征附録本、王季思附録本改作“呵”。脉望館鈔校本無此句帶白。徐征本、王季思本從。　“那殺人”句：脉望館鈔校本此句作“那一個殺人的雲長，（云）稽首，（唱）我更怕他下不的手”。吴國欽本、王季思本“下不的”改作“下不得”。徐征本仍作“下不的”。　下：脉望館鈔校本作“（末下）”，下有“（道童云）魯子敬，你愚眉肉眼，不識貧道。你要取索荆州，不來問我。關雲長是我酒肉朋友，我交他兩隻手送與你那荆州來。（魯云）道童，你師父不去，你去走一遭去罷。（童云）我下山赴會走一遭去，我着老關兩手送你那荆州。（唱）［隔尾］我則待拖條藜杖家家走，着對麻鞋處處游。（云）我這一去，（唱）惱犯雲長歹事頭，周倉哥哥快争鬥，輪起刀來劈了頭，唬的我恰便似縮了頭的烏龜則向那汴河裏走。（下）（魯云）我聽那先生説了這一會，交我也怕上來了。我想三條計已定了，怕他怎的？黄文，你與我持這一封請書，直至荆州，請關公去來，着我知道，疾去早來者。（下）”。●煞尾：曲牌名，注見《大都新編關張雙赴西蜀夢》第四折同曲牌注。依曲譜，此曲襯字爲：兒、着、兒、破、他、他、蓋、了、了、這個、的、決、了、那殺人的、更、他；韵脚字爲：手、頭、友、州、虬、胄、醜、首、頭、口、手。　席條：編席用的蘆葦的篾兒。　剺（lí）：割，劃破。　隄防：防備。《漢書・董仲舒傳》："夫萬民之從利也，如水之走下。不以教化隄防之，不能止也。"　他：指關羽。　二友：指劉備和張飛。　九州：《尚書・禹貢》記載，"九州"乃"冀、兖、青、徐、揚、荆、豫、梁、雍"，這裏指中原廣大地區。　巴：爬。《水滸傳》第三十六回："行了半日，巴過嶺頭。"　彪：小老虎。　番江：翻江。　虬（qiú）：虬龍，古代傳説中有角的小龍。　龍泉：劍名。《晋書・張華傳》："華大喜，即補（雷）焕爲豐城令。焕到縣，掘獄至基。入地四丈餘，得一石函，光氣非常，中有雙劍，并刻題，一曰龍泉，一曰太阿。"　車胄：三國時魏將。曹操部下，官至徐州刺史，爲劉備所殺。這裏説爲關羽所殺，乃宣揚關羽武功。《三國志平話》卷中有"關公襲車胄"條，《三國志演義》第二十一回"曹操煮酒論英雄　關公賺城斬車胄"都以車胄爲主角。　昆吾：一作琨珸，劍名。《河圖》："流洲多積石，名琨珸石，煉之成鐵，以作劍，光明如水精。"李承勛《名劍記》："昆吾，一爲錕鋙。子順對魏王曰：周穆王時，西戎獻昆吾之劍，長尺有咫，煉鋼赤刃，用之切玉如泥。"　壞：殺。《五代史平話》梁史卷上："喝令李罕芝將朱温推去法場斬了。欲待下手間，聽得有人喝道：'不得枉壞勇士！'"　文醜（？－200）：東漢人，袁紹大將。紹攻許，使其挑戰，曹操擊破而斬之。這裏説被關羽所殺，乃宣揚關羽武功。　麾蓋下：即麾下，指管轄的部隊内。麾，古代指揮軍隊用的旗幟。　顔良：袁紹大將。　梟（xiāo）：懸挂（砍下的人頭）。　蔡陽：三國魏將。《三國志》記載他是被劉備殺死的。　立取：馬上拿到。　先生：司馬徽自指。　決：堅決。　應了口：説中。《太平樂府》卷七曾瑞卿套數［大石調・青杏子］《騁懷》："展放征旗任誰走，妙算神機必應口。"　吾兄：指魯肅。　阿：啊。　關公：即關羽。　下：元雜劇術語。指人物完成唱念動作後下場。⊙此曲寫司馬徽自稱膽小怕事，是避是非的人，而關羽却是千里獨行，過五關斬六將的人。即使是自己答應了，關羽也很難輕易對付。

第三折

（净開。一折）（關舍人上，開。一折）（净上）（都下了）（正末扮尊子燕居，扮將麈拂子上，坐定。云）方今天下鼎峙三分：曹公占了中原，吴王占了江東，尊兄皇叔占了西川。封關某爲荆王，某在荆州撫鎮。關某暗想，日月好疾也！自從秦始皇滅，早三百餘年也。又想起楚漢分争，圖王霸業，不想有今日！●麈拂子：麈，原作“主”。馬欣來本從。從徐沁君本、寧希元本、徐征附録本、王季思附録本、藍立蓂本改。徐沁君本校記按云：“‘主’爲‘麈’字之簡省。拂子即拂麈，以麈尾爲之，故稱‘麈拂子’。”　鼎峙三分：峙，原作“時”。從盧冀野本、鄭騫本、徐沁君本、寧希元本、馬欣來本、徐征附録本、王季思附録本、藍立蓂本改。吴曉鈴本校記亦謂“當是‘峙’字”。　封關某：某，原作“公”。從盧冀野本、鄭騫本、徐沁君本、寧希元本、馬欣來本、徐征附録本、王季思附録本、藍立蓂本改。徐沁君本校記按云：“元本‘某’字本簡作‘厶’，因誤作‘公’。”藍立蓂本校記按云：“厶，古‘某’字。陸游《老學庵筆記》卷六：‘今人書某爲厶，皆以爲俗從簡便，其實古某字也。’”　楚漢分争：分，徐沁君本、寧希元本、馬欣來本、徐征附録本、王季思附録本、藍立蓂本改作“紛”。藍立蓂本校記按云：“分，同‘紛’。《曹子建集》卷六《盤石篇》：‘蒹葭彌斥土，林木無分重。’”　不想有今日：徐沁君本、馬欣來本、徐征附録本、王季思附録本下補“（唱）”。脉望館鈔校本此段作：“（正末扮關公領關平、關興、周倉上，云）某姓關，名羽，字雲長，蒲州解良人也。見隨劉玄德爲其上將。自天下三分，形如鼎足：曹操占了中原，孫策占了江東，我哥哥玄德公占了西蜀。着某鎮守荆州，久鎮無虞。我想當初楚漢争鋒，我漢皇仁義用三傑，霸主英雄憑一勇。三傑者，乃蕭何、韓信、張良；一勇者，喑嗚叱咤，舉鼎拔山。大小七十餘戰，逼霸主自刎烏江。後來高祖登基，傳到如今，國步艱難，一至此！（唱）”●净：這裏指周倉。　開：開場。這裏指上場。　一折：元雜劇術語。這裏指净從上場到下場，是一個很短的過場戲。　關舍人：舍人，帶有侍從性質的官職。這裹指關羽的兒子關平。　都下了：元雜劇術語，指正末登場前的其他次要角色都下場了。　正末：這裏指關羽。　尊子：稱上界天神仙佛。因關羽屢被加封，宋元時已被民間奉爲神明，故云。　燕居：閑居。燕，通“宴”。　扮將麈（zhǔ）拂子上：麈拂子即拂麈，以麈尾爲之，故稱麈拂子。麈，指鹿一類的動物，尾巴可以做拂麈。這裏指由演員扮一個拂麈上場，而演員不露面。這是一個活道具。　坐定：元雜劇術語，指上場人物按各自位置坐下來，鎮定精神，戲正式開始。　鼎峙：鼎立。　曹公：即曹操。　吴王：即孫策。　尊兄皇叔：即劉備。　關某：關羽謙稱。　撫鎮：撫慰，鎮守。　疾：快。　秦始皇滅：這裏指秦代滅亡。　楚漢分争：指秦末項羽和劉邦争奪天下。　圖王霸業：指統一天下，做皇帝，建立獨霸天下的大業。　不想：想不到。⊙此段是這一折的開場，先是次要角色净扮周倉以及關平上場，大約是做了一些繞場子的武打動作，下場。接着纔是正末關羽正式上場，而他是以上界天神的打扮出現的，而且有由演員扮飾的麈拂隨侍左右。他分析了天下三分鼎立的形勢，又介紹了自己被封爲荆王鎮守荆州，還回顧了自秦代滅亡至楚漢相争已三百多年了，時間過得真快啊。想不到現在又遇上一個諸侯割據的局面。從這裏的語氣看，關羽也并不是主張發動戰争的，他還是希望天下太平。

［中吕·粉蝶兒］天下荒荒，却周秦早屬了劉項，庭君臣遥指咸陽。一個力拔山，一個量容海，這兩個一時開創。想當日黄閣、烏江：一個用了三傑，一個立誅了八將。●中吕·粉蝶兒：原作“粉蝶兒”，藍立蓂本從原本。從鄭騫本、徐沁君本、寧希元本、馬欣來本、徐征附録本、王季思附録本上補“中吕”，脉望館鈔校本上有“中吕”二字。徐征本、王季思本從。　天下荒荒：脉望館鈔校本作“那時節天下荒荒”。徐征本、王季思本從。　却周秦早屬了劉項：却，脉望館鈔校本作“恰”。徐征本、王季思本從。　庭君臣遥指咸陽：藍立蓂本從原本。鄭騫本、王季思附録本“庭”改作“楚”，徐沁君本、馬欣來本作“建”，寧希元本、徐征附録本作“定”。脉望館鈔校本作“分君臣先到咸陽”。徐征本、王季思

本從。　這兩個一時開創：這，脉望館鈔校本作“他”。徐征本、王季思本從。　立誅了八將：盧冀野本“八”改作“大”，非。脉望館鈔校本無“立”字，徐征本、王季思本從。●中吕：宫調名。注見《大都新編關張雙赴西蜀夢》第三折同宫調名注。此套曲押江陽韵。　粉蝶兒：曲牌名。注見《大都新編關張雙赴西蜀夢》第三折同曲牌名注。依曲譜，此曲襯字爲：了、一個、一個、這兩個、想當日、一個、了、一個、了；韵脚字爲：荒、項、陽、創、江、將。　荒荒：形容社會動亂。《劉知遠諸宫調》第一［商調·回戈樂尾］：“自從一個黄巢反，荒荒地五十餘年，交天下黎民受塗炭。”　却：猶“恰”。《全唐詩》卷六二八陸龜蒙《和襲美重題後池》：“却是陳王詞賦錯，枉將心事托微波。”　却周秦早屬了劉項：指漢朝代替周秦，改朝换代。早，猶“又”。《敦煌變文集》卷一《李陵變文》：“入他漢界，早行二千，收兵却回。”脉望館古名家本王實甫《麗春堂》第四折［雙調·五供養］：“我恰離了這雲水窟，早來到是非鄉。”　庭君臣遥指咸陽：庭，“定”的意思。咸陽，秦朝首都。這裏是指劉邦和項羽約定誰先入關中誰就爲王。《史記·高祖本紀》：“趙數請救，懷王乃以宋義爲上將軍，項羽爲次將，范增爲末將。令沛公西略地入關。與諸將約，先入定關中者王之。”　一個力拔山：指項羽。　一個量容海：指劉邦。　一時：同時。《太平廣記》卷五十一引《續仙傳》：“全家人物鷄犬，一時飛去。”　開創：指創建開國基業。　黄閣：漢代丞相官署門塗黄色，故稱黄閣。衛宏《漢舊儀》上：“丞相……聽事閣曰黄閣。”　烏江：在今安徽和縣東北，附近原有烏江亭，史稱爲項羽兵敗自刎處。　三傑：陳元靚《事林廣記》後集卷二“歷代類”：“漢三傑：張良、蕭何、韓信。”　立誅：立刻殺戮。　八將：指項羽兵敗烏江，怒殺了他麾下的八員大將。⊙此曲寫關羽對周秦滅亡、漢代建立的回顧。從劉邦和項羽的對比中可見，關羽對歷史上争奪天下的成功者和失敗者都很有感慨。

［醉春風］一個短劍一身亡，一個净鞭三下響。暗想祖宗傳授與兒孫，却都是枉！枉！獻帝又無靠無挨，董卓又不仁不義，吕布又一衝一撞。●短劍：脉望館鈔校本下有一“下”字。徐征本、王季思本從。　净鞭三下響：净，徐征附録本、王季思附録本、藍立蓂本從

原本。徐沁君本、寧希元本、馬欣來本改作“静”。響，原本奪，從盧冀野本、鄭騫本、寧希元本、馬欣來本、徐征附録本、王季思附録本、藍立蓂本補。吴曉鈴本校記亦謂“元刊本無此字，疑脱”。徐沁君本以下句的“暗”字爲“響”字之誤而斷屬此句。脉望館鈔校本“净”作“静”，“響”字不奪。徐征本、王季思本從。徐沁君本校記按云：“‘響’原作‘暗’。今改。按，静鞭爲朝儀之一。元袁桷《内宴》詩：‘椶殿沉沉曉日清，静鞭初徹四無聲。’‘暗’爲‘響’字之形誤。盧本補‘響’字，是矣；而仍存‘暗’字，又以之屬下句，與下句首‘想’字連讀成‘暗想’一詞，則非是。吴本校勘記云：‘響：元刊本無此字，疑脱。’蓋亦未審‘暗’爲‘響’之訛也。”釋“净”爲“静”，可從，但“響”與“暗”之訓，不從。　暗想祖宗傳授與兒孫：寧希元本、馬欣來本、徐征附録本“暗”字奪。傳，原作“専”。從盧冀野本、鄭騫本、徐沁君本、寧希元本、馬欣來本、徐征附録本、王季思附録本、藍立蓂本改。吴曉鈴本校記亦指其誤。“授”字原壞，從覆元槧本、鄭騫本、徐沁君本、寧希元本、馬欣來本、徐征附録本、王季思附録本、藍立蓂本改。盧冀野本改作“傳受”。吴曉鈴本校記按云：“明鈔本（脉望館鈔校本）‘授’原作‘受’。”藍立蓂本校記按云：“鈔本（脉望館鈔校本）‘傳授’二字不誤，吴本誤校。”脉望館鈔校本無“暗想”二字。徐征本、王季思本從。　“却都是枉！枉”句：第一個“枉”字下原作兩個重文符號“々々”，作三叠，從寧希元本、徐征附録本、藍立蓂本作二叠。盧冀野本、吴曉鈴本校記此句作“却都是枉，是枉”。鄭騫本、徐沁君本、馬欣來本、王季思附録本叠三“枉”字。脉望館鈔校本此句作“到今日享，享”。徐征本、王季思本從。徐沁君本校記按云：“曲譜本曲此句爲一字句，叶韵，下用叠句，二、三叠不等。本劇此句‘却都是’三字爲襯字。盧本蓋誤認兩個重文符號所重者爲‘是枉’二字，則不合曲律。吴本亦沿盧本之誤。”是。　挨：脉望館鈔校本作“依”。徐征本、王季思本從。　董卓：董，原作“重”。從盧冀野本、鄭騫本、徐沁君本、寧希元本、馬欣來本、徐征附録本、王季思附録本改。脉望館鈔校本即作“董”。徐征本、王季思本從。　吕布又一衝一撞：此句脉望館鈔校本下有“（云）某想當日，俺弟兄三人，在桃園中結義，宰白馬祭天，宰烏牛祭地，不求同日生，只願同日死。（唱）”。徐征本、王季思本從。●醉春風：曲牌名。注見《大都新編關張雙赴西蜀夢》第三折同曲牌注。依曲譜，此曲襯字爲：一個、一個、暗想、却都是、獻帝又、董卓又、吕布又；韵脚字爲：亡、響、枉、枉、撞。　一個短劍一身亡：指項羽烏江邊兵敗自刎。　一個净鞭三下響：净鞭，亦作静鞭，朝儀之一，其形如鞭，揮動出聲，使人肅静。《秦并六國平話》卷上："四聲萬歲響連天，天下静鞭人寂静。"這裏指劉邦登基坐朝。　却：竟。《水滸傳》第二十六回："且説西門慶和那婆娘，終朝取樂，任意歌飲，交得熟了，却不顧外人知道。"　枉：徒然。　"獻帝"三句：指東漢末年皇帝庸弱、諸侯紛争的政治局面。獻帝（181－234），即劉協，東漢皇帝，靈帝子。公元189－220年在位。即位時東漢政權已名存實亡，成爲董卓的傀儡；建安元年（196），被曹操迎都于許（今河南許昌），此後又成爲曹操的傀儡。延康元年（220），曹丕代漢稱帝，被廢爲山陽公。⊙此曲寫秦朝末年，項羽和劉邦逐鹿中原，項羽兵敗自刎在烏江邊，而劉邦建立漢朝，南面天下。他也曾想讓漢朝在子孫手裏永遠傳下去，可是到漢獻帝時朝政非常庸弱，諸侯紛争，已難以爲繼了。這是關羽在鋪墊，意在引出劉備、張飛和他自己出場。

［十二月］那時節兄弟在范陽，兄長在樓桑，關某在解梁，諸葛在南陽。一時英雄四方，結義了皇叔、關、張。●樓桑：桑，原作"桒"。藍立蓂本校記按云："疑爲'桑'之俗寫'桒'（見《廣韵》平聲唐韵息郎切）的變體。"徐沁君本、寧希元本以爲"桒"字，非。盧冀野本改作"汴梁"，非是。吴曉鈴本校記按云："'樓桑'，元刊本作'汴梁'。"徐沁君本校記按云："作'汴梁'者，實爲盧本，而非元刊本也。今從趙本（脉望館鈔校本）改正。"馬欣來本、徐征附録本、王季思附録本、藍立蓂本皆作"樓桑"。　解梁：梁，原作"良"。馬欣來本、徐征附録本、王季思附録本從原本。從徐沁君本、寧希元本、藍立蓂本改。脉望館鈔校本作"蒲州解良"。徐征本、王季思本從。徐沁君本校記按云："關羽，漢解人。解原爲春秋時解梁。"是。　諸葛在南陽：脉望館鈔校本上有"更有"二字。徐征本、王季思本從。　一時：脉望館鈔校本下有一"出"字。徐征本、王季思本從。　皇叔、關、張：張，原作"厶"。從盧冀野本、鄭騫本、徐沁君

本、寧希元本、馬欣來本、徐征附録本、王季思附録本、藍立蓂本改。吴曉鈴本校記按云"疑誤"，脉望館鈔校本即作"張"。徐沁君本校記按云："上屢言'關厶（某）'，此爲筆誤。"是。●十二月：曲牌名。小令兼用。亦入［正宫］。本曲帶［堯民歌］合爲帶過曲。句式爲四四四四四四，共六句。每句首常加三襯字。曲譜爲：平平仄上/平[韵]，(平仄)仄平平[韵]。平平(去)上，(平仄)仄平平[韵]。平平仄(平仄)[韵]，(平仄)仄平平[韵]。依曲譜，此曲襯字爲：那時節、在、在、在、在、一時、結義了；韵脚字爲：陽、桑、陽、方、張。　那時節：即東漢末年的漢獻帝時。　兄弟：這裏是"弟"的意思，指張飛。　范陽：今北京。　兄長：指劉備。　樓桑：在今河北涿縣，三國蜀劉備所居里東南有桑樹，高五丈餘，遠望如小車蓋，備幼時常與同族小兒戲于樹下。後因稱爲樓桑里。　關某：關羽謙稱。　解（xiè）梁：古地名，春秋晋地。在今山西臨猗縣西。　諸葛：即諸葛亮。　南陽：今河南南陽。　一時：當時。　英雄：指曹操、袁紹、劉備、孫策等人物。　結義了皇叔、關、張：結義，以義氣相結交。這是古人常用的交朋友的一種方式。這裏指劉備、關羽、張飛桃園三結義。⊙此曲寫他們兄弟三人原來并不在一起，後來因爲各地英雄都起來討伐朝廷纔聚集到一起，爲了加强友誼，他們在桃園舉行了結義的儀式。

［**堯民歌**］一年三謁卧龍崗，早鼎足三分漢家邦。俺哥哥稱孤道寡作蜀王，關某匹馬單刀鎮荆襄。長江，經今幾戰場，恰便似後浪催前浪。●堯民歌：歌，原作"哥"，從盧冀野本、鄭騫本、徐沁君本、寧希元本、馬欣來本、徐征附録本、王季思附録本、藍立蓂本改。脉望館鈔校本同，各本亦改。　崗：脉望館鈔校本、馬欣來本、徐征附録本、王季思附録本作"岡"。從藍立蓂本改。　早鼎足三分漢家邦：脉望館鈔校本上有"却有"二字，"鼎足三分"作"鼎分三足"。徐征本、王季思本從。　俺哥哥稱孤道寡作蜀王：稱孤，原作"你吉"。從鄭騫本、寧希元本、徐征附録本、王季思附録本、藍立蓂本改。盧本"吉"改作"只"，全句成爲"你只道寡"。寧希元本校記按云："原本'孤'字，當假作'古'，'稱孤'二字，遂形誤爲'你吉'。"徐沁君本、馬欣來本作"稱君"。徐沁君本校記按云："'你吉'爲'稱君'二字之形誤。金仁傑《追韓信》第四折，項羽

敗死時説：‘道寡稱君事不成。’可證。楊梓《豫讓吞炭》第二折也有這句話，作‘道寡稱孤事不成’。《單刀會》趙本本句亦作‘稱孤道寡’。因爲‘稱孤道寡’比‘稱君道寡’用得更普遍些，却顯得‘稱君道寡’這句話倒生疏了似的。”脉望館鈔校本此句作“俺哥哥稱孤道寡世無雙”。徐征本、王季思本從。關某：脉望館鈔校本上有一“我”字。徐征本、王季思本從。　經今：脉望館鈔校本作“今經”。徐征本、王季思本從。　恰便似後浪催前浪：催，原作“崔”。從盧冀野本、鄭騫本、徐沁君本、寧希元本、馬欣來本、徐征附録本、王季思附録本改。脉望館鈔校本此句作“却正是後浪催前浪”，下有“（云）孩兒，門首覷者，看甚麽人來。（關平云）理會的。（黄文上，云）某乃黄文是也。將着這一封請書，來到荆州，請關公赴會。早來到也。左右報伏去，有江下魯子敬，差上將拖地膽黄文，持請書在此。（平云）你則在這裏者，等我報伏去。（平見正末，云）報的父親得知：今有江東魯子敬，差一員首將，持請書來見。（正云）着他過來。（平云）着你過去哩。（黄文見科）（正末）兀那厮甚麽人？（黄荒云）小將黄文。江東魯子敬，差我下請書在此。（正云）你先回去，我隨後便來也。（黄文云）我出的這門來。看了關公英雄，一個神道相。魯子敬，我替你愁哩。小將是黄文，特來請關公。髯長一尺八，面如挣棗紅。青龍偃月刀，九九八十斤；脖子裏着一下，那裏尋黄文？來便吃筵席，不來豆腐酒吃三鍾。（下）（正末云）孩兒，魯子敬請我赴單刀會，走一遭去。（平云）父親，他那裏筵無好會，則怕不中麽？（正云）不妨事。（唱）”。北京大學本、吴國欽本、王學奇本、王季思本二“報伏”的“伏”均改作“復”，徐征本仍作“伏”。隋樹森本、王學奇本、徐征本、王季思本“（正云）（正末）”均改作“（正末云）”。●堯民歌：曲牌名。小令兼用。亦入[正宫]。句式爲七七七七七五，共六句。第五句首二字可獨立成句，下句再叠二字成七字句。曲譜爲：㊣平平仄仄平平[韵]，㊣仄平平仄平平[韵]。㊣平㊣仄仄平平[韵]，仄仄平平仄平平[韵]。平平[韵]平平仄仄平[韵]，㊣仄平平去[韵]。依曲譜，此曲襯字爲：早、俺哥哥、關某、恰便似；韵脚字爲：崗、邦、王、襄、江、場、浪。其中“江”字是句中暗韵。　一年：那一年。　謁：拜訪。卧龍崗：在今河南省南陽市西。相傳爲漢末諸葛亮隱居處。唐宋時建祠以爲紀念。　早：已經。　漢家邦：漢朝的疆域。　稱孤道寡：自稱或説别人是孤家寡人。這裏是説劉備。　關某：關羽謙稱。　荆襄：荆州和襄陽。　經今：已經。《太平廣記》卷三百四十七引《傳奇》："道遭黨羌所虜，至此撾殺，劫其首飾而去。後爲路人所悲，掩于沙内，經今三載。"　催：推。⊙此曲寫蜀漢建立的過程，即劉備三訪諸葛亮，三國鼎立，劉備稱君主，關羽做荆襄王。長江見證了歷史上多次戰争的發生（三國鼎立過程中的不少戰争是以長江爲戰場的），一次緊隨一次的程度就像長江的浪濤後浪推前浪一樣。

［**石榴花**］兩朝相鬲漢陽江，寫着道魯肅請雲長。這的每安排着筵宴不尋常，休想道畫堂别是風光，□□□□。休想鳳凰杯滿捧瓊花釀，决然安排着巴豆砒霜。玳瑁筵擺列着英雄將，休想肯開宴出紅妝。●相鬲：鬲，藍立蓂本從原本。盧冀野本、鄭騫本、徐沁君本、寧希元本、馬欣來本、徐征附録本、王季思附録本改作"隔"。脉望館鈔校本作"隔"。徐征本、王季思本從。下同。　寫着道：脉望館鈔校本上有一"上"字。徐征本、王季思本從。　"這的每"句：排，原作"非"。從盧冀野本、鄭騫本、徐沁君本、寧希元本、馬欣來本、徐征附録本、王季思附録本、藍立蓂本改。下同。脉望館鈔校本無"這的每"與"着"。徐征本、王季思本從。　休想道：道，脉望館鈔校本作"道是"。徐征本、王季思本删"是"字。　休想：脉望館鈔校本作"那裏有"。徐征本、王季思本從。　决然：脉望館鈔校本作"他"。徐征本、王季思本從。　擺列着英雄將：擺，原作"摇"；英，原作"央"。從鄭騫本、徐沁君本、寧希元本、馬欣來本、徐征附録本、王季思附録本、藍立蓂本改。覆元槧本"雄"作"誰"。吴曉鈴本校記按云："元刊本作'玳瑁筵摇列着央誰將'，'摇'字當是'擺'字之誤，'央誰'當是'英雄'之誤。"非。藍立蓂本校記按云："作'誰'者乃覆元槧本，非元刊本，吴校誤。"是。脉望館鈔校本此句作"玳筵前擺列着英雄將"，徐征本、王季思本從。●石榴花：曲牌名，注見《大都新編關張雙赴西蜀夢》第三折同曲牌注。依曲譜，此曲襯字爲：寫着道、這的每、着、休想道、别是、休想、滿、决然、列着、休想肯；韵脚字爲：江、長、常、光、□、釀、霜、將、妝。此曲缺第五句。　兩朝相鬲漢陽江：按，三國時吴蜀兩國之間不存在大江相隔。本折後［上小樓］有"鬲漢江，起戰

場，急難侵傍”句，注引脉望館鈔校本作“隔着江”。據此，則此處“漢陽江”應代指長江。兩朝，指蜀國和吴國。鬲，通“隔”，《漢書·武五子傳》：“群邪錯謬，是以親戚之路鬲塞而不通。”顔師古注：“鬲，與隔同。” 寫着道魯肅請雲長：這裏是説魯肅舉辦宴會，宴會外面有類似于如今之横幅，寫的是“魯肅宴請關羽”。寫着道，寫的是。 這的每：這些人。《元典章》兵部一“出征”：“這的每根脚裏是匠人有，阿里海牙使見識，交軍數目裏入去來。” 筵宴：筵，鋪陳延展于地面的席。宴，招待賓客的各種菜肴。 休想道：猶“休想是”。 畫堂：指有雕梁畫棟的很講究的廳堂。 别：另一番。 鳳凰杯：指雕着鳳凰圖案的酒杯。 瓊花釀：指像瓊花一様清醇的酒。 决然：堅决的樣子。 巴豆：植物名，大戟科，常緑灌木或小喬木。入藥，有大毒。 砒(pī)霜：礦物名。即砒石的升華精製者，有紅、白兩種，由含砷礦石加工製成，均含三氧化二砷。有大毒。 玳瑁筵：這裏指盛列山珍海味的筵席。玳瑁，動物名，爬行綱，海龜科，以魚、軟體動物、海藻爲食。孟棨《本事詩·情感第一》：“去雨分飛二十年，當時求夢不曾眠。今來頭白重相見，還上襄王玳瑁筵。” 英雄將：指一批英雄將領。 肯：允許。 出紅妝：指有女性侍侑。⊙此曲寫關羽去赴宴會，這宴會絶非尋常宴會可比，甚至還會在菜肴裏下毒，對此應該有很清醒的認識。這是關羽對將赴宴會嚴峻形勢的估計和判斷。

［鬥鵪鶉］安排下打鳳撈龍，準備着天羅地網。那裏是待客筵席，則是個殺人的戰場。他每誠意誠心便休想，全不怕後人講。既然他謹謹相邀，我與你親身便往。●鵪鶉：原省寫作“奄亨”，從盧冀野本、鄭騫本、徐沁君本、寧希元本、馬欣來本、徐征附録本、王季思附録本、藍立蓂本改。 打鳳撈龍：撈，脉望館鈔校本作“牢”。徐征本、王季思本從。 天羅地網：盧冀野本“網”字下未點斷。誤。 那裏：脉望館鈔校本作“也不”。徐征本、王季思本從。 殺人：脉望館鈔校本“人”字下有一重文符號“々”，各本均叠“殺人”二字。藍立蓂本校記按云：“疑奪一重文符號。” “他每”句：脉望館鈔校本作“若説那重意誠心更休想”。徐征本、王季思本從。 怕：原作“帕”，從盧冀野本、鄭騫本、徐沁

君本、寧希元本、馬欣來本、徐征附録本、王季思附録本、藍立蓂本改。脉望館鈔校本即作“怕”。徐征本、王季思本從。　既然他：脉望館鈔校本作“既然”。徐征本、王季思本從。　“我與你”句：脉望館鈔校本“與你”作“則索”，此句下有“(平云)那魯子敬是個足智多謀的人，他又兵多將廣，人强馬壯。則怕父親去呵，落在他彀中。(正)”。王季烈本、吴曉鈴本、北京大學本、吴國欽本“正”下補“唱”，隋樹森本、王學奇本、徐征本、王季思本補“末唱”。●鬥鵪鶉：曲牌名，注見《大都新編關張雙赴西蜀夢》第三折同曲牌注。依曲譜，此曲襯字爲：安排下、準備着、那裏是、則是個、的、他每、既然他、我與你；韵脚字爲：網、場、想、講、往。　打鳳撈龍：誘人的圈套。鳳、龍，人中精英。這裏指關羽。古名家本喬夢符《詩酒揚州夢》第二折［小梁州幺］：“怎承望曉來誤入桃源洞，又則怕公孫弘打鳳牢龍。”牢，即“撈”。　天羅地網：指非常大的圈套。　那裏是：哪裏是。　則是個：衹是個。　他每：他們。　誠意誠心：即誠心誠意。　講：議論。　謹謹相邀：很謹慎地邀請。　親身：親自。⊙此曲寫東吴宴請關羽實質上是設下天羅地網，那待賓客的筵席就是殺人的戰場，休想讓魯肅誠心誠意，他不會怕後人的議論。但他已發出邀請，我還是親身前往吧。這裏是説關羽對東吴魯肅設的筵席有充分的估計和考慮，他意識到此次前往的危險，但還是去了。從這裏看，關羽確實是一位智勇雙全的英雄。

［上小樓］你道他兵多將廣，人强馬壯。大丈夫雙手俱全，一人拚命，萬夫難當。你道鬲漢江，起戰場，急難侵傍，交他每鞠躬鞠躬送的我來船上。●雙手俱全：脉望館鈔校本作“敢勇當先”。徐征本、王季思本從。　萬夫難當：脉望館鈔校本下有“(平云)許來大江面，俺接應的人可怎生接應？(正唱)”。王學奇本、徐征本、王季思本“正”下補一“末”字。　道鬲漢江：脉望館鈔校本作“道是隔着江”。徐征本、王季思本從。鬲，除藍立蓂本，其他各本作“隔”。　侵傍：侵，徐沁君本、寧希元本據脉望館鈔校本改作“親”。徐征本、王季思本從。“交他每”句：何煌本“交”改作“教”。第一個“鞠躬”下原爲一重文符號“々”，從鄭騫本、馬欣來本、藍立蓂本補叠“鞠躬”二字。馬欣來本第一個

“鞠躬”點斷。盧冀野本誤重文符號爲“又”字，作“鞠躬又”，徐沁君本、寧希元本、徐征附録本、王季思附録本作“鞠躬躬”。脉望館鈔校本作“我着那厮鞠躬躬送我到船上”。徐征本、王季思本從。第二個“躬”字亦爲一重文符號“々”，除徐征本、王季思本外，各本均補叠作“鞠躬”二字。脉望館鈔校本此句下有“（平云）你孩兒到那江東，旱路裏擺着馬車，水路裏擺着戰船，直殺一個血衚同。我想來，先下手的爲强。（正唱）”。●上小樓：曲牌名，注見《大都新編關張雙赴西蜀夢》第三折同曲牌注。依曲譜，此曲襯字爲：你道他、大丈夫、你道、每鞠躬鞠躬、的；韵脚字爲：廣、壯、當、江、場、傍、上。　你：這裏指關平。　他：這裏指魯肅。　大丈夫：關羽自稱，含有自豪自信的語氣。　拚（pàn）命：拼命。　難當：難于抵擋。　漢江：借指長江。　起：開啓。　侵傍：侵犯。這裏是靠近的意思。關漢卿《拜月亭》第二折［哭皇天］：“較了數個賊漢把我相侵傍，阿馬想波，這恩臨怎地忘？”　交：讓。　他每：指魯肅及東吴將領。　鞠躬：曲身以示謹敬，一種禮儀。⊙此曲寫關羽在對關平的看法表示認可的同時，也做出了最壞的打算，但他還是胸有成竹，最後準備讓魯肅主動送他到船上。

［幺］你道先下手强，後下手殃。一隻手揝住寶帶，臂展猿猱，劍扯秋霜。他待暗暗藏，索緊緊防，都是狐朋狗黨，小可如我千里獨行，五關斬將。●幺：徐征本、王季思附録本、藍立蓂本從原本。徐沁君本、寧希元本、馬欣來本、徐征附録本、王季思本作“幺篇”。　“你道先下手强，後下手殃”句：殃，原作“央”，從盧冀野本、鄭騫本、徐沁君本、寧希元本、馬欣來本、徐征附録本、王季思附録本、藍立蓂本改。徐沁君本校記按云：“趙本（脉望館鈔校本）正作‘殃’。”脉望館鈔校本此句作“你道是先下手强，後下手央”。徐沁君本校誤。除王季烈本、隋樹森本、徐征本外，各本“央”改作“殃”。　一隻手揝住寶帶：馬欣來本、徐征附録本、藍立蓂本從原本。王季思附録本“揝”改作“抓”。脉望館鈔校本上有一“我”字。徐征本、王季思本從。北京大學本、吴國欽本、王學奇本“揝”改作“揪”。　劍扯秋霜：脉望館鈔校本“扯”作“掣”。此句下有“（平云）父親，則怕他那裏有埋伏。（正唱）”。隋樹森本、王學奇本、徐征

本、王季思本“正”下補一“末”字。　待暗暗藏：脉望館鈔校本作“那裏暗暗的藏”。徐征本、王季思本從。　緊緊防：徐沁君本據脉望館鈔校本上補“我索”二字，并按云：“趙本原作‘我須索’三字。《語辭匯釋》卷四‘索’字條：‘索，猶須也；應也，得也。’現在用‘我索’二字，和上句‘他待’相對成文。”寧希元本、馬欣來本、徐征本、徐征附録本、王季思本、王季思附録本從。　都是狐朋狗黨：脉望館鈔校本作“都是些狐朋狗黨”，下有“（云）單刀會不去呵，（唱）”。徐征本、王季思本從。　小可如我千里獨行：脉望館鈔校本無“我”字。徐征本、王季思本從。　五關斬將：脉望館鈔校本下有“（云）孩兒，量他到的那裏！（平云）想父親私出許昌一事，您孩兒不知，父親慢慢説一遍。（正唱）”。隋樹森本、王學奇本、徐征本、王季思本“正”下補一“末”字。●幺：曲牌名，注見《大都新編關張雙赴西蜀夢》第三折同曲牌注。依曲譜，此曲襯字爲：你道、下、下、一隻手、他待、索、都是、小可如我、獨；韵脚字爲：强、殃、霜、藏、防、黨、將。此曲“小可如我千里獨行，五關斬將”按曲譜應爲一個七字句。　你：指關平。　先下手强，後下手殃：這是俗語。指在各種場合都要積極争取主動，纔能占據有利位置。現代以來，此俗語變爲“先下手爲强，後下手遭殃”。　揝（zuàn）：抓住，攥住。　寶帶：指繫在腰間的鑲着珍寶的官帶。　猱（náo）：猿猴的一種。　秋霜：這裏指劍刃的寒光。　索：必須。　狐朋狗黨：指一小撮結夥作惡的小人。也作狐群狗黨。　小可：平常、微不足道的意思。千里獨行：指關羽辭别曹操，日行千里，追尋劉備。　五關斬將：指在五個關口斬了孔秀、孟坦、韓福、卞喜、王植、秦琪等曹操的六個將領，所謂“漢壽侯五關斬六將”。⊙此曲寫關羽聽從了關平的勸告，既大義凛然，又不失小心謹慎，表現出一副既驕傲又自信的精神風貌。

［**快活三**］小可如我携親侄訪冀王，引阿嫂覓蜀皇。霸陵橋上氣昂昂，側坐在雕鞍上。●引阿嫂覓蜀皇：盧冀野本“皇”字下未點斷。脉望館鈔校本“蜀”作“劉”。徐征本、王季思本從。　霸：馬欣來本、藍立蓂本從原本。寧希元本、徐征附録本、王季思附録本改作“灞”。脉望館鈔校本作“灞”。徐征本、王季思本從。●快活三：曲牌名，小令兼

用，亦入［正宫］，本曲可帶［朝天子］，又可帶［朝天子］［四邊静］或［朝天子］［四换頭］爲帶過曲。句式爲五五七五，共四句。曲譜爲：平平(平仄)仄平[韵]，(平仄)(平仄)仄平平[韵]。(平仄)平(平仄)仄仄平平[韵]，仄仄平平去[韵]。依曲譜，此曲襯字爲：小可如我、親、阿、在；韵脚字爲：王、皇、昂、上。　小可：同上曲注，平常，微不足道。　我：關羽。　親侄：這裏指劉禪。　冀王：《三國志平話》和元雜劇中都稱袁紹爲冀王。劉備兵敗後依附袁紹，關羽辭别曹操前去找他。　阿嫂：這裏指劉備的糜、竺二夫人。　蜀皇：劉備。　霸陵橋：即灞橋。因漢文帝陵于此（灞水），故稱，在陝西長安縣東。　氣昂昂：氣概非凡的樣子。　側坐：身體朝馬背一邊坐着，而不是騎着。　雕鞍：指雕着花的馬鞍子。⊙此曲寫關羽説自己當年與劉備的親密關係和在霸陵橋上面對敵軍那種氣概非凡的神態。

［**鮑老兒**］戰鼓纔搗斬了蔡陽，血濺在沙場上。刀挑了征袍離了許昌，怔了曹丞相。向單刀會上，對兩朝文武，更小可如三月襄陽。●戰鼓纔搗斬了蔡陽：脉望館鈔校本此句作“俺也曾掏鼓三冬斬蔡陽”。各本“掏”改作“搗”。徐征本、王季思本從。　沙場：脉望館鈔校本作“殺場”。徐征本、王季思本未從，作“沙場”。吴國欽本、馬欣來本、徐征附録本、王季思附録本、藍立蓂本“據元刊本”將“殺”改作“沙”。　刀挑了征袍離了許昌：脉望館鈔校本無二“了”字，“離”作“出”。徐征本、王季思本從。　怔了：怔，原作“撣”。從藍立蓂本改。鄭騫本、王季思附録本改作“辭”，徐沁君本、徐征附録本作“挣”，寧希元本作“癱”，馬欣來本作“抨”。脉望館鈔校本“怔了”作“險唬殺”，徐征本、王季思本從。　朝：脉望館鈔校本作“班”。徐征本、王季思本從。　更小可如三月襄陽：脉望館鈔校本無“更”字，此句下有“（平云）父親，他那裏雄糾糾排着戰場。（正末唱）”。隋樹森本、王學奇本、徐征本、王季思本“正”下補一“末”字。●鮑老兒：曲牌名。亦入［正宫］，句式爲七五七五四四四四四四，共十句，第八、九、十句與五、六、七句爲同一句式，可有可無。本曲即無。曲譜爲：(平仄)仄平平(平仄)仄平[韵]，(平仄)仄平平去[韵]。(平仄)仄平平(平仄)仄平/上[韵]，(平仄)仄平平去[韵]。(平仄)平(平仄)仄，(平仄)平(平仄)仄，(平仄)仄平平[韵]。(平仄)平(平仄)仄，(平仄)平(平仄)仄，(平仄)仄平平

韵。依曲譜，此曲襯字爲：了、在、了、了、向、對、更小可如；韵脚字爲：陽、上、昌、相、上、陽。　撾（zhuā）：擊、打、敲。《集韵》平聲麻韵："撾，擊也。"張爪切。　蔡陽：三國魏大將。《三國志》記載他爲劉備所殺。沙場：戰場。這裏指兩軍拼殺之地。　征袍：戰袍。　許昌：今河南許昌。建安元年曹操迎獻帝于此。　怔：《廣韵》平聲清韵："怔，怔忪，懼貌。"諸盈切。吃驚，愣住。　曹丞相：即曹操，曾擔任漢丞相。　向：在。　兩朝文武：指蜀漢和東吴兩個諸侯國的文武官員。　更：表示更進一步。　小可：平常，微不足道。此詞本套曲多用之。　三月襄陽：指劉備襄陽赴會事。《三國志·蜀書·先主傳》裴松之注引《世語》曰："備屯樊城，爲表禮焉，憚其爲人，不甚信用。曾請備宴會，蒯越、蔡陽欲因會取備，備覺之，僞如厠，潛遁出。所乘馬名的盧，騎的盧走，渡襄陽城西檀溪，水中溺不得出。備急曰：'的盧，今日厄矣，可努力！'的盧乃一踴三丈，遂得過，乘桴渡河，中流而追者至。"元高文秀《劉玄德獨赴襄陽會》雜劇叙其事，其第一折劉表云："今三月請玄德公赴襄陽會。"故曰"三月襄陽"。襄陽，今湖北襄陽。魏晋以來爲軍事重鎮。⊙此曲仍是關羽在叙述自己的功勛，相比自己的戰績，這次單刀赴會，就跟過去劉備獨赴襄陽會一樣，不值得大驚小怪。

［**剔銀燈**］折末他雄糾糾軍排成殺場，威凜凜兵屯合虎帳。大將軍氣鋭在孫吴上，倚着馬如龍人似金剛。不是我十分强，硬主仗，題着厮殺去摩拳擦掌。●"折末"句：折，原作"拆"。從鄭騫本、徐沁君本、寧希元本、馬欣來本、徐征附録本、藍立蓂本改。吴曉鈴本云："'拆'字當是'折'字之誤。"從之。"折末"，脉望館鈔校本作"折莫"，徐征本從。王季思附録本"拆末"改作"遮莫"。此詞異寫有多種，如折莫、折末、折麽、折摸、者莫、者磨。脉望館鈔校本作"折莫他雄糾糾排着戰場"。王季思本"折"改作"遮"。　威凜凜兵屯合虎帳：盧冀野本"帳"字下未點斷。威，原作"戚"，覆元槧本誤作"滅"。今從盧冀野本、鄭騫本、徐沁君本、寧希元本、馬欣來本、徐征附録本、王季思附録本正。帳，原作"帐"，從盧冀野本、鄭騫本、徐沁君本、寧希元本、馬欣來本、徐征附録本、王季思附録本改。脉望館鈔校本無"合"字，作"威凜凜兵屯虎帳"。

徐征本、王季思本從。　大將軍氣鋭在孫吴上：盧冀野本“上”字下未點斷。氣，原作“奇”。馬欣來本、徐征附録本、王季思附録本從原本。從徐沁君本、寧希元本、藍立蓂本改。徐沁君本校記按云：“鄭光祖《王粲登樓》第四折：‘你元來爲咱氣鋭加涵養。’”脉望館鈔校本“奇（氣）鋭”作“智”。徐征本、王季思本從。　倚着：脉望館鈔校本無。徐征本、王季思本從。“不是”二句：盧冀野本“硬”字斷屬上句，與“强”字連爲一詞，“主仗”二字屬下句。藍立蓂本作“主仗”。鄭騫本、寧希元本、馬欣來本、徐征附録本、王季思附録本“仗”改作“張”。鄭騫本校記云：“據鈔本改，此字應用平聲。”脉望館鈔校本作“主張”。徐征本、王季思本從。徐沁君本校記按云：“‘張’字讀去聲。宋陳鵠《西塘集·耆舊續聞》卷八‘唐人以格律自拘’條：故晏公與鄭俠詩云：‘春風不是長來客，主張繁華能幾時。’‘張’字下注‘去聲’。（此晏公指晏幾道，全詩見趙德麟《侯鯖録》卷四。鄭俠，晏幾道之友。）故‘主張’寫作‘主仗’。如元本高文秀《遇上皇》第一折：‘二四的司公能主仗。’趙本作‘主張’。元本武漢臣《老生兒》第三折：‘想這一場胡主仗’。臧本作‘主張’。此外，《陽春白雪》後集卷二彭壽之［八聲甘州］套：‘機謀主仗風月景。’《雍熙樂府》作‘主張’。‘張’字都應作去聲讀。”甚詳。“題着”句：盧冀野本“殺”字下點斷，連上句之“主仗”作“主仗題着斷殺”。非。王季思附録本“題”改作“提”。馬欣來本、藍立蓂本仍作“題”。鄭騫本、徐沁君本、馬欣來本“磨”改作“摩”。藍立蓂本仍作“磨”。脉望館鈔校本此句作“但題起斯殺呵麼拳擦掌”。吴國欽本、王季思本“題”改作“提”。徐征本仍作“題”。王季烈本、吴曉鈴本、北京大學本、吴國欽本、王學奇本、徐征本、王季思本“麽”改作“磨”，隋樹森本作“摩”。●剔銀燈：曲牌名。與南曲略同，諸宮調異。句式爲七七七七六四，共六句。曲譜爲：(平仄)(平仄)(平仄)平平仄平[韵]，(平仄)(平仄)(平仄)(平仄)平平去[韵]。(平仄)平(平仄)仄平平去[韵]，仄(平仄)(平仄)(平仄)仄平平[韵]。平(平仄)(平仄)(平仄)仄平[韵]，平平(去)平/上[韵]。依曲譜，此曲襯字爲：折末他、成、合、大、在、倚着、不是我、題着斯殺去；韵脚字爲：場、帳、上、剛、仗、掌。　折末：寫法多樣，見本曲彙校。意謂即使、就讓、盡教、任憑。宋羅大經《鶴林玉露》丙編卷一“遮莫”：“詩家用遮莫字，蓋今俗語所謂盡教者也。”徐渭《南詞叙録》、方以智《通雅·釋詁》、胡震亨《唐音癸籤》卷二十四都沿襲了這種解釋。馬致遠《陳摶高卧》第四折［步步嬌］："折末胡廝纏到晨鐘撞，休想我一點狂心腸。" 他：指魯肅。 雄糾糾：威武的樣子。本曲第一折："雄糾糾一丈虎軀摇。" 殺場：戰場。 威凛凛：威風的樣子。 屯：駐扎。 合：一起。 虎帳：具有虎威的指揮作戰的軍帳。 大將軍：指關羽。 氣鋭：志氣昂揚，亦可理解爲鋭氣。 孫吴：即東吴。倚着：靠着。 金剛：即金剛石，碳的同位素異形體，是在高壓高温下形成的八面體結晶，也可用人工製造，硬度爲十，是已知的最硬物質，經過琢磨的叫鑽石。這裏指最堅硬的不可摧毁的東西。 主仗：主張。《元典章》吏部三"軍官"："世祖皇帝立定體例來。在後……别了大體例，主仗着委付了的也有。" 題：提。 着：到，及。 去：猶"啊"。 廝殺：互相拼殺。廝，互相。《水滸傳》第三十八回："又在這裏和人廝打。" 摩拳擦掌：指爲某種行動而積極做準備。⊙此曲寫關羽對赴會東吴很有信心，即使東吴軍陣雄糾糾，兵容威凛凛，他也不畏懼，一心衹想着打擊東吴的氣焰。話説回來，他并不是一個主張强硬的人，衹是一提起東吴，就不由得手癢癢。

［蔓菁菜］他便有快對才，能征將，排戈戟，列旗槍。□□對仗，三國英雄漢雲長，端的豪氣有三千丈。●蔓菁菜：馬欣來本、徐征附録本、王季思附録本、藍立蓂本從原本。脉望館鈔校本無，曲文歸入上曲［剔銀燈］，吴國欽本、徐征本、王季思本"據元刊本補"。"他便有"二句：何煌本奪"有"字。才，原作"不"，從徐沁君本、馬欣來本改。鄭騫本、王季思本、王季思附録本改作"付"，寧希元本、徐征本、徐征附録本作"兵"。脉望館鈔校本無此二句。吴國欽本、王季思本據鄭騫本改補"他便有快對付能征將"，徐征本作"他便有快對兵能征將"。 排戈戟：排，原作"非"。各本已改。覆元槧本"戟"誤作"戰"，脉望館鈔校本作"甲"。吴曉鈴本校記按云："元刊本……'甲'字作'戰'字。"藍立蓂本校記按云："作'戰'者乃覆元槧本，非元刊本，吴校誤。"是。徐征附録本、王季思附録本、藍立蓂本從原本作"戟"。吴國欽本、馬欣來本、徐征本、王季思本"據元刊本"改"甲"作"戟"。 列旗槍：旗槍，原省作"其倉"。從盧冀野本、鄭騫本、徐沁君本、寧希元本、馬欣來本、徐征附録本、王季

思附録本、藍立蓂本及北京大學本校記改。唯盧冀野本、鄭騫本、王季思附録本“倉（槍）作‘鎗”，脉望館鈔校本作“旗鎗”。徐征本、王季思本作“旗槍”。 對仗：仗，原作“幛”。從徐沁君本、馬欣來本、王季思本、王季思附録本、藍立蓂本改。徐沁君本校記按云：“對仗，指兩軍作戰。趙本（脉望館鈔校本）作‘各分戰場’，亦兩軍對仗之意。”鄭騫本校記亦謂“此二字疑當作對仗”。何煌本“幛（仗）”誤作“幢”，徐征附録本、寧希元本作“陣”，徐征附録本作“鎮”，非。脉望館鈔校本“對仗”作“各分戰場”，吴國欽本、王季思本“各分戰場”改作“對仗”。 “三國”二句：脉望館鈔校本上有“我是”，“端的”下有一“是”字。徐征本、王季思本從。吴國欽本錯簡，此二句誤置上文［剔銀燈］“但題起斯殺呵”的“起”與“斷”之間。脉望館鈔校本此二句下有“（云）孩兒，與我準備下船隻，領周倉赴單刀會走一遭去。（平云）父親去呵，小心在意者！（正唱）”。●蔓菁菜：曲牌名，首二句可作六字折腰句。句式爲七七四七五，共五句。曲譜爲：仄平平仄平平去㊀，仄平平仄仄平平㊀。㊥平去平/上㊀，㊥仄平平仄平平㊀，㊥仄平平去㊀。此曲首二句即六字折腰句。第三句當爲四字句，本曲缺兩字。依曲譜，此曲襯字爲：他便有、端的、有；韵脚字爲：將、槍、仗、長、丈。 快對才：口才敏捷的人。 戈戟（jǐ）：兩種兵器。戈，長柄横刃，盛行于商周；戟，合戈矛爲一體，可以直刺和横擊。 對仗：兩軍對陣。 漢：蜀漢。 端的：正是。 豪氣：豪邁的氣概。⊙此曲寫即使東吴人才濟濟，如果兩軍對陣，關羽也是毫不畏懼的，他的豪氣可以使敵人聞風喪膽。

［柳青娘］他止不過擺金釵六行，教仙音院奏笙簧，按《承雲》樂章。教光禄寺準備瓊漿，他那珍羞百味□□□，□□□金杯玉觴。暗藏着，闊劍長槍，我不用三停刀，□□□，□□□□衣郎。●柳青娘：脉望館鈔校本無此曲。徐征本、王季思本從。 金釵：何煌本叠作“金釵金釵”。 教仙音院奏笙簧：奏，原作“秦”，從何煌本、鄭騫本、徐沁君本、寧希元本、馬欣來本、徐征附録本、王季思附録本、藍立蓂本及吴國欽本校記改。笙，原作“生”；“簧”字漫漶。覆元槧本“簧”字空缺，盧冀野本奪。從何煌本、鄭騫本、徐沁君本、寧希

元本、馬欣來本、徐征附録本、王季思附録本、藍立蓂本及吴國欽本校記改補。吴曉鈴本校記亦謂"'生'疑是'笙'字"。　按《承雲》樂章：何煌本"樂"字奪。　教光禄寺準備瓊漿：寺，原作"司"，徐征附録本、王季思附録本從原本。從徐沁君本、馬欣來本、藍立蓂本及吴國欽本校記改。"備"字原脱，從盧冀野本、徐沁君本、寧希元本、馬欣來本、徐征附録本、王季思附録本、藍立蓂本及吴國欽本校記補。吴曉鈴本校記亦謂"疑脱'備'字"。漿，原作"將"，從何煌本、盧冀野本、鄭騫本、徐沁君本、寧希元本、馬欣來本、徐征附録本、王季思附録本、藍立蓂本及吴國欽本校記改。　"他那"二句：味，原壞，殘存右角，從覆元槧本、何煌本、盧冀野本、鄭騫本、徐沁君本、寧希元本、馬欣來本、徐征附録本、王季思附録本、藍立蓂本及吴曉鈴本校記補。"味"字下"金"字上原缺約六字。盧冀野本闕字作四空圍。徐沁君本據上下文義，補"也尋常，更休題"，吴國欽本、馬欣來本校記從補。徐征附録本、王季思附録本、藍立蓂本從原本。　暗藏着：暗，原作"按"，徐征附録本、王季思附録本從原本。從何煌本、徐沁君本、寧希元本、馬欣來本、藍立蓂本及吴國欽本校記改。吴曉鈴本校記亦謂"疑當作'暗'字"。所疑自是。　"我不用"三句："刀"字下"衣"字上原缺約七字。盧冀野本闕字作九空圍，鄭騫本于"衣"字上"據文義補錦字"，"刀"字下注"原缺六字"，王季思附録本補同。徐沁君本于"刀"字下意補"千里騎，和那百萬鐵"。吴國欽本、馬欣來本校記從補，寧希元本"衣"字上"依文義"補"鐵"字，校云："鄭本補'錦'字亦可。""刀"字下作六空圍。徐征附録本從原本。●柳青娘：曲牌名，亦入［正宮］，諸宮調異。句式爲四六四六七七三四三三三，共十一句。曲譜爲：(平仄)平(去)平/上[韵]，(平仄)(平仄)仄仄平平[韵]。(平仄)平(去)平/上[韵]，(平仄)(平仄)仄仄平平[韵]。平平仄仄(平仄)(平仄)平/上[韵]，(平仄)(平仄)(平仄)(平仄)平(去)平/上[韵]，仄平(平仄)，(平仄)仄平平[韵]。仄平平，(平仄)(平仄)(去)，仄平平[韵]。本曲第十一句應爲三個字，正字衹用一個空圍，其他三個空圍爲襯字所占位置。依曲譜，此曲襯字爲：他止不過擺、教、按、教、準、他那、我不用、□□□；韵脚字爲：行、簧、章、漿、□、觴、槍、郎。　他：指魯肅。　止不過：衹不過。　金釵：原指女性頭上戴的金屬一類的緊束頭髮的飾物，這裏指擅長音樂的年輕女子。

仙音院：元中統元年（1260）設立的掌管樂工的機構，復改爲玉宸院（見《元史·世祖紀》）。亦用以泛稱宫廷音樂機構。脉望館古名家本王實甫《麗春堂》第一折［混江龍］："光禄寺醞江釀海，尚食局炮鳳烹龍，教坊司承歡奉喜，仙音院擺布施呈：一時向御島來供奉。"此術語非常重要，學者常常把它作爲界定元雜劇發展演變的一個確鑿内證。　笙：中國簧管樂器，由簧片、笙管、斗子三部分組成。　簧：器樂上的發音體，最初由竹片做成，後來由響銅代替。這裏指樂器。　按：演奏。《全唐詩》卷五六七鄭嵎《津陽門詩》"象床塵凝罨颯被"下自注云："上止華清，罨颯公主嘗爲上晨召，聽按《新水調》。"　承雲：古樂名，《楚辭·遠游》："張樂《咸池》奏《承雲》兮，二女御《九韶》歌。"王逸注：《承雲》，即《雲門》，黄帝樂也。　光禄寺：北齊始設光禄寺卿，兼管皇室膳食，唐以後成爲專掌酒膳饈之官（見《通典》卷二五"職官"七"光禄卿"）。　瓊漿：清醇的飲液，這裏指美酒。　羞：即饈，食品。　觴（shāng）：盛滿酒的酒杯。　闊劍：刃較寬的劍。　三停刀：把刀分爲三成，指刀刃很長。　□衣郎：今世學人疑爲"鐵衣郎"，指穿鎧甲的戰士。⊙此曲的大意是寫關羽猜想魯肅可能在表面上叫樂隊來演奏音樂，讓朝廷御厨爲自己安排宴席，而實際上背後却藏着刀斧手，但也敌不過自己的偃月三停刀。

［**道和**］我斟量，我斟量，東吴子敬□□□，□□□。□□□□無謙讓，把咱把咱閑磨障。我這龍泉□□□□□，□□□都只爲竟邊，你見了咱搊搜相，交它家難□□□。□□□□□□□，交它交它情神喪，綺羅叢血水似鑊湯。覓□□□□□□□□□，殺的死尸骸屯滿屯滿漢陽江。●［道和］：脉望館鈔校本無此曲。徐征本、王季思本從。　"我斟量"二句：第一個"斟"字原本筆畫模糊，但仍可辨，覆元槧本誤作"尚"字。從馬欣來本、徐征附録本、藍立蓂本正。何煌本、盧冀野本、鄭騫本、王季思附録本沿誤作"商"字，吴曉鈴本校記誤同。徐沁君本校記云："按，曲譜：本曲首二句叠。"　"東吴"三句："敬"字下"無"字上原闕約十字，"敬"下一字殘存上部，"無"上二字爲二重文符號"々々"。覆元槧本殘字并闕。何煌本"敬"

字下補一“有”字，下作七空圍及二重文符號“々々”。徐沁君本“敬”字下補“有謀量”三字，再據下句句式補“把咱把咱”四字。寧希元本、吴國欽本校記同何本“敬”下補“有”字，從徐沁君本“無”上補“把咱把咱”四字。馬欣來本“敬”字下補“有謀量”三字點斷，“無”字上作八空圍。徐征附録本“敬”字下補“有”字，“無”字上作七空圍。王季思附録本闕字作八空圍。從藍立蓂本“敬”字下“無”字上作十空圍，并據曲譜前兩個三空圍點斷。徐沁君本校記按云：“‘謀量’二字原缺。今補。按，無名氏《連環計》第三折：‘仗才能，憑謀量，不須動鬭劍長槍。’”據補。　把咱把咱閑磨障：上“把咱”二字原缺，下“把咱”原作兩個重文符號。據下句句式補。磨障，徐沁君本、馬欣來本及吴國欽本校記“磨”改作“魔”。徐征附録本、王季思附録本、藍立蓂本仍作“磨”。　“我這”二句：“泉”字下“都”字上原闕約八字，第一字僅存上部一横。覆元槧本殘劃并闕。盧冀野本闕字作三空圍。鄭騫本“據文義補‘三盡掣秋霜’五字，仍缺三字”。徐征附録本、王季思附録本及吴國欽本校記補闕同鄭本。但徐征附録本、王季思附録本“都只爲竟邊”與下句“你見了咱搊搜相”相連。馬欣來本、藍立蓂本作八空圍，但馬欣來本“都”字前點斷。鄭騫本、王季思附録本“竟”改作“鏡”。徐沁君本、馬欣來本及吴國欽本校記作“競”。徐征附録本、藍立蓂本仍作“竟”。徐沁君本校記按云：“‘竟’爲‘競’之同音借代。劉修業《〈秦婦吟〉校勘續記》(《學原》第一卷第七期)：‘扶羸携幼競相呼。’校勘記（十）：丁、戊本‘競’并作‘竟’。他如《敦煌變文集·破魔變》：‘直從上界，來到佛前，歌舞齊施，管弦竟奏。’《才調集》卷八胡曾《寒食都門作》：‘軒車竟出紅塵外，冠蓋争回白日斜。’李清照［慶清朝慢］：‘東城邊，南陌上，正日烘池館，竟走香輪。’諸‘竟’字皆應作‘競’。”不從。　搊搜相：搊搜，原作“㑳㑊”。馬欣來本作“搊㑊”。從鄭騫本、徐沁君本、寧希元本、徐征附録本、王季思附録本、藍立蓂本及吴國欽本校記改。徐沁君本校記按云：“《語辭匯釋》卷五‘㥮（搊搜）’條引《西厢記諸宫調》卷二：‘細端詳，見法聰生得搊搜相。’據改。”是。　“交它家難”三句：何煌本第二、三個“交”字改作“教”，盧冀野本三“交”字均改作“教”。盧冀野本第二、三個“它”字改作“他”，鄭騫本、徐沁君本、寧希元本、馬欣來本、徐征附録本、王季思附録本及吴國欽本校記三“它”字均改作“他”。藍立蓂本仍作“它”。“難”字下“交”字上原闕約八字，第一字僅存上半，似“侵”字。盧冀野本“難”字下點斷，闕字空圍脱。鄭騫本、徐沁君本、馬欣來本、徐征附録本、王季思附録本及吴國欽本校記補“侵傍”二字，仍闕六字。寧希元本補同，仍闕七字。藍立蓂本仍作八空圍。鄭騫本、徐沁君本、寧希元本、徐征附録本、王季思附録本及吴國欽本校記“情”改作“精”。馬欣來本、藍立蓂本仍作“情”。喪，原作“袁”，從鄭騫本、徐沁君本、寧希元本、馬欣來本、徐征附録本、王季思本、藍立蓂本及吴國欽本校記改。吴曉鈴本校勘記亦謂“當是‘喪’字”。盧冀野本作“繞”，并與下句之“綺羅叢”三字連爲一句，作“教他教他情神繞綺羅叢”。非。　綺羅叢血水似鑊湯：鑊，原作“彳隻”，從盧冀野本、鄭騫本、徐沁君本、寧希元本、馬欣來本、徐征附録本、王季思附録本、藍立蓂本及吴曉鈴本校記、吴國欽本校記改。徐沁君本校記按云：“鄭廷玉《忍字記》第三折白：‘爐炭鑊湯難躲避。’馬致遠《青衫泪》第二折：‘有一日你無常到九泉，只願火煉了你教鑊湯滚滚煎。’”　“覓”句：“覓”字下闕約八字，第一個字僅存上部。覆元槧本殘存字并闕。盧冀野本闕字作五空圍。馬欣來本、藍立蓂本作八空圍并點斷，徐征附録本、王季思附録本作八空圍，但與下句“殺的死尸骸”連在一起。　“殺的死尸骸”句：何煌本“屯”作“平”，盧冀野本及吴曉鈴本校記作“流”，均非。第一個“滿”字下原爲二重文符號“々々”，鄭騫本叠作“屯滿滿滿”，失律。馬欣來本、徐征附録本、王季思附録本、藍立蓂本作“屯滿屯滿”，但馬欣來本、徐征附録本把兩個“屯滿”點斷。●道和：曲牌名，又名［道合］，亦入［正宫］，首二句叠。第四句下必增句，格式複雜，一般增七字和三字句。末句上亦可增四字句二至四句。各增句均須叶韵。句式爲二二七三七七七七七，共九句。曲譜爲：(平仄)平/上【韵】，平平/上【韵】，平平(平仄)仄仄平平【韵】，仄平平【韵】。(平仄)平仄仄平平(去)【韵】。(平仄)平仄仄平平(去)【韵】，(平仄)平仄仄平平(去)【韵】。(平仄)平仄仄平平(去)【韵】，(平仄)平(平仄)仄(去)平平【韵】。依曲譜，此曲襯字爲：我、我、我這、都、似、覓□、殺的死、屯滿；韵脚字爲：量、量、□、□、讓、障、□、相、□、□、喪、湯、□、江。我：指關羽。　斟量：斟酌，估量。　子敬：即魯肅。　咱：指關羽。　磨障：佛教稱能奪人生命、障礙善事的惡鬼神爲“磨”，後來寫作“魔”。指魔王設置的障礙，此處意猶麻煩。蔡美彪《元代白話碑集録》“一二三八年鳳翔長春觀公據碑”：“據全真道人張志洞等連狀告稱：‘前去磻溪谷復建掌教丘真人古迹長春院宇，田地在手，別無憑驗，恐有磨障，乞給公據事。’” 龍泉：指寶劍。 竟邊：即境邊，邊境。竟，通“境”。《漢書・徐樂傳》：“故諸侯無竟外之助。”顔師古注：“竟，讀曰境。” 你：指關平。搊（chōu）搜：勇猛、勇悍。金董解元《西厢記諸宫調》卷二［仙吕調・綉帶兒］：“其時遂把諸僧點，搊搜好漢每兀誰敢？待要斬賊降衆，大喊故是不險。” 交它家：即“教他家”。他家，即“他”；家，後綴詞。下兩個“交它”亦“教他”的意思。 情神：神情。酈道元《水經注・洛水》：“臧榮緒《晋書》稱，孫登嘗登宜陽山，作炭人見之，與語。登不應。作炭者覺其情神非常，咸共傳説。” 綺羅叢：富人堆。這裏指東吴以魯肅爲首的高官們。綺羅，綾羅綢緞。 鑊（huò）湯：鑊，古時指無足的鼎，烹煮食物。湯，熱水。米芾《畫史》：“古畫至唐初皆生絹，至吴生、周昉、韓幹，後來皆以熱湯半熟入粉，捶如銀板，故作人物精彩入筆。” 死尸骸（hái）：即尸體。 屯（tún）滿：堆滿。屯，聚集，堆積。 漢陽江：借指長江。⊙此曲大意寫關羽一直在心裏盤算此次赴會的風險，但他仍堅信自己一定能取得最後的勝利，而東吴則會落得血水似鑊湯，尸骸滿漢江。

［尾］須□□□□□□□□公，又無那宴鴻門楚霸王。折末滿筵人都□□□□□□□□，你前日上，放心！小可如我萬軍中下馬刺□□□□□□□！●尾：鄭騫本“據律改題”，作“啄木兒煞”。寧希元本、王季思附録本改同。馬欣來本、徐征附録本、藍立蓂本作“尾”。脉望館鈔校本作“尾聲”。徐征本、王季思本從。 須□□□□□□□□公：“須”字下“公”字上闕約八字，第一字僅存上部。覆元槧本、藍立蓂本殘字并闕。盧冀野本闕字作“五空圍”。鄭騫本、徐沁君本、寧希元本、馬欣來本、徐征附録本、王季思附録本補“無那會臨潼秦穆”七字。脉望館鈔校本此句作“須無那臨潼會秦穆公”，徐征本、王季思本從。何煌本“臨潼會”改作“會臨潼”。 宴鴻門：脉望館鈔校本作“鴻門會”。徐征本、王季思本從。

“折末”三句：折末，原作“行下”。從徐沁君本、寧希元本、馬欣來本、徐征附録本、藍立蓂本改。王季思附録本改作“遮莫”。“都”字下“你”字上闕約八字，盧冀野本作五空圍，鄭騫本、寧希元本、馬欣來本、徐征附録本、王季思附録本補“列着先鋒將”六字，鄭騫本、寧希元本、徐征附録本、王季思附録本“你”字上作三空圍。徐沁君本、馬欣來本“你前日上”與下句“放心”作爲夾白，上補“（帶云）”，下補“（唱）”。徐沁君本校記云：“‘你’字上疑有脱字。”吴曉鈴本校記亦謂元刊本“似有夾白，今僅存‘你前日上放心’六字”。脉望館鈔校本此句作“折麽他滿筵人列着先鋒將”。徐征本、王季思本從。放心，原作小字。脉望館鈔校本無。徐征本、王季思本從。

“小可如”句：徐沁君本、馬欣來本、徐征附録本“萬”字上補一“百”字，王季思附録本、藍立蓂本未補。“軍”原作“尹”，有校筆改作“軍”，盧冀野本、鄭騫本、徐沁君本、寧希元本、馬欣來本、徐征附録本、王季思附録本、藍立蓂本從。“刺”字下部殘損，但仍可辨，覆元槧本、盧冀野本闕去，鄭騫本、徐沁君本、寧希元本、馬欣來本、徐征附録本、王季思附録本、藍立蓂本存。“刺”字下闕字數目不明。盧冀野本“馬”字下作二空圍。鄭騫本、王季思附録本“刺”字下補“顔良”二字及“（下）”。徐沁君本、寧希元本、馬欣來本、徐征附録本下補“顔良時那一場攘”七字。藍立蓂本“刺”字下爲字數不明的空圍。脉望館鈔校本此句作“小可如百萬軍刺顔良時那一場攘”，下有“（下）（周倉云）關公赴單刀會，我也走一遭去。志氣凌雲貫九霄，周倉今日逞英豪。人人開弓并蹬弩，個個貫甲與披袍。旌旗閃閃龍蛇動，惡戰英雄膽氣高。假饒魯肅千條計，怎勝關公這口刀！赴單刀會走一遭去也！（下）（關興云）哥哥，父親赴單刀會去了，我和你接應一遭去。大小三軍，跟着我接應父親去。到那裏古剌剌彩□磨征旗，撲冬冬畫鼓凱征鼙。齊臻臻槍刀如流水，密匝匝人似朔風疾。直殺的苦淹淹尸骸遍郊野，哭啼啼父子兩分離。恁時節喜孜孜鞭敲金鐙響，笑吟吟齊和凱歌回。（下）（關平云）父親，兄弟都去也，我隨後接應走一遭去。大小三軍，聽吾將令：甲馬不許馳驟，金鼓不許交頭接耳，不許語笑喧嘩。弓弩上弦，刀劍出鞘，十分人人敢勇戰，個個威風。我到那裏，一刃刀，兩刃劍，齊排雁翅；三股叉，四楞鍊，耀日争光；五方旗，六沉槍，遮天映日；七稍弓，八楞棒，打碎天靈；九股索，紅綿套，漫頭便起；十分戰，十分殺，顯耀高强。俺這裏雄兵浩浩渡長江，漢陽兩岸列刀槍，水軍不怕江心浪，旱軍豈懼鐵衣郎。關公殺入單刀會，顯耀英雄戰一場。匹馬横槍誅魯肅，勝如親父刺顔良。大小三軍，跟着我接應父親走一遭去。(下)"。●尾：曲牌名，注見《大都新編關張雙赴西蜀夢》第三折同曲牌注。依曲譜，此曲襯字爲：須□□□□、又無那宴、折末、都□□□□、小可如我、中、□□□□□；韵脚字爲：王、□、□。　公：據脉望館鈔校本，此"公"當指秦穆公。　鴻門：在今陝西臨潼縣東項王營。楚漢相争時，項羽曾駐兵于此，請劉邦赴會，席間，劉邦幾乎被殺。事見《史記·項羽本紀》。　楚霸王：即項羽。羽，名籍，羽乃字，因秦亡後曾自立爲西楚霸王，故稱。　折末：即使、就讓、盡教、任憑。馬致遠《陳搏高卧》第四折［步步嬌］："折末胡厮纏到晨鐘撞，休想我一點狂心蕩。"　小可：平常，微不足道。這是關羽自謙的説法。⊙此曲缺字雖多，但大意仍較清楚，就是繼續表現關羽對將要赴的宴會的估計以及不斷堅定的必勝信念。

第四折

（舍人云住）（一行都下）（净上，云）□□□□（正末扮文子席間引卒子做船上坐）□□□□□□□□□你是小可。●舍人：徐沁君本、馬欣來本上增補一“關”字。徐征附録本、王季思附録本、藍立蓂本從原本。　净上：上，原作“一”，從鄭騫本、徐沁君本、寧希元本、馬欣來本、徐征附録本、王季思附録本、藍立蓂本改。　云：“云”字下有缺文，字數不明，盧冀野本、鄭騫本、徐沁君本、寧希元本、徐征附録本、王季思附録本删。徐沁君本又校云：“‘云’字下有缺文。”馬欣來本作“云了”。藍立蓂本作四空圍。　文子：鄭騫本據第三折［粉蝶兒］前白改“文子”作“尊子”。徐征附録本、王季思附録本從。寧希元本校記亦謂鄭騫本改“似是”。馬欣來本、藍立蓂本仍作“文子”。　間：原作“問”，從鄭騫本、徐沁君本、寧希元本、馬欣來本、徐征附録本、王季思附録本、藍立蓂本改。吴曉鈴本校記亦謂“疑是‘間’字”。　卒：原作“辛”。從鄭騫本、徐沁君本、寧希元本、馬欣來本、徐征附録本、王季思附録本、藍立蓂本改。　坐：“坐”字下原闕九字，盧冀野本闕字空圍脱。鄭騫本補“定云”二字，下注“原缺約七字”。王季思附録本補同。徐沁君本補一“云”字，下作九空圍，徐征附録本從。寧希元本、王季思附録本補同，下作七空圍。馬欣來本删空圍，“坐”下點斷。　你是小可：徐沁君本、馬欣來本、徐征附録本、王季思附録本下補“（唱）”。脉望館鈔校本此段作“（魯肅上，云）歡來不似今朝，喜來那逢今日。小官魯子敬是也。我使黄文持書去請關公，欣喜許今日赴會。荆襄地合歸還俺江東。英雄甲士已暗藏壁衣之後，令江人上相候，見船到便來報我知道。（正末關公引周倉上，云）周倉，將到那裏也？（周云）來到大江中流也。（正云）看了這大江，是一派好水也呵！（唱）”。有校筆圈去“令江人上相候”的“人”字。王季烈本、吴曉鈴本、隋樹森本從。北京大學本、吴國欽本、王學奇本、王季思本此句改作“令人江上相候”。隋樹森本、王學奇本、王季思本“正”下補一“末”字。●舍人云住：舍人，帶有侍從性質的官職，這裏指關平。云住，指念完一段白。 一行（xíng）都下：這裏指以關平爲首的侍從人員在場上做完戲曲規定的動作後下場。 净上：扮净的人物上場，這裏指魯肅。 正末：此折男主角。這裏指關羽。 文子：歷史上一般指兩個人，一個是老子的弟子辛妍，一個是文種。辛妍是道家人物，與關羽無干係；而文種是越國忠臣，倒與關羽很相像。如果這樣理解，這裏的文子當以文種指關羽，即忠臣。徐征附録本、王季思附録本改作“尊子”，似無不妥，但竊以爲“文子”“尊子”字形差别太大，不宜改動，應仍作“文子”。 做船上坐：這裏指做出坐在船上的動作。因爲是在舞臺上表演，船僅是道具，故衹能做出坐在船上的動作。 你：這裏指關平。 小可：小人物，平常，微不足道。⊙此段交代蜀漢、東吴雙方參加宴會的人物關羽、魯肅、關平等依次出場。

［雙調·新水令］大江東去□□□，□□□□□□□舟一葉。不比九重龍鳳闕，這裏是千□□□□，□□□□，來，來，來！我覷的單刀會似村會社！●“大江”二句：“東”字筆畫原有殘損，覆元槧本作“束”，從盧冀野本、鄭騫本、徐沁君本、寧希元本、馬欣來本、徐征附録本、王季思附録本、藍立蓂本正。“去”字下“舟”字上原缺約十字，第一字殘存上部。覆元槧本殘字并闕。藍立蓂本從。盧冀野本“去”字下作七空圍。鄭騫本補“浪千叠，趁西風駕着這小”十字，校記云：“原缺此十字，據《集成》曲譜補。鈔本此曲首兩句作‘大江東去浪千叠，引着這數十人駕着這小舟一葉。’若從鈔本，則須補十三字，與原本所缺字數相差過多；《集成》則與原缺字數恰好相符，故從之。”徐沁君本、寧希元本據脉望館鈔校本補“浪千叠，引着這數十人駕着這小”十三字。徐征本、王季思本補同。馬欣來本、徐征附録本、王季思附録本從。 “不比”句：闕，原作“闕”，從盧冀野本、鄭騫本、徐沁君本、寧希元本、馬欣來本、徐征附録本、王季思附録本正。脉望館鈔校本此句上有一“又”字。徐征本、王季思本從。“這裏”二句：“千”字下原缺約十字。藍立蓂本從。馬欣來本、徐征附録本、王季思附録本作“這裏是千丈虎狼穴，大丈夫心别”。脉望館鈔校本作“可正是千丈虎狼穴，大夫心别”。徐征本、王季思本從。王季烈本據今本“心别”

改爲“心烈”，并注云：“原鈔作‘大丈夫心别’，不可解，據今本改。”實非是。吴曉鈴選注《大戲劇家關漢卿傑作集》謂：“所謂今本，當即舞臺演出本，不可據。”吴曉鈴本校記云：“别一王本（王季烈本）據今本改爲‘烈’字，可不必。”盧冀野本“千”字下作五空圍。鄭騫本據脉望館鈔校本及王季烈本補“丈虎狼穴，大丈夫心别”九字，校記云：“鈔本此九字作‘丈虎狼穴大夫心别’八字，孤本（即王季烈《孤本元明雜劇》本）作‘丈虎狼穴大丈夫心烈’九字。今據孤本添‘大丈夫’之‘丈’字，别字仍從鈔本，不從孤本作‘烈’。心别，謂與衆不同也。”徐沁君本、寧希元本、馬欣來本、徐征附録本、王季思附録本補同。徐沁君本校記云：“‘心别’一語，元曲中習見，關氏《拜月亭》第三折‘爺娘行特地心别’，即用之。” “來，來，來”句：脉望館鈔校本無。徐征本、王季思本從。 我覷的單刀會似村會社：村，原作‘材’，從覆元槧本、盧冀野本、鄭騫本、徐沁君本、寧希元本、馬欣來本、徐征附録本、王季思附録本、藍立蓂本改。脉望館鈔校本此句作“我覷這單刀會似賽村社”，下有“（云）好一派江景也呵！（唱）”。徐征本、王季思本從。●雙調，宫調名，注見《新刊關目閨怨佳人拜月亭》第四折同宫調名注。此套曲詞押車遮韵。 新水令：曲牌名，注見《新刊關目閨怨佳人拜月亭》第四折同曲牌名注。依曲譜，此曲襯字爲：□□□、不比、這裏是、我覷的、似村；韵脚字爲：□、葉、闕、□、□、社。 大江東去：指長江嚮東流。 舟一葉：小船一隻。 九重龍鳳闕：指極高的皇朝宫殿。九重，虚言極高。龍鳳，皇帝、皇后。闕，宫殿。 覷：看。 單刀會：指一人赴東吴之宴會。 村會社：村裏的各種祭神演出。會社，行會和村社。社，原指土地神。這裏指祭祀土地神時在村子裏進行的各種演出。⊙這是一支非常有名的曲子，可惜文字不全，後世論著在稱揚關漢卿雜劇尤其是《單刀會》的藝術風格時多引用的是脉望館鈔校本的曲詞，主要表現了關羽帶着十來個隨從，英勇無畏地前往東吴赴會的大義凛然的氣概，他把單刀赴會看得就像村里舉行會社時的各種演出一樣平常。

［駐馬聽］□□□□，年少周郎何處也？不覺灰飛烟滅，可怜□□□□□，□□□□當時絶，鏖兵江水尤然

熱。好交我心下□□□□□□□，□□不盡英雄血！●駐馬聽：原本缺。第一字僅存上部。覆元槧本殘字并闕。從鄭騫本、徐沁君本、寧希元本、馬欣來本、徐征附録本、王季思附録本、藍立蓂本補。脉望館鈔校本補同，徐征本、王季思本從。　年："年"字上闕約四字。盧冀野本闕字空圍脱。藍立蓂本作四空圍。鄭騫本據《集成》曲譜補"依舊的水湧山叠"七字。徐征附録本、王季思附録本補同。徐沁君本、寧希元本、馬欣來本據脉望館鈔校本補"水湧山叠"四字。徐征本、王季思本從。　不覺："覺"原作"着"。從徐沁君本、寧希元本、馬欣來本、藍立蓂本改。鄭騫本據脉望館鈔校本補改作"不覺的"。徐征本、徐征附録本、王季思本、王季思附録本補改同。　"可怜"二句："怜"字殘存"令"字上半截，以下約缺九字，覆元槧本、盧冀野本"令"作"今"。鄭騫本、徐沁君本、寧希元本、馬欣來本、徐征附録本、王季思附録本、藍立蓂本已正。脉望館鈔校本即作"怜"。徐征本、王季思本從。元刊本"令（怜）"字下"當"字上闕約九字。藍立蓂本從。盧冀野本作六空圍。鄭騫本、徐沁君本據脉望館鈔校本補"黄蓋轉傷嗟，破曹檣櫓"九字。寧希元本、馬欣來本、徐征本、徐征附録本、王季思本、王季思附録本補同，唯寧希元本"曹"下增一"的"字，"當時"作"一時"。鏖兵江水尤然熱：鏖，原作"塵"。從盧冀野本、鄭騫本、徐沁君本、寧希元本、馬欣來本、徐征附録本、王季思附録本改。寧希元本"兵"字下增一"的"字。尤，原作"元"，馬欣來本從原本。依藍立蓂本改。鄭騫本、寧希元本、徐征附録本、王季思附録本改作"猶"。脉望館鈔校本此句作"鏖兵的江水由然熱"，王季烈本、隋樹森本、吴國欽本、徐征本、王季思本"由"改作"猶"。　"好交"二句：盧冀野本"交"改作"教"，"下"字下"不"字上原缺約九字。藍立蓂本從。盧冀野本作五空圍，"不"字上補一"流"字。鄭騫本據《集成》曲譜補"慘切，這是二十年流"八字。徐沁君本、馬欣來本參脉望館鈔校本補"情慘切，二十年流"七字。徐征附録本、王季思附録本補同，徐征附録本"二十年"上增"這裏是"三字，王季思附録本"二十年"上增"這是"二字。寧希元本校記謂"下""爲文字待勘符號'卜'之形誤"，改補"下□"作"慘切"，下據脉望館鈔校本補帶白"這也不是江水"及曲文"二十年流"十字。徐沁君本校記按云："趙本作：'好教我情慘切！

（云）這也不是江水，（唱）二十年流不盡的英雄血！'元本是没有這一句夾白的。兹將曲文參合校補如上。”脉望館鈔校本此句作“好交我情慘切！（云）這也不是江水，（唱）二十年流不盡的英雄血”，下有“（云），却早來到也，報伏去。（卒報科）（做相見科）（魯云）江下小會，酒非洞裏之長春，樂乃塵中之菲藝。猥勞君侯屈高就下，降尊臨卑，實乃魯肅之萬幸也！（正云）量某有何德能，着大夫置酒張筵？既請必至。（魯云）黄文，將酒來。二公子滿飲一杯。（正云）大夫飲此杯。（把盞科）（正云）想古今咱這人過日月好疾也呵！（魯云）過日月是好疾也。光陰似駿馬加鞭，浮光似落花流水。（正唱）”。●駐馬聽：曲牌名，注見《新刊關目閨怨佳人拜月亭》第四折同曲牌名注。依曲譜，此曲襯字爲：不覺、好交我心下□□□□；韵脚字爲：也、滅、□、絶、熱、□、血。　周郎：即周瑜。　何處：何在。　灰飛烟滅：指赤壁之戰結束。　當時：現在。　絶：無。　鏖（áo）兵：激戰的軍隊。　尤：即“猶”。《朱文公校昌黎先生集》卷二十三《祭十二郎文》：“汝時尤小，當不復記憶。”脉望館鈔校本謂“由”亦即“猶”，《荀子·富國》：“雖爲之逢蒙視，詘要橈膕，君盧屋妾，由將不足以免也。”楊倞注：“由與猶同。”　心下：心裏。⊙此曲缺字多，但大意尚清晰，寫關羽説赤壁之戰剛剛結束，如今又因爲荆州要引起戰争，戰争一場接一場，太頻繁了。從這裏看，關羽内心深處實際上是反對戰争的。

［**風入松**］文學得行與□□，□□□□□。□□國能謂不休説，一時多少豪傑。人生百年□□，□□□□□□不奢。●風入松：脉望館鈔校本無此曲。徐征本、王季思本從。　“文學”三句：鄭騫本、徐沁君本、寧希元本、馬欣來本、徐征附録本、王季思附録本及吴國欽本校記“得”改作“德”。藍立蓂本從原本，“與”字下“國”字上缺約九字。藍立蓂本作九空圍，盧冀野本、寧希元本作十空圍，鄭騫本及吴國欽本校記謂“原缺八字”，徐沁君本、馬欣來本、徐征附録本、王季思附録本作八空圍。　一時多少豪傑：何煌本“少”作“小”，“傑”原作“无”，從何煌本、盧冀野本、鄭騫本、徐沁君本、寧希元本、馬欣來本、徐征附録本、王季思附録本、藍立蓂本改。吴曉鈴本校記亦云：“疑此字當作‘傑’字。”

“人生”二句：“年”字下部原壞缺，覆元槧本已補，各本從。“年”字下“不”字上缺約八字，藍立蓂本作八空圍。盧冀野本、王季思附録本作七空圍，鄭騫本亦謂“原缺七字”，徐沁君本、馬欣來本、徐征附録本作六空圍，吴國欽本校記亦謂“原缺六字”，寧希元本作九空圍。●風入松：曲牌名，小令兼用，散套可作首牌。與詞牌同，但祇作半闋。與南曲大致相同。句式爲七五七七六六，共六句。第二句亦可作四字。曲譜爲：(平仄)平(平仄)仄仄平平[韵]，(平仄)仄仄平平[韵]。(平仄)平(平仄)仄平平仄(韵)，仄平(平仄)(平仄)仄平平[韵]。(平仄)仄平平(平仄)仄(韵)，(平仄)平(平仄)仄平平[韵]。依曲譜，此曲第四句为六字句，缺一字，襯字爲：□、□□；韵脚字爲：□、□、説、傑、□、奢。　文學：這裏指的是文章博學。《論語·先進》：“文學子游、子夏。”　得行：即德行，道德品行。德在古代也寫作“得”。《荀子·成相》：“舜授禹以天下，尚得推賢不失序。”　不休説：説不休，指一直在説而不停止。　一時：當時。　豪傑：豪邁與傑出，兩個形容詞連用，這裏指的是三國時代的英雄人物。　百年：指人活着的最大限度，也指逝世。　奢：奢望。⊙此曲由于闕字過多，意思已很不完整，似乎在説三國時代英雄人物風起云湧，如今這些人大多不見了；而人生却很短暫，如此就不要過分奢求什麽了。

［胡十八］恰一國興，早一朝滅。那□□□□□，□□□？二朝阻鬲六年别，不付能見也，却又早老□！□□□□□□，□心兒笑一夜。●恰一國興，早一朝滅：脉望館鈔校本作“想古今立勛業”。徐征本、王季思本從。　“那”三句：“那”字下“二”字上原缺約八字。藍立蓂本作八空圍，盧冀野本作五空圍，鄭騫本、徐沁君本、寧希元本、馬欣來本、徐征本、徐征附録本、王季思本、王季思附録本據脉望館鈔校本補“裏也舜五人、漢三傑”八字。徐沁君本、馬欣來本、徐征本、王季思本據脉望館鈔校本“二”改作“兩”。脉望館鈔校本作“那裏也舜五人、漢三傑？兩朝相隔數年别”。馬欣來本作“那裏也舜五人、漢三傑？兩朝阻隔六年别”。徐征附録本、王季思附録本作“二朝阻隔六年别”。　不付能見也：寧希元本、王季思本、王季思附録本據脉望館鈔校本“付”改作“甫”。脉望館鈔校本“也”改作“者”。徐征本、王季思本從。　“却又”三

句：藍立蓂本從原本。徐沁君本、馬欣來本“却”改作“恰”，非。“老”字下“心”字上闕約八字，第一字殘存上部。覆元槧本殘字并缺。盧冀野本作六空圍。鄭騫本、徐沁君本、寧希元本、馬欣來本、徐征附録本、王季思附録本據脉望館鈔校本補“也，開懷的飲數杯，盡”八字。脉望館鈔校本此句下作“却又早老也！開懷的飲數杯，（云）將酒來。（唱）盡心兒待酒一夜”，下有“（把盞）（正云）你知‘以德報德，以直報怨’麽？（魯云）既然將軍言‘以德報德，以直報怨’，借物不還者爲之怨。想君侯文武全材，通練兵書，習《春秋》《左傳》，濟拔顛危，匡扶社稷，可不謂之仁乎？待玄德如骨肉，覷曹操若仇讎，可不謂之義乎？辭曹歸漢，棄印封金，可不謂之禮乎？坐服于禁，水淹七軍，可不謂之智乎？且將軍仁義禮智俱足，惜乎止少個信字，欠缺未完。再若得全個信字，無出君侯之右也。（正云）我怎生失信？（魯云）非將軍失信，皆因令兄玄德公失信。（正云）我哥哥怎生失信來？（魯云）想昔日玄德公敗于當陽之上，身無所歸，因魯肅之故，屯軍三江夏口。魯肅又與孔明同見我主公，即日興師拜將，破曹兵于赤壁之間。江東所費巨萬，又折了首將黄蓋。因將軍賢昆玉無尺寸地，暫借荆州以爲養軍之資。數年不還。今日魯肅低情曲意，暫取荆州，以爲救民之急。待倉廩豐盈，然後再獻與將軍掌領。魯肅不敢自專，君侯台鑒不錯。（正云）你請我吃筵席來那，是索荆州來？（魯云）没、没、没，我則這般道。孫劉結親，以爲唇齒，兩國正好和諧。（正唱）”。●胡十八：曲牌名，注見《新刊關目閨怨佳人拜月亭》第四折同曲牌注。依曲譜，此曲襯字爲：恰、早、那□□、不付能、却又早、□□□、□心兒；韵脚字爲：滅、□、别、也、□、□、夜。　恰：正好。　一國興：這裏指三國鼎立。　一朝滅：這裏指漢代滅亡。　二朝：這裏承上文，指三國和漢代。　阻隔：即“阻隔”。這裏也可以理解爲對立。　别：分離的意思。這裏指前朝滅亡，後朝建立。　不付能：即纔能，方能。不，無義，這裏有假設的意思。　也：表示語氣，“啊”的意思。　早：提前。　老：年邁，衰老。⊙此曲大意是説朝代興衰更替是不以人的意志爲轉移的，即使能跟前朝的人相見，也很年邁了。既然這樣，自己還是痛痛快快地歡樂地過一夜吧。

［**慶東原**］你把我心下待，將□□□，□□□□今覽古閑

支節。之乎者也，詩云子曰。這句話早□□□□□。□□道説孫劉，生被您般的如吴越。●心下待：馬欣來本、藍立蓂本從原本。徐沁君本、寧希元本、徐征附録本、王季思附録本據脉望館鈔校本“心下”改作“真心”，脉望館鈔校本“心下待”作“真心兒待”。徐征本、王季思本從。“將”二句：“將”字下“今”字上闕約七字，盧冀野本作四空圍，藍立蓂本作七空圍，鄭騫本、徐沁君本、寧希元本、馬欣來本、王季思附録本據脉望館鈔校本補“將”及“筵宴設，你這般攀”共八字。徐征本、王季思本同。覽，原作“口”，徐沁君本、王季思本、藍立蓂本已據脉望館鈔校本改。覆元槧本作“日”，盧冀野本從。鄭騫本、徐沁君本及吴曉鈴本校記均謂元刊本作“日”，非。鄭騫本并據《集成》改作“吊”，王季思附録本改同。寧希元本、馬欣來本、徐征本改作“攬”。支，徐沁君本、寧希元本、馬欣來本、徐征本、徐征附録本、王季思本、王季思附録本據脉望館鈔校本改作“枝”。脉望館鈔校本此句作“將筵設，你這般攀今攬古分甚枝葉”，徐征本、王季思本作“分甚枝葉”，王季烈本、隋樹森本“覽”改作“攬”。之乎者也：脉望館鈔校本上有“我根前使不着你”七字，徐征本從，王季思本“根”改作“跟”。詩云子曰：“云”字原脱。從盧冀野本、鄭騫本、徐沁君本、寧希元本、馬欣來本、徐征本、徐征附録本、王季思本、王季思附録本、藍立蓂本補。吴曉鈴本校記亦謂“疑脱‘云’字”。脉望館鈔校本“云”字不脱。“這句話”二句：“早”字下“道”字上闕約七字，盧冀野本作五空圍，藍立蓂本作七空圍。鄭騫本據脉望館鈔校本補“該豁口截舌，有”六字，徐征附録本、王季思附録本補同。徐沁君本、寧希元本、馬欣來本補“該豁口截舌，有意”七字，脉望館鈔校本作“早該豁口截舌，有意説孫劉”。徐征本、王季思本從。生被您般的如吴越：盧冀野本、徐沁君本、寧希元本、馬欣來本、徐征本、王季思本“您”改作“你”。徐征附録本、王季思附録本、藍立蓂本從原本作“您”。鄭騫本、徐沁君本、寧希元本、馬欣來本、徐征附録本、王季思附録本“般”改作“搬”。吴曉鈴本校記亦謂“當作‘搬’字”。徐征本、王季思本作“翻”。藍立蓂本從原本作“般”。脉望館鈔校本作“你休目下番成吴越”，下有“（魯云）將軍原來傲物輕信。（正云）我怎麼傲物輕信?（魯云）當日孔明親言，破曹之後，荆州即還江東。魯肅親爲代保。不思舊日之恩，今日恩變爲仇，猶自説‘以德報德，以直報怨’。聖人道：‘信近于義，言可復也。’去食去兵，不可去信。‘大車無輗，小車無軏，小車無軏，其何以行之哉?’今將軍全無仁義之心，枉作英雄之輩。荆州久借不還，却不道‘人無信不立’?（正云）魯子敬，你聽的這劍界麽?（魯云）劍界怎麽?（正云）我這劍界，頭一遭誅了文醜，第二遭斬了蔡陽。魯肅呵，莫不第三遭到你也?（魯云）没、没，我則這般道來。（正云）這荆州是誰的?（魯云）這荆州是俺的。（正云）你不知，聽我説。（唱）”。●慶東原：曲牌名，注見《新刊關目閨怨佳人拜月亭》第四折同曲牌注。依曲譜，此曲襯字爲：你把我、將、□□□、這句話早□、□、您般的；韵脚字爲：□、節、也、曰、□、越。　你：這裏指魯肅。　我：這裏指關羽。　心下：心裏，乃元雜劇通用語。　待：盼望。　覽：觀看。也通攬。《戰國策·齊策》：“大王覽其説而不察其至實。”息機子本無名氏《風雪漁樵》第一折官人白：“此人貧則貧，攀今攬古，賢士也。”　閑支節：閑，徒然。支節，事物次要的部分。也作枝節、枝葉。這裏指無關緊要的步驟、程序。《漢書·揚雄傳》：“支葉扶疏，獨説十餘萬言。”　之乎者也：文言表達的四種語氣詞。　詩云子曰：詩，指《詩經》；子，指孔子。這兩句是説在宴會上外交辭令語氣的斯文以及立論的確鑿。　道説：同義連用，即“説”的意思。　孫劉：孫權和劉備。這裏指東吴和西蜀。　生被：活活被。　您般：般，搬。敷演的意思。《東京夢華録》卷八“中元節”：“勾肆樂人，自過七夕，便般《目連救母》雜劇，直至十五日止，觀者倍增。”　吴越：吴國和越國。這裏指吴越之戰。⊙此曲寫關羽認爲這次宴會很没有必要，魯肅一切的準備都是徒勞的，像這種事情原本不該提起。東吴和西蜀之間的關係不過被人們説説而已，却被你魯肅搞得跟春秋時代的吴國和越國争霸一樣。看起來，關羽一直在戰略上很藐視魯肅。

［**沉醉東風**］□□□□□霸業，漢光武秉正除邪，漢皇帝把董卓誅，漢□□□□□□。□皇親合情受漢朝家業。則您那吴天子是俺□□□□□，□你個不克己的先生自説！●沉醉東風：

“東”字殘存上半截，“風”字原缺。從盧冀野本、鄭騫本、徐沁君本、寧希元本、馬欣來本、徐征本、徐征附録本、王季思本、王季思附録本、藍立蓂本補。　霸業：霸，原作“子”，從鄭騫本、徐沁君本、寧希元本、馬欣來本、徐征本、徐征附録本、王季思本、王季思附録本、藍立蓂本改。“霸”字上原缺約五字，盧冀野本、藍立蓂本作五空圍，鄭騫本據脉望館鈔校本補“漢高皇圖王”五字，校記云：“‘圖王霸業’與下句‘秉正除邪’相對，‘霸’字如此作動詞用，似不甚妥，擬改此四字爲‘開基創業’，或勝于舊。”馬欣來本、徐征附録本、王季思附録本補同。徐沁君本補“想着俺漢高皇圖上”八字，校記按云：“元本可能没有‘想着俺’這幾個襯字。”寧希元本補同。脉望館鈔校本此句作“想着俺漢高皇圖王霸業”。徐征本、王季思本從。　秉正除邪：正，原作“政”。鄭騫本、徐沁君本已據脉望館鈔校本改。寧希元本、馬欣來本、徐征本、徐征附録本、王季思本、王季思附録本、藍立蓂本改同。　漢皇帝把董卓誅：皇帝，原作“王帝”，馬欣來本從原本。從鄭騫本、藍立蓂本改。徐沁君本、寧希元本、徐征本改作“獻帝”，徐征附録本、王季思本、王季思附録本作“王允”，吴國欽本校記亦謂應爲“王允”。董，原作“重”，從盧冀野本、鄭騫本、徐沁君本、寧希元本、馬欣來本、徐征本、徐征附録本、王季思本、王季思附録本、藍立蓂本正。誅，原作“下”。馬欣來本從。從鄭騫本、徐沁君本、寧希元本、徐征本、徐征附録本、王季思本、王季思附録本、藍立蓂本改。藍立蓂本按云：“疑原誤作‘朱’，再誤刻作‘下’，‘誅’‘朱’同音，‘朱’‘下’形近。曲譜此句末字例用平聲，‘下’字不合律。”脉望館鈔校本此句作“漢獻帝將董卓誅”。　“漢”二句：“漢”字下“皇”字上闕約七字。盧冀野本作五空圍。藍立蓂本作七空圍。鄭騫本據脉望館鈔校本及文義補“皇叔把五侯滅。俺”七字。王季思附録本補同。徐沁君本據脉望館鈔校本補“皇叔把温侯滅。俺”七字。寧希元本、馬欣來本、徐征本、徐征附録本、王季思本補同。王季思附録本作“皇叔把温侯滅。是”。“皇親”原作“王帝”，馬欣來本作“王帝”，從鄭騫本、徐沁君本、寧希元本、徐征附録本、王季思附録本、藍立蓂本改。脉望館鈔校本此句作“漢皇叔把温侯滅。俺哥哥合情受漢家基業”。徐征本、王季思本從。各本“候”改作“侯”，是。　“則您”二句：盧冀野本“則您”改作“只你”。

“俺”字不清晰，覆元槧本“俺”誤作“䘥”，不成字。鄭騫本再誤作“花”，“俺”字下“你”字上闕約六字。盧冀野本“是”字下“你”字上作三空圍。藍立蓂本作六空圍。鄭騫本據文義及脉望館鈔校本補“兒的甚枝葉。請”六字。徐沁君本、寧希元本、馬欣來本参合脉望館鈔校本補“劉家甚枝葉？請”六字。徐征附録本、王季思附録本補同。盧冀野本“已”誤作“巳”。脉望館鈔校本作“則你這東吴國的孫權和俺劉家却是甚枝葉？請你個不克己先生自説”，下有“（魯云）那裏甚麽響？（正云）這劍界二次也。（魯云）却怎麽説？（正云）這劍按天地之靈，金火之精，陰陽之氣，日月之形。藏之則鬼神遁迹，出之則魑魅潛踪；喜則戀鞘沉沉而不動，怒則躍匣錚錚而有聲。今朝席上，倘有争鋒，恐君不信，拔劍施呈。吾當攝劍，魯肅休驚。這劍果有神威不可當，廟堂之器豈尋常；今朝索取荆州事，一劍先交魯肅亡。（唱）”。●沉醉東風：曲牌名，小令兼用。句式爲七七三三七七七。共七句。首二句對。三、四句可作五字句，亦須對。末句偶有叶平韵者，與南曲異。曲譜爲：(平仄)(平仄)仄平平(去)上/平[韵]，(平仄)(平仄)平(平仄)仄平平[韵]。(平仄)仄平，平平仄[韵]。仄平(平仄)(平仄)仄平平，(平仄)仄平平仄仄平[韵]，(平仄)(平仄)仄平平去上/平[韵]。依曲譜，此曲襯字爲：漢皇帝把、漢□□□、□皇親、則您那、俺□□、□你個、的；韵脚字爲：業、邪、□、業、□、説。　霸業：稱霸諸侯或維持霸權的事業。《史記·匈奴列傳》：“晋文公初立，欲修霸業，乃興師伐逐戎翟。”　漢光武：東漢王朝建立者劉秀（前6—57）。乃漢高祖劉邦九世孫，起兵討伐新莽，終破莽軍于昆陽，立東漢，定都洛陽，稱光武帝。在位三十三年。《後漢書》有紀。　漢皇帝：這裏指漢獻帝劉協（181—234），九歲被董卓立爲皇帝，卓死，受曹操挾持遷都于許昌。操死，被稱帝的曹丕廢爲山陽公。一生受制于人，在位三十年，僅守位而已。　誅：殺戮。此句的意思是在漢獻帝朝，奸臣董卓被誅滅了。　皇親：這裏指劉備。因他爲漢皇族後裔，故言。　合：應該。　情受：承受。脉望館鈔校本《馬陵道》第二折［滚綉球］：“這江山和宇宙，山川共府州，都待着俺邦情受。”　家業：基業。　吴天子：這裏指東吴建立者孫權（182—252），三國吴開國皇帝。字仲謀，吴郡富春人。黄龍元年（229）稱帝，建都建業（今南京），國號吴，謚大皇帝。《三國志·吴書》有傳。　你個：你這個。　不克己：不檢束、不估量自己。這裏指不自量力。　先生：指魯肅。這裏已不是敬稱，而有嘲諷的意味。　自説：自己解釋。⊙參考其他版本，此曲寫關羽回顧了漢朝的歷史，自高祖劉邦，經光武帝劉秀到獻帝劉協，認爲劉備是繼承漢朝基業最合適的人選，而東吴的孫權算是哪支血脉呢？既如此，你魯肅實在没有什麽理由索要荆州。

［**雁兒落**］則爲□□□□□□□，□犯這三尺無情鐵。這鐵，饑食上將頭，渴飲仇人血！●“則爲”二句：盧冀野本“則”改作“只”。“爲”字下“犯”字上闕約七字。“爲”字下一字殘存左旁及右上部，盧冀野本、鄭騫本、徐沁君本、寧希元本、王季思附録本作“你”。盧冀野本“你”字下“犯”字上作五空圍。藍立蓂本從原本作七空圍。鄭騫本、徐沁君本、寧希元本“你”字下據脉望館鈔校本補“三寸不爛舌，惱”六字。馬欣來本、徐征附録本、王季思附録本補同。脉望館鈔校本此句作“則爲你三寸不爛舌，惱犯我三尺無情鐵”。徐征本、王季思本從。　這鐵：盧冀野本、徐沁君本、馬欣來本作大字，與下句連讀。王季思附録本、藍立蓂本作小字，與下句斷開。寧希元本、徐征本、徐征附録本、王季思本“鐵”作“劍”。然徐征附録本作小字與下句相連。脉望館鈔校本作“劍”。　饑食上將頭：食，藍立蓂本從原本作“食”。鄭騫本、徐沁君本、寧希元本、馬欣來本據脉望館鈔校本“食”改作“飡”。鄭騫本校記云：“食字義雖可通，聲響太啞，應是形近致誤。”徐征本、徐征附録本、王季思本、王季思附録本改作“餐”。渴飲仇人血：渴，原作“匕”，盧冀野本、王季思附録本、藍立蓂本改作“渴”，鄭騫本、徐沁君本、寧希元本、馬欣來本、徐征本、徐征附録本、王季思本亦據脉望館鈔校本改。“血”字末筆闕，覆元槧本已正，盧冀野本、鄭騫本、徐沁君本、寧希元本、馬欣來本、徐征本、徐征附録本、王季思本、王季思附録本、藍立蓂本同。●雁兒落：曲牌名，注見《新刊關目閨怨佳人拜月亭》第四折同曲牌注。依曲譜，此曲襯字爲：則爲□、□犯這；韵脚字爲：□、鐵、血。第三句“頭”字失韵。　則爲：衹爲。　三尺無情鐵：指關羽手中的偃月三停刀，是説它没有什麽感情，管你是什麽人，如果惱犯了它，它都叫你不會有好下場。　這鐵：猶言這刀。　饑食：猶言砍削。　上

將：古代將領中的最高一級。 渴飲：猶言沾染。 仇人：敵人。這裏雖在寫手中的刀，實際上寫的是關羽的英雄史。⊙此曲寫關羽警告魯肅不要太囂張，小心言語過于張狂會惹惱他手中的大刀，它可是砍過大將的頭，沾過仇人血的。事實上是關羽在説自己如果被人惹惱發了脾氣是不留情面的。

［**得勝令**］子是條龍在鞘中蟄，唬得人向座間呆！俺這故友纔相見，劍阿！休交俺弟兄每斷間别。我這裏聽者，你個魯大夫休喬怯！暢好是隨邪，休怪我十分酒醉也！●得勝令：得，上部原壞闕，從鄭騫本、徐沁君本、寧希元本、馬欣來本、徐征本、徐征附録本、王季思本、王季思附録本、藍立蓂本補。盧冀野本作“德”，非。 子是條龍在鞘中蟄：盧冀野本、王季思附録本“子”改作“只”，脉望館鈔校本“子”作“則”，“在”作“向”，徐征本、王季思本從。馬欣來本、藍立蓂本仍作“子”“在”。 唬得人向座間呆：間，原作“問”，從盧冀野本、鄭騫本、徐沁君本、寧希元本、馬欣來本、徐征附録本、王季思附録本、藍立蓂本改。北京大學本校記“呆”改作“朵”，并謂“疑當作‘躲’字”。非。“呆”字即屬車遮韵，如改爲“躲”反而失韵，“躲”屬歌戈韵。徐征本作“虎在坐間躲”，吴國欽本據元刊本此句改作“唬得人向坐間躲”，王季思本改作“唬得人向座間呆”。 俺這故友纔相見：脉望館鈔校本“俺這”作“今日”，“故友”下有一“每”字。徐征本、王季思本從。 劍阿：藍立蓂本從原本。何煌本、鄭騫本、徐沁君本、寧希元本、馬欣來本、徐征附録本、王季思附録本“阿”改作“呵”。脉望館鈔校本無此二字。徐征本、王季思本從。 休交俺弟兄每斷間别：何煌本、盧冀野本“交”改作“教”。“間”原作“問”。從鄭騫本、徐沁君本、寧希元本、馬欣來本、徐征附録本、王季思附録本、藍立蓂本改。脉望館鈔校本“交”作“着”，“斷”作“相”。徐征本、王季思本從。 我這裏聽者：脉望館鈔校本“我這裏”作“魯子敬”。徐征本、王季思本從。北京大學本校記“者”改作“着”，非。“着”字失韵。 你個魯大夫休喬怯：脉望館鈔校本“你個魯大夫”作“你心内”。徐征本、王季思本從。隨邪：“隨”字筆畫有殘損，但仍可辨認。覆元槧本誤作“暗”，盧冀野本、鄭騫本及吴曉鈴本校記沿誤。徐沁君本校記按云：“趙本作‘隨邪’，不誤。

隨邪一詞，元曲中習見，關氏曲中即屢用之。《調風月》第三折：‘老夫人隨邪水性。’《哭存孝》第三折：‘阿媽他水性隨邪。’小令［碧玉簫］：‘你性隨邪，迷戀不來也。’”甚詳。　休怪我十分酒醉也：脉望館鈔校本作“吾當酒醉也”，下有“（魯云）臧宫動樂。（臧宫上，云）天有五星，地攢五嶽，人有五德，樂按五音。五星者，金、木、水、火、土。五嶽者，衡、恒、泰、華、嵩。五德者，温、良、恭、儉、讓。五音者：宫、商、角、徵、羽。（甲士擁上科）（魯云）埋伏了者。（正擊案。怒云）有埋伏也無埋伏？（魯云）并無埋伏。（正云）若有埋伏，一劍揮之兩斷。（做擊案科）（魯云）你擊碎菱花。（正云）我特來破鏡。（唱）”。吴國欽本、王季思本據元刊本“吾當”改作“休怪我十分”。徐征本仍作“吾當”。隋樹森本、王學奇本、徐征本、王季思本“正擊案”及兩處“（正云）”的“正”均作“正末”。吴國欽本、王季思本“斷”改作“段”，徐征本仍作“斷”。●得勝令：曲牌名，［雁兒落］［得勝令］入套數亦須連用，如能首四句作兩聯，後四句作兩排，較爲整齊，亦入［商調］。句式爲五五五五二五二五，共八句。曲譜爲：(平仄)仄仄平平[韵]，(平仄)仄仄平平[韵]。(平仄)仄平平去，(平仄)平(平仄)仄平/上[韵]。平平[韵]，(平仄)仄平平去[韵]；平平[韵]，(平仄)平(平仄)(去)平/上[韵]。依曲譜，此曲襯字爲：子是條、唬得、俺這、休交俺、每、我這裏、你個、休、暢好是、休怪我；韵脚字爲：蟄、呆、别、者、怯、邪、也。　子：這裏指的是佩劍。　鞘：劍套子。　蟄：潛伏，休眠。　唬：嚇，蒙。　向：在。　座間：座位中。　呆：發愣，怔住。　俺：方言稱“我”爲“俺”。　故友：舊友，即魯肅，這裏是客氣的説法。　阿：呵，感嘆詞。　每：們，元曲表示人稱複數的常用詞。　厮間：互相間。　聽者：即“聽着”。　你個：你這個。　魯大夫：指魯肅。大夫，官職名。　喬怯：驚恐。施惠《幽閨記》第三十二齣：“那喬怯，無言俯首紅暈滿腮頰。”　暢好是：暢，通常。好是，真是、正是的意思，元曲常用語。元孟漢卿《魔合羅》第四折［鮑老兒］：“你暢好是使掩刀計。”　隨邪：心思不定，性情易變，缺乏主見。元關漢卿小令《碧玉簫》：“你性隨邪，迷戀不來也。我心痴呆，等到月兒斜。”　也：啊，表示判斷的語氣詞。⊙此曲寫關羽對自己所佩劍以及魯肅的勸告，告誡劍莫要過于騷動，告誡魯肅不要假裝膽怯，也不要怪罪自己酒醉到十分了。他是借着酒性説出或做出自己要説或做的事，這是一種策略。

［攪筝琶］鬧炒炒軍兵列，上來的休遮當莫攔截。我都交這劍下爲紅，目前見血！你好似趙盾，我飽如靈輒。使不着你片口張舌，枉念的你文竭！壯士一怒，别話休提！來，來，來，好生的送我到船上者！咱慢慢的相别！●鬧炒炒軍兵列：徐沁君本、寧希元本、馬欣來本、徐征附録本、王季思本、王季思附録本“炒炒”改作“吵吵”，脉望館鈔校本上有“却怎生”三字。徐征本、藍立蓂本仍作“炒炒”。上來的休遮當莫攔截：徐沁君本、寧希元本、馬欣來本、徐征附録本、王季思附録本“當”改作“擋”。藍立蓂本仍作“當”。脉望館鈔校本此句作“休把我當攔者”，下有“（云）當着我的，呵呵”。吴國欽本、王季思本據元刊本“休把我攔者”改作“上來的休遮當莫攔截”。王季思本校記“當攔”誤作“擋攔”。徐征本作“休把我當攔者，（云）當着我的，呵呵！（唱）”。 我都交這劍下爲紅：何煌本、盧冀野本“交”改作“教”。寧希元本“這”字奪。紅，原作“江”，從盧冀野本、寧希元本、徐征附録本、藍立蓂本及吴曉鈴本校記、北京大學本校記改。徐沁君本據脉望館鈔校本“爲江（紅）”改作“身亡”。馬欣來本、王季思附録本改同。脉望館鈔校本此句作“我着他劍下身亡”。徐征本、王季思本從。徐沁君本校記按云：“‘身’字草書作‘𠃑’，‘爲’字簡寫作‘为’，形似致誤；‘江’‘亡’亦形誤。”不從。 見：脉望館鈔校本作“流”。徐征本、王季思本從。其他各本仍作“見”。 “你好”二句：好，原作“奸”，從寧希元本、徐征附録本、藍立蓂本改。盾，原作“遁”，從盧冀野本、鄭騫本、徐沁君本、寧希元本、馬欣來本、徐征附録本、王季思附録本、藍立蓂本及吴曉鈴本校記、北京大學本校記改。輒，原作“下”，從鄭騫本、徐沁君本、寧希元本、馬欣來本、徐征附録本、王季思附録本、藍立蓂本改。盧冀野本作“轍”，吴曉鈴本校記亦謂“當作‘轍’字”。非。寧希元本校記謂“‘下’乃文字待勘符號‘卜’之形誤”。誤。北京大學本校記謂“‘下’字失韵，當有誤”。 “使不着”二句：片，馬欣來本、徐征附録本、藍立蓂本作“片”，徐沁君本改作“騙”，并按云：“‘片口張舌’

‘騙口張舌’元劇中均用之。其作‘片口張舌’者，如無名氏《漁樵記》第三折白：‘没空生有，説謊吊皮，片口張舌。’無名氏《勘金環》第二折：‘可慣那浪包婁片口張舌，我入門來多少閑枝節。’還有《水滸傳》第一百回：‘上皇無奈終被奸臣讒佞所惑，片口張舌，花言巧語，緩裏取事，無不納受。’其作‘騙口張舌’者，如武漢臣《玉壺春》第三折：‘張舌騙口，花言巧語，指皂爲白。’無名氏《馬陵道》第四折：‘你道是同心共膽，還待要騙口張舌。’無名氏《風月南牢記》第二折：‘聽了你騙口張舌無大小。’還有《金瓶梅》第八十三回：‘娘不打與這奴才幾下，教他騙口張舌，葬送主子，就是一般。’‘片’‘騙’音同，疑‘片’爲‘騙’之借用。”寧希元本改作“諞”。王季思附録本改作“擘”。枉，原作“往”。從鄭騫本、徐沁君本、寧希元本、馬欣來本、徐征附録本、王季思附録本、藍立蓂本及北京大學本校記改。吴曉鈴本校記亦謂“當作‘枉’字”。脉望館鈔校本此句作“便有那張儀口、蒯通舌，休那裏躲閃藏遮”。徐征本、王季思本從。　“壯士”三句：原作大字，與上下曲文連寫。盧冀野本前八字改爲小字，吴曉鈴本校記亦謂“以上八字疑是夾白”。徐沁君本從，并于“壯”字上補“（帶云）”，“提”字下補“（唱）”，馬欣來本從。鄭騫本“來、來、來”改爲小字，今從寧希元本、徐征附録本、王季思附録本、藍立蓂本并改小字，作爲夾白。脉望館鈔校本無此夾白。徐征本、王季思本從。　咱慢慢的相别：脉望館鈔校本此句作“我和你慢慢的相别”，下有“（魯云）你去了，到是一場伶俐。（黄文云）將軍，有埋伏裏。（魯云）遲了我的也。（關平領衆將上，云）請父親上船。孩兒們來迎接哩。（正云）魯肅，休惜殿後。（唱）”。●攪筝琶：曲牌名，諸宫調略同。句式爲三五四四三三四七四，共九句。第七句下可增二字句，并可再增四字句若干。曲譜爲：平平去，(平仄)仄仄平平[韵]。(平仄)仄平平，(平仄)平(去)上/平[韵]。(平仄)(平仄)(平仄)，仄平平，(平仄)仄平平[韵]。(平仄)平(平仄)仄平(去)平/上[韵]，(平仄)仄平平[韵]。依曲譜，此曲第七句下增一個四字句，共十句，襯字爲：鬧炒炒、上來的、莫、我都交這、你好、我飽、使不着你、枉、的、的、到、咱、的；韵脚字爲：列、截、血、輒、舌、竭、者、别。　鬧炒炒：即鬧吵吵，吵吵嚷嚷。元喬吉《揚州夢》第一折［混江龍］：“理繁弦，吹急管，鬧吵吵的無昏晝。”　軍兵：軍隊，士兵。　上來的：在場的人。　遮當：一作“遮擋”。阻擋，攔擋。金董解元《西厢記諸宫調》卷一［越調·尾］："不顧那本師和尚，聒起那法堂。怎遮當！貪看鶯鶯，鬧了道場。"　攔截：攔擋，阻截。　爲紅：成爲紅色，這裏指敵方被劍所殺。　目前：眼前。　趙盾：春秋時晋國人，亦稱趙宣子、宣孟。趙衰之子。晋襄公七年（前621），任中軍元帥，遂執國政。靈公立，荒淫暴虐，不聽趙盾進諫，反欲殺趙盾。靈公死，成公立，趙盾歸，繼續執國政。卒謚"宣"。　靈輒：春秋時晋國人，趙盾獵于首山，曾施食之。晋靈公十四年（前607），靈公伏甲攻趙盾，靈輒掩護趙盾得脱。趙盾、靈輒事見《左傳·宣公二年》，而紀君祥雜劇《趙氏孤兒》也有敷衍。　使不着：用不到。　片口張舌：一張嘴，一根舌頭。這裏是説一言半語。　枉：徒然。　文竭：指文思枯竭，也可理解爲張嘴結舌。　壯士：勇武的人。　好生：好好地。　者：啊，表示命令的語氣語。　相别：互相告别。⊙此曲寫關羽已在宴會上遇見那種陰森恐怖的情况，他告訴士兵莫要驚慌，自己有辦法讓魯肅乖乖地送大家返回到赴宴的船上。這裏用了春秋時晋國趙盾和靈輒的故事，他以趙盾比魯肅，以靈輒比自己，似不甚恰當；應該是以趙盾比自己，以靈輒比魯肅纔與歷史事實相吻合。即使如此，也不甚貼切。

［**離亭宴帶歇指煞**］見紫衫銀帶公人列，晚天凉江水冷蘆花謝。心中喜悦，見昏慘慘晚霞收，冷颼颼江風起，急颭颭雲帆扯。承重待，多承謝。道與梢工且慢者，早纜解放岸邊雲，船分開波中浪，棹攪碎江心月。辯談有甚盡期，飲會分甚明夜。兩國事須當去也！遂不了老兄心，去不了俺漢朝節！●離亭宴帶歇指煞：脉望館鈔校本作"離亭宴帶歇拍然"。吴曉鈴本、北京大學本、吴國欽本、王學奇本、王季思本"歇拍然"改作"歇指煞"，王季烈本、隋樹森本、徐征本作"歇拍煞"。　見紫衫銀帶公人列：寧希元本"衫"改作"袍"。脉望館鈔校本上有"我則"二字，"衫"作"袍"。徐征本、王季思本從。　晚天凉江水冷蘆花謝："冷"原作"一"，從鄭騫本、寧希元本、王季思附録本改。何煌本無此字，徐沁君本以爲衍字，從删。馬欣來本亦無此字。吴曉鈴本校記謂"'一'字疑是'上'字之訛"。徐沁君本校記按云："'一'字疑衍。趙本'江水'改爲'風冷'，一句之内，'冷'與'凉'似嫌意複，自不

若‘江水蘆花謝’之氣象闊大而意境蒼涼也。”寧希元本校記謂“由文字待勘符號‘卜’形誤爲‘一’”。徐征附録本、王季思附録本、藍立蓂本從原本。脉望館鈔校本此句作“晚天凉風冷蘆花謝”。徐征本、王季思本從。　心中喜悦：脉望館鈔校本上有一“我”字。徐征本、王季思本從。　冷颼颼江風起：冷颼颼，原作“令颭颭”，從脉望館鈔校本、盧冀野本、馬欣來本、徐征附録本、王季思附録本、藍立蓂本改。鄭騫本、徐沁君本、寧希元本、徐征本、王季思本亦據脉望館鈔校本改。吴曉鈴本校記亦謂元刊本誤。　急颭颭雲帆扯：脉望館鈔校本“雲帆扯”作“帆招惹”。徐征本從。吴國欽本、馬欣來本、徐征附録本、王季思本、王季思附録本、藍立蓂本“據元刊本改”。　承重待：承，原作“重”，“重”原作一重文符號“々”。鄭騫本、寧希元本、徐征附録本、王季思附録本此句改作“重管待”。脉望館鈔校本作“承管待，承管待”。徐征本、王季思本從。吴國欽本二“管”字均改作“款”。馬欣來本作“重重待”。藍立蓂本作“承重待”。　多承謝：脉望館鈔校本同，下疊三重文符號“々々々”。徐征本、王季思本皆作“多承謝，多承謝”。　道與梢工且慢者：梢，原作“悄”，從盧冀野本、鄭騫本、徐沁君本、寧希元本、馬欣來本、徐征附録本、王季思附録本、藍立蓂本及吴曉鈴本校記改。脉望館鈔校本“道與”作“唤”，無“且”字。徐征本、王季思本從。　早纜解放岸邊雲：脉望館鈔校本無“早”字，“放”作“開”，“雲”作“龍”。徐征本、王季思本從。　棹：原作“掉”，從盧冀野本、鄭騫本、徐沁君本、寧希元本、馬欣來本、徐征附録本、王季思附録本、藍立蓂本改。脉望館鈔校本即作“棹”。徐征本、王季思本從。　辯談有甚盡期：辯，原作“下”，從徐沁君本、馬欣來本、徐征附録本、王季思附録本、藍立蓂本改。徐沁君本校記按云：“元本‘辯’字原以‘卞’字代替，‘下’與‘卞’形似致誤。《全相秦并六國平話》上卷：‘蘇秦、張儀，馳騁卞口。’‘卞’字自是‘辯’字的同音借用。又按：‘卞’又代‘辨’字，如《宣和遺事》元集：‘鹿分鄭相終難卞，蝶化莊周未可知。’《陽春白雪》後集卷三亢文苑［南吕・一枝花］《爲玉葉兒作》套：‘索别卞個實虚。’隋樹森校：‘别卞’原作‘别下’，‘卞’即‘辨’。‘卞’誤作‘下’，與本曲同。以‘卞’代‘辨’或‘辯’，因‘辨’‘辯’音同義通之故。”辨之甚詳。寧希元本改作“笑”。脉望館鈔校本此句作“正歡娱有甚進退”。　飲會分甚明夜：寧希元本及北京大學本校勘記“飲”改作“歡”。馬欣來本、徐征附録本、王季思附録本、藍立蓂本從原本。脉望館鈔校本作“且談笑分明夜”。除北京大學本外，各本“分”字上補一“不”字。徐征本、王季思本從。　兩國事須當去也：脉望館鈔校本此句作“説與你兩件事先生記者”。徐征本、王季思本從。　遂不了老兄心：遂，原作“雖”，馬欣來本從。鄭騫本、寧希元本改作“隨”，徐沁君本、王季思附録本作“稱”，徐征附録本改作“趁”。了，原作“下”。馬欣來本從。從徐沁君本、寧希元本、徐征附録本、王季思附録本、藍立蓂本改。“兄”字原脱，從鄭騫本、徐沁君本、寧希元本、馬欣來本、徐征附録本、王季思附録本、藍立蓂本補。脉望館鈔校本此句作“百忙裏趁不了老兄心”。　去不了俺漢朝節：去不，原作“不去”，馬欣來本從原本。從鄭騫本、徐沁君本、寧希元本、徐征附録本、王季思附録本、藍立蓂本改。鄭騫本、王季思附録本此句後次行補“散場”二字，脉望館鈔校本此句作“急切裏倒不了俺漢家節”，次行有何煌注“雜記卷終也”五字。徐征本、王季思本無。這兩句徐沁君本校記按云：“元本省去‘百忙裏’‘急且裏’兩處襯字，‘雖’爲‘稱’字形誤，‘下’爲‘了’字形誤，‘兄’字脱，‘去’‘倒’義同。”從。●離亭宴帶歇指煞：曲牌名，這是一支帶過曲，由［離亭宴］和［歇指煞］兩個曲牌組成。句式爲七七四五五五五五四五五五五五六五五，共十七句。［歇指煞］所有五字句均可變爲三字句或七字句。曲譜爲：［離亭宴］（首二句）(平仄)平(平仄)仄平平(去)[韵]，(平仄)平(平仄)仄平平(去)[韵]。［歇指煞］（三至八句）(平仄)(平仄)去上/平[韵]，(平仄)仄仄平平，(平仄)平平仄仄，(平仄)仄平平(去)[韵]。(平仄)平(平仄)(去)平，(平仄)仄平平(去)[韵]。［歇指煞］（三至八再作一遍）(平仄)(平仄)去上/平[韵]，(平仄)仄仄平平，(平仄)平平仄仄，(平仄)仄平平(去)[韵]。(平仄)平(平仄)(去)平，(平仄)仄平平(去)[韵]。［離亭宴煞］（末三句）(平仄)(去)平平(去)上[韵]，(平仄)仄仄平平，平平去平上[韵]。依曲譜，此曲襯字爲：見、凉、冷、見昏慘慘、冷颼颼、急颭颭、道與、且、早纜解放、船分開、棹攪碎、辯談有、飲會分、兩、遂、去、俺；韵脚字爲：列、謝、悦、扯、謝、者、月、夜、也、節。　紫衫銀帶：指宴會場合侍衛和公務人員很正式的着裝。　公人：公務人員。這裏指侍衛和接待人員。　列：列隊。　蘆花：指蘆葦之花。這裏指蘆絮。　昏慘慘：非常昏暗的樣子，以至讓人感到凄慘。　收：這裏是消退的意思。　冷颼（sōu）颼：非常寒冷的樣子。颼颼，疾風聲。　急颭（zhǎn）颭：匆忙的樣子。颭颭，風吹草物使顫動。　雲帆：指船帆很高，直入雲霄。　扯：挂。承：蒙，受到。　重待：隆重的接待。　多承：多擔待，多擔當。　謝：感激。　道與：給説，説給。　梢工：駕船的船夫。　且：暫時。　早：猶云"已經"。　纜：繫船的繩索。　雲：霧氣，水氣。　棹（zhào）：船槳。　辯談：辯論，談判。　甚：什麽。　盡期：結束的日子。　飲會：宴會。　明夜：晝夜。　兩國：指西蜀和東吴。　去也：指讓它過去。也，表示判斷的語氣詞。　遂：滿足。　老兄：指魯肅。　去不了：去不掉。　俺：我，我的。　漢朝：指漢代。　節：氣節，節儀。⊙這是一支曲詞較長的曲牌，寫關羽在經歷了東吴魯肅舉辦的宴會後的感慨。在宴會上，他堅持了自己的原則和氣節，據理力争，當仁不讓。宴會後，他帶着侍從迅速上船返回。返回時，他一邊感謝魯肅的招待，一邊很客氣地跟魯肅告别。這是外交應酬的辭令，也没有多少真情實感。所謂感謝、告别，衹是做做樣子罷了。

[沽美酒] 魯子敬没道理，請我來吃筵席。誰想您狗幸狼心使見識，偷了我衝敵軍的軍騎，拿住也怎支持！●沽美酒：本曲與下曲［太平令］，爲本折餘文，徐征附録本、藍立蓂本低兩格排，以示區别。馬欣來本與上文曲牌齊排，王季思附録本此曲牌上加了"散場"兩字。本書從馬欣來本排，不低兩格。這兩支曲子是誰唱的，説法不同。一説是關羽所唱，孫楷第《滄州集》下册《元曲新考：北曲劇末有楔子》説："而此［沽美酒］［太平令］二曲在第四折［新水令］套後者，亦爲正末關公唱。審其詞，似公回荆州後，亦設宴邀肅，謝之。肅至，乃盗公追風騎，欲窘公。發覺拿住，遂見縛也。此是單刀會餘波。"一説是周倉所唱，上引劉知漸《讀〈單刀會〉札記》説："元刊本第四折末尾，還多了一個次要人物的唱詞。這個人物，可能就是周倉。（引曲略）語氣非常粗魯，極似周倉。大約關羽上船後，周倉發現自己的坐騎被魯肅部下偷去，因而憤怒地對偷馬者唱出這支曲文。"似以劉説較合理。脉望館鈔校本無此曲。徐征本、王季思本從。　魯子敬没道理：元刊本"理"字模糊不清。覆元槧本作"忙"，非。何煌本作

“理”，從之。徐沁君本校記按云：“‘理’字叶韵。”寧希元本、馬欣來本、徐征附録本、王季思附録本、藍立蓂本及吴國欽本校記從。　請我來吃筵席：請，原作“也”，從盧冀野本、徐沁君本、寧希元本、馬欣來本、徐征附録本、王季思附録本、藍立蓂本及吴國欽本校記改。筵，原作“延”，從何煌本、盧冀野本、鄭騫本、徐沁君本、寧希元本、馬欣來本、徐征附録本、王季思附録本、藍立蓂本及吴國欽本校記改。　誰想您狗幸狼心使見識：您，盧冀野本、寧希元本改作“你”。狗幸狼心，鄭騫本、徐沁君本、寧希元本、馬欣來本、徐征附録本、王季思附録本及吴國欽本校記、隋樹森《元曲選外編》本“幸”改作“行”，盧冀野本及吴曉鈴本校記“幸”改作“肺”，藍立蓂本仍作“幸”。徐沁君本校記云：“上引孫楷第文引本曲，亦謂‘疑當作狗肺’。實非是。按：康進之《李逵負荆》第二折：‘這廝敢狗行狼心，虎頭蛇尾。’李行道《灰闌記》第一折：‘幾曾見這狗行狼心，攪肚蛆腸。’無名氏《雲窗夢》第四折：‘你狗行狼心，短命相識。’蕭德祥《殺狗勸夫》第三折：‘這等人使的是狗心狗行。’‘行’字讀去聲，元曲中往往借用同音字，‘行’或‘幸’。如白樸［伊州遍］‘惱煞人’套：‘恨馮魁移恩奪愛，狗行狼心，全然不怕天折銼。’見《北詞廣正譜》引；而《天籟集摭遺》《太和正音譜》《九宫大成譜》，‘狗行’均作‘狗幸’。又，《太和正音譜》［雙調・雙江秋］引康進之《黑旋風負荆》第四折：‘言清幸不清。’（今傳本《李逵負荆》無此曲）‘幸’字亦即‘行’字的同音借用。《北詞廣正譜》引此曲（曲名作楚江秋），字正作‘行’。”使，何煌本、盧冀野本及吴曉鈴本校記作“便”，馬欣來本、藍立蓂本仍作“使”。吴曉鈴本并在“心”字下點斷。見識，原作“見了”，鄭騫本、徐沁君本據文義及用韵改。寧希元本、王季思本改同。孫楷第文云：“‘見了’疑當作‘見識’。”徐沁君本校記按云：“‘識’字叶韵。‘使見識’一語，元曲中習見。”●沽美酒：曲牌名，注見《新刊關目閨怨佳人拜月亭》第四折同曲牌注。依曲譜，此曲襯字爲：魯、來、誰想您、了、衝敵軍的；韵脚字爲：理、席、識、騎、持。此曲與下曲爲另一個韵部“齊微”韵，而非上曲的“車遮”韵。按例，應是另一套，也是另一個角色。從行文看，當爲關羽的侍衛周倉。　魯子敬：即魯肅。　没道理：指没有充足的理由。　狗幸狼心：即狗行狼心。也即狗的品行，狼的心腸。脉望館鈔校本無名氏《雲窗夢》第四折［折桂令］:“再休題孟母三移，你狗幸狼心，短命相識。”　使見識：用計謀。《元典章》臺綱一“内臺”:“内外但是勾當裏行的官人每，使見識行無體例的勾當呵，體察者。”　衝：衝擊。　軍騎(jì)：戰馬。　拿住：捉拿到。　也：表示判斷語氣的“啊”。這裏是説魯肅把我們拿住又能奈何啊。　支持：對付。元刊本孟漢卿《魔合羅》第四折［柳青娘］:“已招供，難擘劃，怎支持。”⊙此曲唱者後世學者尚存争議，但從换韵的角度看，應該不再是關羽了，而是另一個人，那這裏最有資格而且身份適合的人當爲周倉。作者從周倉的角度也提出魯肅設宴請客是不明智的舉動，而且從曲文看，魯肅爲了羈絆關羽，還偷了周倉的坐騎，在周倉看來，這是一種很幼稚的做法。所以周倉説即使魯肅把自己拿住了，也奈何不了關羽。

［太平令］ 交下麻繩牢拴子行下省會，與愛殺人敝烈關西，用刀斧手施行可忒到爲疾。快將斗來大銅鐘準備，將頭稍定起，大□□掂只，打爛大腿，尚古自豁不盡我心下惡氣！●

［太平令］：脉望館鈔校本無此曲。徐征本、王季思本從。　交下麻繩牢拴子行下省會：交，何煌本作“教”。子，孫楷第文：“‘子’疑當作‘了’。”徐沁君本及吴國欽本校記改作“了”。寧希元本校記云：“‘子’爲語助，徐本據孫楷第本改爲‘了’似可不必。”盧冀野本在第二個“下”字下點斷，不合律，且割裂文義。省，吴曉鈴本校記改作“着”，并按云：“‘省會’一詞，見于下列各曲：元本岳伯川《鐵拐李》第一折：‘我將他拖到官中便下牢，我這裏先交、先交他省會了，把他似打家賊絣扒押定脚。’鄭廷玉《後庭花》第四折：‘你去唤王慶至階基，試聽我省會。’《樂府新聲》卷下無名氏［寨兒令］小令：‘疋先裏拿下王魁，省會了陳殿直，李勉那厮也聽者，奉帝敕來斬你火負心賊。’”馬欣來本、徐征附録本此句作“交下麻繩，牢拴了行下省會”。王季思附録本作“交下麻繩，牢拴子行下省會”。藍立蓂本從王季思附録本，但句中不點斷。是。　與愛殺人敝烈關西：盧冀野本“西”字下未點斷。覆元槧本“敝”字空缺，盧冀野本及吴曉鈴本校記從作空圍，鄭騫本作“×”，徐沁君本改作“勇”，并作校記云：“‘勇’字變形作‘敝’”。馬欣來本、王季思附録本及吴國欽本校記改同。寧希元本改作“憋”。藍立蓂本作“敝”。徐征附

録本從。何煌本“烈”改作“列”，“關”改作“間”。　用刀斧手施行可忒到爲疾：盧冀野本及吴曉鈴本校記“疾”字下未點斷。忒，原作“忒”，從盧冀野本、徐沁君本、寧希元本、馬欣來本、徐征附録本、王季思附録本、藍立蓂本及吴曉鈴本校記、吴國欽本校記改。何煌本改作“成”。非。　快將斗來大銅鐘準備：盧冀野本及吴曉鈴本校記“備”字下未點斷，“鐘”字不清晰，左半“金”旁尚可辨認。覆元槧本空缺。從徐沁君本、寧希元本、馬欣來本、王季思附録本、藍立蓂本及吴國欽本校記改正。徐征附録本作“錘”。盧冀野本及吴曉鈴本校記作空圍，鄭騫本作“×”。　將頭稍定起：何煌本、徐沁君本、馬欣來本、徐征附録本、王季思附録本及吴曉鈴本校記與吴國欽本校記“稍”改作“梢”。從藍立蓂本作“稍”。寧希元本“定”改作“釘”。　大□□掂只：盧冀野本、王季思附録本及吴曉鈴本校記“只”字下未點斷，徐沁君本、馬欣來本及吴國欽本校記“大”改作“待”，“大”字下“掂”字上壞闕二字。盧冀野本、徐征附録本、王季思附録本、藍立蓂本作二空圍，徐沁君本、馬欣來本及吴國欽本校記補“腿脡”二字。徐沁君本校記按云：“鄭廷玉《後庭花》第一折：‘有一日掂折你腿脡，打碎你腦門。’可供參考。”“掂”字右上角壞闕，尚可辨認，覆元槧本空闕，盧冀野本闕去，吴曉鈴本校記從作空圍。馬欣來本、徐征附録本、王季思附録本、藍立蓂本作“掂”。

尚古自豁不盡我心下惡氣：盡，覆元槧本作“子”，吴曉鈴本校記從。盧冀野本、徐沁君本、馬欣來本、徐征附録本及吴國欽本校記改作“了”，非。從王季思附録本、藍立蓂本作“盡”。●太平令：曲牌名，小令兼用，亦入［正宫］，可代［尾聲］用。句式爲七七七七二二二七，共八句。第五、六、七句爲三個兩字句，文義獨立或連貫均可，謂之短柱體。短柱體偶有增至四句或減爲兩句者。曲譜爲：(平仄)仄(平仄)(平仄)平平去[韵]，(平仄)(平仄)(平仄)(平仄)仄平平[韵]，(平仄)(平仄)(平仄)(平仄)平平去[韵]，(平仄)(平仄)仄(平仄)平(平仄)去[韵]。仄平/上[韵]，仄平/上[韵]。仄平/上[韵]，(平仄)(平仄)(平仄)(平仄)平平去[韵]。依曲譜，此曲襯字爲：下、子行下、與、用、可忒到、快將、將頭稍、大□□、打爛、尚古自、我；韵脚字爲：會、西、疾、備、起、只、腿、氣。　交下：教把。　子：猶“着”。元刊本馬致遠《陳摶高卧》第一折［醉中天］：“交我空踏子斷麻鞋神倦疲，您君臣每元來在這答兒相隨定。”　行下：行文下達。《續資治通鑑·宋高宗紹興五年》："時宣撫司未有行下，玠曰：'事急矣，諸將不能辦，我當自行。'" 省會：有多重意思，這裏是曉喻、分付。元鄭廷玉《後庭花》第四折［倘秀才］："你去唤王慶，至階基，試聽我省會。" 敝烈：猶"暴烈"。敝，借作"憋"。亦作"憋劣"。脉望館古名家本鄭廷玉《後庭花》第三折［雙調·新水令］："憑着我憋劣村沙，誰敢道僥幸奸滑？" 關西：這裏似可理解爲關羽。關漢卿《西蜀夢》第三折與本劇第一折皆有"瓜關西"一語。 施行：處決。脉望館古名家本白仁甫《秋夜梧桐雨》第三折［雁兒落］："元來是陳將軍號令明，把楊國忠施行罷。" 可忒：更特。 斗來大：像斗一樣大。 銅鐘：即銅錘。 頭稍：頭髮。李行道《灰闌記》第二折［後庭花］："他每緊揝住我頭稍。" 定：釘，猶挽、扎。臧本闕名氏《貨郎旦》第一折外旦白："甚麼勾當，釘子定着他哩，怎麼不還禮？" 起：着。徐畛《殺狗記》第二十五齣："將狗兒扯將來忙殺取，看起垂珠泪，怎的割捨得，願你超生去。" 掂：折斷。脉望館古名家本白仁甫《墻頭馬上》第三折［收江南］："□□□掂做了兩三截，有鸞膠難接玉簪早折。" 只：猶了。 尚古自：還，仍然。《杜工部集》卷二《北征》："仰觀天色改，坐覺祆氣豁。" 豁不盡：猶咽不下，去不掉。豁，消。 心下：心裏。 惡氣：被邪惡勢力擠壓而形成的很壞的情緒。⊙此曲寫西蜀發誓要報仇的决心和氣概。

題目　喬國老諫吴帝　司□□休官職　　正名　□□敬索荊州　□大王單刀會●題目正名："正名"二字原無，從盧冀野本、鄭騫本、徐沁君本、寧希元本、馬欣來本、徐征附録本、王季思附録本、藍立蓂本及吴國欽本校記補。脉望館鈔校本即作"題目正名"，四句云："孫仲謀獨占江東地，請喬公言定三條計。魯子敬設晏索荊州，關大王獨赴單刀會。"王季烈本、徐征本、王季思本從。除王季烈本外，各本"晏"改作"宴"。 司□□休官職："司"字左下角殘損，下二字壞闕，盧冀野本"休"字上作三空圍，何煌本、鄭騫本、徐沁君本、寧希元本、馬欣來本、徐征附録本、王季思附録本及北京大學本校記、吴國欽本校記"司"字下補"馬徽"

二字，吴曉鈴本校記空同盧冀野本，括注云："疑是'司馬徽'三字。"藍立蓂本從原本。 □□敬："敬"字上二字壞闕，何煌本、盧冀野本、鄭騫本、徐沁君本、寧希元本、馬欣來本、徐征附録本、王季思附録本及北京大學本校記、吴國欽本校記補"魯子"二字。吴曉鈴本校記亦謂"疑是'魯子'二字"。藍立蓂本從原本。 □大王單刀會："大"字上一字壞闕，何煌本、盧冀野本、鄭騫本、徐沁君本、寧希元本、馬欣來本、徐征附録本、王季思附録本及北京大學本校記、吴國欽本校記補一"關"字，吴曉鈴本校記亦謂"疑是'關'字"。藍立蓂本從原本。●題目、正名：元雜劇術語。一般是題目兩句齊言詩，正名兩句齊言詩。有時是題目、正名各一句齊言詩。而四句詩的第四句、兩句詩的第二句包含着劇本的名稱，這兩種情況的全句作爲劇本的全名放在劇首，而末三字或四字則是該劇的簡名。它主要是概括劇情大意，作用類似于章回小説的回目。絶大多數情況下元雜劇的題目、正名放在劇本結尾，其用意大約是爲了讓觀衆一直看下去以至最後纔披露懸念與謎底。這四句詩基本上是《單刀會》四折的劇情梗概，但是，此劇第一折却無喬國老勸諫吴帝孫權的情節，第二折也無司馬徽休官職的情節。這種文不對題的情況在元雜劇中也是存在的，像《新刊關目閨怨佳人拜月亭》即是。所以出現這種情況，大約是因爲標題内容的概括要比情節内容的概括更醒目，更能招徠觀衆，題目出現的字眼更爲觀衆所熟悉，而這些劇情又不能敷演，因而這種仿佛很不可思議的現象便出現并被保存下來。

古杭新刊的本《關大王單刀會》●盧冀野本、寧希元本作"關大王單刀會雜劇終"，鄭騫本作"關大王單刀會終"，何煌本尾題下有何煌雙行小字注"雍正乙巳八月十日用元刊本校"字樣。馬欣來本、徐征附録本、王季思附録本、藍立蓂本此標題删。王季思附録本雜劇後有"附録二《關大王單刀會》雜劇異曲：[太平令]好教俺渾身是口怎的様分説，腦背後將軍猛烈，那素白旗上他就明明得這標寫。則聽得撲通通鼓聲兒未絶，忽剌剌征鞍上驟也，卒律律刀過去似雪，人頭兒落也，纔能够兄弟哥哥們歡悦"。"説明"云："此曲見《九宫大成南北詞宫譜》卷六十五《雙角隻曲》，題作《單刀會》，不注撰人。據《録鬼簿》著録，元人雜劇中題名《單刀會》的，唯關漢卿《關大王單刀會》一種。關劇現存兩個本子，一爲元刊本，一爲脉望館本。第四折所用宫調爲雙調。元刊本第四折結尾處有［沽美酒］和［太平令］兩隻曲子，但［太平令］曲曲文與此曲全異，脉望館本則無此二曲。另，《綴白裘》（新集）初集卷一所收《刀會》一劇，中有［沽美酒］一曲，其後半部分文字與這支［太平令］曲正好相合。或疑《九宫大成譜》此曲録自《單刀會》，但《單刀會》曲牌作［沽美酒］，與《九宫大成譜》不合，且《九宫大成譜》除録此曲外，尚録有題名《單刀會》的另三支曲子：［新水令］［駐馬聽］［沉醉東風］，而現存《刀會》劇則無［沉醉東風］曲，故仍難以斷定此曲是否録自《單刀會》。此曲所屬宫調爲［雙調］，所用韵部爲'車遮'，與現存《單刀會》劇第四折相符。此曲内容是關羽會見魯肅時嚮其炫耀當年與張飛在古城相會時斬蔡陽的英雄業績，亦符合該劇第四折的規定情境，故此曲很有可能是《單刀會》劇裏已佚的另一個本子的曲目。現附録于《單刀會》劇後，供研究者參考。”●此結尾標題與劇首題目同，注見劇首題目注。

新刊關目詐妮子調風月

《新刊關目詐妮子調風月》，繁名《詐妮子調風月》，簡名《調風月》。《説集》本《録鬼簿》、孟稱舜本《録鬼簿》、《太和正音譜》、《元曲選目》作"《調風月》"；天一閣本《録鬼簿》作"《調風月》題目《雙鶯燕暗争春》，正名《詐妮子調風月》"；曹楝亭本《録鬼簿》作"正名《詐妮子調風月》"；劉世珩本《録鬼簿》作"《詐妮子調風月》"；《今樂考證》《曲録》亦作"《詐妮子調風月》"。徐渭《南詞叙録》"宋元舊篇"有"《詐妮子鶯燕争春》"，疑爲此劇之藍本。版本唯存《元刊古今雜劇三十種》本。校本迄今則有覆元槧本（1914）、鄭振鐸本（1935）、盧冀野本（1935）、吴曉鈴本（1958）、王季思寫定本（1958）、隋樹森本（1959）、鄭騫本（1962）、北京大學本（1976）、徐沁君本（1980）、田中謙二本（1987）、寧希元本（1988）、吴國欽本（1988）、王學奇本（1988）、馬欣來本（1996）、徐征本（1998）、王季思本（1999）、劉堅本（2005）、藍立蓂本（2006）。

該劇元刊本唯唱詞完整，科白則缺簡頗多，使詳細劇情迄今仍很不清晰。今據諸校本解題介紹及各折大意概括劇情如是：女主角燕燕是金朝洛陽一個貴族府第的侍婢，因爲聰明能幹，很快獲得了主家夫人的賞識和信賴。這期間有一位小千户來拜訪，夫人命燕燕去招待。小千户被燕燕的花容月貌所吸引，一時高興當場許諾要娶燕燕爲妻；燕燕被他的甜言蜜語所蒙蔽，輕意聽信了許她做小夫人的謊言（第一折）。過了數天，小千户到郊外踏青，又與前來踏青的貴族小姐鶯鶯一見鍾情。燕燕在侍候剛踏青歸來的小千户换衣服時，發現了鶯鶯爲表明心迹所贈的手帕。她馬上意識到被小千户欺騙，一方面義憤填膺，責怪小千户喜新厭舊；一方面責備自己爲了得到小夫人的名分，犯了糊塗竟落得如此下場（第二折）。小千户腆着臉來搭訕燕燕，不僅遭到嚴厲的拒絶，而且被毫不客氣地逐出門外。小千户勃然大怒，立刻想出懲罰燕燕的損招，即慫恿夫人派燕燕到鶯鶯家去替自己提親。燕燕無法推托，衹好硬着頭皮前往鶯鶯家。但她却想在提親時故意説小千户的一些壞話，借此阻斷這門親事。然而當她這樣做時，鶯鶯不僅一點不介意，反而更堅定了與小千户戀愛的决心。這使燕燕十分沮喪（第三折）。小千户和鶯鶯舉行婚禮，雙方家長、主家夫人以及許多賓客都來祝賀。燕燕因爲是婢女，不得不服侍鶯鶯，并爲鶯鶯梳妝打扮。這種處境使燕燕忍無可忍，她當衆戳穿了小千户欺騙自己的謊言。這樣一來，貴族家長們也覺得燕燕備受委屈，遂做主把燕燕許配給小千户做第二夫人（第四折）。劇中人物是：燕燕扮正旦，小千户扮正末，鶯鶯扮外旦，夫人扮燕燕主人，小千户父扮老孤，鶯鶯父扮外孤。

●元孫季昌［正宫・端正好］《集雜劇名咏情》：

央及殺調風月燕燕鶯鶯。

明何良俊《曲論》：

南戲自《拜月亭》之外，如《吕蒙正》“紅妝艷質，喜得功名遂”……《詐妮子》内“春來麗日長”，皆上弦索。此九種，即所謂戲文，金元人之筆也，詞雖不能盡工，然皆入律，正以其聲之和也。夫既謂之辭，寧聲叶而辭不工，無寧辭工而聲不叶。

明沈璟［仙吕・八聲甘州］《集雜劇名》：

掉謊郎君如斷梗，别調風月，又在誰家細柳營。《附雜劇名》：《調風月》。

王國維《元刊雜劇三十種序録》“新刊關目詐妮子調風月”：

元關漢卿撰，《録鬼簿》《正音譜》并著録。

鄭振鐸《插圖本中國文學史》第四十六章《雜劇的鼎盛》：

《調風月》寫一位少女，眼見她的情人，快要與另一位階級高于她的少女訂婚；她的主人，一位夫人，却偏要叫她到小姐跟前去説親。她真要妒忌得發瘋。她巴不得這婚事不成，不料小姐却一口答應了下來。諸事都違反她的心願順利地過去。到了結婚的日子，她還要爲小姐上妝。這一切都使她思前念後，十分難過。一面詛咒，一面却不能不奉命惟謹。這是如何尷尬的一個境地呵！漢卿却將這個滿心滿意怨望着、詛咒着的婢女，寫得真切活潑之至。“［拙魯速］終身無簸箕星，指雲中雁做羹，時下且口口聲聲，戰戰兢兢，裊裊婷婷，坐坐行行。有一日孤孤另另，冷冷清清，咽咽哽哽，覷着你個拖漢精！［尾］大剛來主人有福牙推勝，不似這調風月媒人背廳。説得他美甘甘枕頭上雙成，閃得我薄設設被窩兒裏冷。”我們看慣了紅娘式的婢女，却從不曾在任何劇本上，見過像這位燕燕那般的一位具着真實的血肉與靈魂的少女。這是漢卿最高的創造①。

●原本總題爲“新刊關目詐妮子調風月”，徐沁君本從。盧冀野本、吴曉鈴本、王季思寫定本、隋樹森本、鄭騫本、北京大學本、劉堅本、寧希元本、吴國欽本、王學奇本、馬欣來本、徐征本、王季思本、藍立蓂本作“詐妮子

① 除這些已引評論，還可參考趙景深《談〈詐妮子調風月〉》，《戲劇論叢》1957年第2期；王季思《〈詐妮子調風月〉寫定本説明》，《戲劇論叢》1958年第2期；黄克《奴隸的抗争——〈詐妮子調風月〉形象分析》，《戲劇論叢》1981年第1期；陸力《關漢卿〈調風月〉新探》，《朝陽師專學報》1988年第2期；宋光祖《〈詐妮子調風月〉臆解》，《戲劇藝術》1993年第3期；陸力《試論〈調風月〉的審美特徵》，《濟寧師專學報》1996年第3期；李曼、布景《元雜劇中的“詐妮子”是什麼意思——兼談關漢卿〈詐妮子調風月〉中燕燕的形象塑造》，《漢字文化》2009年第5期等論文。

調風月”，隋樹森本、寧希元本總題下增“雜劇”二字。今依王國維《元刊雜劇三十種序録》總題，題名作“新刊關目詐妮子調風月”，將按語首句“元關漢卿撰”作“關漢卿撰”移于總題後；序次亦循王國維《元刊雜劇三十種序録》例作第四篇。●新刊關目：新刊，與舊刊相對，是説此劇是在舊刊基礎上的一次新的刻印，至于有何不同，因舊刊散佚，無從考知，但從中透露出元劇刻印不止一次的信息。關目，戲曲術語，指劇本的情節、結構。這裏也可以理解爲劇本。　詐：本義爲欺騙。這裏是伶俐、機警的意思。也有釋爲漂亮者。《董解元西厢記》卷一［般涉調・墻頭花］：“不苦詐打扮，不甚艶梳掠。”　妮子：對小女孩的昵稱。這裏指婢女。《新五代史・晋家人傳・高祖皇后李氏》：“吾有梳頭妮子，竊藥一囊以奔于晋，今皆在否？”　調（tiáo）：調戲，嘲弄的意思。一個“調”字，實際上包含着作者對女主人公的激賞和贊揚。　風月：指男女戀愛事。

第一折

●原本分折未標出，除鄭振鐸本、王季思寫定本外，各本已校增。後同。不另出校。●關于折的注釋，見《大都新編關張雙赴西蜀夢》第一折注。

（老孤、正末一折）（正末、卜兒一折）（夫人上，云住）（正末見夫人住）（夫人云了，下）（正末書院坐定）（正旦扮侍妾上）夫人言語道："有小千户到來，交燕燕伏侍去，别個不中，則你去。"想俺這等人好難呵！●正末一折、卜兒一折：折，原作"拆"，從各本改。下同，不另出校。　卜兒：寧希元本改作"六兒"，非。　正末書院坐定：盧冀野本"末"下衍一"下"字。　正旦扮侍妾上：鄭騫本、徐沁君本、王學奇本、徐征本、王季思本下補"云"。　交燕燕伏侍去：盧冀野本、隋樹森本、徐征本、王季思本"交"改作"教"。元刊本多用"交"，明刊本多用"教"。伏，王季思寫定本、吴國欽本、王季思本改作"服"。徐沁君本校記按云："元曲中往往以'伏'代'服'。"藍立蓂本校記云："伏，通'服'。"去，藍立蓂本作"云"，係筆誤，因校記又作"去"。　則你去：盧冀野本、王季思寫定本"則"改作"只"。藍立蓂本校記按云："元劇多用'則'，'則''知'通，猶就也。"你，原本作"爾"，鄭振鐸本、藍立蓂本從，其餘各本作"你"。當從"你"。此句徐沁君本、馬欣來本、徐征本均作"夫人言語，道有小千户來，教燕燕伏侍去。别個不中，則你去"。不從。　想俺這等人好難呵：徐沁君本、王學奇本、徐征本、王季思本下補"（唱）"。●老孤：老年官吏。孤，雜劇角色術語。注見《新刊關目閨怨佳人拜月亭》"楔子"注。此處指小千户之父。　正末：元雜劇男主角。《太和正音譜》卷上："當場男子謂之末。"焦循《劇説》卷一："考元曲無生之稱，末即生也。"這裏指小千户。　卜兒：元雜劇老年婦女的俗稱。王國維《古劇角色考》："扮老婦者，謂之卜兒。"市語也稱老婦爲卜兒。無名氏《墨娥小録》卷十四"行院聲嗽·人物"："婆婆，卜兒。"這裏指小千户之母。　一折：一個小過場。這裏是説小千户的父親、母親與小千户分别上場，報告完家門大意後下場。王季思寫定本對此做過詳細説明："依元劇慣例推測，應是小千户的父親分付小千户去探親，小千户聽了父親分付後再跟母親作别，然後他們先後下場。"此説明很有道理。　夫人：這裏指燕燕主人的妻子，主家婆。　上：元雜劇舞臺術語，指上場。　云住：指按規定念完臺詞。云，元雜劇標識角色念白的用語。住，停下，完成。這是省略角色念白的一種簡寫方式。　下：指角色下場。　書院：這裏指坐落着書房的院子，與具有學校性質的書院不同。　坐定：指坐穩，表示正式坐下。　正旦：元雜劇女主角。王國維《宋元戲曲史》："旦者，婦女之稱……優伶本非官吏，又非婦人，故其假作官吏婦人者，謂之裝孤、裝旦也。"這裏指燕燕。　侍妾：姬妾，小妻。《孟子·盡心下》："食前方丈，侍妾數百人，我得志，弗爲也。"從上下文看，燕燕已扮演了小妾的角色，而不是一般的婢女。正因爲如此，她纔説出"想俺這等人好難呵"的話。故藍立蓂本訓爲婢女欠妥。　千户：官職名。金初設置，爲世襲軍職，即女真語"猛安"之漢譯，隸屬于萬户。　這等人：這種人，這類人。元刊本《看錢奴》第一折［點絳唇］："這等人輕視貧乏，不恤鰥寡，天生下，狡佞奸滑，和我這神鬼都謾唬。"　好：真。唐李嘉祐《春日長安送從弟尉吴縣》："好是神仙尉，前賢亦未過。"

［**仙吕·點絳唇**］半世爲人，不曾交大人心困。雖是搽胭粉，子争不裹頭巾，將那等不做人的婆娘恨。●仙吕：原本無，馬欣來本、藍立蓂本從。據隋樹森本、鄭騫本、徐沁君本、寧希元本、吴國欽本、王學奇本、徐征本、王季思本補。　交：盧冀野本、隋樹森本、吴國欽本、徐征本、王季思本改作"教"。　大人：盧冀野本、王季思寫定本、寧希元本改作"夫人"。不從。　胭：原作"烟"。除鄭振鐸本、吴曉鈴本、鄭騫本外，各本已改。吴曉鈴本校記亦謂"疑當作'胭'字"。　子：鄭振鐸本、盧冀野本、王季思寫定本、隋樹森本、吴國欽本、徐征本、王季思本改作"只"。●仙吕：宫調名，注見《大都新編關張雙赴西蜀夢》第一折首曲牌注。點絳唇：曲牌名，注見《大都新編關張雙赴西蜀夢》第一折首曲注。依曲譜，此曲襯字爲：不曾交、雖是、子争、將那等不、的；韵脚字爲：人、困、粉、巾、恨。此套曲押真文韵。　半世：半生。一般三十歲以上即可稱之。　爲

人：這裏指按倫理道德的標準做人。　交：讓，教。　大人：原指父親。這裏指長輩。　心困：着急，煩惱。《宣和遺事》亨集："官人，你坐麼。我説與你，休心困者。"　搽：敷、塗抹。　胭粉：女性化妝用的顔料，也稱胭脂。　子争：衹差。争，差些，欠些。　不裹頭巾：這裏是燕燕自稱。古代裹頭巾者爲男子，不裹頭巾則爲女子。李文蔚《燕青博魚》第三折搽旦白："我是個拳頭上站的人，胳膊上走的馬，不帶頭巾男子漢，丁丁當當響的老婆。"　那等：那種，那些。　不做人：不争氣，不成氣。做人，争氣。元刊本無名氏《博望燒屯》第二折正末白："諸葛無能，賴主公洪福，衆將軍虎威，交貧道做人。"　婆娘：婦人。《劉知遠諸宫調》第一［正宫·錦纏道］："也合是，來到翁家裏，兩個婆娘便生不喜。"方言也有稱婦人爲"婆娘"者，見《雲陽縣志》卷十四、《金山縣志》卷十七。西北鄉下也把老婆稱婆娘，我的家鄉隴東即是如此。⊙此曲寫燕燕説自己多年來做事都很穩當，不讓長輩操心。雖然是個女流，但很看不起那些没有志氣、喜歡給人做小的婆娘。

［**混江龍**］男兒人若不依本分，不搶白是非兩家分。壯鼻凹硬如石鐵，交滿耳根都做了燒雲。普天下漢子盡做都先有意，牢把定自己休不成人。雖然兩家無意，便待一面成親，不分曉便似包着一肚皮乾牛糞。知人無意，及早抽身。●不搶白：不，王季思寫定本、寧希元本、吴國欽本、王季思本改作"一個"，王季思本"分"字斷在下句。不從。　盡做都先有意：做，原字形殘缺，左旁"亻"尚可辨認。從徐沁君本、王學奇本、藍立蓂本補。覆元槧本空缺。鄭振鐸本、吴曉鈴本、隋樹森本、鄭騫本、北京大學本、馬欣來本從空。盧冀野本删此字。王季思寫定本、吴國欽本、徐征本、王季思本作"教"，劉堅本注釋亦疑爲"教"，寧希元本作"他"。徐沁君本校記云："定本補一'教'字，疑非是。按，本劇'教'作'交'，此處似不應例外。"　牢把定自己休不成人：鄭振鐸本、盧冀野本在"定"字下點斷。不從。●混江龍：曲牌名，注見《大都新編關張雙赴西蜀夢》第一折同曲牌注。依曲譜，此曲襯字爲：男兒人若、家、壯鼻凹、交滿、都做了、盡做都先、牢、休、雖然、便待、不分曉便似、着，第七、八兩句爲增句；韻脚字爲：分、分、雲、人、親、糞、身。

男兒人：男人。 依：遵循。屈原《離騷》："雖不周于今之人兮，願依彭咸之遺則。" 本分：應得的那一分，指規矩，不存非分之想。 搶白：當面指責，諷刺。 兩家分：家，即人。《劉知遠諸宮調》第一［黄鐘宮・願成雙］："傷心陣上亡了慈父，這家親娘人爲婦。"分，承擔。 壯鼻凹：厚臉皮。壯，厚。鼻凹，鼻梁兩邊，借指臉頰。元刊本鄭廷玉《看錢奴》第一折［六幺序］："聳着肩胛，迸着鼻凹，更無些和氣謙洽。" 交：使，教。 做了：成了。 燒雲：比喻臉紅得像彩雲一樣。 漢子：男子漢。 盡做：猶"即使"。 先：猶"已"。 有意：指有娶妻的心意。 把定：猶"堅持住"，"不動摇"。 不成人：没出息。無名氏《凍蘇秦》第四折［梅花酒］："豈知你倚恃着做官尊，覷朋友若遺塵，没半點話温存，訕笑的我不成人，定餓死做異鄉魂。" 便：猶"却"。 一面：見了一面，這裏指一旦。 不分曉：糊塗。《董解元西厢記》卷四［雙調・攪筝琶］："紅娘，你好不分曉，甚把我攔截?" 便：就，即。《世説新語・任誕》："阮宣子常步行，以百錢挂杖頭，至酒店，便獨酣暢。" 一肚皮乾牛糞：比喻没心没肺，這裏指極端地自我作賤。 抽身：離開。⊙此曲寫燕燕發表對男人的看法，説男人如果不守規矩，那臉皮是很厚的，即使做錯了事，不當面指責，也不會承擔責任。因此，即使他先有意，也要把握好自己，不能糊塗地把自己許配給他。如果發現他不是真心的，就趕快離開他。這是燕燕對男權社會男人喜新厭舊的醜惡本性的尖鋭揭露。

［油葫蘆］大剛來婦女每常川有些没事哏，止不過人道村，至如那村字兒有甚辱家門？更怕我脚踏虚地難安穩，心無實事自資隱。即漸了虚變做實假做真，直到説得交太半人評論，那時節旋洗垢不盤根。●没事哏：事，原作"是"。馬欣來本從原本，從王季思寫定本、徐沁君本、劉堅本、寧希元本、吴國欽本、王季思本改。哏，徐征本、藍立蓂本從原本，王季思寫定本、徐沁君本、寧希元本、吴國欽本、王季思本改作"狠"。 止不過：止，吴國欽本改作"只"。 怕：原作"帕"，鄭振鐸本從原本，其他各本改作"怕"。 脚踏虚地：踏，原作"查"。北京大學本、徐沁君本、寧希元本、吴國欽本、王學奇本、王季思本

改作“查”。盧冀野本、王季思寫定本、隋樹森本、鄭騫本、徐征本改作“踏”。吴曉鈴本校記云：“疑當作‘蹅’字。”劉堅本注云：“‘查’即‘蹅’。” 虚變做實假做真：變，覆元槧本改作“交”，鄭振鐸本、吴曉鈴本、鄭騫本、劉堅本沿誤。盧冀野本、王季思寫定本、隋樹森本誤作“教”。 交太半人：交，王季思寫定本、隋樹森本、吴國欽本、徐征本、王季思本改作“教”。太，覆元槧本改作“大”，除北京大學本、藍立蓂本外，各本均沿誤。 不盤根：寧希元本改作“求瘢痕”。馬欣來本、徐征本、王季思本“不盤根”獨立爲一句。

●油葫蘆：曲牌名，注見《大都新編關張雙赴西蜀夢》第一折同曲牌注。依曲譜，此曲襯字爲：大剛來、每、有些、至如那、兒、更怕我、即漸了、變、直到、得、那時節旋；韵脚字爲：哏、村、門、穩、隱、真、論、根。 大剛來：大凡是，多半是。也作“大古來”。元曲常用語。 每：元曲表示人稱複數的詞，即“們”。翟灝《通俗編》卷三十三“語辭”：“北宋時先借爲‘懣’，南宋則借爲‘們’，而元時則又借爲‘每’。” 常川：常常。景方諸生本《西廂記》王實甫《芙蓉亭》殘折［尾聲］：“也不索對天地説盟山言誓海，咱則是常川似今夜魚水和諧。” 没事哏（gén）：類似于無事生非。藍立蓂訓爲“過分凶狠”似欠妥。哏，陳垣《元典章校補釋例》卷四第二十九“不諳元時用語而誤例”云：“哏字，亦元時常用語，猶言甚也，今或作狠。” 止：衹。《莊子·天運》：“仁義，先王之蘧廬也，止可以一宿而不可久處。” 村：野，粗鄙，没見過世面。《董解元西廂記》卷七［越調·青山口］：“覰了他家，舉止行爲，真個百種村。” 至如：猶“即使”。 更：猶“就”，表示加强語氣。 脚蹅（chá）虚地：即一脚踩空，意指中計上當。蹅，踩、踏的意思。元劇習用語。 資隱：資，猶“咨”，細的意思。《張協狀元》戲文第十四齣：“聽奴咨啓。”隱，猶“思量”。參看蔣禮鴻《敦煌變文字義通釋》第四篇“隱”。 即漸：漸漸。《劉知遠諸宫調》第一［商調·回戈樂］：“并吞吴越，七雄交戰，即漸楚漢。” 了：猶地。《梨園樂府》卷上商政叔套數［雙調·新水令］：“自從它去了，無一日不啹道，眼皮兒不住了梭梭跳。”這裏的“不住了”即“不住地”的意思。 太半：大半。《史記·項羽本紀》：“漢有天下太半。”裴駰集解引韋昭曰：“凡數三分有二爲太半，一爲少半。” 評論：議論。 旋：很快。 垢：污垢。這裏指污言穢語。 盤根：追根究底，指事情的根由。⊙此曲寫燕燕認爲婦女被人用粗鄙來評價也没有什麼大不了的，衹要不被人欺騙，没有一脚踩空，自個仔細思量；至于真真假假的，也不要過于分辨，衹要多數人都知道内情，即使受了冤屈，也很快會洗刷的，更不要去追究什麼根由。

［天下樂］合下手休交惹意論。（見末了）（末云了）哥哥的家門，不是一跳身。（末云了）便似一團兒挼成官定粉。燕燕敢道末？（末云了）和哥哥外名兒，燕燕也記得真，唤做磨合羅小舍人。（末云了）（捧砌末唱）●交：盧冀野本、王季思寫定本、隋樹森本、吴國欽本、徐征本、王季思本改作“教”，其他本從原本。　意論：意，藍立蓂本從原本。王季思寫定本、隋樹森本、北京大學本、徐沁君本、劉堅本、寧希元本、吴國欽本、馬欣來本、王學奇本、徐征本、王季思本改作“議”。　末云了：此曲前三句“末云了”王季思寫定本皆下補“（旦唱）”，徐沁君本、王學奇本、王季思本皆補“（正旦唱）”。末，此曲之“末”，徐沁君本、王學奇本皆上補一“正”字。　燕燕敢道末：原作大字。從吴曉鈴本、王季思寫定本、隋樹森本、鄭騫本、北京大學本、徐沁君本、劉堅本、寧希元本、吴國欽本、馬欣來本、徐征本、王學奇本、王季思本、藍立蓂本改小字，作爲説白。王季思寫定本于此句上補“（旦云）”，鄭騫本、徐征本、王季思本補“（云）”，徐沁君本、王學奇本補“（帶云）”。王季思寫定本、隋樹森本、吴國欽本“道末”之“末”改作“麽”。徐沁君本校記按云：“《語辭匯釋》卷三‘末’字條：‘末’，與麽同。”　名兒：兒，原本無，從鄭騫本補。鄭騫本校記云：“少此字不合句法。”藍立蓂本從。王季思本此句無“兒”字，并與下句未斷開，合爲一句。　磨合羅小舍人：磨，寧希元本改作“摩”，徐征本、王季思本改作“魔”。　末云了：此爲本曲第四次出現的句子，鄭振鐸本將“末云了”與下句科介連爲一句，作“（末云了捧砌末唱）”。藍立蓂本校記按云：“元刊本慣例，主角科介上往往省去（正旦）或（旦）、（正末）或（末）字樣。此處（捧砌末唱）屬正旦科介，（云了）屬末，二者非同一角色所爲。鄭本未審，誤。”是。　捧砌末：王季思寫定本、吴國欽本上補一“旦”字，徐沁君本、王學奇本、徐征本、王季思本補“正旦”。●天下樂：曲牌名，注見

《大都新編關張雙赴西蜀夢》第一折同曲牌注。依曲譜，此曲末句前增一句三字句，共八句。襯字爲：合、哥哥的、不是、便似、兒、和哥哥、燕燕也、喚做、小；韵脚字爲：論、門、身、粉、真、人。 合：應該。 下手：着手，參與。 交：猶“得”。 惹：招徠。 意論：猜測議論。意，猜測。《管子·小問》：“君子善謀而小人善意。” 哥哥：這裏指小千户。 家門：出身。 一跳身：一下子發迹。楊梓《霍光鬼諫》第二折［蔓菁菜］：“偏不曾一跳身都榮顯。” 挼（ruá）：捏。《群玉樂府》卷二喬夢符小令［雙調·水仙子］《贈柔卿王氏》：“肉臺盤纖玉指，胭脂粉挼成的孩兒。”《喬夢符小令》“挼”作“捏”。 官定粉：爲官宦人家定做的一種胭脂。粉，胭脂。和：連，連同。 外名兒：指在外面的綽號之類。 喚做：稱作。 磨合羅：亦作磨喝樂、摩睺羅、魔合羅，印度神名在佛典中的音譯。宋元時用作小偶人的名稱，多用于七夕供養，或作珍玩。孟元老《東京夢華録》卷八“七夕”：“七月七夕……皆賣磨喝樂，乃小塑土偶耳。悉以雕木彩裝欄座，或用紅砂碧籠，或飾以金珠牙翠，有一對直數千者。禁中及貴家與士庶爲時物追陪。”元劇中每用以比擬美好可愛的少年或兒童。脉望館鈔校本馬致遠《任風子》第一折［天下樂］：“俺守着磨合羅波好兒天可怜。” 舍人：宋元時稱官家子弟。《元典章》刑部十四“詐”：“近者有不畏公法之人，詐爲貴勢子弟，稱曰舍人，從徒連騎，凌脅平民，因行奸盜。” 砌末：舞臺道具的總稱。這裏指臉盆。李調元《劇話》卷上：“元雜劇，凡出場應有持、設、零雜，統謂砌末。如《東堂老》《桃花女》以銀子爲砌末，《兩世姻緣》以鏡、畫爲砌末，《灰闌記》以衣服爲砌末，《楊氏勸夫》以狗爲砌末，《度柳翠》以月爲砌末。今都下戲園猶有‘鬧砌末’語。”⊙此曲寫燕燕説自己對小千户的出身、禀性以及在外面的聲名是很瞭解的，言下之意是説小千户家在過去也没有什麽了不起的，現在的他在别人眼裏衹不過是個受人寵愛的小玩偶而已，没多大出息，表明他并不是自己的意中人。

［**那吒令**］等不得水温，一聲要面盆。恰遞與面盆，一聲要手巾。却執與手巾，一聲解紐門。使的人，無淹潤，百般支分。（末云了）（笑云）量姊妹房裏有甚好？●盆：原作“盤”，從隋樹森

本、鄭騫本、徐沁君本、劉堅本、寧希元本、王學奇本、馬欣來本、徐征本、王季思本、藍立蓂本改。“盤”字不押韵，“盆”字押韵，而且第三句就是“盆”字。吴國欽本第三句又因前句之“盤”而誤改作“盤”。　却：徐沁君本改作“恰”。　執：盧冀野本誤作“熱”。　末云了：徐沁君本、王學奇本作“正末云了”。　笑云：王季思寫定本、吴國欽本作“旦笑云”，徐沁君本、王學奇本、徐征本、王季思本作“正旦笑云”。　量姊妹房裏有甚好：徐沁君本、王學奇本、王季思本下補“唱”。●那吒令：曲牌名，注見《古杭新刊的本關大王單刀會》第一折同曲牌注。依曲譜，此曲襯字爲：等不得、要、恰遞與、要、却執與、解；韵脚字爲：温、盆、盆、巾、巾、門、人、潤、分。　等不得：等不及，等不到。得，及，到。《中興以來絶妙詞選》卷一吕居仁《采桑子·别情》：“恨君却似江樓月，暫滿還虧，暫滿還虧，待得團圓是幾時？”　水温：把冷水燒温。　面盆：臉盆。　却：纔。沈蔚宗《沈文伯詞·不見》：“午醉却醒來，柳外一聲鶯囀。不見，不見，門掩落花深院。”毛西河本王實甫《西厢記》卷四第十五折［滚綉球］：“却告了相思病迴避，破題兒又早别離。”毛云：“言相思纔了，别離又起。”　執與：拿給，遞給。　紐門：紐扣。　使的人：把人支使得。　無淹潤：不留餘地。淹潤，消閑，寬餘。無名氏《替殺妻》第二折［端正好］：“若是俺哥哥一一從頭問，看我數説你一會無淹潤。”　百般：百種。這裏指各種各樣的理由。　支分：支派，分派。息機子本喬夢符《兩世姻緣》第一折［醉中天］：“要茶飯揀口兒支分，要衣服换套兒穿。”　笑：這裏是冷笑的意思。　姊妹：妹妹。《劉知遠諸宫調》第十二［黄鐘宫·快活年尾］：“交他做姐姐，我做姊妹，俺兩個一個口兒裏出氣。”⊙此曲寫燕燕在做侍妾時，被小千户使唤得團團轉，忙得不可開交，没有片刻閑暇。就這樣他仍不安分，還往妹妹房裏跑，很生動地反映了小千户養尊處優、頤指氣使、喜新厭舊的少爺脾氣和做派。

［**鵲踏枝**］入得房門，怎回身？一個獨卧房兒窄窄别别，有甚鋪陳？燕燕已身有甚末孝順？拗不過哥哥行在意殷勤。

●鵲：原作“雀”，除鄭振鐸本、盧冀野本、王季思寫定本外，各本已據曲牌名改。　房門：門，原簡作“门”，鄭振鐸本誤作“内”。　一個：原作

“丂”，似“一个”二字之誤合，徐沁君本、徐征本從原本。盧冀野本作“斤”。吴曉鈴本、隋樹森本、馬欣來本作“廳”。從鄭騫本、寧希元本、王季思本、藍立蓂本改。　鋪陳：“陳”原作“呈”，馬欣來本、徐征本從原本。從王季思寫定本、鄭騫本、徐沁君本、寧希元本、吴國欽本、王季思本、藍立蓂本改。徐沁君本校記按云：“馬致遠《薦福碑》第二折：‘一幅丹青寫容貌，堂上鋪陳挂幔幙。’賈仲明《蕭淑蘭》第二折白：‘琴劍鋪陳，皆不曾動。’又《金安壽》第二折：‘重裀卧鋪陳换副兒交。’無名氏《連環計》第三折白：‘專房一壁厢收拾鋪陳，我與夫人歇息咱。’字均作‘陳’。”　己身：己，寧希元本誤作“一”。　甚末：徐征本作“什麽”。末，王季思寫定本、吴國欽本、王季思本改作“麽”。　拗不過：拗，原作“描”，馬欣來本從原本。徐征本作“指”。從王季思寫定本、徐沁君本、劉堅本、寧希元本、吴國欽本、王學奇本、王季思本、藍立蓂本改。此曲末句後，徐征本、王季思本增“（末云了）（正旦唱）”。不從。●鵲踏枝：曲牌名，注見《古杭新刊的本關大王單刀會》第一折同曲牌注。依曲譜，此曲襯字爲：得、一個獨卧房兒、己身、行在意；韵脚字爲：門、身、陳、順、勤。　得：猶“了”。《宣和遺事》亨集：“見宋江帶得九人來，吴加亮等不勝歡喜。”臧本孫仲章《勘頭巾》第三折王小二白：“他娘子又叫員外出來，道：‘俺有錢的打死你這窮漢，則費得幾文錢。’”　回身：指從小千户家出來。這句是説既然進了小千户家的門，就不好意思再出來。　獨卧房兒：指單間的房屋。　窄窄别别：狹窄逼仄。是“窄别”的重言。一作“側憋憋”。北京、天津方言稱不寬敞爲“窄憋”，徐州方言稱因窄小而感到彆扭爲“窄窄彆彆”。　鋪陳：陳設，擺設。《董解元西厢記》卷一［商調·定風波］：“法本衆僧徒，别了鶯鶯，夫人子母，佛堂裏自監覷，覷着收拾鋪陳來的什物。”　己身：自身。《敦煌變文集》卷二《舜子變》：“己身是兒，千重萬過，一任阿耶鞭耻。”　甚末：什麽。孝順：指像子女那樣孝順。　拗不過：硬不過，擰不過，强不過。　哥哥：小千户。　行（háng）：人稱代詞及有人的名詞後綴，與指稱處所的用法不同。《董解元西厢記》卷八［雙調·文如錦］：“怕賢不信，試問普救裏僧行，我手下兵卒。”李壽卿《伍員吹簫》第一折［天下樂］：“你曉夜兼程來探訪，似這般彷也波徨，都只爲我行。”　在意：着意，經意。《太平廣記》卷三百五十六引《博異記》："護戎諱數字而甚切，君當在意。若犯之，無逃其死也。" 殷勤：過分熱情。⊙此曲寫燕燕來到小千户爲她準備的狹小的房間，裏面什麼擺設都没有，自己却爲什麼這樣順從呢，就是受不住小千户着意的殷勤啊！

［寄生草］卧地觀經史，坐地對聖人。你觀國風雅頌施詁訓，頌的典謨訓誥居堯舜，（末云）説的温良恭儉行忠信。燕燕子理會得龍盤虎踞滅燕齊，誰會甚兒婚女聘成秦晋？（末云）這書院好？●聖人：盧冀野本"人"字下未點斷。非。 你觀國風雅頌施詁訓：你，藍立蓂本作"爾"。吴國欽本、王季思本"觀"字下補一"的"字。頌，原作"訟"，除鄭振鐸本外，各本均改。施，寧希元本改作"式"。詁，原作"頡"。除鄭振鐸本未改、寧希元本改作"古"外，各本均已改作"詁"。 頌的典謨訓誥：頌，王季思寫定本、鄭騫本、徐沁君本、寧希元本、吴國欽本、王學奇本、徐征本、王季思本改作"誦"。不從。 末云：王季思寫定本下補"（旦唱）"，徐沁君本、王學奇本、徐征本、王季思本補"（正旦唱）"。徐沁君本"末"上補一"正"字。王學奇本改作"正末云了"。 子理會得龍盤虎踞滅燕齊：子，盧冀野本、王季思寫定本、吴國欽本改作"只"。隋樹森本改作"則"。盤，盧冀野本、吴曉鈴本、隋樹森本、北京大學本、劉堅本、吴國欽本、王學奇本、馬欣來本、徐征本改作"蟠"。 "（末云）這書院好"句：徐沁君本、王學奇本下補"（唱）"，徐征本、王季思本補"（正旦唱）"。鄭振鐸本作"末云：這書院好"。盧冀野本作"（末云這書院好）"，徐沁君本上補一"正"字，王季思本"末云"作"正末云了"。王季思寫定本賓白前補"（旦云）"，徐沁君本、王學奇本補"（正旦云）"。●寄生草：曲牌名，注見《古杭新刊的本關大王單刀會》第一折同曲牌注。依曲譜，此曲襯字爲：卧地、坐地、你觀、頌的、説的、燕燕子理會得、誰會、聘；韵脚字爲：人、訓、舜、信、晋。 地：猶"着"。此用法較爲特殊。 經：指經典，即《詩》《書》《禮》《易》《春秋》之類。 史：指正史，即《史記》《漢書》之類。 聖人：本指孔子和孟子。這裏代指孔孟之書。 國風雅頌：即《詩經》的"風""雅""頌"。 施詁訓：加上訓詁，即參考注疏。施，加上，參考。

訓，釋義。詁，以通行語解釋古語和方言。 頌的：即背誦的。頌，通“誦”。《孟子·萬章下》：“頌其詩，讀其書，不知其人可乎？”朱熹注：“頌通誦。” 典謨訓誥：指《尚書》中的《堯典》《舜典》《大禹謨》《皋陶謨》《湯誥》《伊訓》之類。 居堯舜：當堯舜，做堯舜。居，當，做。 説的：標榜的。 温良恭儉行忠信：温和、善良、謙恭、儉省、忠貞、誠信。行，品行。這是儒家提倡的倫理道德的範疇。 子理會得：衹理會。子，衹。得，動詞詞尾，無義。 龍盤虎踞：一作虎踞龍盤。原指石頭城（今南京）地勢險要、雄偉，引申爲戰國時强秦掃滅六合的氣勢，這裏指小千户憑藉權勢要强娶燕燕。盤，蜷伏。踞，蹲着。 燕齊：原指六國中的燕國和齊國，這裏指燕燕。甚兒婚女：指不瞭解男方的情况就把女兒嫁過去。甚兒，什麽樣的新郎。聘成：給聘禮結成。 秦晋：春秋時秦晋兩國世爲婚姻，後因稱兩世聯姻爲秦晋之好。 這書院好：是小千户討好燕燕的話。⊙此曲寫在燕燕看來，小千户既没有教養，又没有文化，表面上却裝得道貌岸然，仿佛很斯文仁慈的樣子，可燕燕却知道他恃强凌弱的德行。像他這樣，誰還會把女兒嫁給他，與他家結成秦晋之好呢？

［幺］這書房存得阿馬，會得客賓。翠筠月朗龍蛇印，碧軒夜冷燈香信，緑窗雨細琴書潤。每朝席上宴佳賓，抵多少十年窗下無人問。（云住）●幺：徐沁君本、寧希元本、徐征本、王季思本作“幺篇”。 書房：房，寧希元本誤作“院”。 翠筠月朗龍蛇印：印，原作“衞”。“胤”字之誤。馬欣來本作“胤”。從鄭騫本、徐沁君本、劉堅本、寧希元本、吴國欽本、徐征本、王季思本、藍立蓂本改。鄭振鐸本、盧冀野本、吴曉鈴本、隋樹森本、北京大學本作“徹”字。王季思寫定本作“亂”字，王學奇本作“映”，均非是。徐沁君本校記按云：“曲譜，此句應叶韵，‘徹’‘亂’皆失韵。元本蓋本作‘胤’字，‘胤’爲‘印’之音誤。元周德清《中原音韵·正語作詞起例》引《陽春白雪》小令［水仙子］：‘横斜疏影窗間印。’（今傳本《陽春白雪》前集卷二楊朝英作，‘印’作‘映’）一言梅影，一言竹影，以彼例此，據改作‘印’字。” 雨細：寧希元本改作“細雨”，誤。 云住：王季思寫定本下補“（旦唱）”，徐沁君本、王學奇本、徐

征本、王季思本補“(正旦唱)”。王季思寫定本、吳國欽本、徐征本、王季思本“云”上補一“末”字，徐沁君本、王學奇本補“正末”。●幺：一作［幺篇］，曲牌名，即［寄生草］之下又一體，曲譜同［寄生草］。依曲譜，此曲襯字爲：這書房、得、得、抵多少；韵脚字爲：賓、印、信、潤、賓、問。書房：承上曲曲末小千户“這書院好”的問話，書院因書房得名。　存：住。無名氏《馮玉蘭》第一折［油葫蘆］：“我須是有量忖，又没個村莊道店好安存。”　得：猶“過”。《太平廣記》卷一百三引《報應記》：“唐白仁晳……差運米遼東。過海，遇風，四望昏黑。仁晳憂懼，急念《金剛經》得三百遍……須臾風定，八十餘人俱濟。”《雨窗集·錯認尸》：“大娘子謀殺了雇工人，酒大工洪三將尸放在新橋面河内，得了兩個月，尸首泛將起來。”　阿馬：女真人呼父。亦作阿媽。此指燕燕的主人。舊時滿人稱父亦曰阿馬。無名氏《貨郎旦》第三折白：“阿馬，有甚話對你孩兒説呵，怕做什麽。”　會：接待。　客賓：客，普通的來客。賓，貴客。　翠筠(yún)：翠竹。筠，竹子。朗：明亮。　龍蛇印：這裏指在月光照射下翠竹的影子像龍蛇一樣映在窗户上。　碧軒：綠色的有窗户的小房間。軒，小室。　燈香信：指油燈燃時散發出來的清香四處飄溢。信，藍立蓂本釋爲“任憑”，似不妥。徐征本釋爲“沁”的借字。沁，滲入。甚是。　琴書潤：指琴譜有些發潮。潤，濕潤。朝：早晨。　抵多少：猶言勝過多少。　十年窗下無人問：指在寒窗下長年苦讀的書生，没有誰會去理他。⊙此曲寫燕燕對小千户讓她參觀的書房所發的感慨，通過對書房的描寫和聯想，表現了這是一個高雅的地方，也是一個笙歌弦舞的地方，所謂書房衹不過是一個象徵，并没有誰在這裏真正苦讀過，實際上反映的是環境的優雅與小千户的無知所形成的鮮明對照。

［村裏迓鼓］更做道一家生女，百家求問。纔説貞烈，那裏取一個時辰？見他語言兒栽排得淹潤，怕不待言詞硬，性格村，他怎比尋常世人？(末云)●鼓：原作“古”，除鄭振鐸本、盧冀野本、隋樹森本外，各本已改。　貞烈：貞，原作“真”。從王季思寫定本、徐沁君本、寧希元本、吳國欽本、王學奇本、馬欣來本、徐征本、王季思本、藍立蓂本改。徐沁君本校記按云：“曲中往往借‘真’代‘貞’。”　那

裹取一個時辰：盧冀野本“辰”字下未點斷。非。　栽排：栽，原作“裁”。馬欣來本、藍立蓂本從原本。從王季思寫定本、鄭騫本、徐沁君本、寧希元本、吴國欽本、王學奇本、徐征本、王季思本改。徐沁君本校記按云：“關氏《哭存孝》第二折白：‘用機謀仔細栽排，牧羊子死限催來。’‘裁’字亦誤。”　末云：馬欣來本、藍立蓂本從原本。王季思寫定本、吴國欽本下補“（旦唱）”，徐沁君本、王學奇本、徐征本、王季思本補“（正旦唱）”。王季思寫定本、王季思本“云”下補一“了”字。●村裹迓鼓：曲牌名。散套首牌，亦入［商調］。各句歧異頗多。句式爲：四四四七四四四三三三七，共十一句。第四句可改作兩句。第五、六、七句可改作三字句。曲譜爲：仄平平仄，(平仄)平平(去)[韵]，平平仄(平仄)，(平仄)(平仄)(平仄)、(平仄)平平(去)[韵]。(平仄)平(平仄)仄，(平仄)平(平仄)仄，(平仄)平(平仄)(去)[韵]。仄(平仄)平，平(平仄)仄，仄仄平/上[韵]，(平仄)(平仄)(平仄)、平平去上/平[韵]。依曲譜，此曲缺第六、七、十句，襯字爲：更做道、見他語言兒、得、怕不待；韵脚字爲：問、辰、潤、村、人。　更做道：即使説，即使是。更做，猶“即使”。　纔説：指剛纔説起。　貞烈：堅貞剛烈。這裹指燕燕不願意做小伏低。　那裹取：猶言哪有，意即没有。《陽春白雪》後集卷三劉時中套數［正宫・端正好］《上高監司》：“那裹取厨中剩飯杯中酒？看了些河裹孩兒岸上娘，不由我不哽咽悲傷！”　一個時辰：相當于現在的兩個小時。　栽排：猶“安排”，這裹是表達的意思。狄君厚《介子推》第一折［六幺序幺］：“武王伐紂功勞大，一來是神天佑護，一來是天地栽排。”　淹潤：温和。張國賓《羅李郎》第四折［梅花酒］：“這哥哥恁地狠，些兒淹潤。”　怕不待：豈不要。　硬：直，生硬。　村：粗野。　尋常：普通、平常。⊙此曲寫燕燕原本是很清高的，還有做女孩的那份矜持，更不要説在婚姻大事上表現出堅貞剛烈也是很尋常的。可她還没有堅持到兩個小時，就被小千户的硬纏軟磨俘虜了。小千户一旦惱怒起來，也不比尋常人啊！燕燕不喜歡他，且還有些怕他。

［元和令］無男兒只一身，擔寂寞受孤悶；有男兒役夢人勞魂，心腸百處分。知得有情人不曾來問肯，便待要成眷姻。●無男兒只一身：鄭振鐸本、盧冀野本、王季思寫定本“身”字下未點斷，非。因爲此套“身”字爲韵脚。　擔寂寞受孤悶：“寂”字原奪。盧冀野

本、隋樹森本、鄭騫本、北京大學本、徐沁君本、劉堅本、寧希元本、吴國欽本、王學奇本、馬欣來本、徐征本、王季思本、藍立蓂本已補。吴曉鈴本校記云："疑'寞'字上脱'寂'字。"王季思寫定本改"寞"爲"窮"，非。役夢："役"原作"意"。從寧希元本改。王季思寫定本、徐沁君本、吴國欽本、王學奇本、徐征本、王季思本改作"囈"。徐沁君本校記按云："'意''囈'音同借用。"　問肯：鄭振鐸本、盧冀野本、吴曉鈴本、隋樹森本、北京大學本、吴國欽本均在"問"字下點斷，"肯"字屬下句，非。徐沁君本校記按云："定本説明：'問肯'是宋元時訂婚前的一種禮俗。關氏《裴度還帶》第四折：'他道招狀元爲婿君，不邀媒，不問肯，擎絲鞭捧玉樽。'王實甫《西厢記》第五本第三折：'不曾執羔雁邀媒，獻幣帛問肯。''問肯'一作'問親'。王曄《桃花女》第二折：'那問親的禮法將我來劫奪。'無名氏《雲窗夢》第三折白：'如今鄭月蓮被他母親賣的洛陽張行首家中去了，我如今尋到那裏問親去來。'女方同意這婚事，飲的酒叫'肯酒'。關氏《魯齋郎》楔子白：'兀那李甲，這三鍾酒是肯酒。'石君寶《秋胡戲妻》第二折白：'恰纔這三鍾酒是肯酒。''肯酒'亦即'許親酒'。關氏《拜月亭》第四折：'把這盞許親酒又不敢慢俄延，則索扭回頭半口兒家剛剛的咽。'"●元和令：曲牌名。亦入［商調］，劇套須每句叶韵，散套可隔句叶韵。句式爲五五七五七五，共六句。曲譜爲：(平仄)平(平仄)仄平/上(韵)，(平仄)仄仄平(去)[韵]。(平仄)平(平仄)仄仄平平(韵)，(平仄)平(平仄)仄平/上[韵]。(平仄)平(平仄)仄仄平平(韵)，(平仄)平(平仄)仄平/上[韵]。依曲譜，此曲襯字爲：一、擔、有、知得、來、便；韵脚字爲：身、悶、魂、分、肯、姻。男兒：這裏指夫婿。　一身：一人。施惠《幽閨記》第三十六齣："兄弟一門良賤三百餘口，盡被聶賈列無辜殺戮，止逃得兄弟一身。"　擔：忍受。　孤悶：孤單鬱悶。　役夢人勞魂：魂牽夢繞。役，驅使。勞，疲乏。　問肯：本意指詢問看是否願意，後來專指訂婚前的一種儀式，主要是指男方派人到女方家徵詢她的父母是否同意這樁婚事。　待要：將要。　成：結成，成就。眷姻：婚姻。王實甫《西厢記》第五本第三折［麻郎兒幺篇］："硬打挨强爲眷姻，不睹事强諧秦晋。"⊙此曲寫燕燕説自己的難處：如果沒有未婚夫，就會獨自承擔寂寞忍受苦悶；如果有未婚夫，則爲他魂牽夢縈，心思被分成百處。明明知道自己傾心的人不來問自己是否願意，而他很快却要結婚了。燕燕對這種既成事實感到既無奈又痛苦。

［上馬嬌］自勘婚，自説親，也是賤媳婦責媒人。往常我冰清玉潔難親近，是他因，子管交話兒因，我煞待嗔，我便惡相聞。●責：鄭騫本、寧希元本、王季思本改作“貴”。　難親近：親，原作“侵”。從徐沁君本、寧希元本、王學奇本、徐征本改。鄭騫本校記云：“‘侵’當作‘親’，但‘侵近’義亦可通。”徐沁君本校記按云：“‘侵’‘親’音近借用。王實甫《西厢記》第二本第一折：‘今日個玉堂人物難親近。’并參看關氏《拜月亭》第一折‘親文墨’校記。”　是他因：與下句“話兒因”中的“因”字，王季思寫定本、徐沁君本、吴國欽本、王學奇本、徐征本、王季思本改作“親”。不從。盧冀野本第二個“因”字改作“困”，非。北京大學本校記云：“此句疑有訛字。”徐沁君本校記按云：“定本（王季思寫定本）説明：‘是他親只管交話兒親’，跟下面［後庭花］曲‘不争你話兒親’，這三個‘親’字，原文都作‘因’字。當時‘姻親’二字經常連用，刻書的人爲了減少筆畫，用‘姻’字代替‘親’字，又省作‘因’字。這在元人通俗刻本裏是不算稀奇的。”　子：盧冀野本、吴國欽本改作“只”。　交：盧冀野本、王季思寫定本、隋樹森本、吴國欽本、徐征本、王季思本改作“教”。●上馬嬌：曲牌名。亦入［商調］。句式爲三三五七一五，共六句。此曲爲八句。曲譜爲：(平仄)仄平，(平仄)仄平/上[韵]。(平仄)仄仄平平[韵]，(平仄)平(平仄)仄平平去[韵]。平[韵]，(平仄)仄仄平平[韵]。此曲第五、六句爲增句，共八句，襯字爲：也是賤、往常我、是他、子、我煞待；韵脚字爲：婚、親、人、近、因、因、嗔、聞。　勘婚：訂婚前對勘男女雙方生辰八字。張國賓《羅李郎》第四折：“我也曾勘婚，過門，便就親，成就了夫妻和順。”　説親：説媒。　也是：總是，衹有。　賤媳婦：做了低賤的媳婦。　責：求。《宋史·范仲淹傳》：“平時諱言武備，寇至而專責守臣死事，可乎？”　冰清玉潔：如冰之清明，似玉之純潔。比喻德行高潔。皇甫謐《高士傳·摯峻》：“伏維伯陵，材能絶人，高尚其志，以善厥身，不以細行荷累其名。”　親近：猶“侵近”，同義連文，猶“近”。隋樹森《梨園樂府》卷下闕名氏小令［快活年］：“款步輕移暗傳，不能够相侵近。”　是他因：因，猶“親”。《詩經·大雅·皇矣》：“維此王

季，因心則友。”毛《傳》：“因，親也。”孔穎達《疏》：“言其有親親之心，復廣及宗族也。”　子管：衹管。《古本董解元西厢記》卷五［黄鐘宫·雙聲叠韵］：“眼又瞑，頭又低，子管裹長出氣。”　交：用。元刊本鄭廷玉《看錢奴》第三折净白：“二十年前，有炷東嶽香願，交徠兒替還者。”　話兒因：因，亦猶“親”。　煞：猶“真”。　嗔：生氣。　惡：厲害。⊙此曲寫燕燕説自己在没有見到小千户之前，還是很有自己的規矩的。現在之所以主動問八字、請媒人，把自己搞得這樣低賤，原因是見了他就不由得有親近感，他説的話也很受用。他没有讓她生氣，如果讓她生氣了，她就會惡聲惡氣。從這裹看，燕燕對小千户也比較喜歡。

［勝葫蘆］怕不依隨蒙君一夜恩，争柰忒達地忒知根，兼上親上成親好對門。覷了他兀的模樣，這般身分，若脱過這好郎君。●怕：原作“帕”。除鄭振鐸本外，各本已改。　柰：除盧冀野本、吴曉鈴本、隋樹森本外，各本改作“奈”。　忒達地忒知根：地，寧希元本改爲“底”。徐沁君本校記按云：“‘達地知根’，爲當時成語，‘達’字有不同寫法。關氏《哭存孝》第二折：‘俺出身入仕，蔭子封妻，大人家達地知根。’‘達’字趙琦美校改爲‘踏’。劉兑《嬌紅記》第五折：‘綉鞋兒誰將去？簡帖兒是誰寫的？兩下都知根達地。’無名氏《鴛鴦被》第四折：‘我玉英呵，世做的所爲，這裹便跪膝，則鴛鴦被要知根搭底。’”　若脱過這好郎君：吴國欽本、王季思本用新式標點，此句末作句號。藍立蓂本校記按云：“王驥德《曲律》卷三‘論套數’云：‘《西厢記》每套衹是一個頭腦，有前調末句牽搭後調做者，有後調首句補足前調做者。’此處即屬後者。前闋已完，但語意未盡，不聯後闋首句不能足其意，自不宜在前闋末作句號。”故作逗號，馬欣來本、徐征本亦是。但我也覺得不妥。按，曲調前搭後是可以的，但一個曲牌總歸是一個段落。徐沁君本用問號，也不妥。我認爲用破折號比較合適。●勝葫蘆：曲牌名。亦入［商調］，［幺篇］同始調，用否均可。諸宫調同。南曲略同。句式爲七五七四四五，共六句。曲譜是：(平仄)仄平平(平仄)仄平/上[韵]，(平仄)仄仄平平[韵]，(平仄)仄平平(平仄)仄平/上[韵]。(平仄)平(平仄)仄，(平仄)平(平仄)(去)，(平仄)仄仄平平[韵]。依曲譜，此曲襯字爲：怕不、忒達地、兼上、了、兀的、若、這；韵脚字爲：

恩、根、門、分、君。 怕：擔心。 蒙：承蒙，接受。 一夜恩：這裏指燕燕與小千户在婚前已發生曖昧關係，她認爲這是小千户有恩于她。 争柰：怎奈。《南詞叙録》云：“争得，怎得也。唐無怎字，借争爲怎。” 忒：特别。 達地忒知根：特别知根知底。達，猶“知”。《北齊書·儒林傳·權會》：“（會）有一子……聰敏精勤，幼有承人之量，不幸早亡。臨送者爲其傷慟，會唯一哭而罷，時人尚其達命。” 兼上：加上。 親上成親：這裏指燕燕除了與小千户結爲夫妻一層關係外，他們的父祖輩也有親屬關係。 對門：門當户對。無名氏《雲窗夢》第二折［醉太平］：“百年誰是百年人，難尋這白頭的對門。” 覷：偷偷地看。 兀的：這樣的。元曲常用語。 身分：身段。《劉知遠諸宫調》第二［仙吕調·醉落托］：“低頭扶起覷身分，籠月之下把臉兒認，元來不是那窮神。” 脱：失，錯。《漢書·藝文志》：“迄孝武世，書缺簡脱，禮壞樂崩。” 好：美。《樂府詩集》卷二十八《陌上桑》：“秦氏有好女，自名爲羅敷。” 郎君：有風度、有儀表的男子。⊙此曲寫燕燕在接受了小千户的感情後的矛盾心理。從這裏看，燕燕還是有些喜歡小千户的。她後來對小千户厭惡的態度也是因爲有愛的原因。這支曲子體現了燕燕感情的複雜性。

［幺］交人道眼裏無珍一世貧，成就了又怕辜恩！若往常烈焰飛騰情性緊，若一遭兒恩愛，再來不問，枉侵了這百年恩！子末爾不志誠？（云了）●幺：徐沁君本、寧希元本、王季思本作“幺篇”。 交：盧冀野本、王季思寫定本、隋樹森本、吴國欽本、徐征本、王季思本改作“教”。 枉：原作“往”。除吴曉鈴本外，各本已改。吴曉鈴本校記亦謂“枉”字可從。 子末爾不志誠：原作大字。從王季思寫定本、隋樹森本、鄭騫本、北京大學本、徐沁君本、寧希元本、吴國欽本、王學奇本、馬欣來本、徐征本、王季思本、藍立蓂本改小字，作爲説白。王季思寫定本、吴國欽本上補“（旦云）”，鄭騫本、徐沁君本、王學奇本、徐征本、王季思本補“（云）”。子，王季思寫定本、隋樹森本改作“怎”。 云了：王季思寫定本下補“（旦唱）”，徐沁君本、王學奇本、徐征本、王季思本補“（正旦唱）”，王季思寫定本、吴國欽本、徐征本、王季思本“云”上補一“末”字，徐沁

君本、王學奇本補"正末"。●幺：曲牌名。即［勝葫蘆］後篇。曲譜同上曲。依曲譜，此曲襯字爲：交人道、了又、若往常、若、兒、了這；韵脚字爲：貧、恩、緊、問、恩。　交人道：教人説。　眼裏無珍一世貧：眼睛裏看不見珍貴的東西，一輩子是要受貧窮的。珍，一作"真"。這是元曲常用語。《劉知遠諸宫調》第一［中吕調・安公子纏令・尾］："如還脱了這門親，我幾時到得昭陽寶殿？眼裏無真一世貧。"　成就：指結成夫妻。　辜恩：辜負了恩情。　烈焰飛騰：形容他的性格、情緒像燃燒的烈焰一樣升騰起來。　情性：情緒，性格。　緊：急。　一遭兒：一次。　枉侵：白費了，徒占了。侵，占。　子末：猶"怎麽"。　爾：你。　志誠：誠實。元曲習用語。⊙此曲寫燕燕對小千户的所謂恩情比較依戀，用世俗的道理説服自己，不要像往常那樣動不動就火冒三丈，而是要忍一忍，爲了將來的百年好合。

［後庭花］我往常笑别人容易婚，打取一千個好啼噴；我往常説貞烈自由性，嫌輕狂惡盡人。不争爾話兒因，自評自論。這一交直是哏，虧折了難正本。一個個忒忺新，一個個不是人。

●啼噴：啼，劉堅本、徐征本、王季思本改作"嚏"。　貞：原作"真"，從王季思寫定本、徐沁君本、寧希元本、吴國欽本、王學奇本、馬欣來本、徐征本、王季思本、藍立蓂本改。　惡盡人：盧冀野本"人"字下未點斷。非。　爾話兒因：爾，馬欣來本、徐征本、王季思本改作"你"。盧冀野本奪"因"字。王季思寫定本、徐沁君本、吴國欽本、徐征本、王季思本改作"親"。　哏：盧冀野本改作"根"。王季思寫定本、徐沁君本、寧希元本、王季思本改作"狠"，鄭騫本改作"很"。皆非。　折：原作"拆"，從鄭振鐸本、王季思寫定本、隋樹森本、鄭騫本、北京大學本、徐沁君本、寧希元本、吴國欽本、王學奇本、馬欣來本、徐征本、王季思本、藍立蓂本改。吴曉鈴本校記云："'拆'字疑當作'折'字。"　忒忺新：忺，盧冀野本改作"坎"，隋樹森本改作"欺"。非。徐沁君本校記按云："關氏《救風塵》第三折：'你則是忒現新，忒忘昏。'現新，亦當作'忺新'，言其喜新厭舊也。忺，喜悦義。古名家本關氏《玉鏡臺》第三折：'忺得來一年半載，他可早兩婦三妻。'顧曲齋本'忺'作'歡'。《清平山堂話本・簡帖和尚》'淡畫眉兒斜插梳，不忺拈弄綉工夫。'《古今小説·簡帖僧巧騙皇甫妻》'忺'亦作'歡'。蓋'忺'字久不通用矣。"●後庭花：曲牌名，注見《新刊關目閨怨佳人拜月亭》第一折同曲牌注。依曲譜，第七句五字句此曲變爲兩句六字折腰句，共十句，襯字爲：我往常笑、一千個、我往常説、嫌、不争爾、這一交、虧折了、一個個、一個個；韵脚字爲：婚、噴、人、因、論、哏、本、新、人。　笑：譏笑，取笑。　容易：輕易、輕率。　婚：結婚。　取：猶"了"。《救風塵》第四折［喬牌兒］："你一心淫濫無是處，要將人白賴取。"　唦噴：即嘍噴。説：批評。　貞：不受玷污。　烈：做出剛烈的行爲。　自：衹是。元刊本馬致遠《陳摶高臥》第三折［滚綉球］："本居林下絶名利，貧道呵自不合剛下山來惹是非，不如歸去來兮。"　由性：由着性子。　惡：得罪。《劉知遠諸宫調》第二［南吕宫·應天長］："妻與我如水似魚，不曾惡一個親故。"不争：不差。　話兒因：説親密的話。　直：真。《劉知遠諸宫調》第一［正宫·甘草子］："身上單寒，没有盤費，直是凄楚。"　哏（gén）：恨。　虧折：虧本。　正本：償本。　忺（xiān）新：喜新。忺，喜悦，高興。《張協狀元》戲文第十六齣："肥個我不嫌，精個我最忺。"⊙此曲寫燕燕在被小千户誘騙後非常後悔的感受，婚姻中的感情并不像没結過婚的人想象得那樣簡單，而是有一些説不明道不清的東西，有愛有恨，恩怨糾結在一起，這讓人非常難過。

［**柳葉兒**］一個個背槽抛糞，一個個負義忘恩，自來魚雁無音信。自思忖，不審得話兒真，枉葫蘆提了燕爾新婚。（調讓了）許下我的，休忘了！（末云了）（出門科）●不審得：得，寧希元本改作"的"。　調讓了：王季思寫定本、吴國欽本下補"（旦云）"，鄭騫本補"（云）"，徐沁君本、王學奇本、徐征本、王季思本補"（正旦云）"。　"許下我的，休忘了"句：馬欣來本中間未斷開。　末：徐沁君本、王學奇本上補一"正"字。　出門科：徐沁君本、王學奇本下補"（唱）"。王季思寫定本、吴國欽本、徐征本、王季思本"出"上補一"旦"字，徐沁君本、王學奇本補"正旦"。●柳葉兒：曲牌名，亦入［商調］，諸宫調異。句式爲七七七三三七，共六句。曲譜爲：(平仄)(平仄)(平仄)(平仄)平(平仄)(去)[韵]，(平仄)(平仄)(平仄)(平仄)仄平平[韵]，平平仄仄平

平去[韵]。平平(去)，仄平平/上[韵]，(平仄)(平仄)(平仄)(平仄)仄平平[韵]。依曲譜，此曲襯字爲：不審得、枉、了；韵脚字爲：糞、恩、信、忖、真、婚。　背槽抛糞：元曲常用語，即牲口背嚮食槽拉屎。這是駡人語，也有起興的作用。息機子本高文秀《誶范雎》第二折須賈白："匹夫也，我保你同入齊爲使，你以陰事告齊，受金帛牛酒，你與口頭何别？你背槽抛糞。"　負義忘恩：即忘恩負義。　魚雁：代指書信。趙令畤《蝶戀花》："廢寢忘餐思想遍，賴有青鸞，不必憑魚雁。"　思忖：思索。　不審得：不審，分辨不清。《劉知遠諸宫調》第十二："遠觀不審，只猜管又是賊徒，至近觀窺，却是九州安撫使。"　枉：徒然。　葫蘆提：糊裹糊塗。《通俗編》卷三十"草木"："《明道雜志》：錢文穆内相决一大滯獄，蘇長公譽以爲霹靂手。錢曰：僅免葫蘆提耳。"《演繁録》引此作"鶻鷺啼"，云："即俳優以爲鶻突者也。"　燕爾新婚：新婚愉快。《詩經·邶風·谷風》："宴爾新婚，如兄如弟。"燕爾，指宴爾，安樂愉快。　調讓：調和讓步。王季思寫定本説明云："這裏的'調讓了'根據劇情應是燕燕在對小千户的言語引起懷疑，發作了一番之後，小千户再嚮她解釋，許娶她做小夫人等等情節。"　科：元劇中標識角色動作、表情等的用語，亦稱科泛、科介。王國維《宋元戲曲史》卷十一"元劇之結構"："雜劇之爲物，合動作、言語、歌唱三者而成。故元劇對此三者，各有其相當之物。其紀動作者曰科，紀言語者曰賓、曰白，紀所歌唱者曰曲。"⊙此曲寫燕燕因爲受騙，非常生氣，也對自己輕易許諾成婚十分後悔。

［尾］忽地却掀簾，兜地回頭問，不由我心兒裏便親。你把那并枕睡的日頭兒再定論，休交我逐宵價握雨携雲。過今春，先交我不繫腰裙，便是半簸箕頭錢撲個復純。交人道眼裏有珍，你可休言而無信！（云）許下我包髻、團衫、紬手巾！專等你世襲千户的小夫人！（下）●尾：鄭騫本、徐沁君本、寧希元本、王季思本改作"賺煞"。　你：原作"爾"，除藍立蓂本外，他本已改。　定論：論，原作"輪"。從徐沁君本、寧希元本、藍立蓂本改。徐沁君本校記按云："'論'字一讀陽平，與'輪'字音近，以至相混。'定論'一詞亦見于元刊本鄭廷玉《看錢奴》第一折：'禍福無差，貧富天公定論下。'"王學奇本亦注云："輪，

當作‘論’。”　休交：休，盧冀野本誤作“你”。交，盧冀野本、王季思寫定本、隋樹森本、吴國欽本、徐征本、王季思本改作“教”。　過今春：鄭振鐸本、盧冀野本、吴曉鈴本、北京大學本、劉堅本、吴國欽本此句斷屬上句，誤。　先交：交，盧冀野本、王季思寫定本、隋樹森本、吴國欽本、徐征本、王季思本改作“教”。　不繫腰裙：繫，原作“擊”。除鄭振鐸本外，各本已改。徐沁君本校記按云：“‘系’字繁體作‘繫’，與‘擊’字形似，往往致誤。”　簸：原作“簸”，除盧冀野本外，各本已改。　交：盧冀野本、王季思寫定本、隋樹森本、吴國欽本、徐征本、王季思本改作“教”。你：原作“爾”，除藍立蓂本外，他本已改。　云：徐沁君本、王學奇本上補一“帶”字。　紬手巾：紬，原作“由”。從吴曉鈴本、王季思寫定本、隋樹森本、徐沁君本、劉堅本、寧希元本、王學奇本、馬欣來本、徐征本、藍立蓂本改。王季思本改作“綢”。鄭騫本校記云：“疑是油或紬之省。”盧冀野本改作“袖”，并在其下點斷。吴國欽本改作“綉”。　“專等”句：王季思寫定本、徐沁君本、王學奇本、徐征本、王季思本上補“(唱)”。●尾：曲牌名，注見《大都新編關張雙赴西蜀夢》第一折同曲牌注。依曲譜，此曲襯字爲：忽地、兜地、兒、你把那、的、兒再、休交我、先交我、便是、撲個、交人道、你可休、專等你、的；韵脚字爲：問、親、論、雲、春、裙、純、珍、信、人。却：猶“又”。　兜地：忽然。《董解元西厢記》卷六［仙吕調・戀香衾・尾］：“行不到書窗直下，兜地回來又説些話兒。”　日頭兒：日子。《元典章》刑部十九“禁刑”：“蒙哥皇帝宣諭的聖旨，這丁巳年爲頭，按月初一日、初八日、十五日、二十三日這四個日頭，不揀是誰，但是有性命的背地裏偷殺的人每，不斷按答奚那甚麽?”　價：猶“地”。　握雲携雨：也作“握雨携雲”，指男女歡愛。王實甫《西厢記》第四本第二折［越調・鬥鵪鶉］：“不争你握雨携雲，常使我提心在口。”　腰裙：圍裙。　頭錢：賭博時作骰子擲的錢。　撲：抛擲。　復純：擲後頭錢朝上一面呈一色，也叫渾純。魯應龍《括異志》：“張湘亦以乙卯魁亞薦，揭曉兩夕前，夢人持巨蟹撲賣，湘一撲五錢，皆黑，一錢旋轉不已，竟作字一人，曰：幾乎渾純。及榜，乃爲小薦第一。”李文蔚《燕青博魚》第二折對這類賭博也有類似描寫。　包髻：古代婦女用來兜髻的頭巾。團衫：女真婦女上衣。　紬（chóu）手巾：即綢手巾。

《金史·輿服志》："婦人……以皂紗籠髻如巾狀。""上衣謂之團衫。"陳垣《元典章校補釋例》卷三："綢字古已有之，然元時絲紬之紬不用綢，以綢爲紬，起于元後。"徐沁君本對這三樣東西進行了辨析："王季思寫定本説明云：'包髻、團衫、紬手巾，是侍婢的服裝。'恐非是。"又説："也見《謝天香》《望江亭》二劇。"《謝天香》説的是"第二個夫人"的服裝，《望江亭》説的是"小夫人"的服裝，這正和本劇一樣，本劇第一折説是"小夫人"，第四折説是"第二個夫人"，均非"侍婢"身份。《樂府新聲》卷中無名氏［喜春來］小令："冠兒褙子多風韵，包髻團衫也不村，畫堂歌舞兩般春。伊自忖：爲烟月？爲夫人？"也説包髻團衫爲"夫人"的服裝。竊以爲徐沁君的辨析很有道理。⊙此曲寫燕燕回過頭來又想着小千户的種種好處，等着小千户世襲職位後來娶她爲妻。

第二折

（外孤一折）（正末、外旦郊外一折）（正末、六兒上）（正旦帶酒上）却共女伴每蹴罷秋千，逃席的走來家。這早晚小千户敢來家了也。●正旦帶酒上：鄭騫本、徐沁君本、王學奇本、徐征本、王季思本下補“云”。　折：原作“拆”，各本已改。　却：徐沁君本、王學奇本改作“恰”。　這早晚小千户敢來家了也：徐沁君本、徐征本、王季思本下補“（唱）”。●外孤：孤之外又一孤，孤乃劇中官員，外孤即劇中官員之配角。王國維《古劇角色考》云：“曰冲，曰外，曰貼，均係一義，謂于正色之外，又加某色以充之也。”本劇中的孤爲小千户之父，外孤爲鶯鶯之父。　外旦：正旦之外又一旦，本劇指鶯鶯。　六兒：女真僮僕的通稱，元劇中泛稱家僮。李直夫《虎頭牌》第一折：“旦扮茶茶引六兒上。”無名氏《百花亭》第一折：“正末扮王焕引家僮六兒上。”　帶酒：酒醉。《劉知遠諸宫調》第二：“見知遠與數人相從，帶酒而來。”　共：猶“和”。《劉知遠諸宫調》第一［中吕調・安公子纏令］：“洛浦、西施共妲己，也難似這佳人。”　每：們。　蹴：踏，踩。《杜工部集》卷三《遣興五首》之一：“騂弓金爪鏑，白馬蹴微雪。”　秋千：一種運動和游戲用具。架子上繫兩根長繩，繩端拴一塊板，人在板上前後擺動。　逃席的：逃席，避酒食。張慎儀《蜀方言》卷上：“避酒食曰逃席。”的，猶“了”。武漢臣《老生兒》第四折引孫白：“伯伯，您孩兒則做的一日財主。”孟稱舜本“的”作“了”。《太平樂府》卷九睢景臣［般涉調・哨遍］《高祖還鄉》：“那大漢下的車，衆人施禮數。”　早晚：時候。《宋人話本七種・志誠張主管》：“小娘子，你這早晚來有甚事？”陝西方言有稱時候爲早晚的。見《陝西通志》卷四五《澄城縣志》三。　敢：恐怕。王實甫《西厢記》第二本第四折紅娘白：“姐姐，你看月闌，明日敢有風也。”　了也：猶“了”。范正敏《遁齋閑覽・諧噱》：“柳冕秀才性多忌諱，應舉而同輩與之語有犯‘落’字者，則忿然見于詞色。僕夫誤犯，輒加杖楚。常語‘安樂’爲‘安康’。忽聞榜出，亟遣僕視。須臾僕還，冕門迎，問曰：‘我得否乎？’僕應曰：‘秀才康了也。’”《梨園樂府》卷上馬致遠［雙調］《夜行船》：“人問我頑童記者，便北海探吾來，道東籬醉了也。”⊙這裏是説鶯鶯的父親上場走一遭，小千户和鶯鶯在郊外走一遭，小千户和僕童走一遭，最後燕燕上場。

［中吕·粉蝶兒］年例寒食，鄰姬每鬥來邀會。去年時没人將我拘管收拾，打千秋，閑鬥草，直到個昏天黑地。今年個不敢來遲，有一個未拿着性兒女婿。（做到書院見末）你吃飯未？（末不柰煩科）●粉蝶兒：從隋樹森本、鄭騫本、徐沁君本、寧希元本、吴國欽本、王學奇本、徐征本、王季思本上補［中吕］。　鄰姬：鄰，原作“憐”。除鄭振鐸本外，各本已改。　鬥來：寧希元本、吴國欽本改作“鬥草”。　千秋：盧冀野本、隋樹森本、鄭騫本、寧希元本、王學奇本、徐征本、王季思本改作“秋千”。徐沁君本校記按云：“秋千，本名千秋。”　做到書院見末：鄭騫本、徐沁君本、王學奇本、徐征本、王季思本下補“云”，徐沁君本、王學奇本“末”上補一“正”字。　你吃飯未：你，原作“爾”，除藍立蓂本外，各本已改。“未”字上原有一“末”字，馬欣來本從之，從盧冀野本、王季思寫定本、隋樹森本、鄭騫本、吴國欽本、徐征本、王季思本、藍立蓂本删。鄭振鐸本作“爾吃飯未。末”。北京大學本、寧希元本作“你吃飯末未？”吴曉鈴本、徐沁君本、劉堅本、王學奇本删“未”字。吴曉鈴本校記按云：“‘末’字疑當作‘麽’字。”徐沁君本校記按云：“‘末’與‘麽’同。”藍立蓂本校記按云：“‘末未’二字必衍一字。鄭振鐸本似有將‘未’字作‘末白’之嫌。北本、寧本處理，亦迂曲難通。按之文義，以删‘末’字爲宜。”　末不柰煩科：王季思寫定本下補“旦唱”，徐沁君本、吴國欽本、王學奇本、徐征本、王季思本補“正旦唱”。徐沁君本、王學奇本“末”上補一“正”字。柰：鄭振鐸本、隋樹森本、鄭騫本、北京大學本、徐沁君本、劉堅本、寧希元本、王學奇本改作“奈”。王季思寫定本、吴國欽本、徐征本、王季思本改作“耐”。●中吕：宫調名。　粉蝶兒：曲牌名。注見《大都新編關張雙赴西蜀夢》第三折首曲注。此套曲押齊微韵。依曲譜，此曲襯字爲：去年時、人、直到個、今年個、一、着、兒；韵脚字爲：食、會、拾、

地、遲、婿。 年例：每年慣例。 寒食：宗懔《荆楚歲時記》：“去冬節一百五日……謂之寒食，禁火三日，造餳、大麥粥。”吴自牧《夢粱録》卷二：“清明交三月，節前兩日謂之寒食，京師人從冬至後數起至一百五日，便是此日。家家以柳條插于門上，名曰‘明眼’。凡官民不論小大家，子女未冠笄者，以此日上頭。” 鄰姬：鄰里的女孩子。姬，婦女的美稱。 每：們。 鬥來：猶湊來，聚來。 邀會：邀請聚會。 拘管：管束。 收拾：張慎儀《蜀方言》卷下：“約束曰收拾。” 千秋：即“秋千”。吴景旭《歷代詩話》卷五十九“千秋”：“山谷詩：‘穿花蹴踢千秋索，挑菜嬉游二月晴。’” 閑：通嫺，玩。無名氏《符金錠》第三折［紅綉鞋］：“狠媒證人前閑强。” 鬥草：古代婦女玩的一種游戲。宗懔《荆楚歲時記》：“五月五日四民并蹋百草，又有鬥百草之戲。采艾以爲人，懸門户上，以禳毒氣。是日……采雜藥。”田汝成《熙朝樂事》：“春日婦女喜爲鬥草之戲。” 昏天黑地：指天完全黑下來了。比喻時間很晚了。 今年個：猶“今年”。個，表示强調的語氣，無實在意義。 拿：揣摩。《太平樂府》卷一盧疏齋小令［雙調·蟾宫曲］《訴别》：“空恁底狐靈笑耍，劣心腸作弄難拿。” 性兒：脾氣。 未：没有。郭湜《高力士傳》：“聖人唤阿翁，問曾見太上皇未?”鄭廷玉《金鳳釵》第四折楊衙内白：“劊子，時辰到了未?”今日廣東潮陽方言問“你吃了没有”時説“你食未”。 柰煩：即“耐煩”。鄭德輝《三戰吕布》第一折［河西後庭花］：“哥也，我題起那厮殺呵也不打慳，天生的忒柰煩。”⊙此曲寫燕燕説自己在結婚之前，每逢寒食節都跟鄰里姑娘們自由自在地瘋玩，也没有人管；可結婚後却要處處小心，因爲丈夫的脾氣還没有摸透，弄不好他會生氣的。從這裏看，燕燕還是很珍惜自己的婚姻的。

［醉春風］因甚把玉粳米牙兒抵? 金蓮花攢枕倚? 或嗔或喜臉兒多? 哎! 你! 你! 交我没想没思，兩心兩意，早辰古自一家一計。（旦云）我猜你咱!（末云）●嗔：鄭振鐸本誤作“真”。 “哎! 你! 你”句：你，原作“爾”，除藍立蓂本外，各本改作“你”。北京大學本、藍立蓂本把這三字改作小字作爲説白。徐沁君本“哎”爲小字，“你! 你”爲大字。從。其他各本此三字均爲大字。吴曉鈴本校記云：“正格一字句

有三，疑元刊本脱一‘爾’字。”非。徐沁君本校記按云：“曲譜，此係一字句，叠句。查曲譜，本曲自有此格，不拘于三叠也。關氏《玉鏡臺》第三折本曲：‘我這裏磕頭禮拜却回席，剗地須還了你，你。’叠式與本劇同。”交：盧冀野本、王季思寫定本、隋樹森本、吴國欽本、徐征本、王季思本改作“教”。　辰：王季思寫定本、鄭騫本、北京大學本、徐沁君本、劉堅本、寧希元本、吴國欽本、王學奇本、馬欣來本、徐征本、王季思本改作“晨”。旦：徐沁君本、王學奇本删。徐征本、王季思本上補一“正”字。　我猜你咱：你，原作“爾”，除藍立蓂本外，各本改作“你”。徐沁君本、王學奇本“猜”字下衍一“着”字。　末云：王季思寫定本下補“(旦唱)”，徐沁君本、王學奇本、徐征本、王季思本補“(正旦唱)”，徐沁君本、王學奇本“末”上補一“正”字，王學奇本“云”改作“云了”。●醉春風：曲牌名，注見《大都新編關張雙赴西蜀夢》第三折同曲牌注。依曲譜，此曲襯字爲：因甚把、兒、攢、哎、交我、早辰古自；韵脚字爲：扺、倚、你、你、思、意、計。因甚：爲什麽。　玉粳米牙兒扺：玉粳米牙兒，像白玉和粳米那樣細白的牙齒。景方諸生本王實甫《西廂記》第一本第一折［勝葫蘆］：“玉粳白露，半晌恰方言。”王伯良云：“玉粳，齒也。元楊顯之《曲江池》劇：‘玉粳牙，休兜上野狐涎。’”《雍熙樂府》散曲：“櫻桃微綻玉粳齒。”扺，頂，咬着。《董解元西厢記》卷四［中吕調·粉蝶兒·尾］：“牙兒扺着不敢子聲，側着耳朵兒窗外聽。”這裏是因爲氣憤而咬着牙齒。　金蓮花攢枕：綉着金色的蓮花圖案的枕頭。攢，聚。北京方言稱綉有團花圖案的爲“攢花兒”。　倚：靠着。或：有時。《史記·封禪書》：“其神或歲不來，或歲數來。”　嗔：生氣。臉兒多：指表情多變化。　你：這裏指小千户。　没思没想：想不明白。辰：通“晨”。《詩經·齊風·東方未明》：“不能辰夜，不夙則莫。”　古自：還。一作“兀自”。　一家一計：一家人一條心。鄭廷玉《金鳳釵》第一折［後庭花］：“我則打這恨爹窮忤逆賊，則要各東西，不肯一家一計，水借魚魚借水。”　猜：估量。　咱：語氣詞，猶“吧”。馬致遠《漢宫秋》第二折正末白：“且不要驚着他，待朕悄悄地看咱。”元刊本武漢臣《老生兒》第三折正末白“婆婆不知，我説與你咱。”⊙此曲寫燕燕在結婚後感覺小千户對她并不是一心一意的，因而總是咬着牙齒、靠着枕頭獨自發呆。小千户的反應也讓她心神不定，把原來全心全意過日子的想法都打消了。

［**朱履曲**］莫不是郊外去逢着甚邪祟？又不風又不呆痴，面没羅、呆答孩、死堆灰。這煩惱在誰身上？末不在我根底？打聽得些閑是非？（末云了）（審住）是了！●祟：原作“崇”，從各本改。　又不風又不呆痴：風，盧冀野本、吴國欽本、王學奇本、馬欣來本、徐征本、王季思本改作“瘋”。藍立蓂本校記按云：“風，通‘瘋’。陸游《劍南詩稿》卷三九《自述》之二：‘未恨名風漢，惟求拜醉侯。’”　面没羅：羅，鄭振鐸本誤作“雍”。　死堆灰：寧希元本作“死灰堆”。　末不：末，王季思寫定本、隋樹森本、鄭騫本、寧希元本、吴國欽本、馬欣來本、徐征本、王季思本改作“莫”。徐沁君本校記按云：“‘末’‘莫’音同通用。”　末云：徐沁君本、王學奇本上補一“正”字。　審住：王季思寫定本、吴國欽本、王季思本上補一“旦”字，徐沁君本、王學奇本、徐征本補“正旦”。鄭騫本、徐沁君本、王學奇本、徐征本、王季思本下補“云”。　是了：徐沁君本、王學奇本、徐征本、王季思本下補“（唱）”。●朱履曲：曲牌名，即［紅綉鞋］。注見《大都新編關張雙赴西蜀夢》第三折同曲牌注。依曲譜，此曲襯字爲：莫不是、去、着、又、面、呆、這煩惱在、末不在、得些；韵脚字爲：祟、痴、灰、底、非。　邪祟：邪氣，鬼祟。　呆痴：傻。《竇娥冤》第一折竇天章白：“婆婆，女孩兒早晚呆痴，看小生面看取孩兒咱。”　面没羅：也作面磨羅、面魔羅、面波羅。音近而隨意書寫。指發呆，臉上没有表情。　呆答孩：發呆的樣子。毛西河本王實甫《西厢記》卷四第十三折［混江龍］：“身心一片，無處安排，則索呆答孩倚定門兒待。”答孩，毛西河注云：助詞，亦作答頦、打孩、打頦，與“悶答孩”的“答孩”同，也猶“錯支剌”的“支剌”，“顛不剌”的“不剌”。　死堆灰：没有生氣的樣子。與王實甫《西厢記》第二本第四折之“死没騰”、無名氏《神奴兒》第二折之“死没堆”意近，皆爲語助詞。　末不：莫不，莫非。元刊本馬致遠《任風子》第二折正末白：“匹頭裏見一個先生，後地有五七百個小先生，都叫一聲‘稽首’，末不眼花。”　根底：表領屬，蔡美彪《元代白話碑集録》：“有時‘根底’亦用來翻譯蒙古語領格（第二格）的語助詞，略與漢語的‘屬于’相當。”在我根

底，意猶關于我的或根源在我。　審：想，思考。王實甫《西厢記》第三本第四折［調笑令］："我這裏自審，這病爲邪淫，尸骨岩岩鬼病侵。"⊙此曲寫燕燕感覺小千户自從去了郊外踏青回來似乎中了邪氣，一副魂不守舍、心不在焉的樣子。她想小千户不瘋不痴，却呆呆痴痴的，反應很遲鈍，她懷疑是不是因爲自己呀？他是不是聽到了一些關于自己的嫌話？實際上是小千户到了郊外遇着了鶯鶯，他的心思又有旁騖了。

［**滿庭芳**］見我這般微微喘息，語言恍惚，脚步兒查梨；慢鬆鬆胸帶兒頻那繫，裙腰兒空閑裏偷提；見我這般氣糸糸偏斜了鬏髻，汗浸浸折皺了羅衣：似你這般狂心記，一番家搓揉人的樣勢，休胡猜人短命黑心賊！（末云了）你又不吃飯也，睡波！（末更衣科）●那繫：那，盧冀野本誤作"拿"。徐沁君本、寧希元本、吴國欽本、王季思本改作"挪"。王學奇本校記云："那，同'挪'。移動意。"從。繫，原作"擊"，除鄭振鐸本外，各本已改。　這般氣糸糸偏斜了鬏髻："這"字原無，從王季思寫定本、徐沁君本、劉堅本、寧希元本、吴國欽本、王學奇本、徐征本、王季思本、藍立蓂本補。北京大學本校記云："'般'上疑脱一'這'字。"是。糸糸，除鄭振鐸本、藍立蓂本外，各本改爲"絲絲"。鬏，原作鬆，除盧冀野本、王季思寫定本、王學奇本外，各本已改。　汗：原作"汙"，從各本改。　似你這般狂心記：王季思本據文義上補一"誰"字，鄭騫本、王季思本"記"改作"計"。　一番：盧冀野本"一"字奪。（末云了）：王季思寫定本、吴國欽本下補"（旦云）"，鄭騫本補"云"字，徐沁君本、王學奇本、徐征本、王季思本補"（正旦云）"，徐沁君本、王學奇本"末"字上補一"正"字。　你又不吃飯也：你，原作"爾"，除藍立蓂本外，各本已改。吃，原作"乞"，除藍立蓂本外，各本已改。　末更衣科：王季思寫定本下補"（旦唱）"，徐沁君本、王學奇本、徐征本、王季思本補"（正旦唱）"，徐沁君本、王學奇本"末"上補一"正"字。●滿庭芳：曲牌名，小令兼用，又名［滿庭霜］，亦入［正宫］［仙吕］，與詞牌不同，句式爲四四四七四七七三四五，共十句。第六、七句可作六字句。曲譜爲：平平仄平/上韵，(平仄)平(平仄)仄，(平仄)仄平平韵。(平仄)平(平仄)仄平平去韵，(平仄)仄平平韵。(平仄)(平仄)仄、平平

仄(平仄)[韵]，(平仄)(平仄)平、(平仄)仄平平[韵]。平平去[韵]，平平去平/上[韵]，(平仄)仄仄平平[韵]。依曲譜，此曲襯字爲：見我這般、兒、兒、那、兒空閑裏、見我這般、了、了、似你這般、家搓揉人的、休胡猜人；韵脚字爲：息、梨、繫、提、髻、衣、記、勢、賊。　喘息：喘氣。　恍惚：這裏指前言不搭後語。　查梨：趄趔，脚步歪斜的樣子。《太和正音譜》卷下引無名氏《勘吉平》三折［鎮江過］："一脚高來一脚低，心驚顫步剛移。覷不的我這喬喬怯怯荒張勢，㬹大身子不查梨，你甚麽脚踏實地？"　慢鬆鬆：鬆緩的樣子。慢，鬆弛。《全唐詩》卷八九五毛熙震《南歌子》之二："晚來輕步出閨房，髻慢釵橫無力縱猖狂。"　頻：不斷地。　那繫：指解了又繫，繫了又解。　裙腰兒：裙子。《雍熙樂府》卷九貫云石套數［南吕·一枝花］《離悶》："綉床又倦攀，梳妝又意懶，瘦怯怯裙腰兒旋旋的趲。"　空閑：空當子。　氣糸糸：喘息微弱的樣子。《盛世新聲》辰集無名氏套數［中吕·粉蝶兒］："悶懨懨九分病苦，氣糸糸一口長吁。"　偏斜：同義複詞，形容詞用作動詞。　鬏髻：一種髮飾，盤于腦後。　汗浸浸：汗水濕透的樣子。　折皺：同義複詞，形容詞用作動詞。　羅衣：指有孔的紗狀的衣裳。　心記：心性。　家：猶"地"。　搓揉：折磨。　様勢：架勢。鄭廷玉《看錢奴》第一折［六幺序］："馬兒上扭捏着身子兒詐，做出那般般様勢，種種村沙。"　胡猜：亂猜。　短命黑心賊：咒人語。　也：猶"了"。無名氏《千里獨行》第三折曹末白："雲長，既然你要去也，你下馬來滿飲。"　波：猶"吧"或"嘛"。童伯章《元曲·緒言》云："波，語助詞，意與麽字相近……稍帶有希望其然之意。"脉望館鈔校本無名氏《鎖磨鏡》第一折二郎神白："吾神帶酒也，賢弟請波。"脉望館古名家本作"麽"。廣州方言作"嚅"。　更衣：指把在外面穿的衣服換成内衣，準備休息。⊙此曲寫燕燕自己在洞房内跟小千户入寢前的行爲和心理活動。她既激動又害羞，既嚮往又擔心，把一個少女新婚之夜的心理活動描寫得非常真切生動。

［十二月］直到個天昏地黑，不肯更換衣袂。把兔胡解開，紐扣相離。把襖子疏剌剌鬆開上拆，將手帕撇漾在田地。（末荒科）

●天昏地黑：盧冀野本"黑"字下未點斷。非。　兔胡：兔，王季思寫定本誤作“手”。胡，徐沁君本、寧希元本、吴國欽本、徐征本、王季思本改作“鶻”。徐沁君本校記按云：“‘胡’爲‘鶻’之同音借用。定本説明：‘兔鶻原是一種白色獵鷹，因爲它的貴重，也用以稱玉帶。’下同。”藍立蓂本校記按云：“元劇‘鶻’‘胡’常互用。” 紐扣：原作“搓叩”。盧冀野本、鄭騫本、王季思本改作“挣扣”，王季思寫定本改作“紐叩”，隋樹森本改作“扭叩”。從吴曉鈴本、北京大學本、徐沁君本、劉堅本、寧希元本、吴國欽本、王學奇本、徐征本、藍立蓂本改。鄭騫本校記按云：“疑當作紐（鈕）叩（扣）。” 拆：鄭騫本誤作“折”。 末荒科：王季思寫定本下補“（旦唱）”，徐沁君本、王學奇本、徐征本、王季思本補“（正旦唱）”，徐沁君本、王學奇本“末”上補一“正”字。除鄭振鐸本、藍立蓂本外，各本“荒”改作“慌”。●十二月：曲牌名，注見《古杭新刊的本關大王單刀會》第三折同曲牌注。依曲譜，此曲襯字爲：直到個、不肯、把、把襖子疏剌剌、將手帕、在；韵脚字爲：黑、袂、開、離、拆、地。 天昏地黑：指天已經很晚了。 衣袂：這裏指衣裳。袂，衣袖。 兔胡：即“兔鶻”。束帶的意思。《金史·輿服志下》：“金人之常服四：帶、巾、盤領衣，烏皮靴。其束帶曰吐鶻。”“吐鶻，玉爲上，金次之，犀象骨角又次之。”吐鶻，即“兔鶻”。 紐扣：紐子和扣兒。 離：分開。 襖子：小棉襖。 疏剌剌：擬聲詞，指脱衣服的聲音。 上拆：這裏是解開的意思。 撇漾：撇，扔。漾，溢出來。鄭德輝《三戰吕布》第四折［滚綉球］：“恰便似卧麻般撇漾了些劍戟刀槍。” 田地：偏義複詞，指地，地下。元刊本馬致遠《任風子》第三折［普天樂］：“將這的鋪在田地，就着這水渠中，插手在青泥内，與你個手模便當休離。” 荒：即“慌”。元稹《元氏長慶集》卷九《夢井》：“井上無懸綆，念此瓶欲沉。荒忙爲求請，遍入原上村。”⊙此曲寫燕燕在新婚之夜面對不肯更换衣裳的小千户，她潑辣地解開了他的玉帶和衣服，發現了鶯鶯贈小千户的手帕，把它扔在地上。

［堯民歌］見那厮手荒脚亂緊收拾，被我先藏在香羅袖兒裏。是好哥剌和我做頭敵，咱兩個官司有商議。休題！休題哥哥撇下的，手帕是阿誰的？（末云了）●歌：原作“哥”，除鄭振鐸本外，各本已改。 荒：除鄭振鐸本、盧冀野本、藍立蓂本外，各本改作

“慌”。 好哥刺：刺，王季思寫定本、徐沁君本、吴國欽本、王學奇本、徐征本改作“哥”，寧希元本校記按云：“好哥刺，即好哥呵！” 休題：兩個“題”字，吴國欽本、王季思本改作“提”。後一個“休題”諸校本均爲獨立句，而把“哥哥撇下的”劃歸下句，但與曲譜不合，今據曲譜改。 末云了：王季思寫定本下補“（旦唱）”，徐沁君本、王學奇本、徐征本、王季思本補“（正旦唱）”，徐沁君本、王學奇本“末”上補一“正”字。●堯民歌：曲牌名，注見《古杭新刊的本關大王單刀會》第三折同曲牌注。依曲譜，此曲襯字爲：見那厮、我先、兒、是、刺、咱、阿；韵脚字爲：拾、裏、敵、議、題、的、的。 厮：對人的蔑稱。《五代史平話》周史卷上：“却不叵耐，這厮欺侮咱們。” 手荒脚亂：手忙脚亂，比喻慌慌張張的樣子。 緊：趕忙。無名氏《雲窗夢》第三折［迎仙客］：“我這裏忙接待，緊相迎。量妹妹有甚德能，教姐姐好看承。” 收拾：拾掇。白仁甫《墻頭馬上》第一折［油葫蘆］：“這些時困騰騰每日家貪春睡，看時節針綫强收拾。” 羅袖：指輕軟有稀孔的袖子。 是：真是。高文秀《澠池會》第一折秦昭公白：“是好玉璧也。” 哥刺：即“哥呵”。刺，語助詞，無義。 頭敵：對頭。楊顯之《酷寒亭》第二折［寨兒令幺篇］：“我本待好心腸苦勸你，你倒惡狠狠把咱推。來來來，我便死也拼得和你做頭敵。” 官司：事情，指私下裏都清楚的事情。脉望館古名家本鄭廷玉《後庭花》第二折王慶白：“你怎敢誤違了官司，放了他去？” 商議：商量。 題：提。孫光憲《北夢瑣言》卷八：“唐張裼尚書典晋州，外貯所愛營妓，生一子……乃與所善張處士爲子。居江淮間，常致書題問其存亡。” 撇下：丢下。 阿誰：誰。阿，詞頭，表示尊敬。孔平仲《孔氏雜説》：“俗所謂阿誰，三國時已有此語。《龐統傳》：‘向者之論，阿誰爲是？’”浙江平陽方言猶稱“誰”爲“阿誰”。⊙此曲寫燕燕質問小千户衣裳裏的手帕從哪裏來的。小千户心虚，擔心被燕燕識破，趕緊掩飾，却被燕燕搶了先。燕燕雖然有疑問，却勸自己再不要提這件事了。

［快活三］老阿者使將來伏侍你，展污了咱身起。你養着别個的，看我如奴婢！燕燕那些兒虧負你？（旦做住）（末告科）●快活三：原作“江兒水”，從鄭騫本、寧希元本、藍立蓂本改。 伏：王季思

寫定本、吴國欽本、王季思本改作“服”。　你：除藍立蓂本外，各本改作“你”。　展：盧冀野本改作“玷”。　起：盧冀野本改作“體”，王季思本改作“已”。　旦做住：徐沁君本、王學奇本删“旦”字。　末告科：王季思寫定本下補“（旦唱）”，徐沁君本、王學奇本、徐征本、王季思本補“（正旦唱）”。徐沁君本、王學奇本“末”上補一“正”字。●快活三：曲牌名，注見《古杭新刊的本關大王單刀會》第三折同曲牌注。依曲譜，此曲襯字爲：老阿者、將、了、你養着、看、燕燕、兒；韵脚字爲：你、起、的、婢、你。老阿者：老夫人。女真人呼母爲“阿者”，舊時滿人稱母亦曰“阿扎”。　使：派。　將：助詞，用于動詞後。白居易《長恨歌》：“鈿合金釵寄將去。”　展污：玷污。王實甫《西厢記》第五本第四折［慶東原］：“那裹有糞堆上長出連枝樹，淤泥中生出比目魚？不明白展污了姻緣簿。”　身起：即“身體”。元代俗語稱身體爲“身起”。　養：指私下裹包養着，不是明媒正娶的。　别個的：另外一個。　看：待。　奴婢：僕役、婢女。　那些：哪些。　虧負：虧待。《董解元西厢記》卷二［黄鐘調・四門子］：“國家又不曾把賢每虧負，試自心窨腹：衣糧俸禄是吾皇物，恁咱有福。”　做住：元雜劇用語，角色做完某動作。元刊本武漢臣《老生兒》第二折：“（窮民一行上了）（正末做散錢科）（等做住）。”　告：求。《國語・魯語上》：“國有饑饉，卿出告糴，古之制也。”韋昭注：“告，請也。”⊙此曲寫燕燕説自己是老夫人派來的，結果被小千户玷污了身體，而他又移情别戀，把燕燕當奴婢待，燕燕質問他自己什麼地方虧待了他。

［上小樓］我敢捽碎這盒子，玳瑁納子交石頭砸碎。剪了做靴檐，染了做鞋面，攞了做鋪持。一萬分好待你，好覷你。如今刀子根底，我敢割得來粉零麻碎！（末云了）直恁直錢？●樓：原作“婁”，從各本改。　捽碎：捽，原作“抨”。王季思寫定本、鄭騫本、徐沁君本、寧希元本、吴國欽本、王學奇本、徐征本、王季思本改作“摔”。徐沁君本校記按云：“‘摔’簡寫作‘捽’，再簡作‘抨’。”不從。藍立蓂本校記按云：“抨，乃‘捽’的或體（見《龍龕手鏡》上聲卷二上手部），與‘摔’字非一字。《改并五音類聚四聲篇海》卷十二審母二十九手部：‘捽’，存無

切，擊也。《太平廣記》卷一百七十二引《逸史》：‘又令村婦二十餘人，就船拽包君妻出，驗其病狀，以頭捽地，備極耻辱。’” 盒子：鄭振鐸本、盧冀野本、隋樹森本、北京大學本此兩字後未點斷，與“玳瑁”連在一起，作爲一句。非。 交：隋樹森本、吴國欽本改作“教”。 砸碎：砸，原作“杂”，從隋樹森本、鄭騫本、北京大學本、徐沁君本、劉堅本、寧希元本、吴國欽本、王學奇本、馬欣來本、徐征本、王季思本、藍立蓂本改。吴曉鈴本校記亦謂“疑當作‘砸’字”。盧冀野本改作“揷”，王季思寫定本改作“椎”。徐沁君本校記按云：“‘杂’爲‘砸’字的同音字。元本‘杂’字繁寫作‘雜’，‘椎’字右半雖相同，但左旁不類。”是。 “剪了做”三句：吴國欽本、徐征本、王季思本上補“（帶云）這手帕”，徐沁君本、王學奇本補“這手帕”。徐征本、王季思本“這手帕”下補“（唱）”。前二“做”字、“擺了”二字原無，從王季思寫定本、徐沁君本、寧希元本、吴國欽本、徐征本、王季思本、藍立蓂本補。王學奇本同，唯“擺”作“捋”。王季思寫定本説明：“［上小樓］曲第三、四、五句本應是彼此相對的句子，因此原文應是‘剪了做靴檐，染了做鞋面，擺了做鋪持’。” 一萬分好待你：吴國欽本“一”字奪。你，原作“爾”，除藍立蓂本外，各本改作“你”。 好覷你：你，原作“爾”，除藍立蓂本外，各本改作“你”。盧冀野本“你”字下未點斷。 粉零麻碎：零，原作“合”。今改。鄭騫本、徐沁君本、王學奇本、徐征本、王季思本改作“零”。寧希元本改作“磕”。藍立蓂本作“令”。徐沁君本校記按云：“零，簡作‘令’，‘合’又爲‘令’之形誤。‘零’簡作‘令’的例子如：王伯成《貶夜郎》第四折：‘飄令似泛浮槎没興張騫。’‘飄令’應作‘飄零’（盧、隋本均已改）。無名氏《藍采和》第一折白：‘那化緣處攢令各整，集攢凑上來。’‘攢令各整’應是‘攢零合整’之誤。‘令’誤爲‘合’的例子如：《敦煌變文集》卷八《搜神記》‘李純義犬’條：‘其犬乃入水中，腕（宛）轉欲濕其體，來向純卧處四邊草上，周遍卧‘處’合（令）草濕。”“合，已校改爲‘令’。‘粉零麻碎’一語見于他劇者，有馬致遠《薦福碑》第四折：‘不想那避乖龍肯分地去碑上起，可早霹靂做粉零麻碎。’（趙氏脉望館藏古名家本作‘粉合麻碎’）無名氏《小尉遲》第三折：‘便做有銅鑄就的天靈和那鐵脊背，鞭着處粉零麻碎。’後來又有異寫。高明《琵琶記》（錢箕校注本）第九段丑叫白：'同行也好。我攧得渾身都粉磕麻碎了。'粉磕，當即'粉合'。《納書楹曲譜》正集卷二《北詐》：'縱虎軀輕舒猿臂，支支的打，教那廝粉褐的胡麻粉碎。'粉合，又成'粉褐'，'麻碎'演成'胡麻粉碎'矣。" 末云了：王季思寫定本、吴國欽本下補"（旦云）"，鄭騫本補"（云）"，徐沁君本、王學奇本、徐征本、王季思本補"（正旦云）"。徐沁君本、王學奇本"末"上補一"正"字。 直恁直錢：徐沁君本、王學奇本、徐征本、王季思本下補"（唱）"字。直，盧冀野本、隋樹森本、鄭騫本、北京大學本、徐沁君本、寧希元本、吴國欽本、王學奇本、馬欣來本、徐征本、王季思本第二個"直"字改作"值"字。●上小樓：曲牌名，注見《大都新編關張雙赴西蜀夢》第三折同曲牌注。依曲譜，此曲襯字爲：我敢、這、玳瑁納子交、了、了、了、一萬分、如今、敢、來；韵脚字爲：子、碎、持、你、你、底、碎。 盒子：這裹指用來裝下文所説的玳瑁納子的首飾盒。 玳瑁納子：用玳瑁甲殼做的飾物。顧曲齋本喬夢符《金錢記》第一折賀知章白："敢是羅帕藤箱玉納子？" 交：這裹是"用"的意思。 靴檐：鞋口兒。 鋪持：鋪襯。元刊本馬致遠《任風子》第三折［普天樂］："這的中做布碾，好做鋪持。"王季思寫定本校記按云："鋪持有人説是鋪鞋底的布，就上下文看是説得通的。《殺狗勸夫》第二折［五煞］曲：'破布衫攞做了鋪遲'，鋪遲也即鋪持。元本馬致遠《任風子》第三折：'這的中做布碾，好做鋪持。'布碾即展布，鋪持即指鋪鞋底的布。" 一萬分：極度誇張詞。 好：善。《世説新語·賢媛》："趙母嫁女，女臨去，敕之曰：'慎勿爲好。'女曰：'不爲好，可爲惡也？'" 待：對待。覷：待。《五代史平話》周史卷上："柴長者是個豪富的人，他貪圖相士道郭威他日做天子，别作一眼覷他。" 刀子根底：根底，表對象。蔡美彪《元代白話碑集録》："根底，蒙古語語助詞之意譯。一般用于名詞或代名詞的與格（第三格），略相當于漢語副動詞的'對''對于'或'給……'。"此處猶"用""拿"。"刀子根底"即用刀子，拿刀子。元成宗元貞二年(1296)彰德上清正一宫聖旨碑："這的每休道有聖旨御寶呵，俺每聖旨根底没體例勾當休做者。""俺每聖旨根底"云云，意謂不得拿着我的聖旨去做其他違法的事。割得來：即"割得"。來，句末語氣詞，無義。 麻零粉碎：粉碎。脉望館古名家本馬致遠《薦福碑》第四折［落梅花（風）］："不想那避（劈）乖龍肯分的去碑上起，可是霹靂做粉合（令）麻碎。”臧本“合（令）”作“零”。直恁：竟這樣。《太平廣記》卷二百七十三引《中興閑氣集》：“玉琴彈出轉寥夐，直似當時夢中聽。”《唐宋諸賢絶妙詞選》卷九僧仲殊《蝶戀花·春愁》：“酒有盡時情不盡，日長只恁厭厭悶。” 直：值。《全唐詩》卷二十五李白《行路難》之一：“金樽玉酒斗十千，玉盤珍饈直萬錢。”元刻《元典章》價值的“值”也用作“直”（見陳垣《元典章校補釋例》）。⊙此曲寫燕燕發覺自己被小千户欺騙後所表現出來的無法言喻的憤怒，她是通過摔碎盒子，砸碎玳瑁納子，把靴檐剪了、鞋面染了，重新用作做新鞋的布料等方式宣泄自己的痛苦。這種呼天搶地的方式在元曲裏是獨一無二的。

［幺］更做道你好處，打换來得，却怎看得非輕，看得直錢，待得尊貴！這兩下裏，撿綃的，有多少功績？到重如細攙絨綉來胸背？（云了）●幺：徐沁君本、寧希元本、王學奇本作“幺篇”。 你：原作“爾”，藍立蓂本從。其他本改作“你”。 打换來得：徐征本、王季思本此句跟上句合在一起作爲一句。非。 换：原作“唤”，從王季思寫定本、徐沁君本、劉堅本、寧希元本、王學奇本、徐征本、藍立蓂本改。 得：徐沁君本、寧希元本、吴國欽本、王學奇本、徐征本、王季思本改作“的”。 直：盧冀野本、王季思寫定本、隋樹森本、徐沁君本、寧希元本、吴國欽本、馬欣來本、徐征本、王季思改定本作“值”。 撿綃的：鄭振鐸本、盧冀野本“的”字下未點斷。綃，盧冀野本誤作“絹”，寧希元本、王季思本改作“捎”。 績：原作“積”。從王季思寫定本、鄭騫本、徐沁君本、寧希元本、吴國欽本、王學奇本、徐征本、王季思本、藍立蓂本改。吴曉鈴本校記、北京大學本校記均謂“‘積’疑當作‘績’”。 到重如細攙絨綉來胸背：到，王季思寫定本、徐沁君本、吴國欽本改作“倒”。綉，原作“秀”。除鄭振鐸本外，各本已改。 云了：徐沁君本、王學奇本、徐征本下補“（正旦唱）”，徐沁君本、王學奇本“云了”上補“正末”二字。●幺：曲牌名，即上支曲牌［上小樓］之重複。依曲譜，此曲襯字爲：更做、却怎、這、有、到重如；韵脚字爲：得、貴、裏、的、績、背。 更做道：何况説到。更，何况。做，提，使。《墻頭馬上》第三折：“更做道向人處無過背説，

是和非，須辨别。” 好處：反語。是小千户眼裏的“好處”。 打换：交换。脉望館息機子本武漢臣《生金閣》第一折［後庭花］：“他道他别求一個女艷姝，打换我這醜媳婦。” 來：語氣助詞。 得：猶“的”。紀君祥《趙氏孤兒》第二折程嬰白：“這本程嬰義分應該得，只可惜連累公孫老大夫。”吴昌齡《東坡夢》第二折［隔尾］：“（正末唱）您請皇家富貴。（帶云）好便好，則爲一首《滿庭芳》，貶上黄州，也怪不着。（唱）兀的是那才調清高落來得。”此字後三個“得”，皆爲表示補充語氣的助詞。 怎：爲何。 兩下裏：兩方面，兩邊。 捻納的：這裏指手帕。王季思寫定本説明：“捻納的，語意雙關，表面説羅帕，骨子裏説用它傳遞消息。” 功績：功勞。這裏指所贈手帕起的作用。 到：倒。 重如：像……一様重。 細攙絨綉來胸背：指胸背部綉有圖案的女真貴族官服。《金史·輿服志下》：“其胸臆肩袖，或飾以金綉。其從春水之服則多鶻捕鵝，雜花卉之飾，其從秋山之服則以熊鹿山林爲文。”這裏以官服代指官位。攙，綉。賈仲明《金安壽》第二折［竹枝歌］：“看了俺胸背攙絨宫錦袍，怎繫這等續斷濫麻絲？”來，猶“的”。秦簡夫《趙禮讓肥》第二折［小梁州幺篇］：“這的是您占來水泊山林道，則許您官人每射獵漁樵。”⊙此曲寫燕燕説小千户對鶯鶯所贈手帕很看重，甚至看得比自己穿的官服還重要。這是對小千户喜新厭舊的諷刺。

［哨遍］并不是婆娘人把你抑勒，招取那肯心兒自説來的神前誓。天果報無差移，子争個來早來遲。限時刻，十王地藏，六道輪迴，單勸化人間世。善惡天心人意，人間私語，天聞若雷。但年高都是積幸好心人，早壽夭都是幸恩負德賊。好説話，清辰；變了卦，今日；冷了心，晚夕。（末云）（出來科）●“抑勒”句：鄭振鐸本、盧冀野本、吴曉鈴本、隋樹森本、北京大學本、劉堅本、王學奇本“勒”字下未點斷，下句“招取”屬上句。非。 子争：子，鄭振鐸本、王季思寫定本、隋樹森本、吴國欽本、王季思本改作“只”。盧冀野本改作“衹”。 限時刻：馬欣來本此句與下句“十王地藏”連爲一句。 積幸好心人：幸，王季思寫定本、徐沁君本、寧希元本、吴國欽本改作“行”，鄭振鐸本、盧冀野本、吴曉鈴本、隋樹森本、鄭騫本、劉堅

本、王學奇本、馬欣來本、徐征本、王季思本改作“善”，北京大學本校記謂“‘幸’同‘倖’”，亦非是。　殀：原作“夭”，各本已改。　辰：王季思寫定本、隋樹森本、鄭騫本、北京大學本、徐沁君本、寧希元本、吴國欽本、王學奇本、馬欣來本、徐征本、王季思本改作“晨”。　末：徐沁君本、王學奇本上補一“正”字。　出來科：王季思寫定本、吴國欽本上補一“旦”字。徐沁君本、王學奇本、徐征本、王季思本上補“正旦”，下補“（唱）”。●哨遍：曲牌名，注見《大都新編關張雙赴西蜀夢》第三折同曲牌注。依曲譜，此曲第四句缺一字，第十三、十四、十五句，每句四字兩兩分開，襯字爲：并不是、人、招取那、兒、來的、單、但、都是、早壽殀、好、了、了；韵脚字爲：誓、移、遲、迴、世、意、語、雷、賊、夕。　婆娘人：猶“婆娘”。這裏指老婆。人，表示屬類的指示詞。　抑勒：管束得很緊。　招取：指粘上。　肯心兒：心甘情願。劉君錫《來生債》楔子［仙吕·賞花時］：“這銀子是我肯心兒願與，更論甚麽得之有可敢失之無？”　自説：没通過媒人介紹，而是自已相認的。　來的：猶“的”。無名氏《鴛鴦被》第四折［得勝令］：“索甚麽疑惑，這是我綉來的鴛鴦被。”　果報：佛家語。因果報應。《法苑珠林》卷十七引《惟無三昧經》：“一善念者，亦得善果報；一惡念者，亦得惡果報。”　無差移：没有差别。　子争：祇差。　十王地藏：十王，佛教傳説幽冥界有十殿閻王，分居地府十殿，故名。地藏，佛教大乘菩薩之一，據説他常現身六道，救度一切衆生。　六道輪迴：佛教將衆生世界分爲天道、人道、阿修羅道、畜生道、惡鬼道、地獄道六類，因各自所行善惡不同，升沉于此六道中，輪迴相續。　單：祇是。　勸化：勸戒，教化。　天心人意：也作天意人心，指不能超越的法則。　人間私語，天聞若雷：俗語。人世間暗地裏説的話，老天都聽得一清二楚，也即任何事情都瞞不過上天。孟漢卿《魔合羅》第四折［尾］：“人間私語，天聞若雷。勸君休將神天昧，善惡事休言不報，恰須是只争個來早共來遲。”　但：凡。白居易《白氏長慶集》卷十七《李白墓》：“但是詩人多薄命，就中淪落不過君。”　積幸：積行，猶“積德”。　壽殀：短命。　辜恩負德：辜負恩德。　賊：奸猾的人。　晚夕：晚上。《元典章》刑部四“故殺”：“晚夕吴縣令睡着的時分，你教我知者，我殺那個。”西寧方言猶説晚上爲“晚夕”。⊙此曲寫燕燕知道小千户拋棄了自己，而去愛鶯鶯，詛咒小千户喜新厭舊肯定没有好下場。按佛教輪迴的説法小千户是會遭報應的，因爲他變得太快了，早上還答應好的事，到晚上全變卦了。

［耍孩兒］我便做花街柳陌風塵妓，也無那則忺過三朝五日。你那浪心腸看得我忒容易，欺負我是半良不賤身軀。半良身情深如你那指腹爲婚婦，半賤體意重似拖麻拽布妻。想不想于今日，都了絶爽利，休盡我精細。（云）我往常伶利，今日都行不得了呵！●那：王季思寫定本、吴國欽本誤作“奈”。　則：王季思寫定本改作“只”。吴曉鈴本“則”字奪。　忺：隋樹森本改爲“欺”。非。徐沁君本校記按云：“《樂府群珠》卷一失注名氏［山坡羊］《思念》：‘他，忺過也；咱，緣分拙。’”　你：原作“爾”。除藍立蓂本，各本改作“你”。　浪：盧冀野本、隋樹森本改作“狠”。不從。　我：此字下一字原壞缺，盧冀野本删。馬欣來本、藍立蓂本作一空圍。王季思寫定本、鄭騫本、徐沁君本、寧希元本、吴國欽本、王學奇本、徐征本、王季思本補作“忒”。劉堅本注亦疑是“忒”字。從。　半良半賤身軀：第二個“半”字原作“不”，從寧希元本、徐征本、王季思本、藍立蓂本改。軀，原作“駈”，除鄭振鐸本外，各本已改。婚婦：徐沁君本、徐征本、王季思本改作“親婦”。　于今日：鄭振鐸本、盧冀野本“日”字下未點斷。于，原作“扢”。鄭振鐸本、盧冀野本、吴曉鈴本、王季思寫定本、隋樹森本、徐沁君本、劉堅本、吴國欽本、王學奇本、徐征本、王季思本作“在”。吴曉鈴本校記按云：“盧本校改爲‘在’字，從之。然又疑是‘于’字。”北京大學本作“于”，校記云：“‘于’原作‘扢’，盧本校改爲‘在’，今改作‘于’，蓋‘于’俗作‘扢’，形近而誤。”　伶利：除鄭振鐸本外，各本“利”改爲“俐”。　今日都行不得了呵：徐沁君本、王學奇本、徐征本、王季思本下補“（唱）”。●耍孩兒：曲牌名，注見《大都新編關張雙赴西蜀夢》第三折同曲牌注。依曲譜，此曲襯字爲：我便做、也無那則、你那、得、忒、欺負我是、半良身情深如、半賤體意、想不想、都、休；韵脚字爲：妓、日、易、軀、婦、妻、日、利、細。　便做：即使是。風塵妓：就是妓女。因爲妓女在青樓接待各色嫖客，就像在外受風塵一樣。花街柳陌：妓院聚集之處。也作“柳陌花街”。息機子本武漢臣《玉壺春》第

三折［中吕·粉蝶兒］："我不合久占着柳陌花街，惹的那個言，這個語，教小生如何忍耐。" 則：猶"衹"。 忺：新鮮。 浪：放蕩。《董解元西厢記》卷五［中吕調·踏莎行］："辣浪相如，薄情卓氏，因循墮了題橋志。"徐州方言猶説放蕩爲"浪"。 心腸：心思。 忒：特别。 半良不賤：指燕燕失身于小千户，但没有被明媒正娶。 指腹爲婚婦：指尚未出生就訂下的親事。 意：情。《杜工部集》卷二《送李校書二十六韵》："臨岐意頗切，對酒不能吃。" 拖麻拽布妻：指一心一意過日子的結髮妻子。 想不想：没有意想到。 了絶：了結。息機子本闕名氏《風雪漁樵》楔子正末白："哥哥，你兄弟與了那個婦人一個了絶也。" 爽利：乾脆利落。 休：不要。 精細：精明。息機子本闕名氏《碧桃花》第二折［滿庭芳］："那小姐忒温存忒俊雅忒精細。" 伶利：伶俐，聰明。《朱子語類》卷三十二："仁，只似而今厚重底人；知，似今伶利底人。"⊙此曲寫燕燕指責小千户在玩弄了她後却不負責任，她雖然對小千户情意深厚，却没有换來應得的回報。小千户跟她斷得很絶情，她處境很尷尬。

［五煞］別人斬眉我早舉動眼，到頭知道尾，你這般沙糖般甜話兒多曾乞。你又不是殘花醖釀蜂兒蜜，細雨調和燕子泥。自笑我狂踪迹。我往常受那無男兒煩惱，今日知有丈夫滋味。●斬眉：斬，盧冀野本改作"嶄"，寧希元本、王季思本改作"斵"。徐沁君本校記按云："定本説明：'斬眉，即眨眉。''斬眉'一詞，亦見于《醒世姻緣》第六十五回：'待要説你不是個人，你又斬眉多梭眼的。'" 到頭知道尾：到，徐沁君本、寧希元本、吴國欽本、王學奇本、徐征本、王季思本改作"道"。徐沁君本校記按云："《水滸傳》第六十一回：'亦且此人（燕青）百伶百俐，道頭知尾。'又第四十九回：'（樂和）做事見頭知尾。'據改。"不從。 你：原作"爾"。除藍立蓂本外，各本已改。下句"你"字同。 乞：鄭振鐸本、盧冀野本此字下未點斷，將下句"你"斷屬此句。非。王季思寫定本、隋樹森本、鄭騫本、北京大學本、徐沁君本、劉堅本、寧希元本、吴國欽本、王學奇本、馬欣來本、徐征本、王季思本改作"吃"。 殘花醖釀蜂兒蜜：蜜，原作"密"。除盧冀野本外，各本已改。徐沁君本校記按云："本句及下

句爲胡紫山［陽春曲］小令中的句子，見《太平樂府》卷四。”踪迹：原作“迹迹”。除鄭振鐸本、吴曉鈴本、王季思寫定本外，各本已改。　往：原作“枉”。除鄭振鐸本、吴曉鈴本外，各本已改。吴曉鈴本校記亦謂“疑當作‘往’字”。●五煞：煞，曲牌名。注見《大都新編關張雙赴西蜀夢》第三折［三煞］曲牌注。依曲譜，此曲襯字爲：别人斬眉我早、到頭、你這般、般、兒、你又不是、自笑我、我往常受那無、今日知有；韵脚字爲：尾、乞、蜜、泥、迹、味。　斬眉：猶“眨眼”。《董解元西廂記》卷二［仙吕調・綉帶兒］：“一雙乖眼，果是殺人不斬。”　早：猶“已”。藍立蓂本校記按云：“别人斬眉云云，意謂别人一動眉毛，我就已明白他的全部用意。”　到：從，自。　這般：這樣。　沙糖：用蔗法煉製呈沙粒狀的糖。　乞：求。　“你又不是”二句：意思是説小千户不是蜜蜂，能把殘敗的花粉製造成蜂蜜；也不是燕子，能把泥巴調和得像細雨潤滑過一樣。　狂：輕狂。　踪迹：指跟小千户來往。　“我往常受”二句：是説自己過去没有未婚夫時有些莫名的煩惱，現在有了丈夫却感覺到不是滋味。⊙此曲寫燕燕把自己跟小千户來往的前後做了對比，説以前自己是很高傲的，小千户要用甜言蜜語纔能打動她，但小千户却没有那樣大的本事。可是自己也没有出息，被小千户幾句好話就迷惑了。不結婚煩惱，結婚也煩惱啊！

［四］大争來怎地争？待悔來怎地悔？怎補得我這有氣分全身體？打也阿兒包髻真加要帶，與别人成美况團衫怎能勾披？它若不在俺宅司内，便大家南北，各自東西！●四：王季思寫定本、鄭騫本、徐沁君本、寧希元本、王學奇本、徐征本、王季思本作“四煞”。　大争來怎地争：大，王季思寫定本、隋樹森本、鄭騫本、徐沁君本、寧希元本、吴國欽本、王學奇本、徐征本、王季思本改作“待”。　怎地悔：悔，原作“再”。從盧冀野本、王季思寫定本、隋樹森本、北京大學本、徐沁君本、寧希元本、吴國欽本、王學奇本、馬欣來本、徐征本、王季思本改。鄭騫本作“怎地悔再”，“地”字下補一“悔”字，“再”字斷屬下句。　“打也”二句：鄭振鐸本、盧冀野本、吴曉鈴本、隋樹森本、北京大學本、劉堅本、王學奇本、馬欣來本在“髻”“美”字下點斷，“帶”字下未點斷。王季

思本“加”改作“價”。盧冀野本、吴曉鈴本、鄭騫本、劉堅本“要”改作“腰”。王季思本“帶”改作“戴”。盧冀野本“怎”改作“這”。盧冀野本、隋樹森本、鄭騫本、徐沁君本、吴國欽本、王學奇本、王季思本“勾”改作“够”。此從王季思寫定本、徐沁君本、寧希元本、吴國欽本、徐征本、王季思本斷句。徐沁君本校記按云：“曲譜，這兩句是七言對句。本曲上句言包髻，下句言團衫，其中没有加上‘腰帶’的必要。”不從。它：除鄭振鐸本、吴曉鈴本、劉堅本、藍立蓂本外，各本均改作“他”。●四：乃此套曲［煞尾］次于五煞的第二次重複，曲譜與［煞尾］同。注見《大都新編關張雙赴西蜀夢》第三折［三煞］曲牌注。依曲譜，此曲襯字爲：大争來、待悔來、怎補得、這、也阿兒、與别人、能勾、他若不在俺、便；韵脚字爲：悔、體、帶、披、内、北、西。大争來：猶“待争來”。待，準備。争，争取。來，語氣助詞，無義。下句“來”字同。怎地：怎麽。《劉知遠諸宫調》第二［道宫・解紅］：“這般才料怎地發迹？”悔：否定前面做過的事。像悔親就是不承認已定的親事。補：彌補，補充。有氣分：有志氣。秦簡夫《剪髮待賓》第四折：“（夫人云）你這養兒的，有志氣也！（旦唱）［雁兒落］你道我養兒的有氣分，赤緊的養女的先隨順。”全身體：指不曾虧損過的身份。打也阿兒：意爲無定準。打也，藍立蓂釋爲“打野”，并引《稿簡贅筆・河市樂》：“今之藝人于市肆作場，謂之打野，皆謂不著所，今人謂之打野呵。”我認爲還不能釋爲“打野”。從前後文的語氣看，此語是即使、假如的意思。包髻：一種兜頭髮的頭飾。真加：猶“真個”“真的”。張國賓《汗衫記》第二折：“天呵苦痛殺，真加人唾罵。”狄君厚《介子推》第一折：“把那比干腹交刀刃分開，磣可可活把心肝摘，血濯濯的苦痛傷懷，驗三毛七孔真加在。”帶：即戴。《中興以來絶妙詞選》卷七劉潛夫《沁園春・寄鍾賢良》：“我夢見君，帶飛霞冠，着宫錦袍。”與：教，讓。《全唐詩》卷八〇六寒山詩：“世間一等流，誠堪與人笑。”美況：指結成秦晋之好。團衫：指結婚時穿的猶如今之婚服。能勾：能够。《董解元西厢記》卷四［中吕調・古輪臺］：“想料死冤家心中先有，琴感其心，見得十分能勾。”它：《説文解字》它部，段玉裁注：“其字或假佗爲之，又俗作他，經典多作它，猶言彼也。”徐灝箋：“古無他字，假它爲之，後增人旁作佗而隸變爲他。”

宅司：宅第。 大家南北，各自東西：指各走各的路，再沒有什麽關係了。⊙此曲寫燕燕在發現小千户移情别戀後，覺得争辯没有意思，悔親也没有意思。衹是這事發生在自己身上，與自己有關係，如果不是這樣，大家各走各的路，就像什麽也没有發生過一樣。

［三］明日索一般供與他衣袂穿，一般過與他茶飯吃，到晚送得他被底成雙睡。他做成暖帳三更夢，我撥盡寒爐一夜灰。有句話存心記：則願得辜恩負德，一個個蔭子封妻！●三：王季思寫定本、鄭騫本、徐沁君本、寧希元本、王學奇本、徐征本、王季思本作"三煞"。 過與他：過，盧冀野本作"送"。 則願得：則，王季思寫定本改作"只"。得，徐沁君本、寧希元本改作"的"。●三，即［三煞］。乃此套數［煞尾］的次于四煞的第三次重複。曲譜與［煞尾］同。注見《大都新編關張雙赴西蜀夢》第三折［三煞］曲牌注。依曲譜，此曲襯字爲：明日索一般供與他、一般過與他、送得他、他、我、有句話、則願得、一個個；韵脚字爲：吃、睡、灰、記、德、妻。 索：猶"須""得"。 一般：指與昨日一樣。 供與：供給。 衣袂：衣裳。袂，衣袖。 過：送，遞。《杜工部集》卷一《夏日李公見訪》："墻頭過濁醪，展席俯長流。" 茶飯：飯菜，飯。 送：猶"伺候"。 底：猶"裏"。 成雙睡：指小千户與鶯鶯睡在一起。 三更：指深夜。 撥盡寒爐一夜灰：指爲主人添煤燒火爐，爲元曲常用語。 存心：留心。《敦煌變文集》卷一《伍子胥變文》："子胥告令軍兵，大須存心捉搦。" 則：衹。 辜恩負德：辜負了恩情和道德。 蔭：受庇蔭。 封：受封號。⊙此曲寫燕燕説小千户與鶯鶯結婚後，她仍然像往常一樣伺候他穿衣吃飯，伺候他入寢。他和鶯鶯睡在温暖的床帳裏，而燕燕却一夜都在爲他們燒火爐。燕燕最後詛咒他説，希望小千户這樣辜負恩德，這樣做就會子孫受庇蔭，妻子受封號！實際的意思是你這樣做，遲早會遭報應的。

［二］出門來一脚高，一脚底，自不覺鞋底兒着田地。痛連心除他外誰根前説？氣夯破肚别人行怎又不敢提！獨自向銀蟾底，則道是孤鴻伴影，幾時吃四馬攢蹄？●二：王季思寫定本、鄭騫

本、徐沁君本、寧希元本、王學奇本、徐征本、王季思本作“二煞”。 底：除鄭振鐸本、盧冀野本外，各本均改作“低”。 痛連心：連，原作“憐”。馬欣來本從原本。從徐沁君本、寧希元本、吳國欽本、王學奇本、徐征本、王季思本、藍立蓂本改。徐沁君本校記按云：“‘連’‘憐’音同致誤。鄭光祖《周公攝政》第四折：‘聽道罷痛連心性，氣夯胸懷。’”本曲也是上句“痛連心”，與下句“氣夯破肚”相對而言。 根：王季思寫定本、王季思本改作“跟”。 氣夯破肚：吳曉鈴本校記云：“疑‘肚’字下脱一‘皮’字。”不從。銀：原省作“艮”。除鄭振鐸本外，各本已正。吳國欽本“底”改作“低”。則：王季思寫定本改作“只”。 孤：原作“辜”。除鄭振鐸本未改、王季思寫定本誤作“弧”外，各本已改。 吃四：寧希元本改作“乞駟”。不從。●二：即［二煞］。乃此套數［煞尾］的次于三煞的第四次重複。曲譜與［煞尾］同。注見《大都新編關張雙赴西蜀夢》第三折［三煞］曲牌注。依曲譜，此曲襯字爲：出門來、自、兒、除他外、别人行怎又、獨自向、則道是、幾時吃；韵脚字爲：底、地、提、底、蹄。 底：即“低”。《三國志·魏書·夏侯玄傳》：“此爲親民之吏，專得底下，吏者民命而常頑鄙。” 自不覺：自己不覺得。 着：踩。 田地：偏義複詞，偏于“地”。 根前：即“跟前”。陳垣《元典章校補釋例》卷三：“跟隨跟尋，元均作根。跟字雖非後起，然當時實用根不用跟。” 氣夯破肚：憤氣填胸。夯，撑。鄭德輝《王粲登樓》第四折［喬牌兒］：“不由得我肚兒裏氣夯，他有甚臉來俺門上？”元曲習用“氣夯破胸脯”。景方諸生本王實甫《西厢記》第五本第四折［折桂令］：“有口難言，氣夯破胸脯。”王伯良云：“夯，大用力之謂，謂氣之甚而至破胸脯也。”行（háng）：面前。 向：在。 銀蟾：這裏指月光。 底：猶“下”。 則：猶“還”。元刊本孟漢卿《魔盒羅》第四折［蠻姑令］：“我則道在那裏，元來在這裏。”無名氏《醉寫赤壁賦》第四折［雁兒落］：“我則想人無再少年，元來這花有重開日。” 道：以爲。 孤鴻：孤雁。 吃：猶“被”。 四馬攢（cuán）蹄：捆住手脚。攢，聚。《水滸傳》第六十五回：“把手脚四馬攢蹄，捆縛做一塊。”⊙此曲寫燕燕從家裏出來，她很生氣，氣得有些暈頭轉嚮。心很痛却不知嚮誰去説，氣破了肚子在别人面前又不敢提起。衹好獨自在月光下徘徊，像孤雁一樣衹有影子相隨，這種被捆縛住手脚的日子什麼時候纔能到頭呢？

［尾］呆敲才、呆敲才休怨天，死賤人、死賤人自駡你！本待要皂腰裙，剛待要藍包髻，則這的是折桂攀高落得的。（下）●呆敲才、呆敲才：第一個“呆敲才”之下，原作兩個重文符號“々々”。王季思寫定本、鄭騫本、徐沁君本、寧希元本、吴國欽本、王學奇本、徐征本、王季思本、藍立蓂本重三個字，其他各本均衹重“敲才”二字。從前者。下句“死賤人、死賤人”用法同，校同上句。　你：原作“爾”。除藍立蓂本外，其他各本均改作“你”。　則：王季思寫定本作“只”。　折桂攀高：桂，盧冀野本、隋樹森本誤作“挂”。折桂，徐沁君本、寧希元本、吴國欽本、王學奇本改作“接貴”。徐沁君本校記按云：“‘接貴攀高’（或作‘攀高接貴’）與‘折桂攀蟾’（或作‘攀蟾折桂’）是含義不同的兩個成語，在元曲中都被廣泛地使用着。前者的例子有：王實甫《破窑記》第一折：‘攀高接貴，順水推船。’鄭廷玉《金鳳釵》第一折：‘你却便攀高接貴，教我笑店都知。’李行道《灰闌記》第一折：‘不是攀高接貴，由他每説短論長。’王子一《誤入桃源》第四折：‘成就了東床婿伏低做小，宴會了西王母接貴攀高。’後者的例子衹舉關劇《拜月亭》第一折：‘嫌這攀蟾折桂做官遲。’《金綫池》第二折：‘舒你那攀蟾折桂的指頭。’《陳母教子》第二折：‘枉展污了你那折桂攀蟾的鈞鰲手。’由于‘接貴’與‘折桂’同音，‘攀高’與‘攀蟾’同一‘攀’字，這兩個意義各别的成語，往往被混合誤用了。除本曲之外，如紀君祥《松陰夢》殘曲：‘出來的惡紫奪朱，一個個折桂攀高。’（見趙景深輯《元人雜劇鈎沉》）其誤與本曲同。馬致遠《薦福碑》第二折：‘和這芹泥也折貴攀高。’‘折’應作‘接’。吴敬梓《儒林外史》第十七回，匡超人的父親垂死時説：‘我死之後，你一滿了服，就急急的要尋一頭親事，總要窮人家的女兒，萬不可貪圖富貴，攀高結貴。’‘結’字雖不同，但‘結’‘接’同音，而意義又一致，固與‘折桂’有别也。”也有一定道理，但改動過大，不宜采用。　落得的：吴曉鈴本校記：“的，疑當作‘低’字。”所疑不當。●尾：曲牌名，注見《大

都新編關張雙赴西蜀夢》第三折［尾聲］曲牌注。依曲譜，此曲第三句七字句變爲兩個三字句，襯字爲：呆敲才、呆敲才、死賤人、死賤人、本待要、剛待要、則這的是；韵脚字爲：你、髻、的。　呆敲才：呆，傻。敲才，該死的東西。元人謂處杖殺曰敲。《元典章》刑部十一“諸盜”：“兩邊作賊的敲。”閔遇五《五劇箋疑》：“吃敲才，猶諺云打殺坯也。”　休怨天：指不要埋怨客觀條件。　死賤人：該死的賤人。　本待要：原來打算要求。　皂：黑色的。　剛：猶“偏”，硬。　藍包髻：指包頭髮的飾物。　則這的是：猶“這就是”。則這，同義連用。脉望館鈔校本無名氏《百花亭》第二折［尾聲］：“皂頭巾裹着額顱，將斑竹籃提在手，歌叫聲習演的聲兒溜，新得了個查梨條除授：則這的是郎君愛女的下場頭。”　折桂攀高：用想到月亮裏去攀折桂枝來比喻高攀。脉望館古名家本馬致遠《薦福碑》第二折［滚綉球］：“可怎生一擲一個不合神道，和這塊臭芹泥也折貴（桂）攀高。”⊙此曲寫燕燕對自己的所作所爲非常後悔，自責爲呆敲才、死賤人，都是自己想攀高枝造成的，怪不得别人。從這一點來看，燕燕還是很清醒的，她之所以有這樣的結果，除了小千户的喜新厭舊外，自己没有自知之明也是一個很重要的原因。

第三折

（孤一折）（夫人一折）（末、六兒一折）（正旦上，云）好煩惱人呵！（長吁了）●孤：徐沁君本、寧希元本、王學奇本上補一"外"字。徐沁君本校記按云："第二折開頭，即有'外孤一折'；這一折開頭的'孤'，想來也還是那個'外孤'。又本折中間有'外孤上'，接着正旦上'見孤'的那個'孤'，分明是'外孤'（鶯鶯之父），而絶不會是别人。第四折開頭，'老孤、外孤上'；中間燕燕揪住小千户吵鬧，此下即有'孤云了''老孤向了'的情節，這個'孤'也應該是'外孤'，最後由'夫人'做出最後的決定。三方面的家長就都有戲。趙景深《談〈詐妮子調風月〉》文（《戲劇論叢》1957年第二輯），認爲'孤'即'老孤'，是燕燕的主人。王季思《定本説明》也説：'這裏的孤是燕燕家裏的相公'，這和趙説相同；不過他將'孤'和'老孤'分屬燕燕和小千户，又和趙説不同。我將'孤'改爲'外孤'，希望能够解决這個問題。"　末：徐沁君本、王學奇本上補一"正"字。　長吁了：徐沁君本、吴國欽本、王學奇本、徐征本、王季思本下補"唱"。●孤：從徐沁君本，這裏應是外孤即鶯鶯的父親。　夫人：這裏指燕燕的主家婆。　一折：這裏是指從上場到下場的一個小過場。　末：指小千户。　六兒：指丫鬟，婢女，見此劇第二折開頭同術語注。　正旦：指燕燕。　好：很。　長吁：長舒一口氣。⊙這裏寫鶯鶯的父親、燕燕的主家婆、小千户和丫鬟都各自繞場一次。燕燕最後上場，表達了自己在受騙後不能解脱的煩惱和痛苦。

［**越調·鬥鵪鶉**］短嘆長吁，千聲萬聲。倒枕搥床，到三更四更。便是止渴思梅，充飢畫餅。因甚頃刻休？則傷我取次成。好個個舒心，乾支刺没興。●鬥鵪鶉："鵪"字原殘壞，似作"奄"；"鶉"原省作"享"，從各本改。隋樹森本、鄭騫本、徐沁君本、寧希元本、吴國欽本、王學奇本、徐征本、王季思本上補"越調"。從。　倒枕搥

床：倒，除鄭振鐸本、吴曉鈴本、北京大學本外，各本改作“搗”。　則傷我取次成：盧冀野本“成”字下未點斷。不從。王季思寫定本“則”改爲“只”。　乾支剌没興：鄭振鐸本、盧冀野本“剌”誤作“刺”。●越調：宫調名。是十二律之無射與五音之商組合而成的調式的俗名。元周德清《中原音韵》：“大凡聲音各應于律吕……越調陶寫冷笑。”《中原音韵》載越調所屬曲牌三十五支，而《九宫大成南北詞宫譜》所載，屬越調的曲牌北曲有四十五支，南曲（包括集曲）有一百十一支。北曲越調較爲常見的聯套格式爲：鬥鵪鶉—紫花兒序—小桃紅—金蕉葉—調笑令—禿厮兒—聖藥王—麻郎兒—絡絲娘—收尾。此套曲押庚青韵。　鬥鵪鶉：曲牌名，句式爲四四四四四四三三四四，共十句。兩個三字句也可并爲一個六字句，如此則爲九句。與［中吕］小異，［中吕］第五句七字，此破爲兩個四字句；［中吕］第六句爲六字折腰句或四字、三字句，此則爲兩個三字句。第二、四、六、末諸句均以“(平仄)平去上”爲起調。曲譜爲：(平仄)仄平平，(平仄)平(去)上/平[韵]。(平仄)仄平平，(平仄)平(去)上/平[韵]。(平仄)仄平平，(平仄)平(去)上/平[韵]。(平仄)(平仄)(平仄)(平仄)(平仄)上/平[韵]。(平仄)仄平平，(平仄)平(去)上/平[韵]。依曲譜，此曲襯字爲：到、便是、因甚、則傷我、好、乾；韵脚字爲：聲、更、餅、成、興。　吁：嘆氣。　倒：“搗”的借字，“捶”的意思。白樸《東墻記》第三折［醉春風］：“一會家倒枕捶床，長吁短嘆，教咱無奈。”　更：古代記時的單位。一夜分五更，一更大約兩個小時。　止渴思梅：即望梅止渴的典故。　充飢畫餅：即畫餅充飢的典故。這兩個典故都是指忘記暫時的痛苦。　傷：失之于。《資治通鑑·唐高宗顯慶二年》：“祥道以爲今選司取士傷濫，每年入流之數過一千四百，雜色入流，曾不銓簡。”
取次：輕易。　成：指成婚。　好個個舒心：指除燕燕外的每個人都很開心。乾支剌：白白地。支剌，語助詞。顧曲齋本楊顯之《瀟湘夜雨》第三折［古水仙子］：“乾支剌送的人活受苦。”　没興：倒霉。陸游《老學庵筆記》卷四：“之道戲作詩云：‘没興主司逢葛八，賢弟被黜兄薦發。細思堪羨又堪嫌，一壁有眼一壁瞎。’”⊙此曲寫燕燕在被騙後那種難挨的痛苦，認爲自己爲了暫時的成功却付出了慘重的代價，嘆息、悔恨，捶枕砸床，一直到天快亮了，也不能入睡。現在除了自己以外的其他人都很高興，衹有自己眼睁睁地看着無可奈何，感到十分倒霉。

［紫花兒序］好輕乞列薄命，熱忽剌姻緣，短古取恩情！(見燈蛾科）哎！蛾兒！俺兩個有比喻。見一個耍蛾兒來往向烈焰上飛騰，正撞着銀燈，攔頭送了性命。咱兩個堪爲比并：我爲那包髻白身，你爲這燈火青熒。（云）我救這蛾兒。（做起身挑燈蛾科）哎！蛾兒，俺兩個大剛來不省呵！●紫花兒序：兒，原本無，除鄭振鐸本外，各本已補。　輕乞列：鄭振鐸本“乞”字下點斷。不從。　熱忽剌：鄭振鐸本“剌”誤作“刺”。　見燈蛾科：鄭騫本、徐沁君本、王學奇本、徐征本、王季思本下補“云”。　蛾兒：蛾，原作“娥”。除鄭振鐸本外，各本已改。　俺兩個有比喻：此句原作大字。從隋樹森本、鄭騫本、徐沁君本、寧希元本、王學奇本、馬欣來本、徐征本、王季思本、藍立蓂本改小字，作爲説白。徐沁君本、王學奇本、徐征本、王季思本下補“（唱）”。　正撞着銀燈：鄭振鐸本、盧冀野本“燈”字下未點斷。　白身：寧希元本“白”改作“敗”。　燈火青熒：青，原作“清”，“熒”字原無。馬欣來本從原本。從鄭騫本、徐沁君本、吴國欽本、王學奇本、徐征本、王季思本、藍立蓂本改補。徐沁君本校記按云：“曲譜，應作四字句。”“燈火青熒”一語，詞曲習見之。《西厢記諸宫調》卷五：“對冷落書齋，青熒燈火。”《太平樂府》卷二孫周卿［水仙子］《舟中》：“孤舟夜泊洞庭邊，燈火青熒對客船。”　救：盧冀野本誤作“教”。　做起身挑燈蛾科：徐征本、王季思本下補“云”。“蛾”原作“娥”。除鄭振鐸本外，各本已改。　蛾兒、俺兩個大剛來不省呵：徐沁君本、王學奇本、徐征本、王季思本下補“（唱）”。吴曉鈴本將“俺兩個大剛來不省”作爲曲文，校云：“‘呵’字原接‘省’字，不成文，今改爲賓白。”誤。蛾，原作“娥”，除鄭振鐸本外，各本已改。●紫花兒序：曲牌名。［幺篇］同始調，用否均可。句式爲四四四四四二七四四四，共十句。此曲第四、五兩句各四字句合爲一句八字句，第七句七字句缺一字爲六字句。曲譜爲：(平仄)平(平仄)仄，(平仄)仄平平，(平仄)仄平平[韻]。(平仄)平(平仄)仄，(平仄)仄平平[韻]。平平[韻]，(平仄)仄平平(平仄)(去)平[韻]。(平仄)平平去[韻]，(平仄)仄平平，(平仄)仄平平[韻]。依曲譜，此曲襯字爲：乞列、熱、短、見一個、兒、向、上、正撞着、咱兩個、我爲那、你爲這；韻脚字爲：

命、情、騰、燈、命、并、熒。 輕乞列：即“輕”。乞列，語助詞。亦作“輕吉列”。《樂府群玉》卷二喬夢符小令［雙調·水仙子］《嘲少年》：“紙糊鍬輕吉列枉折尖，肉膘膠干支刺有甚粘，醋葫蘆嘴古邦佯妝欠。” 熱忽剌：即“熱”。忽剌，語助詞。亦作“熱忽喇”。李好古《張生煮海》第三折［倘秀才］：“秀才家能軟款，會安詳，怎做這般熱忽喇的勾當？” 短古取：即“短”。古取，語助詞。亦作“短卒律”。馬致遠《青衫泪》第二折［滚綉球］：“怎想他短卒律命似顔淵。” 要蛾兒：即飛蛾。 攔頭：迎頭。《水滸傳》第四十一回：“水底下早鑽出一個人，把黄文炳劈腰抱住，攔頭揪起，拖上船來。” 比并：相比。《全唐詩》卷六六六羅虬《比紅兒詩》之四：“一曲都緣張麗華，六宫齊唱《後庭花》。若教比并紅兒貌，枉破當年國與家。” 包髻：兜頭髮的飾物。 白身：使身份顯著。白，顯著。《荀子·榮辱》：“身死而名彌白。”身，身份，地位。《論語·微子》：“子曰：不降其志，不辱其身。” 青熒：青光。 大剛來：大概，多半，總之。又作“大古來”。元明間無名氏《渭塘奇遇》第四折［折桂令］“今日個成就了夫妻，大剛來天地安排。” 不省：不清醒，胡塗。孫仲章《勘頭巾》楔子［仙吕·賞花時］：“全不省上青驄，只記得金鍾漫捧，直勸我吃的到喉嚨。”⊙此曲仍是燕燕在反省自己婚姻所以失敗的原因，看見飛蛾撲燈，聯想起自己，覺得自己跟小千户結婚，就好像飛蛾撲燈一樣，内心充滿了憂傷和痛苦。

［幺］我把這銀燈來指定，引了咱兩個魂靈，都是這一點虚名。怕不百憐百俐，千戰千贏，更做道能行怎離得影？這一場其身不正！怎當那廝大四至鋪排，小夫人名稱？（末、六兒上）（開門了）（末云）●幺：徐沁君本、寧希元本、王學奇本、徐征本、王季思本作“幺篇”。 怕不：怕，原作“帕”，從各本改。 憐：除藍立蓂本外，各本作“伶”。 贏：原作“羸”。除鄭振鐸本、盧冀野本改作“羸”外，各本改作“贏”。 離得影：離，原俗寫作“㛪”，鄭振鐸本誤作“難”。 其身不正：其，原作“了”，馬欣來本、徐征本從原本。從王季思寫定本、寧希元本、吴國欽本、王季思本、藍立蓂本改。王季思寫定本説明：“其身不正，雖令不從。《論語·子路篇》文。” 末：徐沁君本、王學奇本上補一“正”字。

開門了：徐沁君本、王學奇本、徐征本上補“正旦”。　末云：王季思寫定本、吴國欽本下補“（旦唱）”，徐沁君本、王學奇本、徐征本、王季思本補“正旦唱”。徐沁君本、王學奇本“末”上補一“正”字。●幺：曲牌名，即前曲［紫花兒序］又一支。注見前曲注。依曲譜，此曲第六句二字句缺，襯字爲：我把這、來、引了咱、都是這、怕不、更、得、這一場、怎當那廝、至、小；韵脚字爲：定、靈、名、贏、影、正、稱。　銀燈：這裏同上曲“銀燈”一樣都比喻的是小千户的家。　咱兩個魂靈：這裏指的是燕燕自己和飛蛾。　虚名：指許諾她做小夫人，在她看來爲虚名。　怕不：豈不。　百憐百俐：也作“百伶百俐”。《太平樂府》卷八鍾嗣成套數［南吕・一枝花］《自序醜齋》：“世間能走的不能飛，饒你千件千宜，百伶百俐。”意爲非常聰明。　能行怎離得影：也作“能行離不了影”。熟語，走路離不開自己的身影。此處比喻擺脱不了做奴婢的命運。楊梓《豫讓吞炭》第二折［尾聲］：“更做你能行離不了影。”　怎當：怎敵。當，敵。《公羊傳・莊公十三年》：“然則君請當其君，臣請當其臣。”何休注：“當，猶敵也”。　那廝：指小千户。　大四至：猶“大模大樣”。　鋪排：編排，虚張聲勢。　末：小千户。六兒：僕人角色名。⊙此曲寫燕燕説自己和飛蛾一樣爲了一點虚名，受了小千户家的誘惑。這樣小千户肯定是贏家，自己跟小千户就像身體跟影子一樣。可是這一場經歷啊，身子却不端正，哪裏能抵當得住他大模大樣地造各種聲勢啊！

［梨花兒］是交我軟地上吃交，我也不共你争。煞是多勞重，降尊臨卑，有勞長者車馬，貴脚踏于賤地，小的每多謝承。本待麻綫道上不和你一處行，（云）你依得我一件事，依得我願隨鞭鐙。（云）你要我饒你咱，再對星月賭一個誓。（云了）（出門了）●是交：交，王季思寫定本、隋樹森本、吴國欽本、徐征本、王季思本改作“教”。盧冀野本“吃”字下點斷，“交”字屬下句。非。　你：此曲兩個“你”，原作“爾”。除藍立蓂本外，各本已改。　勞重：重，鄭騫本、王季思本改作“動”。　降尊臨卑：寧希元本校記云：“‘卑’字失韵，疑誤。”　有勞長者車馬，貴脚踏于賤地：原作大字，馬欣來本、王季思本從。今從隋樹森本、北京大學本、

徐沁君本、寧希元本、吴國欽本、王學奇本、徐征本、藍立蓂本改作小字，作爲説白。徐沁君本、王學奇本上補“（帶云）”，下補“（唱）”。鄭騫本校記亦云：“兩句似是帶唱。”勞，原作“老”，除鄭振鐸本、盧冀野本、吴曉鈴本外，各本已改。踏，原作“查”，從北京大學本、徐沁君本、寧希元本、吴國欽本、王學奇本改。吴曉鈴本校記亦謂：“疑當作‘踏’字。”盧冀野本、王季思寫定本、隋樹森本、鄭騫本、徐征本、王季思本改作“踏”。賤，原作“踐”，除鄭振鐸本外，各本已改。徐沁君本校記按云：“此爲當時套語。高文秀《襄陽會》楔子白：‘將軍貴脚來踏賤地，將軍請坐。’武漢臣《玉壺春》第一折白：‘與秀才權爲信物，只望貴脚早踏賤地。’無名氏《連環計》第三折白：‘有勞太師，貴脚來踏賤地。’《太平樂府》卷九楊立齋［哨遍］套：‘謝尊官肯把荒場降，勞貴脚還將賤地來踏。’定本説明：這幾句‘表面是謙虚恭敬，骨子裏是深惡痛絶。《金綫池》第三折［罵玉郎］曲：今日何勞你貴脚兒又到咱家走。語意相同’。” 謝承：承，原作“成”。從王季思寫定本、隋樹森本、北京大學本、徐沁君本、劉堅本、寧希元本、吴國欽本、王學奇本、馬欣來本、徐征本、王季思本、藍立蓂本改。吴曉鈴本校記亦謂“疑當作‘成’字”。盧冀野本“成（承）字”下未點斷，將下句的“本”字斷屬本句。徐沁君本校記按云：“《北詞廣正譜》引本曲，正作‘承’字。‘謝承’一詞，習見于戲曲、小説中。關氏《金綫池》（古名家本、顧曲齋本）第四折：‘屢謝承可憐見。’王實甫《西厢記》第二本第三折：‘第一來爲壓驚，第二來因謝承。’無名氏《藍采和》第二折：‘動勞你火伴鄰里街坊，謝承你親眷相知弟兄。’《水滸傳》第五十九回：‘就山寨裏做了個送路筵席，謝承太尉。’第八十五回：‘謝承將軍金諾。’倒言之，亦作‘承謝’，例不備舉。” 云：徐沁君本、王學奇本上補一“帶”字。 你倚得我一件事：王季思寫定本、徐沁君本、王學奇本、徐征本、王季思本下補“（唱）”。 鐙：原作“凳”，除鄭振鐸本、鄭騫本外，各本已改。 你咱：盧冀野本、王季思寫定本、吴國欽本、王季思本“咱”字斷屬下句。 睹：原作“覩”，除鄭振鐸本外，各本已改。 云了：徐沁君本、王學奇本上補“正末”二字。 出門了：王季思本下補“正旦唱”，徐沁君本、王學奇本、徐征本上補“正旦”，下補“（唱）”。●梨花兒：曲牌名。這是南曲曲牌，用在這裏，極爲罕見。玆據

《彙纂元譜南曲九宫正始》越調過曲“梨花兒”，句式爲七七七七，共四句。曲譜爲：平去上平(平仄)去平[韵]，平平入去平(平仄)去[韵]。入去平平(平仄)去平[韵]，平平入上平平去[韵]。依曲譜，此曲襯字爲：是交我、上、我也不、煞是多勞重、小的每、本待、上、一處；韵脚字爲：争、承、行、鐙。　是：猶“雖”。　軟地：鬆軟的土地。　吃交：跌跤。楊顯之《瀟湘雨》第三折［出隊子］：“吃交時掉下了一個棗木梳。”　共：猶“跟”。《敦煌變文集》卷一《伍子胥變文》：“與子娶婦，自納爲妃，共子妻争，可不慚于天地。”　煞是多勞重：煞是，猶“甚是”“真是”。勞重，疑爲“勞臺重”或“勞尊重”之省，猶今云“勞駕”。　降尊臨卑：指屈尊趨卑，迎合俗世。　小的：身份低微的人或平民自謙稱。錢大昕《恒言録》卷三：“今奴婢下人自稱小的，即宋時所謂小底也。《宋史》有入内小底、内班小底、内殿直小底、騎御馬小底。《吴越備史》亦有入内小底。《遼史》有近侍小底、承應小底、筆硯小底。”此處之“小的每”即“小的”，“每”字不表示複數。元刊本張國賓《薛仁貴》第三折［上小樓·幺］：“小的每若説的差之毫厘，我便是死無那葬身之地。”　謝承：即“謝”，感謝。　麻綫道：迷信説法的陰間路，黄泉路。息機子本無名氏《風雪漁樵》第二折旦白“對着天曾發願，做鬼到黄泉，我和你麻綫道兒上不相見。”今河北方言猶有此説。　隨鞭鐙：追隨鞍馬前後，意猶服侍，服從。無名氏《鴛鴦被》第三折［麻郎兒］：“着去處依着便行，教釃酒願隨鞭鐙。”　饒：寬恕。　你咱：咱，後綴詞。　賭：打賭，發。⊙此曲寫燕燕自己感覺吃了啞巴虧，有苦説不出，就好像在軟地上跌了一跤似的。但她還是有自己的原則，即也提出了自己的要求，如果小千户答應她，她就服從。如果要讓她寬恕了小千户，那必須對着星星和月亮再發一次誓言。

［**紫花兒序**］你把遥天指定，指定那淡月疏星，再説一個海誓山盟。我便收撮了火性，鋪撒了人情，忍氣吞聲，饒過你那虧人不志誠。賺出門桯，（入房科）呼的關上櫳門，鋪的吹滅殘燈。（末告）（不開門了）（末怒云了，下）（旦閃下）（夫人上住）（末上，見住）（云了）（夫人唤了）（旦上，見夫人了）（夫人云了）燕燕不會！去不得！●紫花兒序：原作“子花兒”，除鄭振鐸本外，各本已改。　忍氣吞聲：

盧冀野本"聲"字下未點斷。 虧人不志誠：虧，原簡作"亐"，盧冀野本誤作"箇"。 門桯：桯，原作"程"。從鄭騫本、徐沁君本、劉堅本、寧希元本、吴國欽本、王學奇本、徐征本、藍立蓂本改。北京大學本校記亦謂："'程'疑當作'桯'。"徐沁君本校記按云："元曲中'門桯'多有誤作'門程'者，例多不列舉。" 入房科：徐沁君本、王學奇本、徐征本下補"唱"。關上櫳門：關，原作"閔"，除吴曉鈴本外，各本已改。櫳，原作"籠"，從鄭騫本、徐沁君本、寧希元本、吴國欽本、王學奇本、徐征本、王季思本、藍立蓂本改。櫳門，盧冀野本改作"籠房門"，王季思寫定本改作"攏門"。徐沁君本校記按云："白樸《墻頭馬上》第二折：'小業種把櫳門掩上些。'王實甫《西厢記》第一本第一折：'投至到櫳門兒前面，剛挪了一步遠。'第三本第四折：'把似你休倚着櫳門兒待月。'" 末告：徐沁君本、王學奇本"末"上補一"正"字，徐沁君本、王學奇本、徐征本"不"上補"正旦"。鄭振鐸本、盧冀野本、隋樹森本、鄭騫本與下面"不開門了"連爲一體。藍立蓂本校記按云："（末告）與（不開門了）各爲末旦科介，應分開。" 末：徐沁君本、王學奇本上補一"正"字。 旦閃下：徐沁君本、王學奇本、徐征本上補一"正"字。 云了：寧希元本斷屬末，與前一科介連作"末上、見住，云了。"藍立蓂本校記按云："此處爲小千户與夫人串演，兩人自然有一番對白，衹不過元刊本照例將此賓白省去了。按劇情，此處之'云了'當兼屬末與夫人。" 旦：徐沁君本、王學奇本、徐征本上補一"正"字。 燕燕不會！去不得：王季思寫定本、吴國欽本上補"旦云"，鄭騫本補"云"，徐沁君本、徐征本、王季思本上補"(正旦云)"，下補"(唱)"。●紫花兒序：曲牌名，注見此套同曲牌注。依曲譜，此曲第六、七句當在第八句後，襯字爲：你把、指定那、再説一個、我便、了、了、你那、賺出、呼的、鋪的；韵脚字爲：定、星、盟、性、情、聲、誠、桯、門、燈。 遥天：遥，應是"瑶"字。光潔美好，用爲稱美之辭。瑶天，天。劉唐卿《降桑椹》第二折增福神白："蕩蕩神威氣象寬，親傳敕令下瑶天。" 再説：再發，再賭。 便：于是。 收撮：按捺。 鋪撒：丢開。一作"撲撒"。《董解元西厢記》卷四[中吕調·古輪臺]："張生聞語，撲撒了滿懷裹愁。" 人情：人之常情。此指燕燕對小千户的憤恨之情。 饒：寬恕。 過：猶"了"。《元典章》刑部十六“違枉”：“于本縣劉主簿處告過，勾捉一干人等到官。”王實甫《西厢記》第三本第三折紅娘白：“姐姐，且看紅娘面饒過這生者。” 志誠：誠心。賺：騙。《才調集》卷五元稹《春詞》：“深院無人草樹光，嬌鶯不語趁陰藏。等閑弄水浮花片，流出門前賺阮郎。” 門程：門檻。無名氏《盆兒鬼》第三折［慶元貞］：“扭回身疾便入房内，被門桯絆我一個合撲地。” 入房科：這是燕燕的動作。 呼的：指進入房屋内很快的樣子。 櫳門：房門。 鋪的：即撲的，指用嘴呼氣。 末：指小千户。 夫人：指燕燕的主家婆。⊙此曲寫燕燕被小千户欺騙後非常生氣，與小千户發生了一場對執和鬥争，并且想離家出走，主家婆勸告她不要離家出走。

［**小桃紅**］燕燕上覆傳示煞曾經，誰會甚兒女成婚聘？甚的是許出羞、下紅定？向這洛陽城，少甚末能言快語官媒證？燕燕怎敢假名托姓？但交我一權爲政，情取火上弄冬凌。燕燕不去！（末云）（夫人怒云了）●上覆：鄭振鐸本、鄭騫本“覆”字下點斷。不從。 甚兒女：吴國欽本“女”字奪。 成婚聘：王學奇本“成”字奪。向這洛陽城：向，盧冀野本、隋樹森本改作“像”。徐沁君本、吴國欽本、王學奇本、徐征本、王季思本改作“問”。 少甚末：末，王季思寫定本、吴國欽本、王季思本改作“麼”。甚末，徐征本改作“什麼”。 但：原作“旦”。從各本改。 交：王季思寫定本、隋樹森本、吴國欽本、徐征本、王季思本改作“教”。 弄冬凌：弄，原作“等”，從北京大學本、王學奇本改。徐沁君本校記按云：“朱居易《元劇俗語方言例釋》‘火上弄冬凌’條，舉本曲爲例，‘等’下括號内注‘弄’字。北本（北京大學本）亦改作‘弄’。按：‘火上等冬凌’仍可保留。定本説明：‘冬凌是冰’，火上㷖冰，立即消失，比喻事情失敗得快。《氣英布》雜劇第二折［烏夜啼］曲：‘覷漢江上似火上弄冬凌’，語意相近，似可并存也。” 燕燕不去：王季思寫定本、吴國欽本上補“（旦云）”，鄭騫本、徐沁君本、王學奇本、徐征本、王季思本補“（云）”。末云：徐沁君本上補一“正”字。王學奇本作“正末云了”。 夫人怒云了：王季思寫定本、吴國欽本下補“（旦唱）”，徐沁君本、王學奇本、徐征本、王季思本補“（正旦唱）”。●小桃紅：曲牌名，小令兼用，與南曲不同。句式爲

七五七三七四四五，共八句。曲譜爲：(平仄)平(平仄)仄(去)平平[韵]，(平仄)仄平平(去)[韵]。(平仄)仄平平(去)平去[韵]，仄平平[韵]，(平仄)平(平仄)仄平平去[韵]。(平仄)平(去)平(韵)，(平仄)平(平仄)(去)(韵)，(平仄)仄仄平平[韵]。據曲譜，此曲襯字爲：燕燕、誰會甚、甚的、向這、少甚末、燕燕怎敢、但交我、情取；韵脚字爲：經、聘、定、城、證、姓、政、凌。　上覆：對上禀告。　傳示：對下轉達。此處是説燕燕雖曾做過禀告和轉達，但説親的事却不會。　煞：猶“雖”。　甚的：甚麼。《五代史平話》梁史卷上：“那讖上分明寫出兩句來，道個甚的?”　許出羞：即定親的許口酒。　紅定：彩禮。《東京夢華録》卷五“娶婦”條記載，凡娶媳婦，先起帖子，次擔許口酒。然後下小定、下大定。　向：在。　少甚末：盡多着。元刊本張國賓《汗衫記》第一折［油葫蘆］：“讀書萬卷多才俊，少是末一世不如人。”　能言快語：善于言辭。能、快，善。無名氏《替殺妻》第四折正末白：“常言道醜婦家中寶。休貪他人才精精細細，伶伶俐俐，能言快語，不中。”　官媒證：官府批准以做媒爲業的婦女。媒證：媒人。無名氏《白兔記》第十六齣：“一馬一鞍，再嫁傍人論。夫去投軍，誰敢爲媒證?”　但：衹要。《董解元西厢記》卷二［般涉調·麻婆子］：“但存得自家在，怎到得被虜劫?”　一權爲政：權時做主。　情取：必定。取，後綴詞。《董解元西厢記》卷四［中吕調·古輪臺］：“我團着，情取個從今後爲伊瘦。”　冬凌：冰。注見此曲徐沁君本校記。⊙此曲寫燕燕面對别人説她在這樁婚姻中没有履行所謂“父母之命、媒妁之言”的手續，燕燕辯解説自己哪裏知道那些東西，即使一時弄來什麽官媒證甚至假名托姓，遲早也會敗露的。這裏表現了燕燕對所謂封建婚約的那一套是看不慣的。

［調笑令］這厮短命，没前程，做得個輕人還自輕！横死口裏栽排定，老夫人隨邪水性，道我能言快語説合成。我説波娘七代先靈！●我説波娘七代先靈：王季思寫定本、王季思本在“波”字下點斷。非。靈，原作“天”，除鄭振鐸本未改、盧冀野本改作“人”外，各本均改作“靈”。徐沁君本校記按云：“‘波娘’與‘麽娘’同。《語辭匯釋》卷六‘娘’字條説：‘娘，表示驚異或怨詈之辭。’文中引關劇《緋衣夢》第四折：‘到來日雲陽鬧市中，殺麽娘七代先靈!’石君寶《紫云亭》第

一折：‘俺這虔婆道：兀得不好拷末娘七代先靈！’‘波’‘麽’‘末’皆有聲無義。”●調笑令，曲牌名，又名［含笑花］，與宋轉踏同。句式爲二三七七六七六，共七句。曲譜爲：(平仄)平/上[韵]，仄平平[韵]，(平仄)仄平平(平仄)仄平/上[韵]。(平仄)平(平仄)仄平平去[韵]，(平仄)平(平仄)平平去[韵]。(平仄)(平仄)仄平平(去)平/上[韵]，(平仄)平(平仄)仄平平[韵]。據曲譜，此曲襯字爲：這斯、個、老、道我、波娘；韵脚字爲：命、程、輕、定、性、成、靈。　這斯：指小千户。斯，帶有輕蔑性的稱呼。　短命：詛咒小千户活不長。　没前程：駡人語。猶説没有好結果。陸深《春風堂隨筆》："世目薄行人爲没前程。"　做得個：落得個。王實甫《西厢記》第三本第三折紅娘白："你既是秀才，只合苦志于寒窗之下，誰教你夤夜入人家花園，做得個非奸即盗。"　横死：凶死。鄭廷玉《金鳳釵》第四折［川撥棹］："好險些兒險些兒遭横死。"　栽排：安排，注定。脉望館古名家本白仁甫《秋夜梧桐雨》第四折［滚綉球］："是兀那當時歡會，栽排下今日凄凉，厮覓着暗暗地還報。"　老夫人：指主家夫人。　隨邪水性：無主見。　説波：即"説"。波，詞尾，無義。　娘：駡人語。猶今之"他媽的"。　七代先靈：祖宗。脉望館鈔校本高文秀《遇上皇》第一折［賞花時·幺］："六合内只經你不良，把我七代先靈信口傷。"⊙此曲寫燕燕對小千户的作爲非常憤恨，詛咒他活不長，没有多大出息，肯定没有好下場。埋怨主家夫人没有主見，在這件事上没有站在自己的立場上，并連帶地咒駡了小千户的七代祖先。

［聖藥王］然道户斯迎，也合再打聽，兩門親便走一遭兒成。我若到那户庭，見那娉婷，若是那女孩兒言語没實成，俺這斯强風情。（虚下）（外孤上）（旦上，見孤云）夫人使來問小姐親事，相公許不許？燕燕回去。（外孤云了）（閃下）（外旦上）（旦隨上，見了）特地來問小姐親事，許不許，聞去。（外旦許了）●然道户斯迎：隋樹森本、徐征本、王季思本"然"上增一"雖"字。盧冀野本"道"改作"到"，寧希元本"迎"改作"應"。吴曉鈴本校記云："‘然’字疑當作‘煞’字。"不從。　也合再打聽：鄭振鐸本、盧冀野本"聽"字下未點斷。非。　娉婷：娉，原作"聘"，除王季思寫定本外，各本已改。　實成：成，鄭騫本、徐沁君本、寧希元本、吴國欽本、王學奇本、徐征本、王季思本改作"誠"。徐沁君本校

記按云："關氏《蝴蝶夢》楔子：'有甚麼實誠定準。'尚仲賢《氣英布》第一折：'我只怕你没實誠閑話赤心多。'楊梓《豫讓吞炭》第二折：'説着呵無憑驗，做着呵有實誠。'亦有誤作'實成'者。《太平樂府》卷七喬吉［新水令］《閨麗》套：'若是真麼，回與我句實誠的話。'隋樹森校記'誠'原作'成'，兹從明大字本及《喬夢符小令》等。"不從。從原本、馬欣來本、藍立蓂本仍作"成"。　旦：徐沁君本、王學奇本、徐征本、王季思本上補一"正"字。孤：徐沁君本、王學奇本上補一"外"字。　閃下：下原衍一重文符號"々"，除鄭振鐸本、吴曉鈴本、鄭騫本外，各本已删。吴曉鈴本校記云："'下'一'下'字疑衍。或此'下'字上脱一'旦'字。"王季思本"據關目"把"閃下"改作"同下"，删重文符號。　旦隨上：徐沁君本、王學奇本、徐征本、王季思本上補一"正"字。　見了：鄭騫本、徐沁君本、王學奇本、徐征本、王季思本下補"云"。　聞：王季思寫定本、徐沁君本、吴國欽本、王學奇本、馬欣來本、徐征本、王季思本改作"回"。原本、藍立蓂本作"聞"。　外旦許了：王季思寫定本、吴國欽本下補"旦唱"，徐沁君本、王學奇本、徐征本、王季思本補"正旦唱"。"許了"下原衍一"下"字，從王季思寫定本、徐沁君本、寧希元本、吴國欽本、馬欣來本、徐征本、王季思本、藍立蓂本删。北京大學本校記云："'下'字疑衍。"●聖藥王：曲牌名，句式爲三三七三三七五，共七句。首句及第四句不叶韵者極少。曲譜爲：(平仄)(平仄)平/上(韵)，(平仄)(平仄)平/上[韵]，(平仄)平(平仄)仄仄平平[韵]。(平仄)(平仄)平/上(韵)，(平仄)(平仄)平/上[韵]。(平仄)平(平仄)仄仄平平[韵]，(平仄)仄仄平平[韵]。依曲譜，此曲襯字爲：然道、也合、便、兒、我若、那、那、若是那、兒、俺；韵脚字爲：迎、聽、成、庭、婷、成、情。　然道：雖是。　户厮迎：門當户對。厮，互相。迎，對着。　合：該。　兩門親：兩家結親。　一遭：一次。　户庭：院落，家裹。　娉婷：形容女子姿態優美。此指鶯鶯。　言語：説話。　實成：真心實意。　這厮：指小千户。　强風情：强作風流情事。　虚下：元劇用語，角色背身作下場狀。外孤：這裹指鶯鶯的父親。　相公：這裹指官吏。　外旦：指鶯鶯。　聞：達，禀報。⊙此曲寫燕燕不得已奉命去給小千户提親，雖然極不情願，但還是去了，她代表主人家嚮鶯鶯家表達了提親的意願。鶯鶯家都同意了，燕燕却很不痛快。

［鬼三臺］女孩兒言着婚娉，則合低了胭頸，羞答答地禁聲；剗地面皮上笑容生，是一個不識羞伴等。俺那廝做事一滅行，這妮子更敢有四星？把體面妝沉，把頭梢自領。（旦背云）着幾句話，破了這門親。（對外旦云）小姐，那小千户酒性歹。（外旦駡住）呀！早第一句兒！●則合低了胭頸：王季思寫定本“則”改作“只”。不從。胭，同“咽”。馬欣來本作“咽”。　禁聲：禁，鄭騫本、徐沁君本、寧希元本、王季思本改作“噤”。不從。　旦背云：徐沁君本、王學奇本“旦”字删。徐征本、王季思本上補一“正”字。不從。　呀！早第一句兒：王季思寫定本上補“（旦）”，徐沁君本、王學奇本、徐征本、王季思本補“（正旦云）”，吴國欽本補“（旦云）”。徐沁君本、王學奇本下補“（唱）”。鄭騫本將此賓白移置調名［天净沙］下，校記云：“因其與下文語意聯貫，故移置于調名下。”王學奇本“呀”字奪。●鬼三臺：曲牌名，又名［三臺印］。句式爲三三四三三四七七四四，共十句。曲譜爲：平平去[韵]，平平去[韵]，平平(去)上/平[韵]。(平仄)(平仄)仄，仄平平[韵]，平平(去)上/平[韵]。(平仄)平仄(平仄)平(去)平[韵]，(平仄)平仄(平仄)平(去)平[韵]。(平仄)仄平平，平平去上[韵]。依曲譜，此曲缺一個七字句，共九句，襯字爲：女孩兒、着、則合、了、答答、剗地面皮上、一個不識羞、俺那廝、一、更、把、把；韵脚字爲：娉、頸、聲、等、行、星、領，少了與第八句格律完全一致的第九句。　言着：提到，説起。　婚聘：結婚、聘禮。　合：應該。　胭頸：脖子。胭，同“咽”。《集韵》平聲先韵：“咽，《説文》，嗌也。謂咽喉也。或作胭。”因蓮切，亦作咽頸。元刊本尚仲賢《氣英布》第一折［金盞兒］：“料應把那口吹毛過的劍先磨，圪擦的着咽脛（頸），血瀝瀝帶着肩窩。”　羞答答地：害羞的樣子。　禁聲：不做聲。脉望館古名家本馬致遠《黄粱夢》第四折［笑和尚］：“我我我没揣的猿臂綽，翰翰翰禁聲的休回和。”　剗地：猶“反而”。　面皮：臉龐。　伴等：同伴，伙伴。宫天挺《七里灘》第三折［倘秀才］：“我則是那草店上相逢時那個身命，便和您，叙交情，做咱那伴等。”那廝：小千户。　一滅行：一味任性。元刊本尚仲賢《氣英布》第二折［一枝花］：“兩國巉争，難使風雷性。三不歸，一滅行，着死圖生，劍斫了差來的使命。”　妮子：女子賤稱，猶云“丫頭”。《董解元西厢記》卷六［雙調・倬倬

戚]："我專着這妮子做破大手脚。"《井陘縣志料》十編："邑人謂女子爲妮子。" 更：猶"豈"，難道。 敢：猶"會"。 四星：猶"下梢"（北斗七星，斗柄爲上梢，四星爲下梢）。息機子本喬夢符《兩世姻緣》第二折［浪裹來］："我比那卓文君有上梢没了四星。" 把體面妝沉：裝得很端莊持重的樣子。體面，猶"樣子"。《太平樂府》卷七馬致遠套數［大石調·青杏子］《姻緣》："體面妖嬈，精神抖擻。" 把頭梢自領：自己扯着頭髮，比喻自討苦吃。頭梢，亦作"頭稍"，是頭髮的意思。脉望館古名家本鄭廷玉《後庭花》第二折："［哭皇天］……（王怒捋末頭髮科）（末）他把我頭梢揝住。"《玉鏡臺》第二折［賀新郎］："待尋條妙計無踪影，姑姑手把着頭梢自領。" 領，引，拎。 背云：元劇用語。角色在舞臺上説自己心裹的話，假定别人聽不見。着：猶"將""用"。 破：破壞。 歹：惡劣。 外旦：指鶯鶯。⊙此曲寫燕燕見了鶯鶯後，看鶯鶯和小千户情深，尤其小千户没有一點害羞、慚愧，認爲這兩個人真是一對没心没肺的東西。爲此，她十分生氣。

［天净沙］先交人掩撲了我幾夜恩情，來這裹被它罵得我百節酸疼，我便似剅墻賊蝎螫噤聲！空使心作幸，被小夫人引了我魂靈。（外云）你道有鐵脊梁的，你手裹做媳婦！●交：盧冀野本、王季思寫定本、隋樹森本、吴國欽本、王季思本改作"教"。 掩撲：掩，原作"俺"。從王季思寫定本、鄭騫本、徐沁君本、劉堅本、寧希元本、馬欣來本、吴國欽本、王季思本、藍立蓂本改。北京大學本改作"撲俺"。徐沁君本校記按云："定本（即王季思寫定本）説明：'掩撲是當時一種賭博。掩撲了，意即輸去了。'掩撲'一詞亦見于《樂府群玉》王日華［鳳引雛］：'滿懷寬，被馮魁掩撲了麗春園。''掩撲'倒言之則爲'撲掩'。王實甫《西厢記》第二本第二折（舊稱楔子）：'你休只因親事胡撲俺。'明王伯良注引碧筠齋本作'撲掩'。" 它：馬欣來本作"他"。 使心作幸：幸，原作"倖"。吴國欽本乙改作"使作心幸"。北京大學本、徐沁君本、王學奇本、馬欣來本改作"幸"。外云：王季思寫定本、吴國欽本下補"（旦云）"，鄭騫本補"云"，徐沁君本、王學奇本、王季思本"外"下補一"旦"字。鄭騫本、吴國欽本、王季思本"云"下補一"了"字。鄭振鐸本"云"字下作"，"與接下之正旦賓白相混。

你手裏做媳婦：徐沁君本、王學奇本、王季思本下補“（唱）”。●天净沙，曲牌名，小令兼用。句式爲六六六四六，共五句。曲譜爲：(平仄)平(平仄)仄平平[韵]，(平仄)平(平仄)仄平平[韵]，(平仄)仄平平(去)上/平[韵]。(平仄)平平(去)(韵)，(平仄)平(平仄)仄平平[韵]。依曲譜，此曲襯字爲：先、了我幾夜、來、被它、我百節、我便似、螫、空、被、了我；韵脚字爲：情、疼、聲、幸、靈。　掩撲：哄騙，占了便宜。　它：即他，小千户。百節：指身體的各個關節。　剷墻賊蝎螫噤聲：熟語。指挖墻鑽洞的賊被蝎子蜇了也不敢聲張。比喻有口難言。　幸：使心計。　小夫人：妾。　引：勾了。　魂靈：指魂兒。　外：這裏指鶯鶯的父親。　媳婦：女僕。⊙此曲寫燕燕來到鶯鶯家後的遭遇和感受，對自己曾經受騙上當很懊悔，而在鶯鶯家又不敢作聲，自己的心計白費了，這都是因爲受了小夫人頭銜的誘惑。

［**東原樂**］我是你心頭病，你是我眼内釘，都是那等不賢會的婆娘傳槽病。你子牢踏着八字行，俺那廝陷坑，没一日曾乾净。●賢會：會，盧冀野本、隋樹森本、北京大學本、馬欣來本、徐征本改作“惠”。徐沁君本、寧希元本、吴國欽本、王季思本改作“慧”，徐沁君本校記按云：“李行道《灰闌記》第四折：‘却不道你是第一個賢慧的。’”　你子牢踏着八字行：子，鄭振鐸本、王季思寫定本、隋樹森本、吴國欽本、王季思本改作“只”，盧冀野本改作“祇”。牢，北京大學本改作“勞”，誤。踏，原作“査”。從徐沁君本、寧希元本、吴國欽本、王學奇本、徐征本、王季思本、藍立蓂本改。王季思寫定本、鄭騫本改作“踏”。　乾净：乾，原誤作“千”，從各本改。●東原樂：曲牌名，句式爲三三七七三七，共六句。曲譜爲：平平去，(平仄)仄平[韵]，(平仄)(平仄)平(平仄)(平仄)平去[韵]。(平仄)仄平平(平仄)仄平[韵]，(平仄)平(去)[韵]，(平仄)(平仄)(平仄)仄平平去[韵]。依曲譜，此曲襯字爲：我是你、你是我、都是、不賢會的、子、俺、陷；韵脚字爲：釘、病、行、坑、净。此曲第六句缺一字。　你：指鶯鶯。　賢會：賢惠。會，同“惠”。《敦煌變文集》卷五《父母恩重講經文》：“如斯恩會最多，争忍抛離出外。”元刊本馬致遠《任風子》第三折、武漢臣《老生兒》第四折、岳伯川《鐵拐李》第二折以及臧本無名氏《殺狗勸夫》楔子“恩惠”之“惠”都作“會”。　婆娘：對已婚婦女的蔑稱。　傳槽病：同槽牲畜間的傳染病。元曲常用以駡人，意謂互相影響的壞毛病。顧曲齋本石君

賓《曲江池》第三折［堯民歌］："他便天生、天生愛鈔精。争甚虔婆每一個傳槽病。"　子：衹，就。元刊本張國賓《薛仁貴》第一折［油葫蘆］："也不索將軍争競功勞簿，你子似鳳凰飛上梧桐樹。"　踏：踩，踏。　八字：舊時指一個人出生年月日時的天干地支，認爲可據以推算出其人的命運。　那廝：指小千户。　陷坑：指常常編造謊言，設置陷阱。　乾净：安寧之意。《水滸傳》第九回："舍着還他十兩金子，着陸謙自去尋這和尚便了，我和你只要躲得身子乾净。"⊙此曲寫燕燕在見了鶯鶯後，彼此不買賬。她也警告鶯鶯，不要高興得太早，衹要是跟小千户過日子，就没一天安寧。

［綿搭絮］我又不是停眠整宿，大剛來竊玉偷香，一時間寵幸。數日間忺過，俺那廝一日一個王魁負桂英，你被人推、人推更不輕。俺那廝一霎兒新情，撒地腿脡麻，歇地腦袋疼。

●竊：原作"切"，除盧冀野本外，各本已改。　幸：原作"倖"。北京大學本、徐沁君本、劉堅本、寧希元本、吴國欽本、王學奇本、馬欣來本、徐征本改作"幸"。　數日：日，原作"月"。馬欣來本從原本。從徐沁君本、寧希元本、吴國欽本、王學奇本、徐征本、王季思本、藍立蓂本改。　忺：盧冀野本、隋樹森本改作"欺"。不從。吴國欽本校記、王季思本校記謂此句應押韵，"過"字疑訛誤。但此曲第四句，有不押韵者，如關氏《哭香囊》、白仁甫《東墻記》。　麻：盧冀野本改作"痲"。　袋：原作"代"。除鄭振鐸本外，各本已改。●綿搭絮：曲牌名，［幺篇］同始調，用者甚少。句式爲四四四四七七四五，共八句。此曲末句增一個五字句。第四句下可增四字句，隔句叶韵，平仄與上四句同。曲譜爲：(平仄)平(平仄)(去)，(平仄)仄平平[韵]，(平仄)平(平仄)仄，(平仄)仄平平[韵]。(平仄)仄平平(平仄)(去)平[韵]，(平仄)仄平平(平仄)(去)平/上[韵]。(平仄)仄平平，(平仄)平(平仄)(去)平/上[韵]。據曲譜，此曲襯字爲：我又不是、大剛來、間、間、俺、一日一個、你、更、俺、一霎兒；韵脚字爲：幸、英、輕、情、疼。　停眠：留宿。王實甫《西厢記》第四本第二折［越調・鬥鵪鶉］："則合帶月披星，誰着你停眠整宿？"　大剛來：不過是。《太平樂府》卷六鄧學可套數［正宫・端正好］《樂道》："有一等造園苑磨磚砌甃，蓋亭館雕梁畫斗，費盡工夫得成就。今日是張家地，明日是李家樓，大剛來只是番手合手。"　竊玉偷香：這裏指被小千户摟摟抱抱之類。 一時間：短時間。《董解元西廂記》卷八［黄鐘宫·刮地風］："一時間，暫相見，不能捨。" 寵幸：即寵倖。舊時專指寵倖的意義時，"幸"作"倖"。 忺（xiān）：適意，高興。王和卿《文如錦》曲："病懨懨，柔腸九曲閑愁占，精神絶盡，情緒不忺。" 王魁負桂英：南戲劇目。本事見張邦基《侍兒小名録》。《南詞叙録》"宋元舊篇"有《王魁負桂英》，曹本《録鬼簿》尚仲賢有《海神廟王魁負桂英》雜劇。這裏指小千户變心很快，拿此事作借口。 你：這裏指燕燕自己。 推：算，算計。 更：絶。 一霎兒：一會兒。《中興以來絶妙詞選》卷四易彦祥《喜遷鶯·春感》："一霎兒晴，一霎兒雨，正是催花時候。" 撒地：猛地。 腿脡（tǐng）：腿。脡，條狀的肉。《雍熙樂府》卷十七汪元亨小令［正宫·醉太平］《警世》："擲金錢趷的身軀趄，騙粉墻掂的腿脡折。" 歇地：一會兒。撒地腿脡麻，歇地腦袋疼：這裏指小千户爲了擺脱燕燕，千方百計地找各種理由。⊙此曲寫燕燕仍在訴説自己的委屈，譴責小千户負心，説小千户爲了自己尋歡作樂，可以編造各種各樣的理由。

［拙魯速］終身無簸箕星，指雲中雁做羹。時下且口口聲聲，戰戰兢兢。裊裊婷婷，坐坐行行。有一日孤孤另另，冷冷清清，咽咽哽哽，覷着你個拖漢精！●拙：原作"速"，除鄭振鐸本外，各本已改。 終身：身，徐沁君本改作"生"。 簸箕星：簸，原作"簸"，從各本改。 婷婷：原作"停停"，馬欣來本、徐征本從原本。從鄭騫本、寧希元本、王學奇本、王季思本改。 另另：徐沁君本、吴國欽本、馬欣來本、王季思本改作"零零"。 冷冷：原作"吟吟"，除鄭振鐸本外，各本已改。 拖漢精：拖，王學奇本改作"馱"。●拙魯速：曲牌名，句式爲六六四四七七六，共七句。此曲第四句下增二句四字句，末句前七字句變爲兩個四字句。第六句下可增四字一句或二句，須叶韵。有［幺篇］，用否均可。曲譜爲：仄(平仄)(平仄)仄平平[韵]，仄(平仄)(平仄)仄平平[韵]。(平仄)平(去)平/上[韵]，仄平(去)平[韵]。(平仄)仄平平仄平仄[韵]，仄(平仄)(平仄)(平仄)仄平平[韵]，仄(平仄)(平仄)平去(平仄)[韵]。依曲譜，此曲襯字爲：時下且、個；韵脚字爲：星、羹、聲、兢、婷、行、另、清、哽、精。 終身：終竟此生，畢生。《文選》卷四十一司馬遷《報任

少卿書》："蓋鍾子期死，伯牙終身不復鼓琴。" 身，生命。　簸箕星：灾星。不祥之物。這裏指壞運氣。脉望館鈔校本高文秀《黑旋風》頭折［哨遍］："若有人把哥哥厮欺負，我和他兩白日便見那簸箕星。"　指雲中雁做羹：比喻不能實現的願望。臧本無名氏《朱砂擔》第一折［賺煞尾］："我如今在虎口逃生，急騰騰，再不消停。抵多少遥指雲中雁做羹。"　時下：眼前。且：猶"倒"。　口口聲聲：念念不忘的樣子。　戰戰兢兢：謹慎的樣子。裊裊婷婷：亭亭玉立的樣子。　坐坐行行：指猶豫不决的樣子。　孤孤另另：孤零零的樣子。　冷冷清清：凄涼的樣子。　咽咽哽哽：哭泣的樣子。　覷：看。　你個：猶"你這"。　拖漢精：指偷漢子的淫婦。這裏指鶯鶯。拖，拉。⊙此曲寫燕燕對自己曾經不切實際的行爲很後悔，但也無可奈何，無論眼前還是以後，處境都越來越艱難，這使她心裏很難過。

［尾］大剛來主人有福牙推勝，不似這調風月媒人背廳。説得他美甘甘枕頭兒上雙成，閃得我薄設設被窩兒裏冷！●尾：鄭騫本、寧希元本、徐征本、王季思本改作"收尾"。　推勝：勝，鄭振鐸本改作"敗"。　背廳：廳，原即簡作"厅"，盧冀野本改作"地"，并將"背（地）廳"斷屬下句。鄭騫本改作"斤"，校記云："疑是'聽'字之誤，但背廳意不可解。"●尾：曲牌名。又作［尾聲］［收尾］［隨煞］。句式爲七六五五，共四句。曲譜爲：(平仄)平(平仄)仄平平去[韵]，(平仄)仄平平去上/平[韵]。(平仄)(平仄)仄平平，平平去平上[韵]。依曲譜，此曲襯字爲：大剛來、不似這調、説得他美甘甘、兒、閃得我、設、兒裏；韵脚字爲：勝、廳、成、冷。　大剛來：衹不過。　主人有福牙推勝：俗語。主人有福，牙推纔顯得勝人一籌。鄭德輝《周公攝政》第一折［寄生草］："果必是禍福願先天無咎鬼神言，設若見吉祥是主人有福牙推勝。" 牙推，即"衙推"，醫卜星算等術士之稱。孫光憲《北夢瑣言》卷十八："莊宗好俳優，宫中暇日，自負蓍囊藥醫，令繼岌破帽相隨，似后父劉叟以醫卜爲業也。后方晝眠，及造其卧内，自稱'劉衙推訪女'。"　調風月：本指男女風情之事，此指做媒。　背廳：疑猶"背時"，不走運。　美甘甘：甜美的樣子。　閃：抛，撇。　薄設設：單薄的樣子。⊙此曲寫燕燕反省自己做媒的結果是，成全了鶯鶯和小千户成雙成對，却把自己害得孤零零的。

第四折

（老孤、外孤上）（衆外上）（夫人上住）（正末、正旦、外旦上住）●正末、正旦、外旦上住：王季思寫定本下補“旦唱”，徐沁君本、王學奇本、王季思本補“正旦唱”。●老孤：這裏指小千户之父。　外孤：這裏指鶯鶯之父。　衆外：外、外末、外旦之省。這裏指各位配角。　夫人：指主家夫人。　正末：這裏指小千户。　正旦：這裏指燕燕。　外旦：這裏指鶯鶯。⊙此寫與本劇相關的各種角色都上場繞臺一周，表明各方人都齊全了。

［**雙調·新水令**］雙撒敦是部尚書，女婿是世襲千户，有二百匹金勒馬，五十輛畫輪車。説得他兒女妻夫，似水如魚；撇得我鰥寡孤獨，那的是撮合山養身處？●新水令：隋樹森本、徐沁君本、寧希元本、吴國欽本、王學奇本、王季思本上補“雙調”。　部尚書：尚，原作“上”。除鄭振鐸本外，其他本已改。　説得他兒女妻夫：他，徐沁君本、王學奇本奪。妻夫，原作“夫妻”，從鄭騫本、寧希元本、王季思本乙改。鄭騫本校云：“此句須協韵。”　那的：臧本作“那裏”。●雙調：宫調名，注見《新刊關目閨怨佳人拜月亭》第四折同宫調名注。此套押魚模韵。新水令：曲牌名，注見《新刊關目閨怨佳人拜月亭》第四折同宫調首曲牌名注。依曲譜，此曲襯字爲：有、匹、輛、説得他、撇得我、那的是、山；韵脚字爲：書、户、車、夫、魚、獨、處。　撒敦：蒙古語，親戚。李直夫《虎頭牌》第二折［大拜門］：“我也曾吹彈那管弦，快活了萬千，可便是大拜門撒敦的筵宴。”　部尚書：指六部裏的主宰。尚書，首席官員。　金勒馬：銜着金嚼子的馬。　畫輪車：畫了圖的車輪。　説得：很投緣地議論。　妻夫：即夫妻。　撇得：丢下。　鰥寡孤獨：爲偏義複詞，單指“寡”義，實際是説衹丢下她一個人做棄婦。　那的：那裏。　撮合山：《新刻江湖切要》卷上“人物第六”：“媒婆……撮合山。”　養身：存身。養，留也。《禮記·

月令》："（仲秋之月）玄鳥歸，鳥群養羞。"鄭注："不盡食也。"⊙此曲寫燕燕説小千户家和鶯鶯家是門當户對的親戚，他們做夫妻如魚得水，衹把自己丢下成了棄婦，即使作爲媒人要待的地方也没有了，説明自己的下場十分悲慘。

[**駐馬聽**]官人石碾連珠，滿腰背無瑕玉兔胡；夫人每是依時按序，細攙絨全套綉衣服，包髻是纓絡大真珠，額花是秋色玲瓏玉。悠悠的品着鷓鴣，雁行般但舉手都能舞。（做與外旦插帶了科）（外旦云）●官人石碾連珠：吴國欽本"依語意""人"下補"每是"二字，作"（帶云）"處理。王季思本亦據下兩句補校。藍立蓂本校記按云："此本曲第一句，非帶白，正字'石碾連珠'，餘皆襯字。下'依時按序同'。" 滿腰背無瑕玉兔胡：盧冀野本"滿"字斷屬上句。誤。胡，馬欣來本、藍立蓂本從原本，王季思寫定本、徐沁君本、寧希元本、吴國欽本、徐征本、王季思本改作"鶻"。 細攙絨：絨，原作"戎"，除鄭振鐸本、吴曉鈴本外，各本已改。 綉衣服：綉，原作"秀"，各本已改。 舉手都能舞："舞"字下原有一重文符號"々"，馬欣來本"々"改作"舞"。從王季思寫定本、隋樹森本、鄭騫本、徐沁君本、寧希元本、吴國欽本、王學奇本、徐征本、王季思本、藍立蓂本删。 插帶：帶，通"戴"。 外旦云：王季思寫定本、吴國欽本下補"旦唱"，徐沁君本、王學奇本、徐征本、王季思本補"正旦唱"。●駐馬聽：曲牌名。注見《新刊關目閨怨佳人拜月亭》第四折同曲牌注。依曲譜，此曲襯字爲：官人、滿、夫人每是、細、是、是、悠悠的、着、般但；韵脚字爲：珠、胡、序、服、珠、玉、鴣、舞。 官人：這裏指小千户和他的父輩。 碾：打磨。《全唐詩》卷三九四李賀《春懷引》："蟾蜍碾玉挂明弓，捍撥裝金打仙鳳。" 連珠：玉帶上的飾物。《五侯宴》第三折[倘秀才]："那官人繫着條玉兔鶻連珠兒石碾。" 無瑕：没有斑點。 玉兔胡：即玉做的兔和鶻。 夫人每：這裏指小千户家的母輩們。每，們。 細攙絨：指很細的絨一層蓋着一層。 全套：整套。 包髻是纓絡大真珠：《金史·輿服志下》："年老者以皂紗籠髻如巾狀，散綴玉鈿于上，謂之玉逍遥。"纓絡，絲織的用來結扣的細繩。 額花：珠翠頭飾。 秋色：白色。《爾雅·

釋天》："秋爲白藏。"邢昺疏曰："言秋之氣和，則色白而收藏也。"　玲瓏：晶瑩的樣子。　品：聽。　鶻鵃：女真樂曲名。宇文懋昭《大金國志》卷三十九"初興風土"："女貞……其樂惟鼓笛，其歌惟鶻鵃曲，第高下長短如鶻鵃聲而已。"　雁行般：像大雁一樣排列着。　但：衹要。　能：善。《才調集》卷三韋莊《贈峨眉山彈琴李處士》："峨眉山下能琴客，似醉似狂人不測。"　插帶：將釵類飾物插在髮髻上。《玉鏡臺》第三折［普天樂］："但能勾與你插戴些首飾，執料些飲食，則這的我早福共天齊。"⊙這裏寫燕燕看到的小千户家男女主人們華貴的穿戴和奢侈的享樂。

［**甜水令**］姐姐骨甜肉净，堪描堪塑，生得肌膚似凝酥。從小裏梅香嬤嬤抬舉，問燕燕梳裹何如？●從小裏梅香嬤嬤抬舉：盧冀野本"從"下衍一"泛"字。　何如：原作"如何"。除鄭振鐸本、盧冀野本、吴曉鈴本外，各本均乙改。吴曉鈴本校記按云："疑當作'何如'。"徐沁君本校記按云："'如'字叶韵。"●甜水令：又名［滴滴金］，曲牌名。與南曲不同。句式爲四四四五四四四七，共八句。曲譜爲：(平仄)仄平平，(平仄)平(平仄)仄，(平仄)平平去[韵]，(平仄)仄仄平平/上[韵]。(平仄)仄平平，(平仄)平(平仄)仄，(平仄)平平(去)[韵]，(平仄)(平仄)(平仄)(平仄)仄平平[韵]。依曲譜，此曲襯字爲：姐姐、生得、似、梅香嬤嬤；韵脚字爲：塑、酥、舉、如。此曲缺曲譜第五、六、七句。　姐姐：這裏指鶯鶯。　骨甜肉净：身材很美。甜，美。净，疑應是"婧"字。《後漢書·張衡傳》："舒妙婧之纖腰兮，揚雜錯之袿徽。"李賢注："婧，謂妍婧也。"　堪：能够。　凝酥：指乳白色的凝固油脂。　從小裏：從小時，打小時。裏，時。《五代史平話》梁史卷上："説話裏，只見朱存出來道：'咱有一個計策……'"元刊本鄭廷玉《看錢奴》第三折［村裏迓鼓］："子爲他茶裏飯裏思，行裏坐裏念，眠裏夢裏想。"　梅香：王驥德《曲律》卷三"論部色第三十七"："元雜劇中……凡婢皆曰梅香。"　嬤嬤：俗呼母親，元劇中用以稱女僕或奶媽。賈仲明《蕭淑蘭》第一折外白："妹子身子有些不快，不能去的，留下管家嬤嬤并梅香看視，問候湯粥。"同折［天下樂］"嬤嬤"作"奶娘"，張世英白作"奶母"。　抬舉：照料。《全唐詩》卷五五六馬戴《襄陽席上呈于司空》："寄語東君好抬舉，夜來曾伴鳳凰栖。"　梳裹：梳妝打扮。脉望館古名家本馬致遠

《漢宮秋》第一折［醉中天］："將兩葉賽宮樣眉兒畫，把一個宜梳裹臉兒搽。"⊙此曲寫燕燕説鶯鶯天生麗質，從小嬌生慣養，而且有丫鬟、老媽子侍候，現在倒問我燕燕如何打扮，這不是有意寒傖我嗎？

［**折桂令**］他是不曾慣傅粉施珠，包髻不仰不合，堪畫堪圖。爾看三插花枝，顫巍巍穩當扶疏；則道是烟霧内初生月兔，元來是雲鬟後半露瓊梳。百般的觀覷，一刴的全無市井塵俗，壓盡其餘。（末云了）（揪搜末科）●傅粉施珠：傅，原作"赴"，除鄭振鐸本改作"敷"外，各本已改作"傅"。珠，藍立蓂本從原本。吴曉鈴本、北京大學本、劉堅本、王學奇本改作"硃"，王季思寫定本、隋樹森本、徐沁君本、寧希元本、吴國欽本、馬欣來本、徐征本、王季思本改作"朱"。爾：除藍立蓂本外，各本均改作"你"。　三：寧希元本改作"散"。　則：盧冀野本、王季思寫定本改作"只"。　元來：元，原作"亢"。從吴曉鈴本、鄭騫本、北京大學本、徐沁君本、劉堅本、寧希元本、王學奇本、馬欣來本、藍立蓂本改。盧冀野本、王季思寫定本、隋樹森本、吴國欽本、徐征本、王季思本改作"原"。　一刴：刴，原作"剁"。徐征本、王季思從原本。　餘：原作"余"。從鄭振鐸本、盧冀野本、吴曉鈴本、隋樹森本、鄭騫本、馬欣來本、王季思本、藍立蓂本改。　末云了：末，原作"夫"，從王季思寫定本、寧希元本、吴國欽本改。徐沁君本、王學奇本、徐征本改作"正末"，盧冀野本、吴曉鈴本、隋樹森本、鄭騫本、北京大學本、劉堅本、馬欣來本、王季思本改作"夫人"。　揪搜末科：王季思寫定本下補"（旦唱）"；徐沁君本、王學奇本"揪搜"上補"正旦"二字，"末"上補"正"字，"科"下補"（唱）"；吴國欽本"揪搜"上補"旦"字；徐征本、王季思本補"正旦"二字。●折桂令：曲牌名，小令兼用，又名［蟾宫曲］［步蟾宫］［天香引］［秋風第一枝］。句式爲七四四四四四七七四四四四，共十二句。此曲第一句後缺一個四字句，末四字句缺一句。第九句下可增四字句若干，平仄同上。小令以增一句者爲多，不增句者反少。今以增一句者爲定格。第五、六兩個四字句，可合并爲上三下四的七字句。曲譜爲：(平仄)(平仄)(平仄)(平仄)仄平平[韵]，(平仄)仄平平，(平仄)仄平平[韵]。(平仄)仄平平，(平仄)平(平仄)仄，(平仄)仄平平[韵]。(平仄)(平仄)(平仄)(平仄)平(去)上/平[韵]。(平仄)

(平仄)(平仄)(平仄)仄平平[韵]。(平仄)仄平平[韵]，(平仄)仄平平[韵]，(平仄)仄平平，(平仄)仄平平[韵]。依曲譜，此曲襯字爲：他是、包髻、爾看、顫巍巍、則道是、元來是、的、一刱的、市井；韵脚字爲：珠、圖、疏、兔、梳、覷、俗、餘。　他：指鶯鶯。　傅粉施珠：即敷粉施朱。珠，通“朱”。《後漢書・袁安傳》：“朝廷以逢嘗爲三老，特優禮之，贈以珠畫特詔秘器。”《音義》云：“以朱砂畫之也。”　包髻：一種髮型。　不仰不合：指端正。合，俯。賈仲明《對玉梳》第一折［油葫蘆］：“俺娘翻手是雨，合手是雲。”　堪：能够。　顫巍巍：顫動的樣子。　扶疏：舞動的樣子。《淮南子・修務》：“豐條，舞扶疏。”　瓊梳：指用玉石做成的梳子。　覷覷：觀看。　一刱（chuàng）：同“一剗”，猶“一概”。　壓：賽過。《董解元西厢記》卷一［仙吕調・戀香衾］：“各序尊卑對榻坐，須臾飲食如法。一般般滋味，肉食難壓。”　盡：猶“了”。石君寶《紫雲亭》第四折［駐馬聽］：“則爲這情緣千尺藕絲長，誤盡禹門三月桃花浪。”　其餘：猶“有餘”。　揪搜：這裏指燕燕撕扯小千户。⊙此曲寫在燕燕眼裏，鶯鶯的容貌、打扮、氣質都非常完美，委實是一位絶世佳人，燕燕覺得自愧弗如。

［**水仙子**］推那領繫眼落處，采揪住那繫腰行行掐胯骨。我這般拈拈掐掐有甚難當處？想我那聲冤不得苦痛處。爾不合先發頭怒，爾若無言語，怎敢將爾覷付？則索做使長郎主。（孤云了）●推那：那，寧希元本、王季思本改作“挪”。　領繫：繫，原作“係”，王季思本、藍立蓂本從原本，馬欣來本作“擊”。王季思寫定本、北京大學本、徐沁君本、劉堅本、寧希元本、吴國欽本、徐征本、王學奇本改作“係”。徐征本在“領繫”之“繫”字處點斷。　落處：鄭騫本“處”字下未點斷。不從。　采揪住那繫腰：“住”原作“毛”，從王季思寫定本、徐沁君本、寧希元本、吴國欽本、王學奇本、徐征本、王季思本、藍立蓂本改。馬欣來本、鄭騫本仍作“毛”，後者并在其下點斷。誤。繫，原作“擊”。除鄭振鐸本、吴曉鈴本、隋樹森本、北京大學本、馬欣來本外，各本已改。　掐胯：原作“恰跨”。王季思本從原本。從徐沁君本、寧希元本、吴國欽本、王學奇本、馬欣來本、徐征本、藍立蓂本改。北京大學本校記按云：“‘恰跨骨’

疑當作‘掐胯骨’。” 拈拈掐掐：掐掐，原作“恰恰”。從徐沁君本、寧希元本、王學奇本、徐征本、王季思本、藍立蓂本改。北京大學本校記按云：“‘恰恰’疑當作‘掐掐’。”徐沁君本校記按云：“關氏《救風塵》第二折白：‘我將他掐一掐，拈一拈，摟一摟，抱一抱，着那廝通身酥，遍體麻。’” 聲冤：盧冀野本改作“伸冤”。不從。 爾：除藍立蓂本外，各本已改作“你”。下文兩“爾”同。 先發頭怒：頭，盧冀野本改作“了”。怒，原作“恕”。隋本改作“□怒”，“怒”前一字空缺。除鄭振鐸本外，各本已改。寧希元本校記按云：“‘頭怒’一詞費解，疑誤。” 怎敢將爾覷付：敢，徐沁君本、王學奇本改作“肯”。鄭騫本“覷”字下點斷。“付”改作“你”，屬下句。不從。 則索做使長郎主：徐征本、王季思本上衍一“你”字。則，盧冀野本、王季思寫定本改作“只”。 孤云了：王季思寫定本、吴國欽本下補“（旦唱）”，徐沁君本、王學奇本、徐征本、王季思本補“（正旦唱）”，徐沁君本、王學奇本“孤”上補一“外”字。●水仙子：曲牌名，注見《新刊關目閨怨佳人拜月亭》第四折同曲牌注。依曲譜，此曲第六、七句爲五字句，襯字爲：住那、行行、我這般、有甚、想我那、不得、敢、則索做；韵脚字爲：處、骨、處、處、怒、語、付、主。 推那：即“推挪”，指用手把領子整理整理，表示要行動了。 領繫：衣服上繫領子的帶子。《救風塵》第一折外旦白：“但你妹子那裏人情去……替你妹子提領繫，整釵環。”繫，繩子，帶子。《漢書·枚乘傳》：“繫方絶，又重鎮之。” 采揪：揪，扯。采有揪的意思，同義連文。李開先《詞謔》一“詞謔二八”市井艷詞［山坡羊］：“進門來床兒前快與我雙膝兒跪着，免的我下去扯你的耳朵。” 繫腰：腰帶。《金史·輿服志》：“庶人……其頭巾、繫腰、領帕許用芝麻羅，絛用絨織成者。” 行（xíng）行：一邊，一面，指每個動作。楊顯之《瀟湘雨》第三折［喜遷鶯］：“行行裏着車轍把腿陷住，可又早閃了胯骨。” 掐：摳住。 胯骨：腰部以下、臀部以上的部分。 拈拈掐掐：即捏捏掐掐。 難當：難以承擔。 聲冤：喊冤。武漢臣《生金閣》第四折正末白：“張千，是甚麽人聲冤？拿將過來。” 不得：没有實現。 不合：不應該。 先發頭怒：也可作先頭發怒，指率先發怒。 無言語：未發話。 覷付：照顧。元刊本紀君祥《趙氏孤兒》第四折［上小樓］：“若不是爹爹覷付，將孩兒抬舉，二十年前，斷頸分尸，死在郊墟。" 則索：猶"衹好"。王實甫《芙蓉亭》殘折［混江龍］："又不敢呼名道姓，我則索躡足潜踪，悄聲兒立在窗兒外。" 使長：徐渭《南詞叙録》："金元謂主曰使長。" 郎主：亦主人之稱。王明清《投轄録·玉條脱》："予，公之家奴也，奴爲郎主丈人，鄰里笑怪。"⊙此曲寫燕燕撕扯住了小千户，并認爲這樣做，與自己受的冤屈比較起來并不過分。發生這種事情，責任全在小千户身上，如果他不是主人，而且不隨隨便便許諾，能成現在這樣嗎？這裏也對小千户主人的身份表示了極大的不滿。

［殿前歡］俺千户跨龍駒，稱得上的敢望七香車。願得同心結永挂合歡樹，鸞鳳嬌雛，連理枝比目魚。千載相完聚，花發無風雨。頭白相守，眼黑處全無。（老孤問了）煞曾勘婚來。

●願得同心結永挂合歡樹：徐沁君本、馬欣來本、徐征本、王季思本"結"下點斷。從王季思寫定本、藍立蓂本改。 連理枝比目魚：徐沁君本、馬欣來本、徐征本、王季思本"枝"下點斷。從王季思寫定本、藍立蓂本改。

眼黑處全無：眼，原作"服"。從王季思寫定本、徐沁君本、劉堅本、寧希元本、吴國欽本、王學奇本、馬欣來本、徐征本、王季思本、藍立蓂本改。鄭騫本校記亦云："'服黑'……疑當作'眼黑'。"吴曉鈴本、隋樹森本、北京大學本、馬欣來本斷句均作"頭白相守服，黑處全無"。不從。王季思寫定本説明云："眼黑與頭白正相對，它是形容夫婦不和時瞪眼珠的神態的。"徐沁君本校記按云："元劇中有幾處用到'眼黑'這一詞：賈仲明《對玉梳》第三折白：'俺那虔婆眼黑愛錢。'邾經《鴛鴦冢》殘曲：'望夫石當不的銜鋼鏨，暢好是眼黑心饞，有苦無甘。'（趙景深《元人雜劇鈎沉》引《詞林摘艷》）無名氏《貨郎旦》第二折：'現淹的眼黄眼黑。'本曲是形容發怒時瞪眼的神態的。" 老孤問了：鄭振鐸本下作"："，將下文正旦賓白誤屬老孤。 煞曾勘婚來：王季思寫定本、吴國欽本上補"（旦云）"，鄭騫本補"（云）"，徐沁君本、王學奇本、徐征本、王季思本上補"（正旦云）"，下補"（唱）"。勘，原作"看"。馬欣來本從。從王季思寫定本、鄭騫本、徐沁君本、寧希元本、吴國欽本、王學奇本、徐征本、王季思本、藍立蓂本改。徐沁君本校記按云："宋羅泌《路史·餘論》卷三《納音五行説·婚曆妄》條：'然嘗怪代有所謂勘婚曆者，以某命合某命則不利，以某命合某命則大利，或以生，或以死。未嘗不切笑之。’是知勘婚之事，由來已久。李好古《張生煮海》第四折：‘廣成子長生詩句，東華仙看定婚書。’‘看定’亦當作‘勘定’。”●殿前歡：曲牌名，注見《新刊關目閨怨佳人拜月亭》第四折同曲牌注。依曲譜，此曲襯字爲：俺千户、的敢、願得、永、理、處；韵脚字爲：駒、車、樹、雛、魚、聚、雨、無。　龍駒：指駿馬。　七香車：用異香裝飾的車。王實甫《西厢記》第五本第四折［駐馬聽］：“鶯鶯有福，穩請了五花官誥七香車。”閔遇五《五劇箋疑》：“《杜陽雜編》：唐公主下降，乘七車步障，四面綴以香囊，貯辟邪瑞龍等香，皆外國所貢異香也。”　同心結：用錦帶結成的連環結子，用作男女堅貞愛情的象徵。《樂府詩集》卷十七梁武帝《有所思》：“腰中雙綺帶，夢爲同心結。”　合歡樹：又名馬櫻花，以之贈人，謂能去嫌合好。後用以比喻相愛的男女歡聚。　鸞鳳：比喻夫妻。《左傳·莊公二十二年》：“是謂鳳皇于飛，和鳴鏘鏘。”杜預注：“雄曰鳳，雌曰皇。雄雌俱飛，相和而鳴，鏘鏘然。”鸞亦鳳屬。《廣雅·釋鳥》：“鸞鳥，鳳皇屬也。”　嬌雛：小鳥兒。　連理枝：兩株草木枝幹連生在一起。常用以比喻夫妻。白居易《白氏長慶集》卷十二《長恨歌》：“在天願作比翼鳥，在地願爲連理枝。”　比目魚：鰈、鮃等魚的統稱。舊説此類魚一目，須兩兩相并始能游行，因用以比喻不分離的夫妻。《盛世新聲》巳集闕名氏套數［南吕·一枝花］：“再幾時能够那柔條兒再接上連理枝？再幾時能够那暖水兒重温活比目魚？”　完聚：團聚。《元典章》刑部三“不義”：“及將李醜驢給親完聚，人慣不追，别無定奪。”　相守：相伴。周密《齊東野語》卷十一“蜀娼詞”：“欲寄意渾無所有，折盡市橋官柳。看君著上征衫，又相將放船楚江口。後會不知何日是，男兒休要鎮長相守。苟富貴，無相忘，若相忘有如此酒。”　處：猶“時”。《敦煌變文集》卷六《歡喜國王緣》：“六宫送處皆垂泪，三殿辭時哭斷腸。”煞：猶“是”。脉望館息機子本鄭德輝《㑳梅香》第二折正旦白：“我且不問你别的，這香囊上綉着兩個交頸鴛鴦兒，煞主何意思那？”　勘婚：卜婚。來：表“已然”，猶“來着”。孔文卿《東窗事犯》第三折正末白：“臣等三人每，曾與國家出氣力來。”⊙此曲寫燕燕認爲小千户和鶯鶯還是很般配的，對小千户和鶯鶯的婚姻表示了衷心的祝福。

［喬牌兒］勘婚處恰歲數，出嫁後有衣禄。若言招女婿，下財錢將他娶過去。●勘婚：吴曉鈴本校記按云："勘：疑當作'堪'字。"所疑實無據。　恰：寧希元本改作"掐"。　出嫁後有衣禄：嫁，原作"家"。馬欣來本從原本。從王季思寫定本説明及徐沁君本、寧希元本、吴國欽本、王學奇本、徐征本、王季思本、藍立蓂本改。王季思寫定本説明此句作："出嫁後會有衣禄的。"　若言招女婿：盧冀野本"婿"字下未點斷。　下財錢將他娶過去：從鄭振鐸本、王季思寫定本、北京大學本、徐沁君本、劉堅本、寧希元本、吴國欽本、王學奇本、馬欣來本、徐征本、王季思本本句末作句號。藍立蓂本本句末作逗號，不從。●喬牌兒：曲牌數，注見《新刊關目閨怨佳人拜月亭》第四折同曲牌注。此曲第三句缺二字。依曲譜，此曲襯字爲：處、後、下財錢；韵脚字爲：數、禄、婿、去。　處：猶"啊"。《唐宋諸賢絶妙好詞選》卷四賀方回《青玉案》："錦瑟年華誰與度，月臺花榭，瑣窗朱户，惟有春知處。"《宦門子弟錯立身》戲文第五齣："你直待要唱曲，相公知道，不是耍處。"也可理解爲"節點"。　恰：正好。《全唐詩》卷二二六杜甫《南鄰》："秋水纔深四五尺，野航恰受兩三人。"　後：猶"啊"。　衣禄：衣食。禄，食。《吕氏春秋·懷寵》："求其孤寡而振恤之，見其長老而敬禮之，皆益其禄。"　下財錢：下財禮，聘婚時男方向女方贈送實物及錢財。吴自牧《夢粱録》卷二十"嫁娶"："且論聘禮，富貴之家，當備三金送之……又送官會銀鋌，謂之下財禮。"⊙此曲寫燕燕認爲小千户和鶯鶯的生辰八字是合適的，結婚以後衣食也有保障。如果是這樣的話，下個聘禮，把她娶過去就可以了。

［掛玉鈎］是個破敗家私鐵掃帚，没些兒發旺夫家處。可更絶子嗣妨公婆克丈夫！臉上擎泪靨無重數，今年見吊客臨，喪門聚！反陰復陰，半載其餘。●破敗家私鐵掃帚：破，盧冀野本誤作"硬"。掃，原作"帚"。除鄭振鐸本、吴曉鈴本、北京大學本、馬欣來本外，各本已改。北京大學本校記亦謂："'帚帚'疑當作'掃帚'。"徐沁君本校記按云："無名氏《漁樵記》第三折：'道你是個鐵掃帚掃壞他家門。'"　更：原作"史"。從王季思寫定本、鄭騫本、徐沁君本、寧希元本、吴國欽

本、王學奇本、徐征本、王季思本、藍立蓂本改。盧冀野本、吴曉鈴本、隋樹森本、北京大學本、劉堅本、馬欣來本改作“使”。　克：盧冀野本、吴曉鈴本、隋樹森本、鄭騫本、寧希元本、王學奇本、王季思本改作“尅”，不從。　擎泪曆：擎，原作“筆”，馬欣來本從，疑爲“擎”字之疑誤，今從藍立蓂本改。王季思寫定本、徐沁君本、寧希元本、吴國欽本、王學奇本、徐征本、王季思本改作“承”，不從。　無重數：重，原作“裏”。馬欣來本從。從徐沁君本、吴國欽本、王學奇本、徐征本、王季思本、藍立蓂本改。王季思寫定本、鄭騫本、寧希元本改作“其”，不從。徐沁君本校記按云：“無重數，曲中習見語。關劇《救風塵》（古名家本）第四折：‘走遍花街請妓女，道死了全家誓，説道無重數，論報應全無。’《五侯宴》第一折：‘我可也受禁持、吃打罵敢無重數。’”　反陰復陰：盧冀野本、吴曉鈴本、鄭騫本、北京大學本、馬欣來本第二個“陰”字校改作“陽”字，非。徐沁君本校記按云：“定本説明：‘反陰復陰’即‘反吟復吟’，命書裏説遇到反吟復吟，婚事不易成功。‘反吟復吟’，見《西厢記》第三本第四折，王季思注：元無名氏《孤兒記》：‘他生時年月充（冲），反復吟害凶凶。’《詐妮子》劇第四折［挂玉鈎］曲：‘今年見吊客臨，喪門聚，反陰復陰，半載其餘。’反陰復陰，即反吟復吟。沈青門［玉芙蓉］小令：‘姻緣事全無下梢，想應他卜金錢偏遇反吟爻。’王伯曰：‘反吟復吟，見沈括《筆談》六壬論。’又命書‘年頭爲伏吟，對宫爲反吟’云：‘伏吟反吟，涕泪淫淫。’術家占婚姻遇此，雖成，亦有遲留之恨。”●挂玉鈎：曲牌名，注見《新刊關目閨怨佳人拜月亭》第四折同曲牌注。依曲譜，此曲襯字爲：是個、没些兒、可更、子、丈、臉上、重、今年見；韵脚字爲：帚、處、夫、數、聚、餘。　破敗：毁壞。鄭廷玉《冤家債主》第四折崔子玉白：“大哥哥幹家做活，第二個荒唐愚魯，百般的破敗家財，都是大孩兒填還你那債負。”　家私：家財。　鐵掃帚：即結實牢固的掃帚，這裏指掃帚星。舊時以掃帚星爲凶兆。山西沁縣舊時男女訂婚前先要合婚，生辰八字不合的叫作“鐵掃帚”。息機子本闕名氏《風雪漁樵》第三折［滿庭芳］：“道你是個鐵掃帚，你便掃壞他那家門。”　没些兒：没一點。發旺：使之興旺發達。　可更：猶“兼之”。　絶子嗣：斷子絶孫。妨公婆：妨害公公婆婆。　克：通“尅”。《書·洪範》：“乃命卜筮，曰雨，曰霽，曰蒙，曰驛，曰克，曰貞，曰悔，凡七。”《史記·宋微子世家》裴駰集解引鄭玄曰：“克者，如寢氣之色相犯也。”　擎泪靨：婦女泪腺下的愈痣，即流泪痣，有的在左眼下，有的在右眼下。愈，一作瘉、癒，病的意思。此語很罕見，迷信説法認爲是苦命的標志。　無重數：無數。　吊客臨，喪門聚：舊時迷信認爲吊客、喪門均是凶神星，主疾病哀泣之事。息機子本武漢臣《玉壺春》第三折［迎仙客］：“問甚麼撞着喪門？管甚麼逢着吊客？怕甚麼月值年灾？”　反陰復陰：注見本曲彙校。　半載其餘：指反陰復陰的狀態達半年之多。⊙此曲寫燕燕在贊美了一番鶯鶯後，心裏很不服氣，又十分惡毒地把鶯鶯詛咒了一番，認爲她最終没有好下場。

［落梅風］ 據着生的年月，演的歲數，不是個義夫節婦，休想得五男并二女，死得交滅門絶户！（云了）（旦跪唱）●交：盧冀野本、王季思寫定本、隋樹森本、吴國欽本、徐征本、王季思本改作“教”。不從。　云了：鄭騫本、徐沁君本、王學奇本、徐征本、王季思本上補“夫人”二字。徐沁君本校記按云：“定本説明：這裏的‘云了’應是相公看她鬧得有點過火，發話了，因此燕燕跪下來唱。就是説這裏應是‘孤云了’。定本是把‘孤’作爲‘燕燕家的相公’的。我認爲燕燕的主人衹有夫人，而没有相公；如果有相公的話，在婚禮那天應該和夫人同時出場。通觀全劇，燕燕的主人衹是夫人在單獨活動。下面燕燕跪着的對象是夫人，前面發言的也是夫人，夫人在外孤（鶯鶯的父親）、老孤（小千户的父親）之後是不能袖手旁觀的。”　旦：徐沁君本、王學奇本、徐征本、王季思本上補一“正”字。●落梅風：曲牌名，小令兼用，又名［壽陽曲］。句式爲三三七七七，共五句。曲譜爲：平平(去)，(平仄)仄平/上[韵]，仄(平仄)(平仄)、仄平平去[韵]。(平仄)平仄平平去上/平[韵]，仄(平仄)(平仄)、仄平平去[韵]。依曲譜，此曲襯字爲：據着、的、的、并；韵脚字爲：數、婦、女、户。　演：推演。《宋史·律曆志十四》：“然由律生吕，數十有二，止矣；京氏演六十，錢樂之廣爲三百六十，則與黄帝之説悖矣。”　義夫節婦：指有良好道德修養的夫婦。　得：生。《四春園》第一折王員外白：“我根前得了個女孩兒，喚做王閏香……他根前得了個兒孩兒，喚做李慶安。”脉望館古名家本、顧曲齋本第一個“得”字作“生”字。

五男并二女：謂子孫繁衍，有福氣。宋時常繪印五男二女圖于紙箋或禮物上以示祝福。孟元老《東京夢華録》卷五“育子”：“凡孕婦入月，于初一日，父母家以銀盆或綾或彩畫盆，盛粟秆一束。上以錦綉或生色帕覆蓋之，上插花朵及通草帖羅五男二女花樣，用盤合裝送饅頭，謂之分痛。” 死得：得，猶“了”。⊙此曲寫燕燕對小千户和鶯鶯從生辰八字以及倫理道德方面進行了更爲惡毒的詆毀和詛咒。

［雁兒落］燕燕那書房中伏侍處，許弟二個夫人做。他須是人身人面皮，人口人言語！●伏：王季思寫定本、吴國欽本、王季思本改作“服”。 弟：除鄭振鐸本外，各本均改作“第”。 人口人言語：此句後標點符號，藍立蓂本爲“，”，不從。●雁兒落：曲牌名，注見《新刊關目閨怨佳人拜月亭》第四折同曲牌注。依曲譜，此曲襯字爲：燕燕那、中、許、個、他須是；韵脚字爲：處、做、皮、語。 處：猶“時”。 許：答應。 弟：即“第”。《吕氏春秋·原亂》：“亂必有弟。”高誘注：“弟，次也。”畢沅注：“弟，古第字。” 須：猶“應”。⊙此曲寫燕燕説自己雖然被許諾做小夫人，但仍然希望小千户像人的樣子，他説的話也像人説的話。

［得勝令］到如今總是徹梢虚！燕燕不是石頭鐫鐵頭做！交我死臨侵身無措，錯支刺心受苦！（夫人云）痰冲着身軀，交我兩下裹難停住。氣夯破胸脯，交燕燕兩下裹没是處。●交：盧冀野本、隋樹森本、吴國欽本、徐征本、王季思本改作“教”。下“交”字同。 錯支刺：盧冀野本“錯”字斷屬上句，“刺”作“刺”。王季思寫定本、王季思本“刺”亦誤作“刺”。 夫人云：王季思寫定本、吴國欽本下補“（旦唱)”，徐沁君本、王學奇本、徐征本、王季思本補“（正旦唱)”，鄭騫本、徐征本、王季思本“云”下補一“了”字。 痰冲着身軀：盧冀野本“軀”字下未點斷。痰冲，原作“癱中”，從寧希元本改。徐征本、王季思本“中（冲)”改作“痪”。●得勝令：曲牌名，注見《古杭新刊的本關大王單刀會》第四折同曲牌注。依曲譜，此曲襯字爲：到如今、燕燕不是、鐫、交我、身、心、痰冲着、交我、裹、氣夯破、交燕燕、裹；韵脚字爲：虚、做、措、苦、軀、住、脯、處。 總：猶“全”“都”。《敦煌變文集》卷二《廬山遠公話》：

“遂喚宅中大小良賤三百餘口，總至廳前。” 徹梢虚：極假，完全是欺騙。梢，通“稍”，猶“很”。《謝天香》第三折［尾聲］：“你不委心爲自家没見識，又不是花街中柳陌裏，那一個徹梢虚霧、塌橋渾身我可也認的你。” 鎸：雕刻。 鐵頭：即“鐵”。頭，詞尾。 死臨侵：没有生氣的樣子。臨侵，語助詞。王實甫《西厢記》第四本第三折［脱布衫］：“酒席上斜簽着坐地，蹙愁眉死臨侵地。” 錯支剌：慌張失措的樣子。支剌，語助詞。任訥校本《樂府群玉》卷五高克禮小令［越調·黄薔薇過慶元貞］：“唬得我驚急列驀出卧房門。他錯支剌扯住我皂腰裙，我軟兀剌好話兒倒温存。” 痰冲着身軀：指因生氣而使喉嚨生痰。 兩下裏：兩邊。 夯：撑。 没是處：不知怎樣纔好。無名氏《凍蘇秦》第二折卜兒白：“老弟子孩兒，頭裏我勸你時，搶白的我没是處。如今孩兒去了也，大風大雪裏，可着我趕他！”⊙此曲寫燕燕發覺自己上當受騙後，既悔恨，又憤怒。這種處境使她非常痛苦。

［阿古令］滿盞内盈盈緑醑，子合當做婢爲奴。謝相公夫人抬舉，怎敢做三妻兩婦？子得和丈夫、一處、對舞，便是燕燕花生滿路。●阿古令：鄭騫本、寧希元本、王季思本改作“太平令”。 子：鄭振鐸本、王季思寫定本、隋樹森本、吴國欽本改作“只”，盧冀野本改作“衹”。 便：右邊上半截原缺壞。從鄭振鐸本、盧冀野本、隋樹森本、鄭騫本、北京大學本、徐沁君本、寧希元本、吴國欽本、王學奇本、馬欣來本、徐征本、王季思本、藍立蓂本改補。吴曉鈴本校記、劉堅本注亦疑爲“便”字，王季思寫定本删此字。●阿古令：曲牌名，即［太平令］。注見《古杭新刊的本關大王單刀會》第四折“太平令”曲牌注。依曲譜，此曲襯字爲：子得和、便；韵脚字爲：醑、奴、舉、婦、夫、處、舞、路。 盞：酒杯。 盈盈：滿的樣子。 緑醑：美酒。《唐宋諸賢絶妙詞選》卷六葉道卿《賀聖朝·留别》：“滿斟緑醑君留住，莫匆匆歸去。” 子：猶“衹”。 合當：應當。 婢、奴：皆爲奴僕之屬。 相公：這裏指燕燕的主人。 夫人：指燕燕主人的妻子。 抬舉：指看得起。 三妻兩婦：這裏指好多個妻子。比喻没有名分。 子得：猶“衹要”。 一處：共同。 對舞：比喻生活。花生滿路：比喻美滿榮耀。王實甫《西厢記》第五本第四折［太平令］：“自

古、相女、配夫，新狀元花生滿路。”⊙此曲寫燕燕面對這種結果，衹能安慰自己往好處想，衹要把奴婢當安穩，已是很美滿榮耀的了。這便是以燕燕爲代表的古代下層婦女無可奈何的選擇。

題目　雙鶯燕暗争春　　正名　詐妮子調風月●題目：原無。從盧冀野本、徐沁君本、吴國欽本、王學奇本、徐征本、王季思本、藍立蓂本補。馬欣來本“正名”移至“題目”位置，無“題目”二字。盧冀野本于“題目”下補兩行各六個空圍，湊成四句，似無必要，元雜劇題目、正名也有兩句者。　雙：原即爲簡體字。盧冀野本誤改爲“鶯”字。●題目、正名：注見《古杭新刊的本關大王單刀會》劇末同名稱注。　雙：一對兒。鶯燕：指劇中的鶯鶯和燕燕。　暗争春：比喻都想争得做小千户夫人的地位。　詐妮子調風月：注見此劇開頭劇名注。

新刊關目詐妮子調風月●此爲劇本尾題，鄭振鐸本、吴曉鈴本、王季思寫定本、隋樹森本、北京大學本、劉堅本、吴國欽本、王學奇本、馬欣來本、徐征本、王季思本、藍立蓂本删。盧冀野本、寧希元本作“新刊關目詐妮子調風月終”，鄭騫本作“詐妮子調風月終”。●注見此劇開頭劇名注。全劇至此結束。王季思本劇後有“附《詐妮子調風月》劇佚曲：[越調·雪裏梅] 你道是延壽馬索聞名，你莫不背地裏早先曾，先曾這般悄悄冥冥，潛潛等等，你兩個嫌殺月兒明。”“説明”云：“此曲録自《北詞廣正譜》，題關漢卿撰《調風月》，當即《詐妮子調風月》一劇之簡名。考關劇現唯存元刊本一種，其第三折所用宫調 [越調]，押庚青韵，上引 [雪裏梅] 曲，與此正合。但關劇 [越調·鬥鵪鶉] 套内未見此曲，據此推斷，劇除元刊本外，至少在清初應有另一個本子存在。從這支 [雪裏梅] 曲所寫内容來看，似是燕燕向鶯鶯説親時的唱詞，元刊本不見小千户的名字，據此當即延壽馬。”

《西蜀夢》：一部悱惻哀怨、淒厲沉痛的抒情悲劇

（代跋）

一

《西蜀夢》全名爲《關張雙赴西蜀夢》，是關漢卿現存歷史劇中另一部三國故事劇，版本僅有《元刊雜劇三十種》本一種。雖無折數、賓白、科諢，衹有曲詞，但可以看出它是一部悲怨哀傷、動人心弦的悲劇。雖同爲三國故事劇，但它在描寫人物、創造戲劇氛圍、闡發創作主題方面都與《單刀會》有顯著區别。

《西蜀夢》在地方戲中雖無直接傳承作品，但與其相近的劇目也有不少。它對元末明初出現的以三國故事爲題材的平話、小説描寫關張之死和劉備出兵報仇的情節構思起了很直接的作用，是顯示關漢卿悲劇創作天才的一部力作。該劇主要叙述蜀帝劉備苦思關羽、張飛，時關羽正守荆州，張飛正守閬州。劉備派遣使臣宣關羽、張飛回西川成都相見。使臣日夜兼程，及至趕到，始知關羽被糜竺、糜芳出賣，又中東吴詭計，兵敗身亡；張飛亦爲部

將張達所害。丞相諸葛亮見劉備因思念關羽、張飛而神情恍惚，日漸憔悴，遂夜觀星象，見有不祥之兆；及接凶信，萬分震驚痛惜，深爲西蜀前途擔憂；又不便嚮劉備奏明實情，内心憂慮，感嘆悲傷。關羽、張飛鬼魂途中相遇，互吐不幸，準備同往成都，托夢給諸葛亮、劉備，請求出兵報仇。他們來到蜀主宫殿門口，正逢宫中慶賀重陽節和劉備誕辰。二人鬼魂回想往日歡樂情景，不禁涕泪交流，遂嚮劉備傾訴，再三叮囑劉備爲自己雪恨。劉備悲痛之餘，即刻率兵伐吴，發誓活捉糜竺、糜芳、張達、劉封，以四賊首級祭奠關羽、張飛鬼魂。這也是一部末本戲，第一折正末扮使臣、劉備，第二折正末扮諸葛亮，第三折正末扮關羽、張飛鬼魂，第四折正末扮關羽鬼魂、張飛鬼魂、劉備。

此劇本事已不可考，元以前文獻及《三分事略》《三國志平話》中皆無赴夢傳説。唐代詩人李商隱《無題》“萬里風波一葉舟”詩中有“益得冤魂終報主”之句，可能是指唐代流傳的張飛魂赴西蜀的故事，但因詩語太簡，難以確定。文獻典籍雖無關、張鬼魂返歸西蜀、托夢給劉備的記載，但關、張慘遭横死却是歷史事實。據《三國志》記載，關羽“威震華夏”，曹操聽從司馬懿諸人計策，暗通孫權，以牽制關羽；孫權曾“遣使爲子索羽女”，關羽“罵辱其使，不許婚”，遂與孫權結怨；糜芳、傅仁忌恨關羽輕慢，不供應軍需，恐被治罪，遂暗“使人迎權”，孫權“遣將逆擊羽，斬羽及子平于臨沮”。《三國志》有關記載并未涉及糜芳和劉封一起出賣關羽事，但關羽之死與劉封也不是全無關係。史實記載：“自關羽圍樊城、襄陽，連呼封、達，令發兵自助。封、達辭以山郡初附，未可動摇，不承羽命。會羽覆敗，先主恨之。”[①]

① 《三國志》卷四十《蜀書》十《劉彭廖李劉魏楊傳》，中華書局 1959 年版。

可見，關羽之死，與劉封也有關係。關漢卿把劉封與糜芳歸爲一類，并讓他們同時出現在劇中，可能是出于戲劇表演效果的考慮。據史書記載，糜竺與劉備關係親密，後因糜芳叛迎孫權致使關羽覆敗，遂“慚恚發病，歲餘卒”[①]，并未參與出賣關羽事。關漢卿把他也歸入糜芳一類，同樣可能是出于戲劇表演效果的考慮。

關于張飛之死，據史書記載，劉備伐吴，張飛率兵萬人，“自閬中會江州。臨發，其帳下將張達、范彊殺飛，持其首，順流而奔孫權。飛營都督表報先主，先主聞飛都督之有表也，曰：‘噫！飛死矣。’追謚飛曰桓侯”[②]。劇作中衹提及張達，而無范彊。在《三國志·蜀書·先主傳》中，也有關、張之死的簡約記載：“時關羽攻曹公將曹仁，擒于禁于樊。俄而孫權襲殺羽，取荆州。”“車騎將軍張飛爲其左右所害。初，先主忿孫權之襲關羽，將東征，秋七月，遂帥諸軍伐吴。孫權遣書請和，先主盛怒不許。”這兩條史料雖簡略，却揭示出劉備出兵伐吴的原因，與《西蜀夢》的情節是一致的。史載關羽被害的具體時間爲漢獻帝建安二十四年（219），張飛被害的具體時間爲魏文帝黄初二年（221），前後相隔近兩年[③]，而《西蜀夢》却把他們的死期安排得很接近，爲創造同赴西蜀的悲劇氣氛提供了條件。

從劇情看，《西蜀夢》所叙述的關羽、張飛被害的原因和劉備出兵替關羽、張飛報仇的决心，與史實是一致的，但所叙述的關羽、張飛之死期和參與出賣關羽、謀殺張飛的人物，却與史實有出入。前兩方面屬于歷史大局，不容改變；而後兩方面屬于歷史

① 《三國志》卷三十八《蜀書》八《許糜孫簡伊秦傳》，中華書局 1959 年版。

② 《三國志》卷三十六《蜀書》六《關張馬黄趙傳》，中華書局 1959 年版。

③ 《資治通鑑》卷六十八《漢紀》六十《獻帝建安二十四年（219）》、卷六十九《魏紀》一《文帝黄初二年（221）》，中華書局 1956 年版。

事件的局部和細節，稍作改易，不會招來非議。從歷史記載看，關羽、張飛之死都悲慘突兀，出人意料。他們壯志未酬，齎志以歿，不僅使劉備、諸葛亮悲痛至極，也在讀者心中激起難以平息的感情波瀾。出兵伐吳，捉拿凶手，報仇雪恨，是人們的一種共同願望，這種願望很可能是關漢卿創作《西蜀夢》的心理基礎。關漢卿讓關羽、張飛的鬼魂雙赴西蜀，托夢給劉備，敦促劉備發兵復仇，這種寫法比直接以劉備聽到噩耗、親率大軍征吳作爲情節，在藝術手法上更靈活新穎，在立意上更開闊高遠，在審美傾嚮上更具有悲劇效果。關羽、張飛的鬼魂雙赴西蜀，托夢給劉備，實際上就是人們要求懲辦凶手、報仇雪恨的現實願望的曲折反映和形象寫照。

依科學觀點看，《西蜀夢》是極爲荒誕不經的。它既涉及鬼魂，又描寫托夢，這在現實生活中是根本不可能出現或發生的。但《西蜀夢》是藝術作品，藝術作品是按照人的情感變化邏輯創作出來的，衹要符合人的心理活動規律，描寫鬼魂和托夢也是完全正常的。《西蜀夢》中的關羽、張飛的鬼魂都可以看作是他們神勇威猛的活的形象的再現，關羽、張飛的歷史悲劇性在他們的鬼魂身上也得到了充分體現。他們的鬼魂都具有作爲藝術作品中的人物形象的基本素質，是現實中活的人物的變形。作爲一種普遍的文化現象，描寫鬼魂和托夢具有深刻而複雜的社會歷史原因，不能簡單地予以全盤否定，應該正確區別對待。

二

《西蜀夢》中的人物有劉備、諸葛亮、使者、張飛鬼魂、關羽鬼魂、紙判官。在這六個人物中，使者和紙判官爲陪襯角色；其餘四位，又以張飛鬼魂最爲重要。關漢卿塑造的張飛形象包括兩個部分：一是劉備、使者、諸葛亮敘述的活的張飛形象；一是作爲鬼魂的張飛形象。這兩個張飛形象在本質上是一致的，具有共同的特徵，具體表現在以下三個方面。

在武力方面，張飛是一個耿介正直、威猛無比、崇尚義氣的英雄。作者很注重張飛崇尚義氣的品質，這使張飛與史料記載和民間傳説中的關羽十分相像：他不僅威猛無比，而且崇尚義氣，這使他在民衆心目中已經定型的武夫的形象得以改變，顯得極近人情。在第一折中，當使臣得知張飛被暗害時，他爲張飛的慘死痛惜至極，在情感上很難接受，悲痛地唱道：

> ［醉扶歸］義赦了嚴顔罪，鞭打的督郵虧，當陽橋喝回個曹孟德。倒大個張車騎，今日被人死羊兒般剁了首級，全不見石亭驛。

一個恩怨分明、有獎有懲、驚天動地的“張車騎”，突然慘遭不幸，并且被像“死羊兒般剁了首級”，這噩耗使人難以置信，這殘忍的事實也令人無法接受。義赦嚴顔、鞭打督郵、喝斷當陽橋三件大事，既概括出張飛一生的輝煌業績，又揭示出張飛的脾氣和個性：識英雄、重英雄、威猛無比。他的威猛無比，在第二折中，諸葛亮也有同感，贊道：“張將軍猛勢况。”在第三折中，張飛鬼魂也現身説法，自叙平生：“安喜縣把督郵鞭，當陽橋將曹操喝，共吕温侯配戰九十合，那其間也是我，我！”作者緊扣史實，用史實説話，并未作過分渲染和溢美，這是《西蜀夢》與《單刀會》不同之處。

在品節方面，張飛是一位能反省、善思過、圖謀復仇的將軍。在第三折中，他的鬼魂對關羽的鬼魂訴説自己被殘害原因時，反省了自己個性中所存在的缺陷：

［鬥鵪鶉］哥哥道你是陰魂，兄弟是甚麼？用捨行藏，盡言始末。則爲帳下張達那廝廝嗔喝，兄弟更性似火。我本意待侑它，誰想它興心壞我！

［上小樓］則爲咱當年勇過，將人折銼。石亭驛上，袁襄怎生結末？□□□□，惱犯我，拿住他，天靈摔破。虧圖了我怎生饒過！

生性魯莽、脾氣火爆，得罪了部屬，結下了宿怨，最終釀就慘禍，造成悲劇。張飛的認識是深刻而準確的。作者這樣寫張飛，使他的形象更具有人情味，同時又揭示出張飛悲劇的内在原因，表現了張飛作爲英雄人物能反省自身、善于思過的品質。張飛慘遭暗害，死不瞑目，他的鬼魂發誓要報仇雪恨，討還血債，表現出一種剛强執著、誓不罷休的堅定氣節。他痛恨凶賊，滿腔憤怒，一心圖謀昭雪不白之冤："不殺了賊臣不講和""燒殘半堆柴，支起九鼎鑊，把那廝四肢梢一節節鋼刀銼。虧圖了腸肚雞鴉啄，數算了肥膏猛虎拖。"復仇信念堅定而不可動摇，表現出一股誓與凶賊不共戴天的精神意志。

在心理特徵方面，張飛的鬼魂敏感、謹慎、悲哀。他很注意自己的鬼魂身份，自持而講究禮節，臨事謹慎，不莽撞。他的鬼魂在陰雲裹遇見關羽鬼魂時，暗自思忖："咱是陰鬼，怎敢隨他？唬的我向陰雲中無處躲。"來到蜀主宫門前，他被紙判官擋住，意識到"元來這做鬼的比陽人不自由"。他走在宫殿裏，無聲無息，不禁悲傷地感嘆："元來咱死了也麼哥，元來咱死了也麼哥。"情緒哀傷消沉，孱傸悲淒，動輒"痛泪交流"，對自己不能再馳騁疆場、横刀拼殺深爲痛惜，對自己"壯志消磨，暮年裏折銼，今日向匹夫行伏落"的處境更是憂傷不已。尤其在第四折中，張飛的鬼魂唱的都是令人欷歔啜泣、消沉傷痛的悲歌，對自己已成爲鬼魂而不得自由生出無限悲哀。這個形象與劉備、使臣、諸葛亮所叙述的活的張飛、史料中記載的張飛都大相徑庭，但作爲鬼魂，却與劇情要表現的形象極爲吻合。張飛的鬼魂與活的張飛在形象上一陰一陽，一柔一剛，形成鮮明對照。這樣寫，更能激起人們對張飛慘死的同情，對凶賊無耻行徑的憤怒。

《西蜀夢》中僅次于張飛的另一個主要人物是劉備。他唱的曲子極少，這些曲子大體有兩方面内容：一是表現對關、張二人的思念的，二是表現發兵報仇的誓願和决心的，反映出劉備是一位信守盟誓、注重手足之情、具有血性的講義氣的君主。在第一折中，他對關、張的思念是迫切而動人的：

> ［混江龍］唤了聲關張仁弟，無言低首泪雙垂。一會家眼前活見，一會家口内掂提。急煎煎御手頻槌飛鳳椅，撲簌簌痛泪常淹衮龍衣。每日家獨上龍樓上，望荆州感嘆，閬州傷悲。

劉備口中呼唤着關、張的名字，眼前忽隱忽現着關、張的身影，痛切的思念刻骨銘心、如饑似渴。他手槌鳳椅，泪濕龍袍，揪心裂膽，望斷歸途，無限感傷。這些描寫，把一個關懷弟弟的兄長形象表現得淋漓盡致。在第四折中，關、張鬼魂即將離開蜀主宫殿時，劉備又千叮嚀萬囑咐，一副慈母送游子的依依不捨的牽挂模樣：

> ［三煞］來日交諸葛將二愚男將引丁寧奏，兩行泪纔那不斷頭。官裏緊緊的相留，怕不待慢慢的等候，怎禁那滴滴銅壺，點點更籌。久停久住，頻去頻來，添悶添愁！來時節玉蟾出東海，去時節殘月下西樓。

關、張鬼魂向他辭别，他請諸葛亮來送行。他很悲痛，禁不住泪流滿面，想多挽留一陣，但怕脆弱的心靈受不住點點滴滴的鐘漏聲的敲擊，衹好勸他倆常回來看看。這次會面時間太短促，這使他肝腸寸斷，却又無可奈何。但他一想起報仇雪根，立刻義憤填膺，轉悲爲怒：

> ［尾］飽諳世事慵開口，會盡人間只點頭。火速的驅軍統戈矛，駐馬向長江雪浪流，活拿住糜芳共糜竺，閬州裏張達檻車内囚。杵尖上挑定四顆頭，腔子内血向成都鬧市裏流，强如與俺一千小盞黄封頭祭奠酒！

誅殺凶賊是關、張、劉的共同心願，劉備是這一心願的實施者。這支曲子雖有看破紅塵、參透人生的味道，却洋溢着强烈而迫切的復仇情緒。劉備的形象是符合歷史真實和藝術真實的，劇中思念之情的渲染對襯托關、張之死的悲慘和表現復仇决心的迫切都有極好的作用。

諸葛亮是《西蜀夢》的又一個重要人物，第二折的曲文都是由他一人主唱的。他雖和劉備一樣懷念關羽、張飛，對他們的不幸深表痛惜，但在形象上却另有特徵。他博學多才，善觀星象，能預測未來。他通過觀測星象，預料到西蜀將失去兩員大將，稍後這一預料果然被證實。這樣的寫法，并非閑筆，它爲充分表現諸葛亮的憂國憂民、以大局爲重的品格做了有力的鋪墊。他一得知噩耗，就考慮到西蜀的前途，爲此，他暫且把噩耗隱瞞起來，不讓劉備知道：

> ［隔尾］這南陽耕叟村諸亮，輔佐着洪福齊天蜀帝王。一自爲臣不曾把君誑。這場，勾當，不由我索向君王行醖釀個謊。

他一向忠心耿耿地輔佐劉備，從不曾誆騙過君主，但爲了西蜀大業，對關、張噩耗的處理則極爲謹慎，表現出他具有政治家深謀遠慮的器識。他即使痛恨凶賊，也以國家大業爲重：

［牧羊關］張達那賊禽獸，有甚早難近傍？不走了、麋竺麋芳！咱西蜀家威風，俺敢將東吴家滅相。我直交金鼓震傾人膽，土雨濺的日無光，馬蹄兒踏碎金陵府，鞭梢兒蘸乾揚子江。

活捉張達、麋竺、麋芳，替關羽、張飛報仇也是爲了大長“咱西蜀家威風”，表現出作爲西蜀丞相的諸葛亮所具有的政治遠見。他的格局比劉備更大、更高。他的這種情懷與劉備對手足之情的留戀是截然不同的。諸葛亮由懷念關羽、張飛，痛惜關羽、張飛之死引出對國家大事的憂慮，又由對國家大事的憂慮引出對人生無常的感慨，情緒低沉、哀傷、悲凉：

［牧羊關］板築的商傅説，釣魚兒姜吕望，這兩個夢善感動歷代君王。這夢先應先知，臣則是誤打誤撞。蝴蝶迷莊子，宋玉赴高唐。世事雲千變，浮生夢一場。

這裏用傅説、吕望的典故來隱喻自己在政治上施展抱負的艱辛不易；用莊子夢蝴蝶、宋玉赴高唐的典故來隱喻世事無常、難以把握，從而引發出人生如夢的深沉感慨。這種感慨與劉備的“飽諳世事慵開口，會盡人間只點頭”的人生哲學在本質上是一致的。他還對英雄勇武威猛一生，最終衹落得“河邊堤土坡上釘下個纜樁”的結局，表示了不盡的遺憾。諸葛亮的形象游離于劇作之外，如同一位練達世故的人生旁觀者，俯視劇中人物的悲歡離合，感嘆人生的短暫無常。這對揭示劇作主題極有作用。

與《單刀會》相比，《西蜀夢》中的關羽的形象已很灰暗，失去了風神俊朗、威風凛凛的懾人心魄的魅力。儘管第一折中使臣對他的英雄業績做了充分描繪（如：與他相持，無人敢敵；單刀赴會，視敵軍如兒戲；殺曹仁、刺顔良，更顯英雄本色），第二折中諸葛亮也盛贊“關將軍美形狀”，但已不是濃墨重彩，而是過場戲，僅作簡略交代，故無飛揚的神采和高妙的氣勢。在第三折中，在張飛眼裏，關羽的鬼魂更顯得沮喪消沉、失魂落魄：

> ［石榴花］往常開懷常是笑呵呵，絳雲也似丹臉若頻婆。今日卧蠶眉瞅定面没羅，却是爲何，雨泪如梭？割捨了向前先攙過，見咱呵、恐怕收羅。行行裏恐懼明聞破，省可裏倒把虎軀挪。

“頻婆”是指類似于苹果的水果。“面没羅”，元俗語，指表情凝滯發呆。關羽愁眉苦臉，泪如雨下，一副潦倒失意、不堪前行的模樣。這種形象特徵與關羽的悲劇性格是一致的。

三

《西蜀夢》是一部悲劇，全劇彌漫着凄迷傷感的氣氛，散逸着低沉哀怨的情緒。劉備不眠不休的思念引發的悲伤落泪，關羽、張飛鬼魂請求復仇時的凄厲哀怨，都使劇情顯得壓抑凝重，極有悲劇感。在關漢卿的現存歷史劇中，這是唯一一部感傷之作。它的一個顯著特徵是以描寫心理活動來展示人物性格、揭示劇作主題。在劇作中，劉備思念關、張時，回憶自己昔日織履編席的情景，又想起今日能够做西蜀皇帝，是極不容易的。他的這些心理活動比較單純，主要表現爲思念關、張，回憶手足之情。諸葛亮的心理活動則比較複雜，他得知關、張死訊後，對是否奏知劉備，頗爲躊躇。他想，如不奏知，自己做不出來，因爲他是一個忠臣；如奏知，蜀國又有可能被滅亡。經過一番斟酌，最後决定還是不奏爲好。這些細膩的心理變化過程被作者描寫得活靈活現。諸葛亮的内心也澎湃着强烈的復仇波瀾，但他更多的是想着國家，想着變遷的世事和無常的人生，思想内涵豐富，心理活動微妙。

作爲主角，張飛鬼魂的心理活動更是異常豐富細微。他駕着陰雲去西蜀時，路上碰見關羽的鬼魂，躲着不敢相見，表現出一種很自卑的心理；相見之後，感覺關羽跟往常已大不一樣，滿面愁苦，他内心很困惑，一時反應不過來，表現出一種很敏感的心理；紙判官把他倆擋在門外，他既氣憤又委屈，却無可奈何，表現出一種很自尊的心理；他在宮殿裏走動，竟無任何聲響，覺得不可思議，待明白“咱死了”時，表現出一種很悔恨的心理；由于是鬼魂，與劉備不能直接溝通，使他産生了誤會，仿佛做了皇帝的劉備已淡忘了桃園結義的情誼，表現出一種很怨艾的心理；待與劉備痛訴寃屈後，劉備要出兵報仇，他又表現出一種很慚愧的心理。可見，張飛鬼魂的心理活動是十分豐富細膩、微妙曲折的。這説明了關漢卿具有高超的描寫人物心理活動的才能。鄭振鐸在論及《西蜀夢》描寫的心理活動時曾指出：

《關張雙赴西蜀夢》，寫張飛的陰魂，來赴舊日的宮廷，而與他的大哥打話時，欲前又却，欲去又留的，自己警覺着自己，乃是與前不同的陰靈的情景，真是令人叫絶。張飛一進了宮門，便大爲凄傷：“［倘秀才］往常真户尉見咱，當胸叉手，今日見紙判官，趨前退後，元來這做鬼的比陽人不自由！立在丹墀内，不由我泪交流，不見一班兒故友。”進了宮，處處回憶起來，都是可傷感的。及見了劉備，備欣然歡容迎接，而他却衹是躲避着，欲前不前，“官裏向龍床上高聲問候，臣向燈影内恓惶頓首”。這般的情境，連讀者也要爲之淒然。當時的劇場上，恐怕是更要挑起了幽泣的[①]。

鄭振鐸的論述是很有見地的。關漢卿的確把主人公的心理活動寫得出神入化、細緻微妙，這與他深入的藝術體驗和超常的創作天才是分不開的。

《西蜀夢》另一個顯著的藝術特徵是抒情。它的故事情節的縱綫如同草蛇灰綫，并不十分明顯，而戲劇衝突也十分微弱，甚至趨近于無，其對事件的叙述、對人物内心世界的表現是依靠主人公的主觀抒情來完成的。如第一折主唱人物是蜀國使臣，表現劉備對關羽、張飛的思念之情，迫切而真誠，反映了劉備與關、張有着牢固而深厚的情感關係。作者把關、張之死處理爲同一時間，這使情節變得更爲集中，主唱人物的情感波瀾大爲高漲，給抒情造成了最佳契機。對關、張之死，使臣抒發了强烈的復仇情緒：

> ［尾］殺的那東吴家死尸骸堰住江心水，下溜頭淋流着血汁。我交的茸茸蓑衣渾染的赤，變做了通紅獅子毛衣。殺的它敢血淋漓，交吴越托推，一霎兒番爲做太湖石。青鴉鴉岸堤，黄壤壤田地，馬蹄兒踏做搗椒泥。

他仇深似海，怒氣衝天，作者以貼切的物象做比喻，使抽象的仇恨具象化，讓讀者能具體感受到使臣與凶賊不共戴天的仇恨的深刻，具有濃厚的抒情氣氛。第二折諸葛亮上場，他所抒發的復仇情緒更有氣勢：“我直交金鼓震傾人膽，土雨濺的日無光，馬蹄兒踏碎金陵府，鞭梢兒蘸乾揚子江”，迫切的復仇情緒凝結着不能消除的心頭之恨，表現了諸葛亮注重情義，對英雄人物慘遭不幸的痛惜、悲怜。這兩折的感情格調高揚，節奏急切，洋溢着一股不

① 鄭振鐸：《插圖本中國文學史》第四十六章“雜劇的鼎盛”（五），作家出版社1957年版。

可戰勝、不容反駁的陽剛之氣。第三、四折的抒情格調則很低沉，節奏舒緩，彌漫着一股蒼凉悲壯的陰森之氣。尤其是第四折，當兄弟三人相見時，驚喜、歡洽的情緒交織在一起，逼真地表現出真摯的手足之情：

[呆古朵] 終是三十年交契懷着愁，咱心相愛志意相投。繞着二兄長根前，不離了小兄弟左右。一個是急颭颭雲間鳳，一個是威凜凜山中獸。昏慘慘風內燈，虛飄飄水上漚。

張飛堅信兄弟交契不可動摇，信賴兄弟情誼深厚無比。但他對自己已成爲鬼魂，不能在宫廷裏自由來去，却表現出一股深沉的傷感，并由此滋生出不盡的悔恨和遺憾：

[滾繡球] 官裏恨不休，怨不休，更怕俺不知你那勤厚，爲甚俺死魂兒全不相偢！叙故舊，厮問候，想那説來的前咒，桃園中宰白馬烏牛。結交兄長存終始，俺伏侍君王不到頭，心緒悠悠！

他埋怨劉備不關心自己，其實這是誤會。劉備對他和關羽的思念是刻骨銘心的，他之所以没有體會到，是因爲他已成爲鬼魂，無法與作爲人的劉備很快溝通。他本人是守信誠懇的，并對自己未能一直服侍君王感到慚愧，很有自責之意。

《西蜀夢》是一部以鬼魂和夢境爲主要外在特徵的悲劇，鬼魂的戲足足占了兩折，是《竇娥冤》中的鬼魂戲的一倍。劇中劉備見關羽、張飛鬼魂是通過夢境、幻覺來完成的。這種特徵除了有思想内容上的意義之外，在藝術手法上也有不可忽視的作用。它增添了戲劇内容的飄緲虚幻感，加强了悲劇氣氛，尤其以鬼魂形式出現的藝術形象更使劇情顯得肅殺凄凉，很能震撼人心。值得注意的是，《西蜀夢》的鬼魂很不自由，拘謹小心，審慎悲觀，不像《竇娥冤》裏的鬼魂那樣能左右陽世活人而很有魄力。《西蜀夢》中的鬼魂感傷憂鬱，謙讓自卑，已經没有英雄人物的勇武威猛，這與劇情中人物的情感邏輯是一致的。《西蜀夢》的悲劇性并不是依靠戲劇衝突而是依靠全劇低沉壓抑、哀傷悲怨的氣氛來表現的。即使像關、張之死這樣重大的悲劇情節，也衹是通過使臣之口轉述出來的。儘管張飛的鬼魂對劉備有誤會和埋怨，但很快就消除了，關、張鬼魂的復仇請求也得到了滿足。劇作情節的發展變化本身并不具有悲劇性，這是《西蜀夢》在藝術手法上的又一特徵。

四

從作者對史實的生發、點染，對人物形象的塑造和在藝術手法上的傾嚮，可以看出《西蜀夢》的主旨，主要體現在以下幾個方面。

《西蜀夢》表現了關羽、張飛悲劇的出人意料和慘烈無比。關羽和張飛是“西蜀家兩條金梁”，一個有“美形狀”，一個有“猛勢況”，都屢建奇功，自有應付危難和困窘之境的高超本領。對他們的慘遭殺害，人們是没有足够的心理准備的，像第一折使臣所唱的：關羽被人暗算，張飛“被人死羊兒般剁了首級”，這慘痛的結局是令人難以置信的；又像第二折諸葛亮所唱的“這一場苦痛誰承望”，關、張之死給蜀漢事業造成了巨大損失。正如諸葛亮所唱的，在他們死後，“再靠誰挾人捉將？再靠誰展土開疆？做宰相幾曾做卿相？做君王那個做君王？”表現出對關、張之死的無比痛惜。劇作通過描寫和渲染關、張之死的慘烈，使人們對英雄人物的不幸更能寄予深切同情，引起人們對英雄人物的緬懷和追念，同時也激發了人們替英雄人物申冤報仇的精神意志。

劇作還宣揚了堅固而深厚的手足情誼。劉備由于思念關羽、張飛，神思恍惚，疑神疑鬼，寢食不安，甚至不管國家大事，卧床不起。他在夢境裏見到了張飛、關羽，訴説了自己不盡的思念。關羽、張飛鬼魂即將離開，他千叮嚀萬囑咐，并執意挽留，未果，遂懇請今後多來相見，以慰思念之情。他把自己放在與關、張完全平等的位置上，以兄長的身份同關、張進行交談，表現了手足之間的真摯坦誠和親密無間。張飛更信守桃園結義的盟誓，因爲他已變成一個鬼魂，不易與劉備接近；又由于諸葛亮以國家大局爲重，未把關、張之死奏知劉備，劉備對關、張之死一無所知，從而造成了復仇行動的延宕：張飛鬼魂誤以爲劉備身爲蜀主，淡忘了手足之情，因而生出滿腹哀怨。這一誤會也表現了張飛鬼魂有注重手足之情的高尚品質。通過宣揚堅固和深厚的手足之情，表現了作者對人際之間真摯而純潔的情感的贊美和歌頌。

《西蜀夢》全劇彌漫着濃鬱的復仇氣氛，高揚復仇意志和復仇精神是劇作最突出的主題。不論是劉備、諸葛亮、使臣，還是關羽、張飛鬼魂本身都流露出强烈的復仇意嚮。復仇既能告慰關、張的在天之靈，又能消除劉備的心頭之恨，同時，也是讀者和觀衆所期待的。全劇主要人物都具有氣衝霄漢的復仇氣魄：使臣要“殺的那東吴家死尸骸堰住江心水，下溜頭淋流着血汁”；諸葛亮要“直交金鼓震傾人膽，土雨濺的日無光，馬蹄兒踏碎金陵府，鞭梢兒蘸乾揚子江”；劉備要“活拿住糜芳共糜竺，閬州裏張達檻車内囚”，張飛的鬼魂則要“分明的報冤仇”，關羽的鬼魂則要把“那廝（劉封）碎剮割”，都表現出對凶手的無比仇恨和復仇願望的迫切强烈。

劇作流露出一種參破紅塵的消極出世的思想。這種思想是由于關、張之死的悲慘和出乎意料，使人産生的英雄不再、生命易逝的幻滅感而引發的。關羽、張飛威名蓋世，神勇無比，他們的突然被暗害使人們對生命的無常深感震驚，人們深切意識到人生如夢，不堪依賴，這是處于戰亂時代的人常有的一種比較普遍的思想傾嚮。時局變幻莫測，人感覺到自己十分渺小，能力極其有限，無法把握自己的命運。劇中諸葛亮的“世事雲千變，浮生夢一場”和劉備的“飽諳世事慵開口，會盡人間只點頭”，就是這種消極出世思想的表現。這種思想是根據劇情的時代背景引申出來的，并不是作者脱離具體劇情而空發議論。如果聯繫劇情所處的具體時代背景來分析，這種思想與復仇意志和復仇精神并不矛盾，而是既對立又統一的。三國時代戰亂頻仍，生命易逝，這使人很容易不思進取，厭倦塵世，參透人生，表現出一種冷漠和世故的人生態度。這是處在戰亂時代的人抱有的很普遍的思想。這種思想表面看來，是與復仇意志、復仇精神相抵觸的，實質上并不衝突。宣揚這種思想，能使劇作主題變得更爲渾厚深刻。

作爲以三國故事爲題材的雜劇，《單刀會》和《西蜀夢》頗有共同或相似之處。它們都以西蜀爲重點，并正面着力描寫劉備、諸葛亮、關羽、張飛等西蜀的君臣將相，反映他們在重大的歷史事件和慘烈的歷史教訓中所表現出來的神勇威猛、從容鎮定、團結一致、共同禦敵的高尚情操和優秀品質，謳歌了他們的英雄業績，抒發了對英雄人物的追慕和敬仰之情，洋溢着一股崇尚武力、鄙視陰謀的光明磊落的精神氣韵，表現了作者尊重正統觀念、高揚復仇精神的思想傾嚮。在塑造人物形象時，它們都采用了鋪墊和烘托的藝術手法，突出了主要人物形象，反映出作者具有高超的戲劇創作才能和良好的藝術素養。劇作采用一本之内由一至三個角色演唱的方法，比成熟、定型的元雜劇在表現方式上更爲靈活，情節更富于變化，尤其像《西蜀夢》中的主唱人物更不固定，即使一折之内也有兩個人物主唱，衹是由于没有劇情提示和科白，使具體曲牌的主唱人物不易確定。有論者認爲，這兩種雜劇是關漢卿現存雜劇中較早的作品[①]，是不無道理的。這反映了雜劇初創時期，劇作主唱人物的安排還存在着不十分規範的現象。

《單刀會》和《西蜀夢》也有區别。《單刀會》是一部歌頌英雄人物的雜劇，《西蜀夢》是一部悲劇。前者由于是歌頌性的，關羽被描寫得完美無缺，成爲活神道，這不大符合藝術形象性格變化發展的自然邏輯，與藝術規律也是不盡相合的；後者由于是抒情性的，人物形象比較符合劇情的實際背景，顯得生動而真實。在戲劇風格方面，《單刀會》激越高昂，明快亮麗，洋溢着一股積極樂觀的進取嚮上情調；而《西蜀夢》則低沉哀怨，壓抑凝重，彌漫着一股消極悲觀的參破紅塵的出世情調。當然，這并不都是作者有意安排的，而是由題材所具有的不同特徵决定的。《單刀會》有意突出關羽的形象，《西蜀夢》有意突出張飛鬼魂的形象，可見，關羽和張飛在作者心目中占有很崇高的地位。

總體來看，《單刀會》和《西蜀夢》都是關漢卿現存歷史劇中的精製佳構，在整個元雜劇作品中，也堪稱不可多得的優秀之作[②]。

---

① 徐子方：《關漢卿研究》第二章“創作分期及編年初探·二（上）：歷史劇階段”，（臺灣）文津出版社 1995 年版。

② 參見伏彦冰、李占鵬：《〈西蜀夢〉：一部悱惻哀怨、凄厲沉痛的抒情悲劇》，《海南師範大學學報》2019 年第 5 期。